Coleção MELHORES CRÔNICAS

Odylo Costa, filho

Direção Edla van Steen

Coleção MELHORES CRÔNICAS

Odylo Costa, filho

Seleção
Cecília Costa Junqueira e Virgilio Costa
Prefácio
Cecília Costa Junqueira
Introdução
Virgilio Costa

São Paulo
2015

© Herdeiros de Odylo Costa, filho 2014
1ª Edição, Global Editora, São Paulo 2015

Jefferson L. Alves – diretor editorial
Gustavo Henrique Tuna – editor assistente
Flávio Samuel – gerente de produção
Flavia Baggio – coordenadora editorial
Elisa Andrade Buzzo e Marcela Rebel – revisão
Victor Burton – projeto de capa

ACADEMIA BRASILEIRA DE LETRAS
Diretoria de 2015
Geraldo Holanda Cavalcanti – presidente
Domício Proença Filho – secretário-geral
Antonio Carlos Secchin – 1º secretário
Merval Pereira – 2º secretário
Rosiska Darcy de Oliveira – tesoureira

Av. Presidente Wilson, 203 – Castelo
CEP 20030-021 – Rio de Janeiro – RJ
Tel.: (21) 3974-2500/3974-2571
academia@academia.org.br • www.academia.org.br

Obra atualizada conforme o
NOVO ACORDO ORTOGRÁFICO DA LÍNGUA PORTUGUESA.

CIP-BRASIL. CATALOGAÇÃO NA PUBLICAÇÃO
SINDICATO NACIONAL DOS EDITORES DE LIVROS, RJ

C872m
    Costa Filho, Odylo, 1914-1979
        Melhores Crônicas – Odylo Costa, filho / Odylo Costa, filho ; organização Cecília Costa Junqueira e Virgílio Costa. – 1. ed. – São Paulo : Global, 2015.

    ISBN 978-85-260-2195-2

    1. Crônica brasileira. I. Título

15-21059
                              CDD: 869.98
                              CDU: 821.134.3(81)-8

Direitos Reservados

global editora e distribuidora ltda.
Rua Pirapitingui, 111 – Liberdade
CEP 01508-020 – São Paulo – SP
Tel.: (11) 3277-7999 – Fax: (11) 3277-8141
e-mail: global@globaleditora.com.br
www.globaleditora.com.br

Colabore com a produção científica e cultural.
Proibida a reprodução total ou parcial desta obra sem a autorização do editor.

Nº de Catálogo: **2510**

Coleção MELHORES CRÔNICAS

Odylo Costa, filho

REENCONTRO COM TIO ODYLO: "AMO, LOGO EXISTO"

Adolescente, quando lia vorazmente, houve um momento em que me apaixonei por Bertrand Russell. Lia todos os livros de sua lavra com os quais me deparasse nas estantes da biblioteca estadual do Rio Comprido, para mim uma caverna encantada. Num dos seus textos, o filósofo falava sobre a arte da escrita. Nunca me esqueci de que, para esse pacifista radical, que se negou a se alistar na Primeira Grande Guerra, o difícil era ser simples, escrever de forma agradável, usando palavras menos eruditas, de uso cotidiano. O famoso registro coloquial. Procurei recentemente esse ensaio na internet, mas não o encontrei. O que encontrei foi um artigo de Russell denominado *"How I Write"*. Nele, Russell, ganhador do Nobel de Literatura em 1950, comenta que textos árduos ou pedregosos são para alunos universitários iniciantes, para as primeiras teses ou manuscritos. Depois, o autor precisa imaginar que terá que conquistar os leitores, e não apenas seu orientador ou os professores de uma banca. Deverá, portanto, criar meios para se aproximar desses leitores em potencial, construindo uma ponte semântica até eles. Que ponte é essa? A clareza de ideias e o uso de palavras palatáveis, gostosas de serem lidas.

Por que estou falando isso? Lembro-me sempre de Russell quando leio as crônicas de tio Odylo. Sorvendo-as com imenso prazer, percebo que meu tio chegou ao topo da montanha. Alcançou o difícil ou quase impossível: escrever com simplicidade. E, mais do que isso, como ele mesmo alerta, esforçava-se para escrever com o coração, pôr o coração nas folhas de jornal ou livro, de forma transparente, empregando palavras pouco rebuscadas ou formais, por mais rebuscado que fosse o pensamento. O registro que buscava era o da fala, ou o da conversa de pé do fogo. Como um contador de histórias, causos caipiras. Quanto ao coração, sem ele, dizia, o texto ficava duro como pedra. Só que não se chega ao texto limpo, macio, sem nariz empinado, ou seja, a uma dicção com aparência de conversa informal entre amigos – como tão bem o fazia Machado de Assis ou o Alencar de "Ao correr da pena" – de mão beijada, ou seja, sem esforço. São necessários anos e anos de afiamento da pena, leitura, convivência com textos alheios, e, é claro, jornalismo. Isso porque, escrevendo todos os dias, obrigatoriamente, aprendemos muito mais do que pensamos.

Fato é que Odylo Costa, filho leu muito, desde pequeno. Minha tia Ita me disse uma vez que o irmão já tinha uma biblioteca no quarto ainda muito jovem. Há um texto de meu pai contendo lembranças a respeito da infância e da adolescência passadas em Teresina e em Timon – respectivamente a capital do Piauí e a cidade maranhense vizinha, além águas do Parnaíba – que foi escrito em janeiro de 1942. Nele, o jornalista Álvaro Alves Costa diz que o primogênito varão da família era considerado pelos irmãos – além de meu pai, Amélia (a mais velha), Antônio, Maria de Lourdes, João e José, ou seja, os filhos do segundo casamento de meu avô – um genuíno "geniozinho" das letras. Eis aqui o perfil do futuro poeta, prosador de mão cheia, reformador de jornais e acadêmico, traçado em plena Segunda Guerra Mundial, quando papai, nascido em 1919, tinha apenas 23 anos, e seu mentor intelectual, 28:

> Odylo, o segundo filho, nascido em 14 de dezembro de 1914, é o geniozinho da família. Desde cedo mostrou um pendor especial para a arte e a literatura, tendo feito um atentado à poesia publicando um livro de versos, *Alvorada*, quanto tinha apenas 14 anos de idade. Vindo para o Rio, entrou para o *Jornal do Comércio* onde logo granjeou fama de repórter prodígio. Formou-se em direito aos 18 anos, o que é razoável, e ganhou aos 17 anos um prêmio da Academia de Letras, o que é inacreditável. [...] Culto, educado, com um espírito profundo, poeta modernista, ele influiu imenso em minha formação cultural. Casou-se em 6 de janeiro de 1942, em Teresina, com uma jovem de Campo Maior, ainda com 16 anos [na realidade ela tinha 18 anos], que conhecera por ocasião de sua ida ao Piauí em 1940. A meus olhos vivem felizes...

Enfim, considerava que tinha um irmão muito especial, capaz de realizar prodígios, amante de livros desde a entrada na adolescência, com orgulho do desembargador Odylo Costa, pai daquele filho tão interessado nas letras ou mágicos hieróglifos. Sem falar que começara a escrever poesia aos 14 anos, tendo cometido com esta idade prematura "o atentado" do livro de versos, como informa meu pai em seu texto, brincando um pouco com a precocidade do irmão que tanto admirava. A ousadia do jovem poeta, no entanto, não seria vã ou infrutífera, pois no futuro teria consequências extremamente benéficas, já que o prematuro autor de *Alvorada* viria a se transformar na vida adulta num poeta com pleno domínio da arte de fazer sonetos, o lirismo cativo que liberta. Se a poesia entrou cedo na vida de Odylo Costa, filho, o mesmo ocorreria também com o jornalismo, pois, antes de começar a trabalhar no *Jornal do Comércio*, ao lado de seu protetor e amigo Felix Pacheco, também poeta, tio Odylo havia cometido, com alguns de seus conterrâneos também literatos, uma outra audácia, a de ter trabalhado no semanário *Cidade Verde,* em Teresina, em 1929 – com apenas 15 anos, portanto.

Mas meu intuito não é o de fazer aqui a biografia de meu tio Odylo, nem mesmo um ligeiro perfil literário, pois já fiz ambos em 1999 num livro pelo qual tenho muito carinho, publicado pela extinta Relume-Dumará, casa editorial pertencente a Alberto Schprejer. Uma coisa puxa a outra, palavra puxa palavra, e livro puxa livro. Esse perfil, que me caiu às mãos por mero acaso, me abriria o caminho para outros livros, mais ambiciosos, encorajando-me a dar pulos maiores em direção a romances e alentadas pesquisas históricas. Já escrevi a respeito na introdução ao meu livro *Diário Carioca, o jornal que mudou a imprensa brasileira...* se não fosse esse perfil, que escrevi em fins do século XX, e o depoimento do próprio Odylo, em fita registrada pela equipe do jornal da Associação Brasileira de Imprensa (ABI) em 1979 e ouvida por mim em 1998, eu não teria me aventurado a fazer pesquisa tão detalhada sobre o jornal cujos donos eram José Eduardo Macedo Soares (fundador), pai de Lota Macedo Soares e de Marieta, e Horácio de Carvalho (diretor deste 1932).

Sim, foi por tio Odylo ter dito, na gravação da ABI, que não teria feito a reforma do *Jornal do Brasil* sem o auxílio dos homens do *Diário Carioca* e da *Tribuna de Imprensa,* celeiros de bons repórteres, investigativos e com texto cheio de humor, tendo citado ainda a reforma do *DC*, que me aventurei nesta empreitada, a de contar a história do "pequeno jornal com o máximo de informação", com meu tio, acompanhando minha vida profissional, sobretudo em minha fase de jornalista em pleno exercício da função. Já que poeta também sou, mas muito prolixa e prosaica, deixando este espaço todo para meu marido Ivan Junqueira, mestre do verso contido, do ensaio, da tradução e grande admirador dos sonetos de meu tio. Mas cá estou eu a perder o fio desta narrativa. Voltemos às crônicas odylianas, pois elas é que importam aqui. A ideia de fazer um livro de autoria de meu tio contendo este gênero aparentemente fácil de ser praticado, mas na realidade tão difícil de ser bem arquitetado – são raros os grande cronistas brasileiros, como um Rubem Braga, um Paulo Mendes Campos, um Carlos Drummond de Andrade, ou Fernando Sabino – surgiu na realidade como espécie de derivada ou filhote do perfil escrito em 1999, intitulado "Odylo Costa, filho, um homem com uma casa no coração". Pois, enquanto eu fazia a pesquisa para redigir a pequena biografia, sendo auxiliada na tarefa por minha prima Teresa Costa d'Amaral, um dia ela me disse que gostaria muito de ver as crônicas de seu pai publicadas em livro, por serem dotadas, muitas delas, de um peculiar, quase que único, sabor familiar, característico do homem público, fazedor de jornais, que ao mesmo tempo tinha uma rica vida doméstica. Na ocasião, Teresa mencionou especialmente as crônicas escritas para o *Diário de Notícias*, destacando, por exemplo, "Abio", na qual meu primo Virgilio, por gula, se sujava todo com o leite viscoso da fruta.

Aquilo ficou em minha cabeça e, anos mais tarde, quando Edla van Steen me propôs que organizasse algum livro da pena de meu tio para sua coleção de *Melhores Crônicas*, *Melhores Poemas* e *Melhores Contos*, dei preferência às crônicas, levando meus primos, detentores dos direitos autorais, a tenderem para esta opção, já que os versos estavam bem cobertos por várias edições – o que faltava era uma poesia completa, que felizmente viria a acontecer sob os cuidados primorosos de meu primo Virgilio – e a produção de prosa de meu tio, apesar de ser também saborosíssima, não valeria um tomo de *Melhores Contos*. Valeria, isto sim, uma reedição – caso das deliciosas *Histórias da Beira do Rio* – mas não uma edição com destaque, por não se tratar de produção muito vasta. O que temos aqui é a reunião da ampla produção no campo da crônica do meu tio feita por mim e por meu primo Virgilio, que inclui, além das escritas para o *Diário de Notícias*, o *Jornal do Comércio*, a *Tribuna* e a *Folha Carioca*, muitas outras, publicadas de 1953 até a morte do cronista em 1979.

Foi preciso, realmente, trazer as crônicas para tempos mais atuais, selecionando textos das décadas de 1960 e 1970 e deixando de focar apenas os anos 1940 e 1950. Já que a escrita jornalística de meu tio ficara cada vez mais apurada. Eu chegaria até a dizer "iluminada" por ser bom coração cristão. Sim, o livro que resultou da seleção, cuidadosamente refeita por Virgilio, ficou um "livraço", espelhando bem melhor a produção de meu tio como cronista. Se eu já havia gostado das crônicas iniciais, e continuo a gostar – na realidade, gosto de tudo o que meu tio escreveu, sem exceção, havendo as crônicas de minha preferência, é claro, mas não havendo nenhuma que não valha a pena ser lida – mais ainda admirei o Odylo cronista lendo o que escrevera nos anos 1960 e 1970.

Pois é impressionante. Chega a ser um milagre. O milagre do texto limpo, fluido como rio. E muito bem informado, culto, pois não há bom jornalista que não cultue a informação. E a leitura. Tudo o que meu tio escreveu é de uma sabedoria, de um humor leve, inteligente, de uma agudeza de pensamento ou *"wit"* que, não tem jeito, tenho um imenso orgulho de ser sua sobrinha. Minha alegria intelectual – tão difícil nos tempos de hoje se obter uma alegria intelectual genuína, sendo melhor se dirigir aos clássicos da literatura, nacional ou mundial – ou prazer em ler as crônicas de meu tio tem origem também no fato de que todas as pessoas por ele citadas, ou pelo menos a maioria, eu também admiro, ou aprendi a admirar, com o próprio Odylo ou ao longo da pesquisa que efetuei para escrever o livro sobre o *Diário Carioca*, compartilhando de certa forma todos os seus alumbramentos e o carinho imenso que nutria por amigos, ele, que dominava como ninguém a arte de fazer e preservar amigos e amigas. Sim, todos os homens e mulheres, poetas e jornalistas, escritores e artistas, figuras históricas que ele escolheu como *leitmotiv* ou objeto de suas crônicas valiam realmente a pena serem louvados e lembrados. Sem falar da noção de cumplicidade que ele cria com o leitor ao desenvolver a outra vertente desses textos tão caracteristicamente odylianos: a doméstica ou familiar, na qual revela o seu estado de graça ao ser o pai e educador de crianças de idades as mais variadas. Além do amor inquebrantável, amor sem jaça, do mais puro diamante, por sua Nazareth, a esposa dedicada que, ao atingir a maturidade, já liberta da criação dos filhos ou do bebê que sempre aparecia naquela casa abençoada por Nossa Senhora do Bom Parto, se dedicaria à pintura de anjos, bichos no céu, vida de Nossa Senhora, a alegre infância em Campo Maior, com total domínio das cores e da imaginação visual, fazendo uma parceria ímpar com o marido, que resultaria em obras de extrema delicadeza.

Para mim, educada pela prosa, pelo verso e pelo jornalismo de Odylo Costa, filho, as crônicas de meu tio possibilitam a convivência com pessoas como Eneida, Carlos Drummond de Andrade, Pancetti, Prudente de Morais, neto, Virgílio de Melo Franco – seu guru político, Manuel Bandeira, José Olympio, Luís da Câmara Cascudo, Rodrigo Melo Franco de Andrade, Francisco Pereira da Silva, Luiz Camillo, com seus textos revelando todo um tempo ainda afável, de grandes amizades, compartilhamentos, tempo este também heroico daqueles que enfrentaram a ditadura de Vargas corajosamente, de peito aberto. Ou que fizeram parte de nossa literatura, de nossa cultura e de nossa história, da forma a mais honrosa possível, como é o caso de José Bonifácio, e até mesmo do luxurioso, volúvel Pedro I.

Há também encontros com pessoas do povo, como Manuel do Nascimento, o cabineiro do triste edifício de colunas negras, que fica atrás da Escola de Belas Artes, e que morreu de forma trágica – uma morte terrível, provocada talvez por racismo e lembrada num texto muito emocionado, intitulado "Pavana para um preto defunto". Ou seu Martins, fiel taxista de Santa Teresa, já que tio Odylo também gostava de narrar a sacrificada vida dos oprimidos, humilhados e ofendidos.

Lendo meu tio Odylo, passeando pela floresta de símbolos de suas crônicas, por seu estilo tão claro, tão desimpedido, sem valas, pedras, pedregulhos de tropos rococós, pretenciosos, volto a reforçar os meus valores familiares. Relembro que os poetas valem mais do que os reis, e novamente me torno consciente do quanto necessitamos de seres humanos com cordas sensíveis na alma que toquem para nós, em surdina, a música das esferas. Violinistas no telhado e na terra. No céu e no chão. Seres que mantêm dentro de si o sentimento de espanto pelo mundo, que gerou a filosofia e a mitologia gregas, e o amor pela Humanidade, assim mesmo, com H maiúsculo. Pois tio Odylo era um homem todo coração, como Maiakóvski. Um poeta e jornalista que não podia e não pode ser enquadrado em caixinhas de direita ou esquerda. Seu negócio, ele dizia, era a medida humana. O amor pelo homem. A crença em Deus e nos santos. Amava os santos, suas vidas milagrosas, suas renúncias, abnegação, capacidade de resistência, e por isso ele nos conta a história de alguns deles, como São Francisco ou o Padre Anchieta, com imenso maravilhamento. Consideração, respeito, carinho e amor, aliás, são palavras que sempre circundam meu tio, como se fizessem parte de sua aura. Aura de um exímio poeta que muito amou e sofreu na terra, e que nem por isso, como ele mesmo gostava de frisar, ficou ressentido, magoado, ao ponto de descrer dos homens e das mulheres. Era contra todos os preconceitos, todos os totalitarismos. Contra a tortura, a censura, os arbítrios cometidos por governos e dirigentes autocratas, com fome de poder, dinheiro e privilégios, bancados pelos cofres do Tesouro.

Viveu, é bem verdade, num tempo marcado por maniqueísmos. Tempos de Stalin, Hitler, Perón, Vargas. E se posicionou contra Vargas, porque era contra as prisões lotadas, as cabeças metidas em latas de cocô, as atrocidades cometidas por Filinto Müller e seus asseclas. Assim como foi, obviamente, ferrenhamente contra a censura imposta por Lourival Fontes e seu Departamento de Imprensa e Propaganda (o DIP), por ser sempre a favor das liberdades democráticas e do direito de todos os cidadãos pronunciarem seus julgamentos, seus juízos, se reunirem, reivindicarem.

Meu tio foi contra todos os atos totalitários, fervoroso democrata que era, defensor dos direitos humanos. Ajudou Virgílio de Melo Franco a fundar a UDN, em 1945, e com ele trabalhou na ocasião muito estreitamente, com ele fundando e dirigindo o jornal semanário *Política e Letras*. Virgílio era o homem que ele gostaria de ter visto um dia no posto de presidente do Brasil, mas que morreria em 29 de outubro de 1948, ao trocar tiros com Pedro Pereira Santigo, ex-empregado que viera de Minas, e que entrou no meio da noite na casa situada à rua Maria Angélica (Jardim Botânico). Data estranha, a da morte do "Ariel da Revolução" de 1930, porque foi num dia 29 de outubro, em 1945, que Getúlio Vargas deixaria de ser ditador do Brasil, tendo sido retirado do Catete à força pelo general Góes Monteiro.

O que teria sido exatamente aquele enfrentamento? Meras contas a ajustar do ex-empregado ressabiado? Ou uma vendeta de Vargas, com relação ao homem que o pusera no Catete, e que depois auxiliaria os políticos e generais de oposição a mandar "o homem do circo" de volta para São Borja? Mistério, mistério. Mistério esse que atormentou a vida de meu tio, sempre se sentindo culpado por não ter retornado a ligação (saíra e só recebera o recado ao voltar, já depois da meia-noite) para o amigo e guru político na noite do dia 28. Estranhos acontecimentos que também atormentariam para sempre um irmão ferido na alma, o senador Afonso Arinos de Melo Franco.

Se a política brasileira, desde a ascensão e ditadura de Vargas (Odylo começou a trabalhar como repórter em 1931, tendo acompanhado posteriormente todos os fatos políticos do país até sua morte, em 1979) se faz presente nos textos de meu tio, vale a pena destacar, porém, que suas crônicas vão além, muito além. Elas nos possibilitam uma viagem na história do Brasil, um verdadeiro reencontro com o passado até hoje presente: enraizamento, sabiás, bois voadores, tropicalidade – e aquilo que poderia ser chamado de brasilidade.

Num plano menor, mais restrito e localizado, as crônicas de meu tio também nos permitem um passeio numa Santa Teresa ainda com jeito de pequena cidade do interior, ao mágico sobrado que um dia seria posto abaixo, à vida harmoniosa com os filhos e com a mulher com rosto de virgem, com os livros, com as árvores do quintal, os Natais passados no sobrado da rua Áurea, paraíso intocado, aparentemente inexpugnável, que explodiria, viraria estilhaços, após a morte violenta, em plena rua Santa Cristina, de meu primo Odylinho, em 1963. Explodiria e deixaria um pedacinho do espelho do diabo, aquele descrito por Andersen em "A Rainha das Neves", no coração de poeta de Odylo Costa, filho, começando a matá-lo devagarinho.

Mas não estamos mais relembrando a morte, o ano de 1979. Estamos celebrando a vida, o ano de 1914. Mais precisamente o dia 14 de dezembro de 1914, quando o menino poeta nascido em São Luís, mas criado em Teresina, surgiu no planeta azul. Com seu coração imenso, seu amor pelas pessoas, pela invenção de Gutenberg, por Cristo e pelos santos. Fez-se finalmente o milagre. Este livro de crônicas, pelo qual lutei tanto, com o auxílio de meu querido primo Virgilio, vem à luz. Todo iluminado por dentro como um presépio de Natal da casa de meu tio Odylo e de tia Nazareth. Sim, era lindo o presépio, com laguinhos, riozinhos, pastores, reis magos, arvorezinhas, estrelas, luzinhas... Este livro vem, portanto, à luz, protegido pela nuvem púrpura, incandescente, de sol na aurora e no poente, que protege os sábios e cegos como Tirésias. Pois vocês hão de constatar, ao lê-lo. Meu tio era um homem especial, dotado de estranha sabedoria. A sabedoria intuitiva dos poetas, que dota os escritores, sobretudo os cheio de doçura no coração, de uma profunda compreensão quanto às falhas humanas. Pois Odylo Costa, filho, que queria ser apenas um homem em toda sua plenitude de queda, pecado e ascensão, mas não um anjo, como escreveu num poema, tinha agudo entendimento da condição humana, tão precária, sofrida e enigmática. Não preciso dizer aqui que, mais uma vez, meu tio me conquistou. E sem bala de aço, só com suas palavras aladas, que furam a barreira do tempo, atravessam as paredes de areia e água das ampulhetas e clepsidras.

Em sua crônica "Despedida das árvores", de 1944, publicada na *Folha Carioca*, meu tio relembra uma modinha de carnaval cujo "canto de amor vitorioso" era:

> Enfrentei bala de aço
> Mas conquistei Cecília...

Mas por mim ele não precisa enfrentar bala de aço. Basta me dar um verso, uma crônica, um conto, uma faca e um rio, um anjo e sua espada, que fico mais do que conquistada. Postumamente conquistada. E para todo o sempre, já que creio na imortalidade das almas e na força benigna dos espíritos. Meu tio, sem dúvida alguma, tinha um espírito forte. Um espírito cristão, de quem tinha fé no sangue de Cristo. E que esperava que os homens um dia chegassem ao reino de Deus, libertos de suas misérias, suas dores, seus sofrimentos, suas ambições e humanas paixões. Pura luz, o mais puro amor. "Amo, logo existo", escreveu ele. Nada de pensamento, razão, lógica, números; só sentimento, coração desnudo, à flor da pele. E o verbo. O verbo do princípio e do fim.

Cecília Costa Junqueira

AMIGOS, CRIANÇAS, QUINTAL, LIBERDADE E JUSTIÇA

Odylo Costa, filho, era um riso e um coração aberto a todos. Creio mesmo que a maior qualidade de meu pai e de minha mãe era a generosidade. A porta da casa em Santa Teresa estava sempre aberta, e havia sempre, para quem chegasse, um lugar e um prato de comida na grande mesa, naquela casa cheia de livros, risos, amigos, crianças; quintal com mangueira, bananeiras, bichos trazidos do Maranhão e do Piauí; e jardim com pés de acácia amarela e de branco jasmim perfumado.

***

Esta seleção foi feita a partir de recortes de jornal e de originais datilografados do arquivo de O. C., f. (como gostava de assinar as crônicas e outros trabalhos para a imprensa). Nos seus últimos anos de vida, minha irmã Teresa atuou como sua secretária (enquanto eu fazia as vezes de bibliotecário, cargo ocupado antes por outros irmãos) e, trabalhadora incansável, entre outras coisas, cuidava do arquivo. Depois, realizou uma organização e acondicionamento básicos. Atualmente, o arquivo é cuidado por ela e por outra irmã, Antônia, que o está usando para sua tese de mestrado em literatura na PUC.

***

O arquivo é extenso, incluindo também correspondência com seu mundo de amigos, muitos deles personagens das crônicas: Manuel Bandeira, Ribeiro Couto, Carlos Drummond de Andrade (os três poetas, seus padrinhos de casamento), Virgílio de Melo Franco, Rachel de Queiroz, Afonso Arinos, Eneida, Rodrigo Melo Franco de Andrade, Carlos Chagas Filho, Francisco de Assis Barbosa, Prudente de Moraes, neto, Sérgio Buarque de Hollanda, Aurélio Buarque, Pedro Nava, José Rubem Fonseca e tantos outros escritores, jornalistas, políticos, etc. Será, aliás, muito interessante que essa correspondência seja publicada um dia.

***

Há no arquivo mais de 500 crônicas, publicadas, diária ou semanalmente, nos jornais: *Jornal do Comércio*, 1934-1942; *Folha Carioca*, 1944; *Diário de Notícias*, 1943-1950; *Diário de Notícias* – Vida Literária, 1952-1953; *Tribuna da Imprensa*, 1952-1953; *Diário de Notícias* – Encontro Matinal, 1954; *Tribuna da Imprensa*, 1955--1956; *Folha da Noite* – São Paulo, 1957; *Tribuna da Imprensa*, 1959; *Jornal do Brasil*, 1964-1965; *Jornal do Comércio* – Suplemento Literário, 1969; *Diário de Notícias* – Encontro Matinal (segunda fase), 1971-1972; e, finalmente, *Última Hora*, 1974-1976 e 1977-1979.

***

A produção de crônicas diminui, pela falta de tempo, quando começa a dirigir (e reformar) jornais e revistas (*Jornal do Brasil, O Cruzeiro Internacional, O Cruzeiro, Senhor, Realidade*, etc.).

No curto mandato presidencial de Café Filho, o jornalista, além de seu Secretário de Imprensa, foi diretor da Rádio Nacional e de *A Noite* e começou a renovação deste jornal, inclusive preparando a solução de entregá-lo aos empregados. Foi em função dessa mudança apenas iniciada que a Condessa Pereira Carneiro o chamou, em 1956, para realizar a reforma do *Jornal do Brasil*, a qual se tornaria a mais conhecida e mais bem-sucedida dessas renovações.

***

Eu sabia que meu pai queria publicar as crônicas em livro. Não me lembrava era que já tivesse começado a selecioná-las (anotando "sim" ou "não" na margem de muitas) e a esboçar uma divisão por assuntos.

A escolha havia sido apenas iniciada, mas baseado nela foi possível fazer a presente seleção, com crônicas que, a meu ver, seguem a linha do que ele desejava que fosse publicado e representam as várias fases de sua colaboração na imprensa. Sem saber quando será possível publicar a íntegra dessa colaboração, é importante também que a relação seja bem representativa.

Quanto à sua organização, alterei-a, juntando-as num só conjunto. Já que eram apenas uma seleção de cada fase, pareceu mais adequado colocá-las em ordem cronológica, tornando mais visível os acontecimentos e as mudanças na vida do cronista na imprensa e no país.

Tentei selecionar algumas das melhores, do ponto de vista de forma e conteúdo, bem como as que me pareceram mais importantes, do ponto de vista literário, político ou histórico (além das mais divertidas).

***

Crônica é algo que não tem forma única. Cada cronista escreve de um jeito: uns observam mais a cidade, outros são mais participantes; uns têm mais poesia, outros mais humor.

Que grandes cronistas foram Machado de Assis, Lima Barreto, Alcântara Machado; ou um Nelson Rodrigues, um Rubem Braga, um Carlos Drummond de Andrade!

Cronistas foram também, antes do jornalismo dos séculos XIX e XX, ou antes mesmo de haver jornais, Heródoto, pai da História no Ocidente, e Fernão Lopes do início de Portugal.

***

Vê-se no conjunto das crônicas um retrato da vida e das preocupações do escritor. O cotidiano é uma porta de entrada.

Nelas encontra-se seu mundo intelectual – política, história, literatura –, e o mundo das gentes e coisas de que se cercava: filhos, amigos, Santa Teresa, Maranhão e Piauí, sua infância, etc.

Fica claro que sua maneira de escrever crônicas é só uma continuidade da sua maneira de ser e viver: a conversa mansa, leve, cotidiana, despretensiosa, sutil, cheia de riso.

Sim, suas crônicas são, principalmente, uma conversa; e essa característica de diálogo é acentuada pela frequente referência ao leitor, usando de "tu" ou "vós".

***

Nos meus olhos admirados e cheios de orgulho, ele era sempre sereno, manso, tranquilo, inseparável de minha mãe, fiel às raízes, pensando e sentindo o país e o mundo. Era capaz de ver e entender o outro, especialmente os mais humildes. Tinha a humildade da alpercata nordestina que gostava de usar e a teimosia de quem trabalha, trabalha, trabalha, para sustentar a família grande ou para responder a mais um desafio profissional. Tinha o sentido da permanência, e sabia a mágica de fazer as coisas perdurarem ao seu redor e ficarem para sempre: casamento, família, amizades, trabalhos, livros e árvores.

***

Ao reler as crônicas para essa edição, tive uma visão de conjunto que não tinha antes, e algumas características me despertaram a atenção, ficaram mais ressaltadas.

***

Em primeiro lugar a atualidade dos textos.
Poucos foram marcados pelo tempo.
O leitor encontrará neles a "sede e fome" de justiça, a denúncia do preconceito racial, a luta pela liberdade e pela democracia, contra as ditaduras e o golpismo militar, a luta pelos direitos da mulher, pela plena cidadania e pelas reformas sociais, inclusive a agrária, apontando a corrupção e o abuso de poder dos governantes, o lamentável sistema político-partidário, a quase inexistente federação.
Tudo isso que também preocupa os nossos cidadãos hoje, e recentemente levou-os às ruas aos milhões.
Principalmente ouvirá os apelos para que se mude a condição dos "meninos de rua" (antes eram chamados de "menores abandonados"), bem como a dos deficientes (dizia que era preciso "organizar a bondade brasileira").

Embora hoje haja democracia e liberdade no país como nunca antes, e o cronista tenha vivido dois longos períodos ditatoriais, muitos dos problemas políticos e sociais ainda são os mesmos.

***

Em segundo lugar, vê-se como a prosa jornalística faz parte inseparável da obra literária do escritor. De fato é um dos três conjuntos bem distintos entre si, nos temas, na linguagem, na forma: A *prosa jornalística* (me refiro às crônicas), que tem a característica de ser cotidiana e sorridente, ainda quando combativa. A *poesia*, que é na maior parte voltada para o "amor correspondido". Só nos últimos anos de vida, quando ele se torna, como disse Drummond, um "poeta geral", abre mais seus temas para o mundo; o amor abre os braços para além da amada.

A *prosa de ficção*, que se baseia quase toda nas lembranças da infância, na beira do Parnaíba, entre Teresina e, do outro lado do rio, a maranhense São José das Cajazeiras ou Flores (o narrador é em geral uma criança, que conta não exatamente o mundo da infância de meu pai, mas um mundo por ele criado, com personagens que se entrecruzam como se tivessem vida própria).

***

Em terceiro lugar, é possível perceber que muitas vezes as crônicas, em particular as mais antigas, têm um certo "truque".

Começam com um assunto sem maior importância, pescado nas notícias diárias (alguns deles um pouco surpreendentes: aranhas grelhadas, bengalas, vaias, jangadas nordestinas, um trabalhador de armazém, os milagres de um santo); ou uma citação literária, uma referência histórica; ou algo de seu mundo doméstico, sua Pasárgada: Santa Teresa, os filhos, os muitos amigos, os bichos da casa, os moradores do bairro.

Isso vai cativando o leitor, até que, lá pelas tantas, o assunto vira a ligação com a situação política; a crônica se revela direta ou indiretamente relacionada a um problema do governo ou do país, trazido à baila e usado para defender a liberdade, atacar a ditadura ou para chamar a atenção para problemas nacionais.

***

O fato de o cronista ter se forjado como jornalista sob o Estado Novo marcou sua maneira de escrever. De 1937 a 1945 a censura do DIP era brutal. Aliás, foi sob a ditadura que se temperou o mais importante jornalismo político contemporâneo no Brasil: Carlos Castello Branco, Prudente de Moraes, neto, Heráclio Sales, Pompeu de Souza, Otto Lara Resende, entre outros.
Eles precisavam passar para o leitor o que queriam dizer, sem parecer que estavam passando. Como eles, O. C., f. tinha de usar lenços de mágico, para dizer e não dizer. E o uso dos temas cotidianos lhe permitia escrever sobre política sem parecer que estava escrevendo.

***

Meu pai gostava de contar a história de um amigo que lhe perguntou um dia se estava tratando bem o "sujeito"; – "Que sujeito?"; – "O preso"; – "Tem mandado cigarro, jornais, goiabada, queijo?"; – "Mas que preso?"; – "O que está lá nos porões do governo; para você continuar aqui fora solto, só se estiver pagando alguém para ficar lá no seu lugar".

Outro amigo fala em "crueldade": "*Recentemente um amigo meu, noticiando esta coluna, falava que ela era 'tecida sempre com um sorriso e sempre arrasadoramente cruel'. O sorriso, vá lá; mas não a crueldade. Nem dela, nem do jornal. Sorriso, sim, mas de uma ironia descuidada e até inocente. Acreditem: inocente. Se há crueldade é antes nos donos da vida, senhores do povo, que não têm pena de si mesmos e confiam demais em poder atravessar a cidade nus, no desajeito das carnes sólidas... E eu, inocente, que culpa tenho se às vezes grito: 'Olha um homem nu!'?*"

***

Em quarto e último lugar, chama também a atenção a unidade das crônicas ao longo do tempo.

As primeiras crônicas do jornalista, por volta de 1940, são escritas com a mesma mão, o mesmo espírito, das crônicas de 1964, ou das de 1979, quarenta anos depois.

Meu pai tinha 16 anos quando veio do Maranhão para o Rio, em 1930, com meu avô, também chamado Odylo, juiz aposentado, quase cego, e um bando de irmãos; tornou-se arrimo de família.

Seu primeiro emprego foi dado por Félix Pacheco no *Jornal do Comércio;* firmou, porém, seu nome como jornalista sob o poder de Getúlio Vargas, quando lutou contra a ditadura ao lado de Virgílio de Melo Franco.

***

O cronista nunca acreditou em identidades ideológicas, considerando-as "pílulas douradas"; no entanto, no prefácio de *Distrito da confusão,* de 1947, que contém crônicas escritas durante o Estado Novo, ele é dito "homem da esquerda cristã" e "socialista".

Quanto a seu espírito combativo, nos seus trinta e poucos anos, basta citar uma crônica sobre Virgílio (assassinado, por razões não esclarecidas, em 1948, exatamente três anos depois da queda de Getúlio), "O velho Mangabeira se queixava: 'deixo o Virgílio sereno, mas no meio do dia ele almoça com o Odylo e à tarde eu o encontro exaltado...' Era dupla injustiça, a mim e a Virgílio: o que partilhávamos era uma teimosia comum".

***

São crônicas daquela época que abrem este livro. Veja o leitor se não poderiam ter sido escritas hoje. Apesar da liberdade, o Brasil não mudou tanto, especialmente em seus problemas sociais. Basta passar uns olhos pelos tempos em que viveu.

***

A Revolução de 1930, que teve como um dos principais líderes o próprio Virgílio de Melo Franco, coloca Getúlio Vargas, ministro da Fazenda na Primeira República, no poder, onde fica por quinze anos, sete deles de ditadura assumida (o Estado Novo); faz duas constituições, ambas igualmente nunca cumpridas. Em 1945, o hábil político gaúcho é derrotado; em parte pelo cansaço geral, expresso por exemplo no "Manifesto dos Mineiros", de iniciativa de Virgílio e Afonso Arinos de Melo Franco, Luiz Camillo e outros; e em parte pelo sentimento dos soldados brasileiros que lutaram na Segunda Guerra, que era também o de toda a nação: se as democracias venceram a guerra, era preciso que aqui também houvesse democracia. Derrubado o Estado Novo de Getúlio, é instaurado o regime democrático. Contudo, novas crises se sucedem.

***

O general Dutra é eleito presidente (apoiado pelo PSD e pelo PTB, os partidos que Getúlio criou) e logo fecha o Partido Comunista, cassando seus parlamentares. Getúlio, eleito senador, mas autoisolado em sua fazenda em São Borja (RS), continua pairando sobre a política. Apesar da nova constituição, de 1946, os partidos não se consolidam, o sistema democrático e o estado de direito não se firmam. Getúlio é eleito presidente pelo voto popular, com base nos seus partidos. Os homens com quem governa, porém, são os mesmos; está velho e cansado, praticamente não administra. Novamente uma crise, agora deflagrada por um atentado ao deputado Carlos Lacerda, no qual morre um major da aeronáutica. Descobre-se que foi feito pela guarda presidencial. Vargas afirma que há "um mar de lama nos porões do Catete" e dias depois se suicida, invertendo, com o dramático gesto, a maré do sentimento nacional. Assume o vice Café Filho e, um ano depois, o ministro da Guerra, o general Lott, dá um golpe e o depõe (o militar continua ministro no governo de Juscelino, e será enterrado, em 1984, sem honras militares). Vem o governo de Juscelino Kubitschek, do PSD. Desenvolvimentista, instala a indústria automobilística e constrói Brasília; em função desta super-obra, porém, inicia-se um longo ciclo de superinflação. Seu governo foi dito democrático, mas, entre outras coisas, vários jornalistas foram ameaçados com a Lei de Segurança Nacional, resquício ainda de 1935. Juscelino consegue completar o mandato, num clima de renovação e mudança: Brasília, bossa-nova, biquíni... A UDN da direita extremada de Carlos Lacerda apoia o fenômeno eleitoral Jânio, que não é do partido, e ele é eleito presidente com grande maioria dos votos. Apenas sete meses depois, renuncia, talvez achando que, como De Gaulle, voltaria nos braços do povo, com plenos poderes; os brasileiros, contudo, se sentem traídos e dão a renúncia por fato consumado. O vice Jango, do PTB, toma posse, mas os militares só o aceitam se for implantado o parlamentarismo. Um ano depois, através de um plebiscito, ele consegue o retorno ao presidencialismo. Contudo, é um presidente fraco e, acenando com grandes reformas pouco explicitadas, aumenta a instabilidade e leva o país a um caos político e econômico. Todos colaboram para a nova crise, agora política e social (desabastecimento, apagões, greves sem conta, quebra da hierarquia militar, etc.) e não percebem o perigo do confronto entre direita e esquerda.

Os militares, já habituados a intervenções políticas – na verdade já quase um "poder moderador" – dão o golpe de 1964, com apoio da maioria da sociedade brasileira. Agora, porém, dizem eles, a tomada do poder será contra "a subversão e a corrupção", "pela pátria", "contra o comunismo", como mandava a Guerra Fria. Agora, não mais entregariam o poder de volta aos civis; agora, eles próprios consertariam o país.

No entanto, após o governo de Castelo Branco, que desejava e preparava o retorno à democracia, como era a vontade do país, vai havendo golpe dentro de golpe (como "babushkas", uma dentro da outra), numa espiral de endurecimento e distanciamento da sociedade, vencendo, a cada vez, setores mais radicais. O resultado: vinte anos de ditadura militar, de 1964 a 1985.

Até aqui, as Forças Armadas entregaram o poder a um político ou um grupo político; tornaram-se quase um "poder moderador". Agora, porém, os militares acham que têm que assumir eles próprios o governo. Animados por uma ideologia anticomunista, contra a "subversão" e a "corrupção", montam um sistema político de fachada, simulando um Congresso aberto. Os sucessivos "atos institucionais", porém, permitem a cassação de mandatos, a perda de empregos, e de direitos políticos de parlamentares, juízes, professores, advogados, etc.

A falta de liberdade inibe escritores, editoras, jornais e outros meios de comunicação. O controle é total.

Calam-se os passarinhos, as conversas de botequim, os telefones.

***

No fim do Estado Novo, a censura acabou passivamente, desmoralizada com a entrevista de José Américo, publicada em vários jornais apesar de proibida. Já o fim da ditadura militar foi longo e difícil; os órgãos de informação e repressão tomaram os freios nos dentes, precisou do esforço de dois generais-presidentes, uma tentativa de golpe de estado pelo ministro da guerra, bomba do Riocentro, a tortura e morte de tantos.

Depois veio a redemocratização, na década de 1980, num longo processo de "distensão", "lenta, gradual e segura". Nele, a OAB, a CNBB e a ABI, principais representantes da sociedade civil, tiveram um papel importante.

Para caracterizar a união nacional pela democracia, chamaram Prudente de Moraes, neto e o jornalista para serem presidente e vice-presidente da ABI, o órgão representativo da imprensa e dos jornalistas.

Hoje temos um estado de direito com mudanças sociais e as mais amplas liberdades e garantias que jamais houve no país.

Meu pai, contudo, não viveu para ver o novo amanhecer.

***

Dois fatos trágicos marcaram profundamente o coração do cronista: um filho assassinado por pivetes, em março de 1963, e uma filha deficiente falecida aos 12 anos, em dezembro de 1964. Logo depois ele teve um grave enfarto (e o coração o levará a ter uma morte relativamente precoce, aos 64 anos). Anos depois, outro dos temas sempre presentes nas crônicas veio abaixo: a demolição da casa que amava, o antigo sobrado rosa e branco reformado para ele e sua família, em Santa Teresa; dá adeus à casa e ao bairro que também amava (a casa, seu quintal e seus bichos; seu jardim, com o laguinho com fundo de azulejos dos sobrados maranhenses e pés de jasmim perfumado; os cães no meio da noite, o bonde, o casario e as palmeiras, o silêncio grande).

***

Após a morte de meu irmão Odylo, meu pai escreveu a novela *A faca e o rio*, sua primeira obra de ficção: meu irmão ouvira ele contar a história e pedira para que a colocasse no papel. Ao mesmo tempo, reencontrou a poesia e ela o segurou acima da água: *"en poésie, il s'agit, avant tout, de faire de la musique avec sa douleur, laquelle directement n'importe pas"* (citação Mallarmé que Manuel Bandeira lhe enviou).

Procurou dar-se ao próximo, e se dedicou o quanto pôde à luta pelos "menores abandonados" e pelos "deficientes".

Em parte em consequência dessas tragédias foi por dois anos adido cultural em Lisboa, dedicando-se à aproximação entre as culturas brasileira e portuguesa e à convivência com escritores e artistas (embora desagradasse ao governo de Salazar), além de estar na Europa e de poder ver o Brasil de longe. Foi um período importante para sua criação literária.

***

Tudo isso aconteceu num tempo relativamente breve. O sofrimento moral, as limitações da doença e a crescente ditadura, que vai aos poucos silenciando o país, talvez lhe tenham tirado parte do ânimo e orientado seu trabalho de alguma forma. Não perdeu a coragem, nunca, mas talvez tenha se tornado um homem mais íntimo e menos público.

Jogou-se em seus poemas, em grande parte poesia lírica, voltada para o amor por minha mãe; e em seus contos, sua ficção. Infelizmente, o que seria, a meu ver, seu mais belo romance, ficou escrito apenas em sua cabeça e nos ouvidos da família e dos amigos para quem contava, a cada vez aumentando um ponto.

Apesar das marcas e cicatrizes, continuava a rir e sorrir, e construiu uma casa feita de poesia e de histórias.

Dentro da casa, dentro de seu peito, continuou sempre jornalista: até no último ano de vida; e apesar da companhia traiçoeira da *angina pectoris*, continuou a escrever crônicas.

O sonho de ser jornalista, que viveu desde os 15 anos, continuou até chegar a "boca da noite".

***

Durante longo período, quando eu saía de manhãzinha para pegar o bonde e ir à escola pública primária, em Santa Teresa, meu pai ainda dormia. Fazia questão de ficar no jornal até ele começar a rodar, às vezes às seis da manhã, e às dez horas já estava de volta. Quando chegava, à noite, eu e meus irmãos já estávamos dormindo. Antes de sair, eu, entrava devagarinho no quarto de meus pais, ia até o paletó, metia a mão no bolso e pegava um chocolate com uma vaquinha desenhada na embalagem, que ele sempre trazia.

Acho que meu pai queria que os leitores, ao abrirem o jornal de manhã e lerem suas crônicas, pensassem sobre os graves temas e problemas do país – que ele podia apenas insinuar, sugerir, apontar. Mas queria também que o leitor trouxesse em seus lábios, pelo resto do dia, um sorriso.

Como o de um menino que tivesse ganhado um chocolate antes de ir para a escola.

Virgilio Costa

CRÔNICAS

POESIA, FORÇA DO MUNDO

Se é certo que o bom Deus procura dar aos poetas a morte que eles desejam, acredito que esta semana haja reinado nos Céus um profundo desassossego. Ia morrer um grande poeta, e, o que é mais, um poeta cristão. Mas Francis Jammes não soubera nunca ao certo como desejava morrer. Raros homens terão pensado tantas vezes na morte, e terão tantas vezes pedido ao Senhor que ela fosse como seu coração queria. Certa vez, rezara:

> *Mon Dieu, faites que le jour de ma mort soit beau et pur.*

E acrescentara desejar a morte não como os que o fazem por pose,

> *mais très simplement,*
> *ainsi qu'une poupée une petite enfant.*

Morrer como o bom lavrador das fábulas de La Fontaine: com as mãos de seus filhos nas suas, numa grande calma do coração, cercado de filhos de olhos cor da noite e de filhos de olhos azuis...
Sim, mas desejava também que nesse dia belo e puro o campo estivesse em festa, os caminhos cheios de poeira.
E não só isso: queria que a mulher muito simples que Deus lhe desse se ajoelhasse, depois de lhe fechar os olhos,

> *les doigts joints sur ma couche,*
> *avec ce gonflement de douleur qui étouffe.*

E que essa fosse a única oração da Bem-Amada.
Numa outra prece Francis Jammes não se contentava em enumerar os detalhes que gostaria de ver reunidos em seu momento final, na morte sem glória que ambicionava. Dispunha sobre o enterro:

> *Mon cercueil sera simple, avec de villageois*
> *et les enfants en blanc de l'école primaire.*

E pedia ainda mais. Pedia que na pedra modesta figurasse apenas o seu nome. Pedia que se um poeta passasse pela aldeia e perguntasse por ele, ninguém soubesse responder. Pedia que uma mulher viesse, um dia, procurar o seu túmulo...

> *pour y mettre des fleurs dont elle sait le nom,*
> *qu'un de mes fils se lève et sans l'interroger*
> *la conduise en pleurant où je reposerai.*

Mas não bastavam essas determinações em forma de súplica. Já antes (aqui começam as contradições) Francis Jammes dissera como queria seu túmulo. De um bloco de pedra cinzenta, sim, e não de mármore. Mas não tendo apenas o seu nome gravado. Todos os versos – são cem versos – de sua oitava Elegia deviam figurar nos sete palmos de granito rústico...

Sobre essa sepultura poética, uma menina Maria (que Francis Jammes conhecera aos quatro anos de idade e de quem, depois, nunca mais tivera notícia) devia colocar um *bouquet*, cuja composição o poeta detalhava: lírios roxos, musgo, nenúfares (para lembrar outros, com os quais, um dia de encantadora tristeza, vestira uma dama de sorriso cansado), tojais e rosas, que lembrassem a infância, e ainda:

> *Tu mettras, en souvenir de Gide, des narcisses,*
> *car c'est lui que paya l'édition d' "Un Jour".*

Mas ainda não lhe bastavam essas flores. Inquietava-o também saber se seria amado pelos poetas, como aquela tímida e inquieta Marceline Desbordes-Valmore, a quem dedicou um poema:

Mais qui me saluera, lorsque je serai mort,
ainsi que j'ai salué Desbordes-Valmore?

***

Se Francis Jammes pensou tanto na morte é porque ela representa um episódio infalível e que não se repetirá mais; representa o "permanente" em sua vida e ele ama enternecidamente a existência.

Todas as coisas lhe parecem simples, puras. Puro o sono:

Mon sommeil est plus pur que les nuits romantiques.

Pura sua alma, puro o luar, pura a luz que acende, nas alamedas, às 11 horas da manhã, a rosa negra e os íris que choram:

Mon âme est pure ainsi que l'âme la plus pure.

Quando este imensíssimo aedo quer falar das paisagens e dos sentimentos que gostaria de ter perto de si, o número de seus adjetivos é limitado. Entre esses adjetivos – "calmo", "pobre", "obscuro" ou "claro" – o preferido é "doce".

Antes mesmo de se converter ao catolicismo, exclamara que não discutia a existência de Deus, uma vez que a igreja da vila era doce. Doces lhe pareciam as lembranças queridas, mais doces do que a erva-cidreira. Doce a infância. "Doces amigos do céu azul" os burros, com os quais iria ao Paraíso – animais de doce pobreza e que baixam a cabeça docemente e param juntando os pés de maneira tão doce. Doce a mulher que desejaria para si, doce e com essa doce castidade no coração, "que faz que ao se abraçar a gente sorria e se cale". Doce o agricultor que segue pacientemente o arado entre os bois de altos chifres. Doce, sempre terrível, doce e triste sua alma. Doce Madame de Warens, falando a Jean-Jacques Rousseau. Doces os passos da amiga desconhecida, que um dia visitará o quarto em que Francis Jammes nasceu. Doce a alvorada na beira das lagoas, coalhada de angélicas. Doce a época em que soam fanfarras nas grandes cidades, nas tardes de domingo. Doces os dias amargos – doces "como o diário de Eugenia de Guérin". Doce o canto claro das crianças segurando ramos. Doces os vinhedos e as hastes das parreiras que se enlaçam nos olmos. Doce o silêncio que vem de sua amiga e lhe enche o coração, doce a gravidade do seu rosto, e doce ele mesmo. Francis Jammes, "doce como uma rapariga"...

Enfim, quando se dirige à dona dos seus versos, não lhe diz "*oh ma beauté*", como qualquer de nós (como Baudelaire, mesmo nos seus amargos pensamentos), porém "*ma douceur*", "*ma chère douceur*"...

***

Muito se tem falado na página de Rilke sobre Jammes, página a que, por exemplo, o senhor J.F. Angelloz, um dos mais notórios comentadores do grande poeta, dá importância capital: ela caracteriza, a seu ver, a sedução de Rilke pelo campo, pela solidão povoada de pensamentos e de imagens do campo, e seu horror da vida entre as pedras das cidades, que nunca pôde deixar...

Como haverá, decerto, quem ainda não a tenha lido, aqui a transcrevo:

...estou sentado e leio um poeta... Não sabeis o que é um poeta? Verlaine... Nada? Nenhuma lembrança? Não fazeis diferença, eu sei. Mas é um outro poeta que leio, um que não habita Paris, um inteiramente diverso. Um que tem uma casa calma na montanha. Que ressoa como um sino no ar puro. Um poeta feliz que fala da sua janela e das portas vidradas de sua biblioteca, que refletem, pensativas, uma profundeza amada e solitária. É justamente este poeta que desejaria vir a ser, porque sabe tantas coisas sobre as moças, e eu também saberia tantas coisas sobre elas. Conhece raparigas que viveram há cem anos; pouco importa que estejam mortas, porque tudo sabe. E é o essencial. Pronuncia seus nomes, esses nomes leves, graciosamente estirados com letras maiúsculas enlaçadas à última moda, e os nomes de suas amigas mais idosas em que soa já um pouco do destino, um pouco de decepção e de morte. Talvez se encontrem, num caderno de sua secretária de acaju, suas cartas empalidecidas e as folhas desamarradas de seus diários, onde estão inscritos aniversários, passeios, aniversários... Ou bem é possível que exista, no fundo do quarto de dormir, na cômoda ventruda, uma gaveta em que sejam conservados seus vestidos de primavera; ves-

tidos brancos que se usavam pela primeira vez na Páscoa, vestidos de tule que eram antes vestidos para o verão que, entretanto, ainda não se esperava... Ó sorte bem-aventurada de quem está sentado no quarto silencioso de uma casa familiar, rodeado de objetos calmos e sedentários, a escutar os melharucos se ensaiar num jardim de um verde luminoso, e ao longe do relógio da vila. Ficar sentado e olhar um quente rastro de sol da tarde, e saber muitas coisas sobre as moças de antigamente, e ser um poeta. E dizer que eu poderia vir a ser um poeta assim, se pudesse habitar nalguma parte, nalguma parte deste mundo, numa dessas casas de campo fechadas, onde ninguém vai mais. Necessitaria de um único quarto (o quarto claro sob a lanterna). Viveria ali com as minhas coisas antigas, retratos de família, uns livros. E teria uma poltrona, e flores, e cães, e uma bengala sólida para os caminhos pedregosos. E nada mais. Nada mais do que um livro, encadernado num couro amarelado, cor de marfim, com um antigo papel florido para folha de guarda. Nele eu escreveria. Escreveria muito, porque teria muitos pensamentos e recordações de muita gente. Mas a vida dispôs de mim de outro jeito. Deus sabe por quê. Meus velhos móveis apodrecem numa granja, onde me permitiram colocá-los, e eu mesmo, sim, meu Deus, não tenho teto que me abrigue, e chove nos meus olhos...

***

A mensagem de Jammes é a de um homem em cujo coração a humildade está em constante luta – como no de todos os verdadeiros *humildes*. Atirando-se, do fundo de sua amargura sem remédio, contra o amor das belas coisas criadas pela sua força, ajoelhando-se diante do Senhor, ele encontra expressões comovedoras para se "definir". É igual a mais *humilde* pedra. É igual *"aux ânes aux pas cassés"*. Deseja ser igual a uma *humilde* formiga que fura sabiamente um buraco no talude. Suplica que Deus o torne igual aos carneiros monótonos, que passam *humildemente*, das tristezas do outono às festas da primavera. E não quer se queixar. No momento mais doloroso (quando só, talvez, uma estrela apanhada no céu acalme seu coração doente) não quer se queixar e se cala, consigo mesmo,

> *sans fiel aucun ni raillerie,*
> *comme un oiseau en sang, caché entre deux pierres.*

E, então, quando a solidão desesperada e sem fé desce sobre ele, sente-se

> *comme le soir,*
> *qui fait qu'on ne voit plus les faneuses d'azur*
> *à travers la prairie des pensées de mon âme.*

Mas a sua humildade, a sua entrega absoluta diante da Graça divina, são acompanhados por um sentimento de êxtase da Obra Divina. Ama a beleza, ama o corpo.

> *Je ne porterai point de corde autour des reins*
> *car c'est insulter Dieu que de meurtrir la chair.*

E cantará à mulher um *angelus* sem fim, mas não admirará as que procuram ocultar a beleza,

> *car c'est nous voiler Dieu que voiler la beauté*

Assim, a mensagem deste Francis Jammes é feita de humildade e de êxtase pela vida – onde Deus está presente. Debalde procurará ele apresentar seu mistério religioso íntimo como alguma coisa de terrível. Debalde procurará, em seus artigos e em suas memórias, tornar-se pontiagudo, áspero, esmagador e profético como seu amigo Claudel. Deus o fez comovido e simples. Não o encarregou de estudar metafísica, nem de compor os dramas teológicos essenciais. Sua Igreja não será abstrata, nem em pedra granítica, povoada de anjos e monstros; será sempre a Igreja "vestida de folhas", branca ou cinza no meio da planície, do barro vermelho da planície ou do capim alto da montanha. E haverá sempre, para chegar até ela, caminhos (mesmo na neve) povoados de camponeses e de mulas que carregam vinhos e raparigas...

***

Por isso mesmo, para Francis Jammes, a poesia é que é a força do mundo. Seus heróis preferidos são Robinson Crusoé e D. Quixote – e ambos não se conformam com o antipoético, e o enfrentam e dissolvem, apesar de todas as suas amarguras interiores, com as fontes de uma imaginação que ora se surpreende contemplando pegadas na areia de uma ilha isolada, ora transforma Aldozinda em Dulcineia...

E acontece que para ele (como para D. Quixote, para Robinson Crusoé, para S. Francisco de Assis, que ele amava) é preciso restituir o mundo à poesia, justamente libertando-o da impureza, isto é, das categorias falsas que o povoam, ensinando-o a amar o quotidiano – o pão, o vinho, a terra, os amigos, os bichos.

Seus poemas falam, ao mesmo tempo, da vocação de uma camponesa que se faz monja, e de anjos que segam trigo. De como se prepara um guisado de lebre, do alho que é preciso não esquecer, e dos ventos, amargos como azeitonas, do Outono. De uma Virgem que morava (com as duas mãos quebradas e uma fita azul na cintura) no nicho de um quarteirão em que habitou na cidade, e do moço de cachimbo triste que era aos 29 anos. A infância, com todos os seus perfumes, com a lembrança dos cofres de vidro em que se guardavam pétalas de rosa, dos baús orientais trazidos há duzentos anos por seu avô do Oriente, e cujo cheiro povoara seu coração de moças morenas e de árvores em que sobem serpentes; toda a adolescência, suas viagens, suas amarguras, o coração frio, vazio, negro, Amsterdã, onde as casas parecem que vão cair, a Bem-Amada que não chega; a mocidade, quando se sente ainda tão "criança" – embora vá completar trinta anos; toda a sua "experiência" ficou em seus versos. Sabe-se se, quando ele os escrevia, fazia sol ou chovia. Sabe-se se estava triste ou alegre. É um homem em carne e osso que está escrevendo – que não quer saber de super-homens, nem de luta de classes, que quer ter piedade, chorar, dormir à sombra de sua lâmpada com a fronte nos punhos e os punhos na mesa.

Sim, é porque era um homem e caminhava com os pés no chão que este poeta pacífico não será mais esquecido.

Jornal do Comércio, 13 de novembro de 1938

VIAGEM

Não sei se é o verão ou a primavera que está começando (tenho o receio de desagradar, com a minha opinião, o senhor Osório Borba, adversário da primavera, ou o senhor Augusto Frederico Schmidt, que a encontrou outro dia inesperadamente, ao sair de casa). Sei que o calor começou, e que você, leitor, se tiver tempo e dinheiro, vai viajar.

É por isso que estou escrevendo. Indico-lhe uma cidade para descanso. Indico-lhe Bom Jardim.

É uma cidadezinha um pouco adiante de Friburgo, sem cinema, com muita poeira, e em que toda a gente suspira, à espera de que o café suba de novo. Porém que paz! E que clima!

Não espere encontrar ali uma aventura, a Bem-amada desaparecida ou algum mistério. Também não espere descobrir detalhes ignorados da arquitetura colonial, para oportunas e modestas exibições eruditas. Não. São duas filas de casas, separadas pela estrada de ferro, numa rua de um lado mais alta e do outro mais baixa, e que, por isso, tem dois nomes: rua de Baixo e rua de Cima. Uma igreja nova com painéis em estilo medieval, um ribeirão com uma, duas, três, quatro pontes. Sobrados cercados de lianas e de flores. Ruas meio escondidas – dando para o ribeirão. E os muros com cacos de vidro que, decerto, o leitor (como eu) não vê mais, desde a infância.

De onde vem, entretanto, a impressão de inefável doçura que acompanha a lembrança de Bom Jardim? Das salas imensas do hotelzinho, em frente da estação, com mesas de mármore (do tempo da prosperidade)? Deste sino que encontramos na porta de uma fazenda e que traz a data: 1836 (no tempo dos escravos)? Do

Coronel Luiz Correia – que encontramos lendo o *Jornal do Comércio*, que não planta mais café e criou duas fábricas – uma de fécula e outra de vinho, e suprimiu os cavalos na sua fazenda, e apenas se queixa que esteja velho e o tipo do *Jornal* seja tão miúdo? Da visão desta fazendeira que tenta achar interesse na leitura de *E o vento levou...*? Ou das rosas descomunais e perfeitas que vejo no quintal do hotel, dezenas de rosas brancas, vermelhas, amarelas?...

Se você, leitor, tem a vocação de descobrir cidades, não hesite: vá descobrir Bom Jardim. Ali você não encontrará cinema, nem a Bem-amada impossível, nem montará em burro brabo. Bom Jardim não é Pasárgada, não.

Mas você guardará, para sempre, a saudade daquele canto do mundo, onde (quem sabe?) não há ainda japoneses...

Jornal do Comércio, 8 de outubro de 1940

A AVENTURA DO MARINHEIRO

José Pancetti é marinheiro. Diz com orgulho: – "Sou marinheiro." Qualquer derrota, qualquer vitória, comove-o mais justamente por isso, por causa dessa circunstância tão aparentemente sem importância para seu destino eterno: – "Sou marinheiro." Por isso, o Prêmio de Viagem ao Estrangeiro o alegrou ontem, passou uma noite feliz. Marinheiro não foi derrotado. Por isso amargou durante 52 semanas o título, em duas colunas, do *Globo*, no ano passado: "A derrota dos modernos". Ele, marinheiro, com o quepe branco dos dias de parada, as divisas no braço, tinha sido o candidato dos modernos; e tinha sido derrotado; é certo que pelo voto de desempate, mas derrotado. A Marinha fora derrotada. Ontem, porém, que vitória! Quatorze votos contra sete, os antigos votando no moderno, uma simpatia geral cercando o seu nome. Que alegria pura nesta alma puríssima, meus amigos! Não por ele, mas pelos modernos, pela manchete no *Globo*, e porque marinheiro não se derrota. Para este marinheiro, pintura é questão de vida e de morte. Tudo nele é sinceridade.

Perguntareis: Quem é este José Pancetti, de quem falais com um entusiasmo nunca visto? A aventura deste homenzinho feio é muito simples. Consulto um catálogo, leio isto: "José Pancetti, de descendência italiana, nasceu em Campinas, onde viveu até os onze anos, quando foi levado para a Itália, para estudar desenho. Estudou com os Salesianos em Massa-Carrara, durante cinco anos. Um juvenil desejo de aventuras fê-lo deixar a arte pela Marinha Mercante Italiana, na qual serviu como aprendiz de bordo de um navio à vela. Depois de dois anos nesse serviço, voltou à pátria, exerceu atividades diversas e acabou por alistar-se na Marinha

Brasileira. Retornou à pintura com maior interesse, passando dentro em breve a expor os seus trabalhos."

É pouco, direis vós. Não. É muito. Detrás dessas poucas linhas está escondido um mundo de ternura e de sofrimento, de ingenuidade, de fé, de experiência vivida com toda a força e toda a sinceridade. Está escondida a igreja velha de Gênova onde Pancetti, um dia, prometeu que traria a mãe de volta à Itália, que há 45 anos ela não vê. Está o mar agitado e a luta dos homens com o mar, e estão os mares parados, oleosos, mortais, que povoam os quadros de Pancetti. Estão os chãos úmidos entrevistos nos portos, perto do mar. Estão os céus monótonos e um amor pelas coisas, pelos bonecos, pelas faces, pelas cores, uma piedade tão grande pelos objetos que quase que se diria a piedade de um cego. Mas não é. É a piedade acariciante de quem foi aprendiz de lavrador, carpinteiro de caixões de defunto, vagabundo nos cais de Gênova, tecelão, ourives fracassado, pintor de paredes e de casco de navios... Um contato tão demorado com as formas humildes da vida e uma procura tão atormentada do próprio destino fizeram desse admirável ser, simples e leal, um grande pintor, a quem alguns anos de trabalho afastaram das velhas fórmulas para se juntar aos renovadores da pintura, no Brasil.

***

Com o prêmio de viagem, aparece agora para José Pancetti um novo problema. Para onde ir? Não pode cumprir a promessa de rever as terras, podres de sangue mas históricas, da Europa. O ideal seria que fosse aos Estados Unidos. É certo que, num país de nível de vida tão alto, será exígua a pensão fixada pelo governo brasileiro para os dois anos de aprendizagem. Está aí, entretanto, o Instituto Brasil-Estados Unidos, que tem conseguido realizar tanta coisa interessante. Por que não promover uma bolsa de estudos para José Pancetti? Não iria aos Estados Unidos apenas um grande pintor, mas um homem de alma transparente, digno de apertar a mão de homens livres e honrados.

Jornal do Comércio, 1942

ARTE E MARTÍRIO

Chamavam-se Cláudio, Castório, Sinforiano, Nicostrato e Simplício. É o que leio na *Legenda Áurea*: "Estes mártires sabendo toda a arte de esculpir e não querendo esculpir um ídolo a Deocleciano, nem consentir, por qualquer modo, em sacrificar sua fé, por mandamento do dito Deocleciano foram metidos em caixas de chumbo assim vivos, e lançados ao mar (em redor dos anos do Senhor CCLXXXVII)". A Igreja os festeja em 8 de novembro.

Por que, lendo esta história, a sua poesia me invade? Fico pensando no mistério desses corpos de santos jogados no oceano em caixas de chumbo, nos diálogos com Deocleciano, na teimosia, a dura teimosia dos mártires. E, sobretudo, fico pensando no milagre dessa lição eterna.

Estes quatro homens eram, humildemente, escultores. Essa palavra não envolvia, para eles, nenhum privilégio especial: não se consideravam com o direito ao pecado, nem à riqueza, nem ao poder. Tudo o que tinham de diferente era o dom de criar imagens, o dom de criar novamente a vida.

Mas, de repente, chega até eles um rumor de passos e de vozes. É Diocleciano, o Imperador. São os emissários do Imperador. O Imperador os admira; e como desconfia de que representa o efêmero, quer a eternidade. "Façam ídolos a Deocleciano!"

E logo, fresca e simples, esta resposta: "Não!" Virá a coroa de espinhos. "Não!" Virá a morte no fundo do mar. "Não!" Virão os tormentos físicos. "Não!" Os filósofos afirmam que os santos estão errados. "Não!" Nenhuma dúvida. Seus corpos devem tremer – o medo é tão humano e fácil nos homens simples. Nenhuma adesão. Humildemente, pensam no céu. Suas mãos estão puras. "Não!"

Por que essa coragem e esse jeito eram comuns no ano 287 do nascimento de Jesus Cristo e são hoje tão difíceis? Olho o nosso tempo e vejo a máscara do senhor Mussolini feita por De Wildt, vejo Rivera adulando o ponto de vista da Revolução Mexicana e, com o mesmo pincel, traçando o retrato de Edsel Ford: e toda a arte russa (me dizia um dias desses o senhor Tomás Santa Rosa Junior) foi por esse mesmo motivo que fracassou.

Quem percorreu, por exemplo, o Salão Nacional deste ano, aqui no Rio, deve ter ficado intrigado com dois aspectos: primeiro, o número de discípulos e de mestres que existem (o catálogo marcava: "Fulano, discípulo de Fulano"); e, segundo, a vocação do artista brasileiro medíocre para adular. O instinto do louvor sem causa, como está desenvolvido nessa gente!

Tudo isto, porém, é meio melancólico. Todas as reflexões que a gente fizer ficarão cada vez mais tristes, darão até vontade de chorar. Vou me lembrar dos quatro santos que não aderiram. Vou me lembrar também de outros artistas que morreram quase de fome mas foram puros – meus santos do Impressionismo, Cézanne "raté", o teimoso Pissarro, meu amado Van Gogh, Modigliani que bebia tanto...

Jornal do Comércio, 1942

CONFISSÃO DE GOIABINHA

O leitor certamente não conhece Goiabinha. Goiabinha é meu afilhado, aquele que o vento levou pelos vales cortados de trilhos, e seguindo caminhos agrestes chegou até o mar. Não tem nenhum parentesco com as mulheres de nome raro que povoam hoje a poesia brasileira: Josefina, Ariana, Esmeralda, Adalgisa e Luciana, nem com as inexistentes noivas que os poetas recém-chegados vão crismando de Adriana e outros apelidos.

Goiabinha se some e de repente vem me atrapalhar a vida. Chega inesperado e sutil, com distinções metafísicas que me impedem de agir. Ainda agora, creio que viajou no bojo do mesmo avião em que nossos fraternais amigos Raimundo Magalhães e Lúcia Benedetti regressaram da América. Vi-o entrar e instalar-se em minha vida. Tirou-me o desejo de trabalhar. Quer é que eu ande com ele, em conversas noturnas ou correndo livrarias e sebos. É a criatura mais inconstante que conheço. Deseja, simultaneamente, coisas opostas. Morar, por exemplo – se a gente consegue fixá-lo nesta ideia: "morar" – quer morar no Sul de Minas, mas ao mesmo tempo na beira do mar. E creio que para adular-me chegou à conclusão que o ideal seria uma quinta na minha ilha natal de São Luiz, com águas correntes, grandes mangueiras, um chão varrido, o mar perto, juçareiras: águas e arvoredo. Está cada vez mais novo. Se julga vagamente imortal. Também não trabalha, não se cansa. Não sabe trabalhar, não consegue. Perde tempo lendo poesia e em discussões ociosas. Traça programas de aprender história natural. Planos de livros que não escreverá nunca. E me contagia. Fico achando horrível o meu trabalho, me sinto inútil. São dias e dias perdidos. Largo homens sérios e vou atrás dos amigos de

Goiabinha, como Chico Barbosa e outros, daqueles para quem ele continua o mesmo menino de cabelos lisos caindo nos olhos pretos, moreno, raquítico.

Porque, sobretudo, há em Goiabinha um desprezo pelo adulto, por suas ideias, seus problemas, suas soluções medíocres, sem imaginação. A primeira vez que o vimos, Adolfo Aizen acabara de fundar o "Suplemento Juvenil". Estávamos na pequena sala da redação quando entrou por ali aquele desconcertante herói. Começou a contar suas aventuras. Era vaidoso e confidencial.

E dez anos depois não mudou nada. Me dizia ontem (o suplemento completava dez anos, foi pretexto para almoçarmos juntos):

– Uma das coisas mais estúpidas de vocês, adultos, é esta mania de se preocupar que os meninos não leiam histórias policiais, aventuras fantásticas, crimes e cavalgadas. Vocês, quando guris, leram Alexandre Dumas, Michel Zevaco, Edgard Wallace. São melhores ou piores por isso? Certamente melhores. Melhores também descendo o Amazonas na jangada de Júlio Verne ou se perdendo na África atrás das minas do Rei Salomão.

Aprenderam que a justiça triunfa sempre. Que o poder do homem é ilimitado. Que nenhum tirano sorridente ou cruel déspota sobrevive. Que um homem sozinho não é vencido nunca, se não se rende, não se resigna.

Pois os heróis de histórias de quadrinhos – o velho Flash Gordon, Dick Tracy, Terry, Joe Rian, Flip Corkin, Buck Rogers, o Cavaleiro Vermelho – são uma nova cavalaria andante. Eles estão contra o pecado, qualquer que seja a sua máscara e em qualquer planeta, ainda mesmo nos asteroides incandescentes. E haverá coisa de que precisemos mais do que uma nova cavalaria andante?

Vocês, adultos, que de vez em quando se esquecem dos cuidados vãos, lendo os jornais infantis, vocês mal sabem em quanto influíram as aventuras desses sobre-humanos rapazes para criar um mundo novo. Hoje, outros heróis, de carne e osso, fazem mais do que eles, humildes e anônimos, em defesa das coisas que aprenderam a amar com eles. Das coisas que valem a pena amar. E que eles ensinaram à gente que não eram simples ideias, mas realidades entranhadas na carne, que nos acompanhavam noite adentro e sem cuja presença não podemos viver: a Verdade (ou, antes, sua procura), a Liberdade, a Justiça...

Folha Carioca, 1944

DESPEDIDA DAS ÁRVORES

O velho rapaz sentimental me disse, quase chorando e entretanto cheio de uma vibração incontida e forte:
– Você não estava aqui quando cortaram as árvores do Campo de Sant'Anna. Foi à noite, como quem rouba uma criança. Ao amanhecer os grandes troncos jaziam por terra e fui despedir-me deles.

Fiquei pensando nas estranhas coisas a que tinham assistido. Tinham visto pares de namorados, primeiros passos hesitantes de crianças, choros, angústias, alegrias, esperanças, gargalhadas, seres em que a saúde brilhava como uma luz enorme, seres em que a vida ia apagar-se e estava dentro deles, tímida porém ainda lutando, como a chama de uma vela que a mão abriga contra o vento... Nortistas de cabeça chata desembarcados da Central, mineiros de cigarro de palha nos dedos, paulistas que não diziam "bicicleta", mas "bicicreta" (no vale do Paraíba é assim que eles falam), estranhos mendigos nórdicos estragados pela dilacerante cachaça dos trópicos, velhinhas pretas que ainda se lembravam da escravidão, ficavam sentadas nos bancos, espiando a tarde mansa, as flores vertiginosamente vermelhas: povo lírico e humilde, capaz de chorar alto e de rir alto... Tinham visto homens silenciosos e mulheres eloquentes, discutindo miúdas questões de vida familiar, preparando enxovais de filhas moças, fazendo planos sobre a vida dos que iam nascer, recordando a vida dos que já tinham morrido...

Compreenderiam as velhas árvores que aqueles estranhos bípedes estavam condenados a um permanente delírio ambulatório, enquanto elas, paradas, conseguiam seu pão sem esforço e eram, sem esforço, a própria poesia? Distinguiriam o marinheiro simples, de gorro azul, que posava para o retrato do "lambe-lambe" com a mulher e os filhos, todos de branco, dos homens do Poder e da Riqueza que passaram sob sua sombra? Recordariam ainda gente do Império, quedas de Ministério, Floriano Peixoto, o civil Prudente de Moraes caminhando a pé para o Itamaraty, a fim de assumir a Presidência da República, em meio da confusão de gritos, boatos, jacobinismos acesos? E da Proclamação da República, se lembrariam? Essas é que seriam as grandes testemunhas, mudas por isso mesmo...

Não as vi partir sem um aperto de coração, uma revolta, como quem se despede de um irmão pequeno, também puro e também sem defesa, para sempre...Tinha por elas uma ternura, uma comoção feita da saudade de outros dias, com a luz da adolescência, que rodeia as coisas e os seres de uma aura translúcida. Dias de melancolia humilde que os jacintos entrevistos através do velho portão de ferro dissipavam; dias de assembleia dos ventos, em que as folhas assobiavam no vento; manhãs de sol frio em que as cotias, os cisnes, os marrecos, os gansos, os bichos todos do Campo, ensinavam a lição da vida, repetiam, em sabatina, que é bom viver, salvavam almas do desespero desesperado...

Velhas árvores em que subiram os pavões para soltar o seu grito angustiado, tão semelhante ao dos epiléticos; que deram sombra em tardes abrasadoras; que protegeram casais de pobres, agarrados juntinhos no enlevo do amor e da conversa em voz baixa, falando de coisas simples; que viram o desfile de cordões de carnaval, blocos, carros alegóricos, e a espera pelos bondes nas madrugadas do Carnaval; pés machucados ainda dançando, vozes roucas ainda cantando, nas mãos os pandeiros ainda entoam sua cantiga sonora (como as asas de um pássaro ferido que vai morrer...). Partiram. Este ano não ouvirão o canto do amor vitorioso:

> Enfrentei bala de aço
> Mas conquistei Cecília...

Folha Carioca, 1944

O COMENDADOR VENTURA E A POLÍTICA

Não sei se o leitor é amigo do Comendador Ventura, o estupendo boneco de Divito, que aparece diariamente na *Folha Carioca*. Se for, me desculpe, me deixe que lhe diga: não considero o Comendador simplesmente humano, um retrato de nossas humanas fraquezas, das nossas vaidades, das nossas tentações, das nossas pequenas renúncias e abdicações diárias, mas um monstro, de hipocrisia e de cinismo. Talvez porque na fase que começo a viver deteste acima de tudo a mentira (embora reconheça nela sinal certo de água viva, isto é, de inteligência e de imaginação). Sórdido Comendador! Ele inveja os meninos parados em redor do domador de serpentes, mas passa ao largo. Desejaria sentar-se ao lado da Dona Boa, mas vai procurar o banco da Velha Coroca. Preferiria gritar sua fortuna, mas sorri modesto e socialista. Treme de frio sem roupas de inverno, mas empina o peito como a quilha de um navio singrando os Sete Mares e o rio Amazonas. Torce de moer os dedos nas corridas, ri feito criança no circo, adora um bêbado cantando, e até se enternece com o luar, mas conserva impassível a cara invulgar e abstrata, suficiente porém e solidamente superior. Símbolo dolorosíssimo, sinto-o capaz de "meetings" contra o nu das praias depois de sair de um banho de mar...

Por tudo isso, ocorreu-me um calafrio na espinha quando li, nos jornais de hoje, notícia da transformação democrática a que Hitler ia submeter o seu próprio governo. Deixaria de ser "Führer" para ser presidente da República; convidaria o infernal doutor Schacht, recém-saído da cadeia, para ministro da Fazenda. Ministro da Guerra seria von Brauchitsch. Von Papen, Chanceler.

"O objetivo dessas medidas", diz gravemente um jornal pró-nazi sueco, "seria preparar o caminho para uma reconciliação com os elementos da oposição".

Pleno reinado das malasartes do Comendador Ventura...

Fico pensando como seria a política do Comendador Ventura, caso um dia resolvesse deixar seu confortável individualismo e interessar-se pelo Poder. Seria alguma coisa parecida com o meu velho tipo de "homem de circo" e, todavia, mais aperfeiçoada. Nós o veríamos exteriormente liberal e benéfico, enquanto por dentro acumulava cipó de tamarindo, cacete de jucá, umbigo de boi, relho e peia, para surrar gente, clavinote, rifle, metralhadora, fuzil e gás lacrimogêneo para atirar nas massas ignaras (creio que é o adjetivo clássico para massas. Vou perguntar a um desses mestres de um português sem preconceitos, Antenor Nascentes ou Ayres da Mata Machado). Se o Comendador tivesse chefiado ou apenas orientado um dos governos fascistas – ou uma de suas máscaras – através do mundo, decerto o encontraríamos vigilante e atarefado, a remendar, a pregar meias-solas, numa ânsia de eleger, de votar, de legitimar. No íntimo, porém, o sonho acalentado seria o da perpetuidade, alicerçada num fascismo branco, informe e hipócrita. À sua palavra de ordem, rebentariam democratas do solo, como "chapéu de sapo" depois da chuva... O céu ficaria cheio de formigas de asa... Quem as visse girando na luz, pensaria logo: mariposa legítima, e das velhas penas surgiriam velhos chavões, já enterrados e mortos: "o sol do idealismo", "a luz do voto popular". Vai-se ver, são centenas de discípulos do Comendador. E aqui surge um problema: será o Comendador o próprio Diabo, o Cão?

No fundo, o Comendador é mesmo um fascista disfarçado. Como todo fascista, ele adora a mentira. E tudo indica que adora também o Poder, adora também a Riqueza. Nunca, evidentemente, os teve na mão, porque não os largaria mais. Viraria monarquista, republicano, socialista, parlamentarista, anglófilo, russófilo, entusiasta da *hispanidad*, simpatizante do fascismo, conforme os ventos que soprassem. No fundo, seria apenas o nosso eterno Comendador. E, se fosse rico, nós o haveríamos de ver, disfarçado em apóstolo, bater à porta do Céu, onde creio que, na capa do livro de São Pedro (a que o povo, que é quem realmente sabe dessas coisas, sempre se refere e que, portanto, incontestavelmente existe), na capa do livro de São Pedro, os desenhos têm como motivo a palavra divina: "Mais fácil é passar um camelo pelo fundo de uma agulha do que entrar um rico no reino de Deus". Ah! Comendador, Comendador, zela por tua alma! E zela também por teu corpo. Comendador, ingênuo Comendador, que julgas possível disfarçar as coisas com o véu diáfano da Fantasia... Ou pensas que Hitler Presidente apagará a lembrança do Führer, o republicano Mussolini fará esquecer o Duce, Franco dormirá caudilho e acordará inocente? Acabou-se esse tempo, o tempo em que zombavas da tempestade e até da cadeia:

Me ne frego
De la galera
Camicia Nera
Trionferá

Chegou um tempo em que a mistificação mais sutil não triunfará, não. Podes encher o peito, Comendador, e jurar pela democracia. Podes sorrir ou mesmo, para disfarçar o súbito horror, dar gargalhadas sadias, cantar árias novas, improvisar novos passes. Não enganarás ninguém. Acabaste. Adeusinho.

Folha Carioca, 1944

EM LOUVOR DE CHICO XAVIER

Quero começar por uma confissão bem simples: não gosto do espiritismo, mas gosto muito de Chico Xavier. Minha principal objeção ao espiritismo não é que seja espiritual. É, justamente, a intensidade com que é material. Ele não procura espiritualizar o homem, porém materializar os espíritos. Sua confusão entre espírito e matéria vai ao ponto de procurar apoio em fenômenos como levitação, de puro materialismo. E vários defuntos grã-finos, distintíssimos, e senhoras defuntas outrora impecáveis compareçam aqui na terra para dar receitas, escrever artigos e aconselhar sobre compras de casas, ditar volumes inteiros ou insinuar o nome do colégio dos meninos... Há uma permanente preocupação terrestre nesses puros e imateriais seres (não sei se esta terminologia será a exata).

Não só os "aparelhos" são terrenos: terrenos os problemas, as instruções do além-túmulo, e até as paixões, tremendas paixões, e malícias, meu Deus! Gente que só vem atrapalhar, como esses irreverentes pintores modernos que perturbam a gravidade dos acadêmicos... Outra observação que sempre me acode: o espiritismo não é uma procura de Deus, mas daquilo que pertence a Deus e está para além do homem, da boa vontade e da agudeza do homem. Seu principal acontecimento não é a vida: é a morte. Por isso mesmo, eu, que sempre fui um seduzido pelo sobrenatural, mas tenho um bruto apego à vida e prazer danado de viver, não quero conversa com o espiritismo. Não é que tenha medo. Acho graça. E gosto dos espíritas pessoalmente, a começar por Dona Márcia, que me arrancou dentes com uma força doida quando menino. Era dentista – e espírita. Até encomendou aqui para o Rio um espírita, um tal Professor que chegou em Teresina cercado de povo. Foram ver não era Professor nem nada. Mas Dona Márcia continuou espírita. Espírita é assim – não desanima nunca.

Mas não é só porque gosto dos espíritas que estou escrevendo sobre Chico Xavier. Vejo nele mais do que um enamorado do demônio (ou uma vítima das Trevas). Encontro nele um colega que merece toda a minha admiração.

Com efeito, há neste país um poeta que se chama Manuel Bandeira. Poeta que reata aquela tradição que vem de Bernardim Ribeiro e Antonio Nobre, passando pelo Camões lírico, por Bocage e Antero de Quental, e pelo nosso Gonçalves Dias, um poeta de quem no futuro teremos de contar muitas vezes aos nossos netos (se a esta geração de medrosos Deus der o prêmio de netos) e de quem se dirá um dia: "no tempo de Manuel", como hoje dizemos: "no tempo de Camões".

Pois bem: as tiragens dos seus livros – no momento mesmo, em que ninguém discute que ele é o maior poeta brasileiro – não atingem a décima parte das edições de Chico Xavier. Este homem simples, que não vive em Copacabana, mas numa cidade do interior de Minas Gerais, se fez um imenso público. Dia e noite rolam nos prelos obras com sua assinatura. O contato com o sobrenatural fê-lo poderoso e impressionante para milhares de excelentes criaturas – a telefonista que me liga o telefone, o carteiro que te leva cartas, o patrão generoso que acredita em fotografias de espíritos. E embora nenhum deles duvide de que está lendo mensagens de além-túmulo, é Chico Xavier o instrumento, o telégrafo dessas comunicações em que se concedem vagos conselhos de amor ao próximo e se divulgam mensagens urgentes sobre moléstias da alma e do corpo... Outro sinal de seu prestígio como escritor e poeta (porque se trata, senhores, de um incrível polígrafo), é que uma editora tem exclusividade de suas obras, e ele nunca mudou de editor. Enquanto um romancista da força de Jorge Amado anda de Schmidt para José Olympio, e de *Diretrizes* para a Livraria Martins, Chico Xavier, este pobre sem gravata da casa de barro perdida no chão de Minas Gerais, paira acima das admirações instáveis e dos desentendimentos contratuais...

O leitor há de ter concluído que não acredito na interferência de Humberto de Campos nas obras que lhe são atribuídas como ditadas *post-mortem*. E realmente não acredito. É certo que escrever um livro, para mim, é como casar; e casamento exige – pelo menos de meu ponto de vista – consumação entre vivos.

Da autoria das demais obras, principalmente Victor Hugo, sempre exagerado, não duvido. Não teve um rei que fez de Inês de Castro rainha depois de morta? E sentou no trono de Portugal o corpo dela, buscado na sepultura? Pois admito esses noivados do sepulcro entre o poeta e o poema, se bem que sem a alegria suprema de reler, acariciar o filho, e empurrá-lo em leitura rápida, no primeiro amigo que encontra. Avalio até Antero de Quental maliciosamente debruçado no ombro de Chico Xavier...

Mas Humberto, não. E explico por que. Conheci-o de perto, e muitas vezes conversei, em vida dele (é bom deixar bem claro), com este homem. E nunca vi preguiça igual para escrever. Parecia com a de todos nós que vivemos de escrever coisas, mas muito maior. Era o cansaço de um homem que se fizera para as gostosas vadiações da inteligência. Mais de uma vez o encontrei sentado, a máquina de escrever como namorada desprezada enquanto o velho Humberto conversava...

E a admitir que, como singular castigo, a morte não o libertasse do ofício, que estaria ele agora pedindo que nos comovêssemos com ele e sobre ele mesmo? E nessa solidariedade, não se estaria também apiedando dos outros, mas de maneira concreta e misturando heróis gregos com a carestia da vida? Das duas grandes formas de contato com o público – a piedade sobre si mesmo e o choro sobre a miséria alheia – Humberto de Campos fizera junção numa filosofia cotidiana, risonha, resignada, pacífica e suave. A menos, porém, que haja atilados aparelhos de censura prévia em funcionamento na alma receptiva de Chico Xavier, como explicar que esse amigo do povo caísse num vago filosofismo, pueril e inconsistente, em vez de vir juntar sua voz maliciosa e comovida aos homens do povo? Isso, nos últimos tempos, é que nos dava sempre. E era o que – ressalvada aquela desanimada hipótese – nos daria hoje. Um sorriso e uma lágrima, isto é, um pouco de poesia, nestes dias em que não se tem leite, nem carne, nem manteiga, e vai faltar laranja, e já falta peixe...

Não, meu caro Chico Xavier. Não é Humberto de Campos quem lhe está ditando livros de propaganda espírita. Não é não. Deve ser boto, cuissaruim, pé de pato, Tutu Marambaia de cima do telhado, Saci, Pai do Mato, vai ver que é João de Minas ou Santo Antoninho da Rocha Marmo, que sei eu? Humberto de Campos não é. Ele já teria escrito sobre as filas, o gasogênio, o preço das rapaduras do Norte que andam vendendo aí. Teria também escrito sobre estes homens simples e sem subentendidos sutis, este General Clark, este Montgomery, este Bradley, que estão lutando por Liberdade e por Justiça. A cada um de nós teria trazido uma esperança como companheira para os momentos de cansaço e de indecisão. Seria uma luz nos dias difíceis, uma palavra de consolo e de solidariedade na hora amarga. E estaria com o povo. Simplesmente. Como um homem do povo.

Folha Carioca, 1944

BOLÍVAR, O BARÃO DE ITARARÉ E O HOMEM DE CIRCO

Relendo agora o livro excelentemente didático de Ludwig sobre Bolívar, recordo suas biografias anteriores e compreendo que este admirador de Napoleão e de Bismarck, este jornalista que desceu a "colóquios" com o finado Mussolini, não poderia ter amado o ser contraditório, incoerente, profundamente versátil e humano que foi "El gran Libertador". O modelo predileto de Ludwig foi sempre o "teatral", o que vive exteriormente. Esse homem que escreve não pode sentir as hesitações, os gritos, lágrimas, gargalhadas, silêncios, angústias, êxtases, dias em que a alma se esconde, dias em que as paixões se fazem leves e ágeis, que são o característico do homem que vive.

Há, entretanto, em Bolívar, justamente por seu temperamento e pelo temperamento de sua gente, o amor dos grandes gestos, das grandes frases. Mesmo em seus momentos de ironia, tão raros, as fórmulas lhe caem da pena incisivas e rápidas: "Há um bom comércio entre nós", escreve a Santander; "Você me manda especiarias, eu lhe mando esperanças". Ou referindo-se a uma pastoral que lhe desagradou: "Este, sim, é o dilúvio das palavras sobre um deserto de ideias".

Esse general de duzentas batalhas era um pacifista quase fanático. Bolívar faz a guerra – escreve Unamuno – para fundar a única paz verdadeira, a única paz que vale, a paz da liberdade... Quantas vezes, suspendendo a "guerra de morte", o Libertador indultava os prisioneiros e os devolvia aos espanhóis. Mas seu amor não era covardia, não ia ao ponto de sacrificar a causa porque lutava. Não aderiu nunca. Considerava horrível a profissão de soldado – mas não a deixou, porque não compreendia paz sem justiça. *"El amor a la paz, tan próprio de los que defienden la causa de la justicia"...* Mais de uma vez fala de sua "pazomania". Em outra ocasião, escreve: *"Todo lo espero de la pluma e no de la espada"...*

Onde, porém, a contradição é mais flagrante é no que se refere ao poder supremo. Nunca o desejou; reconhece-se incapaz para ele. Submeteu-se ao serviço militar porque era necessário vencer ou morrer; porém, para mandar, não há tal conflito. A própria deserção já é um heroísmo... "Não sei, não posso, não quero governar". Ou então: "Estou profundamente compenetrado de minha incapacidade para governar..." Entretanto, se fará ditador; e vai propor uma constituição em que o presidente é irresponsável e vitalício... Este é o segredo de Bolívar: ele não deseja o poder. Entre as paixões humanas que o agitam, que o fazem heroico, ingênuo, ridículo, amante, conspirador, ciumento, generoso, entre as enormes paixões que o sacodem, não está a ambição do poder. Volteará sempre em roda do poder, mas porque o obscuro pressentimento das pátrias futuras, o instinto da liberdade, o senso da luta, o conduzem a isso. Propõe uma confederação americana. Que o istmo do Panamá seja para os homens da América como istmo de Corinto para os gregos... Mas não chega a suportar a Confederação da Venezuela...

Esta massa hesitante de sentimentos fixada através de algumas ideias é o que há de mais alto na história; o que, de vez em quando, a história abre as mãos e nos deixa ver entre os dedos misteriosos. É um Homem. Sobre esse material é que Deus trabalha. Em suas exaltações e suas melancolias se modificam destinos. São como este *hidalguito* os grandes condutores de forças obscuras da vontade coletiva, muitas vezes lutando contra puras aparências. O branco Bolívar liberta os pretos; este ditador funda nações; este guerreiro lança o pan-americanismo e a ideia de uma sociedade das nações, "uma ordem permanente internacional, estabelecida sobre obrigações mútuas"; este matador de espanhóis é humanista...

Não sei por que ao escrever sobre Bolívar me vem à ideia, com uma insistência que inutilmente combato, a figura do Barão de Itararé. Decerto, há em ambos a mesma distinção de casta, porque ambos são fidalgos; em ambos o mesmo intenso, sofrido amor pelos pobres; e ambos se enamoram da liberdade e da justiça... Mas isso não basta para aproximar Itararé, cuja arma predileta é o riso, de Bolívar, que quase nunca ria. Já o sr. Hermes Lima comparou Itararé a D. Quixote; e essa mesma comparação é inevitável nas biografias de Bolívar.

Por outro lado, Bolívar passou a mocidade entre livros, aventuras, rostos femininos, espadas cruzadas, carruagens, jantares. E essa foi, também, a mocidade aristocrática de Itararé, no tempo em que dedicava páginas inteiras da *Manhã* à poesia, aos poetas, aos veneráveis puristas da língua. Com o correr dos tempos é que ele desceu até a planície. Veio movimentar-se entre nós, humildes viajantes de ônibus, bondes, trens da Central. Largou seu elegante lotação a gasogênio e ei-lo misturado com o povo. Estamos em pleno século XX. Mas ele é homem de outro tempo ou dos tempos novos que estão por vir?

E vejo então que em Bolívar, como em Itararé, encontro antes de tudo "antissímbolos": os antissímbolos de uma época que teve como linguagem o *slogan*, como ideal, a velocidade (ou como queria o sr. Keyserling, o *chauffeur*); e como rei o "homem de circo", e como capital, Munique.

A técnica do homem de circo repousa sobre o silêncio (não aquele silêncio que é uma defesa do artista e mesmo de cada um de nós, homens quotidianos; silêncio em que a gente se perde para pensar na vida, imaginar coisas, e se povoa de imagens e de música...) e sobre uma deturpação consciente do grande dom que é a astúcia. De olhos fitos na corda bamba, ele dança, ele dança. Seu problema é ficar; todo o seu problema. Bolívar era incoerente; ele é inconsequente. Itararé ri para dizer a verdade; ele ri para poder mentir. Neutro, ora aceita os argumentos dos anjos, ora se inclina para os demônios; e nesse diálogo diário apurou a inteligência e de tal maneira se revelou sutil e destro que o público o aplaude, embora não o ame. E até as crianças sei que não desejam mais ser professoras, ou marinheiros, ou aviadores, ou maquinistas, ou escritores, ou costureiras, quando crescerem. Querem ser sabidas. É o ensino do "homem de circo". Às vezes, para encantar melhor a ingenuidade humana, ele abre um guarda-chuva, se fantasia de paz universal, se chama Mr. Chamberlain; ou então faz o milagre do velhinho perneta, com o peito cheio de medalhas, que anda no arame de Vichy... Tem tantos nomes que parece eterno. Foi Porfirio Díaz no México, Juan Vicente Gómez na Venezuela, Borges de Medeiros no Rio Grande do Sul, etc., etc... E seus amigos abrem longas exclamações: "O homem é de circo..."

Pois seja. Os "homens de circo", nunca se soube que eles dessem ao mundo mais do que uma paz fictícia, geradora de lutas futuras. Não, minha menina, não foi o esperto Carlos VII que salvou a França, foi uma menina boba, Joana d'Arc. Nem o esperto Pilatos quem salvou o mundo, mas alguém que ele julgou: Jesus Cristo.

Folha Carioca, 1944

UM ANTIFASCISTA MODELO

*E*is que não vos falarei de árvores, nem de bichos. Também não tratarei do "homem de circo" e de suas singulares aventuras. Dir-vos-ei apenas de Don Antonio Finnamore, que a justiça dos homens acaba de condenar à cadeia na Itália.

Ora, se deu que num povoado dos Abruzzos, na terra multissecular de Frísia, que ainda conserva o seu nome romano, o povo pobre tomou um dia conhecimento de que se iniciara o fascismo. Ninguém sabia direito o que isso queria dizer: lavadeiras, operários de estrada de ferro, lavradores de trigo, funcionários públicos municipais, donos de vacaria, se perguntavam um ao outro em que aquela mudança se refletiria em sua vida. Estavam tão longe do mundo, gente de fala cantada e paixões ardentes, que, provavelmente, acreditavam, até as suas montanhas, sua vila pobre no pé do grande castelo, não chegariam aquelas reformas de que os jornais falavam, aquelas violências que em voz baixa uns contavam aos outros, em todo o país.

Não se perguntaram por muito tempo. Don Antonio Finnamore chegou, uma noite; e desde então ninguém mais respirou direito. Todo o mundo trabalhava para ele. Viviam vida de escravo. O homem era secretário político do Partido Fascista. E isso queria dizer (foi à própria custa que aprenderam) direito de vida e de morte sobre eles todos. E esse pesadelo durou longos ásperos anos.

Ora, se deu que chegaram soldados do outro lado do mar. Entraram terra adentro. Pararam em Frísia. Don Antonio Finnamore foi para a cadeia. No primeiro momento, ainda invocou certos nomes, falou em Badoglio. Julgou-se salvo. Mas continuou na prisão até o dia breve em que se anunciou seu julgamento.

Na sala estreita, as testemunhas falavam com simplicidade.

Uma mulher avançou chorando, ainda com medo. Don Antonio tinha suspenso, durante três dias, seu cartão de racionamento. Seus três filhinhos tinham passado fome. Avental riscado, lenço de camponesa na cabeça, as mãos limpavam as lágrimas lembrando aqueles três dias de sofrimento sem consolo. E o motivo era o mais simples: essa megera não cedera passagem, numa estrada, ao carro de Don Antonio Finnamore. Depois um chefe de trem (um antigo chefe de trem) mostrou o braço maneta: perdera a mão num desastre mas não tivera pensão nenhuma. Don Antonio Finnamore informara às autoridades superiores do Partido que se tratava de um perigoso antifascista. Dois lavradores, pai e filho, contaram como fora provado que as terras deles não eram deles, e sim de Don Antonio Finnamore; e como um juiz fascista decidira de acordo com essas provas eloquentes. Tinham se transformado em trabalhadores para Don Antonio. Um antigo mestre-escola avançou, modesto em suas roupas pobres: fora aposentado por não simpatizar com o regime.

A cada uma dessas acusações, Don Antonio, guardado entre soldados aliados, ora fingia não ouvir, ora se limitava a encolher os ombros. Mas quando aquele que sofrera por suas convicções, porém não as calara nunca, quando o que tinha fome e sede de justiça começou a falar, o diálogo explodiu violento e para manter a ordem o militar que presidia o júri teve de determinar que a exposição do homem que acusava fosse feita por escrito.

Don Antonio Finnamore teve, então, a palavra para defender-se. Tentou um esforço. Recompôs-se. Sorriu. E declarou que servira ao fascismo. Mas constrangido. Violentado. E como quem grita espantosamente uma verdade:

– "Na alma, eu era antifascista. Eu era antifascista na alma".

O júri, porém, não fez como a loura do poema do meu querido e grande Carlos Drummond de Andrade. Não ficou espantado de ver um homem esperto. Devolveu o herói para a cadeia, até – disse o veredicto – o pronunciamento definitivo de uma Corte mais alta.

Não é isso, porém, o que espera Don Antonio Finnamore. Ele sonha com o dia em que os antifascistas do seu tipo (que são milhares, no mundo inteiro) invadam por sua vez a Itália; e tomem conta, ainda que por métodos sutis, descarados e hipócritas, do domínio do mundo! Nesse dia, será libertado, e irá (mas naturalmente de automóvel) numa passeata, entre vivas e flores, e fará um discurso contando como judiaram dele, pobre coitado, sempre antifascista. E seu nome será uma bandeira. E todo o povo de Frísia trabalhará para ele... E ele escreverá longos artigos sobre o verdadeiro conceito de democracia, paz mundial; as violências dos demagogos e o despeito dos fracassados.

Mas, oh meus amigos, será que deixaremos este dia chegar, apenas com um sorriso impotente?

Folha Carioca, 1944

CONVERSAS DE 13 DE MAIO

Uma das mais gostosas confissões do velho José Bonifácio de Andrada e Silva, em seus documentos inéditos, é esta: a de que sempre preferia conversar com um homem do povo, por mais ignorante que fosse, do que com um fidalgo. Tinha, no primeiro caso, a certeza de sair lucrando; e, no segundo, a certeza de sair perdendo...

Aqui em Teresina não tenho grã-finos para conversar, mas de vez em quando consigo ouvir as confidências do povo, não murmuradas como uma prece mas contadas sem medo: a liberdade começa a correr no sangue nacional.

Reparo que o 13 de maio não tem significação para muita gente entre nós; e me lembro que no Congresso Afro-Brasileiro de Recife houve até um curioso marxista que negou sua importância histórica, considerou-o uma estulta manobra capitalista para se ver livre dos negros, correr aos mercados dos colonos, escravos brancos... Mas o povo continua fiel a esta grande data. Embalde foi riscada da lista dos feriados nacionais: o povo cria festas, dança nas ruas (aqui pelo menos) porque o dia lhe pertence, é um dia da Liberdade.

E no 13 de maio desço até a praça central da cidade – uma grande cidade de mais de cinquenta mil habitantes – para ver o tambor, dança dos negros que todos os pobres fizeram sua e que hoje vão levar até alta madrugada, com aguardente de cana e tiquira, a dilacerante cachaça de mandioca. Mas não vejo o tambor. Está havendo um comício popular e o povo se aglomerou em redor dos dançarinos. Não se consegue ver nada, nem se consegue passar até perto. Ouço, porém, a conversa de um grupo que se sentou nos pés do busto de Rio Branco. É um grupo de donos de tambor, de tocadores e de figurantes. Discutem pela bebida, mas um deles se dirige a três ou quatro curiosos que estão espiando. Conta que mora na cidade, numa das suas últimas ruas, numa das últimas casas de uma dessas estradas em que a cidade vai morrer no mato e nos cocais de arredor. E insiste em dizer isso porque foi dos que convidaram os companheiros do mato, os matoeiros, para vir dançar.

Ele, que morava na cidade, não tinha medo. Mas os outros não queriam vir, não. Os brancos podiam fazer alguma traição. Decerto, a gente da cidade estava planejando que eles descessem, quando estivessem dançando, pegava eles e escravizava de novo. Lanhava o couro deles até sair sangue e botava sal por cima. Ia ser uma sangueira danada e a escravidão de novo, pesada e triste. Ele, que morava na cidade (creio que na estrada do Manoel Domingo) riu deles, perguntou se nunca tinham ido na cidade, garantiu tudo, conseguiu trazê-los, mas não a todos. E agora queria que quando voltassem contassem tudo, como tinham bebido e dançado à vontade. Ele morava na estrada Manoel Domingo, ainda na cidade (estou bem certo que era na estrada Manoel Domingo, mas já no fim, na parte em que começa o mato).

Não beberam nem dançaram à vontade. Veio uma chuva enorme e tivemos de bater em retirada; mas sei que alguns insistiram em ficar e que, molhados como os antigos escravos que fugiam sob tempestades, prolongaram até de manhã o ruído monótono do tambor.

Ficamos remoendo aquela conversa trágica, quando alguém bateu à nossa porta. Era um velho de setenta anos, que ainda vira o 13 de Maio, o autêntico, e se lembrava dele, das brigas que houve, da alegria que encheu ruas da cidade e caminhos do mato. Pediu para passar o chuvisco ali (chovia a cântaros...). Demos a ele uma cadeira de vime, fomos conversar um pouco, ele contava que a chuva passasse logo. Tinha medo dos guardas. Pegavam gente como ele, quando andava tarde na rua, e levava p'ra Segunda. E ele não era conhecido aqui. Morava em S. Luís. E podiam os guardas conhecer toda a gente? Também desde menino era tímido, verificamos logo, porque confessou que não gostava de ir a festa, pelo menos de dançar: sempre saía briga no fim. A chuva custou a passar, ficou ali conversando.

Não, não vos poderia resumir todas as coisas que me contou. Contou como uma turma de trabalhadores de estrada de ferro, no vale do Itapecuru, atravessou diversos povoados com dinheiro no bolso mas sem achar o que comer, até que pegaram um jacaré pequeno, comeram moqueado com farinha. Contou como, por ocasião dos incêndios (os misteriosos incêndios que há três, quatro anos devoraram dezenas, centenas de casas pobres em Teresina) haviam enterrado vivo um homem que não queria confessar coisas. Abriram a cova, meteram ele até o peito. Perto, numa árvore, puseram uma corda com um laço, encostaram o laço no pescoço dele (não me lembro se contou que o enforcaram). E quando eu e minha mulher perguntávamos quem tinha feito isso, ele resumiu tudo numa frase: – Diz que mandaram fazer... – Mas quem? – Os grandes.

Eu acabava de encontrar, numa mesma noite, dois testemunhos de um dos mais amargos problemas que as novas gerações brasileiras, ao despertar para a vida pública, vão ter de enfrentar e resolver. Quando se assegurará a unidade da nossa gente? E como fazê-lo? Vejo de vez em quando, ao viajar para o interior, as casas de palha da beira da estrada, com seu chão de terra, a camarinha lá dentro em que dorme a família inteira, os meninos nus, os descendentes, em grande parte, dos índios, antigos donos da terra, cuja situação pioramos, afastando-os das habitações em comunidade, isolando-os, acabando com a caça e infiltrando-lhes tabus alimentares: não comer lagartos, não comer sapo, não comer carne humana. Vejo os descendentes dos antigos escravos, a que faltamos com as generosas promessas da abolição. Vejo o preconceito de cor dilatando-se por horizontes imensos.

Eis o que teremos de apagar, de combater, de suprimir, para criar uma nação fundada sobre justiça e liberdade ou, como queria o meu velho Mazzini, construída sob o lema de "Deus e o povo". Em todo o país, os pobres continuam polidos, hospitaleiros, pacíficos, como os encontrou, há mais de cem anos, o viajante Saint-Hilaire. Continuam, na acepção comum e exatíssima do vocábulo, "civilizados". O que é preciso é reatar a tradição de pensamento político que se inicia em José Bonifácio e passa por Tavares Bastos e Joaquim Nabuco, tradição dos homens que sentiram os mesmos sentimentos do povo, se identificaram com ele, não quiseram feri-lo em sua religião nem em sua liberdade, pesquisaram as soluções práticas para os seus problemas, observaram atentamente a realidade e, quando impedidos de agir diretamente através do governo ou do parlamento, discutiram, debateram, denunciaram, formaram o ambiente moral que forçou alguns dos mais belos momentos da nossa vida em comum de brasileiros.

Folha Carioca, 1944

RETRATOS DE UM POETA (NOTAS FRAGMENTÁRIAS)

Já nesse tempo, quando envergou a primeira calça comprida, o poeta era como aparece neste retrato e como seria para sempre: ao mesmo tempo "íntimo e distante", isolado e no entanto indispensável, presente, intimamente ligado aos homens e às coisas. No adolescente Carlos deste painel de 1915, já está, em seus traços essenciais, Carlos Drummond de Andrade, aquele que terá poucos amigos, raros amigos, e entretanto um desejo de aproximação e de contato com os demais seres humanos quase que dilacerante.

Nesta "composição", que é de uma indescritível beleza lírica (a família mineira: o pai e a mãe sentados, os filhos de pé) os irmãos mais novos ficam nos extremos, ambos com um ar que à primeira vista parece triste, mas se reparando bem é sonhador e individual. A irmã ajusta a pequena mão na cintura, deixa o outro braço cair, pisa com força no chão, e os olhos refletem "graça, incompreensão", talvez separação dos brinquedos prediletos, "no horizonte sem fim da fazenda". Rendas no vestido, volta no pescoço, meias brancas, sapatos brancos, combinação rendada, e o próprio olhar cheio de desinteresse – mas também de firmeza – tudo contrasta com Carlos: meio torto, de botinas pretas, de gravata nova, de colarinho duro de ponta virada, envolvido como numa névoa, os pequenos braços cruzados e resolutos. Ainda é um menino e já é um homem. Ele também pisa, no chão direto e firme, mas está longe de todos, sozinho. A roupinha de uma fina e graciosa elegância combina com os traços do rosto infantil; a boca pequena e um peso nos olhos, como se leituras, histórias de Robinson Crusoé, cavalgadas pelo campo, sérios problemas maduros, estivessem escondidos, quisessem desabar através desses olhos. O que eles têm a exprimir é mais do que podem dizer. Assim também a poesia de Drummond, mesmo depois de sábia e exata, receberá a pressão enorme de uma experiência vivida com toda a alma. Como não ser-lhe-iam então difíceis os primeiros contatos com as palavras, os primeiros esforços para submetê-las, inconscientemente, a uma disciplina feliz e fecunda?

Já teria então começado (me pergunto com angústia) a sua luta com o anjo? Luta de que ele se desvencilha de vez em quando para, através de um ar que parece de chumbo, receber de repente, nítida, fresca, cristalina, a imediata visita das coisas, a inadiável mensagem do mundo exterior: o doce vento mineiro, bananeiras, girassóis, jardins, noites de luar sobre horas e quintais, cheiro de caliça das construções novas, andaimes, cimento escorrendo nas formas, ramo de flores no sobretudo, casario na cacunda dos morros. Sim, me pergunto, já nesse tempo o desespero insinuaria o suicídio? As primeiras indicações que temos devem datar de sete anos depois, no tempo em que uma senhora Beatrix Sherman recortava silhuetas na Exposição Internacional do Centenário da Independência, de 1922 a 1923, no Rio.

De *pince-nez*, chapéu de laço atrás, gravata armada, mãos no bolso, calças acima do sapato, no rigor do figurino da época, o tom quase boêmio do perfil não disfarça a simplicidade, a timidez, a tristeza de quem observa o espetáculo com olhos desconfiados de mineiro, olhos irônicos de poeta.

Era talvez a época em que o poeta escrevia o "Coração numeroso"; a época em que a tentação vinha forte para o homem solitário.

A vida é para mim vontade de morrer.

E o desgosto de viver se acentua:

E como não conhecia ninguém, a não ser o doce vento
[mineiro,
nenhuma vontade de beber, eu disse: Acabemos com isso.

Salvam-no "os mil presentes da vida aos homens indiferentes": a fascinação que treme na cidade, os autos que correm caminho do mar, árvores, ruas, casas compridas, a promessa do mar, tudo o que não evitara a amargura vai agora conduzi-lo para o êxtase. Acabou-se a cidade, é ele a cidade. É no seu peito e não no cais que bate o mar. O poeta está salvo – até que de novo se declare peremptoriamente disposto ao suicídio e anuncie aos amigos sua última resolução. Ele não teme a morte, como Augusto Frederico Schmidt; nem a deseja em seu momento mais feliz, como Manuel Bandeira; nem lhe escapa por um instinto ardente de fuga pelo mar, pelo sabor da praia estrangeira, o amor dos homens longínquos e das terras do outro lado do mar, como Ribeiro Couto.

Ele vai lutar com a morte e dessa guerra diária salvar o seu mundo, um mundo de solda autógena e de objetos mais quotidianos, que o amparam e preservam, da mesma maneira que o silêncio e essa pressentida, nunca confessada, invisivelmente presente felicidade doméstica. Até que um dia se sentirá liberto. Para este ser feito não de carne e de sentido (como seu grande antepassado Luís de Camões), mas de alma, distância, ironia e sofrimento, a vida vai parecer como um dever inevitável, como alguma coisa que se tem a velar, alguma coisa de tocante e frágil como o sono de uma criança. A vida apenas, sem explicação.

Chegou um tempo em que não adianta morrer.
Chegou um tempo em que a vida é uma ordem.
A vida apenas, sem mistificação.

Pedras de Itabira, como vós ao chão e ele a vós, o poeta está preso à vida. Seja doce ou doa, ele terá de obedecer à vida, ao tempo presente. "Grande é a fé de quem acredita em seus próprios olhos" (Coventry Patmore). Abriram-se os olhos do menino. Ele está lúcido, ainda que triste. A morte já não o tenta mais. Fará viagens patéticas, pisará livros e cartas, mas está longe do orgulho, do terror noturno. Também ficou para trás o silêncio da adolescência. Fará autorretratos, se confessará; confessará mesmo o seu anseio de fugir de Itabira (como era ingênuo o adolescente que acreditava isso possível!). Como Laforgue pensava em se suicidar com carvão, falará das "complicadas instalações de gás, úteis para o suicídio". Mas está acima da tentação. Ele é um mediador, um intérprete, um descobridor dos mistérios que nos rodeiam.

Está a serviço da vida, de sua mesa de trabalho ouve o bater da água, caindo na caixa d'água. É noite, aquele ruído igual e quase imóvel (é bem isso, a falta de mobilidade do som que brota do movimento) enche a noite.

A mim, esse acontecimento apavora. Sinto "a existência do terrível em cada gota do ar". Mas nada sei explicar, até que o poeta me esclarece:

> Mas não é o medo da morte do afogado,
> o horror da água batendo nos espelhos,
> indo até os cofres, os livros, as gargantas.
> É o sentimento de uma coisa selvagem,
>
> sinistra, irreparável, lamentosa.
> Oh, vamos nos precipitar no rio espesso,
> que derrubou a última parede,
> entre os sapatos, as cruzes, e os peixes cegos do tempo.

O menino de Itabira cruzou os braços, abriu os olhos, enfrentou a morte, não fugiu da vida. Duro e sutil, ele está hoje acima do simples desespero e do simples êxtase. Pertence a uma categoria gnômica insuspeitada. Participa de segredos indevassáveis – subtraídos à morte na sua luta de tantos anos.

O anjo está a seu lado e lhe prodigaliza os dons da vida.

Diário de Notícias, 16 de janeiro de 1944

O PROBLEMA DA TERRA E O REACIONÁRIO JOSÉ BONIFÁCIO

À proporção que vou continuando meus estudos sobre José Bonifácio e o seu tempo, para um livro há tanto tempo projetado e abandonado, vejo que toda a importância da obra do velho Andrada é que ele era homem da realidade, não das fórmulas. Ora, o Brasil – na maior parte das suas províncias, nas cidades decadentes do litoral e nas vilas do interior ainda em formação – conservou-se tal qual era há mais de cem anos, intocado. Apenas os meios modernos de transportes e de comunicação e, nalgumas regiões, as indústrias modernas modificaram um pouco a paisagem. As outras diferenças não se podem considerar essenciais: onde havia uma casa térrea há hoje sobrado, nas margens do Parnaíba ou no antigo Curral d'El-Rey nasceram capitais, a noroeste realizou um novo milagre: *"nenhum homem-feito, oh, noroeste, poderá dizer-te: minha terra natal!"* Mas se faz farinha, cachaça ou queijo, se extrai cera ou óleo de babaçu, se planta milho e mandioca, se constrói casa, se produz açúcar – acentuo a exceção das zonas fortemente industrializadas, – se caça, se pesca, se faz telha e tijolo, como no tempo de José Bonifácio. Para o povo – o índio que se transformou no nosso caboclo de hoje, o negro, o mameluco, o branco pobre – nada mudou, a não ser, é claro, a Abolição. Por isso mesmo, os programas de ação do Velho do Rocio me parecem palpitar de vida. Basta dar-lhes a roupa do tempo. Para transformar o Brasil valeria como um toque mágico isto apenas: pôr em ação, no interior, os planos de José Bonifácio.

Esse sonhador que a gente do tempo julgava avançado de cem anos não era um simples investigador de problemas, mas também um criador de soluções práticas. Ele previa a necessidade de educar intensamente o povo e, na ânsia de agir de verdade e não somente de inventar um país legal inexato, mas lindo, sugeria que nenhum sacerdote recebesse assistência do Estado sem tomar a si instruir gente. É preciso não esquecer que a Igreja era unida ao Estado e que se estendia por todo o país, ia mais longe que a minuciosa e exaustiva burocracia do Estado português, que tínhamos herdado. Ora, quem hoje poderia desempenhar o mesmo papel? Seria uma hipótese a estudar sem preconceitos de escola, enquanto uma nova mentalidade formasse os professores rurais no número imenso de que precisamos.

José Bonifácio não só não era um teórico, mas não era também um apolítico. Ele tinha o dom de convencer, o instinto do contato, o sentido astucioso da ação pública em que o homem tantas vezes renuncia às medidas radicais sem trair as suas ideias. Por isso as fez partilhar, muitas vezes, por seus inimigos naturais, que eram os fidalgos portugueses e os portugueses enriquecidos no Brasil.

Não sei se todos os meus leitores conhecem, por exemplo, estas recomendações sobre o problema agrário: *"Que de três em três léguas se deixe pelo menos uma légua intacta para se criarem novas vilas e povoações, e quaisquer outros estabelecimentos de utilidade pública"*.

Não pararam aí as preocupações de José Bonifácio com o problema, a cujo respeito repontam de momento em momento observações nos seus manuscritos inéditos. Quando, por essa mesma época, andou esboçando seus projetos sobre a abolição gradual da escravatura (quatro ou cinco anos depois, pensava ele; o tráfico só se extinguiu realmente em 1852 e a abolição só veio mais de sessenta anos depois) surgia recomendação idêntica:

Todos os homens de cor forros, que não tiverem ofício ou modo certo de vida, receberão do Estado uma pequena sesmaria de terra para cultivarem, e receberão, outrossim, dele, os socorros necessários para se estabelecerem, cujo valor irão pagando com o andar do tempo.

***

Vimos um lado da medalha, o que deveria ter sido feito. Agora vejamos outro: o que estava sendo feito. Os leitores permitirão que faça mais uma longa citação. É do viajante Saint-Hilaire, na segunda viagem a São Paulo. Dia 5 de fevereiro de 1822. Saint-Hilaire chega como ele chama teimosamente, à "Aldea das Cobras". Perto, construída uma igreja e umas sessenta casas, tinham criado a Vila de Valença. E o velho botânico enamorado do Brasil dá logo sua opinião: *"Para satisfazer à vaidade, o último governo multiplicou as vilas e criou cidades. Seria mais proveitoso encorajar os casamentos, auxiliar estrangeiros e repartir as terras com equidade."*

E logo adiante vem este depoimento flagrante e doloroso:

"Nada se equipara à injustiça e à inépcia graças às quais foi até agora feita a distribuição das terras. É evidente que, sobretudo onde não existe nobreza, é do interesse do Estado que haja nas fortunas a menor desigualdade possível. No Brasil, nada seria mais fácil do que enriquecer certa quantidade de famílias.

"Era preciso que se distribuísse, gratuitamente e por pequenos lotes, esta imensa extensão de terras vizinhas à capital, e que ainda estava por se conceder quando chegou o Rei. Que se fez, pelo contrário? Retalhou-se o solo pelo sistema das sesmarias, concessões que só se podiam obter depois de muitas formalidades e a propósito das quais era necessário pagar o título expedido.

"O rico, conhecedor do andamento do negócio, este tinha protetores e podia fazer bons favores; pedia-as para cada membro da família e assim alcançava imensa extensão de terras. Alguns indivíduos faziam dos pedidos de sesmarias verdadeira especulação. Começavam um arroteamento de terreno concedido, plantavam um pouco, construíam uma casinhola, vendiam em seguida a sesmaria e obtinham outra. O rei dava terras sem conta nem medida aos homens a quem imaginava dever serviços. Paulo Fernandes viu-se cheio de dons desta natureza: Manuel Jacinto, empregado do Tesouro, possui, perto daqui, doze léguas de terra concedidas pelo Rei."

E agora um quadro que parece dos nossos dias.

"Os pobres que não podem ter título, estabelecem-se nos terrenos que sabem não ter dono. Plantam, constroem pequenas casas, criam galinhas e, quando menos esperam aparece-lhes um homem rico, com o título que recebeu na véspera expulsa-os e aproveita o fruto do seu trabalho.

"O único recurso que ao pobre cabe é pedir, ao que tem léguas de terra, a permissão de arrotear um pedaço de chão. Rara-

mente lhe é recusada tal licença, mas como pode ser cassada de um momento para outro, por capricho ou interesse, os que cultivam terreno alheio e se chamam agregados, só plantam grão cuja colheita pode ser feita em poucos meses, tais como o milho e o feijão; não fazem plantações que só deem ao cabo de longo tempo como o café."

Quando leio essas coisas, alguma coisa me dói: fico sempre pensando o que seria deste país se o idealismo ativo de José Bonifácio tivesse prevalecido sobre as ambições de Paulo Fernandes... Mas José Bonifácio – já o demonstrou o senhor Caio Prado Junior, no prefácio da magnífica edição *fac-similar* de *Tamoio* – era um reacionário dos piores. Basta dizer que defendia a delegação simultânea de poderes, pelo povo, à Constituinte e ao Executivo.

É de José Bonifácio o primeiro esboço de reforma agrária no Brasil. Todas as terras, dadas por sesmaria e que não se achassem cultivadas, teriam entrado outra vez na massa de bens nacionais. Cada dono teria ficado quanto muito com meia légua quadrada, com a condição de começar logo a cultivá-la em tempo justo, determinado. Os que tivessem a terra sem título legal, só por mera posse teriam perdido, menos o terreno que tivessem cultivado, e 400 geiras acadêmicas para poderem estender a sua cultura em tempo prefixado.

Das terras que assim teriam revertido e as mais vagas, ter-se-iam vendido lotes nunca excedentes de meia légua quadrada, fazendo-se a demarcação, avaliando-se de 60 réis para cima a geira de 400 braças. O produto das vendas ter-se-ia empregado em favorecer a colonização de europeus pobres, índios, mulatos e negros forros, a quem se dariam pequenas sesmarias e instrumentos para as cultivar. Uma sexta parte dos tiranos teria ficado para matas e arvoredos, só queimados ou derrubados mediante – usemos uma palavra de hoje – reflorestamento.

Diário de Notícias, 3 de outubro de 1945

PAVANA PARA UM PRETO DEFUNTO

*S*e algum dos meus leitores conheceu o preto Manuel do Nascimento, que era cabineiro de elevador no grande e frio edifício de tristes colunas negras, que fica atrás da Escola de Belas Artes, que saiba apenas que ele morreu, mas não queira saber como foi. Basta a tristeza de sabê-lo morto, porque se o conheceu, certamente gostava dele. A profissão de cabineiro tem suas vantagens, como ele costumava me dizer, e entre essas está a de estar subindo sempre, mesmo descendo se tem a certeza de que vai subir de novo. Mas o certo é que este subir e descer não em anos, mas em minutos, termina cansando até a morte. Dá um tédio enorme da vida. Conheço alguns que procuram fugir da monotonia de subir e descer contando o número de passageiros (há até um aparelho para isso). Outros fogem e ficam longe, sonhando, deixam só o corpo atendendo maquinalmente aos comandos mal silabados. Manuel do Nascimento descobriu um jeito de fugir muito melhor: conversando. Ele era um desses homens que Deus enche de alegria e solta no mundo; e a alegria desse tipo é profunda, mas não silenciosa como a do nosso maior poeta. Ela ou rebenta pelos poros, pelas mãos, pela fala, ou a gente enlouquece. A verdade é que Manuel do Nascimento parecia mesmo um pássaro, com sua farda azul, o nariz semítico, o bigode negro no rosto negro, uma anhuma que em vez de soltar seu grito de solidão e de lamento, transmitisse aos demais seres uma lição de paciência e de coragem: de alegria.

Morreu, isto é, mataram-no. Quem foi? Quando perguntei isso, ouvi de muitas bocas uma coisa impossível, uma coisa que lembrava as superstições não direi da Idade Média, mas de nossa

Idade Contemporânea, alguma coisa assim de indefinida ou misteriosa como o Morcego de Düsseldorf, o Homem da Capa Preta, Frankenstein ou o Micróbio. Diziam: foi a Polícia. Mas apenas voltando a mim, reagi contra a imagem que formara de uma sombra negra e gigante, sem nome nem mãos. Um dos que foram vê-lo no necrotério me disse que se notava nítida, na arca do peito, a marca de uma botina; e se botina havia, algum pé a calçara. Nessa migalha de lógica é que me segurei para voltar a mim e raciocinar com calma. Digo migalha de lógica porque quem afirma que uma botina, para matar um homem, precisa estar calçada? Depois é que fui ligando os demais detalhes; soube que Manuel do Nascimento tinha bebido um pouco na tarde de sábado, quisera entrar num baile em Botafogo, parece que ou preto não entrava ou ele não era sócio, chamaram os guardas (os guardas, os soldados, é sempre mais aceitável do que este mito, a Polícia), deram nele até chegar no Distrito, onde morreu. Se no Distrito apenas morreu ou ainda apanhou, ninguém soube contar. E se era mesmo porque preto não entrava na gafieira de Botafogo, não procurei saber, fugi de saber. Queriam me contar, mas me recusava a ouvir. Não seria monstruoso que mesmo entre os pobres houvesse o preconceito de cor? Não quis saber ou então não dormiria tranquilo, iria, pela primeira vez, à sessão espírita, para convocar o velho Joaquim Nabuco, contar a ele que não bastava que os negros tivessem profissões diversas e até religião diversa, já agora nem no baile dos brancos pobres podiam entrar. Aceitei a versão de que Manuel do Nascimento não entrara no baile porque não era sócio. Nem mesmo porque tivesse bebido, por que quem pode deixar de beber um pouco neste país e com este governo?

    Creio também, para honra dos guardas ou soldados, que eles foram vítimas de um monstruoso mal-entendido, um dos maiores desta terra de equívocos. De muita gente tenho ouvido que a função da polícia é bater. "Onde você viu polícia que não bata?", me perguntava um antigo e perpétuo estudante de direito em Belo Horizonte. E argumentava, triunfante e desatinado qual se fora um dos irmãos Góis Monteiro: "Polícia que não bate não é polícia. Polícia tem que bater". Docemente, declarei que me parecia que o fim da polícia é impedir que se bata e não bater, não substituir-se aos que batem. A utilidade de uma polícia que batesse só me pareceria defensável se todos os desordeiros – e os demais criminosos – abdicassem sinceramente das suas atribuições, direitos e deveres, em favor da polícia, que então tomaria a si as funções, que deve prevenir, daqueles que deve prender. Estabeleceria então um regime lógico, claro e perfeitamente coerente, baseado no exclusivo "só" e não no contraditório "também". Exemplo: "só" a polícia mata, só a polícia anavalha, só a polícia esbordoa, só a polícia rouba, só a polícia furta, só a polícia atenta contra a moral e os bons costumes. E seríamos todos felizes.

Confesso francamente que o sistema atual me parece um pouco (um pouquinho só) ilógico. A polícia às vezes intervém quando há dois sujeitos brigando, embora seja uma briga proporcionada e agradável. Outras vezes intervém quando um herói autêntico, um desses que guardam na terra, sob os mais sutis disfarces, a imagem da cavalaria andante, bebeu um pouco e desafia dezenas de outros. Poder-se-ia supor que entra ao lado da minoria, mesmo quando essa minoria não precisa de ajuda nem gritou: "Aqui, d'El Rey", para restabelecer o equilíbrio de uma boa briga. Mas não, não é a dignidade da luta que a preocupa. Intervém sempre ao lado da maioria, e intervém para retirar do local, sob pancada, a minoria (mesmo quando ela é de um só e está vencendo) e para, conservando a desproporção, impor-lhe a humilhação da derrota. Intervém ao lado dos filisteus contra Sansão, transforma a vitória de Sansão na mais esmagadora derrota, e, satisfeita de ter imposto a vingança de muitos contra a revolta de um só, que não a convocara, esfrega as mãos de contente.

Tão exagerada quanto a opinião do antigo estudante de Belo Horizonte foi a dos médicos que encontrei ontem. Eram contra a forca, o fuzilamento, mas achavam que um caso desses justificava a pena de morte: o abuso do poder que provoca morte de um homem. Penso de outro jeito. Que haja um inquérito, está bem, mas nem isso mesmo a rigor é necessário. Entre as poucas coisas que podemos confiar na vida, está o julgamento divino. Fiquemos tranquilos que Deus há de medir se houve crime; e se crime houve, de que importa a justiça dos homens? Filinto pode ser senador, irá para as profundas. Estivesse eu tão tranquilo quanto as demais coisas desse mundo quanto estou neste ponto, isto é, quanto à presença de outro mundo nos nossos destinos.

O que me dói é saber tão pouco da morte de Manuel do Nascimento, mas posso afirmar que pareceu com sua vida. Ele era sempre tão igual a si próprio, mesmo depois de tantas horas de trabalho monótono. Ainda sinto sua mão no meu ombro, numa alegre recomendação que esqueci, naquele sábado. Era sábado, a tarde fria, quieta, azul, tudo convidava a beber um pouco. Se beber vinho é ou não um bom costume, não entrarei nessa discussão. Lembrarei apenas que para simbolizar o Seu sangue, Nosso Senhor Jesus Cristo escolheu o vinho, não a água; e que nem de Hitler, nem de Stalin, ambos derramadores e bebedores de sangue de homens, nunca se ouviu dizer que tomassem algum dia um porre-mãe. Mas parece que nem no porre-mãe estava Manuel do Nascimento; e disso tenho pena, embora deva acrescentar que ainda que estivesse, não era motivo para o matarem. Porém tanto não estava que ao chegar na Delegacia creio que ainda riu para a mulher. Entregou-lhe o relógio e o dinheiro que trazia. A alma deu-a a Deus, e era leve. Bastou um anjo para levá-la aos pés do Criador. E nem foi preciso um anjo muito forte.

P.S. Espero não ter escrito um chorinho muito soluçado para este negro defunto: ele não gostaria. É certo que nem sempre atendia aos seus pedidos. Por exemplo: não votei nele para vereador. Todavia por um motivo muito simples: nenhum partido o apresentou candidato. Ainda assim me pediu o voto: "Eu sei que o senhor não vai votar em branco. Tem de votar é em preto mesmo". Nem o seu próprio voto ele teve. Talvez tenha votado em branco. Li os programas dos partidos, eram todos tão iguais. Não me lembro se lhe pedi voto para este admirável moleque da rua Carioca, para esse Pedro Xavier de Araújo, que não há jeito de envelhecer; que perto dos cinquenta anos ainda recorda o menino alagoano que pulava muro, fazia comício e tirava jornal em Maceió. Não creio que Manuel do Nascimento pertencesse a nenhum partido; se pertencesse, a Câmara e o Senado talvez ouvissem discursos inflamados perguntando por ele. Também não adiantaria nada. O jeito é tocar pra frente, nunca esquecendo que quem desce sobe de novo; quem sobe, tem que descer. E quem vive, está sujeito a morrer, inclusive se um dia tiver a desgraça de ser preso. Dirão depois que sofria do coração.

Diário de Notícias, 11 de maio de 1947

DEIXAI O POVO VAIAR

Segundo leio nos jornais, foram chamados à Polícia vários rapazes que vaiavam, no cinema, a garbosa e marcial figura do atual presidente da República. A autoridade policial admoestou-os do feio papel que faziam, cobrou-lhes a multa devida e os mandou em paz.

Eis uma notícia que me enche de inquietação pelo que ela tem de impreciso e de vago. A multa se refere a qualquer vaia? Se eu amanhã assobiar contra Fred Mac Murray (já que pedra nunca há à mão para jogar-lhe e, sobretudo, nenhuma possibilidade de atingi--lo), se eu amanhã desafabar dessa maneira minha raiva impotente contra esse – ou outro – ator inábil, corro o risco de pagar multa?

E quanto será a multa, leitor amigo, acaso saberás? Haverá alguma gradação hierárquica? Vaia em Tyrone Power, dez cruzeiros; vaia em Lana Turner, cadeia, e muito justa; vaia em presidente dos Estados Unidos, cem cruzeiros; vaia em presidente sul-americano, exceto o do Brasil, nada – não traz complicações internacionais, a menos que se trate de Morínigo ou de Perón; vaia no Rei Carol ou nalgum dos imperadores por acaso reinantes, tanto. Quanto terá custado àqueles imprudentes rapazes a vaia que deram?

Pergunto-me também se não será levada em conta a justiça ou injustiça da vaia e até mesmo – como direi? – o caráter subjetivo do julgamento, individual ou coletivo, que a vaia representa. Eu, pessoalmente, detesto o supracitado Fred Mac Murray: é um direito que tenho. Dessa opinião partilham muitos brasileiros meus conhecidos: direito deles. Não participará, todavia, a autoridade policial: direito da autoridade policial. Mas até que ponto pode o delegado, o subdelegado ou o comissário tornar verdade dogmática, imposta pelo Estado, sua certeza individual, por mais lúcida que seja? Há, é certo, verdades incontestáveis, mas essas mesmas são, de vez em quando, contestadas. Não há quem negue a divindade do Nosso Senhor Jesus Cristo e até mesmo sua descida à terra, sua existência terrena? Se o fato mais importante da história da humanidade, aquele que gerou maior número de acontecimentos e que, do ponto de vista não só meu mas de milhões de seres humanos, representou a única mudança real, radical, na sorte do Homem, se esse fato é contestado, que existirá realmente de incontestável? Direis a redondeza da Terra. Mas até trinta anos atrás dirias: a unidade do átomo...

Assim, me parece – e humildemente o digo – que, desde que o Estado não está defendendo as verdades reveladas (e aliás sabemos que abusos pode ele gerar sob a capa desta defesa), nenhuma opinião pode ser por ele imposta; e fazer pagar por uma vaia é impor uma opinião. Restam nesse caso dois caminhos: ou calar e sofrer, ou vaiar e pagar. Eu mesmo, que amo os grandes sofrimentos interiores, os sofrimentos morais que dobram o homem sobre si mesmo e o aperfeiçoam, eu mesmo confesso que preferiria vaiar e pagar. Mas onde haverá dinheiro que chegue para tanta vaia necessária? E, por outro lado, será que a Polícia multa apenas, ou bate também? A admoestação da autoridade policial será apenas em palavras ou descerá do castigo espiritual ao temporal? Mesmo que a autoridade policial seja branda para os vaiadores primários, não irá ela se irritando contra os reincidentes e, cada vez menos compreensiva quanto às divergências de opinião que por acaso a separem dos seus patrícios multados, não terminará por impor-lhes opiniões com pancada, que é como (dizia o presidente dos Estados Unidos, Abraham Lincoln) tentar atravessar a couraça de uma tartaruga com uma palha de arroz?

Ouso também perguntar se não seria melhor proibir que os vaiadores aparecessem no cinema. Note-se bem que não digo que as vaias sejam justas ou não. Tenho sobre isso minha opinião própria: direito meu. Mas não a digo, porque, como já ficou esclarecido, não sei de quanto é a multa. Receio também o efeito de uma confissão pública, e o comissário de meu bairro não sei se é dos violentos ou dos pacíficos...Voltando, porém, à proibição (sempre parece mais fácil proibir que permitir) insisto em que sejam proibidos de aparecer apenas os habitualmente vaiados, sejam justas ou injustas as vaias. Porque se proibirmos o aparecimento de todos os que de fato merecem vaia, quantos homens públicos neste país poderiam ser acolhidos já não digo com palmas, mas em silêncio? Era todo um ilustre cortejo de ministros, deputados, senadores que perderia o alegre prazer de dizer à mulher, aos cunhados e aos sobrinhos: – Me disseram hoje que num jornal do cinema Metro está passando aquele banquete de Saquarema em que eu me declarei solidário ao governo.

Falei em aplausos. É outro ponto obscuro. Os que aplaudem também pagam multa? Barulho por barulho, aplauso também é ruído. Opinião por opinião, aplauso também representa essa incomodidade. Depois se chega àquele ponto em que o silêncio é uma opinião. Proibida a vaia, eu e o leitor, tementes à Polícia, e desconfiados de sua placidez, poderemos nos calar; mas, permitido o aplauso, sublinharemos com um silêncio sem riscos as vaias que não daremos em voz alta. Aparece o Brigadeiro, batemos palmas; aparece o senador Mário de Andrade Ramos, ficamos calados. Isso pelo menos até que a Polícia, verificando que o silêncio, embora silencioso, é uma silenciosa vaia, não cobre multa dos que silenciam...

Falei em riso. Tenho ido ao cinema e escutado (nas mesmas ocasiões em que as vaias pagam multa) risos de todos os tons – desde o sorriso que mal se ouve, apenas um leve dilatar do corpo, até a gargalhada que estala incontida e voa da cartola do presidente chileno até a sensata figura de seu companheiro de automóvel. E me inquieto: não estará o meu vizinho de cadeira incorrendo em contravenção penal? Eu próprio, senhores, aqui me confesso culpado. Porque o riso é involuntário, puro reflexo nervoso, e muitas, muitas vezes, não é possível contê-lo... E como pagar multa por essa detestável indisciplina dos músculos da face?

Relatarei agora uma ideia que me ocorreu. Aconteceu-me pensar que talvez o fundamento da repressão às vaias fosse que – segundo li nos jornais – o vaiado era o atual presidente da República. Mas acaso desconhece a autoridade policial que no interior do Brasil, nos idos tempos de Getúlio, uma outra autoridade descobriu um velho que se julgava no Império, sob Pedro II ou a Princesa Isabel, não sei ao certo, e que esse fato lhe serviu de argumento para insistir junto a Getúlio que ficasse mais tempo se sacrificando no governo e mandasse o retrato para todos os socavões do sertão? Acaso desconhece a autoridade que muita gente, vendo Nereu mandar no Brasil e Georgino no Rio Grande do Norte, ainda pensa que Getúlio é que o presidente? Não lhe seria preferível chamar os culpados e docemente explicar-lhes, com toda a força de sua possível convicção pessoal, quem é atualmente o presidente da República? Se a autoridade me permitisse, eu lhe narraria uma experiência individual. Nos primeiros meses que se seguiram a fevereiro de 1946, eu usava repetir-me, mentalmente, para curar-me pela autossugestão, enquanto escovava os dentes e fazia a barba: "– O general é que é o presidente da República".

Parecia uma refinada tortura moral, era, apenas, a cura pela sugestão consciente. Convenci-me. Estraguei os nervos por muito tempo, mas me convenci. Só mais tarde é que vim a saber que o mesmo método fora usado por alguns companheiros de campanha e que o remédio fora excessivo: convenceram-se tanto que pularam a cerca... E mesmo alguns espertos (como os invejo) conseguiram ficar sentados sobre o mourões do curral.

Eu desejaria, finalmente, se a autoridade me permite, pedir-lhe que não raciocine como se não houvesse mais eleições. Eu diria à autoridade policial: "Deixai o povo vaiar!" Vaia de cinema passa, vaia de voto fica. Benedito que o diga. Doces são as alamedas do silêncio, doce poder mandar, poder fechar, poder proibir; proíbem-se partidos, proíbem-se passeatas, proíbem-se vaias, proíbem-se cartazes. Mas um dia virá em que de novo funcionará esse poder minúsculo e incoercível, que é o voto; e nesse dia – pergunto eu – será possível excluir da eleição os que agora queiram vaiar, fazer passeatas e pregar cartazes? Quem sabe se se poderia proibir o voto, de maneira radical, a toda a gente? Deixo essa sugestão, que me parece muito boa, para estudo prévio dos senhores responsáveis pelos destinos da nacionalidade.

O pior de tudo isso é que, para terminar falando sério, quem vaia – e quem se preocupa com as vaias – não trabalha. E nunca um país precisou tanto de trabalho, de ordem, de liberdade. A rigor, quem vaia ainda está, até certo ponto, cuidando do trabalho; exigindo dos outros o trabalho que, decerto contra seu voto, foram encarregados de dar. E na verdade o direto à vaia é tão sagrado que eu já me vejo, amanhã, cogitando, diante dos candidatos à Presidência da República: "Este cuidará do caboclo abandonado? E do preço do feijão? Este respeitará a minha religião e o meu jeito de ser? Este assegurará que os que dele discordem o vaiem nos cinemas?" E entre a reforma social e os problemas de imigração incluirei o humilde direito de desabafar, assobiando...

Diário de Notícias, 27 de julho de 1947

PEQUENA HISTÓRIA DO CONGRESSO DE ESCRITORES

*E*stá no livro *Mulher que sabe latim* de Mário Neme – livro gostosíssimo – a aventura dele, Mário (ou de outro com o mesmo nome), no Grêmio Literário e Artístico Flor de Maio, fundado em 1883, quem sabe se em Piracicaba, que aí por volta dos seus cinquenta anos de glórias urbanas uma turminha sem tradição quis transformar em clube de futebol. Mário até que era contra a tradição do "Flor de Maio", mas na hora do debate, ofensas, risadas, bengalas batidas no chão, o sininho da Presidência soando sem parar, gritos, cada vez mais gritos, ficou na indecisão de não saber a favor do que havia de gritar. Ou melhor contra o que. No fundo, até gostaria de ajudar a vitória dos futebolistas, dar uns berros por eles. "Morra a tradição!" Mais iria desagradar aos amigos da tradição...
 E o barulho aumentando, conflitos, bengaladas, impropérios. "De repente, já não podia mais segurar aquela ânsia que me machucava por dentro, ia explodir, gritar asneiras, mas me lembrei da fórmula salvadora, comecei a berrar como um danado, abafando a gritaria toda:
 – Viva a democracia! Viva a democracia!"

***

Lembro-me dessa história ao pensar no II Congresso Brasileiro de Escritores, nos seus momentos tranquilos e na sua hora de crise, quando estaria uma solução assim: a fórmula salvadora que soasse como um canto estranho e encerrasse a sessão.

No começo, confessemos, tudo foram flores. Corria branda a noite. Belo Horizonte era serena, sereno seu parque com cheiro de floresta, de chão úmido, de magnólias, seu parque onde Guignard, o artista brasileiro Alberto da Veiga Guignard, trabalha pelas manhãs, cercado de meninas e de meninos, de pretos e de brancos, de alemães que mal começam a falar português e de mineirinhos tímidos, recém-chegados da fazenda. A cidade era clara e amorável, nas suas manhãs de sol frio; e nas noites tranquilas se elevava, do bar "Pinguim", sob os atentos olhos de Carlos Drummond e de Rodrigo M. F., ambos de Andrade, o coro dos paulistas que cantavam canções universitárias, cantigas francesas, e o "Zum-zum, no meio do mar", que a cidade de Diamantina ensinou a todo brasileiro que gosta de beber – mas não de beber sozinho e melancólico. E até mesmo se o ambiente se enchia de bastante recolhimento, o senhor professor Antonio Candido, com a gravidade de quem dá uma aula na Universidade de São Paulo, com a emoção de quem se confessa, desvendava aos presentes, eu quase que diria de mãos trêmulas, o canto dos caipiras paulistas, o *cururu* modulado que é como o soluço do perá profundo e solitário, de que fala o nosso maior poeta.

Que se discutia no Congresso, pelo menos que chegava ao plenário, nesses primeiros dias? De importância, realmente coisa pouca. O senhor Rafael Correia de Oliveira tentou dividir o Congresso, pedindo que os presentes censurassem os ausentes; mas a maioria rapidamente se manifestou generosa e pacífica, recusando a proposta. No plenário seguinte, o espiritismo agitou os trabalhos. Verificou-se a existência de congressistas que acreditam na comunicação espiritual entre os diversos planetas e na presença extraterrena, através de aparelhos de carne e osso, dos literatos defuntos. Aprovou-se, por fim, que se atribuísse ao morto o que é escrito pelo vivo, mas que do vivo fossem os direitos de autor. E como tão grave asneira fosse apoiada pelos comunistas, o supracitado Mário Neme, que é socialista, propôs-se a escrever uma obrinha psicografada de Karl Marx sobre os crimes de Stalin.

Brandas, entretanto, continuavam as noites. Foi por aclamação unânime que se condenou a condenação do escritor e congressista Aydano do Couto Ferraz; mesmo os que não pensam como ele em muitas coisas, e eram, me parece, a maioria, não aceitavam que se aplicasse, para punir um jornalista, uma lei que a Constituição, pela sua simples existência, revogou...

Fora do plenário, porém, o observador distinguiria dois grupos que trabalhavam noite adentro, que não foram a Sabará e só não deixaram de ir ao "Pinguim", porque como deixar de ir ao "Pinguim" estando em Belo Horizonte? Coisa curiosa: desses dois grupos, a Comissão de Direitos Autorais é que era um vulcão, a Comissão de Assuntos Políticos, manso lago azul. Houve quem a chamasse Comissão de Diplomacia, e o senhor Afonso Arinos, no fim de um debate lexicológico, sugeriu que se passasse a chamar Comissão Proustiana. Tudo nela era nuança, equilíbrio, desejo de recomendações unânimes. De um lado e outro, todos estavam dispostos a transigir de forma a chegar a conclusões que fosse o pensamento de toda uma classe.

Bom sinal era que o debate dos direitos autorais rasgasse a outra comissão no apaixonado entrevero, sinal de que já existem direitos autorais neste país. Mas desde logo se percebeu que era inútil insistir. A divisão era radical. A decisão a ser tomada teria de ser não de todos, mas da maioria; e, qualquer que fosse, o lado vencedor não se fortaleceria com essa decisão, arrancada de um plenário insuficientemente esclarecido, onde os escritores das províncias (cujo principal problema ainda é o da formação das editoras; suas teses se inclinam todas pela solução cooperativa) votariam sem nenhum contato direto com o problema, ao sabor das preferências pessoais ou das atitudes ideológicas. O curioso nisso tudo é que democratas e socialistas, de maneira geral, aceitam o projeto Clovis Ramalhete-Guilherme Figueiredo, que gira em torno de três grandes temas: inalienabilidade do direito autoral, domínio público remunerado e mandato compulsório do autor à sociedade de classe, pelo simples fato da filiação; ao passo que deu nos comunistas uma súbita ternura pelo direito ilimitado de propriedade, pela liberdade de associação, pelos mandatos facultativos às entidades de classe, pelo direito capitalista de explorar a obra do morto, caída no domínio público, sem gastar tostão, privilégios individualistas consubstanciados no projeto Jorge Amado. Dividida assim a classe, chegou-se à uma decisão, àquela decisão que representa a finalidade das conferências diplomáticas: adiou-se o assunto, nomeou-se uma comissão de doutos para doutrinar sobre ela, enviou-se tudo como subsídio a quem dele quiser fazer uso, e serão poucos.

Ora se deu que na noite do dia 15 de outubro de 1947, enquanto o plenário ouvia as moções normalmente congratulatórias que marcavam o início das sessões, a nossa Comissão de Assuntos Políticos, ou Comissão de Diplomacia, ou Comissão Proustiana, começava a reunir-se numa das antessalas. Mas eis que do plenário chegam grandes aclamações. Quando cheguei ao salão, ainda ouvi a leitura das conclusões da moção de Aires da Mata Machado Filho: o Congresso de Escritores se dirigiria ao outro, ao Nacional, pedindo a recusa do projeto de cassação dos mandatos e do anteprojeto de Lei de Segurança; e ao Supremo Tribunal Federal, pedindo que apressasse o julgamento favorável do Partido Comunista.

Assim, um Congresso de Escritores passava a intervir na prática política diretamente, dirigia-se ao Legislativo para orientá-lo e insinuava-se ao mais alto Tribunal do país que julgasse depressa e julgasse certo. Parte da Assembleia permaneceu sentada; porém, acontece que o mérito intrínseco da moção – que provocava uma coisa justa, o direito do homem à liberdade e a confiança na convivência pacífica das diferentes correntes na opinião nacional – arrastou as aclamações. Houve delírios, risos incontidos e, registram as crônicas secretas, um incontido beijo feminino no autor da moção. Logo, porém, toda uma ala do Congresso sentiu necessário precisar as coisas. Posso dar daqui um depoimento pessoal, porque estive entre os que sentiram essa necessidade: éramos contra o fechamento do Partido Comunista, contra a Lei de Segurança, contra a cassação dos mandatos e idêntica à nossa era a opinião dos partidos de que fazíamos parte; mas éramos também contra a transformação do Congresso em instrumento de agitação partidária e contra o gesto de desrespeito à consciência do julgador, intimando-o a decidir restabelecendo direitos que um outro Tribunal, numa decisão constitucional, se bem que injusta, cancelara. Cada posição nossa comportava uma contrapartida, mas não era aquela a ocasião de expor nem discutir.

Eu hoje sintetizaria dizendo isto: somos, ao mesmo tempo, contra o assassinato de Petkov e contra o empastelamento da *Tribuna Popular*. Voltando, porém, ao Congresso, que fizemos nós? Declaramos que nossa atitude não importava em aceitação dos princípios e dos métodos comunistas, ainda revelados naquela manobra de usar da pureza dessa excelente figura literária e humana que é o senhor Aires da Mata Machado Filho, para que, da ingenuidade de seu isolamento, brotasse aquele documento – que logo se revelaram os comunistas os únicos a conhecer previamente. E aqueles dentre nós que fazíamos parte da Comissão de Assuntos Políticos diante do desapreço que representava o encaminhamento direto ao plenário de tão grave moção, enquanto rasgávamos sedas e duelávamos com espadas de pau, que digo eu, de pão de ló, renunciamos a nossos cargos, tendo à frente o senhor Rodrigo de M. F. de Andrade.

A eclosão dessa crise no plenário – lida nossa declaração pelo senhor Alceu Marinho Rego e a renúncia pelo senhor Afonso Arinos – provocou debates, apelos, incidentes. Aos apelos respondeu por nós o senhor Aluisio Alves, com aquela paz interior, aquela serenidade, aquela firmeza que são o maior e contraditório encanto desse temperamento de lutador, amante da áspera refrega: nossa decisão era irrevogável, mas esperávamos ser substituídos na comissão e que o Congresso chegasse a bom termo. Disse e nós outros, deixando em plenário dois reféns, descemos serenamente a pé a avenida Afonso Pena, embiocamos pela rua Espírito Santo, fomos sentar à nossa mesa de chope no bem-amado "Pinguim".

Não bebemos quanto desejáramos nem quanto poderíamos: no segundo chope, eis que chegam mais congressistas. Chegam figuras que cada um de nós quer, literária e humanamente. Certamente vêm participar da mesa, ouvir as canções paulistas, solidarizar-se na cantiga de Diamantina; e os recebemos com agradável espanto. Estão aqui escritores como Lúcia Miguel Pereira, Otávio Tarquínio de Sousa, Gastão Cruls, Sérgio Milliet, Pompeu de Sousa, Arnon de Mello, Paulo Mendes de Almeida; veio também o diretor do admirável jornal que é o *Estado de S. Paulo* (e aqui aproveito a ocasião para dizer que é inexata a informação de que o senhor Júlio de Mesquita Filho, para salvar o Congresso, teve que ir de casa em casa; estávamos todos na mesma mesa do Pinguim). Não é segredo o que se falou ali: os emissários – a quem devíamos respeito e tínhamos afeto – propunham a retirada total da moção. Voltamos, a moção foi retirada, tudo ficou como dantes no quartel de Abrantes.

O resto é a história de duas horas de trabalho ininterrupto de três homens de pensamento diferente e, muitas vezes, divergente, para formular o esboço de uma declaração de princípios que a grande Comissão de Assuntos Políticos debateu toda uma tarde para ser aprovada e subscrita por todos os escritores presentes ao Congresso. Declaração que tem como signo esta palavra: Liberdade – inclusive a liberdade de criação estética – e que termina invocando a paz com justiça e conclamando os homens de boa vontade a trabalhar por ela.

E como dizia o personagem de Mário Neme: "Viva a democracia!"

Diário de Notícias, 1º de outubro de 1947

DARCILENA E OUTROS EPISÓDIOS

Chamava-se Cedro, e não me negareis que o nome tinha majestade. Chamava-se Cedro e ficava em Sergipe. Mas um dia os que se acolhiam a esta grande sombra foram advertidos que no Ceará havia cidade homônima e, intimados a escolher outra palavra para o seu município, reuniram-se os principais e longamente deliberaram. Como seria Cedro em tupi? Ninguém sabia. Alguém – depois de muita sugestão recusada – lembrou Urucuba. Alegria unânime. Urucuba era ótimo. Telegrafaram urgente aos homens do Rio. E durante uma semana preparam as festas de mudança de nome, baile na prefeitura, inauguração de novos retratos do doutor Getúlio, do seu ministro de Guerra, condestável do regime, do interventor e do prefeito, missa cantada pela manhã, o teatro à noite, com a representação da peça "A borboleta e a abelha", fábula moral para adultos. Só o dono do bar, notório derrotista, insinuou semelhanças entre Urucuba e urucubaca, fatídica invocação de má sorte. Breve, porém, o alvoroço geral foi quebrado pela resposta do Rio: Cedro, distrito de Limoeiro, em Pernambuco, passara a perna em Cedro, cidade de Sergipe, e já era, àquelas horas, Urucuba. Júbilo do dono do bar (que secretamente aspirava à demissão do prefeito). Nova reunião dos principais. Foi aí que alguém teve a ideia suprema: por que não homenagear dona Darci? Todos respiravam em êxtase. Houve ainda um ligeiro debate se bastaria "Darci" ou seria necessário "dona Darci", o que ficou deferido ao prefeito consultar para o Rio. E a administração voltou a repousar nas suas casas. Não contava, porém, com a malícia do dono do bar, que entre duas cervejas geladas declarou justíssima a homenagem, mas que diria o interventor? Então os ingratos esqueciam dona Helena? Dona Darci estava justo, mas o Rio é longe, os empregos federais escassos. Todavia dona Helena? E retirou-se para telegrafar ao interventor. Se o peixe morre pela boca, assim o dono do bar. Houve quem o traísse. Depressa o prefeito corria de casa em casa com um ar muito descansado, porém seu telegrama chegou oficial, recomendado urgentíssimo no mesmo dia ao Rio e a Aracaju: Cedro passava a se chamar Darcilena, porque na admiração dos darcilenenses casavam-se dona Darci, mulher de Getúlio, que salvara o Brasil, e dona Helena, mulher do interventor que estava mais modestamente salvando Sergipe. E assim ficou, minha gente. E todos foram felizes.

Perdoar-me-eis que volte ao assunto. Mas esta coisa de tantas cidades terem perdido os nomes tradicionais não me parece certa. Já lhes falei outro dia de Flores, no Maranhão, que fora São José das Cajazeiras e veio a se chamar Timon; e de Rio Claro – o antigo arraial de Nossa Senhora da Piedade de Rio Claro – que depois de ostentar mais de cem anos este nome cristalino teve de optar por Itaverá. Mas não foi só. Sabereis, por exemplo, que São José dos Tocantins passou a Niquelândia? Sabereis que Retiro, no Ceará, vestiu-se de Caxitoré? Que no Piauí Aparecida virou Bertolínia, Valença, Berlengas, Porto Alegre, Luzilândia? Que para evitar confusões, Santo Antônio, distrito de Florianópolis, em Santa Catarina, passou a Rerituba, e Santa Cruz, município do Ceará, mudou para Reriutaba? Não se descobriu, até hoje, melhor maneira de evitar confusão. Porque é realmente preciso evitá-la, e dado que havia o Estado do Espírito Santo, Espírito Santo, município de Sergipe, se transformou em Indiaroba, o município paraibano em Maguari, o distrito cearense em Anauá, o pernambucano em Inajá, o fluminense em Rialto. Exceção: Espírito Santo, distrito de Vitória, que se crismou de Espírito Santo de Vitória, no Espírito Santo... Tudo muito claro, muito consolador. João Alfredo, em São Paulo, passou a Ártemis – o que deve ser vingança de antigo dono de escravo...

Houve, é certo, destinos piores. Eneida, por exemplo, distrito de Presidente Prudente, foi pura e simplesmente extinto. Não creio, contudo, que se tratasse de ato de hostilidade à minha excelente amiga do mesmo nome, mesmo porque a extinção se fez apenas no papel. Eneida não foi como São João Marcos, submergida sob as águas.

Considerando bem essa grandiosa manobra de nomenclatura tipográfica, duas observações me acodem. A primeira é uma interrogação: restaurada a legalidade democrática – e as autonomias municipais – subsiste a regra ditatorial que mandou evitar a repetição de nomes? Ou melhor, se a Câmara de Vereadores de Rio Claro se reunir, e disser: "Artigo único – Itaverá volta a ser Rio Claro", voltará ou não? Que respondam o deputado e o escritor Armando Fontes e o escritor e jurista Barreto Filho, ambos de Sergipe; e digo de Sergipe, porque ali não foi apenas Cedro que passou a Darcilena, mas também Vilanova (pois se tratava de uma cidade, compreenderam bem?) que passou a Neópolis...

Que a mudança de nomes foi ato bem típico do chamado Estado Novo se documenta com esta citação oficial: "Houve perfeito entendimento entre os interventores nos Estados quanto à cessão do direito de conservar os nomes das cidades ou vilas de um Estado. O Rio Grande do Sul, por exemplo, cedeu a São Paulo a conservação do nome São Vicente. O Acre cedeu a conservação do nome Seabra ao Estado da Bahia, como homenagem ao filho desse Estado, o saudoso estadista J.J. Seabra. Exemplo de uma cessão de caráter religioso: o interventor do Piauí cedeu o nome de Aparecida ao Estado de São Paulo... A revisão toponímica assumiu foros de verdadeira campanha cívica..." (Informação do chefe da Carteira de Divisão Territorial do O.G. apud. Raul Lima – Sistematização do Quadro Territorial do Brasil, separata da Revista Brasileira de Estatística, nº 30-1).

A outra observação é de ordem – como direi? – filosófica. Se os nomes fossem mudados por uma explosão nacional de jacobinismo, poderia ser na aparência ridículo, mas era, no fundo, respeitável. Não foi por outro motivo que o velho Jequitinhonha, quando moço, acrescentou no nome aquele "Gê Pyacaba de Montezuma", que é uma delícia. Também por uma certa mística indianista Couto de Magalhães sustentava que São Paulo devia se chamar Piratininga. E acrescentava, pragmático: "Os nomes americanos não se confundem com outros portugueses, reproduzidos aqui, em Portugal, na Ásia, na África. Se São Paulo continuasse a ser chamado Piratininga, num telegrama de Londres a São Paulo, custaria 10 *shillings* essa palavra, ou 15$000, ao passo que São Paulo, por ser de duas palavras, custa 20 *shillings* ou 30$000". Mas no fundo era um argumento para tapear os homens práticos. O que o nativista admirável queria era desabafar a paixão. Preferia a capoeira ao duelo, a viola à sanfona, o cateretê à valsa; e isso era ótimo, porque era sincero. Mas mudar o nome de João Pessoa para Eirunepé, de São Gabriel para Uaupés, de Soure para Caucaia, de Afonso Pena para Acopiara, de São Gonçalo para Anacetaba, de São Luís Gonzaga para Ipixuna, de São Joaquim para Camaratuba, e não restabelecer também a tanga como traje civil, o tacape e o arco como armas de guerra, e o manto de papo de tucano para o presidente da República, eis o que me parece ilógico. Advirto bem que sou, pessoalmente, contra a volta ao tupi. Sempre se sustentou na minha família que éramos brancos. Eu, embora não acredite dogmaticamente nesta pureza racial, em gostos e espírito me sinto português, português das quintas do Minho, alimentado com bacalhau assado na brasa e vinho verde. Mas aceitaria que se fizesse a volta ao tupi desde que esse regresso tivesse um sentido coletivo. Que o sr. presidente da República, por exemplo, começasse por abrir a sessão legislativa com um manto de papo de tucano...

Por outro lado, a circunstância de ter sido a mudança dos nomes apenas o cumprimento de uma ordem, e não a concretização de uma mística, teve suas vantagens. Era recomendada a preferência pelo tupi, mas se facultava o grego, ou, em último caso, até o português... E aqui entram os mineiros com sua maliciosa inteligência, seu hábito mais que secular de elidir as leis injustas (na colônia a proibição de ourivesaria, na República, o imposto sobre a renda). Diante da faca nos peitos, como é, muda ou não muda, os mineiros desconversaram. Precisa mudar o nome de Campo Formoso? Puseram Campo Florido. Conceição não pode ser? Será Conceição do Mato Dentro. Cachoeiras, nunca mais. Pois então Catadupas... Parece um jogo de sinonímia. Igreja Nova, também não? Desculpem. Chamaremos de Campanário. Vargem Alegre, adeus. Serás Vargem Linda. Bom Pastor é agora Bom Jesus. Águas Formosas é o novo nome de Águas Belas. Não ancoraremos em Porto Seguro, mas em Porto Firme. Isso quando a situação não se resolve pelo acréscimo de uma palavra: Bom Jesus de Minas, Patos de Minas, Rio Pardo de Minas. Ou então: Pinheiros passa a Pinheiros Altos, Neves a Ribeirão das Neves, Estrela a Estrela Dalva (eu, sempre personalista, preferiria estrela da manhã, em homenagem a Manuel Bandeira, proprietário da citada estrela. E não estaria fora de regra: Casa Branca, no município de Ouro Preto, passou a Glaura, decerto em honra a Manuel Inácio da Silva Alvarenga, colega de lirismo de Manuel). Tem-se a impressão que os mineiros telegrafavam o novo nome, e esfregavam as mãos, piscavam o olho, iam esquentar sol e conversar, nas frias manhãs da serra, enrolando cigarros de palha, na ponte sobre o ribeirão, e gozando a caveira dos homens do Rio. Rio Branco não pode? Mas o nosso homenageado não é o Barão, é o Visconde. Temos até um certo nojo pelo Barão. Admiramos o Visconde. Nosso distrito, pois não, passa a ser Visconde do Rio Branco. E Araçá? Imagina-se que telegrafaram: acrescentem um i. E daqui perguntaram: Onde? E retrucaram: Onde convém. Convinha no fim. Passou a Araçaí.

Tudo isso pode fazer rir, mas devia ser um riso de raiva seca. Rio Claro, por exemplo – me escreve um filho da terra, o sr. Manuel Portugal, descendente de seus primeiros povoadores portugueses e homem cuja vida se reparte entre livros e orquídeas – já era Rio Claro quando ali nasceu Fagundes Varela, e ali fez seus primeiros versos. Serras, águas e árvores de que o grande romântico, apaixonado pela natureza, povoou sua poesia, ali é que as viu pela primeira vez. Como é que agora muda de nome como se muda de camisa? O nome faz parte do caráter. Não é por outro motivo que as pobres mulheres que têm de viver do corpo, logo que caem no que o povo chama de "vida", e é mais morte que vida, mudam de nome.

A mim me preocupa o caráter. E um jeito de ser. Devo estar errado, porém, mesmo para esta nação, se tivesse de escolher, preferia o caráter à riqueza. Como dizia dos homens o padre Júlio Maria – "E viva o homem marcado, ainda que sua marca seja a do Diabo" – assim ousaria eu dizer de meu país. Vejo tanta gente sonhando com o petróleo. Pois amanhã dormiremos embrulhados num imenso lençol de petróleo (imagem que tanto irrita o nosso Carlos Lacerda). Seremos cinquenta, oitenta, cem milhões de habitantes, envolvidos na mesma colcha mole, através das montanhas e vales, respirando, comendo e dormindo petróleo (em vez de respirar, dormir e comer papel, como bons descendentes de portugueses). Nas mãos teremos petróleo, petróleo no coração e nas fontes da vida, petróleo em lugar de cérebro, petróleo nos olhos – não só nos nossos: nos olhos dos bois e cavalos, dos canários e dos sabiás, e mesmo das onças, as do sertão e as do Jardim Zoológico. E seremos bem-aventurados, a bem-aventurança do petróleo, a que nada se compara, nem mesmo a do vinho ou a do amor, pois tem cheiro de dinheiro e de automóvel. Mas de que adiantará tudo isso se tivermos uma cidade com nome de Niquelândia?

Repetirei o que disse em minha última crônica: o que consola é que mudar de nome as cidades só mudam mesmo oficialmente, para os efeitos burocráticos. Lembro-me que esta semana fui assistir a uma peça de Lucia Benedetti, *Simbita e o Dragão*, em que as crianças da plateia são convidadas a participar da fábula dramática. É estupenda a reação infantil. O pirata está em cena disfarçado de fada e precisa convencer o herói de que é fada mesmo. Indaga: "Eu não sou a fada?" E a meninada, em coro espontâneo e entusiástico: "Não!" E o herói: "Ele é a fada?" E de novo o mesmo grito coletivo: "Não!" Assim acontece com as cidades.

Só há mesmo uma maneira bem boa de acabar com as tradições das cidades brasileiras, e entre elas o nome. E esta o governo brasileiro já experimentou com São João Marcos. O capitalismo deu as mãos à ditadura e improvisaram um dilúvio particular. A água comeu as casas, roeu o barro, mordeu os tijolos, apodreceu as madeiras, afundou o ferro. Os vivos tiveram de mudar-se, entre maldições e choros. Mas os mortos ficaram, e quando a água os desenterrou do pequeno cemitério, vieram boiar no açude, ainda enlameado do barro materno, que os acolhera, a pobre carne apodrecida enrolada em molambos, e à noite, sob as estrelas, viam-se anjos que choravam diante daquela pobre matéria fenecida, a que se negava o repouso antes do juízo final. A última construção humana que a água cobriu foi a igreja. Viu-se, então, um clarão na noite, e o espírito de Deus voltou a boiar sobre as águas.

Diário de Notícias, 1944-48

FALA DO MARANHENSE DISCRETO

O general comandante da Décima Região Militar está danado da vida com os maranhenses, porque não estamos nos matando uns aos outros. "São uns poltrões, meu caro, são uns poltrões!", disse o general, que é bravo, mas não corria risco de morte, porque, como lá diz o outro, os generais morrem na cama.

Eu, nessas coisas do Maranhão, não falei nunca, e mais logo explicarei porque. Mas desaforo não se leva para casa, e o pensamento é que nos devíamos unir, maranhenses de um lado e do outro, que temos todos nossas queixas do general, e obedecido o prévio cuidado, que se vai generalizando, de não pronunciar-lhe o nome (é certo que não acreditamos em azar, mas é melhor não arriscar com essas coisas), obedecido o prévio cuidado, dar-lhe a surra mais minuciosa de que formos coletivamente capazes. Como dizia o primeiro José Bonifácio: "Não haverá por lá um mulatão que lhe tose o espinhaço?".

Pois eu não estou com a decepção do general, nem com a daquele meu caro companheiro e amigo, que me deixou um bilhete simples, uma interrogação, e uma exclamação: "Balaiada? De caranguejos!" Sinto-me tão feliz quanto pode ser um homem apertado de dívidas com este simples fato de não ter corrido mais sangue. Não gosto de ver sangue de homem, e acho sinceramente que devíamos considerá-lo coisa sagrada, mesmo porque Nosso Senhor Jesus Cristo deu o d'Ele, voluntariamente, pelo nosso – para que nos amássemos uns aos outros e não continuássemos a desperdiçá-lo.

No caso maranhense, porém (se me permitirem uma opinião), se há alguém que bem poderia derramar um bocadinho de sangue (não muito, sangue de surra de cipó de tamarindo ou de umbigo de boi) deveria ser, com todo o respeito, o general comandante. Porque assim nos ensinaria o jeito de não ser poltrões.

A verdade, porém, me deixem dizê-lo, ainda que isso torne desnecessário o ensino, que estava tomando a liberdade de sugerir, é que não precisamos, nós maranhenses, de quem nos dê lições de coragem. Pois de um lado e do outro acabamos de mostrá-la, e até de sobra, coragem e coerência, tanta que não faria mal emprestássemos um pouco ao general, que um dia telegrafa greve e fome e na quinta-feira calma e rosas, para no sábado nos insultar de poltrões.

Agora que tudo está quieto, deixem-me dizer o que calei antes, um pouco porque no mais aceso da guerra pareceria frouxidão falar em paz, e frouxidão Neiva Moreira não perdoaria, lá isso, não perdoaria, não. E também porque quem sempre se sentiu maranhense de nascimento, piauiense de criação, carioca de má-criação (ou de coração, sei lá), mineiro de recriação (mineiro de devoção, mineiro de Pouso Alto e de Virgílio Alvim de Melo Franco), fica meio desconfiado de falar nas coisas da terra em que nasceu. Basta-lhe amar aquelas ruas de São Luís e o casario assobradado, e os brejos e chapadas da infância, nunca houve maranhense mais discreto. Quando, porém, me lembro que o suor de meus bisavós e dos avós de meus bisavós já caía no chão maranhense, e de que as histórias de família que sei de cor falam de minha mãe menina ajudando o cônego Maurício a trancar as portas do casarão perto da Sé ou meu pai promotor público adolescente vendo Alcântara morrer, então digo alto o que sinto.

E o que sinto é isso: graças a Deus que acabou tudo bem.

Já da primeira vez soubéramos terminar em paz. Vozes de Londres diziam no ar: "o maior movimento de resistência passiva do hemisfério". Oh, vozes de Londres, não sabeis o que isto é. O moço maranhense telegrafava: não se perde a honra. Sim, não se perde. Eu, porém, o que via era o menino caído. Tinha dez anos, estava na praça João Lisboa (ontem era o largo do Carmo, hoje é a praça da Liberdade), uma bala o pegou na cabeça, caiu e morreu.

Puseram-lhe um rosário na mão. E ao seu lado chorava sua mãe.

Encerrado este primeiro ato do drama coletivo, veio o Tribunal superior e decidiu – por que negá-lo, em obediência a um formalismo jurídico que a conduta dos homens contraria? – decidiu péssimo, acobertando-se com a desculpa da morte para deixar mais de dez mil eleitores com os votos rasgados na mão. Daí nasceu o equívoco entre o povo e este homem raro, digno, feito por suas próprias mãos, o senhor Eugênio de Barros. O que aconteceu a ele? Simplesmente isto: não foi eleito. É o que sentia e sente o povo da ilha de São Luís, e o que ele pensa todo o Estado repete. Foi sua a primeira palavra de revolta, é sua a palavra de paz, desde que compreendeu que não existe mais a Federação, pois está no poder um ex-ditador que não deixou nem deixará nunca de ter, no sangue, o instinto unitário do senhor onipotente.

Sinto que os repórteres também ficaram decepcionados com o fato de não nos estarmos matando uns aos outros. É essa mesmo a palavra usada por meu amigo Doutel de Andrade: decepcionados. O que ele almejava era a carnificina, os rios de sangue, as montanhas de cadáveres; e ele brilhando na reportagem, retirando, da pilha de corpos, um pequeno detalhe mais comovente para o espanto das nações. É aliás um moço de bom coração, que há dias atrás se impressionava muito com a morte dos bichanos, caçados para assar na brasa pelos famintos, de estômago menos delicado do que o dele.

Fizemos bem em decepcioná-los, minha gente. Pois mostramos agora que continuamos como sempre fomos, naquela fieira de fatos que parece uma ladainha: expulsão dos holandeses, revolta do Bequimão, Independência, Setembrada, Balaiada, calhambolas, terra de homem macho. Mas também continuamos com o dom supremo da inteligência: preferimos receber os insultos do general e aguentar as decepções dos jornalistas, acompanhá-los no embarque melancólico, a nos estraçalharmos sem rumo – só para alegria dos rapazes.

Não. Devemos estar é orgulhosos de ter sabido evitar uma nova Balaiada. Enfim, se Eugênio não foi eleito, foi reconhecido pela justiça (mas que triste Justiça!). E é homem de bom proceder, homem de boa vontade. Pode-se viver com ele, o que é preferível a morrer por ele.

Quando um dia soube que meu bisavô tenente Zuza – era um simples lavrador, José João de Oliveira Costa, tenente era respeito dos outros – andara na Balaiada, Ribeiro Couto me escreveu: "Devia ser contra os cacaueiros na madrugada". Muito inexperto nas nossas coisas nortistas (chegou uma vez, num escrito grave, a falar "nas florestas de carnaúbas"), Ribeiro Couto, como sempre, foi servido por sua fabulosa intuição do Brasil, o sentimento do Brasil que ele tem melhor do que ninguém. Realmente era contra os cacaueiros. Cacaueiro requer trato, quando novo; mas quem está em revolução que trato pode dar à árvore? A planta de que cuida é outra, a planta homem, e quase sempre para derrubá-la. Ora acontece que nem todo terreno é brejo, nem toda semente juçara que nasce à toa. Se continuássemos na briga, e briga feia, quem cuidava dos roçados, quem apanhava e quebrava o coco, quem batia e pilava o arroz, quem colhia e descaroçava o algodão? Não o general, nem o Doutel, nem os correspondentes estrangeiros. E em breve, na nossa terra farta, estaríamos numa miséria ainda maior. E o general, em vez de dizer: "são uns poltrões", diria antes: "São uns miseráveis, uns mendigos famintos". Mas nós lhe cuspiríamos na cara, antes de morrer de todo.

Sempre fui muito entusiasta da Balaiada e tinha minhas restrições, a esse respeito, a meu bisavô: não conseguia aceitar que, com a aproximação dos "balaios", ele, fazendeiro liberal, se tivesse escondido, seguindo na revolução à força, depois de descoberto na roça em que se ocultara. Mas hoje o compreendo, e estou com ele: guerra civil não é bom. Eu, se entrasse nalguma, seria como ele, obrigado.

Gostaria de ter escrito esta crônica com espinhos e punhais, misturar um pouco da "Heroica" de Beethoven e dos tambores de Ravel (no fundo, quando falasse da terra e do povo) com deboche bem acintoso de desafio sertanejo. Mas decididamente não sei escrever. É o que sinto. E tenho pena.

Diário de Notícias, 14 de outubro de 1950

ADIRO!

Todos nós temos os nossos heróis maiores e os outros, os menores, uma galeria assim mais íntima, dos que não foram santos nem poetas, libertadores de escravos nem construtores de nações, nem fizeram arte que espante. Deles, desses heróis menores, a gente guarda apenas um gesto, um episódio, uma anedota, mas basta. Estou escrevendo isto, estou me lembrando de Rodolfo Lopes da Cruz, 1º tenente da Armada nacional, era assim que se assinava. Não sei mais nada dele, não sei nem quero saber, senão que aí por volta de 1892, nos tempos de Floriano, o país estava naquela agonia, os jornais cheios de explicações de solidariedade com o governo – ontem estava contra, pensei melhor, fiquei a favor –, o tenente Rodolfo Lopes da Cruz dirigiu-se à Nação brasileira. Ele assinara o manifesto da Armada, sobre a revolução de 2 de novembro. Mas logo se desiludiu. Vai daí, declarou à Nação: "Declaro, pois, que não me acho mais de acordo com tal manifesto e que o meu procedimento de ora avante será de simples adesista a tudo que se fizer, embora no espaço de vinte e quatro horas se resolvam coisas completamente opostas". E esclarecia: "Procedendo desta forma visarei somente aos meus interesses particulares". Era ainda mais preciso: "Não obstante, enquanto estiver na Armada, obedecerei a meus superiores hierárquicos, não dentro dos limites da lei porque não a conheço; pois sei que hoje só existe traição ou adesão, e prefiro a segunda.
Adiro!"

***

Oh, primeiro tenente Rodolfo Lopes da Cruz, de que mais preciso para te querer bem, para te seguir como um discípulo, para me deitar a seus pés como um escravo? Que mais sincero grito d'alma ouviu este país, em cinco séculos? Adiro! Adiro de público, com todas as letras, com ponto de exclamação, adiro para quem quiser saber, adiro para quem quiser meter o pau, adiro na frente de todos os que não aderem, e olho com desprezo para eles, adiro na face de todos os que aderiram e não tiveram coragem de confessá-lo. Adiro em horas, adiro em minutos, adiro em segundos. Não importa que entre o vermelho e o negro a duração seja de vinte e quatro horas, ontem era democracia sem Getúlio, agora é constituinte com Vargas, isto é, democracia com Getúlio. Adiro! Vou ser milionário, terei uma guarda pessoal disposta a surrar quem se aproxime, provadores de comida, porque desconfiarei do gênero humano, o capanga de confiança para me carregar nos braços, bater em quem chegar perto, pentear os meus cabelos, me abanar com leque de sândalo, Rompe-Nuvens, Quebra--Ferro, Nega-Fulô. Aí todos me acharão bem inocente, os meus adversários serão desprezíveis símbolos das classes cultas. Falarei com desprezo das elites e dos juristas, serei o amigo predileto do povo...

Creio que depois do 1º tenente Rodolfo Lopes da Cruz sou o primeiro a falar com esta franqueza. Adiro!

De amanhã em diante não haverá marmelada que me passe ao alcance que não me afunde gostoso nela. Não haverá governo que não esteja junto dele. Cansei de ser oposição. Não serei o primeiro a quem isso acontece, mas serei o segundo a proclamá-lo na cara do mundo. Adiro, aderirei, aderiremos.

É pena não poder conjugar o verbo no passado. Mas tenho também a vantagem de não precisar conjugá-lo no condicional. Para mim, não haverá condições para aderir. Nem que não deixem: adiro da mesma maneira.

Talvez o leitor não me encontre o nome nos primeiros escândalos anunciados (primeiros e decerto os últimos, virá aí o DIP[1] para acabar com esta história de denunciar escândalos; no governo de nosso pai Getúlio não haverá escândalos, égua não bebe leite nem Quitandinha chupa dinheiro de pai de famí-

---
[1] Departamento de Imprensa e Propaganda – responsável pela censura e pela propaganda durante a ditadura do Estado Novo, sob Getúlio Vargas. (N. do Org.)

lia). Sim, talvez no começo meu nome não figure nas listas de importadores de automóveis. Estarei como meu padrinho Manuel Bandeira nas notícias da votação no Distrito Federal: figura, mas não nominalmente. Figura todo dia na rubrica: "e outros menos votados". Sim, no começo não terei o nome no jornal ao se narrarem os grandes negócios e as belas festas extrapartidárias, com pretexto de quadros célebres, mas é natural que assim seja: sou apenas um principiante desajeitado, sem o menor treino. Mas garanto que tenho vocação. Vou me aplicar dia e noite, sonharei golpes nunca entrevistos, direi mesmo nunca entresonhados. E breve estarei estabelecido, e sólido. E se um dia ainda houver eleições (seja embora daqui a vinte anos, ou mesmo trinta), já serei bastante conhecido. Terei amantes, terei cavalos de corrida, jogarei na bolsa em Nova York, multiplicarei arroz e café que nunca possuí por dinheiro que nunca tive. Então, poderei ser candidato e estarei eleito.

Reflito que falei em eleições como se ainda as pudesse ver. Não, não rasguei o meu título. Espero que também Vargas um dia tenha o seu fim natural, que é o destino de todos. E aí compareceremos às urnas, todo um grande povo, e farei discursos demonstrando que Lutero Vargas é o pai do povo, que deu ao povo pernas de pau e coletes de gesso, e sabe prometer mundos sem fundos, dar gargalhadas, tirar retratos. E então "o filho do homem", "o getulinho", será de novo "o baixinho", "o pequenininho", "o barrigudinho", e teremos sorte de levá-lo ao poder, porque, sendo mais moço, durará muito mais. Daqui a trinta anos, já terei, feitos, sessenta e cinco, mas pretendo escrever ainda (mesmo depois de um curto repouso involuntário) e serão artigos inflamados sobre Lutero. Apenas, previno logo: se ele perder, adiro ao vitorioso. É a minha lei, não tenciono largá-la.

É certo que um grande escritor, que admiro muito, o senhor Pedro Dantas, me interrompia outro dia este idílio – eleições daqui a trinta anos para eleger o substituto de Getúlio – dando-me a ler um recorte de jornal: um sábio (eu quase escrevia russo, em geral são sábios russos os que descobrem essas coisas de que nunca mais se ouve falar) descobrira um soro que eleva a média da vida a 22 mil anos. Mas eu respondo que o soro nasce para todos, e também nós podemos tomá-lo, e daqui a vinte e um mil e novecentos e trinta anos lá estaremos, nas urnas, a votar em Lutero para substituir Getúlio.

Voltando, porém, a coisas mais imediatas e sensatas – bom senso é tudo, bom senso e moral é que nos mandam aderir, como bem ponderava o camaleão conversando com o tiú – espero que não imiteis o meu exemplo. A concorrência já é grande.

Ou então, pensando melhor, vinde todos. Vamos constituir um clube. Poderá ter a capa de um clube de golfe (o que será um golpe de inteligência, porque o doutor Getúlio gosta muito desse esporte tão popular e brasileiro, o golfe). Mas será um clube de sujeitos até agora indenes, aderindo, aderindo, aderindo sempre. Faremos diariamente autocrítica que será um gosto. Aprenderemos que tudo o que aprendemos estava errado. Para ter autoridade de falar em respeito à Constituição, ensaiaremos rasgá-la diariamente, em exemplares especiais, com assinaturas em veludo negro. E, sobretudo, treinaremos de manhã à noite para as leves incorporações, os hábeis câmbios, as liberações, exportações, importações, emissões, inflações, não humildes cavações, nomeações, promoções, excursões, mas geniais intervenções, encampações, situações, eleições.

Desculpem, foi a rima. Eleições, não! Nunca!

***

Bem, sei que com esta conversa talvez desiluda aos leitores de dona Rachel de Queiroz (eu sou um deles, sou fanático). Essa moça sugeriu uma república unida do Piauí e Ceará, se disse cabeça-chata, se orgulhou de piauienses, cearenses, que entre eles gaúcho não campereia, no seu delírio lembrou, até que tivessem as duas províncias um presidente à parte, desencavou mesmo meu nome. Santa ingenuidade, pobre moça! Bem se vê que não me conhece pessoalmente, eu não sou cabeça-chata, sou inglês (vejam como ainda estou destreinado – meu desejo seria escrever "sou gaúcho", não tenho coragem). Não sou inglês, não. Sou gaúcho.

Acho que esta ideia do inglês me veio de um sonho de Julien Green. Ele conta que sonhou com alguém lhe dizendo: "Há ratos no jardim. Vá matá-los". Foi, encontrou um rato enorme, deu-lhe uma bruta vassourada, o rato não ligou, fez foi olhar ameaçante. Nesse momento chega um amigo, se dirige ao roedor, o roedor vira um sujeito elegantíssimo, de sobretudo e lenço quadriculado protegendo o pescoço, o ar de um inglês em viagem. No sonho o francês se aproxima, se desculpa de tê-lo tentado matar a vassouradas, tomara o inglês por um rato. Porém, com um gesto desdenhoso e polido, pondo um barreira entre os dois, o outro, numa voz grã-fina: "Não se desculpe, eu sou um rato".

Pois vós, meus amigos, e vós, senhora minha dona Rachel, não levareis muito tempo e pensareis assim de mim. Mas não vos desculpeis. Serei um rato. E talvez ministro.

Diário de Notícias, 12 de novembro de 1950

O PRESIDENTE E O CONGRESSO

Ou melhor, o presidente e os congressistas. Esse presidente é o da República, assim tratado por seus ministros, líderes, jornalistas, por toda a gente governamental neste país – em consequência do longo hábito de vê-lo no poder. Não há mal em que, pelo menos num título, assim o tratemos nós, seus adversários.

A impropriedade reside, aliás, na segunda parte da frase, pois não são as relações do presidente da República com o Congresso, porém com os congressistas, que vão ser o objeto desta nota.

***

Sabe o leitor como é que o senhor Getúlio Vargas recebe deputados e senadores? Decerto não, pois as vítimas dessa farsa humilhante calam o novo costume. Recebe-os de pé e de costas, e atendido um, passa outro, destacando-se da fila para, segundos, minutos depois, continuar seu caminho.

Uma testemunha de vista descreveu-nos a cena, acrescentando que não voltará à audiência que o senhor Getúlio Vargas, uma vez por semana, reserva aos parlamentares. Para esse jogo cênico utilizam-se três salas. Na primeira, ficam os congressistas amontoados, à proporção que vão chegando, divertindo-se em ouvir do "tenente" Gregório seus desabafos contra o chefe de Polícia ou em escutar alguma ou outra anedota dos rapazes do Catete. Anunciado o começo da entrevista presidencial, vão entrando aos magotes, para a segunda sala, onde já está o presidente da República, de pé, costas voltadas para a porta, que a famulagem cuidadosamente entreabre e fecha, passado o pequeno grupo parlamentar.

Organiza-se a fila. Faz o senhor Getúlio Vargas, sempre de costas, um gesto com a mão gorda. E o primeiro da fileira avança, detém-se uns momentos, diz a que vem, até que a mão que o convocou se estende para o representante da Nação, encerra a conversa, e o parlamentar atendido passa a uma terceira sala, de onde sai sem qualquer contato com os demais. E de novo, sempre dando as espáduas aos eleitos do povo, o ex-ditador recomeça o manejo desmoralizante, até a hora exata em que, de olho no relógio, encerra a audiência e, sem se voltar, se retira, esteja quem estiver à sua espera.

"Falei hoje longamente com o presidente, na audiência", dizia-nos esta semana um dos parlamentares que ainda sobe as difíceis escadas do Catete com seu *cahier de doléances*". O assunto tratado fora esse infortunado caso maranhense... "Quanto tempo?", indagou o repórter. "Bem, uns quinze ou dez minutos", respondeu o interlocutor, corrigindo ele próprio o exagero, mas, ainda, talvez, exagerando... É que tão raro se faz para os homens do Parlamento, o tempo do presidente da República, que os segundos parecem minutos, o favor de uma atenção que condescende em ouvir, nos intervalos das tragadelas do charuto, olhando para cima, atenção perdida no outro mundo, as tristes coisas da realidade política, entremeando-as aqui e ali de gargalhadas.

***

Não nos anima, ao contar estas coisas, censurando-as, qualquer intenção de intriga. Nem estamos dando relevo a coisas que não tenham importância. Como acentuava em São Paulo o senhor Octávio Mangabeira, fatos como esse revelam a persistência, nos hábitos do presidente da República, da mentalidade de ditador.

Não estará no desprezo que o senhor Getúlio Vargas demonstra, acintosamente, pelos congressistas como homens um reflexo do seu horror ao Congresso como instituição? Não será esse um dos caminhos maliciosamente escolhidos para desmoralizar o Legislativo, tratando os representantes da Nação, portadores do mandato popular, para fazer a lei, como quem atende postulantes a emprego?

***

A tradição dos hábitos republicanos é, aliás, inteiramente diversa.

Ainda há, no atual Congresso, senadores e deputados que se recordam das longas audiências de Epitácio Pessoa, iniciadas depois do almoço e prolongadas noite adentro, ouvidos um a um, devagar, os parlamentares, até que não restasse ninguém a atender. E ainda recentemente, o general Eurico Dutra, quando presidente, reatou esse costume, dando aos que representam o povo a atenção que merecem, não pelos defeitos ou qualidades individuais, mas pela majestade do mandato.

Não, não é apenas uma questão de amor próprio que está levando tantos deputados e senadores de abster-se das audiências do ex-ditador. É que neles está sendo ferida a dignidade do regime representativo.

Diário de Notícias, 1943/1950

OS POMBOS DE PARIS

Chegam os primeiros jornais de Paris em que se pode ler, com o justo detalhe, a história dos últimos acontecimentos: os motins comunistas, Duclos preso, 708 prisões, 220 guardas feridos, a população indiferente, o enorme fracasso da greve geral.

Leio o que conta *Le Monde* e me demoro na notícia da prisão do chefe comunista: o senhor Duclos ao lado do motorista, na sua Hotchkiss preta; sua mulher e um guarda-costas atrás entre o deputado e o chofer, um revólver carregado e um cassetete de ferro, coberto de borracha; e enrolados numa coberta, dois pombos mortos, com os corpos, porém, ainda quentes. Assim conta *Le Monde*, com discreta minúcia.

A morte dos pombos me atormenta, no seu mistério.

De que raça seriam? Os telegramas das agências acrescentam que eram pombos-correio; e ao que parece assim pensa também o governo francês. O sóbrio *Le Monde*, porém, não identifica a espécie. De que raça seriam? Seriam capuchos, com as penugens a coroar a cabeça miúda? Seriam papos-de-vento, esses enfatuados pombos ingleses que parecem sufocados no peito, mal podendo carregá-lo como se fosse o próprio mundo? Seriam, talvez, grandes pombos-romanos, de enormes olhos ardentes? Ou quem sabe pombos rabo-de-leque, com as vaidosas caudas sempre abertas?

A explicação de que se tratava de pombos-correio decorreu certamente de uma visão utilitarista da vida. Se estavam com Duclos, longamente preparado para os misteres da agitação e do fanatismo, deviam ter uma finalidade imediata. Vai daí a dedução lógica: pombos-correio, prontos para voar até a Rússia. Eu admitiria de bom grado a hipótese, se as aves tivessem sido apanhadas voando, não encontradas já mortas, embora ainda quentes na sua coberta. Mas se eram realmente pombos-correio, por que os não soltou o sr. Duclos com seu grito a Stalin, genial pai dos povos e os mais epítetos que a pressa e a confusão lhe permitissem escrever?

Acontece, porém, que os pombos estavam mortos. Quem os matou? Não a polícia, que assim os encontrou. Mas dentre os ocupantes da Hotchkiss negra, quem? O próprio Duclos, nervoso, ou sua mulher, com o gesto maquinal das tarefas domésticas? Inclino-me (se o permite a polícia carioca, tão técnica em crimes de automóveis, sobretudo de automóveis pretos) pelo guarda-costas. Deve ter sido ele que, sentado no banco traseiro, torceu, com as grandes mãos hábeis, o pescoço dos dois pombos. Por que o fez? Seriam os pombos portadores de um segredo e haveria o receio de que falassem? Ou eram somente símbolos?

Creio que esse mistério é mais difícil do que o da própria falhada revolta comunista e mais apaixonante do que o nosso, modesto, do Citroën negro. Pobres pombos! Imagino-os filhotes, desgraciosos bichos implumes, ainda no ninho; e já quando desceram à terra, de bico tenro, incapaz de quebrar os grãos de milho; e quando enfim se atiraram ao voo, e à conquista das fêmeas impassíveis, com o seu rumoroso noivado. E morrer depois, de pescoço torcido, no interior da Hotchkiss negra!

É certo que o destino dos pombos é esse mesmo: pescoço torcido. É certo ainda que a companhia era péssima, até para homens, já não direi para pombos, que nunca leram fábulas nem fizeram a amarga experiência conhecida. Mas é sempre triste ver uns bichos morrerem assim, sem culpa e sem destino, nem a utilidade de um caldo para um doente. Se todavia, neste mundo de hoje, não é fácil aos homens viver, e viver livres, por que seriam os pombos poupados? E se a própria paz mal se arrasta, que dizer dos pombos, que apenas a simbolizam?

Tribuna da Imprensa, 13 de junho de 1952

A POLIGLOTA

Não há nada que a gente admire tanto, no Brasil, como saber línguas. As anedotas típicas dos nossos grandes homens, que os representam brilhando nos concertos humanos, um dos episódios que fixam logo é esse, o brasileiro songamonga e desconfiado, o caipira malvestido e modesto que no compartimento de trem ou na conferência internacional de repente começa a iluminar nos mais diversos idiomas, com o turco falando turco e com o francês um francês de matar de inveja a Sorbonne inteira e com o italiano viajando do puro toscano de Florença ao mais rude dialeto do Adriático e com o inglês indo ao gaélico, sim senhor, ao gaélico para mostrar aos estrangeiros quem era Ruy Barbosa.

Sempre desconfiei de que a verdadeira origem do raciocínio que a imaginação nacional desenvolvia, ao criar essa anedota, vinha da encabulada certeza interior de que não sabemos falar a língua dos outros, salvo as meninas que passaram pelo Sion ou os rapazes que estiveram na Europa. O resto é o que sabemos: lidamos com o idioma alheio ainda mais desajeitados do que com o nosso. E desabafamos imaginando o herói brasileiro a desafiar, um a um, os adversários, doutrinando-os na própria língua.

Declaro, por isso, expressamente, que quando li que dona Alzira, tão inteligente, estava na Conferência do Trabalho, lá em Genebra, sob a madura presidência do brasileiro Segadas Viana, a brilhar em três idiomas, exultei bastante. Tive pena de que uma das línguas fosse o espanhol, mas refletindo um pouco também nisso há mérito, porque o espanhol que falamos todos não é aprendido, o que o torna insubsistente, mas esse falado em conferências internacionais, devia ser grave e sonoro, delicado e sutil, um pouco de Cervantes, um pouco de Lorca. Dona Alzira também usou o francês e o inglês nas discussões com os bárbaros. E se saber falar francês sempre comove, sabê-la rasgando o inglês conforta, sem dúvida, conforta.

Veja-se a vantagem da cultura. Como é bom para um país ter filhas cultas. Gente culta não precisa de tradutores e decerto se todos os delegados das diversas nações fossem assim senhores dos mais idiomas, que economia não poderia resultar nas conferências internacionais? Economia de dinheiro e de tempo: todas as questões tomariam rumo mais rápido. Certamente, se as coisas na Coreia se arrastam, é que os negociadores ficam entregues à malícia dos intérpretes. Não estamos apenas brilhando com dona Alzira: estamos dando um exemplo, a Europa e o mundo de novo se curvam ante o Brasil. Ainda há dias conversaram Eisenhower e De Gaulle; e leio que apesar de um ter ficado anos em Londres, outro em Paris, quiseram intérprete. Com que cara não ficarão lendo agora que a nossa dona Alzira falou as línguas deles com os bárbaros.

Chamei-os ainda há pouco de bárbaros, repito agora, e mais uma vez os condeno bárbaros. Pois não foi preciso que em espanhol, francês e inglês, a delegada brasileira lhes impusesse sua forte vontade, contando-lhes que aqui já damos férias pagas aos trabalhadores do campo e exigindo que nos seguissem exemplo? Pasmaram os brutos, não nos acreditavam assim adiantados. E em francês, inglês e espanhol cantou dona Alzira a felicidade dos nossos campos, caboclos e agregados de férias pagas, a gozá-las nas colônias do governo, sadios e cultos, ouvindo discos "*long--playing*" ou armando acampamentos para pescar carpas nos nossos lagos. Deve até ser daí que vem a expressão: – Foi para a colônia, usada quando um desses privilegiados vai gozar seu descanso à beira-mar.

Tribuna da Imprensa, 18 de junho de 1952

FILHO DE GOVERNADOR

*D*izem-me que a malícia mineira, vendo o gosto com que o governador Juscelino Kubitschek vive os seus dias de governador, considerou um pouco e chegou a essa conclusão: o governador não parece governador, mas filho de governador.

E também leio que sua excelência mudou o Hino Oficial do Estado, substituindo-o pelo *Peixe Vivo*, isto é, pela cantiga com que, nas noites de Diamantina (oh, Nava ilustre, quão bem o sabeis, ou antes o sabíeis, para usar o exato tempo do verbo) se acompanha o gesto sempre novo de beber em grupo (para matar o frio e afugentar os fantasmas da solidão, que criam o frio pior, dentro de nós, etc.). Se o leitor conhece a cantiga, não há mal em que a recorde, e talvez lhe faça o bem de encaminhá-lo a algum lugar onde homens falem alto e bebam forte; e se a não conhece, fique conhecendo, pelo menos o estribilho, que pode ser cantado em qualquer toada; mesmo no pior desentoo, a nota é sempre justa:

> Como pode o peixe vivo
> Viver fora d'água fria?
> Como poderei viver
> Sem a tua companhia?

Isto assim, no frio papel, não tem sentido. Mas cante alguém no coro desajustado dos bêbados, e veja que força, que facilidade, e como a cantiga se adapta a qualquer bebida, cachaça, cerveja, uísque ou tiquira (se bem que seja desaconselhada com vinho do Porto).

Voltando ao governador Juscelino, compreendo que os mineiros, muito sonsos, estejam estranhando seu jeito, que contrasta com o do governador Milton Campos (modesto e austero, este a si próprio se definia). Mas defendo o governador Juscelino. Um pouco de alegria não faz mal nesta terra de tristes; e, para recordar um exemplo entre todos, quem fundou a nação não foi aquele paulista José Bonifácio de quem uma das cartas de Bordéus conta que riu tanto, diante de uma anedota pouco decente, que perdeu os óculos?

Dir-se-á que a terra é pobre, tristes os dias que atravessamos, fundos os problemas (e ai de nós! – ainda mais fundos os homens). Rir somente caberia de um riso áspero, um riso de homem austero que castiga com a gargalhada, que desnuda os fingimentos e rasga a carne com a gargalhada.

Responderei que assim não calha ao governador Juscelino. Leve tem ele a mente, leve as mãos e a consciência, e por isso seu folgar é leve, leve seu riso. Falem-lhe dos duros impostos com que está matando o povo de Minas, cairá de surpresa, se bem que diariamente folgue com a ascensão das receitas. Tentem acordá-lo com o lamento monótono dos perseguidos municipais, negará força, embora sustente que política é coisa da terra e não literatura do céu. E se lhe disserem que há fome nos seus vastos domínios, de certo sorrirá do exagero jornalístico e com estatísticas mostrará que a conjuntura econômica tende a normalizar-se, o mais é política. Feliz Juscelino, que só ele canta o *Peixe Vivo*, só ele kubitscheca que nem filho de governador, enquanto tantos outros, sendo igualmente incapazes, são entretanto tristes...

Tribuna da Imprensa, 19 de junho de 1952

PEDRO E A CONFUSÃO DOS TEMPOS

*P*edro é o meu santo; e de tal forma que às vezes considero, ao ver as vadiações do menino que batizamos com seu nome, se não será vingança de outro santo, Antônio: porque foi no dia 13 de junho que ele nasceu e, apesar disso, lhe demos o apelido do rude apóstolo e não do suave franciscano. Mas santo Antônio – habituado às ingratidões dos homens e às judiarias das mulheres – há de ter visto que não havia em nós desapreço por sua glória, mas devoção por aquele sobre quem o Cristo construiu Sua Igreja.

Tantos anos de fervor me deram o direito a, sem ofender o santo, dizer que não foi homem isento da ira sagrada dos justos nem do medo passageiro dos fortes, embora depois se arrependesse. Acrescentarei mesmo que, se da fraqueza que o levou a negar seu Mestre (sabendo bem que pecado cometia, pois fora ele quem, nas margens do lago onde calejara as mãos na lida das redes e dos peixes disse a Jesus: – Tu és filho de Deus) se penitenciou tanto que diz a lenda: "Trazia sempre um sudário consigo, e quando podia saía para fora e chorava amargamente"; não encontro a mais leve palavra de que tenha voltado atrás da severa condenação que Ananias e Safira leram em seus olhos de velho pescador e caíram para trás, mortos. Sabe o leitor o que fez este casal: venderam marido e mulher um campo, anunciaram que o produto era para a caixa comum dos pobres ("vai, toma os teus bens, distribui-os pelos pobres e segue-me") e sonegaram não todo o dinheiro, mas parte dele. Era a maldição da mentira e da avareza que ameaçava a Igreja nascente; e no olhar de Pedro havia um tão nítido reflexo da treva eterna que os culpados, para evadir-se, puseram no meio o muro espesso da morte.

Ora, minha gente, por que digo isto? Porque é evidente que nosso prestígio no céu anda malito, malito, a tal ponto que não sei se estaremos passando por um castigo mais grave do que supomos. Já não era bastante ter que aturar Getúlio e seu bando até o amargo fim. Parece que este remate de males foi apenas um começo. Diariamente novas coisas sucedem, e nem sempre são boas. E às vezes me faz medo a suposição de que o Senhor tenha resolvido acabar conosco, não nos afundando na maldição que pesou sobre Sodoma e Gomorra, mas nos dissolvendo no ridículo. Há também alguma falta de vergonha (bastante) e muita pobreza. Escrevi pobreza, emendo miséria. E me lembro daquela palavra de Léon Bloy: *"Ce qui doit, un jour, accuser si terriblement les riches, c'est le Désir des pauvres"*. Ó vós que estais expondo cumbucas de morango de 75 cruzeiros e vendeis uma fruta de conde por 16, não tremeis diante desta frase? Mas não falo só de desejo, senão de necessidade; e me lembro daquela triste palavra de uma cabocla maranhense que me dizia, falando da outra: "Agora está mais desapertada". Nação de apertados, ponhamos a mão na consciência.

Decerto, ainda há climas sãos. Invejo o meu caro Afonso Arinos que em boa hora vai para Minas. Já o poeta Alberto de Oliveira constatava essa necessidade geral:

> Foi para melhores climas,
> Que o médico, em voz austera,
> – É já levá-la – dissera.
> Para as montanhas de Minas.

Pelo visto, porém, alguma coisa andamos fazendo para que tudo se desagregue assim tão rapidamente. E não somos apenas os adultos a amargurar-nos. Ainda no domingo passado sangrou aqui em muita dor nos corações infantis – não porque tivéssemos perdido no jogo com a Hungria, mas pela maneira por que perdemos. Não direi que houve choro, mas sem a ajuda da máxima "Homem não chora", sem umas trocas de tapas, ao primeiro pretexto, para desabafar e dar ao pronto a conveniente explicação do sofrimento físico e (não esquecendo) sem a unanimidade no julgamento do mr. Ellis, teríamos tido dilúvios de lágrimas.

Isto dito assim parece modinha de Catulo, mas na verdade foi um instante difícil de viver, sobretudo para os pais.

Só mais tarde pude chamar o mais velho à parte e explicar-lhe que o avô, cujo nome ele tem, fora juiz vinte e cinco anos, um quartel de século, e que de honra de juiz não se duvida sem prova, e ainda mais para dizer, vencido, que o vencedor comprou a sentença. Ele ouviu incrédulo e com um esboço de sorriso, sorriso de surpresa satisfeita: – "Mas o vovô foi juiz de futebol?" Tive que explicar que há juízes de outra espécie e senti-me meio infeliz, embora achando graça nesse sinal dos tempos...

Sim, os tempos andam ruins e confusos, esta semana não foi melhor do que as outras. Vejo, porém, uma notícia onde talvez esteja a explicação de tudo. Talvez (só lhes revelo isto como simples conjectura, mas verão que tem fundamento) não continue intocado nosso prestígio com Pedro. Pedro, como se sabe, era pescador. E pescador não gosta que lhes mexam nas posses: redes secando ao sol, anzóis, barcos e velas.

Pois na narração de outro Pedro (e que jornalista era este outro Pedro, este Pedro Vaz de Caminha que eu proporia para patrono da classe dos "infelizes mercenários" do jornalismo profissional, pois só escreveu sobre a terra descoberta porque era pago para ser escrivão da frota, mas em oito dias quanta coisa soube ver, ouvir e contar com isenta exatidão e honesta cor!), já em 1500 se conta dos índios que *"alguus delles se meteram em almaadias duas ou três que hy tijnham as quaes nom sam feitas como as que eu já vy, somente sam tres traves atadas juntas e aly se metiam iiij (4) ou b (5) ou eses que queriam ..."* Trezentos anos depois, o negociante Henry Koster chega ao Recife: "Nada do que vimos nesse dia excitou maior espanto do que as jangadas vogando em todas as direções". E ele vira o porto, os arrecifes, as casas branquiadas de cal, Olinda, seus conventos e jardins, o Recife parecendo brotar das ondas, os negros quase nus e seus clamores sonoros.

E não chegou a um século e a jangada fez a abolição: "Se o Ceará teve a jangada..." Reconheceram-na, é certo, a um museu, mas só o símbolo: porque no mar oceano as jangadas que o viajante Samuel Greene Arnold dizia que eram "as coisas mais estranhas vistas ao largo da costa", o viajante Gardner considerava de "construção originalíssima" e o viajante Fletcher canta quase com acentos líricos: "Voa como vento... Não tenha receio por ela...Há de regressar ao porto amanhã, de manhã cedo os mais extraordinários peixes..."

Sempre regressaram; e esta geração de brasileiros foi embalada, de Sul a Norte, na voz de Caymmi, cantando a história da jangada que voltou só – mas voltou.

Pois leio que no Congresso se votou um crédito de muitos milhões – para ser exato 44.887.800 cruzeiros – para assistência aos pescadores do Nordeste. E o governo, muito esclarecido, sancionou depressa a lei e vai aproveitar para "substituir as velhas jangadas por barcos modernos e motorizados". O governo é contra as jangadas, não em si mesmas; porém por velhas e incômodas; quer dar aos pescadores novos e confortáveis barcos de pesca. Novos e confortáveis, ouviram bem? Se continuarmos assim atrás do novo e do confortável e não do autêntico e do eterno, não sei onde iremos acabar. Mas o que sei é que, depois deste lamentável episódio, não haverá promessa terrena que nos abra a porta do céu; São Pedro, jangadeiro e pescador, São Pedro que não tinha medo de pegar no pesado, tanto que continuou a trabalhar mesmo depois de ter seguido o Cristo – foi na sua barca que Nosso Senhor ajudou na pesca milagrosa – São Pedro, quando se anunciar um brasileiro, nos jogará na cabeça (com razão e boa pontaria) um novo e confortável barco em miniatura, e seremos projetados, mortos de ridículo, pelas gargantas do inferno.

Diário de Notícias, 4 de julho de 1952

MEU AMIGO CLEMENTE

Deitado na rede do alpendre, tenho sob os olhos, através do campo aberto, a cidade de Campo Maior; e enquanto, de longe, vou adivinhando as vidas sob os telhados, ouço o amigo da adolescência. Chama-se Clemente; e na verdade nunca houve, no mundo, Clemente como este. Com um blusão aberto (que a meu ver adotou como uniforme diário porque, embora de linho, lhe recorda a camisa por fora das calças que os caboclos usam), ele não para um minuto, numa agitação sem-termo que a própria rede não consegue quebrar.

Somos amigos há mais de vinte anos, tinha eu quatorze. Juntos fizemos a habitual revista ginasiana, com clichês em madeira e muita ênfase. Não tardou muito Clemente ia para Belém, onde teve uma paixão inconfessada e alucinatória pela poetisa local, que então era possível ao estudante desocupado contemplar, em repetidas idas e vindas pela frente da casa em cujo jardim Eneida em flor lia, envolta em pijamas de seda. Eu caminhei para o Rio, onde minhas aventuras foram pobres e poucas. Mais de dois lustros depois, quando voltei ao vale do Parnaíba, encontramo-nos de novo; éramos os mesmos amigos de sempre.

Agora, deitado na rede de tucum, ouço as história que Clemente me conta. Com paixão. Paixão que aliás não vai durar muito, se dissipa no primeiro impulso generoso. Sempre o vi assim, desde o dia em que em nossa tentativa jornalística de 1929 pegou numa barra de ferro para matar o paginador que manchara uma das páginas mais belas da revista em forma de taça, imaginem! Meia hora depois estavam os dois, fraternos, tomando cerveja.

Na plenitude da vida e da ação, Clemente é hoje um dos homens típicos desta terra. Teve, na sua fazenda, a chocadeira mais moderna, a mais moderna criadeira. Mas se convenceu de que para chocar pintos não há nada que se equipare à perua, cujo dedo do pé se amarra para trás durante uma semana: a estúpida ave se convence de que está choca e é só deitá-la no ninho, de cinquenta ovos não gora um só. E para criar não há nada que se compare ao capão gordo, do qual se arrancam as penas do peito e no local depenado se passa iodo: o bicho assexuado se convence de que é galinha e passa a criar os pintos, deliciado com a coceira das bicadas dos filhotes, e com que amor os guia!

Se assim nesses pontos recuou do moderno, noutros o aceitou. Ainda o ano passado, enquanto muitos erguiam as mãos ao céu pedindo chuva, Clemente declarou:

– Vou lá esperar pela vontade de Deus!

E contratou um trator, e em sete dias e sete noites de trabalho, montado ao lado dos motoristas que se revezavam, abriu um açude. Julgava estar blasfemando, estava cumprindo a vontade de Deus, que manda que o homem trabalhe.

Da última vez que andei por estas bandas, se estabelecera entre Clemente e as autoridades sanitárias (ele era delegado) um conflito. O Serviço da Febre Amarela queria enterrar os mortos das fazendas, vinte léguas em redor, no cemitério da cidade. Argumentava com a lei. E o delegado, resistindo:

– Que lei nem meia lei, senhor. Uma lei que só se lembra do caboclo depois de morto!

O pior não era o dinheiro que os caboclos gastariam para enterrar seus mortos em caixão, em vez de rede, e com as bênçãos da igreja e o apoio do registro civil. O pior era o enfermeiro da febre amarela arrancar um pedaço das vísceras para exame. Dessa profanação é que os pobres tinham horror, um horror misto de medo e revolta. Parecia sacrilégio.

O enfermeiro insistia. Era preciso saber de que morria tanta gente, para evitar epidemias. E Clemente, com grandeza:

– Mas isso eu posso lhe dizer. O povo está morrendo é de fome.

Tribuna da Imprensa, 17 de julho de 1952

ODE A SANTA TERESA

Não, não farei uma ode. Faltam-me os punhos de renda dos desembargadores da Colônia. Se, porém, não compreendeis que lhe deseje dedicar uma ode, é que não conheceis Santa Teresa. Santa Teresa requer uma ode, no mais puro gosto clássico. Bem sei que esse pensamento tanto se aplica à santa quanto ao bairro, mas é do bairro que falo, não da santa. Adorem outros palpitantes seios, eu confesso meu amor por Santa Teresa.

Declaro, aliás, desde logo, que não foi amor à primeira vista. À primeira vista, amo todo lugar que piso, faço logo projetos de morar ali. Sou um deslumbrado diante da obra divina. E por isso bem compreendo os louvados de Rachel de Queiroz à sua ilha, a ternura do velho mestre de Paquetá por seu canto, e mesmo aquele pesquisador de terras ignotas que localizou a Pasárgada em Brás de Pina.

Não negarei que o Rio tenha ainda outros bairros intocados no seu espírito de verdadeira província carioca, bairros como Vila Isabel, que um grande poeta, Noel Rosa, amou. Também não negarei virtudes alheias. Reconheço o que quiserem, e não é para adular minha mestra Rachel (nossa mestra de todos nós) que consolo a ilha do Governador com um distinto segundo lugar, coisa honrosa. O que dá, porém, a primazia a Santa Teresa é que não se trata de uma ilha, não se perde na água e na solidão, mas enterra suas raízes nas ruas da planície, lá embaixo. Santa Teresa não é um chão separado, mas uma elevação da cidade, o que há nela de mais alto e mais puro. Dir-me-eis que não tem mar. Bem que, no primeiro momento, esta objeção me pareceu procedente, quando a fiz a mim mesmo. Depois fui reparando na presença do mar, fui compreendendo que o mar está sempre presente em Santa Teresa, mais ainda: é o único bairro do Rio em que o mar está sempre presente. Refiro-me ao mar, ao mar propriamente dito, com navios e canoas, cais, trapiches e gaivotas, ao mar em cuja beira existem casas e onde alguma vez naufragaram poetas. Porque para nós de Santa Teresa o mar é alguma coisa ao mesmo tempo presente e distante, o mistério e a claridade, não um lugar onde se toma banho... A quem passa numa avenida entre as casas e o mar não acode nunca o que daqui de cima vemos: que o mar e as casas se comunicam e continuam, e opta entre olhar para o mar ou para as casas, ou abre um jornal e se ausenta. Daqui de cima sentimos a unidade da paisagem. Vemos o mar de longe, mas o vemos sempre, todos os dias, como todos os dias comemos pão; e, de longe, o medimos e o comparamos com o céu, e vemos que ele é menor.

Nesta coisa de céu podemos falar. Primeiro, porque estamos mais perto dele. Segundo, ateu nestas alturas não resiste: cai de joelhos. E depois há aqui em cima uma vida de paróquia, um espírito de paróquia, nenhum de nós admitiria batizar um filho ou casar uma irmã noutro bairro. Não sei de um só habitante de Santa Teresa que não estime o seu vigário, o guia claro e enérgico que herdou de Joaquim Nabuco o nome e a paixão das coisas escritas, ou não tenha ouvido alguma vez o monsenhor Almeida Leal advertir a cidade sobre os castigos de Deus pela entrega às perdições do Carnaval. Também temos o sentido da paróquia em que nos conhecemos todos, e conhecer já é um passo para nos considerarmos irmãos.

Conhecemo-nos ainda que muitas vezes somente de vista. Talvez não tenha razão em insistir no uso do pronome "nós", eu e os meus somos tão novos aqui, faz apenas três anos que chegamos. Como, porém, excluir a quem quer que goste de Santa Teresa, mesmo que se trate de um simples candidato a morador, delirando no efêmero passeio, como esse cavalheiro do Espírito Santo, o senhor Rubem Braga? Conhecemo-nos todos. Aqui as velhas profissões retomam a sua dignidade, ninguém se humilha de exercê-las, o açougueiro é açougueiro, o quitandeiro, quitandeiro, e o sapateiro, sapateiro, e o barbeiro, barbeiro. As profissões são assim bem definidas, e os únicos casos de instabilidade que conheço foram provocados pela intervenção do Estado na vida econômica. Não me refiro, está claro, ao bicheiro: este finge passar rifas de água-de-colônia mas persevera no seu velho e honroso ofício. Mas eu conto: o vendedor de milho-verde, num dia em que estava desusadamente sóbrio, foi vítima da brutal violência do rapa, que lhe tomou tudo o que tinha e foi comer cozido e assado no seu caldeirão. E o peixeiro, coagido pela dificuldade em arranjar peixe, passou a negociar com patos e galinhas. Mas é tal a dignidade profissional inerente aos habitantes de Santa Teresa que muitas vezes, depois de vigílias desconsoladas na minha mesa de trabalho na redação, sou acordado pelos gritos com que, no mais apropriado estilo, como se não fizesse outra coisa há cem anos, ele merca as aves e debate os preços no portão de nossa casa. Ora, num bairro em que os homens se fazem estimar pelo exercício limpo e humano da sua profissão, torna-se praticamente desnecessário saber os nomes das pessoas. Se o barbeiro há mais de trinta anos apara os cabelos no mesmo canto e com a mesma cortesia paciente (exemplar quando se trata de menino vadio), que necessidade há de identificá-lo como Fernando? Mas por isso mesmo o nome próprio reassume a importância que teve sempre e é um sinal. No começo (ele que nos perdoe) o caixeiro brigadeirista do armazém da esquina era para nós, aqui em casa, o gordo, depois passou a ser o gordinho, mas não demorou uma semana e já o sabíamos tratar de Maneco, procurando imitá-lo na alegria, na delicadeza do trato, na coragem do trabalho. Nome é coisa importante, sem dúvida. Para minha filha menor, depois da gente da casa e dos avós, e das tias de predileção, nenhum nome tem importância maior do que o de seu Martins, por duas coisas igualmente ótimas – porque gosta de criança e tem automóvel. E já que falamos em nome falarei também em apelido, e lhes comunicarei que, no caso de virem morar por aqui, se lhes aparecer um preto alto entregando as compras do armazém, podem estimá-lo: é muito boa pessoa (às vezes, bebe um pouco) e responde pelo ótimo apelido de Alvaiade (podereis comprar-lhe, nos dias grandes, quartos frescos de porco novo e gordo, criados por aquele Maneco de quem lhe falei).

Pelo que vejo, escapou-me um dos segredos cá de cima. Não quebrarei outros. Quem os quiser saber que venha morar conosco, e lentamente os aprenda, e se acostume com faces, nomes, vidas, e discuta a Espanha com seu Garcia no armazém (mesmo irredutíveis, ele franquista, Domingos republicano, continuam sócios e amigos), compre remédios ou tome injeções das mãos hábeis do Arnaldo da farmácia, e aprenda a identificar a pisada do leiteiro de madrugada, ou as palmas do açougueiro, quando vem cobrar o peso da carne.

    Darei, todavia, um ligeiro aviso sobre questões políticas. Um dos retratos do Brigadeiro que estão na loja do sapateiro, perto da esquina da rua Áurea com Monte Alegre, tem dedicatória: fui eu quem pediu ao Brigadeiro e trouxe para a galeria sinceríssima. Até meses atrás, no açougue, eram contempláveis diversos Getúlios, ao lado dos santos da casa, mas ultimamente São Sebastião fica sozinho lá em cima, junto do relógio pontual, e já nos pileques do açougueiro (a divergência política nunca alterou nossa mútua simpatia) não se cantam, em inflamados discursos, as loas de Getúlio. Os getulistas andam de cabeça inchada, e apenas às vezes insinuam o slogan: "Mau com ele, pior sem ele". Mas isso é raro e muito sem jeito, porque sabem que não é um bom argumento: basta apontar para os preços do arroz, do feijão e da carne-seca pregados nas tabuletas, se a discussão ferve no canto em que, no armazém São Tiago, as bebidas são servidas sobre mármore, para que os exultantes de ontem passem logo a discutir futebol e outras matérias mais gratas.

    Por falar em tabuletas, já aqui tivemos (refiro-me mais especialmente a este recanto de Paula Matos onde moro) nosso dissabor por esses motivos: um dia houve uma dúvida quanto a um tostão na tabuleta de beterraba de seu Guimarães, na sua quitanda. E vai daí o levaram incomunicável. Raras vezes a solidariedade do bairro se exerceu assim: toda a gente parava um pouco, comprava coisas, indagava do homem, o filho mais velho muito grave nas entregas, a mulher muito triste mas trabalhando. Creio que toda a gente falou a alguém, e eu incomodei, se bem me lembro, o próprio Cabello. Mas do tostão do seu Guimarães dependia a economia popular, e com ela a Pátria, e só as mãos da justiça é que o reconduziram ao lar – e à luta pelos tostões (se o virdes com ar de sono, eis outro segredo de Santa Teresa: seu Guimarães, para poder sustentar a casa sem furtar do ilustre Cabello, trabalha à noite num café no Tabuleiro da Baiana, e de madrugada se deita ao mercado, para comprar gêneros que infelizmente não são tão numerosos e baratos quanto pai Getúlio prometeu).

    Já que falei em comércio, adiantarei mais duas citações (cujo esquecimento meus filhos não me perdoariam): a do armarinho da dona Ana, onde compram fitas, cadernos, brinquedos, durante o ano, e fogos no São João; e o depósito de dona Adelaide, que lhes fornece picolés, balas e bombons.

Como estais vendo, fico o mais cacete dos escritores brasileiros se falo de Santa Teresa. De cada coisa e pessoa quero falar. Mas isto não é um tratado, propriamente, nem um catálogo. Depois, Santa Teresa não se entrega nas enumerações. Ela está é no ar e na vida, não se pode narrar assim.

Até uma tradição para nascer aqui tem que estar de acordo com esse espírito que ilumina Santa Teresa, mundo dividido em cinco partes: Curvelo, Paula Matos, França, Lagoinha, Silvestre, cada uma com seu vale próprio, suas tradições escondidas, e suas ruas de descer. Querem ver uma tradição que está nascendo? A do Teatro Duse, que Paschoal Carlos Magno (tão fiel a Santa Teresa que seu romance publicado em inglês é aqui que se passa) soube construir com esse jeito de intimidade e inteligência; com esse jeito civilizado, que é essencial nos moradores de Santa Teresa, pobres e ricos.

Moradores de outros bairros, recolhei o sorriso. Isto não é elogio em boca própria. Senão dizei-me: as ruas do vosso bairro cheiram de noite a flor de manga, jasmim, caiana ou lençol de noiva?

Bem sabeis que não. E a gente de vosso bairro faz fila para tomar o bonde? E sabe o nome dos chofcres do ponto? E não anda de lotação? Respondei, moradores de outros bairros, neste ponto apenas: não anda de lotação? Porque a esses incômodos e perigosos instrumentos de morte, o lotação, o ônibus, o trem elétrico, nós de Santa Teresa desprezamos.

Sim, somos modestos e conservadores. Isso não nos impede de todos os dias, ao chegar lá embaixo, deparar logo na encosta com o espírito moderno: a Polícia Especial ostenta suas metralhadoras e seus rapazes povoam os estribos do bonde. Mas não tarda e a vista se consola. Não com o horrendo arranha-céu, não com a visão de um parque de automóveis onde outrora havia o Teatro Lírico. A vista se consola com a visão da vida – vida vegetal, capim florido, bananeiras – e da eternidade – o Convento de Santo Antônio, com seus pobres. Então, se tem tempo, o morador de Santa Teresa sobe a igreja e se ajoelha para pedir por um mundo em que não haja polícia especial e não seja tão duro o sofrimento dos pobres. E pede também para si que Deus obnubile os banqueiros para que se esqueçam de suas dívidas e ilumine os poetas para que lhe faça esquecê-las.

Diário de Notícias, 28 de setembro de 1952

DOMINGOS, O TUBARÃO

O tubarão Domigos foi preso, e isso deve estar dando muito cuidado aos outros, que sentirão aproximar-se o momento em que o senhor Getúlio Vargas vai começar a fisgá-los. Talvez ainda não estejam avisados. Aqui o faço, mesmo porque a maior parte deles ocupa andares inteiros ou palácios com torneiras de ouro na orla Sul da cidade, ao longo do Atlântico, e Domingos dorme suas cansadas noites no puxado que fica junto ao armazém de uma esquina modesta de Santa Teresa.

Conheço bem o tubarão Domingos. Vejo-o diariamente, com seus tamancos, sua calça de riscado, em mangas de camisa, silencioso e cordial a atender a todos, pobres e ricos (não muito ricos, que desses ricões não há por aqui por Santa Teresa, e quando os há não vão em pessoa ao armazém). Vejo Domingos a sorrir, servindo o trago reconfortante, vendendo o grave vinho ou medindo o feijão (pela hora da morte), e o arroz (que Deus nos dê um bom fim), e a banha (mas de que adianta a gente se queixar?), e compreendo bem que o doutor Getúlio tenha se vingado nele dos preços das coisas. Aos tubarões, senhor, aos tubarões!

Dir-me-á talvez algum velho morador de Santa Teresa que Domingos não é tubarão nenhum, e nestes cantos de Paula Matos toda a gente lhe conhece a vida, e que nunca mentiu nem furtou. Espanhol e republicano, isso não impediu que seu Garcia, que é o verdadeiro dono do armazém, e, sendo espanhol, é irredutivelmente franquista (mesmo a mim, que me reputo bom freguês e me declaro republicano, não o oculta), desse a Domingos interesse no negócio. Porque Domingos é bom cumpridor daquelas virtudes que diariamente seu Garcia prega no armazém: saúde, alegria e trabalho para todos. É o que se quer e, como ele acrescenta sempre, o resto não tem importância (e essas coisas Deus nos dê, e com elas o pão quotidiano, e não a riqueza do mundo.)

Mas, perguntarei eu ao velho morador de Santa Teresa, como iria a polícia da COFAP[2], menina dos olhos do doutor Getúlio, pai dos pobres, fazer uma injustiça dessas a Domingos? Decerto Domingos terá seu segredo. Quem sabe se se trata de um tubarão disfarçado de piaba? Terá dinheiro enterrado? Quem sabe?

Minha suspeita inicial foi que Domingos fosse o presidente ou o dirigente secreto do clube dos "tubarões", travestido em comerciário modesto. Mas afastei a hipótese, porque, trabalhando de sol a sol, que tempo restaria a Domingos para a conspiração dos esqualos?

Como, porém, explicar a prisão? A polícia nunca erra, a polícia nunca bate, a polícia nunca mente. São coisas sabidas.

E não tardei a achar o justo motivo. Maneco me contou o que tinha havido. Veio a turma da COFAP, remexeu tudo, passou mais de uma hora. Não encontrou nada. Já ia saindo quando, ao virar uma orelha de porco, o médico, afastando o sal e desdobrando a pele, encontrou um saltão. Não tinha par: foi o único na pilha toda, desmontada com a minúcia que convinha. O "tubarão" Domingos foi preso, para inexplicável e geral consternação de quem soube da notícia, e estranhou.

Eu não estranho, antes adivinho o de que ninguém desconfia. Não se tratava de um saltão comum. Aquele não era "um" saltão, era "o" saltão, o próprio Saltão. Dele é que nascem todos os outros. Estava escondido ali; Domingos, o "tubarão", é que o escondera, como chefe secreto da conspiração dos "tubarões" contra o povo e o governo. Estava escondido ali para descer de repente, aproveitando as sombras da noite, e bichar todas as orelhas de porco do Brasil. E o povo ficaria zangado com seu pai Getúlio, porque as orelhas de porco estavam bichadas. E haveria mesmo algum jornalista para escrever que há alguma coisa de podre no reino da Dinamarca, pensando, porém, no Brasil, e ousando insinuar mau cheiro no seu benemérito governo.

---

[2] Comissão Federal de Abastecimento e Preços. Criada por Getúlio, em 1951, tinha amplos poderes para regular e fiscalizar os problemáticos abastecimento e preço, sem qualquer sucesso. (N. do Org.)

Foi essa conspiração que a prisão de Domingos, o "tubarão", em boa hora abortou. E não há "tubarão" aí que a esta hora não tenha recolhido o sorriso, porque começou a grande pesca com que o senhor Getúlio Vargas antecederá a divisão dos latifúndios improdutivos e outras mágicas, com que Domingos nem sonha na sua tranquila consciência de homem de bem.

Tribuna da Imprensa, 17 de outubro de 1952

ARANHAS GRELHADAS

*L*eio que se reuniu um congresso em Londres para estudar o que o telegrama chama (não sei se o telegrama, se o próprio Congresso) alimentos inusuais, e que um professor assombrou contando que na África provara aranhas grelhadas, e não era nada mau.

Não sei se o Brasil se fez representar, e decerto o fez, e na forma da tradição recente a nossa delegação foi a mais numerosa e mais cara.

Mas se há assuntos em que temos palavra a dizer é nesse. Bastaria a quem lá fosse cantar as delícias do içá torrado, ou do bicho-da-taquara, já não direi da larva do babaçu, que é mais difícil.

Apenas não poderíamos dizer que se tratava de alimentos desusados.

Os índios gostavam tanto de tanajura que na hora em que a formiga cria asa o padre Yves d'Évreux viu assustado uma aldeia inteira correr atrás das içás, agarrá-las, botar numa cabaça, para depois fritar e comer.

Tinham mesmo inventado uma cantiga para seduzi-las a sair do formigueiro. Sentam-se, conta o padre na tradução de César Marques, mulheres e raparigas na boca da caverna e cantam: "Vinde, minha amiga, vinde ver a mulher formosa, ela vos dará avelãs". E o gosto não era só de índio, não. Gabriel Soares de Sousa compara-as em tamanho e gosto às passas de Alicante, embora ressalve que a opinião era de brancos que andavam entre os caboclos.

Mais de dois séculos depois, Saint-Hilaire provou um prato de tanajura, preparado por uma paulista, e não lhe achou mau gosto.

O francês era, porém, homem de apetite fácil, porque em Santa Catarina experimentou do bicho-da-taquara e achou "nesse manjar estranho um sabor extremamente agradável, que lembra o do creme mais delicado".

Leio em mais de um autor que ainda hoje o bicho-da-taquara tem seus partidários, o que, decerto, lá no céu agradará ao santo Padre Anchieta, que sustentava que assado ou torrado não se distinguia da banha de porco.

Não sei se os capixabas permanecem nas condições de merecer o apelido de tata-tanajuras, que no tempo de Saint-Hilaire os campistas lhes davam, mas confesso que uma das minhas reminiscências de menino maranhense é o conceito universal em que era tido o bicho-de-coco como divino.

Como vê o leitor, nós, os brasileiros, temos autoridade no assunto, e bem que cabe, nele, uma palavra nossa.

Penso mais. Devíamos ir cuidando a sério destas coisas, pois no caminho em que andamos não tardará teremos mesmo de recorrer a aranhas grelhadas, tanajuras fritas e usar, como manteiga, o bicho-da-taquara.

Este ainda tem uma vantagem grande, que Saint Hilaire documentou: engolido sem a retirada prévia do tubo intestinal, produz um soro extático que dura vários dias. "Quem comeu uma larva de bambu seca conta, ao despertar, sonhos maravilhosos: viu florestas brilhantes, comeu frutos deliciosos."

Ai de nós, que nos contamos por milhões os que estamos precisando desse remédio! Se o governo fosse mais previdente, era incluir entre os ministérios que vai criar o Ministério do Bicho--da-Taquara. E tudo estaria resolvido.

Tribuna da Imprensa, 20 de outubro de 1952

CARTA A UM DITADOR

*P*rezado professor Salazar:
Desculpe-me, lembrei-me em tempo, não o chamarei de ditador. Bem sei quanto Vossas Senhorias são delicadas nesse ponto. O nosso nem de ex-ditador gosta de ser chamado. Tais são os seus melindres constitucionais.

Pertence Vossa Senhoria, porém, à mesma raça dele, raça que se diverte com as Constituições e conosco, que acreditamos nelas. A única diferença é que Vossa Senhoria as faz, ele as rasga, mas no fundo nos desprezam, ambos, ou seja, aos demais homens.

Não é, porém, sobre estas coisas vagas, professor, que ouso escrever a um ditador ocupado como Vossa Senhoria. É que li faz algum tempo nos jornais de cá que de lá fugira, com todo o Fundo Sindical, o encarregado dele; e cá nos viera; e Vossa Senhoria nos estava a pedir que para lá o devolvêssemos.

Não sei se o devolvemos ou não. A imprensa de cá, não sendo devidamente censurada como a da terra dos nossos avós e de Vossa Senhora, é um tanto quanto desordenada, e das notícias, muitas vezes, sabe-se apenas um pedaço que emerge da confusão cavatória do país e de repente some de novo, como os rochedos no mar.

Se é que o não devolvemos ainda, poderia Vossa Senhoria tentear no seu pedido e aguardar um pouco? E permitiria, mesmo, que ele desse, por estas bandas do mar, um curso da especialidade que, com bom sucesso, professa?

É que os de cá, senhor ditador, estão há anos furtando o Fundo Sindical. E seja incapacidade deles ou milagre, até hoje não conseguiram acabar com ele. Quanto mais tiram, mais cresce; e

O curioso é que o governo, que permite que furtem, vem depois pôr a boca no mundo para denunciar que o fizeram, o que não é justo, nem belo.

Talvez, porém, Vossa Senhoria tenha sabido disso, e tenha mandado seu pelego a ensinar os nossos, mas tão incompetentemente o fez, que Vossa Senhoria se zangou e agora quer recambiá-lo.

É uma hipótese a considerar. Reconheço que a solução é boa: furtar de uma vez todo o Fundo Sindical é um jeito, e talvez mesmo o melhor, de acabar com o escândalo, não vá amanhã alguém querer envolver nele a gente puríssima que cerca o governo.

Vê Vossa Senhoria que não tenho preconceitos nacionalistas. Não me ofende que os pelegos brasileiros aprendam a lição do pelego português.

A rigor, porém – e não veja nisto Vossa Senhoria nenhuma injustificada explosão de orgulho patriótico –, os nossos é que têm ensino a dar ao mundo. Bom é que a Europa, pelo menos a ponta da Europa em que Vossa Senhoria manda, vá logo se curvando ante o Brasil, na pessoa dos respectivos pelegos.

Pois não vê Vossa Senhoria que os nossos roem, desde que criado, o Fundo Sindical, e sempre deixaram lá alguma coisa, tapando cuidadosamente por cima para evitar desconfiança?

Não hesite Vossa Senhoria, senhor ditador. Em vez simplesmente de extraditar o seu pelego, peça que com ele vão os nossos. Eles já têm o hábito das viagens transatlânticas, são muito lidados em neve e esportes de inverno. Poderão ir sem perigo para a saúde. Vossa Senhoria verá que técnicos! São de comover o mais empedernido coração, pela habilidade quase escrevia excessiva. Escreverei: excessiva. E Vossa Senhoria não tenha cerimônia. Se gostar, fique com eles.

Fique com eles, não receie desagradar-nos. O governo facilmente arranjará outros. Mas enquanto arranja, descansaremos um pouco, nós do povo.

Atenciosamente,

O.C.f.

Tribuna da Imprensa, 21 de outubro de 1952

UM VOTO PARA BORBA

A verdade é esta: não sendo eleitor em Pernambuco, nem ao menos pernambucano, cada um de nós a esta hora está votando no Recife, se imagina no suplício cívico de votar. Pernambuco bole com a gente, bole muito fundo. Eu, pelo menos, sempre me imaginei estudante sobre as pontes, e, decerto sob o império das reminiscências paternas, estudante no começo da República, ouvindo José do Patrocínio, Seabra e Martins Junior, morando em república com pouco dinheiro, tomando banho em Olinda, indo caçar no engenho do colega de turma ou fazendo a barba ao lado de um condiscípulo que dizia em voz alta o que pensava sobre o marechal Floriano e era convidado, de sabão ainda na cara, por um dos presentes a dar um passeio (provavelmente terminado por fuzilamento na Tamarindeira, era a praxe do tempo). Meu Pernambuco fica, como veem, muito no passado, mas que importa? Cada um de nós tem o Pernambuco que merece. Na minha capital, Augusto dos Anjos me deu a ponte Buarque de Macedo e a casa do Agra, Manuel Bandeira a rua da União, as fogueiras de São João, Totonho Rodrigues... E esse Recife que emerge das histórias ouvidas na infância e da canção dos poetas é mais real, mais concreto na minha evocação do que a cidade que vi recentemente com tanto arranha-céu besta que até parece qualquer outra...

Mas é nessa cidade atual de pedra, cimento e ferro, cidade de palácios e mocambos, que desejaria estar hoje, e ser eleitor, para dar meu voto a Osório Borba.

Não votaria apenas como um protesto, o protesto de quem não discute que tenha havido no Estado Novo homem de bem (custo a acreditar, mas reconheço que havia), mas num homem do Estado Novo, não votaria, porque enfim etc. (e cabe aqui toda uma argumentação monótona).

Mas o que há sobretudo comigo é isto: votaria em Osório Borba.

Tanto quanto alguém pode conhecê-lo, a esse homem de intimidade tão discreta, a esse retraído, a esse menos derramado dos homens, creio que o conheço. Trabalhamos juntos. Nossas mesas, na redação, se tocam. Muitas vezes o acompanho até o restaurante em que, fiel a um hábito que trinta anos de profissão lhe impuseram, vai fazer seu jantar, de madrugada, ao sair do jornal. Mas esse privilégio somente me dá o direito de ver de perto o que se imagina de longe, o que toda a gente sabe: a retidão de Borba, sua fidelidade às coisas generosas de liberdade humana, seu minucioso horror de desonestidade, sob qualquer aspecto, a pureza de sua vida, a limpidez de seu pensamento, as paixões de seu espírito. Há, todavia, um outro Borba a quem me habituei a querer e que só algum leitor bem atento da parte mais literária da sua obra talvez tenha percebido: o Borba lírico que se ignora, o Borba cuja permanente polícia sobre si mesmo nem sempre esconde, o Borba cuja amizade tem o jeito de uma sombra boa de alpendre nordestino, repousante e cordial. Nesse Borba eu votaria sem hesitar, fosse ele ou não eleito. Do outro, que toda a gente conhece, e em torno de quem a lenda vai nascendo com as primeiras anedotas, bem sei que não haveria força humana capaz de levar a, conscientemente, fazer mal, mentir, furtar, perseguir; mas daquele, que eu e poucos identificamos, eu bem sei que nada impediria de fazer o bem que pudesse...

Tribuna da Imprensa, 23 de outubro de 1952

OS MENINOS E O TOCA-DISCOS

Desde que a máquina chegou à casa dos meninos, a vida deles gira em torno da máquina. Primeiro foi o festejo da chegada, a impaciência de rasgar o embrulho, os riscos de quebrar tudo, os ralhos maternos (e paternos também). Como o eletricista convocado demorasse, Pedro obteve que um tio engenheiro descesse das alturas da ciência e viesse cá embaixo, a lidar com fios e chaves de parafuso, improvisando instrumentos e entrando em minuciosos debates técnicos com outro tio, esse simplesmente imaginativo e ousado nas afirmações. Afinal, o mecanismo moveu-se, a agulha começou a deslocar-se numa das superfícies sulcadas, ouviu-se música e uma voz começou a contar histórias. O toca-discos funcionava.

Quinta-feira, dia em que as escolas públicas estão fechadas, estavam todos em casa, mas não desceram ao quintal. A rigor não seria exato dizer que ficaram em casa. A primogênita, convalescente de catapora, o herdeiro do nome paterno, que aliás tinha de ir ao dentista, aquele que se chama Pedro, Teresa de Jesus e mesmo o caçula de um ano e meio, largaram-se todos no mundo, perderam-se no espaço. A agulha roça no disco, o cágado monta no gambá, a corça já não quer casar com o gambá, prefere o cágado, Branca de Neve é acolhida pelos sete anões, Ali Babá grita: "Abre-te Sésamo!" E a gruta na floresta se abre. A floresta é, aliás, um estranho lugar cheio de ruídos: ressoam as trompas e os cantos caçadores, a quem nada amedronta e não tardará matarão o lobo mau; a bruxa retém prisioneiros João e Maria; e a Moura Torta sobe na árvore, transforma a moça numa pombinha branca para poder casar-se com o príncipe. Numa clareira da floresta é que o bode e a onça fazem sua casa, e depois desconfiam, e saem cada um por seu lado a correr pelo mundo...

Não tarda, porém, e embora aquele que se chama Pedro milagrosamente continue atento, de grandes olhos espantados junto à máquina, a vida presente irrompe entre eles com toda a força. Surgem brigas. O herdeiro do nome paterno arruma, enquanto ouve, na mesa da sala, seus soldadinhos de matéria plástica. A primogênita perde-se em leituras (anda agora a descobrir a *Ilha do Tesouro*), Teresa de Jesus e o caçula somem no horizonte. Enquanto isso, a agulha continua a girar (já agora nem Pedro ouve) e a formiga trata a cigarra com aquele rigor malvado.

Um pensamento me consola: a máquina não tem as mãos suaves nem os cabelos brancos das avós, não tem colo para prender menino. A máquina é perfeita e repete sem cansar as mesmas frases, e não tarda os meninos as sabem de cor (não há quem aguente). Mas não tem colo, não tem vestidos velhos, não tem amor. E não prende.

Não negarei que haja um certo encanto nesse grupo infantil em redor do toca-discos. Mas a poesia está nos que ouvem, não na agulha que desliza na superfície polida.

Chego a pensar que, adultos, não se lembrarão com saudades da aventura que estão vivendo, mas logo afasto essa ideia, ao evocar o velho gramofone, cujo alto-falante verde se abria como uma flor e que eu ia ouvir menino, na casa da dona Eulina. Não, amanhã, quando Pedro for homem-feito, talvez a simples palavra "rato" levante do seu passado a ordem à macacada: "Abana o fogo, macacada, abana o fogo, para o banquete do doutor João Ratão", e seja uma porta para o país da infância, sem dimensões e sem mágoas, com seus bichos, seus quintais, as ruas de Santa Teresa, a hora do repouso na escola Santa Catarina, os tios armando a máquina, a agulha deslizando na superfície polida...

Tribuna da Imprensa, 24 de outubro de 1952

VIRGÍLIO, O TENENTE

Uma das lembranças que trago daquele tempo vago e noturno em que se encerra a adolescência e começa de fato, com o peso de suas opções, a mocidade, é um poema de Augusto Rodrigues, desse mesmo que anda por esse mundo de Deus feito caricaturista e mestre de meninos. Dizia assim: "pela alma do morto,/ pelo corpo do morto,/ eu peço respeito./ Respeito e silêncio./ Nada de música sacra./ Nada de outra música".

Sobe-me do passado esta pequena e, entretanto magoada composição ao pensar em escrever sobre o amigo morto. Não seria melhor calar? Como, porém, encontrar neste dia, outro assunto que não seja o amigo morto?

Amanheceu chovendo. Virgílio de Melo Franco gostava dos dias de chuva, principalmente de frio. Seria reminiscência dos dias de meninice na Europa? Gostava de sobretudos, casacos, mantas, lãs, luvas, cachecóis, tudo o que a civilização criou para o conforto do homem nas paisagens geladas. Mas – tal era a marca daquele homem singular – era capaz de se jogar, sem um abrigo, mato adentro, nas suas caçadas, e dormir no rancho de palha, na rude vida de privações, e neste gosto de contato com a natureza, não tinha queixa, não tinha conforto de cuja ausência se queixasse.

Assim era ele feito, feito de contrastes que não eram contradições, feito de paixão e de caráter. A sua imagem futura não há de ser composta em semitons, mas num conflito de cores a que apenas a intimidade de sua vida – feita toda de uma doçura que requintava em delicadeza – dará o repouso depois das tempestades. Ainda aqui, porém, um contraste: o contraste entre a pesquisa dos valores do mundo das paixões, as aventuras às vezes perigosas da mocidade cheia de amores, e o grande, definitivo, absorvente Amor que representou depois a casa para sempre encontrada até a morte.

Por algum motivo permitiu a Providência que os duros dias que estamos vivendo se abrissem com o seu sacrifício, o sacrifício daquele tenente, e não o tenente apenas do idealismo da Revolução de 30 (idealismo que nele nunca morreu), mas alguma coisa mais. O tenente, isto é, a mocidade. O lugar-tenente, aquele que mantém a posse. O que responde pela posse. O que tem tenência, prudente e entretanto firme, precavido e entretanto forte. O que substitui a ausência. O que representa, na lide temporal, uma Presença, a Presença que se traduz na terra por um desses homens que acendem nos corações a limpa esperança, feita de caridade e justiça.

Não era outro o ideal monarquista de seu amigo Bernanos, e foi esse ideal, tão diverso do seu, republicano e democrata, que Virgílio viveu à nossa vista: a imagem do príncipe a serviço do povo, tocando com as mãos nas chagas dos pobres para curá-las e depois partindo em guerra contra os inimigos da fé, o velho ideal católico de São Luís, rei de França, ressuscitado entre os morros do Rio e as montanhas de Minas.

Tribuna da Imprensa, 29 de outubro de 1952

NEGRO NÃO É GENTE

O poeta maranhense Odorico Mendes (aliás mau poeta), meu comprovinciano e do Visconde de Alcântara, era bastante trigueiro. Eu não vivia naquele tempo, e se vivesse é pouco provável que frequentasse o paço, mas o Visconde de Alcântara, sendo homem de bem, era também um palaciano. Foi a ele que o Imperador Pedro I perguntou, desconfiado: "Este seu comprovinciano é mulato?" O visconde, porém, deu logo o troco direitinho: "Não, senhor. Pelo lado paterno é meu sobrinho; portanto de origem espanhola, e sua mãe descendia de uma das mais ilustres famílias da província".

Acudiu-me isto um dia destes, ao ler que não queriam preto entrando no Botafogo (embora o quisessem para jogar) e ao encontrar, num comentário, isto: que o preconceito de cor "começa" a se arraigar. Começa por quê? Sempre houve. E no passado se não havia mais é que no fundo estava a escravidão: preto não era gente, era escravo.

E ontem como hoje uns tinham preconceito, outros não. O nosso jeito de ser sentimental é que graças a Deus, mesmos nos piores dias da escravidão, disfarçava na humanidade cordial de muitos, a rigidez malvada dos mais.

Umas teorias dizem que o mulato era mais visado, nas excomunhões, do que o preto. Mas é que no mestiço havia, mais frequentemente, liberdade, e com ela era mais razoável as coisas grandes, inclusive as belas mulheres brancas. E depois as mestiçagens, de maneira geral, juntava ao sangue impuro a bastardia, e nesse caso, ai do cabra!: os prejuízos juntavam contra ele, e o esmagavam.

Mas mesmo então havia quem não levasse as coisas assim a ferro e fogo. Gonçalves Dias, para citar outro comprovinciano meu, de Odorico Mendes e do Visconde de Alcântara, se foi recusado, para sua ruína, por uma branca, foi para ruína ainda maior, aceito por outra.

Sempre tivemos preconceito, sim, contra o preto e contra o mestiço. Para que negar? O que se deve acentuar, porém, é que aqui raras vezes o preconceito foi feroz, raras vezes se linchou, embora muito negro morresse para aprender a não olhar para branca. Mas falei em linchar, gesto coletivo, como nos Estados Unidos, onde leio que agora não se lincha mais: se dinamita. E num certo sentido o preconceito diminuiu, perdeu o ímpeto do crime individual, a explosão de ódio dos comerciantes portugueses que moravam nos sobradões antigos da Praia Grande e que outro maranhense registrou no *Mulato*. Aqui, hoje, o mais que se chega é a impedir que alguém case, ou se hospede num hotel, ou entre num baile, ou corte o cabelo entre brancos. E há sempre o recurso de propor, como fazia um querido amigo que foi promotor no interior de Minas e um advogado local que o chamara de mulato, um duelo... O advogado reagiu assombrado, mas sem dar parte de fraco.

– Um duelo?

– Sim, senhor, um duelo. Nada mais, nada menos.

– Mas a lei proíbe.

– Será, porém, um duelo diferente. Um duelo de cabelo para ver quem é mais mulato dos dois...

Tribuna da Imprensa, 1º de novembro de 1952

MANTEIGA DA ESTRANJA

Ninguém sabe os caminhos que levam à infância, ninguém sabe. Aqui onde estou foi outro dia um pouco de manteiga que me arrastou para trás trinta anos. Eu era menino, e manteiga não era manteiga, isto é, não era a manteiga mineira a que não durou muito ia me acostumar. Não: vinha em latas da Europa (que tinham nas tampas uma vaquinha, seria azul?) e falavam nuns "Frères" quaisquer. Vinha da Normandia? Vinha da Bretanha? No calor de Teresina, desmanchava e formava, na superfície amarela, gotas gordas de água salgadinha, que a faca partia como uma bolha de ar que se quebra no ar.

Havia também a manteiga local, a "manteiga de nata", resultante da acumulação quotidiana da nata do leite depois levada a derreter numa panela, no fogo de lenha, e coada num pano. Essa vinha em garrafa e era difícil de extrair sem sujar as mãos. Na minha imaginação de menino a manteiga de nata adquiria um prestígio fantástico, o das coisas raras de obter, difíceis de comer. Mas era sempre manteiga.

Só depois é que começou a chegar manteiguinha mineira, clara, com um gosto ainda que longe de leite, com um jeito lavado e sadio, e as garças que trazia nas tampas, o pequeno triângulo que se projetava do círculo para, num movimento circular, abrir o flandres que soldava a lata, já são em mim lembranças sólidas e cordiais como o café com leite das manhãs do colégio.

O leitor decerto não me terá acompanhado até aqui, que não tem nada com isto; mas espere que talvez do horrores de hoje participe. Conhecereis por acaso a manteiga da Dinamarca, que vendem nas filas? É manteiga de um amarelo de pinto recém-

-nascido, e tem todo o sal que o homem tirou ao mar quando do mar conquistava terra para a vizinha Holanda. Ai, manteiga que me precipitou no tempo, manteiga salgada entre todas, gosto de biscoito, cara de desgosto...

Lembro que muitas vezes, menino, ouvi contarem (mas devia ser propaganda dos capitalistas mineiros) que aquelas manteiguinhas de tampa azul vindas da França, se tinha descoberto que eram feitas à base de margarina (esta palavra me encantava) resultante das gorduras colhidas nos canais do Sena. Discutia-se muito, nas mesas dos adultos. Eu achava uma beleza essa palavra: margarina.

Hoje de novo me encontro com manteigas europeias, e não lhes levantarei falso, isso nunca. Mas manteiga boa, de leite mesmo, onde se escondeu a manteiga mineira, lavada e branquinha?

A resposta, aqui no Brasil, seria este ditado, um desconsolo: o gato comeu. Bons são os adágios espanhóis. Para um caso destes, segundo leio na *Visita de los Chistes* de Quevedo, há um refrão excelente: "Averigue-lo Vargas". E Vargas sai a averiguar, para bem de todos e felicidade geral da Nação.

Tribuna da Imprensa, 10 de novembro de 1952

LÁZARO FALA

A história, na verdade, não é nova: quinhentos anos antes de Cristo, Ésquilo compunha com ela uma tragédia e ganhava um prêmio em Atenas. E depois de Ésquilo, veio Sófocles, e a interminável turba dos dramaturgos de toda nação.

Mas há gosto novo nessa velha história, na versão que Francisco Pereira da Silva sentiu como poeta dramático, antes de verter na prosa dialogada do seu "Lázaro". A pequena sala do Teatro Duse se dilata de horizontes enquanto as velhas paixões gritam suas ânsias renovadas. Quem reconhecerá, nesse jovem marinheiro, que a irmã tenta amamentar com a vingança a fim de que venha a punir, com o sangue materno, a morte do pai, os gregos de outrora? A fatuidade de Egisto revive na arrogância do prefeito Martins, aprendiz de ditador, engrandecido de sargento em capitão, graças à mesma riqueza que lhe permite mudar o nome de Monte Azul para Martinópolis. Electra usa, como a grega, vestidos compridos; mas são os secos vestidos pretos da branca beata fanática. E Clitemnestra se consome de amor, que digo eu, de paixão física irresistível. E o coro são as lavadeiras, o coro é a gente do povo e são os loucos mansos, os dois pobres de espírito da peça, a moça desligada do tempo e da vida, o moço comprimido contra a realidade pelo medo. Nenhum dos dois, porém, nesse mundo de paixões desencadeadas, entregues à força do acontecimento que estará por vir e se gera fora das vontades humanas, nenhum dos dois guarda ódio: são ambos fracos, mas puros de ódio. O ódio passa através deles sem os tocar.

Mas há, nessa tragédia antiga, na versão que lhe dá Francisco Pereira da Silva, uma cor nova. Cor que é a do espaço e do tempo.

São as acauãs morrendo na seca, são as avoantes na beira do açude, são as lavadeiras em torno do poço. A seca: os cães entram dentro das reses mortas para saciar-se de sangue, os urubus engordam e sobrevoam a cidade na poeira.

Mas é também a hora presente. E nisso o poema dramático que Paschoal Carlos Magno soube descobrir no original de um desconhecido, tem bem a marca do tempo e da geração a que pertence Francisco Pereira da Silva, é o drama do sangue. O homem com as mãos sonâmbulas matando, a divisão do homem entre o impulso do desastre pela obsessão de justiça e o instinto da fuga ("fugir é fácil", grita Lázaro) que não cura o remorso. É *"le temps des assassins"*. A revolta leva à morte, mas depois? Essas angústias invadem o drama com um acento que é o da inquietação trágica desta era sem destino. Mas a mensagem que fecha a peça não representa uma evasão. A alma forte fica e expia. Lourdes-Electra não foge: a prisão lhe é familiar, numa prisão sempre viveu. Venham mais trinta anos, sempre além das grades haverá céu. Esperará pela paz como esperou pela justiça. Céus lavados, jardins silvestres, casas brancas, um dia voltará à morada perdida na frescura da manhã; e no campo sem fim haverá florinhas brancas, amarelas, vermelhas, azuis, florinhas que o pé machucará e perfumarão o ar, as mesmas flores da erva mansa que os pés infantes de Francisco Pereira da Silva pisaram na sua planície natal de Campo Maior.

Tribuna da Imprensa, 13 de novembro de 1952

LIVRO, MENINO, MURO

Os meninos foram se deitar mais tarde do que deviam. O pai trouxera um livro, com dedicatória para eles, todos. Os mais velhos, porém, apoderam-se do presente e a primogênita resolveu ler em voz alta para todos. Não tardou, cansou-se (ou a verdade seria que *A volta de Branca de Neve* chegava no ponto triste, aquele que é como um riozinho tremendo embaixo no vale cuja água se tem que beber antes de começar a subir a montanha). O certo é que a energia materna conseguiu arrancá-los do volume. Ainda tentaram ver, no escuro, com a luz que vinha da copa, as gravuras, que são belas. Mas terminaram por conformar-se e, guardado sob o travesseiro o álbum em que Sarah Marques conta sua história de encantamento, não demoraram a dormir um sono sem problemas.

O problema apareceu de manhã: o que tem o nome paterno chegou chorando à cama conjugal, um maribondo conseguira entrar na casa e vendo aquela mãozinha descoberta, julgara tratar-se de uma goiaba e metera o ferrão. Não havia remédio a dar, senão conformar-se, um homem não chora, sobretudo nas vésperas da primeira comunhão. Eram cinco e meia da manhã. O livro era uma tentação, mas em cima do travesseiro repousava a cabeça da irmã, que ainda a pouco reclamara a janela aberta para a indispensável pesquisa de maribondo (que, aliás, se fingira desacordado para depois evolar-se sutil do pano em que o pai, triunfante, o carregava para fim ignorado). Não era aconselhável uma rixa tão de madrugada.

O menino desceu para o quintal, levou bananas para o coati, transportou o papagaio para uma figueira, ainda não havia ovo no galinheiro, a torneira do tanque estava aberta, manga verde não se deve comer (se bem que confissões maternas tenham revelado que com sal menino acha ótimo). Quando, afinal, soou a hora do café, o pai foi encontrá-lo no muro que dá para a casa de dona Francisca, com risco de arranhar-se no duplo arame farpado que corre por cima dos tijolos.

O muro, o mundo do muro, o prazer do equilíbrio sobre o muro, a visão dominadora de propriedades de quatrocentos metros quadrados com árvores e galinheiros, gaiolas de passarinhos, latas velhas, peças de um carro que estão consertando, que sei mais? O dever paterno era o carão severo, incutir o senso de responsabilidade, o muro proibido. Mas o pai não ousou, nem tu ousarias, leitor, se fosse pai. E se não és não entende disto, e cala a boca.

O pai deu a mão, o menino pulou, arranhou-se um pouco, o café foi engolido. Começou então a disputa pelo livro, que foi prolongada, mas não atingiu alturas que me permitissem cobrar do Clube dos Inéditos indenização por tê-lo editado e ele ter enfeitiçado os meninos, e os meninos terem brigado, e a casa ter ido abaixo. Não foi ter tão abaixo, aqui é apenas figura de retórica, e ninguém, homem ou sociedade, é obrigado a indenizar por figuras de retórica. O bom senso afinal prevaleceu, e todos unidos se agarraram ao livro, e as cabeças somente aparecem de novo, egressas daquele delicado mundo, quando a última página foi voltada. Era hora do almoço.

Ora, como quereis que um ateu, se aqui viesse morar, resistisse à paz de Santa Teresa? Como posso deixar de dar a Deus meu agradecimento humilde (e ai de mim, um pouco egoísta) de morar em casa que tem muro, árvore, galinhas no quintal, de ter meninos na casa e não a solidão; e dos meninos se ocuparem com bichos (mas sem a eles escravizar-se, tenho visto homem dando passeio em cachorro e esperando, etc.) e de num livro esquecerem as mágoas da vida, picada de maribondo, arranhão de arame farpado.

Tribuna da Imprensa, 14 de novembro de 1952

AS FORCAS E O BERÇO

Do ponto de vista gramatical, é indiferente falar nas forcas ou nos berços. E o mesmo quanto ao efeito poético. O poeta, em vez de flores e rosas, podia ter cantado forcas ou berços. São onze forcas unidas, são onze forcas nascidas talvez no mesmo arrebol, cantaria o romântico; mas, se o quisesse, poderia falar de berços, e as duas sílabas se ajustariam ao setissílabo com o mesmo rigor métrico. Decerto preferia: os berços são sempre mais alegres do que as forcas.

São mais alegres, porém, pelo menos ontem, foram menos numerosos. Onze mortos irão fazer as forcas de Praga, mas apenas sete cabeças novas povoam os berços de Santiago do Chile. E a sombra daquelas esgalhadas traves cai sobre os pequenos leitos, e é amarga. A confissão dos que vão morrer soa mais alto que o choro da vida nos pulmões dos que acabam de nascer.

Impressionam-me as forcas de Praga. Não é todo o dia que os homens as erguem, assim às escâncaras, e se os comunistas tchecos condenam judeus pelo sionismo, isto é exatamente por serem judeus, seu raciocínio não estará muito longe do ódio cego de Hitler: o antissionismo parece muito com o antissemitismo, e bem pode acontecer que não sejam coisas diversas.

E confesso que não me alegram o quanto baste os berços de Santiago. Que destino terão, no mundo, os sete irmãos que mal abrem os olhos à luz?

Será que sua sina se parece com a dos sete cisnes que acompanhavam Elisa e tinham coroas reais, e para quem a irmã teceu, com as mãos feridas pelo sacrifício voluntário, as vestes de urtiga que os desencantariam? Pois é num mundo de dragões e tiranos, bruxas e feiticeiros, que os sete recém-nascidos de Santiago terão de viver.

Se o dilúvio, de novo, submergisse a terra, eis o que sobrenadaria de ontem: o ódio do homem, onze forcas de Praga, e a esperança do mundo, sete berços de Santiago. E se a cólera de Deus tivesse de baixar violenta e rápida sobre a terra, na visão desses homens que morrem sem um grito de protesto, e entretanto foram poderosos, quem sabe se não hesitaria o Senhor ao ver esses pequeninos?

A vida precisa andar depressa, sente que precisa andar depressa. Já não bastam os trigêmeos ou os quíntuplos. Tão poderoso é o avanço da morte sobre o homem, que a natureza passa a acumular sete sopros novos sobre a mesma paciência materna.

Este raciocínio me reconforta. Há um mistério nessa coincidência, um mistério que liga Praga e Santiago. Europa de sangue e ódio, eis que de novo começas a matar. Mas na beira do Pacífico, em sete berços, repousam vasilhas novas para os vinhos novos do mundo.

Eis, porém, que nem essa alegria podemos ter: é falsa a notícia dos sete filhos. Pois vivemos uma hora em que as forcas se confirmam, mas os berços se diluem.

Tribuna da Imprensa, 29 de novembro de 1952

A VIDA E O DRAMA DE LIMA BARRETO POR FRANCISCO DE ASSIS BARBOSA

A substituição da imagem de Lima Barreto desenhada por anedotas, boemia e desleixo pelo homem verdadeiro, feito de sofrimento e sacrifício, eis o que parece ter guiado o senhor Francisco de Assis Barbosa na sua esplêndida biografia, que ele modestamente compara a um jogo de *puzzle* ou a uma reportagem inacabada. O livro que resultou deste propósito não é daqueles a que se possa aplicar o epigrama de Nietzsche: "É preciso não confundir a pouca força necessária para empurrar uma canoa até o rio com a força do rio que a leva a partir daí; mas é o caso de todos os biógrafos". É que, como Nietzsche, Lima Barreto foi um destino contra a corrente. A "tentação" do escritor que tomou a si restaurar aquela pobre vida humana não era tanto a de compor um quadro de grandes proporções, uma espécie de Lima Barreto e o seu tempo, mas a de tomar o partido de Lima Barreto "contra" o seu tempo.

Para essa tarefa, havia no senhor Francisco de Assis Barbosa, no que ele tem de melhor, no que há de mais puro na sua maliciosa inteligência, dons especiais de simpatia humana. Branco e descendente de brancos que fundaram cidades, mais do que isso: a própria cidade em que nasceu, contemporâneo de formação universitária de gente incluída na mais alta casta republicana, como a senhora Alzira do Amaral Peixoto e o senhor Ricardo Jaffet (é o que salienta o editor ao apresentar o livro), ele se curva sobre o pobre mulato desengonçado e bêbado com uma ternura fraterna. Quando nasceu no espírito do senhor Francisco de Assis Barbosa, o fervor da admiração que ilumina sua reconstituição da vida de Lima Barreto? Apesar daquelas condições que o distanciam do biografado, lembram-me ainda as nossas noites da adolescência, quando, pobres mas boêmios, inexpertos mas ardentes, e ainda encantados por uma iniciação jornalística a que faltava o cansaço do "trivial da política" (a que com tanta amargura se refere agora o sr. Francisco de Assis Barbosa), nós nos curvávamos sobre o destino do criador de Gonzaga de Sá com uma sede de compreensão e um senso de solidariedade que o tempo não diminuiu – e que outros companheiros, notadamente o senhor R. Magalhães Jr., também partilhavam. Lembrar-se-á o senhor Francisco de Assis Barbosa de quem lhe emprestou o Policarpo Quaresma, que fez encadernar, apoderando-se dele para mais tarde devolvê-lo ao dono que, aliás, um dia, o recambiou para suas mãos?

Diante desta biografia, eu me pergunto se não era indispensável que o autor trouxesse, das zonas obscuras em que se estratificam as afinidades eletivas da adolescência, esse calor e essa dedicação, para enfrentar e desfazer tanta lenda, tanta "anedota", tanta "aparência" que desfigurava o verdadeiro Lima Barreto e criava no contraste entre o que se dizia ter sido a sua vida e a obra que deixara um mistério: o de um pobre-diabo de botequim que incorporara seus temas e seus personagens à literatura brasileira. É certo que a bebida e a decadência, o preconceito de cor e a situação doméstica explicavam a imperfeição desta obra (imperfeição que hoje, pelo próprio autor, sabemos que pelo menos inicialmente era voluntária). Mas o milagre persistia, e o mérito do senhor Francisco de Assis Barbosa foi, antes de tudo, o de ter penetrado até o fundo dele sem dissipá-lo, sem tentar reduzir o segredo da criação artística a termos biológicos ou sociais. A própria circunstância de Lima Barreto ter sido um dos autores brasileiros que mais se confessaram nas suas obras – inclusive nos artigos de jornal – criava para o biógrafo uma "facilidade" que era preciso afastar para ir ao fundo das coisas, à sua essência. Era preciso, assim, primeiro eliminar a imagem falsa, criada pelos contemporâneos e por uma sociedade que se defendia das culpas em face da inteligência, cristalizando em Lima Barreto um símbolo do *"propre-à-rien"*, do boêmio inútil; era preciso, depois, reconstituir uma vida, amarga vida, marcada pelo sacrifício, mas também pelo ressentimento; e era preciso atingir, através dessa vida, o perfil de uma "alma", a essência de um "ser".

Quanta lenda a desfazer! A isso se deverá, no livro, uma certa atitude apologética, um complexo de "defesa" que leva o senhor Francisco de Assis Barbosa a insistir, quanto à boemia, no seu sentido amargo, trágico, no "drama" que ela representa para Lima Barreto; que leva esse homem de espírito, ao falar de outro homem de espírito, a ocultar cuidadosamente os "*bons mots*", toda a parte de riso que, ainda quando superficial ou amargo, completaria o verdadeiro retrato de Lima Barreto. Se bem que se revolte, evidentemente, contra a incompreensão que fez de Lima Barreto um "suicidado da sociedade" (como o Van Gogh de Artaud), o senhor Francisco de Assis Barbosa aceita um dos padrões de julgamento ético do mundo que repeliu Lima Barreto, e quase que se pode escrever que se envergonha de vê-lo bêbado, a "rolar de borco pelas calçadas".

Essa posição certamente se explica pelo feroz acúmulo de anedotas imbecis, que caracterizavam até agora a biografia, quase sempre oral, de Lima Barreto. Em geral lugares-comuns do anedotário, retirados do folclore e aplicados ao escritor. Tome-se, por exemplo, aquela história em que Lima Barreto mandou um menino buscar na venda da esquina pão e cachaça. O menino trouxe um pão de tostão, dois litros de cachaça. E Lima Barreto: "Mas para que tanto pão?" Pois é uma velha piada e creio que já era velha quando Shakespeare, pela voz do príncipe Henrique IV, reclamava os galões de vinho de Falstaff em contraste com o bocado de pão: "*Oh monstrous! but one half-penny worth of bread to this intolerable deal of sack!*" Tendo de reagir contra tantas impressões falsas e tantas anedotas imaginadas, o sr. Francisco de Assis Barbosa se colocou um pouco na posição daquele amigo de Lima Barreto, meu mestre Félix Pacheco, que me contava que, ao se decidir a contestação de um dos seus diplomas, creio que na Câmara dos Deputados, mandou fazer um terno de linho branco para que o amigo, aquele a quem num soneto chamou de "irmão", acompanhasse o episódio. A decisão demorou, e tanto que Lima Barreto, já em seu desalinho habitual, veio pedir-lhe que apressasse o reconhecimento enquanto ainda restava roupa... Assim o senhor Francisco de Assis Barbosa põe os olhos atentos no fato novo de Lima Barreto e só admite que o manche alguma queda ou lágrima funda, mas não choro fácil ou riso mole de bebedeira. Sendo uma posição de defesa, é também uma posição de amor, que se enquadra no ângulo que escolheu, e que não é o da irreverência (como o das biografias de Frank Harris, Chesterton ou Lytton Strachey, para não citar senão autores que a morte tornou "clássicos" nessa nova maneira de narrar, tão característica da mentalidade cruel, do instinto de destruição que governa o nosso tempo). Fiel a esse ângulo, que insiste nas injustiças da sociedade, não acentua o reconhecimento universal da importância de Lima Barreto como romancista, que o cercou nos últimos anos de vida, quando Medeiros de Albuquerque pedia ao jornalista João Melo para lhe apresentar o autor de *Policarpo Quaresma*, que considerava o nosso maior romancista. É certo, aliás, que ao ressentido o êxito não cura, como demonstrou Marañón na sua tese.

Do nascimento até a morte – que narra numa página de grave e digna beleza – o senhor Francisco de Assis Barbosa (e no biógrafo não desaparece nele o repórter, como na pintura de Ingres não se dissolve a magia do desenho) restaura o drama dessa vida, dessa "pessoa". Essa descoberta do indivíduo tem, para o leitor, como homem, a mesma "poesia da experiência humana" que faz das *Confissões de Santo Agostinho* uma leitura infinitamente mais apaixonante do que a *Cidade de Deus* e conserva toda a força das páginas em que o indivíduo Rousseau se conta, em contraste com o jeito envelhecido do *Contrato Social*.

Não tivesse Lima Barreto a significação literária que faz da sua obra, no sentido histórico de reflexo, no romance, da sociedade brasileira, uma continuação de Machado de Assis, e nem por isso deixaria de ser um poderoso drama íntimo, o da sua vida. É o drama do abismo e da solidão do homem, e o homem, tonto, a explicá-lo pelas circunstâncias que o rodeiam. É o homem prisioneiro: preso na repartição, preso em casa com o pai demente, preso ao vício. É o homem na queda, o homem com quem os autores prósperos evitam falar ("o Lima Barreto, quantas vezes vos vi sem que me vísseis", exclama agora a si Gilberto Amado). Mas na repartição encontrou amigos, o sacrifício pelo pai era consentido, da bebida (pobre Lima!) esperava libertar-se um dia, e de "vencer" na vida, fazer uma carreira, ser admitido na casta que dominava a República, não tinha vontade ou esperança, eram coisas que para ele não tinham sentido.

Penso também na sua escravidão ao ofício de jornalista, escravidão que sempre considerou comprometedora para a obra de arte. "A imprensa esgota", diz numa carta a Olívio Montenegro, que começava sua carreira de escritor. E no seu Diário: "A minha pena só me pode dar dinheiro escrevendo banalidades para revistas de segunda ordem. Eu me envergonho e me aborreço de empregar, na minha idade, a minha inteligência em tais futilidades".

Compare-se com a opinião de Joaquim Nabuco ("Se eu pudesse não escreveria mais para jornais"; "o jornalismo que tanto mal faz à inteligência") ou de Rainer Maria Rilke (que inclui o jornalismo entre as profissões que "ao mesmo tempo em que macaqueiam a arte, a negam, a ofendem").

Era o que escrevera: "Eu sou escritor"; o que podia referir-se à Arte, "especialmente à Literatura, a que me dediquei e com que me casei"; o que, no enterro de um amigo morto, podia se dirigir ao que estava no caixão: "Vai sozinho, eu quero ter o Prêmio Nobel". Às letras pedia ele não conquistas fáceis nem gloriosas, pedia "coisa sólida e duradoura". "Não quero ser deputado, não quero ser senador, não quero ser mais nada, senão literato." Ser literato não dava para viver, ele o sabia, e Alcindo Guanabara lhe dissera pela imprensa, mas este homem, naquela hora em que o senhor Francisco de Assis Barbosa assinala ser a da suprema humilhação, escrevia no seu "Diário" do Hospício: "Ah, a Literatura, ou me mata ou me dá o que peço dela".

E lhe deu. Sublimou ressentimento, esqueceu a permanente proximidade com a loucura e com o vício, e do grito que era canto e sarcasmo das *Recordações do escrivão Isaías Caminha*, através do *humour* ainda amargo do *Triste fim de Policarpo Quaresma*, em que o pária chorava, mas ria também, atingiu a planície da *Vida e Morte de M. J. Gonzaga de Sá*, livro da mocidade revisto na maturidade. A dor se dissolveu na alegria da paisagem. E quatro séculos de eito se diluem na serenidade com que Gonzaga de Sá se curvou, para apanhar uma flor, caiu e morreu...

Diário de Notícias, 30 de novembro de 1952

UM DEBATE DE HISTÓRIA

*E*sta semana estamos em prova. Estamos é a pessoa certa, embora só quem tenha de comparecer a exame sejam os meus meninos. Mas onde se viu pai ficar ausente de prova de filho? Disse bem: estamos.

E o resultado disso é que temos tido certos debates muito esclarecedores. Mais para mim do que, mesmo, para eles. Menino vê tudo diferente, é engraçado.

Tem também, é certo, a má influência da escola primária. Esta pergunta: "Qual foi o movimento que desorganizou e prejudicou a lavoura do Brasil?" identifica – acreditem que é verdade – a Abolição. E isso explica (ou seria o diabo de uma mania de fazer graça e aperrear o próximo com quem ele anda, a irmã sendo muito abolicionista) que o que tem o meu nome e oito anos haja um dia destes considerado longamente a possibilidade de restabelecer o cativeiro.

Creio que é ainda reflexo da escola um sentimentalismo muito antirrepublicano quanto a Pedro II. Coitado, diz-me a primogênita, podiam ter esperado que ele morresse para proclamar a República.

Vou procurando retificar aqui e ali, com muito jeito para não desfazer do ensino oficial (eles têm aliás mestras estupendas). Mas onde me choco com observações originais é no que se refere a Pedro I.

A menina acha que ele pecou desobedecendo ao pai para fazer a Independência. E acha que fez mal deixando o filho de seis anos abandonado no Brasil. Explico-lhe que o Imperador saiu barra a fora obrigado; e me replica que fez mal em ter agido de forma a que o jogassem mar adentro. Tento despertar o seu entusiasmo pela rainha menina, filha do Imperador, e pelo dever de liberal e de português do Imperador; mas isto agrava a situação porque desperta nela um repentino miguelismo. Por que o Imperador não deixou o irmão governar?

O menino vem de livro em punho, seu livro que é a *História do Brasil para crianças* de Viriato Correia. Às vezes me diz: – "Li isso." E eu: – "Onde?" – "No Viriato." Já lhe prometi mesmo que trarei o Viriato a almoçar um dia destes, o que lhe provocou uma certa incredulidade. Pensava que o nosso Viriato não pertencesse mais ao número dos seres vivos. Pois o menino leu no Viriato que Pedro I não quis perdoar os revolucionários de 1824. E, solidário com a Confederação do Equador, detesta Pedro I.

Quem é mesmo absoluto entre eles é o velho Pedro II. Tão velhinho, dizem eles. E eu explico que não, não era tão velhinho assim. Depois de cinquenta anos de governo, era, no dia 15 de novembro, mais moço que o doutor Getúlio agora.

Eles não acreditam – "Mais moço como, se tinha o cabelo e a barba alvinhos, alvinhos? E a cabeleira do doutor Getúlio nem está ainda grisalha? Ele não tem uma barba branca? Então o doutor Getúlio é mais velho que Pedro II no dia 15 de novembro?" Não acreditam. Debalde invoco a linguagem dos números, o Imperador aos 64 anos, doutor Getúlio todos sabem.

Não acreditam. E fico envergonhado de ter de contar a eles. Que a cabeleira preta do doutor Getúlio é mentira, que o doutor Getúlio pinta o cabelo. Poderiam me responder: – "Mas se ele mente nisso, mente no resto." E não seria bom para sua instrução moral e cívica.

Tribuna da Imprensa, 5 de dezembro de 1952

GONÇALVES DIAS VISTO POR MANUEL BANDEIRA

Machado de Assis viu uma vez entrar na redação do *Diário do Rio* um homem pequenino, magro, ligeiro: "Estava eu na sala da redação do *Diário do Rio*, quando ali entrou um homem pequenino, magro, ligeiro... Não foi preciso que me dissessem o nome, adivinhei quem era: Gonçalves Dias. Fiquei a olhar, pasmado, com todas as minhas sensações e entusiasmo da adolescência. Ouvia cantar em mim a famosa 'Canção do exílio'...".

É sobre esse poeta, um dos maiores de seu tempo – certamente o maior – que temos agora uma narração nova, escrita por um dos maiores poetas de nosso tempo. Talvez devesse usar a expressão de Rubem Braga – o nosso poeta principal, diz ele – e evitar a discussão sem sentido, qual o maior ou melhor. Eu invoco, porém, uma palavra da minha geração, a de Vinicius de Morais, para dizer que Manuel Bandeira, para mim, é poeta, pai, áspero irmão. E não se trata só de poeta. Em nossa vida literária, Manuel Bandeira é hoje o que foi Gonçalves Dias em sua época, Machado de Assis depois, sem a melancolia das "palmeiras solitárias do oásis".

Essa é a importância – que Rachel de Queiroz já assinalou – do seu depoimento. Um poeta da mesma categoria de Gonçalves Dias se debruça sobre a vida do bardo maranhense. E o vê de igual para igual, poeta para poeta, mais do que isso, homem para homem. Este livro é Antônio visto por Manuel, um homem por outro.

As diferenças entre os dois destinos e dois temperamentos são grandes. Manuel foi bem-nascido:

Sou bem-nascido. Menino,
Fui, como os demais, feliz.

Marcado, ainda moço, pela doença, não a escondeu nunca, e ela se tornou mesmo um dos temas de sua poesia. Já o era no soneto "A Antônio Nobre", n'*A cinza das horas*:

Essa dor de tossir bebendo o ar fino,
A esmorecer e desejando tanto...

E a confissão vem desaguar em "Pneumotórax", "a vida toda que poderia ter sido e não foi", os pulmões comidos pelas algas, a Dama Branca de tal maneira captando-o que o fez, na definição do autorretrato, em matéria de profissão, "tísico profissional".

Gonçalves Dias, esse, foi mal nascido: mestiço e filho natural, tinha – é o testemunho menos do biógrafo do que do amigo e contemporâneo – sempre presente essa condição, era esse o tormento que lhe avassalava o espírito, escreve Antônio Henrique Leal. Menino, foi marcado de açoites e palmatórias nos estudos, e da condição de filho alheio e ilegítimo no novo lar do pai "muito ríspido". Quanto à tuberculose, nenhuma referência. É certo que nesses temas – cor, filiação, doença – a atitude generalizada, estereotipada de seu meio e do seu século, era muito diversa da nossa (mas seria tão diversa assim?), era a da "negação". Da doença, todavia, não aparece nos seus versos nem mesmo o pressentimento da morte próxima que atormenta Casimiro, Álvares de Azevedo, Castro Alves. Em 1854, na carta íntima ao maior amigo em que narra seu desajustamento conjugal, diz-se doente há bastante tempo: "há bastante tempo sofro do peito, comecei a sofrer logo depois de casado". Atribui, como vê, o contágio à mulher, mas baseia sua impressão numa série infundada de preconceitos; idade, constituição e estatura é que o teriam preservado até casar-se. Ainda em 1862, na Europa, evita reconhecer a verdade: "a voz não quer voltar e a tosse não quer se ir. Não será nada, porque os pulmões nada sofrem...". A obsessão da volta ao Maranhão não o abandona, mas o "clima é desfavorável para moléstias do fígado"... "Tusso como gente e tomo pílulas de ferro como um bárbaro." É o fígado o eterno acusado. Em Carlsbad, onde só a ausência de Joaquim Manuel de Macedo impede que se constitua um "triste Parnaso, de hepáticos, reumáticos, sorumbáticos", vê com surpresa a possibilidade de "estar tuberculoso da laringe", "o que não é pequeno castigo para um tão grande falador, como fui sempre". Um ano depois, nem falar consegue, e para fumar o moço de câmara do Ville de Boulogne lhe sopra a fumaça do charuto na boca.

A atitude de Gonçalves Dias diverge também da de Manuel Bandeira em face da morte solitária ("Há apenas um problema filosófico verdadeiramente sério", são as primeiras palavras de Camus em *Le Mythe de Sisyphe*, "é o suicídio"). E também aqui a divergência dos poetas não decorre apenas da transformação dos preconceitos de uma época para outra, mas da capacidade, da coragem de confessar-se. Somente depois da grande paixão irrealizada por Ana Amélia o tema acode à pena de Gonçalves Dias. Em Manaus, 1861), quando mais fortemente se compensa do presente "idealizando" o que teria sido a felicidade em companhia da que não foi sua e insistindo na obsessão até embriagar-se com ela para fugir do "presente", Gonçalves Dias escreve:

> Eu, não! Quem for feliz que preze a vida
> Tema perdê-la!
> Por mim não tenho horror, nem tédio à morte.
> Clamo por ela!
>
> Bendita seja, pois, a que mandada
> Me for – por Deus.

Mas ressalva logo que não pensa em suicídio, sem escrever a palavra tabu:

> Matar-me, não; que quero ver-te ainda
> Feliz nos céus!

Que a obsessão não era puramente poética, na onda de poesia e paixão que o tomou nessas noites de junho em Manaus (compôs às vezes duas poesias na mesma data, seis no mesmo mês, coincidindo, aliás, com o tormento do ciúme inexplicável, pois alimentava suspeitas a respeito de Olímpia, sua mulher, de quem estava separado há bastante tempo), mostra-o um nova referência ao tema do suicídio, em face de um pôr do sol no rio

Negro (26 de setembro). Vem então no *Diário de Viagem* a palavra proibida: "Suicídio? Mas que importa? Quero tomar um banho neste lugar". Um ano depois, no Rio, está vendo a hora em que estala de dor, "e só peço a Deus que isso aconteça bem cedo!... chego a pensar com amargura que eu já vivi muito e vejo com satisfação que já é tempo de morrer!" A tal ponto se amargura a si próprio que o médico acredita que esteja a suicidar-se, "o meu médico desconfiou já que eu tomasse coisas que me fizessem mal. Não, não preciso disso. Eu bem sei que tenho dentro de mim melhor veneno do que as drogas que se vendem nas farmácias".

A posição de Manuel Bandeira é diversa. Ele bem sabe que ter vontade de se matar é coisa que não se diz, mas conquista tão diariamente a alegria das coisas mais simples que o desejo da morte lhe vem nas horas de plenitude. E também num crepúsculo:

> E enquanto a mansa tarde agoniza,
> Por entre a névoa fria do mar
> Toda a minh'alma foge na brisa:
> Tenho vontade de me matar!
>
> Oh, ter vontade de se matar...
> Bem sei é cousa que não se diz.
> Que mais a vida me pode dar?
> Sou tão feliz!
>
> – Vem, noite mansa...

Mas não o envolve essa noite, essa noite mansa, essa noite maior. O poeta constrói a sua fuga, o reino diverso, a "Pasárgada", onde a mãe-d'água lhe conta histórias e possui a mulher que quer:

> E quando estiver mais triste
> Mas triste de não ter jeito
> Quando de noite me der
> Vontade de me matar
> – Lá sou amigo do rei –
> Terei a mulher que eu quero
> Na cama que escolherei
> Vou-me embora pra Pasárgada.

A mãe-d'água, que em Gonçalves Dias somente dá uma poesia quase didática, já se incorporou ao mundo de Manuel Bandeira e lhe conta histórias para salvá-lo da morte. Para salvá-lo "da paixão dos suicidas que se matam sem explicação".

Outro ponto de contato é a alegria que, fora da criação poética, é constante nos dois homens. Sobre Gonçalves Dias, "magro e ligeiro" , temos o depoimento de João Lisboa (que o viu "dando o braço a umas senhoras, conversando alegre e satisfeito" na festa de N. S. dos Remédios, em São Luís) ou de Antônio Henrique Leal ("era sua conversação animadíssima e cintilante de conceitos chistosos") e suas cartas. Sobre Manuel, deixemos que fale quem o conhece bem, e pode falar. Carlos Drummond de Andrade: "Eis que a boca amaríssima se abre, os dentes pontudos se mostram, e no sorriso desse homem há um mistério, um encanto grave, uma humildade e uma vitória sobre a doença, a tristeza, a morte".

Como se vê, não são poucas as aproximações que explicam que o poeta biógrafo se identificasse tão profundamente com o poeta biografado. Manuel Bandeira tinha, todavia, diante de si, para compor seu livro, uma extrema facilidade que, entretanto, o principal escolho a vencer. Sua fonte principal já não era apenas a biografia de Antonio Henrique Leal no *Pantheon Maranhense*, mas o livro de Lúcia Miguel Pereira, por todos os títulos notável, pela documentação, pela arte literária, pela compreensão psicológica, pela própria composição maduramente arquitetada.

Seria pretensão acrescentar-lhe novos dados, seria tarefa demasiado modesta fazer dele apenas um resumo. Manuel Bandeira, porém, o que nos deu foi a biografia que dele Gonçalves Dias desejaria que se tivesse escrito, a biografia de quem, como ele, era "do seu natural encolhido e modesto, e esquivava-se sempre a dar notícias de si". Nos momentos de chorar, Manuel Bandeira não chora. Que o nó os aperte a garganta, ele se policia, e chega ao extremo de se esconder atrás dos documentos para que estes falem, por ele, com sua voz irrecusável: do encontro de Gonçalves Dias, já casado e infeliz, com a bem-amada casada, infeliz e pobre, falam os versos do poeta. Da morte do poeta, quem conta é o capitão do navio em que naufragou. Manuel Bandeira aplica à vida de Gonçalves Dias sua infinita polícia, mas o retrato que nós dá é da maior importância psicológica, para biógrafo e biografado.

Ao me deter, mais demoradamente, no texto de Manuel Bandeira, quero desde logo salientar a importância, o relevo, a força que nele tomam os documentos. Como acentuei mais de uma vez, Manuel Bandeira, nos momentos em que exerce sobre si mesmo a sua infinita polícia, se esconde atrás dos documentos para que estes falem, por si próprios, na sua voz irrecusável. (Lúcia Miguel Pereira, em geral, citando rigorosamente a data, fragmenta a correspondência, para completá-la como seu comentário). E esse cuidado de Manuel Bandeira não é apenas um recurso de composição, mas, ao que me parece, obedece ao desejo de colocar o leitor frente a frente com a palavra original, renovando assim, para ele, o choque do homem do presente com o tempo passado, prazer mais puro do pesquisador. Desse respeito pelo documento cabe assinalar aqui este detalhe: na época da publicação da *Vida de Gonçalves Dias*, quando pela primeira vez Lúcia Miguel Pereira copiou, ou melhor, decifrou o *Diário de Viagem* ao rio Negro, escrito a lápis, não pôde ser publicado o trecho em que Gonçalves Dias, referindo-se a seu companheiro de expedição Joaquim Leogivildo de Souza Coelho, escrevia: "O Coelho... quis também ir para terra, deixando a canoa inteiramente à mercê dos remeiros". Manuel Bandeira restaura o texto completo, que julga severamente os militares brasileiros: "O Coelho, por não saber nadar ou levado por natural inclinação dos nossos militares, que não estimam muito o perigo..." Triste ano de 1943, apogeu da ditadura estado-novista.

Raras vezes a identificação entre biógrafo e biografado é tão nítida como ao tratar de graves acontecimentos, de que o poeta Manuel fala rindo como faria o poeta Antonio. Gonçalves Dias sempre se interessou, com alguma paixão, por política, mas foi, em política, um marginal típico. O grupo a que se ligou em Coimbra era de liberais, mas seu pai, português, fugira do nativismo e sua infância é coberta com essa sombra. Recém-chegado a Caxias, em 1845, colabora em jornal cabano e satiriza um chefe liberal:

> Certamente
> Nunca vi
> Bem-te-vi
> Tão demente!

Em 1847, o poeta se queixava do domínio de Alcântara na política da província, e em Alcântara, dos Sá, liberais. Mas sua ligação com a família Leal, bem-te-vis do Moarim, inclina-o nesse rumo. O irmão de Ana Amélia, José Joaquim Ferreira do Vale, era o redator liberal da *Moderação*. Nos primeiros tempos do Rio seu interesse pela política se acentua com o contato de deputados e senadores, quando repórter parlamentar e redator de debates, mas logo se desloca para a vida literária. Quando, em 1852, vai ao Maranhão, absorve-o a grande paixão que marcou sua vida. Em 1861, todavia, a inspiração política renasce: "O Brasil parece-me que se aproxima de uma crise, muito breve, e eu não lhe vejo remédio. Que vou fazer às Câmaras? É certo que até hoje é a Providência que nos tem governado, só ela, apesar de nosso governo". Chegou a pensar a sério em candidatar-se a deputado, foi a Caxias, voltou contentíssimo, candidato dos saquaremas, mas desistiu do pleito. Manuel Bandeira comenta, com um riso que ao poeta não teria desagradado: "Desistiu de sua tentativa de colaborar com a Providência no governo do Brasil e retirou a candidatura". Um ano depois do episódio, no meio dos tormentos físicos e morais de sua viagem à Europa, Gonçalves Dias escreve: "Deste Brasil se pode com igual razão dizer o mesmo que disse Byron da Turquia: 'Tudo nessa terra é divino, exceto o homem que a habita!', e principalmente aqueles que a governam". E o maranhense acrescenta: "Isto é meu".

***

Da psicologia de Gonçalves Dias no capítulo feminino, Manuel traça este retrato, delicioso e exato, mas que bem mostra a leveza das mãos com que ri das aventuras do poeta: "O poeta queixava-se, era um chorão; mas o homem agia, era junto às mulheres, como o viu João Francisco Lisboa na festa de N. S. dos Remédios, sabia falar, tinha lábia inesgotável", aquele homenzinho de um metro e cinquenta.

A análise da posição assumida por Manuel Bandeira e Lúcia Miguel Pereira em face do drama amoroso do poeta – recusado pela família da mulher que amava, casado com a mestra de piano que o amava sem ser amada – mostra bem em que diferença da atitude se colocaram.

O leitor certamente conhece o episódio.

Em 1847, a ideia de matrimônio ainda causa horror a Gonçalves Dias. Chama o casamento espectro, negro espectro, imagem de horror. É a ideia romântica que, na sátira de um conterrâneo seu, ridiculariza as beldades da época:

> Se hoje, noivo, pálido, desmaias,
> beijando a anágua que te envolve o espeto
> talvez, quando marido, morto caias,
> vendo surgir o pálido esqueleto,
> da espessa nuvem de umas oito saias...

O ano de 1851 ia, porém, mudar-lhe o destino. Numa fazenda fluminense, numa daquelas festas para que certa vez compôs uma cantiga de Natal, na toada das Reisadas maranhenses, conheceu a pálida moça romântica Dona Olímpia Coriolana da Costa.

E em abril chega a São Luís, e encontra a menina que cinco anos antes cantara ("Seus olhos tão meigos, tão belos, tão puros"), engraçada e formosa: essa moça tem os mais belos olhos do mundo (é o que diz, muito depois, nas suas recordações, um desembargador velho que a conhecera moço) e o poeta se apaixona.

Em novembro, antes de partir, de volta ao Rio, escreve à mãe de dona Ana Amélia Ferreira do Vale, pedindo-lhe a mão em casamento, e ao irmão, que em Coimbra estivera entre os que o ajudaram financeiramente, explicando sua atitude. Em janeiro do ano seguinte, recebe a resposta negativa. Dona Lourença não dava a mão da filha ao poeta mestiço, filho natural de uma cabocla que vivia em Caxias. Podia ser doutor, amigo dos filhos, não cedia.

Chega ao Rio queimando de despeito, amor e ressentimento, e resolve casar com a pálida moça romântica. Era o sacrifício que anunciara e levava adiante, para que a família de Ana Amélia não duvidasse de que se conformava. Casava por orgulho para não parecer que insistia no sonho falhado. Mestiço, ilegítimo, pequeno, casava com a moça branca, filha de doutor querido na Corte, mais alta do que ele, e casava por compaixão. Ele é que tinha pena, e essa grande compensação varonil o invade e torna poderosamente apiedado. Mas o sacrifício que enfrentava com coragem, não ia ser apenas seu, mas também da mulher que escolhia, e que escolhia para prisioneira... Essa não curava do sangue e do nascimento, mas do amor, e não tardou a existência de ambos foi um inferno: a dela porque o amava sem ser amada, e tinha ciúmes até das escravas, se não fosse a proibição do poeta até as maltrataria fisicamente; e ele porque a desamada o abafava, de ciúme, cuidado, amor...

Juntos, viveram até 1856, quando na Europa o poeta a viu partir sem saudades com a única filha pequenina, que morreria no Rio no mesmo ano. Somente teriam vivido juntos ainda nalguns meses de 1858. Mas daí até a morte de Gonçalves Dias apenas se viram de novo – como estranhos que se visitam – em três meses de 1862. Isso não impedia que o poeta, infiel, porém ciumento, aliás, infidelíssimo, porém ciumentíssimo, desse crédito a uma ridícula intriga que insinuava alusões à esposa numa caricatura da *Semana Ilustrada*, relativa (como informou a Gonçalves Dias o sogro, num sereno documento que Manuel Bandeira acolhe na íntegra) a artistas de uma companhia dramática que estivera no Rio.

Quanto a Ana Amélia, Gonçalves Dias ainda a viu, uma única vez, em Lisboa. Estava triste e pobre. Casara com um comerciante também mestiço, também filho ilegítimo, que falira e tivera de trocar o Maranhão pela capital portuguesa. Do choque desse encontro brotaram os versos imortais de "Ainda uma vez, adeus", que – segundo uma tradição familiar recolhida por Onestaldo Pennafort – a moça copiou com o próprio sangue.

Andou o poeta – já doente mas sem apertos de finança e praticamente solteiro – por muitas terras, daquém e dalém mar, e muitas aventuras amorosas. Mas o amor que não teve é que o atormenta e obseda, e por ele chega este eterno mulherengo a atravessar épocas de continência, como as da viagem ao rio Negro, em meio à farra contínua dos companheiros de excursão: "a estrela de Vênus nos fazia negaças para o lado do Ocidente, como rindo-se de que há tempo nos tivesse privado de seus favores"[1].

Diante do drama e dos três personagens, Antônio, Ana Amélia e Olímpia, Lúcia Miguel Pereira permanece compreensiva e hu-

---

1 Cabe aqui uma observação. Não encontro, na correspondência publicada de Gonçalves Dias, palavra tão brutal como a do Diário – escrito para si mesmo – quanto às pessoas que se encontram na mesma situação em que se encontrava sua mãe com relação a João Manuel Gonçalves Dias. Refere-se às fêmeas com que os companheiros de viagem caem na orgia, "súcia de fêmeas", volta um "da casa da fêmea", e é com a mesma palavra que se refere a uma mulher não casada: "Almocei no sítio da fêmea do Firmino". E noutro ponto: "Aqui moram duas mulheres mestiças com uma cabocla velha. As duas, mãe e filha, haviam partido, ambas para o Cocuí atrás do amásio da mãe". Curiosa dureza do mestiço, filho natural... Como estamos longe da discrição das cartas e da delicadeza lírica de "Marabá". (N. A.)

mana, sem tomar partido. Mas não Manuel Bandeira. Esse vê com os olhos de Gonçalves Dias: "Esperava-o aqui seu mau destino na figura especiosamente romântica de uma moça que conhecera em março de 1851, numa festa na fazenda do Paraíso, em Porto das Flores, na província fluminense. "O sentimento despertado por essa moça, que logo lhe lembrou a *Pallida mortis imago*, de Horácio, foi apenas de ternura compadecida. Ela, porém, apaixonou-se, deu-lho a sentir, escreveu-lhe cartas para o Norte, e quando Gonçalves Dias tornou ao Rio continuou na sua porfia, que era casar-se. O poeta caiu como um patinho nos engodos sentimentais de Olímpia". E da vida entre os dois não dá, em defesa dela, senão palavras de Lúcia Miguel Pereira. De Gonçalves Dias transcreve o depoimento pungente. Mas de Olímpia nem a carta humilíssima em que, já separada, suplica notícias do marido. Carta que também dói, até no ridículo.

Não só em relação a Olímpia. Também a Ana Amélia, "gorda, bonita e risonha", não fala com palavras dele próprio para registrar a fidelidade que, através dos dois casamentos sucessivos e exemplar conduta, guardou ao poeta.

No fundo, para Manuel, "a vida de casado é boa. Mas a vida de solteiro é melhor". Considera as mulheres necessárias, mas na prática cotidiana fastidiosas. Nada, hoje, daquela aspiração a "viver contigo todos os instantes",

   Esperando sempre que maior ventura
   Viesse um dia no beijo infinito da mesma morte...

Seu prazer é ficar deitado (porém no quarto de rapaz solteiro), "humildemente pensando na vida e nas mulheres que amei". Cansa-o até a monotonia com que as amadas exigem a confissão do amor. "Uma mulher queixava-se do silêncio do amante": dá-lhe o exemplo das rosas. A outra: "não te doas do meu silêncio", e manda que pouse a mão na sua testa, porque está cansado de todas as palavras. "Meu bem, minha ternura é um fato, mas não gosta de se mostrar."

Na sede de querer "a solidão dos pássaros", de arrancar do coração "esse anseio infinito e vão de possuir o que me possui", Manuel Bandeira se identifica com Gonçalves Dias.

Os dois grandes solitários se encontram nesta biografia que eu desejaria que andasse em todas as mãos, a partir da adolescência, pelo biógrafo e pelo biografado. Mas enquanto Gonçalves Dias somente vence a solidão pela morte, Manuel Bandeira a vence com a vida.

Diário de Notícias, 7 de dezembro de 1952

***

Para a remessa de livros, rua Áurea, 42.

ENTRE DUAS PÁTRIAS

Creio que meu amigo Alceu Marinho Rego fez a classificação exata, mas a palavra ainda não está incorporada ao idioma. Assim, quando me perguntam se sou maranhense ou piauiense, tenho que explicar que nasci no Maranhão mas também sou do Piauí, e entrar numa longa explicação monótona, quando bastaria dizer como sugere Alceu: "sou o único exemplar de maranho-piauiense que se conhece". E teria dito pouco, e bem.

Não tão bem assim. A raça dos maranho-piauienses é das mais numerosas, e a ela pertenceu sempre a minha gente.

Eu, de mim, nem estou no caso deles, que se podiam dizer do vale do Parnaíba. Pois a minha cidade é São Luís, oitenta léguas longe do rio de minha infância.

De que profundo sentimento vem essa minha paixão por São Luís? Desde os nomes das ruas (os nomes antigos, bem entendido), que debalde os homens tentam mudar: rua da Paz, onde nasci, rua dos Afogados, rua do Egito, rua do Alecrim, rua da Palma, praça da Alegria, rua da Fonte do Bispo, rua da Fonte da Pedra, beco do Quebra-Costa. Perto da rua do Egito, fica a rua de Nazareth, e ir de uma a outra é como repetir a fuga de Nossa Senhora. Perto da rua das Hortas fica a rua das Flores, para que uma quebre, com a evocação da beleza inútil, o tributo à utilidade verdejante da outra. E as ruas dos santos: São Pantaleão (onde fica a "Casa das Minas"), Santo Antônio (tão português), porém também Nossa Senhora dos Remédios, que não pode deixar de ser uma santa bem brasileira, que deles tanto precisamos. E ainda São João, Sant'Ana, ameigada neste diminutivo: Sant'Aninha (que aliás se referia mais à pequena ermida, derrubada pela obsessão urbanística). O Beco Escuro talvez tenha homônimos nas velhas cidades da Europa, mas não creio que nenhum povo tenha tido a delicadeza de sentimento e de espírito de dedicar uma rua ao Desterro. Beco do Deserto, rua do Desterro... A Igreja do Desterro lá em cima, perdida como num exílio das glórias de antigamente, crucificada entre o beco do Mata-Homem e o beco do Precipício... E nessas ruas, o milagre daqueles sobrados, daqueles azulejos, daqueles portais, daqueles terraços, daquelas dezenas de janelas, daqueles pórticos, daquelas escadas de madeira e das salas de soalho de tábuas de bacuri, largas tábuas de bacuri lavradas por escravos vindos de Veneza em navios à vela, que também traziam rendas da França.

Muito de mim, realmente, é maranhense. Até o paladar: sorvete de cupuaçu, de abricó, de murici. Água de coco, juçara e bacaba. Peixe: curimatás de quatro palmos que na lagoa da Prata (mas aí já estamos em pleno vale do Parnaíba) o velho preto Luís Susana pescava de tarrafa: maneta, prendia a tarrafa nos dentes e vinha depois despejar os peixes prateados embaixo dos buritizeiros velhos, de cuja copa pendiam centenas de ninhos de xexéu.

Mas a infância, o primeiro amigo, as freiras que me ensinaram a ler, a casa em que morei menino, tudo isso fica em Teresina. E o anúncio que me revolve por dentro, o que me deixa inquieto, e ao mesmo tempo feliz, é o que me dava há dias um amigo: "Chove nas cabeceiras do Parnaíba, o rio está enchendo".

Tribuna da Imprensa, 9 de dezembro de 1952

VOU-ME EMBORA

Se é que tenho – mas devo ter porque não há tolo etc. – se tenho para estas crônicas aquele amigo desconhecido que é realmente seu constante leitor, ele que me desculpe que nestes dias sejam, mais do que do costume, desordenadas e inatuais. Mas me aconteceu uma coisa na vida, que, embora prevista há muito, agora é que se concretiza: mudo-me. Talvez seja exagero dizer assim, radical: "Mudo-me". Procuro casa.

Num caso desses, o ideal seria poder seguir o exemplo do poeta, ir embora pra Pasárgada. Mas não é coisa que se possa fazer no dia em que se quer, e o pior é que cada um de nós tem a Pasárgada que merece. A minha se refugia na infância, mas está cada vez mais longe, com suas águas, árvores e pássaros.

Vou-me embora, mas aqui está o problema: deixando a casa terei de deixar o bairro?

Eu desejaria que não, leitor, e te conto, se quiseres ouvir; mas se não quiseres deixa-me. Noutro dia falaremos mal do governo e do governante, e retomarei os nossos assuntos quotidianos. Hoje não cuido de outra coisa. Mudo-me.

Mas não de Santa Teresa, aqui até em apartamento morarei.

É que aqui a vida ainda é doce de viver, os homens ainda são humanos.

E a humanidade deles desce sobre as próprias máquinas: os automóveis do ponto são táxis somente na placa da Inspetoria: "neste local, cinco táxis". No mais são carros, o carro de seu Martins, o carro do seu José (que tem um filho rapaz), o carro do Antônio (que casou outro dia), o carro do Moacir (que os meninos às vezes tomam para ir à escola).

E o bonde? Esses condutores rasgados (a empresa paga mal e o aumento demorou à espera de que também as passagens subissem) são nossos amigos. E um dia destes, na hora em que descia à cidade, uma criança deixou cair uma boneca na rua: o bonde parou, o irmão desceu, o bonde esperou, ele subiu com pressa que pôde a ladeira, e continuamos de boneca recuperada. Direis que nos atrasamos; mas não foi atraso que nos amargurasse, antes nos deixou felizes. Vi que muitos passageiros sorriram; e ainda não era Natal.

Tem também aquela história do jovem enfermeiro que dá, geralmente, as injeções na meninada do bairro: e como um dia desses sentasse num banco, um dos seus jovens clientes começou a chorar, porque o reconhecera; mas ele mudou de banco – o que duvido noutro bairro tivesse acontecido.

Compreendereis assim que não queira deixar Santa Teresa. Não é só o ar leve, nem as árvores, que são belas. É também a gente, que parece vir de um Brasil de outro tempo, mais simples – e melhor.

Tribuna da Imprensa, 11 de dezembro de 1952

SOBRE VAN GOGH E GAUGUIN

Como a gente muda! Há vinte anos atrás, Gauguin era meu herói, talvez pelas intenções, pelos símbolos, pela "poesia" de sua pintura. Quanto mais os dias passam, mais vou me aproximando do "outro", Van Gogh. O que há de claro, de fervoroso, de quotidiano, de intimidade com as vidas e com a vida em sua arte! Hoje, Gauguin, com seu enorme mistério, me dá medo (talvez porque a realidade escondida detrás desse mistério não seja tão forte, tão "misteriosa" no nosso sentido católico, milenar e linear). Gauguin só me comove agora nos momentos em que "vira" sofrimento, o autorretrato final, por exemplo. Mas, apesar de todo o seu desespero, como ele está longe de Van Gogh, deste pobre que avança com as mãos tremendo e apalpa o ar, o grande ar dos campos infinitos! Como Van Gogh é pobre, claro, e tem amor, afeto, admiração e agradecimento pela obra divina, como sente que a vida é um milagre gratuito e recomeçado. Seu ensinamento é uma lição de humildade: ele dá coragem à gente para viver, ensina a ficar de joelhos diante de um par de sapatos, a chorar enternecido diante de um par de sapatos...

Esta pontezinha de Arles é o seu Gênesis: encerra todo um compêndio de filosofia, explica a origem e o fim das coisas. Feitas pelos dedos humanos que amassaram a argila, serve aos corpos humanos que vivem debaixo do céu. A ternura de Van Gogh pela terra me lembra a lenda de Fra Angelico rezando "antes" de pintar. O holandês rezava "enquanto" pintava. Sua vida toda é pura e desesperada como uma prece; pura, desesperada, involuntária e incontida como a prece de alguém que ainda não se confessou ter adquirido – ou readquirido – a fé.

Nada resume melhor para mim a tragédia cultural dos últimos dias de Gauguin do que ele escrevendo jornais franco-dialetais nas ilhas dos mares do Sul; e preocupado com Ramsés II. Van Gogh não queria saber senão do que via; e já não era pouco...

Essa ausência de todo e qualquer farisaísmo é que faz de sua mensagem mais do que um "mistério", um "segredo": um segredo capaz de dar força aos homens, de arrancá-los do suicídio, de criar, em seus corações, a alegria para sempre.

Tribuna da Imprensa, 3 de janeiro de 1953

UM HOMEM DE JORNAL

A geração romântica de 1830 sabia de cor os versos em que Domingos José Gonçalves de Magalhães descrevia o cárcere de Tasso: se abria, os braços, roçava as paredes. A sala, a pequena sala onde Orlando Dantas trabalhou nos últimos tempos e onde o conheci já de cabeça branca, me lembrava desses versos. Mas o homem que ali estava (se bem que fosse – me desculpem o mau gosto da imagem – um prisioneiro, um prisioneiro do seu jornal) se conservava livre, com o gosto, o amor, o fanatismo da liberdade.

Ora, pois, na pequena sala, onde se entra sem bater, um grupo de couro, uma pequena mesa, onde se acumulam papéis, muito em ordem, e vários lápis minuciosamente aparados, uma dessas máquinas de refrigeração que não funciona nunca, e no fundo um arquivo e uma secretária. Quando eu o conheci, no convívio diário do trabalho, já Orlando Dantas não usava nunca essa secretária. Sentava-se na poltrona que fazia face a quem chegava, e ali passava a maior parte do dia, ouvia os homens provados que constituíam o que chamava seu estado-maior, e escrevia, a lápis, no seu claro, preciso e correto jeito de dizer as coisas.

O *Diário de Notícias* foi com sua força interior, com sua capacidade de raiva e de resistência que se fez. Era ele o fundamento, a base, o alicerce de tudo, e dia após dia, em vinte anos, nada se disse, nada se fez, nada se escreveu que não fosse inspirado, visto ou revisto por ele.

Havia no seu temperamento um certo reflexo da aridez das planícies de sua região. Ele não vinha dos vales úmidos do litoral rio-grandense, as saudades que quarenta anos depois foi matar eram de Mossoró e Areia Branca, onde passou a meninice até os dez anos.

Região de areia e do sal, que na própria negação encontra substância e fermento. Sua força era, sobretudo, essa, a da preservação, a da continuidade, a do julgamento individual. Também nisso havia um pouco de uma indefinível ligação com o núcleo espiritual da sua gente, como se os calvinistas holandeses tivessem impregnado com sua herança a maneira de ser da terra do Rio Grande do Norte, e Orlando Dantas guardasse ainda, na sua capacidade de negar, a inspiração daquelas remotas influências na formação do seu povo.

Teve os ásperos começos que, muitas vezes, tornam o caráter flexuoso, mas em raros o enrijecem para todas as lutas. O menino que entrou na adolescência trabalhando duro não tinha medo da vida, nem dos homens. Sobretudo isso: não tinha medo da vida. Podia perder, sabia que recomeçaria. Foi com essa rijeza que Orlando Dantas pôde enfrentar o Estado Novo, porque o mais que pode acontecer é a morte, mas de que vale a vida sem liberdade? Soube, assim, dar ao *Diário de Notícias* um papel histórico, que não foi apenas o da luta contra a ditadura mas também o da recusa dos seus métodos e da denúncia do seu ambiente moral. Era uma coragem que diariamente se renovava, e entre outros companheiros teve ele, nesse longo momento, Alves de Sousa, cujo retrato de amigo morto era o único no seu pequeno gabinete de trabalho; e esse detalhe bem prova de que fidelidade era capaz Orlando Dantas nas suas afeições.

Passado o Estado Novo, podia parecer a muitos que a missão histórica do *Diário* e de seu fundador estava encerrada. Ele soube, porém, renová-la: quando os tributos do comércio e da indústria constituíram no país as grandes forças corruptoras que dois ou três homens manejam em proveito próprio, Orlando Dantas ergueu-se para uma luta que dava novo sentido ao seu protesto contra a escravização dos homens. Assim como estivera contra as coações do poder, soube levantar-se contra as corrupções do dinheiro.

E quando de novo os homens da ditadura refloriram sobre as ilusões do povo, não teve um momento de rendição. Na alta hora da noite em que morria, os seus poucos companheiros de trabalho que esperávamos, na redação do *Diário*, o desenlace, fomos surpreendidos por este símbolo: mal acabava de chegar a notícia, e as poderosas máquinas do jornal que criara começavam a rodar, na perenidade da mesma mensagem corajosa e limpa.

Tribuna da Imprensa, 5 de janeiro de 1953

UM FIO D'ÁGUA

Não, não fugirei a explicações que devo aos moradores da minha rua, e não só da minha rua, do meu bairro, da cidade que da planície nos contempla e quem sabe do próprio país? Mas em admitir que do país reconheço, desde logo, que há exagero, aliás perdoável, dada a dificuldade em que me encontro.

Ora se deu que aqui em casa o bombeiro habitual, que se chama César e inquieta corações em Santa Teresa, Catumbi e receio que adjacências, mas é profissional capaz, teve de consertar um cano furado. Para isso, precisou mexer no registro; e o fez, afirma ele, com toda habilidade, mas de qualquer forma sem nenhuma sorte. À noite, quando a água roncou que esteve chegando, o registro entregou totalmente os pontos e jardim, calçada, quintal dos vizinhos, a rua foram não direi inundados, pois jurei não exagerar outra vez, mas molhados com uma insistência e um excesso inteiramente desnecessários. Chamamos de novo César, mas César trabalhou um dia inteiro e já a noite se aproximava quando alertou cauteloso: – "Não consigo nada. É melhor avisar o Departamento".

Foi o que fizemos, imediatamente. No Departamento, uma voz atendeu. Pensávamos ser postulantes excepcionais: não queríamos mais água, porém que coibissem, na sua continência, a que tínhamos. O certo é que tivemos a impressão de que ficaram comovidos e prometeram desde logo providenciar. Teria sido a perturbação decorrente de caso tão raro? Nada se fez, e daí telefonamos de novo. Há certa voz que nos atende, aliás gentil, duas, três vezes por dia. E promete. Certa vez quisemos saber se não estávamos ligando para o setor do governo encarregado dos estudos sobre a reforma administrativa, não estávamos. – "É aí mesmo que se reclama?" – "É sim", respondeu a voz. "Mas estamos providenciando."

Resignamo-nos. Faz parte agora de nossa rotina diária ouvir a voz, que aliás é polida e nunca se cansa de prometer. Por esse lado, o caso não nos traz maiores preocupações.

Há, porém, outro porém. Em Santa Teresa, em geral, não falta água, mas sempre aparece um espírito habituado às ideias gerais e considera: "É assim que eles (eles no caso somos nós, os jornalistas da oposição, e no caso eu especificamente) querem ser palmatórias do mundo. Falta água em tanta parte e aí se estragando."

Em geral, entretanto, sou estimado, na rua e no bairro, e, cessadas as primeiras ofertas de colaboração, a maioria bem sabe que se jeito houvesse já teríamos dado.

O pior é quando aparece gente da zona de seca, de Copacabana ou Ipanema, por exemplo, daquela zona onde nos anúncios de aluguel (ah! essa matéria conheço bem!) se diz sempre: "Não falta água", mas sabemos que é simples convenção. Uma destas manhãs esteve aqui um amigo fraternal a quem eu dava um barro do Nordeste – um pecador se confessando modelado no jeito ingênuo das cerâmicas populares – como sugestão a quem ele fizesse o mesmo. Estava com a barba por fazer e banho por tomar. Riu muito da escultura, portou-se feliz, mas bem notei que seus olhos bordejavam a água que corria e eram vagamente acusadores. Que explicação podia dar? Acreditaria ele, esse cético que não aceita as Vozes que Joana d'Arc ouviu no ar, na voz que nós pecadores da rua Áurea escutamos pelo telefone?

Afinal, com a ajuda de Cesar, reduzimos e disciplinamos a água. É hoje um fio, apenas, e corre nos ladrilhos. Nem por isto me deixa de consciência menos pesada. É um fio, apenas, mas lugares há onde se bebe de poço ou onde as cacimbas estão secas. Não é justo. A Voz está judiando conosco. Todavia aos passantes, e ao bairro, e mesmo à cidade, direi que não sou culpado. Dou todas as explicações. Não é por vontade minha que esta aguinha besta corre na minha porta. Não faço mesmo questão d'água, que água eu menino vi cantando grossa, e menino vi braço de homem cavar levada para secar lagoa, e riacho em que tomei banho foi com medo de sucuri e tucano voando. Água que eu desejaria era a dos tanques da meninice, mas essa perdi para sempre.

Tribuna da Imprensa, 7 de janeiro de 1953

ORDENADO DE PROFESSORA

O jornal não está gostando nada disso. Reclama enérgico e tudo lhe parece tão péssimo que é como se o Distrito Federal já fosse autônomo, o que ainda mais lhe magoa as convicções. Ainda o prefeito não é eleito, se queixa o matutino, e numa cidade que não tem dinheiro para água e condução, e onde o lixo se acumula, "pessoas de vinte anos de idade, limpando a boca, etc., aos moleques de seis, terão o ordenado dos professores universitários". Com isso – exclama – o prefeito cobre de ridículo a Pátria.

Neto, por ambos os lados, de professor, serei, por isso mesmo, suspeito para falar no assunto. Acontece ainda que tive mestra que me ensinou a ler, e a gente fica sempre sob a impressão da infância. Mas essa suspeição, enfim, nos atinge a todos, a menos que se trate de uma daquelas crianças que aprendem a ler sozinhas. Leio o verbete de Fernando Sabino, no seu *Lugares-comuns*: "Crianças: – Aprendem a ler sozinhas, dizem coisas extraordinárias, já ajudam em casa". Receio, porém, que mesmo essas terminem indo à escola, e se afeiçoando à professora.

No meu tempo de menino, a expressão "moleque" era bastante ofensiva, e o seu uso provocava reação tanto quanto possível imediata. Às vezes, entretanto, era usada carinhosamente, até pelos próprios pais do ofendido. No caso presente, todavia, essa hipótese está afastada: o intuito foi depreciar não tanto os citados moleques, mas de preferência as moças que lhes limpam a boca, etc. Nesse "etc." não há malícia, não aquela fina malícia que faz sorrir, mas um trejeito cruel de zombaria e escárnio.

Uma coisa particularmente me dói: os moleques de seis anos não leem jornal, mas as moças de vinte costumam fazê-lo. Aos moleques pouco me importa que dirijam um anátema tão coletivo, mesmo porque dor de menino passa logo. Mas às mestras (e tantas, mas tantas, meu Deus, já não têm vinte anos) me indigna que um grande jornal considere menos importante que água, condução e lixo, sua lida com a infância.

Não direi apenas quanto ao trabalho que dá. Esse não é pesado de hoje. Mestre Nicolau Tolentino aí por volta de 1777 ensinava na rua da Rosa, em Lisboa. Foi a Caldas da Rainha e começou a apiedar-se dos velhos de muletas ferradas e cabeças trêmulas que entravam nos banhos. Mas um lhe indagou seu ofício. "A dar escola vivo condenado", respondeu ele. E o "convulso rabugento":

– Maldize, ó moço louco, os teu destinos;
Que não pode chorar alheio fado,
Quem tem o de ser mestre de meninos.

Ainda naquele tempo havia palmatória e outras armas para impor a autoridade à custa da violência. Hoje é a meiguice que se gasta, e com ela o coração; e existem complicadas máquinas estatísticas para medir se a mestra foi boa ou má, como se em números se traduzisse esse imenso mistério do contato entre a mulher e a criança, no mundo das coisas que já foram antes descobertas.

Mas esse mistério – que é, a meu ver, um dos raros e indefinidos motivos por que a cólera de Deus tem poupado da destruição este mundo de injustiça, mediocridade e ingratidão; uma das raras felicidades que o homem tem a oferecer a Deus para compensá-lo do espetáculo dos campos de concentração e da criança espantada diante de Hiroshima e Nagasaki – um jornalista (porque no que escreve o jornal há sempre atrás a mão de um homem, e este deve ter tido alguém que lhe ensinou a ler) o reduz a limpar a boca de moleques; e se indigna porque às mestras se pensa em pagar bem – ainda que menos do que aos fiscais do imposto de consumo e aos procuradores da República...

Eu proporia que não se pagasse nada, se vivêssemos noutro mundo. Neste nosso, devíamos era desculpar-nos com as professoras de que seja apenas classe o que a cidade lhes dê em troca de limpar a boca dos seus filhos.

Tribuna da Imprensa, 13 de janeiro de 1953

DEIXO A OPOSIÇÃO

Não são dois meses ou dois anos, mas dois decênios de oposição que agora deixo, com a mesma boa-fé com que, todo esse tempo, restei irredutível. Deixo-os com saudades, e sinto que durante muito tempo ainda não me largarei de todo deles.

Não é, porém, do nosso dever – e destino – de homens andar numa permanente revisão de valores? Pois aqui estou eu, deixo a oposição.

Começou naquela conversa de não pintar o cabelo. Uma vida inteira julguei essa vaidade coisa à toa; mas vejo agora que não é tanto. Quem mente ao pintar o cabelo, se tem responsabilidade de governo, mente no mais; e não é fácil fundar a vida de uma nação sobre a mentira. Pois esse, de quem falo, ao enfrentar a velhice, deixou branquejarem as cãs. Que a cabeça retratasse a verdade, passara o tempo das aventuras.

E aqui está outro aspecto simpático. Falou-se muito dele e de suas aventuras, apontavam damas da sua estimação nos diz-que diz-que e até nas folhas satíricas; mas sempre houve nele respeito e ternura pela companheira, aliás admirável, que o destino lhe dera. Esse teor de convívio conjugal era um bom exemplo ao país, e não desnecessário.

Longo foi o governo; e a minha principal queixa era que dele, todo-poderoso, nunca surgisse um gesto claro e enérgico de luta contra os males do Brasil, uma grande e forte iniciativa. Marombava.

Mas reconheço que seu pensamento constante era a Pátria, reconheço. Doía-me que fosse tão ginasiano e bom rapaz, mas vejo que isso não era de todo mau; e sem dúvida amava a Pátria.

Pelo menos viajava, e viajava devagar, vendo tudo, demorando, tomando nota.

Deixo a oposição, não tenho dúvida. Do instituto de que fazia parte, acompanhava os trabalhos não de longe e anunciando previamente as visitas, mas ia a todas as sessões, conversava com os poetas e recebia cartas dos historiadores.

Deixo a oposição hoje mesmo. O Senhor Dom Pedro II já não me terá mais entre seus adversários.

Acrescentarei somente que as publicações recentes da *Viagem a Pernambuco em 1859*, cópia, introdução e notas do senhor Guilherme Auler (notas e introdução aliás excelentes, ricas e precisas) e os cadernos revelados pelo senhor Alcindo Sodré, no *Anuário do Museu Imperial*, sobre a visita à Cachoeira de Paulo Afonso, é que me deram outros olhos sobre o Imperador. Vejo-o, em Penedo, a comprar bonecos de barro no mercado, e anotar que a cadeira de latim é inútil senão prejudicial; e pelo São Francisco a observar que as mulheres fumam quase todas – cigarro, charuto ou cachimbo; e a admirar-se dos mandacarus alterosos e parar diante das cabeças-de-frade, "espécie de cardo redondo, com uma coroa mais ou menos saída e vermelha, rente ao chão, que chamam coroa, ou cabeça-de-frade". Desenha, mesmo, uma piranha; e se bem que escrever ou desenhar não fosse o seu forte, o fero peixe aqui está, facilmente identificável. Completa 34 anos em Pernambuco, e anota com modéstia: "Foi todo oficial, descansando relativamente aos outros dias e podendo ler alguns papéis e publicações que dizem respeito à Província". Trinta e quatro anos, enjoava na viagem, os pescadores levavam-lhe cavalas, havia muita poeira no Recife, o mundo era belo: "sinto-me fatigado e preciso de repouso", mas já no dia seguinte toca a ver tudo, a conferir o que lhe dizem: "eu verei a exatidão do que ele me referiu". Trinta e quatro anos, queria ver tudo por si, enjoava e se deitava numa cama sobre baús. Talvez tivesse sido um grande rei, se não fosse o parlamentarismo...

Tribuna da Imprensa, 19 de janeiro de 1953

DESCOBERTA DE OSVALDO

*F*alo-lhes de Osvaldo. Bem sei que o doutor Harry Weaver (esse nome, que hoje só se escreve consultando previamente o jornal, será em breve tão fácil e familiar como o de Fleming) descobriu a vacina contra a paralisia infantil e que poucas notícias poderiam trazer mais alegria sobre a face da terra. Que digo eu? Poucas trariam alegria igual. E deixam também uma surda sensação interior não propriamente da humildade mas da inteira inutilidade do trabalho que fazemos.

Nem a todos, porém, é dado descobrir vacinas; e eu quase acrescentaria compor sambas, porque um deles, aquele que diz:

> Deixou, deixou, deixou,
> Deixou cair a máscara da face,

já mereceu mesmo de Luís Martins considerações político-sociológicas. Sustenta ele, num jornal paulista, que se trata da resposta do tempo àquela sábia história do "retrato do velhinho". Eu penso que não; se bem que esse episódio seja triste, o samba trata de coisa mais séria e mais triste: amor e vida.

Esquecia-me de Osvaldo. Perdoem-me. Bom foi que desde logo tivesse traçado o programa de falar dele, senão a mente vaga na manhã fria (fria, escrevi) não sei por que caminhos me levava. Se não descobri vacinas, descobri Osvaldo, era minha intenção proclamar. Poderia acrescentar que não era pouco, mas seria inexato: nem da descoberta posso me gabar, que a devo a um amigo, e não a mim próprio. A ele, por sua vez, forneceu-a o acaso: indo a Curitiba agora, ele mal despertava do espanto diante do frio com que o povo dera de ombros (e não eram muitos ombros) ao ver passar o doutor Getúlio, quando, abrindo um jornal, encontrou algo que lhe parecia um poema. Foi ver, era um anúncio. Assim:

> Você quer...
> escrever uma carta? – Procure o "Osvaldo".
> Redigir um requerimento? – Procure o "Osvaldo".
> Fazer um recibo? – Procure o "Osvaldo".
> Se é uma declaração? – Ele faz para você.
> Um telegrama? – Procure o "Osvaldo".
> Preencher um impresso? – Vai lá no "Osvaldo".
> Uma promissória ou letra de câmbio? – "Osvaldo".
> Papéis de casamento? – O "Osvaldo" prepara.
> Títulos declaratórios? – Encarregue o "Osvaldo".
> Uma encomenda? – Ele fará o pedido.

Só depois se esclarece, com modéstia, que o "Osvaldo" é um pequeno escritório ali na entrada 11 do edifício Pires, e imagino que breve haverá outros nas demais entradas.

A menos que não se trate de um escritório, mas de um homem; e ainda que de escritório se trate – não tenho razões para duvidar do anúncio – decerto haverá mão de homem por detrás dele.

Não se propõe, entretanto, salvar a República. Poderia e precisamos. Todavia, precisamos também de promissórias, e nesse ponto se torna de uma concisão absoluta. O Osvaldo apenas preenche ou também providencia, e a que juros? Somos muitos os interessados neste assunto; e se por acaso o Osvaldo passar os olhos nestas linhas (mal traçadas: não pude recorrer a ele), talvez não fosse de desprezar a clientela daqui destas bandas nessa matéria: promissórias. Acrescentarei mais: estamos até importando cavalheiros de grande descortino nesse terreno de operações, e é tal o nosso otimismo que, além do nosso Felipeta, já há por aí um americano; e somos de tal forma um povo de negócios (e não os há sem promissórias ou letras de câmbio) que o senhor Flores da Cunha vem a desejar da tribuna que termine bem a guerra entre árabes e judeus. Mas é guerra aqui mesmo. Guerra de negócios.

Tribuna da Imprensa, 27 de janeiro de 1953

O LIVRO DA INFÂNCIA: *CUORE*

Sinto-me feliz, a vida ainda não me secou; se as lágrimas não rolam mais, ainda a garganta aperta quando leio o *Coração*, de Edmondo de Amicis. Acaba de sair uma nova edição da tradução brasileira de João Ribeiro. Compro um exemplar para meus meninos mais velhos, abro o livro no bonde, folheio ao acaso. Quantas páginas sei de cor!

Compreendo agora que o fascismo tenha banido o *Cuore* das escolas italianas. Não, não é apenas a minha própria infância que me comove, a lembrança do dia em que fui à casa do velho encadernador (ainda agora o revi, seu "Caju", mas já não dá aos livros as belas lombadas vermelhas) para preservar dos estragos de uma leitura constante as páginas de papel áspero, amarelo-escuro. O que se dilata aqui é o próprio coração humano, e por isso o *Cuore* não é apenas um livro de determinado tempo e determinado autor, mas ainda hoje, quando já não há reis na Itália nem os imigrantes enfrentam a rota dos Apeninos aos Andes, haverá olhos infantis que o devorem noite adentro.

Falei de determinado tempo e determinado autor e decerto este livro tem essa marca: a era em que morre o século XIX, iluminado de esperança, embriagado de solidariedade humana, numa Itália liberal onde um socialismo nascido do sentimento (filho de Proudhon e não de Marx) ia criar grandes coisas; e o pobre De Amicis, com sua fé no progresso e na bondade dos homens.

Eu me pergunto se o segredo deste livro não estará na simplicidade, na espontaneidade, na pureza do mundo que Edmondo de Amicis criou e naquilo que talvez os complicados psicólogos de hoje condenem como primarismo emocional. Mas o certo é que felizes foram as crianças aquecidas nesta comoção diante da mendiga que pede esmola, do tamborzinho sardo que morre pela Pátria, do rapaz romanholo que morre pela avó, do pequeno imigrante italiano que procura a mãe de um lado a outro do mundo, do menino de Turim que acorda à meia-noite para o sacrifício voluntário: copiar, com a letra paterna, os endereços de que lhe pagavam três liras por quinhentos. Sim, o sacrifício voluntário, às vezes pelo desconhecido que sofre, eis o que aprendeu aquela geração; e isso lhe será contado, pois sobre essa mesma base está construído o mistério da morte na Cruz. Será que aqueles generosos e – não o nego – até certo ponto ingênuos idealistas terão realmente passado? Mas o livro não passou, porque muito dele está construído sobre os permanentes e não sobre o efêmero. Ainda agora quando reli a visita do operário italiano à pequena surda-muda que aprendera a ouvir e a falar, lembrei-me de que, não há muito, aventura igual acontecera a um dos mais irrequietos e fraternais dos meus amigos; e ele me dissera a mesma coisa, que as mestras de sua filha eram santas ou anjos, com o agravante de que seu materialismo não conseguia explicar essa estranha existência sobre a terra...

Tribuna da Imprensa, 7 de fevereiro de 1953

AQUI SE MORRE; LÁ SE DESAPARECE

Não direi que tenha sido consolo que bastasse, mas sempre foi um consolo ver que na morte de um escritor como Graciliano Ramos o Estado burguês e a inteligência burguesa souberam exprimir o sentimento do país. Não falo, é certo, no governo do senhor Getúlio Vargas, que esse ficou quieto, toda gente sabe que o ditador não é homem de leitura – mas do poder. Porém ainda na doença o grande romancista recebeu a visita da Câmara dos Deputados. Morto, sua província quis fazer os funerais; e a cidade do Rio de Janeiro, pelo único órgão que realmente a representa, porque é por ela escolhido, acolheu em seu mais alto recinto civil, antes de descer à terra, o corpo do escritor.

Ali, na Câmara Municipal, repousou o corpo de Graciliano sua última noite sobre o chão, e o fez num chão coletivo, patrimônio da mais bela e mais inteligente cidade de seu país; e a voz que se fez ouvir foi não só a de um carioca de Santa Teresa, mas de um dos legisladores da burguesia, eleito por um partido burguês. É certo que este legislador é também um intelectual, e seu adeus foi bem impregnado da sensibilidade, da inteligência (e por isso um "adeus" digno da cidade); mas foi como vereador, como representante do povo, sem distinção de classes ou partidos, que Pascoal Carlos Magno falou – e seu discurso não caiu na desconversa, não esqueceu, em Graciliano, a revolta diante do sofrimento humano.

Eis que vem ao espírito uma comparação inevitável. Como seria na Rússia a morte de um escritor refratário?

Abro o livro considerável de Gleb Struve, professor de literatura russa na Universidade da Califórnia (nada menos de 400 páginas sobre *Soviet Russian Literature – 1917-1950*) e leio a dedicatória a Ossip Mandelstam, Isaac Babel, Boris Pilniak – vivos ou mortos que estejam...

Eis um fato característico do regime russo: não se sabem se os escritores dessa categoria internacional (no Brasil ainda hoje se publicam edições de Pilniak e Babel) estão vivos ou mortos. E Gleb Struve acentua: "Não há paralelo em lugar nenhum dos tempos modernos para tão completo desaparecimento dos escritores do calibre de Pilniak e Babel. O mistério cerca também o destino de Olesha".

Pilniak se informou ter sido preso e fuzilado em 1937, mas sua morte nunca foi anunciada oficialmente. De Babel, se sabe que esteve num campo de concentração, mas não há qualquer outra informação oficial. De Olesha não se sabe nada.

"Depois de 1934" – escreve Gleb Struve – "Mandelstam desapareceu na literatura. Seu exato destino é desconhecido. De acordo com uma história que circulou largamente na Rússia, foi preso por ter escrito um epigrama sobre Stalin. Diz-se que morreu num campo de concentração, mas sua morte nunca foi anunciada oficialmente e as notícias sobre data, lugar e circunstância variam".

Recentemente o escritor japonês Taike Mirabayashi contava que numa visita de Simonov ao Japão um crítico lhe pediu notícias de Pilniak. A pergunta não tinha malícia: Pilniak estivera no Japão e lá deixara simpatias. Mas a reação de Simovov foi estranha: não podia dar notícia nenhuma, não era comissário de polícia.

Nem sempre as perguntas ficam sem resposta. Uma vez a revista *Esprit* perguntou a Fadéev sobre Boris Pasternak, que muitos consideram o mais significativo dos modernos poetas soviéticos; e Fadéev esclareceu generoso que Pasternak somente era conhecido de "um círculo muito estreito de amadores, por causa da complexidade e inacessibilidade de sua forma"; não publicava mais poemas pessoais, ocupava-se em traduzir dramas de Shakespeare e poetas dos povos da URSS, sobretudo georgianos.

E não são apenas os russos os discretos. Como se sabe, em 1938 fecharam o Teatro de Meyerhold, acusado de "formalismo", ou como diz Étiemble, de ser puro Meyerhold tudo o que fazia: o grande revolucionário ou suicidou-se ou acabou num campo de concentração, mas o certo é que desapareceu. Pois o *Oxford Companion to the Theatre*, publicado no ano passado, usa este extraordinário eufemismo: "em 1938 o teatro de Meyerhold foi fechado e ele foi convidado a trabalhar nalgum outro lugar"...

Lembra aquela extrema delicadeza com que o *Anuário da Academia Brasileira* fala do 29 de outubro, na biografia do acadêmico Getúlio Vargas: "a 29 de outubro de 1945 deixou de ser presidente da República"... Se acrescentassem "contra a vontade", estaria perfeito...

Tribuna da Imprensa, 27 de março de 1953

SOBRE GRACILIANO RAMOS

*P*ouco tempo antes de sua morte, pôde Graciliano Ramos ver que sua figura, sua obra literária, a pobreza que era nele uma expressão da dignidade da sua vocação de escritor, constituíam, na inteligência brasileira tão desunida, tão dividida, um desses raros pontos de convergência. A extrema decência do homem privado e a admirável criação do escritor estavam acima das correntes políticas (uso aqui política no sentido mais alto e exato) e mesmo de certos fatos lamentáveis da vida literária brasileira.

Já agora, para Graciliano Ramos, é a posteridade que começa. Sobre seus livros vão debruçar-se as gerações e ao estudo do senhor H. Pereira da Silva – creio que o primeiro a ser publicado em volume – seguir-se-ão, certamente, numerosos outros. Graciliano, como Machado de Assis, desafia a exegese, a interpretação, o comentário.

Citando o nome de Machado de Assis, não estou aceitando uma comparação que se vai tornando um lugar-comum. Já, entretanto, o senhor Rosário Fusco (num dos seus ensaios mais lúcidos do seu volume da *Vida Literária*) mostrou a sem razão deste paralelismo: "Quem conhece, realmente, Machado de Assis e conhece Graciliano Ramos não poderá, honestamente, estabelecer semelhante e desastrado paralelo. *Caetés*, volume de estreia do autor de *Angústia*, tem tanto Machado de Assis como esse *Vidas secas* tem, digamos, de Proust". E acrescentava, explicando as raízes da comparação: "É na 'expressão', tão só, que muita gente se acostuma a perceber a originalidade das obras de arte, quando a 'expressão', em si, ninguém ignora ser apenas um 'meio', de que se servem os artistas, em geral, para comunicar o que sentem".

Mesmo em relação ao problema da "expressão" propriamente dita, a semelhança que à primeira vista se nota entre ambos decorre antes de uma certa "nudeza" (seria inexato falar em "pobreza", em relação a escritores tão "ricos", a mestres tão "sábios" da língua), uma certa "nudeza" de vocabulário, que ambos utilizam como "instrumento" técnico. Em Machado de Assis, por exemplo, o senhor Peregrino Júnior observou e anotou o mecanismo da "repetição", e as numerosas emendas com que, depois de escrever, a disciplina do escritor corrige os sestros de sua "constituição". Em Graciliano Ramos, porém, a preocupação é antes de tudo da exatidão, e como ele em geral se encaminha à pesquisa do "íntimo" dos personagens, do que se passa dentro deles, através do monólogo interior, não caberiam enxurradas ou preciosismos vocabulares para contar almas simples, seres brutos como Fabiano, para quem até o vocabulário de seu Tomás da Bolandeira já é artificial – porque se trata de homem que gasta a vista em ler...

Era, exatamente, em si próprio que Graciliano Ramos pensava ao traçar o perfil do avô paterno (outra reminiscência da infância), de ordinário ocupado, "apesar da moléstia, em fabricar miudezas": "Tinha habilidade notável e muita paciência. Paciência? Acho agora que não é paciência. É uma obstinação concentrada, um longo sossego que os fatos exteriores não perturbam. Os sentidos esmorecem, o corpo se imobiliza e curva, toda a vida se fixa em alguns pontos – no olho que brilha e se apaga, na mão que solta o cigarro e continua a tarefa, nos beiços que murmuram palavras imperceptíveis e descontentes. Sentimos desânimo ou irritação, mas isso apenas se revela pela tremura dos dedos, pelas rugas que se cavam. Na aparência estamos tranquilos. Se nos falarem, nada ouviremos ou ignoraremos o sentido do que nos dizem. E como há frequentes suspensões no trabalho, com certeza imaginarão que temos preguiça. Desejamos realmente abandoná-lo. Contudo, gastamos uma eternidade no arranjo de ninharias que se combinam, resultam na obra tormentosa e falha. Meu avô nunca aprendera nenhum ofício. Conhecia, porém, diversos, e a carência de mestre não lhe trouxe desvantagem. Suou na composição das urupemas. Se resolvesse desmanchar uma, estudaria facilmente a fibra, o aro, o tecido. Julgava isto um plágio. Trabalhador caprichoso e honesto, procurou os seus caminhos e executou urupemas fortes, seguras. Provavelmente não gostavam delas: prefeririam vê-las tradicionais e corriqueiras, enfeitadas e frágeis. O autor, insensível à crítica, perseverou nas urupemas rijas e sóbrias, não porque as estimasse, mas porque eram o meio de expressão que lhe parecia mais razoável. Urupemas fortes, seguras, rijas e sóbrias: possamos nós fazê-las com obstinação concentrada e longo sossego".

Esse verdadeiro "sentido", esse "senso" da exatidão não era, em Graciliano Ramos, limitado aos problemas da "forma". Diferindo de tantos escritores brasileiros, não há erros quanto ao mundo da natureza ou da observação nos seus romances. Tomarei um exemplo entre muitos. Em *Angústia*, logo nas primeiras páginas, Luís conta o poço da Pedra, onde caía na hora da chuva: "As cobras tomavam banho com a gente, mas dentro d'água não mordiam". A observação é rigorosamente exata, cobras não mordem dentro d'água. Mas cabe perguntar: quantos escritores saberiam de detalhe como esse?

Talvez não seja sem fundamento sustentar que o que tem se definido como a "secura", a "dureza" de Graciliano Ramos talvez seja, até certo ponto, mais do que este honesto "senso" de exatidão, que ele incorporava ao seus "deveres" de escritor. Tome-se, por exemplo, o retrato da mãe nas memórias da *Infância*, retrato tão sem sentimentalismo, tão linear, que dói no sentimento alheio: "uma senhora enfezada, agressiva, ranzinza, sempre a mexer-se, várias bossas na cabeça mal protegida por um cabelinho raro, boca má, olhos maus, que em momentos de cólera se inflamavam com um brilho de loucura". Do seu próprio sofrimento no choque com o temperamento materno fala com o mesmo tom isento. Antes se referira às mãos finas e leves, transparentes, em contraste com as grossas e calosas mãos paternas: "Habituei-me a essas mãos, cheguei a gostar delas. Nunca as finas me trataram bem, mas às vezes molhavam-se de lágrimas – e os meus receios esmoreciam". Adiante, falando do ajustamento entre estes entes difíceis na harmonia conjugal, vem a lembrança dos castigos: "Ela se amaciava, arredondava as arestas, afrouxava os dedos que nos batiam no cocuruto, dobrados, e tinham a dureza de martelos. Qualquer futilidade, porém, ranger de dobradiça ou choro de criança, lhe restituía o azedume e a inquietação".

Dessa infância assim doída vejo a marca em mais de um lugar nos romances e contos de mestre Graciliano. *Poil de Carotte* brasileiro e alagoano, criado na fazenda da caatinga, ele não teve, ao crescer, a libertação da ironia. Sua solução foi a revolta, seca e amarga, revolta de sertanejo que quando explode, coletiva, faz correr sangue (como aconteceu nas rebeliões populares da Regência ou na sedição do Quebra-quilos), e não revolta do montanhês mineiro que se vinga na mansa malícia.

É da infância que surgem as "constantes" do romance de Graciliano. Já não falo da identidade de nomes de personagens nas memórias de *Infância* ou no romance de *Angústia*, Rosenda, o padre Inácio, o cabo José da Luz. Falo da cachorrinha Baleia, com seu rosário de sabugos de milho queimados (*Vidas secas*), que é a mesma cachorrinha Mequeca em cujo pescoço tinham amarrado um rosário de sabugo de milho (*Angústia*). O episódio, em *Infância*, com seu começo admirável ("Às vezes, minha mãe perdia as arestas e a dureza, animava-se, quase se embelezava"), em que o menino não se deixa convencer da existência do Inferno, é evidentemente a fonte do capítulo "O menino mais velho", de *Vidas secas*. Apenas neste último o "ângulo" é o da revolta infantil e o da consolação contra as injustiças do mundo, no afeto da cachorrinha Baleia, mas o núcleo é a mesma indagação sobre os fins últimos:

"Sinhá Vitória falou em espetos quentes e fogueiras.

– A senhora viu?

Aí sinhá Vitória se zangou, achou-o insolente e aplicou-lhe um cocorote."

E a própria sensação de "embrulho no estômago", com que mais de um personagem de Graciliano Ramos define "estados" de ódio, nojo ou inquietação, vem da infância, como a náusea do dia em que apanhou de cinturão...

A infância não explica somente temas e personagens na obra de Graciliano, a impressão de que os homens são, como dizia o padre João Inácio, estúpidos, raça de cachorro com porco, mas também essa amargura, essa revolta, que ainda agora Augusto Frederico Schmidt reconheceu "legítima", numa das páginas mais belas que a morte do mestre de *Angústia* provocou. Realmente, não se tratava, no caso dele, de expansão de ressentimentos e complexos, desabar de frustrações ou refúgio em utopia imprecisa, mas de uma posição nítida, da "inconformação" de alguém que não aceitava nenhuma "reforma" das formas atuais da sociedade, queria a *tábula rasa*, e tinha razões para essa recusa total. Não é este o lugar de analisar se essa revolta o levará a prestar o prestígio do seu nome à pior espécie, a mais sombria, de reacionarismo, ao reacionarismo stalinista que, segundo o depoimento do poeta

Stephen Spender, só teve igual, como perigo para a liberdade do homem, no sonho desatinado de outro gênio de organização que foi Adolf Hitler... Mas direi que o tipo de raciocínio que admite todas as privações, até a da liberdade, como inevitáveis na preparação do dia de amanhã, estava coerente com a imagem que se fixara no menino Graciliano da inevitabilidade dos acontecimentos naturais, da precedência cronológica da seca sobre o inverno, com um certo sentimento não exatamente de "conformismo", mas de aceitação, como lei cega, da injustiça que governava seu mundo infantil, da mesma forma que governava a sorte de Fabiano na cadeia...

Lembro-me de que quando foi publicado *Caetés*, o senhor Aurélio Buarque de Holanda assinalou no *Boletim de Ariel* a quantidade dos sujeitos dos mais ordinários, sobretudo entre os que enxergavam um palmo adiante do nariz. Quanto mais primitivo o ser, mais puro, mais inocente, há nele uma bondade de *"bon sauvage"*. Essa consideração se acentuou cada vez mais – e *Vidas secas* é um livro de seres brutos, mas nunca houve tão bons entre os demais que o romancista criou; e os bichos ainda são melhores, embora mais ainda "condenados" sem culpa, o papagaio e o cão.

É cedo para saber o que os últimos anos (*Vidas secas*, publicado em 1938, mas escrito certamente antes, encerra a série de romances) representam no conjunto da vida literária de Graciliano Ramos. Noticia-se que ele escreveu bastante, embora sobretudo memórias e impressões de viagem (arte menor, sem dúvida, mas a mim pessoalmente *Infância* não me parece que esteja abaixo dos romances). É a publicação dessa obra que mostrará se a literatura de propaganda curvou ou não Graciliano Ramos, homem livre, sarcástico, severo consigo próprio mas também com os outros, à sua estéril disciplina. Se ele, que foi um dos maiores romancistas deste país e um dos maiores escritores da língua portuguesa em todos os tempos, pôde – como ouso esperar – manter até o fim, embora na dispersão das viagens e de outras atividades alheias à sua arte, o grave tom da exatidão que era a sua maior força.

Diário de Notícias, 29 de março de 1953

A ENFORCADINHA

Na sua *História da Cidade do Natal*, o senhor Luís da Câmara Cascudo conta com alguma ternura o caso do primeiro enforcado da capital do Rio Grande do Norte. Chamava-se José Pretinho, morreu aí por volta de 1843. Sim, em 1843.

Era de cor e quase menino, mas inocente – diz o historiador – ou quase – no duplo sentido da palavra: não cometera o crime que lhe atribuíam e era visto a brincar com pedaços de osso e farrapos de pano, pobre criatura de Deus conversando sozinha em voz alta ou cantarolando alegre.

Chegou enfim o dia em que o foram buscar para cumprir a sentença dos homens, que o senhor Dom Pedro II, Imperador, confirmara. Iam uns a enforcá-lo, outros a consolá-lo, mas de que conforto precisaria ele? Seu coração estava na paz do Senhor. Não inteiramente: ainda não era conforto. O padre, que o acompanhava no suplício, parou a procissão para lhe dar o sacramento: José Pretinho se tornou cristão.

Mais adiante lhe ofereceram pão e vinho, o pão e o vinho do sacrifício. Aliás, não exatamente pão, raridade de mesa de rico, naquele tempo, na cidade de Natal, mas bolos e vinho. Comeu com delícia. E quando lhe perguntaram se queria mais, José Pretinho exclamou, no prazer daquela inesperada abundância: – "Se tiver mais, quero".

Comeu de novo bolos e vinho, alegre de tanta fartura.

Também daí a pouco estava aos pés da forca. Subiu, andou em redor do patíbulo. Lá embaixo, azul e branco, as dunas e o mar, o Potengi desembocando. Havia velas no mar. Azul e branco, a areia (com ramagens verdes aqui e ali) e o oceano. E José Pretinho, alegre de tanto deslumbramento:

– "Ah, que daqui de cima se veem as jangadinhas!..."
Não demorou cinco minutos e o corpo pendeu na forca. Não era muito pesado. Mais leve, porém, muito mais leve, era a alma.

***

Não sei por que, é nesse episódio que penso, ao ver doutores da UDN a carregá-la agora, com tanto carinho, para a forca. Dão-lhe batismo, dão-lhe de comer e de beber, dão-lhe paisagem. Mas de que adiantam se no fim, sem dó nem piedade, apesar das palavras bonitas, a enforcam na manga da camisa do doutor Getúlio?

Tribuna da Imprensa, 31 de março de 1953

SEU MARTINS

Tem sido um ano de mortes, muitas mortes, públicas e particulares, e mais de uma de perto me feriu; mas esta, de que venho falar, não creio que outras tenham sido tão sentidas, aqui neste bairro de Santa Teresa.

Estava viajando, cheguei, encontrei a notícia. Descontada a experiência dos anos, minha reação não foi muito diversa da que atingiu minha filha de três anos: informaram que seu Martins estava melhor e ela foi à sua casa com a amiga predileta, a nossa cozinheira, saber se era exato. Quando disseram que morrera, o picolé caiu-lhe da mão e ela se jogou na calçada, aos prantos. Foi preciso convencê-la de que não, de que estava ainda no hospital, para que recobrasse a serenidade. Ela própria talvez desconfie de que é inexata a versão com que a aquietaram, pois quando os irmãos lhe falam a verdade recai no pranto sem consolo. E é justo: pois que o tratava de "meu" Martins, traduzindo, na língua da sua ternura possessiva, o "seu" com que abrasileirávamos o respeitoso "senhor". E o menor dos meus homens, carro que lhe passe ao alcance da vista e seja cinzento já se sabe que é de "Matins", pois para seus dois anos não há outro automóvel – nem outro Martins – neste mundo de Deus.

Falo dos meus filhos, outros pais falariam dos deles. A amizade desse velhinho bom pelas crianças não tinha limites nesta ou naquela família do bairro. Faz dez dias, na véspera de adoecer, disse-nos que estava pensando em tirar um bilhete de loteria. Era assunto que às vezes considerava seriamente: e a meninada ia ver que festa, se ele ganhasse: porque tendo casa, e família que amava e que o amava, não era em si mesmo, nem na boa gente que dera ao mundo, que pensava, ao sonhar com a riqueza da terra, mas nos meninos que o festejavam – e ao seu carro.

Poderei, deverei escrevê-lo? Talvez a verdadeira razão dessa compreensão das crianças, dessa amizade com que parava a falar com gente que mal falava, viesse da circunstância de que uma das suas filhas ficara moça – mas permanecera menina de espírito. Gastara o que não podia, ano após ano, para tratá-la; até que um médico que era também um homem bom disse lhe um dia: "Seu Martins, não gaste mais dinheiro com sua menina. Deus lhe deu sorte, de ter sempre consigo em casa a filha pequenina. Cuide dela e do futuro, e aceite o que Deus lhe deu". Seguiu-lhe o conselho e no que fora preocupação e tristeza soube encontrar alegria e consolo.

De um e outro bem que precisava ele, ultimamente, porque perdera a companheira de quarenta anos de vida. Simples e forte, resistira, mas não era difícil sentir que estava só. Não esteve doente muitos dias. Alguma força havia que o chamava além da morte.

Choraram-no os meninos do bairro, e nas conversas do ponto muita comoção há de ter passado. E este recanto de Paula Matos que tem como centro a esquina de Monte Alegre com a rua Áurea, já não é mais o mesmo depois que ele se foi. Não era propriamente ou simplesmente um chofer: porém o mais velho, que os demais respeitavam. Não se limitava a levar-nos no seu carro, tinha de conversar, falar dos meninos, da vida, do bairro, do governo. Também a ele se podia entregar tranquilo mulher e filhos. Não direi que a outros, aqui neste canto humaníssimo da cidade, não o faça, mas escreverei isto: a primeira vez que meus dois filhos mais novos entraram no teto paterno vieram da maternidade para casa no carro de "seu" Martins.

Tribuna da Imprensa, 16 de abril de 1953

A CIDADE E SEU POETA: RUI RIBEIRO COUTO

*D*ecididamente, não creio na percepção coletiva, no instinto divinatório das cidades. Se existe essa intuição mágica, não teria o Rio de Janeiro erguido arcos triunfais, enfeitado de palmas as praças, de tapetes as janelas? Porque chegou o seu poeta, o seu maior namorado, aquele que depois de Machado de Assis e Lima Barreto melhor compreendeu, sentiu, amou a cidade, e decifrou os seus segredos.

Escrevi poeta embora poucos sejam os versos em que Ribeiro Couto fala expressamente do Rio: em *Um homem na multidão*, da rua Conde de Bonfim, onde na casa morta (a grade velha, o jardim abandonado), à noite, no serão, uma antiga gente da Corte se reúne saudosa, fiel à memória da família imperial; em *Noroeste*, do próprio Rio – a multidão de funcionários entre os palácios democráticos; nos *Cancioneiros*, uma valsa versa temas de "subúrbio carioca" e os meninos do Flamengo montam cavalos de brinquedo.

Mas desde *O jardim das confidências* o ambiente da sua poesia, quando não é o da infância, o da província ou o da ausência, é o dos morros cariocas, o dos crepúsculos onde o homem anda no meio da multidão, mas não se perde a si próprio, nem perde a alma entre os anúncios luminosos, os reflexos da chuva miúda no asfalto, o rumor dos automóveis.

Não é, porém, da obra poética que estou falando, mas de toda ela, e uso essa grave palavra porque neste escritor há permanentemente um poeta.

Penso menos, todavia, na *Cidade do Vício e da Graça*. Essa Ribeiro Couto já não encontrará mais. Já não há mais Lapa, ou pelo menos se Lapa existe, não é aquela de antigamente. Seria injusto dizer que a cidade está irreconhecível: nos bairros e nos subúrbios ainda a graça existe, aquele perfume de inocência e província, misturado com amor, ora terno, ora sensual, que guiou o destino do *Bloco das Mimosas Borboletas*. Enfim, se já conseguiram encarcerar o Morro da Viúva e seus ventos uivantes atrás de um biombo de arranha-céus, não conseguiram pôr abaixo os Arcos. Os Arcos são a nossa garantia, dos que amam o Rio no que ele tem de mais permanente – que é o seu efêmero.

Não escreverei que o tempo de 1920, o tempo da *Cidade do Vício e da Graça*, era inocente. Mas havia nele uma certa ingenuidade, um jeito de menino que fugiu da escola para tomar banho no rio escondido, e passar em ruas proibidas. Se a cidade já não era mais adolescente, talvez a adolescência fosse do mundo. Tomava-se cocaína com o mesmo jeito obrigatório e compenetrado com que os índios dos Andes mascam as folhas da coca.

Sim, o vício na cidade mudou muito, tomou aspectos trágicos de desespero sem sentido. Fica-se acordado porque não há jeito de dormir: sem sono, sem esforço nem consciência.

Nos seus lados provincianos, porém, Ribeiro Couto encontrará a cidade – a cidade das pensões do Catete, das noites de Vila Isabel, do estudante Batista pedindo emprego na Câmara e trabalhando na redação de jornais instáveis, do repórter Amarelinho – talvez intocada. Ele a reencontrará, basta andar um pouco a pé, à noite, nas ruas do centro, subir Santa Teresa, ou parar junto a uma grade suburbana (bogaris no jardim). A planície em face do mar fala ainda a língua que ele entende melhor do que ninguém. Não são "coisas de pastores, bichos e montanha", mas de histórias de ladeiras onde se conversa inocente de amor ferido, terrenos baldios onde se joga bola, amores, alegrias, dores de que só Ribeiro Couto sabe.

Tribuna da Imprensa, 23 de abril de 1953

PAÍS DIFÍCIL

Sim, meus amigos, este é um país difícil, e ai de quem procura satisfazê-lo: nada o contenta. Vem o governo e na sua sabedoria dietética anuncia que o ideal para os povos enfermos é carne de baleia, vai dar ao povo carne de baleia, bifes baratos e entretanto suculentos, tenros e entretanto sólidos; desconfiados, refugamos.

Apiedamo-nos dos grandes cetáceos, inquietamo-nos de ver o mar despovoado deles, repelimos a ideia como esdrúxula. Vai então o governo e, cortando razoavelmente nas suas aspirações sobre a terra, entra na floresta, troca a baleia pelo javali. Creio que fiquei sozinho a aplaudir o javali.

Sustentei mesmo que o ideal seria nacionalizar a espécie e fornecer não o bicho europeu, mas caititus ou queixadas. E o secretário de Agricultura – quando mais não fosse por uma questão de solidariedade de classe com este seu confrade – se dispunha a levar em conta meu conselho e criar porcos-do-mato na quantidade necessária; mas éramos dois apenas contra o mundo, e ele desistiu da ideia; aliás, em tempo, porque a cidade começava a ficar tomada de pânico diante da possibilidade de ver as ruas invadidas pelas varas indóceis. Chegamos, então, aos coelhos, mas a notícia não produziu emoção nas almas empedernidas, que vivem a ocupar-se com assuntos duramente prosaicos: a alta do arroz, a falta de carne e outros tais. Assim o governo desceu da baleia ao javali, e chegou ao coelho, e por mais que cedesse das ambições, não conseguiu contentar os apetites, viciados na monotonia do feijão.

É mesmo um país difícil. Já ninguém se ocupa com a seca no Nordeste – mas a seca continua a devastar lavouras e gente.

Os cearenses entram Piauí adentro, arrastando famílias e rebanhos para chegar ao Maranhão, mas a terra da promissão só lhes tem para lhes dar a si própria: nem remédio, nem médico, nem casa, nem trabalho, nem organização. Pobre terra riquíssima, habitada por gente tão boa e tão pobre, que acolhe o sertanejo seu irmão, de braços abertos – mas que pode fazer para livrá-lo do impaludismo selvagem? E enquanto os governantes contam anedotas sobre o exagero com que os estados do Nordeste agravam a seca para obter o dinheiro da União, outros clamores chegam: a inundação do rio Amazonas também anda por lá a destruir cidades.

Sem dúvida, difícil. E o problema começa até na denominação das coisas. O estrangeiro chega aqui, vê nos jornais que há grandes festas a São Jorge, o santo verdadeiramente popular da cidade. Aí do estrangeiro, não é São Jorge que se festeja, mas Ogun:

> Ogun, Ogun!
> Ogun meu pai,
> Ó Jorge, ó Jorge!

> Com seu cavalo de bronze,
> com sua espada dourada,
> na ponta de sua lança
> eu vi,
> Laço de fita enganado.

O estrangeiro vai à Câmara, ouve o deputado Dilermando Cruz falar exaltado e categórico no cinturão verde em torno da cidade. O estrangeiro respira feliz, por falta de folha não morrerá. Mas logo o legislador explica, fala no cinturão de pano verde. E o estrangeiro, como diria o senhor Jânio Quadros, consoante lhe parece murche ou floresça.

Das contradições e dificuldades do país creio que ainda não havíamos tido nenhuma como o caso das galinhas. Um vereador se queixa, sumiram quarenta mil. O secretário de Agricultura responde, não eram quarenta, mas dezoito mil; e não sumiram, que ele as deu aqui e acolá, assim concordou o presidente da República. Isso não justifica, se deu mal; mas ele acrescenta que só havia casa para quatro mil, as outras estavam morrendo. E o barulho está feio e forte.

A mim não ocupam as galinhas, seja de que espécie, mas as pessoas. Devemos distribuir pelos países vizinhos todas as que não têm teto? Eu gostaria de que além indagasse do presidente da República (ou de quem pudesse responder) que foi feito dos milhares de brasileiros que estão morrendo de seca, fome ou doença. Talvez seja mais sério do que o assunto das galinhas. Mas não asseguro; o país é muito difícil.

Tribuna da Imprensa, 24 de abril de 1953

MOÇA ESCURA

A gente tem cada surpresa. Ainda agora lia distraído anúncios de emprego no *Jornal do Brasil* e me fixei na repetição desta condição para as moças que se apresentassem: boa aparência. Fiquei imaginando o vestido melhorzinho a ser posto, mas não tardou outro anúncio me esclareceu. Acrescentava: "não se faz questão de cor". E mais outro: "moça escura..."A moça escura procurava trabalho. Não o acharia, porém, no escritório onde se acrescentava: "quem for de cor, é favor não aparecer". Não seriam essas as palavras, era esse o pensamento. Fiquei pensando no tempo da guerra: não tinha lei contra o preconceito de cor, mas muito sofreu o ariano que fez uma ressalva idêntica. Pois agora, com lei e tudo, a moça diz logo que é escura (enquanto outra vaidosa alega ser "branca e de olhos azuis" certa da sedução que neste país sempre exerceram não só as donzelas mas até o "mancebo louro"), e o escritório nem disfarça, como os mais, que não quer preto no eufemismo de "aparência": fala claro.

Terá pelo menos essa virtude. Eu ando inclinado a acreditar que um dos piores defeitos do brasileiro é a educação e sua pior instituição política, remate dos males, é a sala de café nas duas casas do Congresso. Tudo se passa com delicadezas, cortesias, quando não cortesanices. As ideias mais agressivas perdem os contornos. Os homens mais agressivos amansam. Tirando o sentido bruto e frequentemente imbecil dos comunistas, já ninguém pensa que o mundo vai acabar. Ninguém troca seu reino por um cavalo.

Se tivéssemos chegado a este ponto como flor da civilização, ainda bem. Mas essa flor de civilização, onde a encontro, as mais das vezes, é no povo, nos humildes que o são porque não têm ambição – nem planejam negócios.

Voltando ao caso dos pretos, raras vezes haverá exemplos de hipocrisia coletiva tão grande como essa, todos nós a afirmar que no Brasil não há preconceito de cor. E se metesse a mão na consciência se lembraria da trova cruel do desafio do caboclo:

> Negro num tem cueca
> negro num tem chapéu
> negro urubu num come
> negro não vai pro céu.

Não sei se a teoria é razoável. Pelo menos nós, católicos, no fim da missa todo domingo estamos a ler no Evangelho de São João que a luz veio a todo homem neste mundo. O céu não distingue na cor. E não conheço caso de padre que recusasse casar preto com branco, como aquele juiz do Ceará, homem aliás ilustre e hoje ministro de uma alta corte, de quem li certa vez uma sentença com esta pomposa ementa: "Diferenciação étnica como impedimento matrimonial". Fui ver, era a menina branca que fugira com o moço preto, ele recusava casar.

Tudo isso são coisas complicadas, e cheias de nuanças, de exceções, de sutilezas. E banhadas, afinal de contas, por esta grande, universal bondade brasileira. Moça escura, não receies da sorte, serás feliz. Já não estamos no tempo em que, de outra quadra anônima, se exalava este lamento de poeta escravizado:

> Vou cantar uma cantiga
> que meu senhor me mandou,
> se eu fosse forro, não ia,
> como sou escravo, vou.

Lamento que muito poeta no mundo há de estar, a esta hora, com outras palavras, repetindo.

Tribuna da Imprensa, 7 de maio de 1953

MESTRE ROQUETTE

Leio que Celso Kelly recomendou que nas escolas da rede oficial de ensino na Guanabara as iniciativas de Roquette-Pinto na área da Educação sejam objeto da aula inaugural e "as contribuições culturais daquele insigne mestre" objeto de pesquisa. O Secretário da Educação da Guanabara se despede *"en grandeur"*, com essa linda iniciativa. Para Roquette-Pinto tudo era educação. O rádio, por exemplo. Quando se fez pioneiro do rádio no Brasil, era pensando nas suas possibilidades educativas. Não foi tudo como ele sonhara. Mas, acima do mercantilismo e da mediocridade, o rádio brasileiro (como depois a TV) deu o riso que pôde a um povo que sofre, e, com suas novelas de mau gosto e sua literatura muito especial, este consolo: lágrimas fáceis, que fazem esquecer as outras, as difíceis, as que não transbordam do coração mas envenenam o sangue. Mais de uma vez me perguntei se, embora a biografia de Roquette não fosse um desses romances fatais, que tanto perturbam as emoções urbanas, não seria um tema fascinante para quem soubesse contar, no rádio ou na TV, seu prodigioso exemplo criador. Que vida mais brasileira (Roquette preferia dizer "brasiliana"). Quantos episódios do fabuloso existir! O menino corre de pés descalços na fazenda do avô, João Roquette Carneiro de Mendonça, e nas várzeas mineiras ou na mata fluminense enche os pulmões de liberdade e natureza. Com o dicionarista Levindo de Castro Lafaiette começou a aprender; mas, adolescente, e homem-feito, outro mestre maior lhe ensinou o Brasil: Capistrano de Abreu.

Jovem médico, tem de se decidir entre o sucesso na profissão e a pobreza do sábio. Até que um dia chega às suas mãos o primeiro material procedente dos índios da serra do Norte, e na figura de Rondon "a voz chamadora do sertão". Parte, entretanto, não para Mato Grosso, onde tudo é história natural, história da natureza, mas para a Europa, onde tudo é história social, história do homem. Deus sabe o que faz: foi bom esse mergulho na civilização mais requintada. Um ano depois, inesperadamente, está no maior desconforto, a caminho do mistério. Dão-lhe cinco contos de ajuda de custo para comprar miçangas, fósforos e machados, machados pequenos, que os índios vão recusar, mandando que os deem às mulheres... E não demora os verá, centenas de léguas longe do mundo, deitado insone na rede noturna, ao luar leitoso, homens da idade da pedra, "altos, lépidos, irrequietos, animados, falando sempre desengonçados, inteiramente nus". De volta, traz 1.500 quilos de documentação, fonogramas, filmes, fotografias: nunca uma civilização primitiva foi assim investigada, pesquisada, fixada. E traz também essa *Rondônia* de que hoje, com um único exemplar da primeira edição, se junta muitas dezenas dos tais cinco contos da ajuda de custo. O índio entrava de novo na literatura brasileira. Roquette, porém, não foi só o homem da *Rondônia*. Poeta, ensaísta, contista não há grande causa neste País que não tenha dele recebido ânimo e força: a etnografia e a antropologia, a educação popular, o rádio, o cinema educativo, a divulgação científica. Ainda pouco tempo, antes de ir-se para sempre, era capaz de tocar piano, enquanto permitiam os dedos endurecidos, e de cantar árias da mocidade, do tempo em que participou, no Teatro Municipal, dos coros de uma ópera de Alberto Nepomuceno. Outra cachaça sua era o automobilismo: no começo da doença que acabou por prendê-lo num pequeno apartamento, seu prazer era o das paisagens, seu exercício o automóvel heroico da era de vinte. E que humanidade: num menino que não pôde entrar no Museu Nacional por falta de gravata, o diretor põe a sua, levanta a gola, sai feliz para providenciar... a reforma do regulamento. Em paga teve as homenagens que mais tocaram seu coração: deram seu nome a uma aranha, a um cogumelo, a um pássaro do Brasil.

O mais belo, porém, na vida de Roquette, é, a meu ver, este exemplo: aos sessenta anos, prisioneiro do sofrimento num quarto andar, ele não só ensaia, em si próprio, remédios que lhe aliviam as dores, mas, para não ficar com as mãos ociosas, descobre uma vocação nova e se faz gravador...

Tenho algumas dessas lembranças de Roquette. Quando as encontro, prevalece, sobre a saudade do amigo e do artista que se juntava ao sol para as criações da heliogravura, a lição daquela coragem única de homem. Fi-las fotografar, aquelas mãos, em pleno trabalho. Ouvi as confidências do mestre para quem a distância entre o campo e a cidade era o pior problema nosso, que poderia devorar o Brasil. Vi-o acabar-se pensando e lutando. As mãos, cujo uso mais hábil e disciplinado reputava sinal mais significativo da espécie, foram as últimas a morrer. Ele criou até quando e quanto pôde, o lúcido mistério.

Tribuna da Imprensa, 15 de maio de 1953

GREGÓRIO

Confesso que hesitei em escrever o "negro" Gregório ou o "preto" Gregório. Não tenho preconceito, mas sustento – e o tenho feito nesta coluna – que o preconceito no Brasil existe, e cria força. Não sei se por isso mesmo, se Gregório – anjo do regime – não se ofenderia com o qualificativo, entendendo, erradamente, que lhe dava sentido pejorativo. E, meus caros, com Gregório nem dadas e nem tomadas.

Sim, não falarei da cor. Conheci um preto de minha confiança, preto bom, criador de filho alheio que dele não tinha. Gustavo, porteiro da repartição em que estraguei meus vinte anos. Pois Gustavo me explicava que a melhor expressão é "pessoa de cor", delicada, ou então "preto", eventualmente afetuosa, mas "negro" é depreciativo. Tenho minhas dúvidas, porém, sobre a generalização desse ponto de vista. Não chamarei Gregório nem mesmo de preto, pois vivemos num país em que, como leio num ensaio antigo agora reeditado de Gilberto Amado – que escritor "de cor" gostaria de ser chamado de preto?

Não falo em Gregório sem motivo específico e imediato. Bem sei que à sombra dele vivemos todos neste país, pois à sombra dele descansa Getúlio e à sombra de Getúlio nos inquietamos nós. Mas é que acabo de ler a reportagem de David Nasser sobre Gregório. Dela mesma foi que retirei aquela palavra de "anjo do regime". Pois aqui está o núbio, e uma legenda diz: "o Colt cano longo de Gregório protege o regime, a ordem e a democracia", o que é inteiramente tranquilizador. Algum teórico talvez oponha que essa proteção cabe às Forças Armadas; mas acima delas está, ó teórico, aquele que tem o direito de revistar (como conta o repórter) um jipão do Exército antes do presidente da República entrar nele... A reportagem de David Nasser é um documento para o futuro, escrita com uma condescendência que refletirá, sem dúvida, o esforço do adversário para ser imparcial. Não afirmarei que com esta reabilitação nacional, ainda que muitas vezes maliciosa, Gregório tenha atingido o ponto mais alto de sua glória. Pois de que glória precisa Gregório, que tem prostrados perante ele ministros e parlamentares, e foi fotografado ao lado do secretário dos Estados Unidos?

Antigamente, decerto, a sensibilidade nacional era muito severa nestas coisas. Do que ela gostava era de Ernesto Senna descrevendo o dia de Prudente de Morais: "acorda às sete e, de robe de chambre, na cabeça um boné de seda preto, vai tomar seu banho morno. Bebe um copo de leite e uma xícara de café bem forte, faz a barba e lê os jornais. Das dez e meia às onze conversa com a família. Almoça – come pouco e não bebe vinho – e vem à sala dos despachos, onde fica até às 6. Todos os dias recebe congressistas, às terças dá audiência pública. À uma e meia outro copo de leite, às duas outro café. Janta na cabeceira da mesa, à esquerda a esposa, à direita o filho Prudente. E quando passeia no parque do Palácio, é sempre só". Este último detalhe encantava o Brasil dos nossos pais, mas viram bem o que aconteceu a Prudente, quase era morto, pois não tinha um bom Anjo negro, de Colt de cano longo. Ainda assim fomos criados admirando que, no dia seguinte ao do atentado, lá estivesse ele, só, no enterro do marechal Bittencourt. Conta-se mesmo que a cidade inteira o aplaudiu, e essa lenda nos inoculavam na infância. Mas estavam errados, nossos pais. O bom é mesmo um anjo negro que proteja o regime, a ordem e a democracia, e se possível de raça de Angola, que os de Angola, já dizia uma provisão régia de 1725, "são mais confidentes, e mais sujeitos, e mais obedientes".

Angola é como PSD: fiel ao senhor. Só que a fidelidade de Gregório é como a do cão: ao homem, e a do PSD como a do gato, à casa...

Tribuna da Imprensa, 18 de maio de 1953

ABIO

Bem sei que de problemas anda cheio o mundo, e tais e tantos que o milionário falido pôs uma bomba, despachada como quadro, no avião que iria viajar, e como fosse descoberto, pediu que o fuzilassem para exemplo aos vindouros. Esta coisa de exemplo não é lá muito certa, pois por aqui justiçamentos para exemplo bem que os tivemos, a começar por Tiradentes; e de nada adiantou o escarmento dos povos. Grande, aliás, devia ser a aflição do milionário, antes e depois: se antes queria suicidar-se, hoje quer que o matem, esquecido de que, como leio no cronista Antônio Maria, a vida não é de todo má: espíritos que o cronista consultou numa sessão agitada, embora desencarnados, continuam descontentes. Mas isto é um sinal dos tempos, este desejo de martírio, não inspirado pela temeridade de confessar a verdadeira fé, mas pelo temor que leva a admitir crimes falsos. Quando não se tem medo, age-se assim: Antônio Bento andou ontem a explicar, com lucidez de consciência, sua posição no júri do Salão deste ano, e se disse acusado pela direita fascista-abstracionista e pela esquerda comunista-realista com igual intensidade, e na verdade faz pena no Brasil ver artistas bem dotados, em vez de estudar e trabalhar sério, caírem nessa politicagem que degrada.

Tudo isso, porém, é nada diante do meu problema, que é urgente. Urgente e grave.

Ora sabereis que neste nosso quintal, em Santa Teresa, há duas árvores apenas, e já não é pouco. A primeira, onde o papagaio piauiense prefere ficar, nós a vimos carregada de jambos vermelhos que lastreavam o chão, quando aqui chegamos. E a carga era tanta que das sobras que os meninos deixavam, ou dos que caiam mordidos de morcegos, alimentou-se o coati maranhense. E o que espero é que, se a memória do coati é tão forte quanto sua inquietação de bicho manso, mas irrequieto, o sabor do jambo o tenha arrastado a algum brejo com buritizeiros – e a saudade lhe tenha feito bem.

A outra árvore, todavia, está botando agora a sua segunda carga, e foi ela que nos criou o problema. O leitor certamente conhece a fruta chamada abio. Acompanhei as flores, depois vi as miúdas bolhas verdes irem aumentando, e o verde caminhar para o oliva, e de repente se pintar de amarelo. Amadureceram os primeiros, e muitos se perderam, porque caíam esmagados no cimento. Como, porém, pai é escravo, terminei por ir apanhar uma escada no porão e subi no pé de abio, não sem certo receio de que oitenta quilos resistentes a toda aspiração de emagrecer fossem carga demasiada para os galhos sarapintados. Não eram: colhi alguns e desci, vitorioso, de bolso cheio. Logo, todavia, vi que mais haviam feito a primogênita e o que tem o meu nome, graças às naturais vantagens da idade. Uns e outro, não era pouco fruto.

Tudo então eram rosas ou, mais precisamente, abios. Luiza lavou os mais belos, partiu-os. Teresa provou alguns, desinteressou-se, mas Virgílio, esse entrou feio e forte, e meia hora depois o estrago era total. Não só o estrago do abio: o rosto estava todo grudado. A mãe, conformada, lavou-o quanto pode, terminou por dar um banho dos pés à cabeça, mas ainda resta leite pegadiço pregando os cantos da boca do homenzinho.

Por hoje, enfim, não há de ser nada. Mas prevejo que, enquanto não se acabar o carrego, teremos todo o dia grude na cara, pelo menos de Virgílio, que Teresa de Jesus, preguiçosa, dengosa ou comodista, desistiu inteiramente.

O leitor não saberá de uma boa receita para tirar, depressa e sem trabalho, leite de abio?

Tribuna da Imprensa, 20 de maio de 1953

PENA DE MORTE

*E*stá na linha das coisas: romantiza-se o cangaço, é natural que haja quem proponha a pena de morte. Faz-se mais: há deputados brigando pela autoria do projeto de emenda constitucional, e se na briga não chegaram a matar é que, para eles, isso deve ser confiado ao carrasco, devidamente especializado. Não só pense, todavia, que sejam maus: querem a morte legal para os criminosos porque não se sentem bastante tranquilos com a segurança das prisões. São deputados, é certo, mas temem os tarados com o mesmo pânico com que, segundo a autorizada palavra do senhor Ademar de Barros, as empregadas também os temem.

Foi-se o tempo em que isto aqui era uma civilização sentimental e pacífica, que se ufanava de não ter a pena de morte. Hoje isto antes nos envergonha. Que atraso! E os deputados precipitam-se. Há, porém, muitas outras coisas a corrigir. Imagine-se que tão sentimentais somos que chegamos a proibir touradas, o que nos humilhou duplamente em relação à Espanha franquista: pois lá as corridas de touros fazem ferver o sangue – e Franco fuzila à vontade.

O atraso, porém, não vem de hoje, meus caros. A culpa é de D. Pedro II, que depois de certo tempo não enforcou mais, a não ser escravo que atentava contra o senhor. E mesmo escravo: leio num debate do Senado em 1875 que, para evitar que a piedade real comutasse a pena, o juiz condenava a açoites, e o cativo dos açoites morria. Mesmo, porém, neste assunto de escravos, nosso orgulho era dizer que eram felizes, ninguém batia neles.

Sem dúvida, porém, acabado o cativeiro e o Império, somos hoje mais rijos, nada de sentimentalismos. Instituamos a pena de morte.

Ribeiro Couto chegou da Europa, ficou meio espantado com o movimento. Eu lhe expliquei que era diversão dos apaches da Câmara. – "Mas pode passar?" – "Não, não é para passar. É apenas o *bas-fond* que se agita."

De qualquer forma, Ribeiro Couto levou a sério a emenda e propôs sua limitação aos bichos de terra, mar e ar, que ele, bom católico, acha que foram feitos – e não o corpo humano – para o sustento do homem. Seria uma solução, mas acontece que não se trata de ser ou não católico, nem de ser ou não antropófago. O poeta está querendo fazer escapismo, deslocando a questão. Se se mata, de que adianta ser ou não antropófago? Como dizia Stevenson sobre os canibais das ilhas do Sul: é preferível comer a carne de um homem depois de morto do que maltratá-lo quando vivo. Morreu, acabou-se, já doutrinava o repórter, resumindo Freud.

O que me parece contraditório é que, ao mesmo tempo, se proíbam os fogos de São João e se institua a pena de morte. De que adianta termos noites serenas se amanhã, colhidos num erro judiciário, poderemos acabar na forca? Falei em forca mas o projeto não especifica se forca, guilhotina ou cadeira elétrica; e todavia, não é aspecto irrelevante. A forca tem a vantagem de ser desmontável, mas o corpo humano sempre sofre, se bem que não guarde por muito tempo memória do sofrimento. A cadeira elétrica é rápida e higiênica, mas se criam sobre ela inevitáveis lendas dada a necessidade de instalação permanente na "casa da morte". A guilhotina combina os méritos dos dois, mas o sangue derramado e a cabeça cortada não são belos espetáculos.

Talvez o mais prático fosse mesmo não instituir a pena de morte. Evitavam-se debates como esse, um tanto quanto constrangedor. Depois, morte por morte, já temos as nossas prisões modernas, escolas de vício e trabalho forçado, que envilecem o homem pretextando reformá-lo, e o jogam abaixo da condição humana. Essa morte moral já deve ser bastante, porque sempre nela resta uma esperança do arrependimento na hora extrema, que Deus nos dê a todos, amém.

Tribuna da Imprensa, 23 de maio de 1953

ADEUS, ADEUS

Se o leitor, a partir de amanhã, for ao Jardim Zoológico e parar em frente à jaula onde encontrar um bicho fulvo e inquieto, de focinho comprido de raposa mas de agilidade de gato, rabo comprido de macaco, chegue perto, não tenha receio, "Chica" é manso. E se quiser saber por que lhe digo isto é que, até hoje, ele vivia conosco, e se o doamos foi como punição, aliás justa, para a agressão que cometeu contra um dos pequenos homens que asseguram, nesta casa, a sobrevivência do apelido paterno.

Vivia Chica há um ano conosco, já era como alguém da família. Quando nos mudamos quase provoca, mesmo, um incidente, porque alguém que passava no bonde, ao ver entre os que entravam para a casa nova o papagaio piauiense e o coati maranhense, nos comparou, em voz alta, a uma família de retirantes, e um de nós mais esquentado não gostou. Eu, porém, o acalmei, que somos outra coisa na vida senão retirantes? E lhe pus entre as mãos o *Hound of Heaven* de Thompson, cada um de nós a ser perseguido, caçado por Deus.

Aí está uma das vantagens do coati: não tinha a inquietação metafísica. E também não precisava ter a sabedoria da política, que, segundo me diz mestre Afonso Arinos, consiste sobretudo na ciência de esperar (pelo menos no Brasil, acrescento eu). Chica podia se entregar às impaciências da ação, com gosto.

Nesta casa teve de ser amarrada, com pesar nosso. Não dispúnhamos de um antigo galinheiro para transformá-lo em covil. Eu ia acrescentar de fera, e se não seria de todo gramaticalmente exato, porque fera, leio em mestre Aurélio, é "animal bravio e carnívoro" e Chica, sendo inegavelmente carnívora, não era bravia, corresponderia ao conceito dos vizinhos. Chica faz dias fugiu de casa, na vizinhança quis agradar um rapaz, ele a atrapalhou com as pernas e inocentemente Chica arranhou-o com os dentes, perturbada, decerto, com aquele repentino sapatear.

Carnívora, mesmo, pensando bem talvez fosse incorreto. As condições alimentares da cidade estavam provocando no regime dietético de Chica uma transformação. Não sei se o SAPS[2] teria concordado, e não o quis consultar porque nem para menino é fácil seguir aqueles conselhos, leite, carne, verduras frescas, frutas apanhadas com a mão. Mas o certo é que a necessidade faz lei, e a lei de Chica foi esta: banana. Às vezes também resto de comida, mas era compensação justa porque o menor, muitas vezes, quando lhe levava bananas, hesitava, sovinava e ele próprio as comia, refletindo, talvez, com grave inexatidão, que quem gosta dele é ele próprio.

O certo é que com banana embora o coati cresceu, e quando o que tem o meu nome se distraía em levá-lo para a porta e, segurando-o pela corrente, fingia não ver a cautela com que alguns (que digo eu? – todos) transeuntes cautelosamente trocavam de calçada, acudia-me considerar que já não estava ali o bicho miúdo que viajou do Maranhão para cá num cofinho de palha de babaçu, rasgou-o e andou a marinhar pelo avião com a curiosidade inerente à espécie.

Essa curiosidade é que o castiga. Aumentara-a de repente a coincidência de dois acontecimentos, um da natureza, outro da técnica. Baixara nele a inquietude do sexo. E ao mesmo tempo (aqui entra a imperfeição da técnica) a corrente, que o prendia, de tanta volta que dera se gastara nesta ou naquela argola. Deu para soltar-se. E numa das vezes agrediu o que tem o meu nome e foi seu primeiro dono (antes que num acordo, aliás trabalhoso, passasse a ser propriedade coletiva da comunidade fraterna). Diante desse gesto impensado, vamos dar-lhe o exílio no Jardim Zoológico. E o leitor, se o vir, se apiede dele.

Por mais pena que tenha, não será tanta quanto a desta casa hoje. Heroicamente, todos concordaram com a doação, sob a promessa de que uma placa com seus nomes identificaria o bicho em futuras visitas. Mas sei que vai haver muito choro na partida, muita explosão daquele "adeus" lancinante com que nas congadas o príncipe se despede dos súditos. E fosse todo príncipe, enquanto se arrastam seus quinquênios, tão querido como foi Chica, enquanto esteve conosco.

Tribuna da Imprensa, 9 de junho de 1953

---

2 Serviço de Alimentação da Previdência Social. (N. do Org.)

COM A ASSINATURA DO POETA

Sou homem de livraria e em honra de serenidade reconheço que tem razão aquele amigo meu que certa vez, ao me ouvir desabafar que terminava largando tudo para ir morar na beira do Parnaíba ou na praia do Olho d'Água, espiou para as revistas que me vira comprar e contrapôs, terminantemente:
— "Deixe de faceirice. Esta conversa é faceirice como o seu presidencialismo (trata-se ele de um parlamentarista, já se vê). Você não pode morar onde não haja livraria de livro estrangeiro."

Era, evidentemente, exagero do moço; porém, que hei de fazer, negar não posso, quando saio um pouco do Rio não me dou por inteiramente regressado antes de ter percorrido as livrarias, parado na Freitas Bastos para ver as novidades estrangeiras com o Oliveira, subido nos altos pela rua da Assembleia para ver se há antiguidades brasileiras nas mãos do Santana, batido os olhos no anúncio do Braziellas, verificado com o Antônio, na Livraria Guanabara, os saldos franceses e enfrentado o elevador da Livraria Internacional para um mergulho nas edições italianas. É todo um longo perímetro que venho correndo a pé, um pouco sem método, quando a rigor deveria começar conversando com o Nilo na Livraria Ler, no começo da rua México, e terminar atravessando, com notório perigo de vida, a avenida que mantém o nome fatídico para aprender um pouco de bibliografia brasileira com o doutor J. Leite, na rua Marechal Floriano, ou para subir os dezoito andares que levam à Livraria Leonardo da Vinci, onde o franco é barato e a convivência sorridente. Acrescentarei mesmo que esses dezoito andares já mais de uma vez subi não sozinho, mas ensinando o caminho a outros; e entre eles um dos meus meninos, que participou de um sorteio de Natal com a incompetência e o azar que a mim próprio trazem afastado de qualquer espécie de jogo. Pedro nada ganhou, mas como prêmio de compensação deram-lhe um livro, e mais outros, um para cada irmão: chegou em casa triunfante. Advirta-se que esse hábito do sorteio não é, infelizmente, diário; mas o leitor, se subir àqueles mundos, pelo menos não perderá o tempo.

Há uma livraria, entretanto, a que vou diariamente, e não sou o único, que o digam Eneida, CDA[3], Francisco de Assis Barbosa, tantos outros. Entro na rua São José e vejo, primeiro, se nos dilúvios da Casa do Livro há alguma coisa que Cristóvão me possa vender. E caminho para a Livraria São José, onde Carlos Ribeiro é *"duca, signore e maestro"*. No nome da casa já encontro uma fidelidade dele: à rua onde foi caixeiro de livro e que um mau destino despovoou dos sebos, que lhe davam caráter. Ao entrar, confiro outra prova de firmeza: ninguém mais é positivista no Brasil, porém (para que, meu Deus?, indago, mas respeito o homem fiel) a primeira estante da Livraria São José é de catecismos positivistas, biografias dos patronos dos meses no calendário comteano, além das obras completas de Comte, Miguel Lemos, Teixeira Mendes e Littré. Ali está Carlos Ribeiro e naquele oceano de dezenas de milhares de livros, sabe o que tem e pode guiar com bom juízo crítico.

E vejam a vantagem de morar no Rio: poderei amanhã sentar-me na Livraria São José, enquanto Manuel Bandeira autografar exemplares do *Itinerário de Pasárgada*. Alguém me disse um dia destes que da vez anterior não quis ir, não foi: receava a fila. Tive de explicar que não houve fila antes, não haverá agora, e acrescentar, que em vez dela haverá vinho do Porto, servido aos fregueses velhos (só aos velhos) pelo Carlos Ribeiro. É certo que Bandeira já não é aquele poeta desconhecido que vai para quarenta anos, pagava trezentos mil-réis pela impressão de duzentos exemplares da *Cinza das horas* nas oficinas do *Jornal do Comércio*. E também não se está mais no tempo em que Ronald de Carvalho, jovem crítico muito promissor, gênio que despontava, dizia diante do poema "Debussy" saber (depõe Pedro Dantas) de um poeta francês, o senhor Guillaume Apollinaire, que era dado

---

3 Carlos Drummond de Andrade. (N. do Org.)

a coisas do mesmo gênero, somente esse senhor Apollinaire tinha em seu favor a atenuante, que faltava ao senhor Bandeira, de ter sofrido uma trepanação... Não, a glória de Bandeira se tornou universal e irradia serena e simples. Vá buscar seu exemplar autografado do *Itinerário de Pasárgada*, meu amigo. Você verá o poeta, com seu ar enxuto, limpo, na linha de Mallarmé, não de Verlaine. Você o verá conversar e rir, contar como há tempos Arquimedes de Melo Neto organizou venda idêntica e apareceu apenas uma colegial, mas o livro que trazia para o autógrafo era uma Geografia escolar... E poderá repetir a si mesmo esta palavra de Hermann Melville a Nathaniel Hawthorne: "Sinto que deixarei este mundo com menos amargura, depois de tê-lo conhecido. Conhecê-lo me dá a certeza, mais que a Bíblia, de nossa imortalidade".

Diário de Notícias, 16 de junho de 1953

SURRA EM CAPISTRANO

*H*á um quartel de século, nestes meados de agosto, morria Capistrano de Abreu, o homem que mais soube o Brasil no seu tempo, e que sendo um sábio era também um artista, um escritor como não temos tido muitos. Menino quase, fora amigo de José de Alencar (ia a pé de Santa Teresa à rua São Clemente para conversar com Alencar já velho e desiludido); homem-feito, foi amigo de Machado de Assis. E sua prosa tem um pouco de ambos, a música numerosa de Alencar, a síntese sábia de Machado.

A folhinha, no velho porão de Botafogo que o viu morrer, guardou longo tempo a data de 13 de agosto como dia aziago. Mas o fim de Capistrano foi sereno, e a uma jovem amiga disse ele, pouco antes, esta meiguice que é quase um madrigal: "Sentai-vos, carícia!" Assim se extinguia aquela grande luz: era um velho perto de morrer que dizia esta coisa de suprema delicadeza.

A vida, entretanto, nem sempre lhe fora suave.

Li, ainda agora, a excelente biografia que lhe dedicou o senhor Pedro Gomes de Matos e que o autor me remete de Maranguape, no Ceará, berço de Capistrano, que ele amava. Não é ainda a obra definitiva, que Capistrano mais dia menos dia haverá de ter; nem a isso aspira o pioneiro que desbrava o terreno, que ergue a casa inicial. Outros virão depois, mas nos ombros largos do senhor Pedro Gomes de Matos terão de subir para desbravar o horizonte. O documentário reunido, sobretudo quanto à repercussão dos contemporâneos da figura e do pensamento de Capistrano, é farto. O senhor Pedro Gomes de Matos restabelece a verdade em pontos confusos e faz melhor: como convinha numa biografia de Capistrano, a si próprio retifica nas notas finais...

Vê-se aqui o menino Capistrano solto no campo, um coqueiro que plantou e as notas que mereceu no seminário: comportamento, sofrível, medíocre, sofrível, mau; latim, medíocre, sofrível, medíocre, e se sobe num mês a bom logo cai para medíocre; português, medíocre três meses seguidos, depois bom, logo sofrível, depois medíocre. Bom mesmo era em aritmética e catecismo. E boa também, invariavelmente, a saúde do pequeno sertanejo, que aos setenta anos, na doença final, diria a um amigo; "Nunca pensei que eu pudesse morrer!"

No livro de matrícula, no Seminário Episcopal do Ceará, existe esta nota: "Em julho de 1866 foi aconselhado ao pai do referido aluno que o retirasse por algum tempo a fim de o emendar de sua preguiça e vadiação".

O senhor Pedro Gomes de Matos põe dúvidas sobre a versão, recolhida por Leôncio Correia, quanto ao motivo que levou os padres a expulsar Capistrano. Reconheço que as datas não se ajustam bem à história, mas não quero deixar de registrá-la tanto ela me parece "verdadeira" na essência.

Era professor de matemática de Capistrano um frade de grande queixo, objeto de constante mangação dos alunos. Um dia chamou Capistrano e lhe pediu que formulasse uma regra de três. Capistrano armou a proporção: se Sansão, com a queixada de um burro, matou mil filisteus, quantos de nós não mataria o padre Fulano, com seu próprio queixo?

Expulsaram-no. Tempos depois, o pai de Fausto Barreto, vizinho do major Jerônimo Honório de Abreu, riscou no terreiro da fazenda e viu Capistrano amarrado no tronco dos escravos, açoitado por dois deles, com as costas lanhadas, ensanguentadas. Foi ao seu grito de "basta!" – intercedeu pelo rapazinho como por um escravo – que o pai de Capistrano mandou cessar o suplício, e explicou que o menino insultara um sacerdote de Cristo.

Nessa noite Capistrano fugiu para o Rio.

Como conciliar essa versão com a outra, que dá José de Alencar, deslumbrado com o saber do moço que encontrara em Maranguape, dobrado sobre o cabo da enxada, aconselhando-o a vir embora?

De qualquer forma, porém, não é esse o momento mais emocionante do livro (e da vida) de Capistrano. O que há nele de mais forte é a frase de uma carta do velho historiador à filha Matilde, sobre a morte do filho Fernando, que desde os cinco anos vivia na sua companhia do viúvo e a quem dera o apelido de "Abril". Aos trinta anos, o moço morre. E Capistrano à filha: "Consolação não quero nem preciso".

A dor, cristalizada, fez-se poesia.

Tribuna da Imprensa, 17 de agosto de 1953

O VELHO ODYLO

Aqui em casa o menor dos meus homens, que caminha para os três anos, já canta o "Januário", "louvado" do amor filial de Luiz Gonzaga sobre o pai, também sanfonista.

"Luiz, respeita os oito baixos de teu pai. Tu podes ser famoso, mas teu pai é mais tinhoso e com ele ninguém vai..."

É muito bom ouvir isso para quem tem pai vivo; e eu – me perdoem os que não estão nesse caso – meu pai entra hoje na casa dos oitenta.

Não o temos conosco. Depois que perdeu sua companheira de quarenta anos foi morar na sua vila de Flores, em frente à cidade natal de Teresina. A casa é de taipa, porém coberta de telha. Na varanda grande que abre para o quintal, mudou os tijolos por ladrilho, numa das vezes em que as filhas que moram no Rio prometeram ir vê-lo. Mora ali sozinho. À noite, deita-se cedo; mas permite que até às dez horas as pessoas da vizinhança, contanto que não o convoquem, venham ouvir rádio na varanda, e até, se são moças, que dancem. Confortos da civilização? O rádio (que um dos meus cunhados montou para demonstrar quanto vale o ensino técnico do Exército) e a luz elétrica, que vai até às onze horas. No mais, algum (bastante) incômodo das amplificadoras locais, duas, uma do Vitorino, outra da oposição, que se alternam nos horários.

É um fim de vida, reconheço, e eu próprio, às vezes, me dá vontade de jogar-me para lá, e já que não o posso trazer de volta, ir morar com ele naqueles sítios de minha infância, bebendo água do Parnaíba, trazida pelo velho Marcionilto, bêbedo mas bom sujeito. Talvez fosse esse o meu primeiro dever, em vez de ficar por aí a falar mal do governo. Cada um de nós tem, porém, o seu destino e o seu pecado.

Oitenta anos foram bem vividos. Ainda foi escrava quem o amamentou, e ele atribui a saúde de que goza ainda hoje ao leite da velha Inácia; mamou três anos. Viu o cativeiro e a abolição. Um dia – era na República – o mineiro Álvaro Lima presidia a antiga província, o rapazinho foi fazer um discurso na sua vista. A certa altura, esqueceu o decorado, não se embaraçou: meteu a mão no bolso, sacou as tiras, continuou a peroração. Não era enfática. Álvaro Lima gostou daquilo, perguntou ao meu avô: "Por que não manda o menino estudar?". Meu avô queria, não podia. Álvaro Lima licenciou-o por dois anos com vencimentos integrais, no lugar de amanuense da secretaria de Estado (obtido por concurso) e mandou pagar adiantado. E meu pai veio para o Recife, onde, como convinha, foi antiflorianista, embora prudente, desde que viu um companheiro desaparecer do dia para a noite em consequência de certos excessos de opinião.

Mas me desculpem estas coisas pessoais. Se não quiserem ouvir, larguem a leitura.

Meu pai chegou formado, a situação do Piauí lhe era adversa. Meu avô queria vê-lo magistrado. Foi ser magistrado em terra maranhense. Andou a cavalo léguas e léguas no sertão, foi promotor em Alcântara, que já estava morrendo, e inaugurou comarcas no Balsas. Vinte e cinco anos foi juiz. Nunca usou revólver, nunca vendeu uma sentença, nunca mandou prender um adversário que não tivesse cometido crime nem deixou sem julgamento o amigo, fechando os olhos ao assassinato e ao roubo. Dá-nos pena, aos filhos (somos onze vivos), vê-lo acabar em pobreza tão grande; mas também nos dá orgulho, legítimo orgulho, saber que foi um quartel de século juiz, e nada tem.

Foi também político. A política não lhe deu as grandes compensações: não foi governador, não foi deputado federal, não foi senador. Mas trabalhou e no que fez de útil achou recompensa.

Nunca foi valente, mas sempre cumpriu serenamente o dever. Defendeu, no meio de bala, o irmão que a política obrigara a sacrificar uma vida humana em defesa da dignidade da face ofendida. Enquanto falava, no Tribunal de Justiça do Piauí, pedindo *habeas corpus*, o capanga encarregado de matá-lo lhe chegava ao peito o revólver, que afastava com um gesto para continuar a falar. Deram-

-lhe o que pedia – mas o Tribunal foi dissolvido a tiro de rifle, e empastelaram e queimaram seu jornal, a *Cidade de Teresina*.

Dos seus raros vícios, aliás, esse de jornal, jornal e literatura. O outro era mesmo política. Vinha depois o amor das fainas rurais, plantar, criar, almoçar na fazenda o aferventado com pardo de matalotagem, jantar à luz do lampião, enquanto na mangueira próxima cantava a mãe da lua seu canto de viúva.

Ainda não tinha sessenta anos e se retirou de tudo, veio para o Rio no esforço enorme de educar os filhos mais novos. E esse dever cumpriu com sacrifício, sem amargura e com honrada pobreza.

Faz, hoje, oitenta anos. Tem saúde de velho, mas também saúde de quem nunca bebeu, nem fumou, nem jogou. Eu ia acrescentar – nem mentiu, nem furtou, e hesitei, porque são coisas que não têm nada a ver com o corpo. Mas talvez o certo seja dizê-lo também: porque a tranquilidade da consciência é que lhe permitiu vencer as dores humanas que sofreu e lhe dá um sono que, se é leve como o de toda a cabeça branca, não tem arrependimento. Ele pode olhar para trás, oitenta anos, e não tem do que se arrepender. Assim Deus me dê que eu possa sempre olhar a minha vida.

Tribuna da Imprensa, 27 de agosto de 1953

LUIZ CAMILLO

Com a morte de Luiz Camillo (como dói começar assim, mas a palavra deve ser essa, dura, severa, irremediável, e, entretanto, exata, exata como ele amava palavras, coisas e homens), com a morte de Luiz Camillo de Oliveira Netto, desaparece um dos brasileiros mais "originais" e, ao mesmo tempo, mais "brasileiros" de seu tempo. Como as velhas cidades mineiras, cujo passado tão bem conhecia, ele era ao mesmo tempo "diferente" e "exemplar", no sentido em que a marca do indivíduo não dissimulava nele um florescimento daquilo que o homem brasileiro tem de mais generalizado, aquela gentileza de trato que Saint-Hilaire encontrava nos tropeiros com quem conversava há mais de um século nos ranchos da beira de estrada, a paixão política levada até o risco, o sentido exasperado da liberdade e mesmo da solidão, a dissolver-se na comunhão familiar. Mais do que brasileiro, era mineiro. Mais poucos jeitos de ser brasileiro conheço mais autêntico do que o mineiro, tão autêntico que nenhuma caricatura o conseguiu até agora desfigurar, enquanto que nós, do Norte e Nordeste, estamos vendo versões estereotipadas da nossa gente se prestarem a todos os ridículos. Ele era, por outro lado, também, um mineiro "autêntico", cuja simples presença dissipava uma série de conceitos generalizados e inexatos, como o de que mineiro não briga, mineiro esconde dinheiro, mineiro gosta de governo.

Foi, para mim, uma coincidência que me feriu ler, num trabalho que o *Diário* publicou domingo, que o Sul de Minas está se despovoando, ler isto quando ainda não me desaparecia dos olhos a imagem de Luiz Camillo deitado em seu caixão. Será então possível que a morte desse homem – que era dos melhores de Minas e do Brasil – coincida com o desaparecimento daquela civilização a que, a meu ver, deveria tender todo o nosso esforço coletivo no Brasil: a criação de uma federação de pequenas cidades, solidamente fundadas na vida rural e na fé religiosa, onde a paixão política não apague as simpatias humanas, onde ninguém seja demasiado rico nem pobre de passar fome, onde o conforto da ciência se limite às coisas essenciais – água, luz, esgoto – e não deturpe, nem estandardize, nem corrompa o homem? Ó Luiz Camillo, ó Pouso Alto! Estará escrito que a morte do mineiro seja um sinal da morte de Minas, que a morte desse melhor entre os mineiros seja um sinal da morte do que há de melhor em Minas, daquilo em que os demais brasileiros pensávamos enquanto pensávamos em Minas Gerais? Ó Luiz Camillo, ó Pouso Alto, ó Minas Gerais!

Tenho uma carta aqui de 1947, que é a do mineiro, a do brasileiro em Nova York. "Qualquer cidade antiga de Minas Gerais ou do Piauí tem mais grandeza humana que Nova York, onde estive apenas três dias." A reação de Luiz Camillo é justamente a reação do homem da pequena cidade, do homem de Itabira diante dos Estados Unidos. Tanto quanto se sentira "feliz" na Europa – onde sua sensação era a de um reencontro, até mesmo nas terras infelizes da fronteira portuguesa, à margem das ribanceiras estéreis, onde os avós lusíadas conseguem, entretanto, plantar o vinho – ele se sentiu "só" nos Estados Unidos, reclamava longas missivas "para matar o meu isolamento e a minha solidão". Imagino que seria a mesma ali a reação desses outros homens que antes dele mais fundo conheceram o Brasil, um Capistrano de Abreu, um João Ribeiro, um Rodolfo Garcia. "Os Estados Unidos são admiráveis de longe e sem interesse de perto. A principal emoção é o enjoo. Você gosta de pontes? Então veja dezenas de pontes, com quilômetros de extensão, que cada uma custou mais que toda a dívida externa do Brasil. Você quer ver edifícios? A mesma, mesma coisa. Estradas, viadutos, *girls*, vacas, máquinas de escrever, cartões-postais, casas de dois mil-réis? A mesma coisa." E acrescentava: "Os desastres são, em sua maior parte, devidos não às dificuldades próprias das viagens de automóveis, mas ao sono do motorista, que acaba por adormecer sob a pressão de tanta estrada regular e perfeita. Não há lugar para qualquer vida isolada e singular. Tudo é estereotipado, reproduzido e multiplicado. Quando em algum restaurante você pede alguma coisa fora das normas, é um espanto e um verdadeiro terremoto. Você deve comer aquilo a que tiver direito – aperitivo, um prato principal, sobremesa e café. O aperitivo, em regra um caldo de frutas, é feito das mais estranhas coisas – laranja, tomate, *grapefruit*, fruta do mato, caldo de casca de banana –, o diabo, enfim. Se você declarar que não pode comer salada de couve silvestre, o garçom chama a Hostess, a Hostess o Assistente, o Assistente recorre ao Subgerente, este ao Gerente, o Gerente ao Diretor e ao Presidente do Restaurante. E tudo aqui tem essa imensa hierarquia burocrática, apesar da imensa força da vida democrática. É um misto de simplicidade e de ternura, de gangsterismo, de Lincoln e da mais baixa politicagem".

Há nesse texto um pouco da reação do individualista diante de uma civilização onde o individualismo, organizado pelo instinto e pela vocação do dinheiro, criou a mesmice, a monotonia infinita; mas há principalmente a "irredutibilidade" do homem pertencente a uma cultura diversa. E Luiz Camillo se horrorizava em ver que seu filho mais velho, adolescente que ainda não atingira os vinte anos, aceitara tudo, perfeitamente, com a entusiástica inconsciência com que as vasilhas novas carregam os vinhos novos.

Meu pensamento para diante do amigo é sofrer de vê-lo partir sem deixar realizada a obra que poderia dar. É um pouco o destino de outros grandes estudiosos do Brasil, o destino de Capistrano de Abreu e de Rodolfo Garcia (e ele foi um dos poucos que partilharam da intimidade deste mestre admirável). Mas Capistrano não apenas se refletiu plenamente nos *Capítulos de história colonial*, como em diversos ensaios e prefácios. E a obra completa, tomando o que ainda está esparso, avulta também materialmente. E Garcia, ao lado das anotações à *História* de Varnhagem, os estudos que ficaram, de história, brasileirismos, tudo compõe uma obra. Luiz Camillo, porém, a não ser o que Rodrigo Melo Franco de Andrade conseguiu arrancar para sua *Revista*, e um e outro trabalho de pesquisa, a vida, o dever de viver, a passagem pela conspiração política, os cuidados que lhe absorveram os anos de doença, impediram que o instinto do historiador suplantasse nele o enfado, eu ia escrever a preguiça, mas seria inexato, do escritor. O que se perdeu! Dizia-me Rodrigo que o conhecimento de Luiz Camillo das coisas do Brasil era ainda maior do que o de Capistrano; porque das fontes impressas lera tudo o que Capistrano conhecera; das manuscritas, localizara, identificara, decifrara, analisara ainda mais; e ainda não chegara aos cinquenta anos.

Não era, porém, apenas o passado do Brasil que preocupava Luiz Camillo. As interrogações e as angústias do presente se projetavam para o futuro nas suas insônias. Estará o Brasil condenado a desaparecer? Poderá conservar, já não direi as formas, mas o espírito, o jeito de ser, a unidade, a paz, a religião de seu povo? Não desaparecerá no apodrecimento das elites e na miséria dos pobres? Na morte de Luiz Camillo, não seria o caso de reviver a palavra de Jackson Figueiredo, aplicando ao Brasil o pensamento de Leontief sobre a Rússia do século XIX? "Congelai o Brasil para que não apodreça!" Mas já não é possível congelar, não é possível deter o *processus* revolucionário. Que ele ao menos não seja uma desagregação, que ao menos não seja a guerra civil, que os sofrimentos não tomem a máscara do Apocalipse, que os nossos filhos sejam poupados, que o Brasil sobreviva.

Diário de Notícias, 13 de setembro de 1953

ANÚNCIOS

Não seremos numerosos, os que lemos anúncios por puro prazer do espírito, mas temos a nosso favor o exemplo de um grande poeta, João de Deus, que em certa fase da vida só lia a *Marília de Dirceu* e anúncios e se vangloriava disso para Jaime Batalha Reis e Antero de Quental. Não me arrependo de os ler, e ainda esta semana me aconteceu isto: lendo um anúncio encontrei um homem.

Não me refiro ao autor deste aviso, que o *Correio da Manhã* de domingo destaca nas suas frases da semana: "No intuito de evitar equívocos, reitero a todas as pessoas de minhas relações que não sou doutor nem bacharel. Não possuo nenhum título, nem mesmo o de jardim da infância, pois que, a meu tempo, a devastação florestal não permitia jardim, e na minha infância, esta não houve, porque pobre não tem infância."

O anúncio é estupendo, mas à sua parte final sobra em literatura o que falta em verdade. Pobre também tem infância, e basta a leviandade desta negativa para que eu retire do senhor Dielson Pereira de Lira Vaz minha simpatia, que ele conquistara com o primeiro período, e passe a ver nele um escritor, aliás de boa qualidade, mas não esta coisa essencial: um homem.

Homem é o que anunciou um Renault para vender, novo, por vinte e cinco contos. E prevendo que o leitor desconfiaria, acrescentou logo: "Motivo: o dono não saber dirigir". Ó desconhecido, ó modesto, teu nome deveria figurar nas manchetes, porque és um raro. A verdade não te faz medo, mesmo quando te diminui. E não te falta nem a capacidade boêmia de sonhar – que te arrastou a comprar um carro novo sem saber guiar –, nem a rude coragem moral de reconhecer na frente do mundo a realidade.

Restar-te-ia considerar que não é das artes menos difíceis, a que confessas ignorar. Talvez sejas tímido: mas quem não o será entre os lotações que apostam corrida nas pistas para o Leblon? E quem não se perde no desenho de tanta lei? Já se foi o tempo em que Kidder e Fletcher faziam do tráfego nas ruas estreitas do Rio modelo para Nova York, e queriam que a exemplo da mão e contramão nas ruas do Ouvidor e do Rosário, os carros descessem a Broadway e subissem Greenwich Street. Mas isso era em 1854. Hoje o mundo é outro, marchou um século de progresso. As coisas não são fáceis.

Duvido, entretanto, que te creiam. Desacostumamos de ouvir a verdade. Quem abre mão do carro que não sabe dirigir? E tu, ó raro, já imaginaste o que sucederia se esse princípio se generalizasse? Queres, por acaso conspirar contra as instituições? Insinuas que doutor Getúlio Vargas deve deixar o Catete? Não, meu caro, guarda teu carro ou, antes, traze-o para a batalha de todos os dias. Não haverá mais desastres por isso, tranquiliza-te; e não corres o risco de inserir maliciosamente na filosofia da vida cotidiana, com tua sede de absoluto, um princípio dissolvente de negação e de ruína.

***

AVISO AOS LEITORES – Hoje, às 6h, na Livraria São José, Manuel Bandeira autografará exemplares de *Itinerário de Pasárgada*.

Diário de Notícias, 7 de abril de 1954

DIA DAS MÃES

Realmente, nesta casa existe ampla liberdade de pensamento. É o que acabo de verificar. Tenho minhas restrições ao Dia das Mães, mas na verdade cada qual aqui cuida de festejá-lo à sua maneira. A primogênita decorou no colégio alguns versos franceses; a que, aliás, opõe certas reservas: devem ter sido feitos para mãe de um filho só, que pode beijá-lo com excessos de ternura provençal. Mas a quem tem seis filhos, que tempo resta para essas expansões? Implica também a menina com expressão *"petite maman"*, que traduz ao pé da letra e não se harmoniza com a alta estatura materna. Teresa de Jesus, porém, essa não se limitará às recordações espirituais: já um dia destes, na hora de ir para o Jardim de Infância, local apropriado para as pessoas que indicam os anos vividos com a mão aberta, caiu no choro, jogou-se ao chão. Sugerimos que não fosse, aumentou o pranto. Queria ir; mas não podia ir sem levar o presente que teria de dar à mãe, mas que a mãe não devia saber qual era. Depois de longas conversações, chegou-se a um acordo: o irmão, que tem o nome paterno correu à farmácia, onde tem intimidade, e trouxe de lá um embrulho com fita dourada. A mãe forneceu o dinheiro, e não tardou o mistério se desfez, porque frequentes vezes foi obrigada a desembrulhar e reembrulhar, com infinitas precauções para não dar a perceber que vira de que se tratava de um vidro de talco, que, aliás, a esta altura já se derrama pela tampa, bastante desfalcado em sucessivas verificações. Eu próprio, se ao leitor algum cheiro bom lhe chegar por aí, é que estas mãos já hoje andaram a arranjar o papel de seda para o trigésimo embrulho, depois de grave crise – provocada pela ressalva da minha incapacidade para o ofício, que é delicado. Pedro também fez sua compra: mas a esse a mãe sutilmente soube sugerir que um vidro de talco bastava numa família e arrastou-o, por métodos sutis, a comprar uma caixa de sabonetes, que ele, aliás, expedito, resolveu entregar logo à homenageada. Julgamos que era desembaraço: era golpe. Já maquina novos presentes, primeiro – me explica – porque gosta de dar presentes e também porque gosta muito da mãe dele. Eu tento explicar-lhe que mais agradaria brigando menos, e o mais que convém, mas a nossa conversa se perde em outras considerações sobre os deveres quotidianos, que ele, depois de dengar um pouco, ataca com alegria e desembaraço, apenas estranhando que a professora chame mulher de Vavá e homem de Vivi, contra o que, revelando-lhe Vavá, jogador de futebol, sua própria experiência lhe ensinou. Consulta, por isso, a minha; e eu, infelizmente, não posso confirmar a mestra. Limito-me a dizer-lhe quanto é ampla a vida e quanto são esquisitos os nomes próprios.

Não sejas precipitado, leitor amigo, não me julgues mau filho porque escrevi que tenho restrições ao Dia das Mães. Eu te contarei que não vejo nele apenas uma hábil manobra de publicidade, porém alguma coisa de mais grave: estamos perdendo o respeito ao sagrado. Pois que é senão isso esse pecado coletivo de invocar as mães para vender mais, ainda que sejam perfumes para as mães ricas ou batedeiras de bolo, com que, a pretexto de diminuí-lo, se aumenta o trabalho das mães pobres?

Não, leitor, peço-te que compreendas. Não digo que não se anime a venda de sapatos, nestes tempos de Getúlio e preços a dançar com salários. Nem me queixo por danos financeiros: aqui em casa está se generalizando uma nova mentalidade de poupar a pecúnia paterna, sempre atrapalhada. Não. Penso é que amor de filho não se prova com presente de loja. Penso também nas mães, ricas ou pobres, belas ou feias. Nas que, neste dia, esboçam um sorriso de ilusão satisfeita, em paga da aceitação terrível da servidão voluntária nas madrastas que merecem, por amor, esse nome, resgatando preconceitos e amarguras; e naquelas, entre todas, votadas ao sacrifício expiatório, a quem Deus escolheu para confiar as crianças marcadas pelo destino, no corpo ou no espírito. Penso nas que tiveram de entregar a outras mãos os seres que geraram; e nas que toleram tudo porque o homem junto a quem estão é o pai de seus filhos. Penso naquelas de quem se pode repetir a palavra que a Nossa Senhora encontrou para aplicar o livro sagrado de uma religião que não é a do seu Filho, a palavra de Deus a Mahomet: Diz a surata: "Nós lhe insuflamos Nosso sopro, e ela esteve entre as Resignadas".

Diário de Notícias, 8 de maio de 1954

OS DOIS PRUDENTES

No estupendo perfil de Prudente de Morais, neto, que, a propósito do cinquentenário, escreveu para o *Jornal de Letras*, Pompeu de Sousa chama atenção para a semelhança física entre o neto e o avô. E ensina este truque: tirai as barbas do retrato do velho Prudente que está numas cédulas graúdas por aí e tereis o retrato do Prudente de hoje, do nosso Prudente.

Pompeu tem toda a razão. Se a gente não se apercebe mais prontamente disso é porque o avô deu sempre a impressão da velhice nas barbas brancas, no ar austero e simples de velho que soube ser, depois da agitação nacionalista e demagógica de que Floriano fora a flor cruel, o "santo varão", a cujos pés José do Patrocínio soluçou a gratidão da Pátria pacificada. Essa imagem se tornou familiar aos brasileiros: – com pouco mais de cinquenta anos, Prudente parecia velho – pois naquele tempo não se pintava o cabelo nem se rapava a cara, onde frequentemente havia vergonha.

Mas a meu ver a semelhança entre o avô e o neto não é apenas física. Prudente age sempre como se tivesse no subconsciente a presença involuntária desse modelo. Da mesma forma que em sua arte, na aparência fragmentária, há uma unidade essencial, em sua vida, na aparência dispersa, como que existe um pensamento condutor, que o faz cada vez mais livre, mais sereno, mais consciente. Raras vezes, neste país, a liberdade de consciência individual teve uma expressão tão profunda, foi usada – é a palavra prosaica, mas própria – com um sentido tão grave.

Quando vejo Prudente na sua cordialidade humaníssima parar numa charutaria da rua São José e conversar, com o vendedor ou escutar pacientemente conversas monótonas de pobres-diabos, me lembro de que o velho Prudente, no mesmo ano da proclamação da República, abalava os companheiros da capital paulista com um enérgico apelo em favor do mulato Romualdo, cabra liberto recrutado à força: parecia-lhe tão importante atender àquele simples direito individual ferido quanto às mais sérias tarefas da propaganda...

Essa mesma convicção o acompanhou até o fim, quando escrevia que era "tão nobre empunhar as rédeas do governo da nação como comparecer a uma eleição de juiz de paz". Aí não se revela apenas o sentido da nobreza da função pública, mas aquela simplicidade ordenada e discreta de quem sabe sempre o que faz. Do neto, Manuel Bandeira escreveu mesmo que nem rir ri à toa: "ele nunca ri sem saber bem do que ri, como ri e porque ri".

Leio palavras do avô, e me parecem escritas pelo neto e nestes dias que correm, para condenar "O gosto, a apatia, o torpor em que tudo, pouco a pouco, vem caindo e dormindo à volta do governo que lhe parece errado", o indiferentismo que, "em última análise, não é mais do que um servilismo indireto e silencioso", e o servilismo "dos que, esporeados pela cobiça, apregoam, na morna depressão ambiente, as virtudes e os benefícios, que ninguém vê, de uma situação funesta".

O avô e o neto sempre encontraram na plenitude do ideal republicano a aspiração política que lhes bastou. O primeiro Prudente, entre os ideólogos positivistas que queriam fazer da República alguma coisa diversa do Brasil, representou um pensamento simples de ordem e de paz, e por isso pôde desempenhar uma daquelas tarefas que Joaquim Nabuco, ainda monarquista, considerava intransponíveis pelo regime que nascia: tornou a República civil. E a Prudente de Morais, neto, esta era marcada por tantas hemiplegias do pensamento, que também lhe basta fidelidade à República para traduzir todo seu pensamento político.

Da República, chamava-se o livro de Platão, e os copistas medievais acrescentaram: "*ou da Justiça*", porque a República não se pode considerar realizada, onde existe a injustiça que opõe as dores dos pobres ao poder dos ricos. *Da República – ou da Liberdade*, foi a outra alternativa, que dramaticamente o nosso tempo nos ensinou.

Esses dois ideais – a Justiça e a Liberdade – são os do neto e foram os do avô, que na hora entre todas grave, deixou para um sobrinho querido, além de três carabinas, a pena de ouro com que assinou a Constituição de 1891, como quem deixa um bem que não se esquece.

Diário de Notícias, 5 de junho de 1954

MEMÓRIA DO COLÉGIO

*P*assei apenas uma semana em Teresina, mas duas pessoas que queria ver, trago mágoa de não as ter encontrado. Ainda fui onde moram e pedi por elas, mas a hora era imprópria e uma estava ausente. Não insisti. Não me encontrava em estado de bastante pureza para vê-las. Prometi procurá-las no domingo depois da missa – e da Páscoa. Não pude ir. Trago esta mágoa.

Nem eu sei porque escrevo isto ou se devia escrevê-lo. Escreverei, leitor, mas antes te peço: caminha um pouco mais, vai ali adiante, à coluna em que R. Magalhães Júnior te fala da vida presente. Deixa-me sozinho no passado.

Este passado, é certo, não é só meu. Mas é principalmente meu. As freiras italianas chegaram em Teresina em 1906 e ensinaram a ler a muita gente, no Colégio Sagrado Coração de Jesus. Principalmente a muita moça, curto foi o período em que a Igreja permitiu que meninos fizessem ali o curso primário. E deles creio que só eu fui aluno da então Superiora, irmã Diomira Brizzi.

Não está mais ali a freira que primeiro me recebeu. Era alta e branca, de finos e longos dedos. Nobre de nascimento, se fizera Irmã dos Pobres de Santa Catarina de Sena. Eu era desajeitado de mãos; e dessa inabilidade dei logo prova, enfiando na primeira folha do caderno que me entregaram (capa amarela, andorinha viajeira) a pena cheia de tinta, que o rasgou, manchando-me os dedos, a página mal riscada, a roupa, um desastre. A irmã Armida (chamava-se Armida e foi depois minha amiga) exclamou: – "Burro!". Caí em pranto: era opinião que nunca ouvira enunciada a meu respeito. Meu pai, em casa, deu razão ao choro, e no dia seguinte estava na aula da mestra que me ensinou a ler, a irmã

Nina, uma santa, cuja bondade não encontrava rude ou vadio que não desasnasse.

 Fui depois amigo da irmã Armida, que me ajudou a decorar o pequeno discurso com que saudei, num dia de festa, a superiora, e ficou escondida, "*tutta tremante*", o coração aos pulos. Fomos amigos; e se hoje conto o choque do nosso primeiro encontro é porque as lágrimas daquele dia, quando descem alma adentro, é que a fazem simples, pura e livre. Não foi esse, aliás, ai de mim!, o meu único mal-entendido no colégio. Cursava o último ano e era teu aluno, irmã Maria, Maria dos Pobres, não só de Santa Catarina mas teus também, que cuidavas daqueles de que ninguém se lembrava, mendigos, doidos, leprosos. Discutia com o companheiro (ou companheira? tudo se espuma no longe...) de carteira, se estava no terceiro ou quarto ano, detalhe que me ocupava muito. A irmã Maria, sorridente, me negou razão. Brincava; mas desconhecia o índio que mora em mim. Agredi-a, rápido. Lembro-me ainda do seu pasmo e o arrependimento me dói na garganta, nenhum choro bastou que o lavasse. Nesse mês, tive nove e meio de comportamento. Era pouco para o que fizera, mas as freiras me queriam bem, e mais do que a irmã Maria só a superiora. Talvez nem ela. Tinham-me, por assim dizer, traduzido o nome para o italiano, juntando-lhe o "*signore*" na abreviatura que depois abrasileiravam, num "sor Odilo", com um leve hiato, quase imperceptível, entre o "r" final do tratamento e o "o" inicial do nome.

 Ouço ainda a voz da superiora, uma voz de há trinta anos: e nem preciso fechar os olhos para ver, em vez do nobre edifício de dois pavimentos de hoje, as ogivas cinzentas da casa térrea, as mangueiras, o jardim, as calçadas de cimento, o parlatório com as cadeiras de palhinha, a bênção de Pio X. Ouço a voz da Superiora, mas de outra mestra falarei primeiro, que vi faz um lustro arrimada a um bordão, embora sempre vivacíssima a alegria de antigamente nos olhos. Fui um dos fracassos da irmã Vitorina em três anos de piano e beirando isso de desenho. Horas intermináveis de exercício, oitavas que doíam nos dedos, lá fora o pátio, o sol, as asas e cantos. A estes duros ouvidos seria impossível impor a música; e a estes dedos as formas fugiam. A irmã Vitorina, se alegremente teimou, é que participava da amizade universal do colégio pelo menino compenetrado, mas deve ter visto logo (ela que, ainda agora, com um braço imobilizado, procura disciplinar o outro, que não se entregou à doença, para não perder a alegria das suas aquarelas) que o esforço era inútil. Meu desenho não contenta aqui em casa senão à minoria das pessoas a quem se destina, sendo mesmo visto pelos três maiores com um desprezo apenas comparado pelo entusiasmo coercitivo com que me arrastam a praticá-lo Virgílio e Teresa (esta, aliás, começa a desconfiar, talvez por encontrar nos riscos do padrinho um termo de comparação que não me é propriamente favorável). E de música nem falo. Num e noutro caso, porém, foi a irmã Vitorina quem me revelou o mistério súbito da criação livre, e a base de paciente trabalho, horas a fio, com que se preparam as mãos para traduzir a alma (pensei em escrever o espírito, o certo é mesmo a alma).

A irmã Diomira Brizzi era a Superiora. Chegou um dia, resolveu ela mesma ensinar-me. Veio daí o pouco que ainda hoje sei de fundamental – e por acaso não aprendi de pai e mãe. Tive, depois, outros mestres, mas o que acrescentaram a isso foi um ampliar de círculos, o autêntico em mim sempre se repartiu entre o gosto nacional das mangueiras que davam para o gabinete da mestra e o acento europeu que descia dos seus cabelos brancos sob a touca preta. Cunhambebe, terror de gente, quem me ensinou esse nome? Ela. E a locução "consiosiacosacche", quem me disse que era detestável? Ela. De meu pai aprendi que não se separa o sujeito do verbo por vírgula, de minha mãe que Deus está em toda parte (não adianta fazer o mal escondido), mas a Superiora me falou das terras do outro lado do mar e tinha paciência com meus dedos sujos de tinta, os cadernos desasseiados.

Já não era mais seu aluno – nem do Colégio – quando lhe deram substituta e enviaram-na para a cidade do Salvador. Perdeu, um dia, a vista, e quando lhe perguntaram para onde desejava ir escolheu não as planícies da Lombardia mas as margens quentes do Parnaíba. Há cinco anos, indo por lá, levei minha filha mais velha para a primeira comunhão na capela em que, no mesmo fervor, me ajoelhara. Num recanto, sozinha, olhos fechados, muito branca – como santa no seu nicho – divisei a irmã Diomira. Quis depois rever as freiras do meu tempo: todas as que ainda estavam lá, a irmã Vitorina com seu riso de menina (já não parecia andar suspensa num raio de sol ou numa nota de música, leve, leve: agora muletas a amparavam, mas a pura alegria era a mesma), todas as outras, mesmo as que não tinham sido minhas mestras, a boa velhinha a que chamávamos de Vovó, a irmã Úrsula. Trouxeram também a irmã Diomira. Nenhum sinal de que a inteligência sofresse com a noite que chegara, pesando nos olhos. (Dizem-me agora que ainda há dois anos fazia versos, ditando-os a uma freira mais moça.) Depois, ela quis "ver" a minha primogênita. Passou--lhe longamente os dedos no rosto, "leu", "viu" cada detalhe e, em seguida, o conjunto, demorou a palma da mão nos cabelos lisos.

Diário de Notícias, 9 e 12 de junho de 1954

MONARCA DE OPINIÃO

Na desordem dos meus livros, não encontro o *Facundo* para copiar a definição do "gaúcho malo". Era com essa página clássica que eu gostaria de começar, embora o problema que me ocupe não seja propriamente definir o que toda a gente sabe o que é. Nem vou ter o trabalho de citar os que conheceram o tipo quando ainda existia, quando a denominação, glorificada nas grandes lutas pela liberdade, ainda não se estendera a todos os nascidos no Rio Grande do Sul.

Ora, sempre li que não havia mais gaúcho daquele jeito. Até no romance de Ricardo Güiraldes o nome do herói já sugere, no símbolo, que ele é justamente isso: *Don Segundo Sombra*, uma sombra do passado.

Pois o "gaúcho malo" ressurge agora no Rio Grande do Sul, num moço de sangue italiano. Quem poderia prevê-lo?

Ninguém, decerto. E muito menos o jornalista Vilas-Boas Correia. Este é um mineiro de verdade, nas qualidades mais autênticas, mais graves, mais simples da gente das montanhas, na coragem sem espalhafatos com que encara a vida e a morte, na gentileza, na humanidade, na discrição, na decência, no senso – deixem-me escrever estas palavras, que guardam, para mim, o fervor com que colegial as descobri – da igualdade, da fraternidade, da liberdade.

Ora, que fez Vilas-Boas? Cumpriu um dever de homem de jornal: ouviu e registrou o que ouviu. E daí o gaúcho desatinou a desafiar o mundo, à procura de outro valente.

Tudo é desproporcionado na reação, mas a verdadeira explicação deve ser aquela que me deu alguém:

– "Vilas foi meter a paleta e Brizzola ficou que nem manga de pedra. Resolveu quebrar-lhe o corincho para mostrar que era monarca de opinião. Já andava mesmo de marca quente com toda essa conversa. Sempre se considerou gaúcho liso e sem babado. Depois, se desta feita não endurecesse o lombo, terminava no mato sem cachorro. Palpou a faca na cintura, estava com aspa de boi brasino. Era a hora da gauchada, dessas que valem uma mão de trago, hora de provar que não era homem de aguentar carona dura ou que lhe pisem no poncho. Ia mostrar com um grande gesto que era mesmo levado da casqueira. Se Vilas-Boas estivesse ao alcance da mão, lhe passava os manoteadores e depois a gravata colorada. Mas havia de fazer tal barulho que toda a gente terminaria por comer o metediço como gaúcho de armada grande e bastante rodilhas, desses que gostam de queimar campo. E ele tirava carta de valente."

Ouvi e compreendi. Foi por isso, para que toda a gente o visse, que Brizzola saiu a insultar homens como Heitor Beltrão e João Dantas, que nada tinham com a história...

Diário de Notícias, 26 de junho de 1954

SAGUIS

*L*eio que dez saguis brasileiros vão ser mandados a uma escola dos Estados Unidos, para dar aos meninos americanos a presença da mata do trópico. Não são macacos de maus hábitos, e o velho Barbosa Rodrigues, que não era mau observador e falou com tão exata severidade dos estranhos costumes de certas castas quadrúmanas, para eles (chamavam-se então aqui pelo sul tamarindos ou mariquinhas) encontra adjetivos de louvor: são "vivos e inteligentes", "lindos e espertos".

Assim vivos e inteligentes, é bom que tenham ido diretamente do Amazonas para lá. Ainda que um desses obstinados americanos venha a inventar um meio de traduzir em língua que se possa escrever os gritinhos da pequena turba, não nos envergonharão.

Sim, não tenhamos receio de que espalhem por lá que a missão Klein errou quando declarou ao mundo – é o que leio nos jornais da manhã e vejo comentado por CDA com ar de divertido espanto – que nos sobra alimento: falta-nos, apenas, organização. Lembro-me da velha anedota do cavalheiro que, num bonde do Catete, de repente largou de mão o jornal e começou a gritar: "Cadê o patife que está com vinte? Quero quebrar-lhe a cara". Só na polícia explicou: acabara de ler que a percentagem de mulheres no Rio era de dez para cada homem. Sua reclamação era um depoimento individual, estava furtado. Não discutirei o acerto da tendência poligâmica; mas havia raciocínio na lógica com que tirava da estatística as últimas consequências.

Com a mesma lógica com que estabeleceu que podíamos exportar a esta hora carne, milho, que sei eu? poderia o técnico decidir que há bastante chão para todos. Não pensavam assim os favelados do morro da União, que dormiram na Câmara Municipal. Falou-se em ofensa à soberania do povo, mas não creio que houvesse neles o ímpeto da revolução mal escondido no indefinido das aspirações. Era antes um clamor humilde. Como se, desconfiados da pouca imaginação da maioria dos vereadores, quisessem trazer até eles a face da pobreza, seu triste jeito, por vezes agressivo, de desamparo sem remédio, seus enganos de alma, e sobretudo o sofrimento humano na expressão mais quotidiana: caras de noite mal dormida, mamadeiras de criança, colos maternos abrigando cansaços, a presença incômoda, sem levezas nem sutilezas, dos corpos, das vestes e das vísceras.

Foi bem que antes desse episódio mister Klein tivesse ido embora. Ele talvez tivesse de rever suas estatísticas; quando soubesse que em oito milhões de quilômetros quadrados só interessa aos favelados do morro da União o palmo de terra em que habitam.

Diário de Notícias, 3 de julho de 1954

O CANGULEIRO

Confesso o meu desajeito. Estou ficando velho, escrevo desde rapaz, não me lembro de ter elogiado presidente da República. Terá chegado a minha vez? Eu mesmo não sei. Sei que, diante do que se está passando no Brasil, tanta dificuldade a se criar ao senhor Café Filho, me vejo um pouco na situação do afamado conversador do Rio Grande do Norte, Vitorino da Caieira, caboclo analfabeto, cujos ditos se incorporaram ao folclore dos papa-jerimuns, e que (conta o escritor Raimundo Nonato) chegou um dia, em Mossoró, na farmácia do seu compadre João Almeida, muito afobado, cansado, assustado, tirou o cachimbo, abanou-se com o chapéu de palha, indagou:

– Compadre João Almeida, os Fernandes (a firma Tertuliano Fernandes & Cia, de cujos armazéns estava chegando), não gostam do João do Café?

– Não sei. Por quê?

– Ora, o negócio ia muito bem, porém, quando eu falei no nome do homem até o algodão baixou de preço.

O espanto de Vitorino da Caieira é o meu em face de certas incompreensões diante do senhor Café Filho.

Nunca ninguém chegou ao poder em hora tão difícil. E tão sem o desejar, antevendo, lúcido, o que ia ser. A prova de que não esperava está nisto: apesar da crise tão longa, o senhor Café Filho não pensava em Ministério. Não fizera nenhuma sondagem, não se fixara em nome nenhum. Politicamente, pode ser um erro. Moralmente, é perfeito.

Essa delicadeza, essa plasticidade, esse equilíbrio ainda mais belos porque a gente sabe que no fundo o senhor Café Filho guarda dentro de si o mesmo espírito livre, irreverente, desrespeitoso diante dos preconceitos, das consagrações coletivas e dos interesses criados que guiava a mão do menino pobre de Natal naquele dia em que mestre Clementino Câmara, em cuja residência estudava, teve de o mandar para casa (é o que narra em deliciosas memórias) para corrigi-lo do excessivo estorvamento de gestos.

O menino de Natal, nascido e criado na zona pobre de Natal, cresceu, subiu, foi voz no Parlamento, viajante no mundo, viu reis e ditadores, mares, vulcões, indústrias, lavouras. E agora preside um país que seu antecessor dividiu na vida e deixou ainda mais dividido pela morte, cumprindo uma sina fatídica.

João do Café nasceu canguleiro, filho do bairro dos Rocas, na parte baixa de Natal, a Ribeira, vasto alagadiço d'água salobra que a preamar levava até o sopé dos morros e onde – conta Luís da Câmara Cascudo – "nas madrugadas tépidas, com luar, os empregados das casas próximas tomavam banho de mar". Lá em cima ficava a Cidade Alta, orgulhosa e rica, onde nasciam os Xarias. Canguleiro era comedor de cangulo, numeroso e barato, mas criador de muque, comida de jangadeiros que enfrentavam as tormentas. Xaria se alimentava de delicados xaréus e xareletes, que podiam aguentar mais tempo fora d'água e os pescadores canguleiros levavam a vender lá no alto...

O limite das duas zonas era o Beco do Tecido e a ponte, uma simples pinguela de toros que facilitava o trânsito. Documentos do século XVII e mapas holandeses já a mencionam.

Da ponte para cima era a Cidade Alta, onde se rezava a festa da Padroeira; da Ponte para baixo Ribeira, onde acampava o circo.

Havia gritos de guerra: "Xaria não desce!", "Canguleiro não sobe!" Era uma luta social disfarçada em conflito de bairro, dezenas de anos, e desempenhada por moleques, soldados, criados, meninos de escola, com canivete, jucá, miolo de aroeira, cinto de couro. E nessa guerra o menino João tomou parte – como era do seu dever civil.

Um dia sanearam o pântano, o bondinho de burro começou a trafegar, calçou-se a ladeira que ligava as duas cidadelas. O Beco do Tecido deixou de ser o canto das emboscadas, a fronteira de batalha. A Ribeira e a Cidade Alta se conheceram, se compreenderam, se amaram. Era a cidade de Natal que realmente nascia, e é bela, na barra do Potengi com seus barcos e suas dunas.

Creio que há nessa história um símbolo para a meditação de todos nós. Bom é que esteja no governo alguém que nasceu canguleiro, sabe o que é o sofrimento dos pobres, um homem do povo, simples e bom, que se fez grande pela força da inteligência e da coragem. E ainda melhor será se ele conseguir (mas para isso todos temos o dever de ajudá-lo) unir este país, mais dividido e irreconciliável que a cidade de Natal, da sua infância...

Diário de Notícias, 28 de agosto de 1954

MENINOS NA PARADA

Os meninos são cinco (a menor não vai descer, é muito pequena) e desde cedo a casa gira em torno da parada. A mais velha, ao mesmo tempo para estar com o pai e vagamente seduzida pela antevisão do espetáculo, sacrificou uma excursão bandeirante lá para os lados de Jurujuba; e Teresa de Jesus me acorda de chapéu de papel verde-amarelo em punho, que ela própria cortou e colou (com alguma – bastante – colaboração da professora) no Jardim da Infância, a fim de que eu amarre bem esse elegante atributo com um cordão branco debaixo do queixo. Os homens estão em fila, e o mais velho muito desejoso de conhecer o meu amigo, herói da FEB[4], cujo nome é muito pronunciado nas conversas de casa.

Descemos. Santa Teresa ficou para trás quieta, porém quietas estão também as ruas laterais da Avenida. O Rio é uma cidade morta, só vive onde lateja a parada.

Enfim chegamos; lá está o amigo, parece decepcioná-los pois não tem qualquer sinal físico de veterano. Além disso, o Presidente já passou, o que os entristece um pouco. A tropa ainda não se deslocou. Espiam os tanques, querem saber como se entra dentro deles e se é possível baixar a tampa. E logo se movimentam numa intensa e ruinosa aquisição, de bandeiras, cata-ventos e sorvetes.

Começa, porém, o desfile. Esperam ansiosos os paraquedistas. Mas quando aqueles, altos e garbosos soldados, começam a passar a pergunta é imediata: "os paraquedas?" Não se satisfazem

---

[4] Força Expedicionária Brasileira. A força militar enviada à Itália para lutar ao lado dos Aliados, tendo realizado alguns feitos heroicos. (N. do Org.)

com as botas e os cadarços nem com os demais detalhes do uniforme; e a explicação de que o peso dos delicados instrumentos de salto não permitiria usá-los naquela hora os deixa, evidentemente, insatisfeitos: o que desejariam era o batalhão a despencar-se lá de cima sobre as cabeças...

Subimos a um primeiro andar, o mais moço está meio cansado, Teresa de Jesus nem tanto, os mais velhos atentos e perguntadores. Eu, suavemente, escapulo para outros deveres, e os deixo entabulando minuciosas conversações técnicas com a farda sábia sobre treinos, uniformes, armamentos, clarins, fileiras cerradas, marcar passo e outras necessidades da vida, não só de militar como de paisano...

Quando chegaram em casa, horas depois, já não me encontraram. Voltei tarde, ansioso por saber que teriam achado de mais belo na parada, carros, cavalos, soldados, bandeiras, balizas, generais.

A opinião era uma só, expressa com certo tumulto e alguma discussão, que a espírito menos avisado e experiente daria a impressão de discordância profunda. Viram um cavalinho selado que servia de mascote aos Dragões (os cinco anos de Teresa tinham pena, achavam lindo "um cavalinho perdido"): foi o de que gostaram mais. Nem generais de túnica branca, o peito brilhando de medalhas; nem canhões no estrépito da sua força; mas isto, apenas isto, um cavalinho selado sem cavaleiro. Ah! e ia me esquecendo, alguma coisa ainda mais miúda: um cachorrinho de calça e paletó...

Diário de Notícias, 8 de setembro de 1954

CARTA AO SENHOR PREFEITO

Não receie Vossa Senhoria, senhor prefeito as cartas anunciadas assim de público, desde o título, não encerram pedido de emprego. É certo que às vezes reclamam água, mas isso é manobra solerte de moradores da zona flagelada, de cujo coração, nas extremas de Copacabana com o Arpoador, saem os poetas RB[5] e CDA para a crônica diária e o doutor Café Filho para a presidência da República. Eu, não, senhor prefeito: moro em Santa Teresa, terra santa nos seus privilégios, que assiste ao drama da cidade na planície solidária, mas serena.

É justamente nessa simples qualidade de morador de Santa Teresa que lhe escrevo, senhor prefeito. Ainda que suspenso nos morros, nosso bairro também pertence ao seu dever de comando. Rogo-lhe, por isso, que ouça, em mim, um cidadão do município.

Não lhe peço muito, senhor prefeito, se bem que peça coisa delicada. Quero que seja nosso intermediário junto a um senhor destas terras. Saberá Vossa Senhoria que aqui entre nós mora uma senhora, francesa de nascimento mas brasileira pelo coração e pela maternidade, que pretende abrir uma escola, onde se ensine aos meninos de acordo com a suave lição daquela criatura que tanto amou a criança e se chamou Maria Montessori, daquela que escreveu esta palavra que se diria arrancada ao segredo da parte não escrita do Evangelho: "O adulto... acabou por crer que ele era o Deus da criança... A soberba tem sido o principal pecado do homem: substituir-se a Deus foi a causa da miséria de toda a sua descendência".

---

5 Ribeiro Couto. (N. do Org.)

Ora, pois bem, dona Clarice Ferreira da Silva começou por procurar uma casa; e, como se a mão da Providência a estivesse guiando, logo viu surgir, rosa e branca, no desembocar das ruas que deitam para a Glória, no sopé de uma colina, alto e enxuto, um sóbrio e claro palácio. Estaria sonhando? Entrou, o preço convinha, as salas eram justas, tudo perfeito. Mas o drama lhe apareceu na pessoa (aliás delicada, ainda que insistente) do procurador do proprietário. A recomendação do proprietário ao procurador era iniludível: embaixada ou família de alto tratamento; escola, jamais. E o procurador, que não procurava para si, está fiel a essa palavra. É junto dele que lhe venho pedir que interfira, senhor prefeito, e com todo o prestígio do seu cargo. Quem pede é um morador de Santa Teresa, pai de seis meninos, e neste momento três deles estão na Escola Santa Catarina e aprendem. Aprendem bastante: as professoras são capazes e dedicadas, e se cobrem de êxito, muito embora só elas saibam quanto lhes falta de ajuda (há sobretudo um refeitório quente e rude que envergonha). Enfim lá estão, lá aprendem e aprendem sobretudo que nesta terra todos são iguais, ricos e pobres, brancos e pretos.

Não é, pois, meu problema direto que me leva a pedir que fale ao proprietário da casa da rua Almirante Alexandrino (sempre me escapou o nome da rua). Não nego que terei de mandar alunos para a escola de dona Clarice; mas há nisso, ainda, interesse público, que é o das vagas que deixariam na aula pública.

Penso, sobretudo, em dona Clarice, e se Vossa Senhoria a conhecesse não estaria eu aqui a gastar tempo. Já Vossa Senhoria teria telefonado ao proprietário ou ao procurador; e para servi-lo tudo estaria arranjado.

Digo-lhe que se Vossa Senhoria a conhecesse eu não precisaria pedir. E Vossa Senhoria me compreenderia melhor se a ouvisse, com sua voz firme e forte diante do Senhor, puxar as rezas da missa das seis horas, aos domingos, aqui na nossa paróquia: Vossa Senhoria haverá de ceder à doce intimação daquela, que, dando à língua carioca o sotaque dos vinhedos e montanhas da França, revela o segredo da comunhão universal de uma Igreja que não distingue nações ou raças, mas se dirige ao coração de cada homem.

Dona Clarice é bem a mulher que aquela voz anuncia. Nada a faz recuar, e deixo este aviso ao proprietário da casa cor-de-rosa e ao seu delicado e insistente procurador. Aí por volta de 1939, ia ela fazer seu licenciado na Sorbonne, quando rebentou a guerra. Que fazer? A França curvou-se ante a obstinação da moça distante, e Clarice licenciou-se daqui de longe: defendeu tese via aérea. E como este episódio há outros, sem conta, daquela vida de luta – e de esperança.

Ora, se a própria República Francesa, passando o mar povoado de submarinos e sereias, cedeu ante a gentileza dessa teimosia, que haverá de fazer Vossa Senhoria, senhor prefeito, se Clarice lhe bater à porta? Poupo-lhe tempo com esta carta, que, por mais longa que seja, lhe tomará menos horas que a inútil resistência.

Dê-nos mais uma escola em Santa Teresa, a primeira pelo método Montessori. Fale ao procurador ou ao proprietário que menino também é gente, embaixador de outro jeito: eu quase escrevo que representa Nosso Senhor, mas sobre isto as opiniões divergem.

Vejo que vai atender-me. Faz bem, fica em paz com a consciência de prefeito e com o coração de homem. Atenda. Aqui lhe deixo o nome do proprietário. Chama-se Alim Pedro.[6]

Diário de Notícias, 15 de setembro de 1954

---

[6] Alim Pedro era justamente o nomeado prefeito do Rio de Janeiro (Distrito Federal). (N. do Org.)

HISTÓRIA

É pena que de história não se possa dizer o mesmo que do ouro: ouro é o que ouro vale, história não. Assim como há uma verdade de cada um, há também uma história de cada um. E o pior é que verdades há muitas, mas Verdade mesmo uma só; mas história, quem dera!

Tomo o dia de ontem, visto de cada ângulo, que diferença!

Do ponto de vista coletivo, houve, é certo, alguns fatos: a derrota do getulismo no Rio Grande do Sul, episódio semelhante à ascensão de Sarmiento e Mitre depois da queda de Rosas. E parece que vai haver também a vitória de Jânio. Mas aqui o coletivo, para mim, se confunde com o individual. Encontro nas anotações de leitura de Montesquieu referência a uma peça, passada em Delfos, peça em tudo medíocre, diz Montesquieu, mas onde se salvam três versos que achava belos. O último deles (talvez por influência do assunto mas parece mesmo profecia) se prende à história de um criado que se disfarça e toma o lugar da pitonisa. Fazia contorções diante do povo e:

"*Je sentais leur respect croître avec ma folie*".

Vimos isto aqui com Jânio (e alguns outros): quanto mais crescia a loucura deles, mais aumentava a admiração dos povos.

Jânio pode ter importância para nós, geração angustiada de homens feitos. Para os meus meninos, porém, o importante é coisa diversa. Aqui nos altos de Santa Teresa a ronda passou a ser feita a cavalo. E eles não fazem mais nada senão correr, noite adentro, para a janela, cada vez que na treva ressoam as ferraduras. E são exclamações de espanto: – "Agora vão a toda!", "Agora vêm devagarinho!" Pedro, muito preocupado com o problema da presidência que acaba de descobrir (ele julgava que "Getúlio" era o nome específico dos presidentes) me pergunta se o senhor Café Filho (o Café, como ele chama, muito íntimo) pode aumentar a ronda para cinco ou mandar que se torne diurna. Eu decepciono seu entusiasmo de sete anos avisando que não, não pode tanto, sem motivo próprio. Mesmo dois, apenas, e à noite, continuam, todavia, a arrastá-lo da cama. História, para ele, está sendo isso.

Para a primogênita, não. Ela consegue me lançar na pior impaciência revelando-me esta pergunta do seu compêndio escolar: "Que aconteceu a 13 de maio de 1822?" Explico-lhe que 13 de maio de verdade só há um, e foi em 1888. Mas ela me traz o livro, aqui está, com todos os números, a indagação. Mas não é só essa, dezenas de outras, que começo a descobrir, história do Brasil adentro. É a irrelevância transformada em datas e fatos, para esmagar as inteligências na hora de dar flor.

Como era o nome da filha de Tibiriçá, que casou com João Ramalho? Qual o apelido de Anchieta? Por que D. Duarte da Costa não foi feliz no seu governo? Por quê? Quem sabe, quem jamais saberá?

Adeus, leitor. Envelhecer às vezes é triste; mas não quando a gente pode festejar ter escapado desse arame farpado, em forma de indagações, reticências, claros a preencher, palavras a riscar, sobre quanto porventura existiu de insignificante, episódico, superficial no passado deste país. Não sei se, por esse sistema, estaremos formando, para o futuro, homens e mulheres com a noção da profundidade da Pátria. Teremos, porém, com segurança, memórias gordas como presunto de festa, enfeitado com flores e laços de papel de seda, memórias que será possível cortar em fatias bem fininhas, ótimas para a decifração de palavras cruzadas, para a resposta dos "foto-testes", para a vitória dos quebra-cabeças. Exercite sua memória: não teremos um espírito nacional comum, mas prosperaremos numéricos, nomenclaturais – e felizes.

Diário de Notícias, 9 de outubro de 1954

MOÇA DO PARÁ

*E*ssa moça de quem falo nasceu mesmo no Pará. Tinha muito orgulho disso, em menina: de ter nascido não propriamente no Pará, mas na beira do Amazonas. Lia nos livros (aos quatro anos pegaram nela, levaram para a escola): "Quanto mais cedo esta menina aprender a ler melhor. Assim talvez sossegue." aprendeu a ler, cresceu, não sossegou e se sentia particularmente orgulhosa e feliz. Ficou sempre criatura fluvial, o Amazonas, o Capibaribe, o Sena, fluvial e marítima: o oceano Atlântico também é seu. Não todo ele, é certo: o pedaço que vê do "seu" pequeno apartamento, na "sua" rua de Copacabana. Uso o adjetivo possessivo e o artigo por imposições de exatidão, muito embora saiba que gramaticalmente não é solução perfeita. Mas é que Eneida – porque se trata dela, o leitor já percebeu sob a sedução mágica desse encantamento geográfico – o Amazonas, Paris, um quarteirão no Rio, à beira do mar, entre arranha-céus – Eneida, como eu ia dizendo, de tal sorte individua seres e coisas que chega a lhes dar logo nomes próprios, mesmo aos bichos. E também se apodera deles, "o meu amigo", "a minha cidade", "a minha terra", "o meu rio". Às vezes seu exagero chega a colocar, depois do nome próprio, a posse e a qualidade. Exemplo: "Drummond meu amigo" (pag. 26 de *Cão da madrugada*, crônicas, 1954, José Olympio Editor), ou "O Amazonas é meu irmão" (pag. 22).

Mas foi o Pará que a marcou. Paris lhe deu certo jeito viajado, o Rio uma rua, alguns amigos, uma profissão (cansativa profissão, entretanto amada, esta que de tal forma incorpora à nossa vida seus instrumentos de trabalho que Eneida pôde abrir seu livro de crônicas com uma elegia, extremamente comovida, à máquina de escrever que a acompanhou através de mares e terras), o sofrimento pelas ideias, mas gosto de pensar que foi o Pará que a identificou para sempre, que a fez diferente e deu a seu nome, que não é único, embora seja raro, o dom de, entre tantas Eneidas, marcar uma só.

No Pará foi que sua mãe – de quem ela fala sempre com tão exaltada saudade – lhe ensinou que não se brinca com os sonhos, os desejos, as dores das criaturas. No Pará viu "seu" rio (águas barrentas) e carnavalescos com corpos e cabeças pintados de branco com farinha de trigo. No Pará conheceu Dona Emerenciana, que achava a palavra "fígado" difícil de pronunciar, criava outra: "fígdalo", e cheirava a bogari. No Pará havia banho de cheiro, pajés, iaras (a porção peixe do corpo lhe dava pena, pobres Iaras). Remo se chamava jacumã. Garças brancas, guarás vermelhos, açucenas, grandes dálias de cores lactas nos jardins. As moças têm nos cabelos jasmins e patchulis. Um amigo meu foi rapaz por lá, se apaixonou por Eneida em flor estirada em grandes cadeiras de balanço à sombra das mangueiras (não receie, Eneida, jamais revelarei pijamas amarelos, de seda). Nunca teve coragem de falar-lhe: ela lia, fazia versos (usava tinta, verde, da cor dos seus olhos e das águas do Tocantins). Acabava de sair do colégio interno ("é preciso mandar esta menina para o colégio interno. Vive dançando, dança todo o dia").

Eneida cresceu, a vida rodou, Pará, Paris, pararás? Não, não lhe foi possível mudar o mundo, mas sua dança não parou, às vezes um pouco triste e ensombrada do sentimento do humano e da injustiça. Viajou, sofreu, teve amigos, perdeu mãe, irmã, e aquela a quem chamava de dona Flor e a quem queria, deu a um papagaio o nome de José, sabe também rir. Mas é sempre a mesma moça do Pará. "O Pará é uma coisa danada. A gente procurando bem, ele está em tudo", dizia-lhe a cozinheira Graziela, que tem o apelido de Dona. E com razão. Foi o Pará, no que tem de mais saboroso, que se escondeu para não morrer no *Cão da madrugada*.

Diário de Notícias, 23 de outubro de 1954

AS BAIANAS

Creio que o início de tudo foi a queda do o "h": pois se, Bahia, por motivos tradicionais, sempre o conserva, porque não haviam de mantê-lo as baianas?

Falo muito especificamente das baianas de tabuleiro, não das demais; e comigo admitireis, decerto, que, tendo perdido o "h", não era muito evitável que perdessem os tabuleiros. Em matéria de tradição, não há começo sem fim; e vendo ir-se as baianas, temo por Santa Teresa.

Leio que foram razões de higiene, as que prevaleceram no ânimo das excelentíssimas senhoras autoridades. Era mais ou menos idêntico o ponto de vista do príncipe Maximiliano de Neuwied, que em 1817 andou pela Bahia, se queixou: "de cada lado da rua, veem-se os fogareiros que as negras conservam sempre acesos, para cozinhar e assar as gulodices, que vendem aos seus compatriotas, e que nada têm de apetitosas". Anos antes, no entrar do século, Luís dos Santos Vilhena não continha seu nojo: "Não deixa de ser digno de reparo o ver que das casas mais opulentas desta cidade, onde andam os contratos e negociações de maior parte, saem oito, dez e mais negros a vender pelas ruas, a pregão, as coisas mais insignificantes e vis; como sejam iguarias de diversa qualidade, v.g., mocotós, isto é, mãos de vaca, carurus, vatapás, mingaus, pamonhas, canjicas, isto é, papas de milho, acaçás, acarajés, abarás, arroz de coco, feijão de coco, angus, pão de ló de arroz, o mesmo de milho, roletes de cana, queimados, isto é, rebuçados a 8 por um vintém, e doces de infinitas qualidades, ótimos muitos deles pelo seu asseio para tornar por vomitórios; e o que mais escandaliza é uma água suja feita com mel e certas misturas a que chamam o aluá que faz às vezes de limonada para os negros".

Dir-me-ão vocês que isto era em 1800: que em século e meio já não existe (mas não existirá mesmo?) tanto preconceito que se fale assim com desprezo de comida de negro; e que essas comidas é que ajudaram a definir a fisionomia do Brasil.

Eu sei disso. Sei que o vatapá, por exemplo, deixou de ser a "vianda tediosa" de que falava o mestre-escola Vilhena para entrar pela casa dos ricos, ser prato de estimação. Isso foi, aliás, em parte, obra da influência dos grandes estadistas baianos (no tempo em que a Bahia os dava) que tanto marcaram a vida brasileira no segundo Império. Quando o senhor Visconde do Rio Branco ou o conselheiro Zacarias iam encontrar-se com o senhor Sales Torres Homem e com o futuro Taunay na casa do negociante Barros para comer vatapá, talvez não percebessem que estavam realizando uma revolução tão séria quanto a da emancipação dos escravos. Foi graças a essa atitude do espírito que o vatapá, o caruru, o acarajé, subiram da sua degradação, foram, por assim dizer, libertados também. E de tal jeito que nas vésperas da República uma dama ilustre, surpreendida, em sua fazenda perto de Campinas, pela visita inesperada do conselheiro Paulino, providenciava depressa, escrevia à irmã: "tive um vatapá muito gostoso, que foi apreciado".

Assim, lentamente, foi-se estratificando, nos hábitos nacionais, a cozinha baiana. Mas não a impuseram só os políticos e as donas de casa. Exiladas de sua terra, as moças do tabuleiro eram uma espécie de defensoras dos segredos culinários da Bahia. De vez em quando, porém, sempre aparece alguém a zelar pela higiene dos mundos; e ai das baianas, se joga contra elas, em nome de Pasteur e dos micróbios, com o mesmo furor do mestre-escola Vilhena...

Diário de Notícias, 8 de dezembro de 1954

O REPÓRTER E A REPÚBLICA

Assinava-se com os mais diversos pseudônimos e viu mesmo algumas das suas colunas de jornal (naquele tempo não se chamava ninguém de colunista) atribuídas a este e aquele. Frequentemente, porém, o nome jornalístico era o mesmo parlamentar: – Dunshee de Abranches, abreviatura do sonoro e heráldico João Dunshee de Abranches Moura, em que se espelhavam traços de uma vocação preservada através do tempo desde Garcia de Abranches, o Censor, nobre português mudado em ourives de profissão na velha São Luís do fim da colônia, que ousou enfrentar, de cabeça erguida, o Lord Cochrane mais os seus marinheiros. É esse o nome de Dunshee de Abranches o que vem no volume V das *Obras completas*, que a mão filial está editando. É a continuação das *Atas e Atos do Governo Provisório*: são agora as *Atas e Atos do Governo Lucena*, mas o título principal é o do drama histórico que o jovem repórter viu de perto: *O Golpe de Estado*.

Tinha então Dunshee de Abranches vinte anos. E era, de certa forma, um antecipador da moderna reportagem política. Depois do que tinham feito Ferreira de Araújo e Ernesto Sena, era ele o primeiro a executar bem a arte de ser indiscreto, de saber tudo e contar, não tudo o que se sabe, mas tudo o que se pode contar.

Era um Rio diferente, esse Rio em que acompanhou, de carruagem, Ruy Barbosa que acabou de sair de uma reunião do Governo Provisório, a tempo de alcançar ainda (e ouvir sem que o percebessem) Aristides Lobo, Campos Sales e Demétrio Ribeiro, que, obrigados a "engolir a espada", se tinham jogado a pé pela antiga rua Larga de São Joaquim e a pé vieram até o largo da Carioca, discutindo a crise que se agravaria no dia seguinte.

No *Golpe de Estado* é possível acompanhar o jornalista nos seus contatos, identificar os homens que foram suas fontes de informação: José Avelino, íntimo de Deodoro, Aníbal Falcão, força atuante dos seus adversários, Glicério, de fora do governo, João Barbalho, ministro de Estado. Vemos quando José Avelino o arrasta para uma janela do Itamarati e lhe conta que o decreto de dissolução da Constituinte esteve pronto, Deodoro não o assinou, ou quando João Barbalho, deixando um despacho coletivo, lhe segreda ter ouvido de Deodoro, a propósito do projeto de saneamento do Rio, que era preciso, "antes de sanear a cidade, sanear os caracteres".

O que era procura de notícia cristalizou-se em pesquisa de história. A reportagem mudou-se em depoimento. Este livro torna-se, já agora, uma fonte indispensável da verdade republicana, daquela seriação episódica que no regime nascente, ainda sem presença direta do povo, é um dado imprescindível.

Encontro aqui meu velho amigo Dunshee nos seus vinte anos e lembro-me dos meus próprios, quando ele me acolheu e me quis bem. E compreendo melhor porque ele teve sempre para os maranhenses que chegavam – para mim, para Josué Montello, para Franklin de Oliveira – um agasalho tão comovido. Não era apenas seu coração de homem bom. Era que em cada um de nós ele revia um pouco de si próprio, daqueles tempos em que Bernardino de Campos, na sua presença, quis entrar no paço de São Cristóvão, onde funcionava a Câmara, dissolvida pelo golpe de Estado de Deodoro; e ante a recusa do comandante da guarda, abriu, em silêncio, o guarda-sol e em diligência atravessou o parque no rumo da cidade. Tempos confusos e heroicos, quando Floriano lançava esta palavra, tão atual: "nem ditadura nem a restauração".

***

Durante três lustros Dunshee de Abranches foi deputado. Viu, pelo mundo, mares e terras. Um dia, o Barão do Rio Branco escreveu-lhe, convidando-o para subsecretário do Ministério das Relações Exteriores: "Com a sua interinidade no Ministério, nada se alterará, a política será tida dentro e fora do Ministério como sendo a minha mesma... Parto, assim, tranquilo". Teve alegrias, lutas, vitórias. Mas talvez nenhuma delas, nem mesmo a emoção dessa carta de Rio Branco, fosse para o meu velho e saudoso amigo tão forte, tão autêntica como a sensação de estar "do lado de dentro dos acontecimentos", quando ouvia as confidências do Barão de Lucena ou de Cesário Alvim.

Diário de Notícias, 19 de dezembro de 1954

EPISÓDIO DA CURICACA

Perdoe-me o leitor que não use, para poder escrever nestes duros tempos de censura branda, dos processos em moda, apólogos sutis, a história de Brucutu ou o caso do senhor Meirelles. Sou homem de pouca imaginação e já nem me lembro se tive dezoito anos e fiz versos. Meu problema é o fato, quando não o fato presente, pelo menos o fato histórico. Neste plano tive uma decepção: escrevi um artigo sobre Floriano e Saldanha, não pôde sair. Paciência.

Não falarei, pois, de homem, presentes ou passados. Nem de ideias, mesmo as do futuro. Vou me limitar a um assunto particularíssimo, e numa esperança talvez vã: a de encontrar, entre os que se debruçarem descuidados neste peitoril da página 4, algum dos meus vizinhos de Santa Teresa, a quem devo desculpas. Eu sou aquele morador de uma casa com muitos meninos e alguns bichos; e a minha explicação versa justamente sobre um dos bichos.

Havia, no começo, jurarás (que paraenses e amazonenses teimam em denominar "*muçuãs*", contra toda a lógica verbal que neles indica precisamente a figura de jurarás), um quati, alguns paturis, várias marrecas, uma galinha-d'água e uma curicaca. Havia, também, um papagaio, que atendia pelo nome de Picolé e assobiava. Falava também algumas graças, o que não o impediu de entristecer e morrer, fazendo-se o enterro com grande acompanhamento. E um jabuti, de que ia me esquecendo, revelava as tendências humanitárias da casa, dada a circunstância de que, sendo, além de capenga, mudo e preguiçoso (passava larga parte do tempo desaparecido), foi sempre tratado com exclamações quando aparecia. Ainda agora verificamos que está largando o casco: eu quis mandar matá-lo (as soluções radicais são às vezes do meu agrado), sob o fundamento de que não é doença o que o bicho tem: foi água quente que um deles (sem saber nem querer) jogou nele, escondido no capim, com o programa inocente de matar formigas.

O jabuti não é, porém, problema. As desculpas aos vizinhos, eu as devo pela galinha-d'água.

Essa eu a trouxe de São Luís, comprei no largo do Carmo, sempre acreditei que tivesse vindo da baixada maranhense, quem sabe se dos lagos que neste tempo... Mas não me desviarei do assunto. Conhecereis decerto a ave arisca, com seus reflexos de cobre e sua ligeireza feminina no andar elegantíssimo. Aqui pelo sul chamam-na também de saracura. E lá pelo Norte nós também temos outro nome: três-potes, tradução modesta e onomatopaica da cantiga com que amanhece e entardece: tré-pot, tré-pot, tré-pot, tré-pot, pot, pot, pot, pot (o senhor Eurico Santos, que tão saborosamente escreve sobre os bichos do Brasil, me ensina que as fêmeas é que são assim pleonásticas: os machos entoam discretos: "pôt", mais ou menos um pôt apenas). O canto sobe alto; e já Fernão Cardim o definia "cantar estranho, porque quem o ouve cuida ser de uma ave muito grande, sendo ela pequena, porque canta com a boca, e juntamente com a traseira faz outro tom sonoro, rijo e forte, ainda que pouco cheiroso, que é para espantar". Não era exata a teoria do jesuíta; mas buscava uma solução racional para um grito tão desproporcionado. Toquei agora no ponto, não o deixarei escapar: é sobre isto que devemos desculpas aqui por perto. A nossa galinha-d'água tem um capricho: não canta à tarde. Corre de um lado para outro, bica o chão, descobre minhocas, em silêncio; mas é raiar nos horizontes a luz da antemanhã, que digo eu? – anunciar-se a despedida da primeira sombra, e já ela invade os espaços do quarteirão inteiro com seu repetido e espantado aviso. Pensamos em matá-la: seria injusto. Que culpa tem ela? Os vizinhos que nos desculpem, se me lerem. Ainda nos mudaremos.

Se a galinha-d'água é, sobretudo, um problema para os vizinhos, a curicaca acaba de criá-lo para nós. É um pernalta de bico comprido, também conhecido por maçarico. Não tem grandes novidades na cor, e o canto, desgracioso mas com uma ponta de saudade do sertão, se caracteriza pelos extremos: ora se queda horas em silêncio, ora cai numa loquacidade espantosa, desanda a exprimir – eu ia dizer pelos cotovelos mas em tempo retifico –

pelo comprido bico uma cantoria monótona que às vezes pode irritar. Depois de algum tempo de convivência (trouxe-a do Piauí e foi presente do meu amigo Alcobaça, que anda a ensinar espanhol por aquelas bandas), verificamos que tinha um jeito especial para guarda do poleiro. Nas horas da sesta, habituamo-nos a vê-la coçando as penas das galinhas, que se submetiam dóceis a essa carícia, parecia conversa de ministro com deputado. Fiscalizava também as fugas e houve casos em que reconduziu algumas recalcitrantes do jardim para o quintal debaixo de vara. Creio que isso é que a estragou: verificou quanto podia, pôde ver que mandava mesmo, e agora estamos nós com o problema em casa. Deu para matar as galinhas às bicadas. Será que alguma resistência a impacientou? Outro dia, assisti quando agredia as partes costais de uma pedrês, que atravessava a quarentena higiênica entre a compra e a morte. Surrou tanto que matou. E já ontem, uma outra – que minha mulher não quis sacrificar porque era a mais bela e estava pondo – não sei que desinteligência teve com a curicaca que a encontramos de oveiro quebrado.

Que estranho fenômeno terá acontecido com a ave, até agora tão útil? Desde quando se convenceu ela de que, em vez de encantar a imaginação dos meninos e provocar estados melancólicos nos donos da casa (a melancolia da saudade), sua função é governar o galinheiro, ditar ordens às galinhas e agredi-las no caso de dizerem "não"?

Admito que queira ficar sozinha, fechar o galinheiro, talvez por ciúmes. Não sei bem. O senhor Eurico Santos que me acuda, a curicaca quer ter o quintal só para ela, o quintal e os olhos da criançada. E não são coisas más.

Quem não dá a menor confiança são as marrecas. Continuam alegres e cantadeiras, tomam banho de gamela (à falta de lagoa ou riacho) e sua conversa cordial, que é um aviso e uma saudação, nos diz, à noite, quando voltamos do cinema, que a casa é nossa e dorme em paz.

Tribuna da Imprensa, 12 de dezembro de 1955

DÁ-SE UMA CURICACA

Leio nas folhas que o senhor Jânio Quadros mandou apurar se Moby Dick, a baleia-branca, é realmente a responsável pelo mau cheiro que tomou conta do parque, onde o grande animal se deixa ver. Se for, entre o homem que a suporta, e a antiga "rainha dos mares", o professor que governa São Paulo e que, não sendo bom poeta, tem, entretanto, o senso da humanidade nas tristezas da sua condição, sacrificará o cetáceo. No fundo, é uma escolha entre os sentidos: os que têm o prazer de ver cederão ante o tormento dos que são obrigados a cheirar; porque aqueles são poucos e estes são todos: o fedor invadiu os arredores, e felizes somos de que não avance cidade, província e país, já condicionados a outras experiências.

Há, é certo, outros animais que incomodam e cuja teimosia não se deixa vencer com um simples decreto de governador ou grito de vítima, gemer de enfado ou ordem seca: "Sai daí, bicho fedegoso". Agora mesmo, nesta nossa cidade, algum instante de sono do senhor Nereu Ramos, há de estar sendo tirado não por dúvidas sobre a legitimidade de sua situação, mas pela mordida de um bichinho pequenininho, que consegue agasalho em qualquer canto, fresta, camisola, pijama ou cama, constitucional ou não. Não estou, com isto, insinuando que a pele do doutor Nereu seria mais sensível que sua consciência; mas estou mostrando enfaticamente que pulga não respeita cara nem cargo. É um ponto na unha da gente, mas ocorre acudir-lhe rápido e enérgico, senão calafetar o chão, todo, encerar vezes sem conta, queimar bombinhas suicidas, semear inseticidas, os velhos, os novos, tudo isso, nada disso adianta. É agir no momento preciso, fulminante, simples, um estalinho e acabou-se. Quem o inimigo poupa nas mãos lhe cai: é a filosofia mais direta e mais certa com as pulgas – e com os homens.

Estou, porém, me perdendo nestas considerações, quando o fim urgente desta crônica é o anúncio do título: dá-se uma curicaca. Por motivos de natureza particular, têm preferência, na ordem da enumeração, os doutores Deolindo Couto e Raimundo de Brito. Mas se nenhum dos dois quiser, é tua, leitor, a nossa curicaca de estimação. Já falei dela aqui mesmo e contei como era, grande e elegante, o longo bico monótono que a muitos poderia parecer marcial. Anos a fio, na vigília incansável, cinzenta, as pernas vermelhas se destacando em contraste com as pontas pretas das asas esbranquiçadas, a curicaca foi a guardiã do nosso quintal. Uma versão que se vai generalizando entre os meninos admite que ela se tenha viciado em comer tripa de galinha que Luiza, a cozinheira, lhe jogava. O certo é que, de acariciante como quem cata cafuné, ela passou a agressiva e intolerante como soldado de polícia do sertão dando sabrada em preso. E estabeleceu o terror.

Tentamos a coexistência pacífica. Mas é inútil. Prendê-la? Ficamos com pena. Soltá-la? É prejuízo certo. Vamos dá-la a quem tenha jardim onde possa exibir sua beleza de olhos guerreiros sem expandir seus instintos despertados para a morte alheia. E olhem que, se é presente de pobre, não é pobre presente. Trata-se de ave de linhagem histórica: já Marcgraf a descrevia na sua *História Natural* e o príncipe Maximiliano a viu passar em bando, "sarapintados de preto e branco", quando atingia pelo sertão do Rio Pardo os confins de Minas, e lhe achou a voz "forte, diversamente modulada e de modo algum desagradável".

Tribuna da Imprensa, 13 de janeiro de 1956

ZÉ DA ESFOLA FUGIU NO NAVIO

Não queiram que escreva sobre a revolta dos meninos do Recife. Estou longe, não sei direito como foi, mas cada palavra que li me rasgou a alma. Fez-se muito, bem sei, para enfrentar o amargo problema da infância desassistida; mas muito que se fez é tão pouco diante do que resta a fazer... Não tenho coragem. Não sei escrever.

Falarei, em vez, uma alegria. Estará nas bancas, esta semana, o mais belo número de revista ilustrada que já se publicou no Brasil sobre Portugal. Bem sei que elogio em boca própria é vitupério, mas – embora faça parte do Conselho Editorial da Abril – não participei da equipe que preparou a edição especial de *Cláudia* senão com o entusiasmo pela ideia e algumas indicações. O resto foi trabalho de equipe, sob o comando do próprio diretor, Luís Carta. Dá gosto ver coisa tão inteligente, exata, a informação, o ensaio, a fotografia, a "visão", tudo perfeito. Como certa vez dizia Gilberto Amado sobre escrito de seu agrado: "Igual, inimaginável; melhor, impossível".

Minto. Não dei somente aplausos e conversa. Procurei desenhar o retrato de Portugal num soneto, e escrevi sobre o fado, nascido no Brasil, e Amália Rodrigues.

Mesmo entre os que conhecem minha paixão portuguesa, haverá quem estranhe. Ora, o fado... O fado, tão convencional, não é assunto nobre.

E eu respondo contando o que aconteceu a Zé da Esfola.

O nome é esse Zé da Esfola – Por que da Esfola? pergunto. O pai era Zé da Esfola, da Esfola fora antes o avô, que esfolava coelhos. O neto, pequeno e intenso, já não o faz. Trabalha de guindasteiro no porto de Lisboa. Aqui o tenho à mesa, na taberna de Antônio dos Santos, na Alfama, é o dono da casa, nosso amigo, vem cantar para nós, com voz rouca e alma sentida, fados bem tristes. Depois saímos pelas ruas e ladeiras. Há luar. Zé da Esfola conhece pedra a pedra, becos, largos, miradouros do velho bairro. E com ele vamos a "sua" Sociedade, a Sociedade Boa União, onde toda a gente o festeja.

Ele, é o que me diz Carlos Miguel de Araújo, Diretor Artístico da Rádio Televisão Portuguesa, representa como poucos esses homens do povo, de quem nasce o fado anônimo, que não se grava em discos, mas se desfecha apenas, nalguma noite, num fim de noite, entre amadores, longe da presença do turista em busca de emoções estereotipadas.

Ora se deu que um dia Zé da Esfola, impaciente diante dos apertos da vida de estivador (era estivador nesse tempo), resolveu ir embora. O ofício facilitava a fuga. Não ia só: combinaram-se quatro, foram em casa preparar um cesto de enchidos (é o nome que se dá, em Portugal, às linguiças, chouriços, paios, salsichas, salsichões, alheiras, morcelas, em que se desmancha o porco, no frio dezembro, para manducá-lo devagar o ano todo), uns enchidos, uns garrafões d'água, desceram ao porão de um navio que partia para a América, abriram a escotilha, acocoraram-se em meio à carga. Ali ficaram, praticamente sem se mexer, dia após dia. Dias? Noites. Perderam a noção das noites: sempre era noite. No meio do Atlântico, a tempestade: águas e ventos, o barco doido, e eles a lutar com ela. Assim viera, assim passou. Só aquela vez se levantaram... De novo a sombra e o medo, a escuridão e o silêncio... Se bem me lembro, dezessete dias. Fossem sete! Quando chegaram, conseguiram sair, o dinheiro todo gastaram no táxi que os levou aos bairros portugueses de Nova York. Dispersaram-se. E Zé da Esfola começou a viver de novo, devagarinho. Passou fome, arranjou trabalho aqui e ali. Tempos duros! Mas era moço e disposto, ia vivendo, contando as horas – árvore que bota raiz num pingo de terra, em cima da pedra. Aí sua má estrela lhe apareceu na surpresa de rever um amigo, foram tomar alguma coisa. O fado brotou incoercível das entranhas de Zé da Esfola: "E se vires minha Mãe/ dize-lhe que estou feliz,/ vou vivendo bem por cá/ Se vires a Mariana/ diz-lhe que casei já/ com uma linda americana". Cantou baixo, mas bastou. Um polícia o ouviu, o interpelou. Não era cara conhecida, não tinha papéis, ora! O fado o denunciara.

Julgaram-no num tribunal americano. E devolveram o clandestino à sua terra. Em Lisboa, o Tribunal da Boa Hora o absolveu. Nenhuma política na sua fuga: apenas queria mais pão.

Esteve, depois, em Angola, voltou a Lisboa, aprendeu a manejar as máquinas do porto, ganha melhor. E já agora o filho por vezes o acompanha, nas noites da Alfama. Pois continua a atravessá-las em vigília, improvisando fados...

Diário de Notícias, 3 de outubro de 1957

CONVERSA DE PAI SOBRE FILHOS

O leitor há de permitir que, voltando a escrever neste *Jornal* cuja face ajudei a mudar, fale primeiro de mim. De mim? Também dos outros. De um tema que não é só meu, mas de quem seja pai ou por acaso tenha descansado em filho alheio olhar de solidariedade humana.

Saberá o leitor que eu tinha, entre meus nove filhos (Deus me dera essa graça de nove rostos em torno à nossa mesa), um que trazia o meu nome.

Era o mais velho dos meus homens. Tinha dezoito anos. Nele se fundiam as qualidades dos pais, sem os seus defeitos, e através dos pais, as das velhas gentes nortistas, que nos pais aportavam num lento caminhar pelo tempo da labuta rural para a convivência urbana. Tinha a minha teimosia, mas a doçura materna; e o dom da ironia, uma ironia fina e funda, mas não feroz, que lhe viera do avô paterno e em mim a vida embotara, se deixava banhar nele por uma estranha bondade, ainda mais universal e comunicativa do que a de seus avós. Intelectualmente, ao atravessar a adolescência, estava pleno, completo, formado: nada mais tinha a aprender nas artes do dizer, e tenho sobre isso o testemunho de Prudente de Morais, neto, surpreso diante de farrapos de cartas, únicas relíquias de sua mão que nos restam. Espiritualmente, sua comunicação na fé não tinha problemas, ele o repetiu ao amigo, mestre e confessor, quando não podia prever um futuro de horas depois. Socialmente, era da raça dos inconformados e, por isso, dos líderes; e duas provas nos ficaram desse clima entre ele e seus amigos: sua camisa de colegial, em que no dia da conclusão do curso os companheiros de geração deixaram escritas as dedicatórias da fraternidade, e o prolongamento, na nossa casa, da amizade desses rapazes e moças, flores do Brasil. Moralmente, a honra era sua atmosfera natural, dentro dela se movia fácil, distraído, sorridente, e sua morte, ai de mim, o demonstrou.

Pois, mataram-no. Não era soldado em guerra estrangeira nem militante em luta revolucionária. Não estava em desastre de trem, queda de avião ou cataclismo da natureza. Usava apenas esse humilde direito civil, passear com a namorada, antes da meia-noite, no bairro lírico de Santa Teresa, onde fora criado e que amava. Era um estudante de blusão com a namorada, falavam coisas simples, quando o mal lhe surgiu pela frente, e desarmado reagiu diante de um revólver, no sacrifício e na resistência. Defender a honra, própria e alheia, vale morrer? Ele não hesitou um segundo na opção. Não entregou a modesta quantia que no bolso lhe restava do primeiro salário. E não entregou a moça que dias antes, na dedicatória de um livro, chamava de "minha vida". Deu a vida.

Não escrevo isto para comover, pedir a dor dos outros sobre a minha e dos meus. Bem sei que a lição dos tempos já me devia ter consolado. Lembro-me, porém, da história de Sólon que Unamuno recorda no *Del Sentimiento Trágico de la Vida*. Sólon chorava o filho perdido, um concidadão chegou-se ao filósofo: – "Por que choras, Sólon, se as lágrimas não te restituem o filho perdido?" – "Justamente por isso é que choro", respondeu Sólon, "porque as lágrimas não me restituem meu filho perdido".

A dor – como a qualquer outro pai em hora assim amarga – foi enorme e me encontrou despreparado para ela, mas não fiz dela literatura. Pelo contrário. Zelei para que a revista, onde então trabalhava, ao refletir a indignação dos meus companheiros, mantivesse a sobriedade que lhe impunha a circunstância de ser a principal publicação do gênero na América Latina. Tal era o meu acabrunhamento que não tive então (e não tenho até hoje) a coragem material de agradecer às manifestações que em avalanche recebi, e algumas eram de antigos adversários em lutas ásperas; mas do fundo do desespero que me imobilizava clamei pedindo que salvassem os outros meninos. Porque o tiro que desgraçadamente matara o meu filho fora de um outro rapaz, mais novo do que ele, que aos onze anos cometera o primeiro furto e aos quinze se marcava com a primeira morte.

E no destino desse assassino se refletiam as condenações que pesavam sobre o futuro de centenas de milhares de brasileiros:

só no Estado da Guanabara calcula-se em trezentos mil o número dos que a lei enquadra na expressão, inadequada, mas persistente de "menores abandonados".

***

Não quis nem espero para o meu filho, herói e mártir, a glória dos intercessores, e deliberadamente desencorajei as cristalizações sentimentais em torno do drama, mas desejei ligar seu nome a alguma coisa de belo e de útil, fiel à mensagem que nos deixara, na sua última prova estudantil, na tarde que antecedera a seu sacrifício.

Nesse espírito fomos, eu e minha mulher, agradecer a Carlos Lacerda, Governador da Guanabara, meu antigo companheiro na direção da *Tribuna da Imprensa*, as visitas de amizade que ele e a esposa nos fizeram. Tinha dois pedidos a dirigir-lhes. Não mudar o nome de ruas antigas do bairro nem perpetuar em mármore ou bronze a lembrança da cena de horror. Mas Santa Teresa era um bairro sem jardins, e os outros meninos precisavam de jardins: pedi-lhe que abrisse uma praça em Santa Teresa. Não havia, também, ali, um centro que desse ocupação aos menores que a proibição legal ou as exigências do serviço militar mantêm sem emprego e as deficiências do ensino profissional deixam sem ofício: pedi-lhe que ajudasse a criar, em Santa Teresa, um centro de comunidade, ao mesmo tempo núcleo ocupacional, escola de artes, serviço de recreação educativa. Encaminhou-me o Governador, com sua prévia aprovação, ao Administrador de Santa Teresa, Doutor Filipe Cardoso Filho, que, com inteligente compreensão e amor ao burgo de sua infância, onde seu pai é médico universal de pobres e ricos, fez desapropriar um terreno naquele propósito generoso, mas ainda não pôde iniciar as obras necessárias.

Ao senhor João Goulart, Presidente da República e meu antigo adversário, fui agradecer seu telegrama de pêsames, acompanhado por dona Maria Celeste Flores da Cunha. Guiava-nos, ao lado do meu dever de gentileza, a decisão de fazer-lhe um apelo no sentido de tomar a si a solução do problema do menor em termos nacionais. O então Presidente da República foi atencioso e correto. Ali mesmo dispôs-se a criar um grupo de trabalho para sugerir as providências a solicitar do Legislativo, e propôs as medidas de emergência que dependessem do Executivo. O eminente brasileiro João Mangabeira, então Ministro da Justiça, concretizou a recomendação presidencial, que coincidia com seu próprio propósito, escolhendo, entre as figuras lembradas, sem levar em conta opiniões políticas, uma comissão de alto nível com uma única exceção, a minha própria, constituída de veteranos e técnicos do assunto.

Presidia-a o então Diretor do SAM[7], Eduardo Bartlett James. Integravam-na Dom Cândido Padin, Bispo Auxiliar do Rio de Janeiro; dona Helena Iraci Junqueira, a quem um profundo conhecimento e uma lida íntima e constante com o problema em São Paulo deram uma autoridade sem contraste; dona Lúcia Silva Araújo, na dupla condição de técnica do Instituto Nacional de Estudos Pedagógicos e de conhecedora das soluções dadas na Bahia; Luís Carlos Mancini, ex-Secretário de Administração da Guanabara, veterano de serviços sociais no País, ainda agora contratado pela OEA para funções sociais no plano internacional; Pedro José Meireles Vieira, autor de estudos e projetos especializados e, mais do que isso, Presidente e relator do inquérito do Governo Jânio Quadros sobre o SAM, inquérito desdobrado em 19 volumes, o último dos quais é a síntese de uma situação de inferno sobre a terra, em chão brasileiro; Dona Maria Celeste Flores da Cunha, Vice-presidente da Ação Social Arquidiocesana, teimosa criatura que não perde a esperança, e por fim o jornalista que perdera o filho nas mãos de menores delinquentes. E a Comissão, com o conhecimento e aprovação do Ministro João Mangabeira, convocou para aconselhá-la juridicamente outro eminente brasileiro, o senhor Prado Kelly, cujo projeto de criação do Instituto Nacional do Menor, encaminhado ao Congresso Nacional em 1955 pelo Presidente Café Filho, não foi até hoje objeto de decisão legislativa.

Ao aproximar-se da conclusão a nossa tarefa, o senhor João Mangabeira foi substituído, no Ministério da Justiça, pelo senhor Abelardo Jurema. Entre a posse deste e a entrega do nosso trabalho sobreveio um fato inesperado e triste: comprimido ao mesmo tempo pelos cortes radicais na execução orçamentária e pela realidade brutal dos internados (e internadas) do SAM ameaçados de

---
7 Serviço de Assistência ao Menor. (N. do Org.)

fome ou despejo, Eduardo Bartlett James, que dirigia o SAM com amor pelos pequenos e honestidade na ação, morreu de enfarte, sonhando, nos delírios da agonia, com verbas e destinos.

A 3 de setembro de 1963 entregamos, oficialmente, o projeto ao Ministro Abelardo Jurema, que já conhecia antes e de quem ouvimos expressões de grande apreço. Passaram-se setembro, outubro, novembro, dezembro, janeiro, fevereiro, março. Quando o Governo foi deposto a 1º de abril, o trabalho desinteressado daquela equipe de brasileiros flutuava nas antecâmaras jurídicas do Ministério da Justiça para gáudio da máquina burocrática do SAM, assim sobrevivente a mais uma tentativa de reformar estruturas e renovar métodos. Não sei se o nosso anteprojeto concretizava a melhor solução. Propúnhamos criar uma Fundação Nacional do Bem-Estar do Menor, mantida por uma percentagem sobre a receita tributária da União e destinada a formular e implantar uma política nacional do menor. Ela estudaria o problema. Planejaria as soluções. Orientaria, coordenaria e fiscalizaria as entidades que executassem essa política, a seu cargo direto apenas onde já houvesse serviços do SAM, a ser absorvido e extinto. Seria organizada em moldes de fundação de direito privado e dirigida por um Conselho Nacional, de que a União participaria mas onde estariam decisivamente representadas as instituições nacionais em que a bondade dos brasileiros se organizou para a ação social.

Não tenho queixas pessoais do senhor Abelardo Jurema. Mas não posso deixar de repetir aqui o que disse, falando a Gilson Amado, na sua admirável Universidade do Ar, quando Jurema ainda era Ministro: podia ele ter recusado *in limine* o trabalho, poderia tê-lo encaminhado, poderia ter nomeado outra comissão para revê-lo ou substituí-lo. Mas nada disso fez.

Acrescentarei que a solução proposta não deve ser de todo inadequada, menos pelos responsáveis por ela do que pelos aplausos que teve, e citarei três nomes ilustres, de posição ideológica diversa: a escritora Adalgisa Nery, o jurista Caio Tácito, o Professor Maurício Joppert da Silva.

Conto estas coisas constrangido. Não quero com a minha dor particular pôr uma sombra, por mais leve, nas esperanças gerais desta hora. Mas não considero o problema pessoal. Se o desespero de que não conseguimos emergir ainda (apesar de tantas solidariedades, desde os correspondentes desconhecidos até o amigo que nos cedeu sua moradia em frente ao mar para a terapêutica das presenças oceânicas) é só meu e dos meus, o drama da infância e da adolescência desassistidas, "abandonadas", para usar a palavra da lei, juridicamente imperfeita mas impregnada de grande verdade verbal, esse drama é um problema nacional.

Por outro lado, se, neste seu primeiro domingo presidencial, entre tanta palavra maior, a curiosidade do Presidente Humberto de Alencar Castelo Branco se viesse fixar neste desabafo de um brasileiro a quem tiraram uma das razões de viver e que mal sabe como conseguiu sobreviver à carga de tanta esperança desfeita, eu lhe diria:

– Presidente, mande desenterrar o anteprojeto que cria a Fundação Nacional do Bem-Estar do Menor. Peça ao eminente brasileiro Milton Campos, seu Ministro da Justiça, que o examine. Se parecer adequada a solução, encaminhe-a ao Congresso Nacional com caráter de urgência. Caso contrário, emende-a, ou nomeie nova comissão para, em prazo curto e certo, apresentar novo estudo. Mas creia Vossa Excelência: não há problema mais grave do que esse nesta Pátria. Porque este é o problema da sua sobrevivência, isto é, da sobrevivência do seu povo e da unidade moral das novas gerações de brasileiros.

Jornal do Brasil, 19 de abril de 1964

ONDE AS REVOLUÇÕES SE PARECEM

*E*u bem sei que, como dizia o mestre D. W. Brogan, D. Es-L., LL. D., que leciona política em Cambridge, abrindo seu admirável *The Price of Revolution*, "como conceito, como realidade, a revolução é uma das mais velhas instituições políticas de nossa civilização ocidental".

E sei também que, como dizia Spengler, a história não é idêntica, mas é homóloga: as formas coincidem.

Mas não me quero referir às linhas gerais do fenômeno em escala universal. Penso no Brasil, e nesta nossa terra corro as revoluções, golpes e *pronunciamientos*, concentrados curiosamente no virar de março para abril e de outubro para novembro e compreendo o sarcástico sorriso com que Capistrano de Abreu via correr a vida política do seu tempo.

Nada é novo. Acusações à honestidade dos vencidos? Floriano Peixoto chegou a duvidar oficialmente em mensagem ao Congresso Nacional, da probidade de Gaspar da Silveira Martins.

Estrangeiro participante? Já não falo do Sul, onde as fronteiras são tênues. Mas lembro que o mesmo Floriano engaiolou italianos em São Paulo, sob o fundamento de que se tratava nada mais nada menos de *anarchici dinamitardi*. E o Marechal Deodoro montou a cavalo com sacrifício, no seu último 15 de novembro presidencial, apesar de gravemente doente (foi preciso ajudá-lo a montar e apear), porque recebera aviso do Ministro em Paris, o senhor Piza, de que "nesse dia, caso se expusesse, seria assassinado por anarquistas estrangeiros, acoitados no Rio para esse fim".

Leio, por exemplo, que há quem queira beber o sangue do Governador Magalhães Pinto, Chefe civil da Revolução. Isto é, que comece pelo senhor Magalhães Pinto a comprovação do velho aforismo de que a Revolução devora os próprios filhos. E não posso deixar de sorrir. Não porque esteja evidente que sem o senhor Magalhães Pinto não se teria feito revolução nenhuma, pois os que agora vivem a gabar-se da paternidade de acontecimentos que sobrevieram no fluxo da história, cada vez mais o provam, toda vez que invocam a vetustez da conspiração de cada um deles: desde 1961 conspiravam, e a conjura nunca dera em nada. Não sorrio, todavia, porque assinale a incoerência histórica da tentativa de tornar réu o chefe decisivo da hora decisiva, mas porque ainda recentemente andei a ler o depoimento de Virgílio de Melo Franco sobre a revolução de 1930, que sem o Doutor Artur Bernardes não se teria feito; e houve, também, naquele tempo, quem quisesse arrastar o Doutor Artur Bernardes à Junta de Sanções, que decidia soberana sobre liberdade e bens, senão vida, dos brasileiros...

***

Por sinal que no fundo este risível episódio recorda uma das regras inevitáveis de revoluções ou *pronunciamientos*: a divisão que se estabelece desde logo entre os que desejam a volta ao passado, e se chamam, para usar a terminologia brasileira, corcundas, restauradores, caramurus, sebastianistas, carcomidos, saudosistas; os moderados, que na Regência foram chimangos e na República tiveram símbolo no "santo varão" Prudente de Morais; e os exaltados, rusguentos, patriotas, jurujubas, farroupilhas, farrapos, balaios, cabanos, bem-te-vis, florianistas, jacobinos, revoltosos, tenentes, de acordo com a frase sempre citada de Nabuco, indispensáveis para tomar o poder, impossíveis para fazer o governo.

A luta interna entre os "generais" moderados e os "tenentes" exaltados é praticamente inevitável, independe até mesmo do caráter "formal" dos movimentos de força, trate-se de golpe de Estado, *"putsch"*, *"pronunciamientos"*, Revolução. Sempre haverá este surdo lutar que os jornais não noticiam, porque se passa nas antecâmaras e nas conversas noturnas. A sorte do Brasil na Regência foi que, desde o primeiro instante, os moderados tomaram o Poder. A sorte do Brasil neste inquieto e confuso abril é que os moderados estão no Poder. Ninguém se iluda, este é, politicamente, o "fato" predominante: os moderados é que estão no Poder, e cada dia que se passa sua autoridade se afirma sobre as impaciências com que, aqui e ali, repontarão as personalidades dos que se consideram intérpretes autênticos, "republicanos-históricos"... Mas ninguém se iluda, também, a esta hora, nalgum quarto ou quartel, o Major Miguel de Frias remói a sua frustração e sonha com a tentativa de pôr a tropa na rua contra o governo de Diogo Antônio Feijó, em que se ouvem os conselhos de Evaristo da Veiga... E sua indignação virtuosa representa para a coletividade um perigo tão grande quanto o saudosismo dos que sonham com a volta ao passado, esquecidos de que o passado não volta...

Falo a sério dos exaltados virtuosos; mas sem esquecer que há outros, os que frequentavam ontem as recepções minuciosamente narradas nas folhas do Ministro Caillard, secretário pessoal do então Presidente Goulart, mais ou menos como aqueles que irritavam o Visconde de Ouro Preto por terem saído das salas do Conde d'Eu, no Palácio da princesa Isabel – onde Ouro Preto nunca foi – para o jacobinismo republicano.

***

Não, como ia dizendo, o passado não volta, não volta mesmo. Nem no que se refere à estrutura política, nem no que tange à consciência social. A história é irreversível: a restauração não existe. Ninguém o disse melhor do que alguém que se deu todo a uma das caríssimas "possibilidades" de restauração política e social que a História até hoje ofereceu, a volta dos Bourbons ao trono da França depois de Napoleão. Esse alguém chamava-se Chateaubriand. Eis o que escreve o defensor da *La Monarchie selon la Charte*, o defensor da monarquia "legítima" contra a ilegitimidade "revolucionária", e da Carta "outorgada" contra as Constituições "elaboradas": *ce bel édifice* (o da antiga monarquia, mais velho séculos do que o frágil sistema brasílico derrubado em abril) *est écroulé. Il faut dans la vie partir du point où l'on est arrivé. Un fait est un fait. Que le gouvernement détruit, fut excellent ou mauvais, il est détruit."*

Frase que deixo à reflexão dos leitores, por acaso interessados nas semelhanças do passado com o presente.

Jornal do Brasil, 12 de maio de 1964

TEMPO DE BISPO COMUNISTA

*F*oi nos primeiros dias de abril, ainda era vivo esse malicioso e santo Núncio Lombardi. Minha amiga, coração raro, chegou em casa com a alma dilatada de caridade. E foi contando ao pai, homem de outros tempos: – Acabo de saber uma linda história. Avalie que no dia da Revolução o Núncio telefonou ao Embaixador de Cuba, ofereceu asilo conforme o rumo que as coisas tomassem. E mais não conhecia os embaixadores da Rússia e da Hungria, mas autorizava a extensão a eles da oferta, pois uma coisa era a política e mesmo a religião, e outra a criatura humana. Depois, por escrúpulo, telegrafara a Paulo VI. E não tardara a resposta: – "Fez muito bem, Deus o abençoe." O pai quis confirmação, ela confirmou, e ele: – "Nunca pensei que esse padre fosse comunista!" Ela, então, certa da força fulminante do argumento: – "Mas o Papa aprovou!" E o pai: – "Desconfio muito desse Papa".

Dir-se-á que era brincadeira, jamais convicção. Mas há muita gente sofrendo por conclusões tão infundadas quanto essa em relação à atitude, na vida brasileira, dos cristãos e, sobretudo, dos cristãos católicos. Vamos ao assunto.

***

Digo, desde logo, que a burguesia (uso a expressão para facilidade da escrita) adotou em face dos últimos momentos da história do mundo duas atitudes só na aparência contraditórias. Buscou dizer-se esquerdista e, ao mesmo tempo, cuidou de crismar comunista quem não pensava direitinho pelo seu figurino.

O fenômeno não foi só brasileiro mas universal, se bem que a última atitude esteja agora em plena florescência, aqui no Brasil, multiplicando-se a raça pura por cruza, das almas de delatores por vocação com hábitos de denunciantes profissionais. Do universalismo daquele primeiro aspecto há prova gostosíssima num conto de Marcel Aymé, em *En Arrière*. Ele narra seis rapazes de Paris, cinco filhos de milionário e o pobre rebento de um funcionário municipal, que fundam uma revista, dizendo "para trás" à Revolução. "Não queremos mais fingir pelo proletariado um amor que não temos..."; leem cinco pais e reduzem as mesadas dos filhos a 50.000 francos, intimando-os um a um a "ser pelo povo como todo o mundo e revolucionário como nós todos". Martin, o pobretão, quis resistir, "pelos ricos e pelo grande capital". Mas ei-los de volta à redação: – "No fundo, disse o primeiro, eu sou pelo povo". E o segundo: "No fundo, eu sou pelos trabalhadores". E o terceiro: – "E eu, pelos humildes". Mas o quarto: – "E eu, pelas massas". E veio o quinto: – "No fundo, eu sou pelo espírito de revolução". Feito o que; cinco pais elevam a 850.000 francos a retirada de cada um desses revolucionários. Fica apenas Martin com a secretária, a loura Ginette. Esse quer acabar o violento artigo de fundo do segundo número e editá-lo, sátira violenta buscando, "bem em vão, ridicularizar as nobres atitudes de nossas elites burguesas, sua ternura pelas classes laboriosas e sua edificante piedade revolucionária". Mas Ginette, espírito prático, compra um bilhete de loteria que, premiado, dá-lhes milhões a inverter no comércio a grosso dos alfinetes de fralda, sendo, todavia, de recear que, mais dia menos dia, venha Martin, hoje revolucionário e partidário dos humildes, a oferecer o espetáculo de um homem riquíssimo confessando ao público seus verdadeiros sentimentos em relação às massas.

Do outro aspecto creio haver mais do que a anedota inicial. Basta lembrar que há quem duvide do próprio Papa e, sobretudo, daquele santo que o povo italiano (muito entendido nessas coisas por motivos históricos e geográficos, pois Roma é cidade italiana) chama afetuosamente de Giovannino e dele conta pequenas histórias, "*fioretti*", como de São Francisco de Assis...

***

Mas nessa dupla face do susto da burguesia há um anacronismo fundamental, isto é, um ato anti-histórico.

Começa por Nosso Senhor Jesus Cristo que, se não excluía os ricos da salvação, é porque ela se dirige a todo homem, e não só aos "perfeitos", embora seja mais fácil passar um camelo pelo fundo de uma agulha do que entrar um rico no reino dos céus. Foi justamente João XXII, o grande Papa dominicano, cujo nome o Cardeal Roncam pescou no fundo dos séculos para continuá-lo, quem condenou a heresia de que para servir a Cristo era preciso também segui-lo na pobreza total, "absoluta". Sofreram os *fraticelli* por fiéis à mensagem evangélica, mas a civilização ocidental desdobrou-se dentro de um idealismo formalmente cristão. A Igreja e o mundo se tornaram compatíveis, foi possível crer e possuir, ser rico e rezar, mas a mensagem do Evangelho era a inspiração dos Santos.

É também anti-histórica essa atitude, porque esquece ou ignora a história da Igreja que, ainda recentemente, a propósito da *Pacem in Terris*, o ensaísta Pedro Laín Entralgo resumia: o Cristianismo passou de uma primeira etapa insular de "Igreja de minoria e em expansão" a uma etapa "continental" que, por sua vez, desemboca, com a Reforma e a secularização moderna, no estado de "igreja-ilha na defensiva". Com Leão XIII se inicia o diálogo com o mundo moderno, prosseguido com Pio XI e Pio XII, ratificado com João XXIII, para compreendê-lo, assumi-lo e salvá-lo.

Há, finalmente, anacronismo em tomar "agora" essa posição. Era razoável, até certo ponto, que o Bispo de Vera Cruz, no México, se a memória não me trai, tivesse guardado sem divulgá-la a *Rerum Novarum*, sentindo cheiro de heresia... Mas, a partir da *Rerum Novarum*, as premissas claramente levam às encíclicas do Santo Giovannino, pois nenhuma denúncia contra a exploração do homem pelo homem pode ser mais autêntica do que a de quem vê no semelhante um irmão, um filho do mesmo Deus vivo e recebeu a missão de amar o próximo como a si mesmo.

E, como um anacronismo leva a outro, a esses a-historicismos da burguesia corresponde o engano d'alma de algumas figuras da *intelligentsia* brasileira denunciando o capitalismo de 1964 como se se tratasse do bicho-papão comedor de meninos e donzelas que Marx viu em Londres na primeira metade do século XIX. Fica um contrassenso tão disparatado como o dos que se creem fiéis à ordem e, jurando-se católicos, começam por suspeitar da autenticidade dos bispos.

***

Neste momento, país a fora, sofrem cristãos e, sobretudo, católicos, porque, fiéis ao Cristo, buscaram – através dos erros humanos – uma Justiça maior do que a dos fariseus e, obedientes ao Papa, quiseram (e querem) a Paz sobre a terra como Ele a sugeriu a todos os homens de boa vontade. Em nada sofrerão mais do que na dor de se verem confundidos com os adversários da sua fé. Mas essa é uma das bem-aventuranças do Sermão da Montanha.

Sim, será essa, para eles, uma das bem-aventuranças do Sermão da Montanha, a de sofrerem perseguição por amor da justiça e serem carregados de nomes mentirosos por causa do Cristo. Mas esse equívoco terrível precisa cessar, para afirmação da autoridade tranquila dos moderados que estão no Governo e procuram harmonizar a Revolução e a Lei.

Jornal do Brasil, 19 de maio de 1964

DONDON

Chamava-se Dondon. Mais exatamente, o nome era Antônio Santana Castelo Branco, mas ele próprio acrescentava: – "vulgo Dondon"; e com o tempo, já morto, não se tornou de todo alheio a mim pela misteriosa rede dos afetos que o sangue confirma, pois era parente longe da menina-moça que um dia me deu um lar e, mais perto, do meu professor de francês no Liceu Piauiense, que há quarenta anos quero e admiro, Cristino Castello Branco, e de seu filho, Carlos, que amo como irmão. Pensando melhor, emendo a tempo. Esse clã dos Castello Branco, no ramo piauiense, sempre foi muito da minha gente. Havia os amigos de meu pai, Fenelon, Heitor e houve os meus, Huguinho, que morreu em meus braços, de cabelos brancos e com quem se perderam os segredos mais típicos do vale do Parnaíba, exceto a altura exata de armador de rede, pois esse ainda teve ocasião de me confiar, e Sansão, menino de cachos vestido de veludo que vi adulto morrer dispersando o gênio, gênio mesmo de verdade, em noites boêmias, cujo amanhecer por vezes refluía para minha casa de Santa Teresa, onde iam parar suas compras de madrugada em mercado de peixe, siris vivos, ou algum pato que preparava ao tucupi com a mesma arte dos seus quadros.

Ora, isto posto, como ia dizendo, chamava-se Dondon e (com perdão da má palavra) era meio doido, senão doido inteiro. Ele próprio dizia que morava no Campo de Marte, no mesmo largo em que estavam a Santa Casa, o Asilo de Loucos, a Cadeia Pública e o Cemitério, que era para não dar trabalho em caso de necessidade.

Dizia, só? Não. Escrevia. Porque esse piauiense atarracado e falante, por cujo desvario nunca faltou caridade em casa de meus pais, era jornalista. Foi, mesmo, um dos primeiros jornalistas que conheci, e ainda hoje o vejo (ou revejo) com os olhos da infância, que viu outros, e no exemplo de outros se banhou, mas com Antônio Santana Castelo Branco, vulgo Dondon, aprendeu cedo como não se deve fazer jornal.

Desde logo, porém, direi uma coisa em seu louvor. Era tudo, em sua folha; e gabava-se disso. Diretor, redator, revisor, tipógrafo, distribuidor a domicílio, vendedor de número avulso no Bar Carvalho, não dependia de ninguém para fazer *O Denunciante*. Era esse o nome daquelas quatro páginas impressas; e nelas se derramava toda a maledicência da pequena cidade provinciana, a Teresina da era de vinte. Do fundo da memória emerge o cabeçalho, e se o tempo não me trai nele se acrescentava aos apelidos e qualificações de Dondon no desempenho profissional de suas tarefas outra condição mais alta, a de "Defensor do Bem, da Humanidade, da Justiça, da Liberdade e da Paz".

Não propriamente a paz entre as famílias, nem dentro delas; porque algumas das hipóteses que os filhos da Candinha e a imaginação alucinada de Dondon transformavam em verdades incontestáveis e matéria impressa eram de molde a separar marido e mulher, filhos e pais, irmãos e cunhados, e assim por diante, sem falar em patrões e caixeiros, governados e governantes. Um destes últimos, cujo nome ainda hoje no Piauí é coberto de bênçãos pela excelência do seu governo, cometeu com Dondon a única arbitrariedade consciente de que sua mocidade severa e ativa o acusa. Estava-se em plena Revolução de 1930, o Tenente Landri Sales era interventor, cansou-se daquela maluquice exaltada que fazia da calúnia e da injúria um sistema jornalístico; mandou jogar a tipografia de Dondon no Parnaíba. E Antônio Santana Castelo Branco passou a viver de carregar banana em lombo de burro.

Falei em sistema. Era um sistema. *O Denunciante* não tinha preço fixo para a venda. Cada família, suscetível de vir a ter o nome impresso em tinta de jornal, era taxada, segundo as suas posses, que não segundo seus pecados. Pois a lembrança da espórtula arrecadada, cinco, vinte ou cinquenta mil-réis que fossem, mesmo cem – o preço de dois bois – se apagava totalmente da memória de Antônio Santana Castelo Branco, o defensor do Bem, da Humanidade, da Justiça, da Liberdade e da Paz, quando se sentava para escrever. Não assumia compromissos com ninguém – a não ser com a maledicência pública e com seu próprio desvario denunciatório. Nem adiantava pagar-lhe para que se calasse, pois, ao contrário de tantos cosmopolitas, não escrevia que lhe pagassem – e se calasse. Faltava-lhe o siso, não a honestidade.

***

Cheguei ao Rio em março de 1930. A 6 de janeiro de 1931, Félix Pacheco iluminava de alegria os meus dezesseis anos com um emprego no *Jornal do Comércio*. Fui ser repórter no Ministério do Trabalho e conheci Lindolfo Collor, com quem a Revolução de 1930 dizia ao que vinha, coisa que as revoluções faziam depressa naquele tempo. Lá se vão mais de 33 anos que vivo em jornal. Nunca mais vi *O Denunciante*. Dondon já morreu há muito. Eis senão quando esta surpresa brutal: seu espírito ressuscita e invade a imprensa brasileira com uma fúria a que poucos restam imunes. Mistério insondável da natureza, os tipos de *O Denunciante*, que o então Tenente Landri Sales Gonçalves mandou jogar no Parnaíba, germinaram monstruosamente. Sua tinta pesteou as águas; e com elas desceu rio abaixo, salgou o mar oceano e onde houve terra brasileira banhada pelo Atlântico e mais chão adentro esse vírus maníaco foi contaminar jornais e jornalistas. E no caminho em que vão as coisas, será em breve necessário acrescentar ao currículo das escolas de jornalismo a cadeira em que se ensine a técnica da delação e a arte da denúncia.

***

Ó fatos do espírito humano, ó história contemporânea, como me sinto feliz de que, este jornal, que ajudei a salvar e onde volto a escrever, não se tenha deixado infectar pelos resíduos daquela peste que desavisadamente o então Tenente-interventor do Piauí semeou em água corrente, esquecido de que os rios correm para o mar e o Atlântico banha todo o Brasil...

Jornal do Brasil, 26 de maio de 1964

SANGUE E ABRAÇO NAS REVOLUÇÕES DO BRASIL

Leio nos jornais que o General Costa e Silva, Ministro da Guerra, declarou que não houve sangue em 1º de abril porque o inimigo fugira.

Não sei se lamentou ou não a circunstância. Quanto a mim, felicito-me por ela.

Em primeiro lugar, porque não creio que vitórias políticas, mesmo impregnadas do mais generoso utopismo, valham morte de homem. Depois, quem termina morrendo nesses entreveros são os moços, e sei, por experiência própria e não pelo simples espetáculo da dor alheia, o que é isso. Por mim, portanto, o pouco sangue derramado em escaramuças aqui no Rio e já esquecido, é pena que não se tenha poupado.

Vai daí, desejei a vitória dos rebelados, não como uma Revolução, mas justamente para pôr termo à Revolução, isto é, ao processo revolucionário que o Governo desencadeara de cima e que, como acentuou muito justamente naqueles dias o senhor Magalhães Pinto, era um verdadeiro golpe de Estado. E esse golpe de Estado, essa revolução vinda de cima, iria terminar, no justo receio da maioria dos brasileiros, por produzir muita morte de homem, muitas mortes de homem, aquelas quase inumeráveis mortes de homem que fazem uma guerra civil.

Mas em terceiro lugar há uma lei histórica brasileira, que ainda não vi exposta em lugar nenhum e me atrevo a esboçar aqui, numa espécie de nota prévia para alguém que a queira desenvolver.

Esta lei é a de que, no Brasil, revolução só vence quando não há sangue, e sim abraço.

Foi assim no Sete de Abril, contra Pedro I. Foi assim na República. Foi assim – excetuadas resistências heroicas, mas isoladas – em 1930. Assim em 1945. Assim em 1954. Assim em 1955. Assim em 1961. Acaba de ser assim agora.

***

E vem a contrapartida. Quando os chefes militares de um lado e de outro não se entendem ou os que apoiam o Governo não se veem reduzidos à impossibilidade material da resistência, a revolução é vencida, por mais formidáveis que sejam os sobressaltos do seu heroísmo.

Percorro, para vigiar qualquer falha da memória, a enumeração que encerra o *Ensaio sobre a Revolução Brasileira*, a monumental tese histórica que o professor Inácio M. Azevedo do Amaral deixou inédita e sua viúva, em piedoso esforço, editou recentemente.

E vou anotando a confirmação da minha tese.

Vencido o grande instante republicano da Revolução de 1817.

Vencida, depois, a Confederação do Equador.

Vencidas as "rusgas" da Regência. E as "guerras" dos cabanos em Pernambuco e Alagoas, a cabanagem do Pará, a República dos Farrapos, a Sabinada na Bahia, a Balaiada no Maranhão.

Depois, no alvorecer do Segundo Reinado, vencidas as grandes reações liberais de 1842 em São Paulo e Minas, de 1848 em Pernambuco.

E na República, Floriano vence 93; Rodrigues Alves vence os rapazes da Escola Militar; os 18 do Forte, derrotados, escrevem sua epopeia, Bernardes domina a revolta militar. 1932: sangue e derrota. 1935: sangue e derrota. 1938: sangue e derrota.

A regra não falha. Onde não houve o abraço, houve heroísmos grandes, mas o Governo venceu sempre, por mais formidável que fosse a revolta.

***

O abraço... O Imperador Pedro I, na noite de 6 para 7 de abril, conta uma testemunha ocular, "às horas da ceia, não vendo o Comandante do seu batalhão, mandou chamá-lo. Responderam que nem ele nem o batalhão se achavam no Paço, tendo marchado para o Campo. O Imperador levantou-se, foi à janela, e gritou às armas; só lhe apareceram sete militares, aos quais mandou dar baixa". Voltou para dentro, foi ao seu gabinete e escreveu a abdicação, datou e assinou: tão perturbado que não disse a que renunciava. Tinha havido o abraço: o General Francisco de Lima e Silva, Comandante de Armas da Corte, e o General Manuel Alves de Lima, Comandante do Batalhão do Imperador, confraternizavam com os rebeldes.

E daí por diante a história se repetiu a cada passo. Com Floriano e Almeida Barreto a 15 de novembro. Com os Generais pacificadores de 24 de outubro de 1930. Com Góis Monteiro em 1945. Com Zenóbio da Costa em 1954. Com Lott em 1955. Sempre, com esta ou aquela nuança, a vitória surgiu da combinação prévia ou da gestão pacificadora daqueles em quem se depositavam os comandos para a resistência.

***

Houve o abraço, houve as flores, houve os vivas. Mas infelizmente, no geral, não ficou só nisso. Anos depois veio o sangue. Sangue depois do sete de abril, nas lutas da Regência. Sangue depois da Abolição e da República, em 1893. Sangue depois de 1930, em 1932 e 1935.

Eis o que me faz tremer por esta nação: que 1945, 1954, 1955 e 1961, e agora 1964 venham de repente a ser mergulhados em sangue, pela imprudência dos exaltados, mais voltados para os equívocos políticos, que podem ser desfeitos, do que para as reformas sociais, que não podem ser adiadas.

Restam-me duas esperanças. A primeira, vaga e mítica: a sensação de que Deus é brasileiro. A segunda, outra lição da História: sempre, depois da histeria dos radicais, veio a paz dos moderados, que, embora às vezes não parecesse, terminavam vencendo – e mantendo a Nação unida, seu povo feliz, o progresso material a se construir sobre as cicatrizes.

Jornal do Brasil, 6 de junho de 1964

OSÓRIO

Receio um pouco que o admirável artigo de Barbosa Lima Sobrinho, neste canto de página, domingo último, possa interessar menos por sua flagrantíssima atualidade do que pelo velho debate comparativo entre Caxias e Osório, pois os maníacos dessa espécie de paralelos são uma praga bem brasileira.

E a verdade é que Osório já sofreu em sua glória, nos últimos decênios da República, em consequência da decisão que encarnou em Caxias o símbolo do soldado brasileiro, e por isso mesmo careceu criar em torno dele o mito da perfeição.

Osório, porém, teve privilégio diferente. A legenda o cercou ainda em vida. Conta Calógeras que em Avaí, na Guerra do Paraguai, a impressão da tropa era um misto de dor e surpresa: Osório fora ferido, ele, o invulnerável. "Então, era inexato o que, junto aos fogos de bivaque, os praças repetiam: ao voltar do entrevero, caíam-lhe das dobras do poncho as balas que não haviam ousado molestá-lo?!..."

E Dionísio Cerqueira (de cujas *Reminiscências da Campanha do Paraguai* Umberto Peregrino, no excelente prefácio de reedição, por ele promovida, disse com acerto que "são o nosso melhor manancial de documento humano da nossa maior campanha externa" ouviu os moribundos em Tuiuti a gritar: "Viva Osório"; "soldados feridos, estorcendo-se nas vascas da agonia, levantarem-se a meio, com a auréola da morte dourando-lhes os cabelos empastados de sangue, murmurarem em voz desfalecida, quando ele passava: Viva o General Osório! Viva Osório!"

Esse mesmo grito legendário – o grito do Passo da Pátria e de Tuiuti – tocou os artistas, não só os românticos, contemporâneos de Osório, mas nas gerações republicanas Simões Lopes Neto e

Alberto Ramos: a sombra de poncho, "a lança de ébano incrustada de prata na mão larga e robusta", "o largo chapéu de feltro negro", a gola bordada, o riso franco, o primeiro a pisar a terra paraguaia, o ardente gaúcho que amava as pimentas e as mulheres (e o disse ao Imperador, nesse capítulo o seu tanto farisaico), o republicano que serviu ao Império, o Bravo dos Bravos...

O republicano que serviu ao Império... 1835. Osório era ainda moço. Foi farrapo, e fez versos: "A espada do despotismo/ nos quer hoje a lei ditar/ Quem for livre corra às armas/ se escravo não quer ficar."

Mas quando a revolução se torna republicana e separatista, Osório diz "não": "eu sou republicano de coração", mas não para separar do Império a província nem para dar-lhe um governo republicano. E o moço soldado se põe a serviço do Império, que não costumava exigir atestado de ideologia. Acima das suas leituras e ideias colocou sua profissão. Não foi só chefe militar, mas era Senador do Império e Ministro da Guerra quando morreu no casarão de azulejos da rua do Riachuelo, hoje por ingratidão da Pátria transformado em casa de cômodos em ruína...

Faz cem anos se deu a invasão paraguaia e essas coisas antigas vão cada vez mais longe. Estou ficando velho: ainda falei a voluntário da Pátria, daqueles que detestavam Mitre e choravam ao falar em Manuel Luís Osório. O Major Leopoldino nos dava os sapotis do quintal e aquecia a velhice na nossa curiosidade pelos combates em que fora ferido.

Osório sempre foi político, repartia com Silveira Martins a chefia dos liberais gaúchos. Mas nunca admitiu política dentro do quartel. Quando Ângelo Muniz da Silva Ferraz presidia o Rio Grande, o Tenente-General Barão de Porto Alegre fez colher entre os oficiais assinaturas para uma *Declaração de Apoio ao Presidente*. Osório – conta Calógeras – negou-se a assinar: "Se um militar podia aprovar feitos dos seus superiores, também teria o direito de os censurar ou de se lhes opor; daí viriam a indisciplina e a morte do Exército".

Essa era a disciplina militar, aprendida peleando desde dez dias antes dos quinze anos, daquele soldado desatento aos uniformes, em contraste com a severidade hierática dos *casacas de ouro*. Esse político não fazia estremecer como militar o Poder Civil, confiado a seus adversários. Não derrubou gabinetes, não quis política nos quartéis. Amou apaixonadamente seu partido, mas lutou por uma Pátria unida.

É preciso ressuscitar, para as novas gerações de brasileiros, a legenda generosa e – eu ia escrever civil, prefiro escrever – nacional, do homem desabusado e jovial que fazia maus versos e vencia grandes batalhas, do plebeu sem solenidade que deixava cair espadas para acordar o bom monarca, ser do povo que o povo amou, a lança de ébano e prata, o poncho, o cavalo, a avançada, as balas caindo do poncho...

Jornal do Brasil, 16 de junho de 1964

O PRESIDENTE E AS REFORMAS BRASILEIRAS

Não sei exatamente como começo este artigo, e o desejo que me acode é fazer como aquele deputado que um dia começou um discurso por um "aliás": "Aliás, senhor Presidente". Isso posto, direi: Aliás, estou com o Presidente Castelo Branco, pelas reformas..." Feito o quê sem mais conversa, passarei a explicar-me.

Acontece que raras vezes um homem de governo teve, ao mesmo tempo, tanta autoridade para promover as reformas. Chefe do Exército, ele representa a continuidade nacional, isto é, a tradição; chefe do movimento de 31 de março, o aceleramento da história que decorre das manifestações revolucionárias. Intelectual, o compromisso da *intelligentsia* com aquele complexo de valores que o senhor José Honório Rodrigues, numa fórmula feliz, denominou de "aspirações nacionais"; e democrata, tendo exposto a vida na guerra contra o nazi-facismo do Eixo, o compromisso de carrear a ação do Estado no sentido das transformações progressistas.

Para atender a essas condições, terá ele inevitavelmente de enfrentar opositores novos e velhos, e à proporção que sua tarefa se desenvolver precisar-se-ão as correntes contrárias, o que, por sua vez, contribuirá para a definição do próprio Governo.

Desde logo, estão contra ele os que desejam reduzir o Brasil a uma espécie de república veneziana, em que o Conselho dos Dez funcione alimentado pelas denúncias anônimas da Boca do Leão. São os descendentes da mesma raça que envenenou de mentira, através da história brasileira, as relações entre governantes e governados, raça mais teimosa e persistente do que a própria corrupção, que criou a lenda do Conde d'Eu a explorar cortiços; inventou as Cartas Falsas contra Bernardes, arrastando a mocidade militar ao derramamento de sangue; e ainda agora se apraz em publicar documentos íntimos ou simples despachos burocráticos como prova contra asilados obrigados a calar-se ou exilados impossibilitados do diálogo.

Outra corrente cristaliza seu ressentimento sob a forma de velhas denúncias contra grupos econômicos brasileiros, a quem atribui contatos internacionais capazes de influir decisivamente nos grandes e sólidos jornais livres do Ocidente. Se o senhor Válther Moreira Salles tivesse força bastante para ditar ou de longe inspirar editoriais do *Times* de Nova Iorque ou do *Times* de Londres seria um dos homens mais importantes do mundo e em vez de exorcizá-lo cabia convocá-lo. Folhas dessa categoria são, porém, instituições nacionais permanentes; e não precisam do dinheiro de ninguém. Por outro lado, na obsessão que vê em bancos e organizações privadas a causa e remate de todo o mal há o ressaibo, facilmente identificável, daquele pensamento "nacionalista" que denunciou o Brasil como "colônia de banqueiros" e arrastou a Europa para a guerra através do fascismo, do nazismo e de outros "ismos". Ressaibo fácil de identificar em tantas manifestações da ala nacional-socialista do sistema deposto a 1º de abril. Eu, por mim, sempre me recusei a aceitar como artigo de fé a guerra secreta pelo café ou pelo algodão e as fantásticas conspirações ou cercos contra Hitler ou contra a URSS – porque como artigo de fé só aceito a divindade de Nosso Senhor Jesus Cristo.

O Presidente Castelo Branco, ao propor as reformas, terá, assim, desde logo, de enfrentar não só os que estão sonhando com o retorno ao passado, esquecidos de que a história é irreversível, como os que se perdem na indefinição do sonho moralista, remoendo sua frustração porque não tivemos um dia do Juízo Final; os que desejam o esmagamento, à margem da legalidade democrática, de todos os que anunciaram na *Última Hora* ou piscaram o olho para o senhor Goulart, como se a isso não os tivesse arrastado a tenuidade da economia nacional, que põe cada empreendimento à mercê das boas graças do Estado e do Banco do Brasil; ou os que querem, no outro extremo, a defesa dos privilégios das classes ricas, o que – escreveu a 20 de março deste ano o então Chefe do Estado Maior do Exército, General Humberto Castelo Branco – "está na mesma linha antidemocrática de servir a ditaduras fascistas ou síndico-comunistas".

Já ouvi de homens que prezo e admiro a declaração de que "assim seria melhor mandar buscar o Jango de volta". Mas para chegar a essas expansões antirreformistas é preciso esquecer que a propaganda propiciatória do pronunciamento de 31 de março nunca se disse antirreformista. Ao contrário: o senhor Magalhães Pinto (que ainda recentemente os Generais de Minas proclamavam "único" chefe civil do movimento, verdade histórica, aliás, que ressalta incontrastada no admirável volume do grupo de "cobras" do jornalismo brasileiro, os *Idos de Março e a Queda de Abril*) sempre insistiu em se proclamar a favor das reformas. As faixas conduzidas nas "Marchas da Família" insistiam nas reformas: as reformas dentro da Constituição, as reformas com o Congresso, mas as reformas. E na realidade a objeção contra as "reformas do senhor João Goulart" decorria de três fatores: a) a desconfiança de que elas eram apenas a cobertura para um processo revolucionário ou etapas desse processo; b) a inépcia de medidas como a desapropriação pela SUPRA[8], com o senhor João Pinheiro Neto a proclamar que ia apenas repartir a terra, sem crédito nem assistência técnica nem instrumentos de trabalho; e c) a proposição de formas plebiscitárias de pronunciamento popular, que conduziam nitidamente ao continuísmo ou à ditadura do Presidente sob a forma pouco imaginativa de "Constituinte com Jango".

A verdade é que evitamos a Revolução vinda do alto, isto é, o golpe de Estado; que escapamos da guerra civil; e que estamos voltando à legalidade democrática, isto é, à paz. Mas a paz sem as reformas é instável, assenta em bases superadas e, por isso, falsas. O Brasil precisa urgentemente de paz com justiça, isto é, de reformas que lhe assegurem a união do povo e a integridade do território.

Quase parece – diz Clinton Rossiter em seu livro sobre a presidência americana – como se Roosevelt tivesse decidido conscientemente inverter o que fizera Hoover, e ser um administrador de segunda ordem e um Presidente de primeira. O Presidente Castelo Branco, entre os dois destinos, acaba de escolher o de Roosevelt.

Jornal do Brasil, 23 de junho de 1964

---

8 Superintendência de Política Agrária. (N. do Org.)

AS REFORMAS DO PRESIDENTE

Na entrevista com que antecipou as providências verbais necessárias a repetir o papel divisionista que desempenhou contra o Governo Café Filho, o senhor Carlos Lacerda acentuou que o combate à inflação, imperativa meta do Governo, exige investimento externo. E desta vez tem razão.

Apenas cabe acrescentar algumas observações.

A primeira delas é que uma nação não se constrói ou reconstrói sem esforço coletivo e consciente. Não bastam campanhas de relações públicas invocadoras do patriotismo dos simples quando não há, em contrapartida, a convicção generalizada de que o sacrifício toca a todos, ricos e pobres, militares e civis. Ou não toca? Ou não está tocando?

Mas para promover as inversões externas, de que carece o País?

Para convocar o investimento privado, há necessidade de estabilidade jurídica. Pode o Presidente Castelo Branco mandar fuzilar o senhor Luiz Carlos Prestes, nomear um coronel para interventor em cada universidade e garantir lucros de 100% ao capital estrangeiro, que se não o tranquilizar quanto àquilo de que tanto ria o senhor Brizola, isto é, a sacralidade dos contratos, o respeito aos direitos adquiridos, a irretroatividade das leis, – não trará para o Brasil um dólar que seja. Virão, talvez, os aventureiros e os trustes; mas, que tem o Brasil a fazer com eles? Na verdade, é preciso não acreditar nos mitos, ainda que seja pelo avesso. Benedetto Croce alertava contra os ressaibos do pensamento marxista no raciocínio liberal através das ideias feitas. Ai de quem acreditar na conversa tão repetida de que o capital internacional, esse monstro colonialista tem interesse nas ditaduras. Não tem, não. Virgílio de Melo Franco ria muito com a frase: "o capital é tímido", parecia-lhe ver o capital se escondendo, com orelhas de coelho. Mas na realidade o capital é tímido. Tem medo de revólver que se pela, metralhadora e tanque então nem se fala.

Restará, pois, enquanto não se calar neste País a eloquência fardada, recorrer ao investimento público, com a contribuição dos grandes organismos internacionais. Para isso, de que necessita o Brasil? Das reformas. É o que está dito, o que se diz não só em relação ao Brasil mas a todas as nações da América subdesenvolvida, numa mancheia de documentos, bem conhecidos do senhor Roberto Campos, que junta à imaginação criadora a experiência dos debates diplomáticos, ao propor suas fórmulas radicais. Está tão expressa quanto é possível num documento diplomático, na Ata de Bogotá e na Carta de Punta del Este. A ajuda interamericana, a começar pela Aliança para o Progresso, está condicionada às reformas. E por quê? Porque – nunca é demais repetir – a paz sem as reformas é instável, assentada em bases superadas e, por isso, falsas.

Há ingerência estrangeira nesse condicionamento? Não: há apenas aquele direito de quem não quer jogar seu dinheiro em pura perda, num saco sem fundo.

Por outro lado, as reformas que o Presidente propõe se entrosam na mais pura tradição liberal brasileira. Ele invocou os nascedouros de 1945. Eu iria mais longe, numa linha histórica que se inicia em José Bonifácio e passa por Joaquim Nabuco.

Refiro-me, está claro, às reformas de verdade, e não a brincadeiras como a salvação do Brasil pela extensão do Imposto de Renda a jornalistas, escritores e professores.

Digo, porém, que as reformas do Presidente se filiam à mais generosa tradição brasileira. Receio muito que o voto dos analfabetos, se desacompanhado de uma campanha intensa de alfabetização e instrução profissional de adultos, assegure, mesmo limitado às eleições municipais, o prolongamento do domínio do PSD, isto é, a liquidação de qualquer tentativa de reforma agrária através do controle da vida municipal pelos fazendeiros pessedistas: mas não posso esquecer que Joaquim Nabuco, em 1879, já se opunha à condição de ler e escrever para caracterizar o eleitor. E com ele José Bonifácio, o Moço, Pedro Luís, Saldanha Marinho...

E acrescento que essas reformas se entrosam nas exigências da política universal. Vejo o clamor contra a desapropriação em títulos. Mas onde a reforma agrária se fez apenas em dinheiro? Na América Latina, ao que parece, só em Honduras, no Chile, na Nicarágua. A indenização apenas em títulos não se limitou ao México, à Bolívia ou Cuba. Também foi assim no Japão, em Formosa (com os curiosos bônus-batata-doce e bônus-arroz), no Paquistão e na Índia (salvo casos excepcionais). Nas reformas agrárias moderadas o pagamento se fez em títulos e dinheiro nas Filipinas e na Itália; em títulos ou dinheiro na Costa Rica, na Colômbia, no Panamá. Mestres como o senhor Pompeu Acióli Borges ou o senhor Afrânio Carvalho deviam dar-se à tarefa humilde, mas meritória, de divulgar esses dados informativos. Eu me pergunto, por exemplo, qual o agricultor que, neste País sem crédito rural, conhecendo as bases da reforma italiana, não se ajoelharia em sua roça para pedir, por amor de Deus, que lhe aplicassem a mesma regra, que lhe desapropriassem parte da terra com o compromisso de inverter no chão que lhe restasse o dinheiro da indenização?

Quanto a maioria absoluta, é muito curioso o que está acontecendo. Lembro-me de ter visto um caro amigo meu, de dicionário de Webster na mão, sustentar que *plurality* não é *majority* e logo não se devia dar posse a Getúlio, que, tendo obtido a pluralidade dos votos não obtivera a maioria deles. Vi o mesmo raciocínio aplicado por uns e recusado por outros em relação a Juscelino, e quanto a Jânio vi que uns não tinham força moral para levantá-lo e outros fizeram-se hábeis para esquecê-lo, porque agora os papéis estavam invertidos... Mas a verdade é que só há um traço comum a todos os últimos presidentes, e foi ele, não quem você pensa, que levou um deles ao suicídio, outro à renúncia, um terceiro à deposição e ao exílio, um quarto às punições revolucionárias. Nenhum teve maioria absoluta. Em 1950, Getúlio recebeu 3 849 040 votos em 8 254 989 votantes. Em 1955, Juscelino – 3 077 411 em 9 097 014. Em 1960, Jânio – 5 636 323 em 12 586 354, tendo Jango, candidato a Vice-Presidente, 4 547 010. Não discuto os vícios do alistamento, da votação e da apuração. Mas esses números provam acima deles: não é impunemente que se exerce o Poder por escolha da minoria, isto é, contra o voto da maioria.

Jornal do Brasil, 30 de junho de 1964

O DIREITO À HERESIA E O DEVER DA REBELDIA

Cabe, desde logo, uma ressalva. Ao enumerar essas duas proposições, não penso no movimento por todos previsto com que o senhor Carlos Lacerda colocou mais uma vez, perante esta Nação (e as demais) o problema do Poder, atravessando atividades públicas e privadas com esta pergunta: – "Quem estará no Governo, no Brasil, daqui a um mês?" E não penso no senhor Carlos Lacerda, porque, Senhor da Verdade e Intérprete da Pátria, ele encarna a própria ortodoxia. Como, por outro lado, espero que o Presidente Castelo Branco, embora homem da província, não seja tão provinciano quanto Jânio, que primeiro subestimou o senhor Carlos Lacerda, desafiando-o, e depois superestimou-o, amunhecando diante dele, passo adiante.

Meu tema é outro. Penso no excelente editorial que abre o número de maio-junho, de *Cadernos Brasileiros*, a magnífica revista, a réplica brasileira de *Encounter* e de *Preuves*. Esse artigo, da confessada autoria de Vicente Barreto, assinala: "Não se entende como um movimento que adotou o espírito reformista, que une os intelectuais brasileiros, possa esvaziar seu significado político e doutrinário perseguindo e injustiçando o seu mais desprendido e independente crítico: a *intelligentsia*. A prisão de professores por vários dias, 'para averiguações'; a apreensão de livros puramente doutrinários (e mesmo de ficção); o afastamento da vida pública de intelectuais que, pelo menos até agora, não tiveram comprovada sua ação subversiva, tudo nos deixa com uma terrível amargura intelectual." E conclui: "Esta revolução foi feita para assegurar, inclusive, o direito à heresia, ameaçado pela anarquia e ortodoxia do *ancien régime*. Na medida em que reerguer a Nação do caos em que se encontrava e defender a liberdade dos heréticos estará justificada".

Os *Cadernos* estão certos. Uma Nação para ser, realmente, Nação, para se tornar uma Pátria, precisa de:

1. poetas,
2. políticos,
3. historiadores.

Evidentemente quando falo em poetas penso em todo artista realmente criador, incluídos os mundos da ficção, do visível ou do som; quando falo em historiadores penso nos criadores de legenda na dimensão temporal, críticos e definidores do caráter, da alma coletiva; e quando falo em políticos penso em políticos mesmo, políticos profissionais, indispensáveis ao funcionamento das instituições civis. Perguntar-se-á: e técnicos, e cientistas? Desculpem. Técnicos e cientistas são indispensáveis, ao desenvolvimento os primeiros, à civilização os segundos, mas técnica e ciência são, por definição, universais. São indispensáveis para a continuidade da vida civilizada, como sacerdotes o são para lembrar aos seres humanos que Deus existe e, por isso mesmo, nem tudo é permitido. Mas padres, pesquisadores e engenheiros não bastam para delimitar os contornos morais de uma Pátria. Ela precisa de quem a sonhe no futuro, de quem a investigue no passado, de quem a realize no presente. Ora, sem o direito à heresia o poeta se avacalha, o historiador publica documentos, o político fica de olho nas Forças Armadas, a Nação cai naquela "apagada e vil tristeza", do bardo Camões, uma de cujas faces modernas é o hedonismo do *society*.

"*La chair est triste, hélas*", mas quase não restam feiticeiras para laçar ou queimar, e os moços deixam logo de cumprir um dever básico: o da rebeldia. Pois – como dizia Gregorio Marañón, num dos *Ensayos Liberales* que foram seu adeus, "*el modo más humano de la virtud juvenil es la generosa inadaptación a todo lo imperfecto de la vida – que es casi la vida intera –; esto es, la rebeldia*". Marañón, espanhol que vira a Guerra Civil e vivia, de volta do exílio, em sua casa de Toledo, na Espanha de Franco (e no Brasil me parece essencial não esquecer que o Chefe Militar da Revolução foi o Marechal Humberto Castelo Branco e não o

Generalíssimo Franco), Maranón atribuía a cada idade biológica um dever natural: à infância, a obediência; à juventude, a rebeldia; à madurez, a austeridade; à velhice, a adaptação. Queria os moços não obcecados pelo esporte, de maneira a substituir o que há nele de disciplina prudente pela voluptuosidade do cansaço físico satisfeito, mas voltados para a vida pública. Não que nela se absorvessem, mas que opinassem, se interessassem, se apaixonassem, para que a atuação dos políticos não se visse reduzida a "mera agitação de polichinelos diante de um teatro vazio". Assim te quero eu, brasileiro de vinte anos, como ele queria o seu espanhol: "indócil, duro, forte, tenaz, em suma, rebelde".

Nisso estamos, aliás, saindo de um absurdo para cair noutros. Não faz meses era possível repetir, em relação à sociedade brasileira, a queixa de Joaquim Nabuco no começo da República: "Nós somos a única sociedade existente no mundo a que se possa dar o nome de neocracia, em todos os sentidos: não só no de sermos governados de preferência pelas novas ideias, mas especialmente no de sermos governados pelas novas gerações, em oposição ao Governo dos mais antigos que se encontra no começo de todas as civilizações quase. Já, antes dos quarenta anos, o brasileiro começa a inclinar a sua opinião diante das dos jovens de quinze a vinte e cinco." Saímos, porém, para o avesso. Escapamos do domínio da UNE para o predomínio dos IPM[9].

Na proporção em que soubermos reencontrar o equilíbrio da legalidade democrática, em que soubermos assegurar que os técnicos, por mais heréticos, continuem seus trabalhos; os cientistas aprofundem suas pesquisas, sejam quais forem suas heresias; os sacerdotes vivam na vida cotidiana aquela palavra de Lacordaire: "*Sauvez le monde, ne sauvez pas vôtre âme*"; na medida em que o Governo saído do ventre de março e das noites e auroras de abril saiba garantir o direito à heresia e o dever da rebeldia, alguns moços poderão vir a ser poetas, historiadores e políticos, do que tanto havemos precisão.

Jornal do Brasil, 4 de agosto de 1964

---

[9] Inquérito Policial Militar (N. do Org.)

O DÉCIMO ARROZ DE CUXÁ

Pois é como lhes digo: o verdadeiro arroz de cuxá não se faz, acontece. Essa é a única regra que me parece mais ou menos certa; e quando a proclamo é porque tenho a esperança de que o leitor apareça um dia lá pelas minhas bandas, na minha cidade natal de São Luís do Maranhão, e é meu dever ao mesmo tempo espicaçá-lo para a aventura e preveni-lo contra seus riscos.

Eu bem o vejo daqui, desconfiado, a me perguntar há quanto tempo se pratica, no Maranhão, o arroz de cuxá: e não serei inexato se lhe disser que o costume se perde na noite dos tempos.

O primeiro Conselheiro Paulino, o grande visconde de Uruguai, foi menino no Maranhão e ali há de ter provado o arroz de cuxá, embora sua mãe, francesa, não o enumere entre as delícias gustativas da terra nas suas cartas do tempo em que ele estudava em Coimbra – e o Brasil se fazia independente.

Quando, na segunda metade do século XIX, Gonçalves Dias apareceu por lá, na festa de Nossa Senhora dos Remédios (estava namorando Ana Amélia, cuja mão não teve por ser mulato e filho natural), não se vendia na praça em frente da igreja arroz de cuxá. Pelo menos João Francisco Lisboa não o diz. Mas abro um poeta popular daquelas eras, muito celebrado pela tendência para o bestialógico, Fábio Joaquim Ewerton, e ele canta a sua terra:

> Tem quiabos vinagreira
> Que aqui, se faz cuxá!
> Peixinhos da água salgada...

Os versos são de 3 de agosto de 1868. Em 1883, Ferreira de Araújo, nas suas "Balas de Estalo", na *Gazeta de Notícias* (aqui no Rio), escreve que cada terra brasileira, além do seu uso, tem a sua comezaina característica; e dá ao Maranhão o arroz de cuxá.

Vinte anos depois, os senhores Vítor Godinho e Adolfo Lindemberg andaram por São Luís e provaram o "célebre cuxá maranhense, o prato essencialmente indígena", que apenas lhes mereceu, por sinal, "uma aprovação cortês".

E em 1912 o mesmo fez o senhor Paul Wale, que se calou sobre o gosto daquele *sauce verdâtre*, embora sugerisse a possibilidade de sua origem portuguesa.

Vai daí, perguntareis: – Pois se há tanto tempo se faz esse arroz, como dizeis que ele não se faz, acontece?

E eu me explico, mas primeiro busco no *Dicionário de vocábulos brasileiros* que em 1889 o visconde de Beaurepaire Rohan publicou a definição que ele dá de "cuxá", abonado em informação de D. Brás Baltasar da Silveira, e que é perfeita: "Cuxá, s.m. (Maranhão) – espécie de comida feita com folhas de vinagreira (*Hibiscus Sabdariffa*) e quiabo (*Hibiscus Esculentus*) a que se junta gergelim (*Sesamum Orientale*) torrado e reduzido a pó, de mistura com farinha de mandioca. Depois de bem cozido deita-se sobre o arroz, e a isso chamam 'arroz de cuxá'."

É isso, e nada mais, nada menos. Vede como é simples e não há nada mais difícil.

Porque de dez, um. Porque em cem vezes que a mistura se processa, o mais perito, o mais delicado, o mais minucioso dos cozinheiros acerta em dez, e dá-se por feliz, muito feliz.

Ora, no geral, ou o cuxá sai muito azedo, ou muito amargo, ou muito doce, ou muito insosso, ou muito com gosto de queimado, ou muito ao mar, ou muito à terra. E eis que ele é justamente o prato em que devem ficar juntas e separadas todas as coisas, formando um sabor novo, mas bem perceptível cada uma delas, como numa sinfonia se identificam os violinos, o piano e as flautas...

No verdadeiro cuxá a vinagreira lembra que a vida é às vezes ácida, mas sem esse tempero de azedume não pode ser vivida; traz, por aí, o choque da realidade (e isso é salutar). A farinha é doce, embora um pouco monótona (*un peu fade*, queixava-se Montaigne, quando há quatro séculos quis prová-la na França), e assim também não é, por vezes, o ser? Com o quiabo vem o gosto das aglutinações físicas e morais, das afinidades eletivas. Gergelim liga a gente ao nascimento da civilização, que da Babilônia foi ao Egito e do Egito a Israel, e através dessa evocação leva ao Oriente e às suas oleosas volúpias, pois ao Maranhão chegou das Índias (quando as naus portuguesas entravam pela sala de jantar). Camarão tem de haver, fresco e seco; o primeiro trará pedras do oceano, tocas de bichos do mar, e será bastante presente para dar a sensação de vísceras tenras; e o segundo há de incorporar ao verde humilde do prato o sol do Equador e o sal das costas oceânicas, obtido pela fricção larga e poderosa dos ventos sobre as águas. Peixe? Não no cuxá, mas fora dele. Peixe bom é um complemento talvez indispensável, e deve ser feito, de preferência, em azeite de coco-babaçu, extraído, se possível, pelo processo que os índios usavam imemorialmente e que consiste não em torrar as amêndoas ao fogo, mas em deixá-las secar ao ar livre, queimar ao sol e depois socá-las em pilão de bacuri, pequi, gameleira ou pau-d'arco. Acrescente-se (mas isso é um caso pessoal) que há de ser sem falta peixe-pedra, pescado em São José de Ribamar; mas disso não saberei falar a quem por lá não tenha nascido (ou pelo casamento não se haja feito maranhense); e aos estrangeiros, que direi que lhes desvende o mistério? Pois se o peixe-pedra nem dicionarizado está!

Dou um conselho a quem queira: Procure fazer-se amigo do escritor e poeta e orador e contista (e ex-deputado e ex-governador e senador) José Sarney. É na casa dele que se come o melhor cuxá do Maranhão, embora sujeito aos percalços da espécie.

Ou então faça o seguinte: vá a São Luís, anuncie pelo rádio e pela TV que anda atrás de cuxá. Maranhense é hospitaleiro por demais, compreenderá, convidará.

Aí o visitante correrá a escala, dois péssimos, dois maus, dois sofríveis, dois bons, um melhor. Mas insista e elogie sempre, porque pode lhe acontecer o décimo, e então céus, mares e terra se abrirão na sua boca e, se morrer em consequência, morrerá decentemente.

Jornal do Brasil, 25 de agosto de 1964

É PRECISO, SOBRETUDO, NÃO SER DISCÍPULOS DE MANECO ARAÚJO

O Conselheiro Maneco Araújo – doutor Manuel Alves de Araújo, Ministro da Agricultura do Gabinete Martinho Campos – era um dos chefes liberais do Paraná, no tempo de Pedro II; e tinha fama de homem de espírito. Pedro Luís referiu-se a ele nuns versos, em que evocava os colegas de Academia:

> O Maneco Araújo, esse brejeiro...

O brejeiro Maneco foi político sério, sempre de sobrecasaca e cartola de castor. Almeida Nogueira informa que sua única diversão era o jogo de bilhar.

Pois é do Conselheiro Maneco Araújo uma palavra que define, para mim, o drama do formalismo jurídico diante da presença da força na conquista do Estado, seja pelo golpe, seja pela revolução. Ele era monarquista sincero e caiu, a 15 de novembro, com o Gabinete Ouro Preto. Não aderiu, como tantos, tantos outros. Mas estava tranquilo quanto ao efeito dos atos e decretos do Governo Provisório. A começar pela Proclamação da República.

– Tudo isto é nulo. Tudo o que se está fazendo é radicalmente nulo.

– Mas, por que, Senhor Conselheiro?

– Por ser contrário à Constituição...

***

Creio que a primeira lição a tirar dessa historinha é que é preciso, antes de tudo, não ser discípulo de Maneco Araújo. Com todo o respeito pela memória do Conselheiro, não adianta cultivar qualquer forma de sebastianismo. Não, a Pátria nunca é desgraçada nem ingrata, não adianta romper com os fatos, nem desconhecê-los. Não se briga com a História. Nesta manhã de setembro, e até que as armas ou as urnas, mudem, o Presidente da República não é mais o doutor João Belchior Marques Goulart, é o Marechal Humberto de Alencar Castelo Branco.

Disso precisamos convencer-nos todos. Mas quem precisa, com perdão da má palavra, convencer-se em primeiro lugar é, salvo seja, o Presidente Humberto de Alencar Castelo Branco.

A primeira função do Presidente é não engolir sapos antes do almoço, fazer, antes, que outros os engulam. Dizem-nos, a cada momento, os apologistas do Marechal que ele não está solidário com o que se faz até, por vezes, com sua assinatura, no plano da invasão militar das universidades e do terrorismo cultural. Mas de duas uma: ou o Presidente aceita, consente e assina, ou não há como aceitar, consentir e assinar. Dizem-me também (passei quarenta dias e quarenta noites em jejum de jornal) que o meu amigo General Geisel não foi tão minucioso, imparcial e enérgico na apuração do policialismo exacerbado em torturas quanto devia. Não acredito, conheço Geisel; mas nessas coisas não está comprometido o Governo só, sim todos nós brasileiros que a injustiça de má-fé ou a tortura a um único infligida tocam a todos, entre homens livres.

***

Ouso acrescentar que o primeiro problema de relações públicas do Presidente Castelo Branco é conquistar a *intelligentsia* brasileira, cuja grande maioria já esteve a seu lado, mas depois começou a se afastar cada vez mais pela misteriosa lei secreta da solidariedade pessoal entre os adversários ideológicos que a governa. E isso por dois motivos. O primeiro psicológico, o da sua própria tranquilidade íntima: à sua maneira discreta e sem fazer o que no Brasil se chama vida literária, coisa simultaneamente detestável, traiçoeira e saborosa, ele sempre pertenceu à *intelligentsia*. A verdade é que, tirante alguns senhores esporádicos e anedóticos, embora transitoriamente impressionantes, em caminho do pijama convinhável nos postos para isso habituais, o movimento de 31 de março resultou, nas classes armadas, da conjunção de duas forças: uma cultural, a do grupo da Escola Superior de Guerra; outra ideologicamente militante, a da oficialidade da FEB que, desde sua volta ao Brasil dos campos da Itália, luta por uma democracia legítima no País. O Marechal Castelo Branco, expoente dessas duas forças, não pode evidentemente desinteressar-se da opinião, sobre ele, dos homens que escrevem.

O segundo motivo é, para usar um jargão desgracioso mas exato, da própria ESG, psicossocial. Não cabe saber se ela estava culturalmente madura e moralmente preparada para isso, mas a verdade é que, de uns dez anos para cá, a *intelligentsia* assumiu neste País a direção da opinião pública. Ninguém se iluda ou antes se iluda quem quiser. Os surtos panfletários, na velha linha *démodé* da calúnia e da descompostura, poderão parecer dominar nos instantes de crise. Mais profundamente o que influi é a palavra de Gilberto Amado, o artigo de Tristão ou Schmidt, o ensaio de Afonso Arinos, a crônica de Rachel ou Drummond, a reportagem de Callado, etc., etc. Ora, como conquistá-los? Não há de ser na base do jantar com vinho francês. Não basta o sorriso ou a confessada admiração. Por outro lado, não se explica que tendo a seu lado alguns dos homens mais inteligentes do País – Luís Viana Filho, Eugênio Gomes, Adonias Filho, com largo círculo de relações entre seus colegas de vida literária, tendo como Ministros Milton Campos, o General Golbery, Roberto Campos, Juarez Távora, tendo como Secretário de Imprensa José Vamberto, com vinte anos de profissão, correção e estima geral – o Presidente veja cada vez crescer mais o equívoco entre ele e grande parte da *intelligentsia*, a menos que se faça a ressalva, insultuosa para ele, de que tem de ir devagar porque é prisioneiro da linha-dura.

Já que disse isso, ousarei acrescentar que o só meio de conquistar a *intelligentsia* é promover as reformas, as reformas de base, isto é, políticas, e as reformas de estrutura, isto é, econômicas e sociais. Como disse, passei semanas sem jornal. E foi bom. Ouvi gente de todas as tendências e uma impressão geral: a de que o Governo tinha "esfriado". Será injusta, mas ainda domingo a vi refletida no excelente editorial do JB. Chegou até a se estabelecer no meu quarto um debate comparativo entre os cem dias revolucionários de Roosevelt e os duzentos dias conservadores do

Marechal. A discussão ferveu tanto que fui obrigado a calar-me, e os visitantes, em honra do meu miocárdio, a acompanhar-me. Só depois me acudiu um argumento: é que se em duzentos dias o Marechal ainda não transformou o Brasil, pelo menos não fez como Napoleão que em cem dias reconquistou e jogou fora um Império.

Mas receio que mesmo esse bom argumento não impressionasse.

Jornal do Brasil, 29 de setembro de 1964

O QUE IMPORTA NÃO É UM SEGUNDO MAS O PRIMEIRO ATO INSTITUCIONAL

Acabo de saber o que decidiu o Supremo Tribunal em relação ao caso de Goiás; mas meu assunto não é esse. Basta-me ver que tirante alguns radicais, de farda ou sem farda, no geral estes últimos mais belicosos, já acabou aquela conversa mais desinfeliz, que só a leviandade de alguns seres falantes, refletida com malícia maior ou menor na imprensa, podia admitir: não se fala mais num segundo Ato Institucional. Como se fosse possível haver, sem antes se pronunciarem armas ou urnas, um novo Ato, paralelo ao primeiro e que tacitamente o revogasse ou derrogasse. A admitir que outrem, que não o Congresso e, com ele, o Presidente da República, exerça a principal função do Estado – não a de nomear, mas a de legislar – estar-se-ia, por isso mesmo, depondo o Presidente da República e o Congresso. Pois a lei, que não for feita por eles, é feita, por isso mesmo, contra eles...

***

Pelas armas, não. Nem por um minuto me parece possível um novo Ato, que pelas armas mude o primeiro, e com ele o Governo. Estou mesmo convencido de que o 11 de novembro de 1955, em termos de confronto militar, só se encerrou pela derrota dos conspiradores de agosto de 1954 – que naquela hora conheci de perto – porque na realidade faltavam-lhes os instrumentos de ação, isto é, os comandos efetivos. Hoje, na hipótese de uma decisão heroica, saberão eles decerto agir com a competência profissional e a coragem por vezes temerária com que honraram as armas brasileiras na luta contra o fascismo (circunstância que tranquiliza quanto a vê-los infectados de neofascismo).

***

Mas onde o Ato Institucional corre perigo é no julgamento das urnas. Pois, ao contrário do que se diz, entre insultos – suportados com paciência democrática –, ao Presidente da República e a seus ministros, nos alto-falantes e arredores da linha-dura, os erros cometidos não se situam no plano econômico nem mesmo no social, mas no político. A começar pelo propósito de reduzir a monólogo ou a um diálogo ameno o debate democrático, com a exclusão da vida pública das vozes mais radicalmente discordantes. Quando a gente lê, por exemplo, a lista dos carcomidos que em 1934 não podiam ser votados é que se compreende a inoperância desses exílios numa sociedade politicamente aberta.

***

O Ato Institucional foi o primeiro documento outorgado ao povo brasileiro sem a promessa de consultá-lo nas urnas em tempo oportuno. Não discuto a tese do golpe de Estado ou da Revolução como fonte do Poder. O que acentuo é que, historicamente, foi essa a primeira vez em que neste País a autoridade de fato inovou constitucionalmente justificando-se apenas pelo próprio Poder.

Em 1824, dissolvida a Constituinte, o Imperador outorgou a Carta, mas deu-lhe como fundamento a vontade dos povos do Império através das Câmaras Municipais. A Constituição não foi, assim, apenas outorgada, mas jurada, isto é, aceita. Houve até aquele detalhe dos dois livros colocados na Câmara da Corte para recolher um deles as assinaturas a favor da Carta, isto é, do vencedor, outro contra ela, isto é, a favor dos Andradas e mais vencidos e exilados, livro este último que ficou ("grande nação e péssimo caráter!", diria século e meio depois o Deputado Aliomar Baleeiro) ficou em branco como as santas almas...

A 15 de novembro, a República foi proclamada provisoriamente. O próprio Governo Provisório em seu primeiro decreto dizia aguardar, "como lhe cumpre, o pronunciamento definitivo da Nação, livremente expressado pelo sufrágio popular". A Constituição provisória, aprovada a 22 de junho de 1890 pelo Ministério, regeu como norma positiva, mas foi submetida como simples projeto à Assembleia Constituinte. Providenciou-se, é certo, o Regimento Alvim e, dentro dele, o sufrágio popular expressou lindamente uma Nação republicana-conservadora.

Não foi diverso o que aconteceu em 1930 com a Lei Orgânica do Governo Provisório (só que a convocação da Constituinte desta vez não foi fácil, pois o castilhismo positivista reingressava vencedor na vida brasileira, com sua obsessão da ditadura republicana e seu gosto do poder pessoal).

Até mesmo a Carta de 1937 acenava com o plebiscito para confirmá-la e ao mandato do seu decretador... É certo que esse plebiscito nunca houve e nele nunca se pensou a sério. Não importa: nem mesmo em 1937, no golpe, aliás, dado em nome das Forças Armadas e contra o comunismo, se chegou a ditar a regra constitucional sem o *appel au peuple*. Sem prometer a participação do povo para aprová-la, já que não fora ouvido para elaborá-la.

***

O Ato Institucional, na sua introdução aforismática, não promete ouvir, sobre ele, oportunamente, o povo; mas essa audiência é inevitável. Gumplowicz, como seu discípulo brasileiro que redigiu aquela introdução, só acreditava no Poder, cruel emanação da força física ou da sujeição psicológica. Assim é nos regimes totalitários. Mas nas democracias modernas, de modelo ocidental, onde a história é uma conquista da liberdade (Croce), o encontro dos fatos políticos com a opinião popular é inevitável. Pode ser adiado, não suprimido.

Ouso pensar que até hoje não se inventaram, realmente, senão duas formas de criar a lei. Ainda agora as encontro, lado a lado, num estudo do Professor Frédric Chayette, sobre o constitucionalismo medieval: "o que agrada ao Príncipe tem a força de lei", dizem as *Institutas* de Justiniano, que creem no Poder; "o que toca a todos tem de ser por todos aprovado", responde o *Codex*, que crê no povo.

Assim, através dos séculos, se desdobra esse diálogo. E, por mais estranho que pareça, a garantia das instituições e dos indivíduos contra o estéril instinto punitivo das minorias moralistas está hoje no Ato Institucional, a cuja sombra tantas e tão graves injustiças se praticaram. Nele se cristalizou o sistema moderado. O que importa já agora é mantê-lo contra o sebastianismo de uns e o ditatorialismo de outros.

Jornal do Brasil, 24 de novembro de 1964

O MARECHAL-PRESIDENTE, SOB PALMAS DOS GOVERNADORES, DISSOLVE O CONGRESSO

Uma vez já foi assim, mas a história nem sempre se repete:

1º ATO

O Marechal está indignado com o Congresso. Bem que lhe tinham insistentemente proposto dissolvê-lo no dia da posse. Mas recusara. Não lhe parecia justo fechar quem o elegera (se bem que sob pressão militar não de todo discreta). Veterano de uma guerra decisiva, o Marechal é, porém, além de bravo, reto. Suporta com alternativas de raiva ou resignação democrática que jornais ligados à linha mais frenética da própria Revolução, firam-no ou a seus ministros na honra pessoal ou patriótica, chegando a acusá-los de interesses em empresas privadas ou concessões ao estrangeiro. Agora, porém, já não aguenta mais. Exército e Armada, unidos, não compreendem que, tendo conduzido a Nação sem um tiro à gloriosa revolução republicana, tolere tanta incompreensão civil.

O Marechal assina o manifesto que dissolve o Congresso, com frases irrespondíveis:

"Achamo-nos minados por todos os lados, e a ideia restauradora ganha caminho à mercê dos mais funestos elementos de dissolução social."

"Os inimigos da Pátria tentam francamente a destruição das instituições."

"A sua arma é o desespero de todas as classes, o descrédito das nossas finanças."

"Sofre o povo a carestia da vida e não longe estarão a miséria e a fome."

"Sofrem o comércio e as classes produtoras do País, devorados por ominosos sindicatos."

"Quanto mais exuberante é a agricultura, tanto mais a fraude esteriliza a sua seiva vital."

O Tesouro próspero, e entretanto mostram a Nação ao mundo como "arruinada". "Não há insídias que se não excogitem" – diz-se no gosto da época – para dividir as Forças Armadas. Os depostos, tratados generosamente, afrontam, conspirando ou provocando. A linguagem da imprensa a eles ligada "é um brado de insurreição diária e audaz". Cada pequeno episódio interno se explora lá fora para anunciar tirania ou fantasiar guerra civil. Os discursos do Congresso dividem os Poderes, são verdadeiras armas de guerra contra a Revolução.

"Para evitar todos esses males, resolvo dissolver uma assembleia que só poderá acarretar ainda maiores desgraças."

"Assumo a responsabilidade da situação e prometo governar com a Constituição, que nos rege."

E para que ninguém pense que as reformas não virão ou que vai voltar a ditadura, acrescenta logo: "Serão decretadas e completadas as reformas... Um decreto convocará oportunamente o novo Congresso."

2º ATO

Começam a chegar os aplausos dos Governadores. O do Ceará, também general, diz que cumprirá ordens lealmente, mas logo se lembra de que preside uma unidade da Federação e manda novo telegrama: aplausos e felicitações. Amazonas: "medida salutar"; Maranhão: "meio único de salvar a Pátria brasileira". Piauí: "Podeis contar com minha dedicação e lealdade". Rio Grande do Norte: – dedicação, lealdade, Constituição, "mantenho-me atento". O de Minas, um altivo, fala em eleições, mas está com o Marechal: "Das urnas livres nunca vos hão de sair dissabores". Outros grandes Estados, como São Paulo, a Bahia, o Rio Grande, limitam-se a comunicar que reina ordem.

Mas não se opõem: opor-se mesmo só o positivista doido do Pará. Mas Pernambuco: "ato acendrado de patriotismo. Podeis contar com inteiro apoio e adesão deste Estado..." O de Alagoas acha dever de bom brasileiro contribuir para que se complete assim a obra da Revolução. Para o de Sergipe, não há brasileiro que não proclame o Marechal patriota benemérito pelo serviço que acaba de prestar à Nação. E o do Estado do Rio: "População satisfeita aplaude Generalíssimo".

É verdade. Na primeira festa nacional seguinte, o Rio delira ao ver passar em revista às tropas fiéis, o Marechal-Presidente.

Aliás, o Marechal-Vice-Presidente da República, que, por sinal, não era do PSD (o PSD não existia ainda), recusa-se a participar da parada. Sua farda, manda dizer ao Presidente, "não está capaz".

3º ATO

Vinte dias depois, para evitar derramamento de sangue, o Marechal-Presidente renuncia. Um Almirante, bravo como o Marechal-Presidente, Custódio de Melo, tomara a iniciativa da revolta. Deodoro manda chamar Floriano para assumir, acham-no de chambre, tomando café. Não estava entre os conspiradores ostensivos, uns já presos por outros militares também graúdos, outros nos postos de luta. Chega ao palácio: "Você, Manuel, sempre patriota". E a outro General, Argolo, como ele e Deodoro veterano da guerra: "Agora que triunfamos não haja excessos".

No dia seguinte, começam a chegar os telegramas dos Governadores. O de Piauí protesta, como a Deodoro "dedicação e lealdade", o do Rio Grande do Norte espera que Floriano continue a dar provas de amor à Pátria, o de Pernambuco se dispõe a continuar na "colaboração patriótica em prol da República", o Estado do Rio "confia em vosso patriotismo na sustentação da República e da autonomia dos Estados". Cesário Alvim diz: "Minas aplaude a solução pacífica que teve a crise política, explorada pelos maus de modo prejudicial à República", e promete "apoio franco e decidido" para uma "política sábia, justa e elevada". Antes de ser bombardeado em palácio, em defesa de seu mandato, o General Governador do Ceará telegrafa: "O Brasil, tudo confiando na profunda sabedoria do valoroso soldado seu primeiro magistrado, exulta-se, volta-se para vós e fica tranquilo. O Ceará está comigo

e portanto convosco"... Não adianta: tem o destino dos outros, que vão saindo todos, uns pela renúncia, outros pela deposição.
Vinte dias depois de dissolvido, o Congresso é reaberto.
E sob o mando de Floriano se abre a era da guerra civil.

Jornal do Brasil, 1º de dezembro de 1964

DO MEU AMARGO NATAL, UMA NOVA ESPERANÇA

Tive um Natal amargo este ano.
E não sei falar de outra coisa.
A rigor, preferia o silêncio. Mas falo.

Não por mim. Sou um homem a quem Deus deu duas das maiores dores com que pode marcar o ser humano. Perdi dois filhos em menos de dois anos. Perdi antes um rapaz de dezoito anos em minutos. Perdi agora uma filha de doze anos que os atravessou entre a vida e a morte. Cuja sobrevivência foi dia a dia conquistada pelo heroísmo, pela santidade materna, ajudada do afeto do próximo, do próximo mais próximo e do próximo mais desconhecido. Perdi um filho cuja inteligência sensível amanhecia para todas as vocações da vida pública e todas as visões do mistério poético. Que, morrendo como herói e mártir, mostrou de que matéria moral era formado, de que matéria carnal fora investido. Perdi uma filha que as alegrias que nos deu nasceram dos seus grandes olhos e do seu puro sorriso, pois não chegou a falar, e na sua cadeira de rodas, no emparedamento do síndroma terrível, era apenas uma silenciosa presença, uma sombra perene, inconvulsa, mas inerte.

***

Por que falo agora? Por que, de repente, deixo transbordar um coração que tantos anos se calou como se dentro dele não chorasse a fonte oculta?

Eu poderia conter as represas da emoção. Mas falo porque, pela segunda vez, o problema da infância brasileira se situa brutalmente diante de mim em seus aspectos mais desgraçados.

Ontem, com o assassinato do meu filho, era esse caminho da cruz, que começa com o abandono e acaba na delinquência. Hoje, com a morte da minha filha, é a situação da criança excepcional.

Ainda são felizes os que, como eu, podem arrancar recursos do salário para atender às necessidades mínimas dos mutilados profundamente.

Mas à proporção que o retardamento intelectual se faz menos dilacerante e crescem as possibilidades de sobrevida, é paradoxalmente maior a angústia dos pais diante do amanhã.

Ouso mesmo dizer que ela não distingue pobres e ricos. Porque, por mais ricos que sejam, onde encontrarão, em nossa terra, uma casa, um lar, que lhe acolha o filho no dia em que faltarem? Não há nem mesmo um levantamento objetivo das coordenadas gerais ou apenas censitárias do problema. Nem se sabe qual o número de crianças excepcionais existentes no País!

O que existe são devotamentos imensos, a começar pelo de Helena Antipoff, velhinha, sábia e santa, a quem hoje se negam as verbas úteis mas amanhã se levantarão as inúteis estátuas. E há o esforço dos que dominam o sofrimento pessoal para agir coletivamente, em sociedades como a APAE, a Pestalozzi, a ABBR, e convocam a bondade brasileira para organizar-se fora da moleza e do sentimentalismo.

Mas querem saber com que contam? Narrarei um episódio. Quando, há dois anos, levei para *O Cruzeiro* minha ridícula mania de que jornalismo é um instrumento de cultura popular, pude encaminhar à APAE o donativo feito pelo ator Kirk Douglas dos direitos autorais de um artigo sobre o carnaval carioca. Foi uma conspiração sentimental e faço justiça aos dirigentes da grande revista: uma vez combinado o destino da promoção, já não discutiram se ela valia os quinhentos mil cruzeiros. A Diretoria da APAE, surpreendida com a notícia, suspirou. Parecia milagre: precisava desesperadamente daquelas cinco centenas de contos... Ora, quando se sabe que mais do que isso há quem dê por um vestido ou gaste num jantar...

E não me venham dizer que a Fundação Nacional do Bem--Estar do Menor já foi criada e conta com a bênção que é ter Milton Campos no Ministério da Justiça. Porque ela jamais poderá ser panaceia aquietadora do sono da sociedade.

***

Tudo está por fazer. A começar – o que é necessário e difícil – pelo despertar da consciência coletiva. E – ainda mais necessário e ainda mais difícil – pelo despertar das consciências individuais para o fato de que não é uma vergonha ter um filho excepcional. De que essa cruz não pode ser carregada escondido. De que a criança diferente educável deve ter educação adequada, de sorte a se sentir, não posta de lado, vista com desprezo, pena ou ridículo, mas integrada, feliz, salva.

Creio nos milagres da bondade brasileira. Creio na sua possibilidade de organizar-se, vencendo a nossa tenuidade econômica e o nosso temperamento dispersivo. Ainda agora vi uma instituição funcionar primorosamente: o Pronto-Socorro Infantil Santa Lúcia. Quanto devotamento, quanta competência! Que bondade, desde os dirigentes, os médicos e as enfermeiras, ao mais humilde dos auxiliares.

***

No mundo das inúteis premonições que frequentemente recordamos, encontrei entre os livros lidos e relidos por Odylo Costa, neto, em seus últimos dias – *O fazendeiro do ar*, de Drummond, os romances de Malraux – certos trechos assinalados em *La Condition Humaine* que mostram não ser alheia ao seu mundo espiritual a meditação sobre a morte e a dor: "Não é fácil morrer."; "Que valeria uma vida pela qual não se aceitasse morrer?"; "Não há dignidade que não se funde sobre a dor."; "Toda dor que não ajuda ninguém é absurda".

Toda dor que não ajuda ninguém é absurda. Se esta minha dor, agora renovada e outra vez esmagadora, vier a ser útil aos outros, sinto que meu amargo Natal floresce em esperança e divina consolação.

Jornal do Brasil, 19 de dezembro de 1964

ONDE COMEÇA E ONDE ACABA A DEMOCRACIA

Num antigo número de *Encounter*, a grande revista inglesa dirigida por Stephen Spender, o parlamentar inglês Chistopher Hollis publicou uma palestra que proferira na Universidade de Leeds, tomando por tema esta pergunta: "*Can Parliament survive?*", pergunta que, de certa forma, os congressistas brasileiros estão, vivendo hoje com algum bom humor, alguma coragem – e em muitos a decisão de salvar os parlamentares mesmo à custa da desgraça do Parlamento.

Os cuidados do inglês eram outros, e ele os enfrentava "sem alarma nem complacência". E estudava a reforma do Parlamento inglês com sabedoria temperada de sorriso, que não excluía da crítica antigos costumes, com o *all night sitting*, as sessões que varam a noite, as leis feitas na hora em que as pessoas honestas no geral estão na cama – se não são, além de honestas, boêmias.

O pequeno ensaio é bem inglês até quando se queixa de que as sessões muito prolongadas – muitas horas no dia e muitos dias no ano – impedem o parlamentar de ganhar a vida lá fora, de permanecer cidadão comum em vez de virar político profissional, com o ponto de vista do político profissional. Aqui discordo dele, acho que uma Nação não vive nem se faz grande sem políticos profissionais, e a própria Inglaterra é o melhor exemplo disso; mas não posso deixar de ler com simpatia sua observação de que o Parlamento é como o *cricket*, que não vai para a frente se a gente não arranja alguns amadores para jogar...

Para que as instituições se tornem obedientes "não a fórmulas abstratas e doutrinárias, mas à imaginação do povo", sustenta o senhor Hollis que o eleitor precisa ter uma ideia concreta do mecanismo para que está escolhendo o seu representante. E cita o senhor G. D. H. Cole, que escreveu:

"O que resta da democracia se dissolve diante da máquina governamental. Porque a essência da democracia reside menos em escolher o Deputado do que em conhecê-lo. As vilas são, por isso mesmo, lugares mais democráticos do que as cidades, mesmo quando o fidalgo e o pároco dirigem a votação. Ser democrata não é o mesmo que professar opiniões avançadas ou crer na democracia. A democracia começa quando um homem se põe a conhecer seus vizinhos como gente de verdade (*as real people*) e, a menos que comece desse jeito, não começa de jeito nenhum".

Meu Deus! Como tudo isso é tão bonito!

* * *

Aqui no Brasil não devíamos ler os ingleses. A experiência do Parlamento monárquico já o mostrava: discutia-se aqui como se estivéssemos em Londres, as formas românticas da sociedade e da política floresciam sobre o sofrimento e o trabalho dos escravos. A República fugiu desses refinamentos e fez bem: deu ao seu jogo de classes e de clãs familiares estratificados no Poder o nome de Democracia, e foi andando, através da década militarmente inquieta e revolucionária da era de vinte, até o drama de 1930.

Depois veio o voto secreto mas a mesma mão que o decretou esmerou-se em diferentes coloridos ditatoriais. E um dia, desacostumados como caboclo com roupa de brim engomada em domingo de festa, reestreamos o treino eleitoral.

Viva a Democracia, sobretudo temperada de militares militantes.

***

A democracia brasileira começa em meu sertão maranhense, e não preciso contá-la ao Ministro Milton Campos, em vésperas, ao que leio, de propor a reforma dos Partidos e das eleições. Bem sei que ele conhece política não apenas da leitura dos grandes tratados e da excelente *Revista Brasileira de Estudos Políticos*, que tão bem dirige o nosso comum amigo professor Orlando Carvalho.

Mas aqui lhe deixo uma anedota – cuja autenticidade não juro – mas que lhe dirá bem onde começa e onde acaba a democracia nas minhas bandas.

Quando o atual Deputado Henrique La Rocque foi candidato a Senador pelo Maranhão, eu, Neiva Moreira e Franklin de Oliveira nos empenhamos com toda a alma na tarefa que era menos a de levá-lo ao Senado do que a de forçar os interesses criados, quebrar a crosta dos quadros vigentes, permitindo novas soluções democráticas para a vida da nossa província natal. O candidato do Governo era o senhor Carvalho Guimarães, que o despeito dos velhos coronéis do PSD, obrigados a votar nesse veterano oposicionista por um capricho do destino, apelidava de Chapéu de Couro. No dia da apuração, numa comarca do Vale do Mearim, o chefão, ao mesmo tempo juiz, escrutinador e fiscal, desassistido da oposição, que não conseguira forçar as barreiras armadas do município, contava os votos:

– Chapéu de Couro! Chapéu de Couro! Chapéu de Couro!
De repente, apareceu um irredento. E ele:
– La Rocque! Ô diabo, quem votou nesse francês?
E continuou a ladainha:
– Chapéu de Couro! Chapéu de Couro! Chapéu de Couro!
Inesperado, outro voto:
– La Rocque!
E ele, rasgando, rápido, a cédula:
Não vale. Votou duas vezes. Aqui não tem dois homens com essa coragem...

Conhecia seus vizinhos. Ali começava a democracia. Assim se elegiam governos legítimos e se faziam escolhas estupendamente majoritárias.

Jornal do Brasil, 5 de janeiro de 1965

A PONTE: DE QUE FOI FEITA E COMO FOI PINTADA DE FURTA-COR

Num desses vagos projetos que a gente acalenta sabendo que nunca realizará – mas guarda dentro de si para não ressecar no contato com as dores da vida – sonho morar um dia na minha cidade natal de São Luís do Maranhão. Minha gente sempre foi do Vale do Parnaíba: gente da terra, que rasgava o chão com a força do seu braço, cabeça dura, poucos escravos, brejo de águas grandes e buritizeiros, chapada de bacuri e pequi, alguma rês mansa, agregados que choram quando me veem. Eu, porém, nasci na rua da Paz, em São Luís, e pelo mistério que liga cada homem ao primeiro ar que respirou, gostaria de acabar de envelhecer num casarão de azulejos da cidade ou numa quinta no Caminho Grande.

Numa das últimas vezes que por lá andei, indicava a Ponta da Areia como lugar ideal para fazer casa nova ao meu gosto velho, quando alguém me avisou: – Compra logo terreno do outro lado do Anil. Vem aí a ponte de São Francisco.

É a história da ponte que me chega, narrada, num folheto em papel de jornal, com poucas páginas (trinta ao todo), por um dos poetas maranhenses da minha predileção, José Chagas, bardo dos maiores que tivemos em todos os tempos; e que num mirante, olhando para a Baía de São Marcos, entre quadros do pintor Almeida (outro que admiro), teimosamente recusou, vai para um lustro, por amor espiritual e apego físico a São Luís, um convite meu para trabalhar no Rio.

"Obra moderna e antiga/ do mundo do faz de conta", ele a historia com sutileza verbal que se encanta nos contrastes, compondo seu romance ao jeito dos cancioneiros eternizados nas feiras do sertão, e dirigindo-se ao Senhor das Verbas para confessar-lhe:

> Mas sei que quem governa
> tem lá sua ciência
> e que a ponte é eterna
> por não ter existência.
> Por isso é segura
> sobre o precipício
> e sempre se inaugura
> que inaugurar é vício.
> Sei de vosso projeto
> de fantasia exata:
> construir de concreto
> uma ponte abstrata.

Essa ponte – que enche o intervalo entre o vago e o irreal, "traço de sigilo/ entre o como e o porquê", "começo do que não se finda", "aro que se enquista/ de sol e sal sobre o mar", vale o ouro do poente, o tesouro dos azuis austrais:

> Mais do que ponte
> ela é fonte
> mais do que obra
> ela é sobra
> mais do que arco
> ela é arca.

E o poeta enumera as maledicências contra a ponte: quem a considere curta, apesar de infinita, quem a defina rio de ouro banhando uma ilha, mas ferindo as entranhas da terra: "De ouro? De lodo/ é que o rio é", quem sustente que só os cegos podem vê-la. Ou ainda,

> Que a ponte introduz
> para um e outro lado
> a pesada cruz
> de um povo espoliado.

E esse nome simbólico de São Francisco, porventura não assentará numa obra etérea, feita apenas de ar e de fé?

> Ponte sobre marisco
> contra o mar e suas vagas
> e até contra São Francisco,
> quer de Assis, quer das chagas.

Por ela, inaugurada, reinaugurada, aniversariante, fotografada, comemorada, consagrada, passam carros fantasmas em noites de assombração...

De que foi feita a ponte? Confiaram em São Francisco, mas o santo não era protetor da "doce vida", recusou-se a fazer o milagre de botar a engenharia do céu para erguer a ponte do mar.

> E então engenheiros
> aqui mesmo do chão,
> buscando empreiteiros
> para a construção,
> trouxeram colunas
> de nuvens, do ar,
> refizeram dunas
> de sonhos do mar,
> criaram seus arcos
> de brisas errantes,
> inventaram marcos
> de sombras gigantes,
> e a ponte, afinal,
> se ergueu para os céus.
> (Não vê-la é sinal
> de que somos incréus.)
> E assim, quando a maré vaza,
> a ponte vaza também,
> deixando na maré rasa
> os sinais que ela não tem.
> Depois, se a maré se alteia,
> se alteia a ponte também
> – esse milagre de areia
> nunca visto por ninguém.

Ora, um dia chegou dinheiro para pintar a ponte. Era preciso fazer dela um presépio sobre o mar. Mas de que cor pintar o inexistente? De verde e amarelo? De vermelho? "Bolchevizar o abismo", nunca. "Pintar de azul não podia/ que azul a ponte já era:/ cor de distância vazia/ contornando toda a esfera." Todas as cores são lembradas e recusadas, até que surge a solução na ordem mais sábia:

> Se a ponte é feita de furto,
> pinte a ponte furta-cor.

E o poeta logo define:

> Daí porque a ponte é isto:
> arco-íris da ilusão,
> sempre visto sem ser visto
> nos ares do Maranhão.

Essa é a história verdadeira e cruel do caso da Ponte de São Francisco, tal como a conta o grande poeta José Chagas. Seu poema, disputado com igual veemência pela polícia e pelo povo, depressa se esgotou. Não posso transcrevê-lo todo, nem me cabe juntar ao seu verso límpido minha triste prosa. Deixem-me apenas acrescentar, num grito de amor: Ai, Maranhão, Maranhão da minha alma...

Jornal do Brasil, 12 de janeiro de 1965

SCHMIDT, DESTA VEZ A ROSA NÃO TEM ESPINHO NENHUM

E de repente, esta notícia na noite. E a pena dos anos em que passamos separados. Schmidt se queixava a um amigo comum: – "Ele me estende o ramo de rosas, quando me atiro sinto os espinhos..."

Depois, num dia amargo, me escreveu: "Já não tenho razões para não me confessar seu amigo..."

Da última vez, veio me ver. E, embora risse, estava triste: – "Não duro muitos dias, você vai ver. Mas não falemos nisso."

Não, não foi essa a última vez. Da última vez estava muito alegre, fez-nos rir, velhos e novos amigos. Ficamos tanto tempo conversando... Falava alto, ria alto, a voz e o riso enchiam a sala.

***

Faz quanto, vinte anos?, mandei-lhe sem assinatura este soneto:

> Como um ataque de epilepsia
> se apoderam de ti os elementos:
> desabam sobre ti águas e ventos,
> funda tristeza e trêmula alegria.
>
> Escravo em Babilônia, a morte esperas
> e profetizas no convulso coro
> dos rios e dos pássaros. As feras
> mansas se agrupam para ouvir-te o choro.

Mal sabes onde vais. Cego de espanto
és apenas o intérprete embriagado
da presença do mundo e da distância

do tempo. E como um louco ou como um santo
és arrastado ao limpo céu da infância,
redimido do barro e do pecado.

***

    Ontem, por um desses acasos que marcam a vida da alma, andei revendo papéis velhos e entre eles encontrei esses pobres versos. Não conseguiria compor outros nem mesmo esboçar uma página de jornal, dessas condenadas ao efêmero mas capazes de guardar consigo a emoção do instante, nesta hora em que as memórias me invadem.
    Vou vê-lo ainda esta noite, o corpo libertado das inquietações da alma, a alma separada das imperfeições do corpo. Mas o diálogo já não se travará mais. Já não nos será possível reconjugar a vida.
    Schmidt, meu velho, esta flor de papel, esta rosa cor-de-rosa em fundo azul, não tem perfume, mas não tem espinhos.

Jornal do Brasil, 9 de fevereiro de 1965

A TENTAÇÃO AGRÁRIA

Na introdução às suas *Manhãs de São Lourenço,* Alceu Amoroso Lima confessa que sofre, como qualquer de nós, da tentação agrária. E se indaga qual o motivo profundo desse insistente convite rural na sua vida de homem da cidade. Esse amor do campo seria herança dos antepassados minhotos, que lavravam a terra nas margens do Lima? Reação contra o nascimento citadino e a vida toda entre arranha-céus? Saudade do vale verde que era o Cosme Velho da sua infância? De qualquer sorte, nele – como em tantos de nós – a secreta partitura da alma é o cheiro do mato...

Em mim, não tenho dúvida, sei de onde vem esse irresistível chamado: descendo de avós lavradores, que cultivaram com a força dos seus braços a terra do Vale do Parnaíba. Criei-me passando as férias no mato, em brejo, paul e lagoa, debaixo de árvore grande. Fiquei marcado para o resto da vida por esse gosto. E não podendo fazer por lá mesmo a inútil tentativa de recuperar os tanques da meninice com a volta à paisagem natal, desforro-me fugindo para a serra fluminense.

Ainda agora o fiz, na difícil despedida. No nome do sítio São Luís do Socavão procurei juntar minha incurável paixão pela cidade natal ao velho apelido daqueles brocotós. A simultânea evocação do santo francês e do agressivo isolamento brasileiro produz em mim a sensação da poesia – uma poesia violenta de pancadas no estômago. Naquele recanto da serra do Brasil, uma dobra de morro onde só há de plano o lugar da casa, encontramos frios ares, rosas de vária cor, águas cantantes, pêssegos insípidos mas abundantes, e sobretudo um silêncio cortado de pássaros. Março já se foi, mas as quaresmeiras ainda têm flores; e amadurecem laranjas, na primeira carga que verga os arbustos de hoje, árvores de amanhã. Meu coração já não me permite descer à cachoeira ou aos maracujazeiros, lá embaixo. Mas esta paz quase horizontal, a que me vejo reduzido, transitando pelos caminhos onde a inclinação é menos sensível, bastaria para as curas da alma, se não fossem tão fundas as marcas do destino.

Não há latifúndios nestas voltas da montanha fluminense. E a rigor não há minifúndios. A conservação e o trato do solo fazem-se de maneira inteligente e capaz pelos herdeiros dos que há um século – ou mais – por estas bandas viviam de lavoura. Mas a terra sempre foi pobre, ou o café, de que ainda restam aqui e ali alguns pés, assim a tornou. Pobre e quase nunca plana, ainda assim brota, colheita a colheita, ano a ano, em legumes e verduras. Poderia vir a fornecer, além deles e com abundância maior, flores e frutos: este é o clima das rosas e dos lírios, e as palmas-de-santa-rita são aqui nativas. E os abacateiros, que viram três presidentes da República – porque as coisas andam depressa no Brasil – já se preparam para florescer.

Deito-me numa rede nortista (insisto nela com a mesma teimosia com que planto buritizeiros) e ouço os visitantes.

Um está acabando com a criação de galinhas e a produção de ovos, pois galinha carece de hora certa para receber ração e ovo de hora certa para ser vendido. E quem pode confiar nesses caminhos de lama, que chegaram mesmo a tragar caminhões e gente?

Outro indaga onde arranjar recursos para um arado, já nem fala num trator. As terras de que cuida não são suas, mas o dono as entregou em suas mãos como se suas fossem. Mas nem a cerca pode recompor, mal tira do chão para se sustentar.

Antônio Raimundo criou vinte e dois filhos, treze dele, nove alheios, que trata como seus. Estava tirando um cortiço, abelhas o picaram, caiu ao chão, lembra-se de que acudiram, voltou a si. Sobe a pé mais de duas léguas; posse, lá embaixo fica a quinhentos metros acima do nível do mar, sua terra está a mil e duzentos... Se encontrar quem dê por ela o que vale, vende: por estas alturas não há médico; e sem estrada...

Não seria preferível, eu me pergunto, voltar a formas de associação anteriores ao Estado ou dele independentes, e por meio de mutirões sucessivos manter as escolas, limpar os caminhos, desenlameá-los, valetá-los, calçá-los, lançar pontes, rasgar atalhos mais curtos, policiar os costumes, cuidar da saúde, numa palavra, fazer tudo aquilo que o Poder Público deveria fazer e não faz?

É o que por vezes nos aconselha o nosso desespero de sitiantes. Ou então largar tudo, trocar – quem sabe? – por um pequeno apartamento na cidade...

Mas basta que um pé de milho apendoe, ou uma rosa nova lentamente imponha sua glória contra o ataque das formigas, ou os caquis maduros ofereçam à vista seu espanto vermelho, para que as lamentações se esvaziem de sentido, e todos voltem à mesma terra e à mesma teimosa esperança.

Jornal do Brasil, 13 de abril de 1965

BATALHA BRASILEIRA OU A GUERRA DAS ROSAS

DESCRIÇÃO

Pregoada foi a guerra entre Vermelhos e Azuis.
Vozes assustadas advertem:
– Este povo sentimental é, por isso mesmo, cruel.
Vai ser uma sangria uma sangueira capoeira cangaceira brasileira.
Os Vermelhos?
Darão e derramarão sangue, sem dúvida, para que desça, sobre eles e sobre os outros, que aliás, iludidos, não a querem, a aurora da Revolução, pois Deus não existe.
Os Azuis?
Dão a vida, própria e alheia, na defesa de Deus e da Pátria, da sacratíssima honra das famílias e do não menos sagrado direito de propriedade.
Contra a Corrupção e contra o Comunismo, vale a pena matar ou morrer.
A guerra vai ser civil no nome mas bastante incivil nas maneiras.
Vai comer fogo.
Ninguém sabe se amanhã estará vivo ou morto.
O mar se tingirá de sangue até as costas da Inglaterra e mesmo *Saint-Tropez*, na *Côte d'Azur*, onde tantos brasileiros descansam das fadigas do século.

O pior são as crianças e as mulheres – algumas senhoras, entretanto, bastante exaltadas – e o possível bombardeio dos apartamentos da orla marítima.

Oficiais, de um lado e de outro, cospem labaredas.

Os soldados obedecem.

Avançam.

Uns descem as montanhas, outros sobem.

Há um dragão espantado dissolvido no ar.

Aproxima-se o Dia do Juízo Final, mas ninguém tem tempo de reler o Apocalipse: todos se preparam para vivê-lo, e, enquanto isso, ficam em casa pregados no rádio, a virar o dial atrás de notícias, da Rede para a Cadeia, da Cadeia para a Rede.

Legalidade ou Liberdade?

Ferocidade no ar.

O orador Azul grita (pelo microfone) ao Almirante Vermelho:

– "Avança, que quero te matar com minhas mãos, como se esmaga a um rato na calçada."

E diz aos fuzileiros: – "Matem o seu Almirante."

– "Matem, matem!" – exclamam (pelo rádio) os Vermelhos. – "Soldados, prendam seus oficiais. Camponeses, matem os fazendeiros. Incendeiem as casas! Matem! Matem!"

(Pois Deus não existe, e sim o Homem.)

O Serviço de Informação do poderoso Esquema Vermelho, sempre vigilante – o preço do Poder é a eterna vigilância – ignora que a Fábrica de Pólvora Azul há meses está parada.

Mas quando os Vermelhos vêm a saber que os Azuis avançam destemidos, sem uma só bala nas metralhadoras, nos fuzis limpos e nos ruidosos canhões, atônitos diante de tanta coragem, rendem-se, jogando por aí as armas automáticas de último tipo, *made in USA* e cedidas pelos acordos americanos, exclamando, com irreprimido entusiasmo patriótico:

– "Nossa!"

– "Minha Nossa Senhora!"

– "Nossa Virgem Santíssima!"

– "Vão ter coragem assim, seus fascistas, na *demoiselle* que os pôs!"

PRECE FINAL

Senhor meu Jesus Cristo, Deus e Homem Verdadeiro – que existes e és Brasileiro – permite que as próximas revoluções também acabem em abraço, que não em sangue, para alegria de todos nós, pobres mortais, totalmente incapazes para as artes da guerra, que não gostamos de matar nem de ser mortos, ofertados em sacrifício na euforia belicosa dos radicais.

Jornal do Brasil, 28 de julho de 1965

ENEIDA

*É*ramos três... Assim começava-se poesia numa certa época e digo começava-se porque o vício narrativo não foi apenas deste ou daquele, mas de tantos que iniciavam com uma história e dela passavam à alegoria. "Foi ele, de nós três..." "Sou a saudade, a tua companheira..." "Éramos três em torno à mesa, três que a vida..." Pois éramos três, não digo mais. Os outros dois chamavam-se Heráclio Sales e Eneida.

Heráclio, Deus lhe dê longa vida. Não acrescentarei útil porque não sei que ele a queira viver sem que o seja: nasceu para servir como respira, lê, ouve música, e digo ler e ouvir música pois são nele usos tão óbvios quanto respirar.

Mas não falo do vivo, sim da morta. Morta? Não receie o leitor que esta página se manche de sal, há muito qualquer choro cessou nas minhas aparências. Morta? Meu Deus!

A última vez que a vi, que a vimos, já estava paralisada em metade de um corpo que outrora dançara tanto. Mas sequinha, alegre; o fio de voz ainda murmurava amanhã, sua casa, nós, comida do Pará. Tão limpinha, os olhos não tinham perdido uma gota da luz verde no rosto moreno, a mão livre também falava, aqueles dedos onde as juntas doíam de morrer, mas não a impediam de bater à máquina, era preciso ganhar a vida. A vida? A sobrevivência.

Não, nessa derradeira vez: não falamos de pijamas de seda amarelos. Era nos últimos tempos, tão duros, um dos meus jeitos de fazê-la rir, embora contestante, contestantíssima. Negava os pijamas de seda amarelos, que usara no madrugar da mocidade, quando meu amigo Clemente, estudante desterrado no Pará, passava e repassava infinitamente em frente aos jardins da sua casa sem nunca jamais ter coragem de dirigir palavra, aceno de cabeça, grudar de olhos àquela criatura que custava a crer que existisse. Agora que não podemos discutir mais senão um dia de túmulo a túmulo (e ainda assim estaremos tão longe, ela em Santa Maria de Belém, eu ali em São Francisco Xavier junto com minha mãe e os filhos que já entreguei a Deus), concederei que não fossem amarelos. Mas seriam de seda. E que seda seria bastante sutil, aconchegante, roçagante (a palavra é de José de Alencar, lembrou-me agora) para vestir aquele corpo entre todos belo? Outro amigo morto (caminhamos entre sombras) Marcello Rizzi (você se lembra, Chico Barbosa?) imaginou numa história um doido achando pouco os ouros e púrpuras da igreja. – "Se Deus existe, que pano ou esmeralda será bastante para vestir quem fala com Ele ou por Ele?" Pois indago: que pijama de seda, amarelo ou dourado, bastaria para cantar em carícia aquele relampejar da natureza?

Éramos três no *Encontro Matinal*. O nome saiu numa conversa de redação e Raul Lima já o contou, Osório Borba opinando muito, "começo de conversa" creio que já havia, erramos daqui para ali, queríamos uma coisa que fosse o instante rápido de prosa fiada de dois amigos que se veem no amanhecer, que há de novo? bem, té logo. *Matinal* era para nós manhã alta, ficávamos noite adentro na escravidão do jornal, mas para o leitor o despertar na antemanhã, cinco horas a folha estava na rua.

Não amunhecamos, Heráclio e eu. A vida é que nos levou para outros deveres, noutros lugares. Secretário de imprensa desse grande e límpido brasileiro Café Filho, ainda tentei conciliar coluna e tarefa. Era impossível. E Heráclio varava as madrugadas na leitura dos livros que criticava, diabo de homem obcecado de exatidão, mais ainda, da Verdade. Ficou ela só.

Mas não a deixou o meu amor, o nosso amor: Nosso aqui envolve toda uma casa. A mim e Nazareth leio numa dedicatória dela "amigos que amo em qualquer situação". Depois conheceu o bravo rapaz que perdi, ele ia chamá-la para a praia, o dia estava nevoento, mas quem proibiu praia em dia nevoento? Iam-se os dois, ele adolescente, ela não era sua avó, era sua irmã.

Ainda viveu para ser madrinha de casamento de Pedro e Paloma. "Não te preocupes", dizia aos pais, "viverei até lá". Viveu.

Viveu. Só depois é que veio o fim. Já não podia mais escrever aquela prosa cantante e simples, com cheiro de banho de cheiro, de capim-de-cheiro, e de céu e mar, se é que céu e mar têm cheiro. Mas ainda amava aqueles a quem uma vez (e para sempre) amou, e eles a ela. Vocês se lembram, Carlos Ribeiro, Peregrino, Drummond, Prudente?

***

Não foi a um daqui de casa que pediu que reensinasse as rezas da infância. E receio que fosse já o sinal da morte numa tentativa de reconquista do paraíso lúdico da menina do Pará e não um reencontro com Deus que a inspirasse. Mas Deus, o doido do conto de Marcello Rizzi sabia, existe; e nesta hora ela estará envolvida de âmbar e esmeralda – seu rosto, seus olhos! – para vê-lo na face indestrutível. De âmbar e esmeralda? De capim-de-cheiro, de banho de cheiro, de céu e mar, e terra, terra e árvore, e perfume de flor de sapucaia, daquele que faz a alma leve, leve...

Diário de Notícias, 9 de maio de 1971

VIVA O ÁLBUM!

*S*enhor Redator do *Encontro Matinal*:
Aqui onde me vê permita que me apresente. Chamo-me João da Silva, tenho 65 anos, bacharel em direito, moro em Ramos, o que permite certa convivência com o mar (através das passarelas da Avenida Brasil). E não lhe trago problemas de solução impossível. Apenas quero trocar umas ideiazinhas, se Vossa Senhoria permite, tomando ambos nós cuidado para não sair perdendo na barganha, coisa que (ouvi dele próprio) costumava acontecer ao velho João Ribeiro.
Ora, pois, não tenho problemas pessoais. Após quarenta anos de jornalismo e advocacia, aposentei-me pelo INPS[10] com a grossa maquia de trezentos e pico cruzeiros mensais, suficiente para satisfazer os mais desvairados caprichos da família. Ainda este ano tencionamos viajar para e pelo Amazonas (está aí à vista a Transamazônica e, se até lá continuarem a cair, com poeira e ruído, tantas árvores gigantescas, quantas nos sói ver no cinema, dificultando o passeio, cortamos até Brasília, que fica perto, e dali pegamos o asfalto até Belém, de onde daremos um pulo rápido a Manaus). De volta (sou casado segunda vez e os meninos mais novos, que os há, já se preparam) conheceremos Florença e gondolaremos em Veneza, riscando lentamente depois, sem o cuidado excursionante das madrugadas coletivas, França e Espanha até os rios transparentes do Minho.
Enquanto, porém, isso não acontece, leio os jornais, vício antigo, e incurável. E eis que observo uma circunstância: tirante

---
10 Instituto Nacional de Previdência Social. (N. do Org.)

a citada em reportagem preparada pelos Departamentos de Pesquisa ou a que emana da prosa do senhor Carlos Drummond de Andrade, não vejo linha de poesia nas folhas.

Ora, senhor redator, lá vou sempre cometendo os meus pecadilhos poéticos, nos intervalos das minhas farturas, e vai daí tomei a peito esclarecer a coisa.

Tenho um telefone, e não o digo para gabar-me, pois quem não o tem hoje, e funcionando rápido e nítido? Tenho um telefone, e célere o liguei para o editor-chefe de outro jornal que não o em que Vossa Senhoria escreve com tanto brilho, etc. E dele ouvi que não era simples acaso. Sua empresa, por exemplo, proibira verso ou ficção, o que pessoalmente lhe doía, pois era contista (premiado e premiável, acrescento eu, João) e, nos últimos tempos, a poesia pousara nele com frequência irresistível.

Fiquei siderado, pois tencionava pedir abrigo para meus últimos poemas nas colunas que aquele excelente amigo edita, e era ele próprio a quedar-se desamparado.

***

Estarão nossos jornais de acordo com o poeta León Felipe, que sustentava caber a culpa deste mundo de hoje a três figuras simbólicas: o poeta, o bispo e o político, três simuladores, de cuja mentira resultam vítimas os demais homens, sendo o poeta "el grand responsable", pois canta enquanto arde Roma. Canta em vez de chorar. "No es el verbo sino la lágrima que manda ahora", "nos salvaremos pelo pranto", "creio na dialética do pranto". Mas León Felipe (não fosse ele espanhol), exagerava. Nem poesia é (ou deve ser) choro apenas, nem o poeta "fez" este mundo de hoje. As artes do "fazer" lhe são alheias: seu ideal está em "ser".

Mas erra quem esquece que a poesia é necessária. Como o pão, dizia Baudelaire, e embora suspeito, não mentia. Viva o álbum da normalista de outrora! Viva o poeta parnasiano, contando sílabas à sombra das mangueiras! Antes isso do que nada.

Creio que os donos dos jornais, senhor redator, o que receiam é a avalancha da vaidade inédita de damas da sociedade, militares (da ativa), industriais com ações bem cotadas na bolsa, banqueiros prestimosos, por acaso desaguantes em verso.

Mas poesia, antes pouca e mesmo má, do que nenhuma.

Não tema Vossa Senhoria a pressão das vaidades. Restabeleça, em letra de forma, na sua folha, a dignidade humilde da presença da poesia. E, caso resolva atender a este apelo, fique Vossa Senhoria certa de que, com alguns amigos, poderemos fornecer matéria poética de forma a permitir não apenas uma coluna cotidiana, mas toda uma página, ou mesmo um suplemento que seja, se coragem não faltar a Vossa Senhoria para enfrentar a materialidade do mundo de hoje.

Muito seu admirador, João da Silva.

Pela cópia, Odylo Costa, filho.

Diário de Notícias, 16 de maio de 1971

CONVERSA DA SEMANA

Sei que é tarde, Inês é morta, mas pelo sim pelo não vou avisando: não li os romances de Agatha Christie (a não ser os que todo o mundo conhece), e não sei que personagem morreu comendo maçã, não tenho estatuetas do Padre Cícero aqui em casa, e não sei onde andarão, nesta confusão da recente mudança para este recanto do Flamengo (Senador Vergueiro será Flamengo ou Botafogo?), os recortes de jornal sobre os 80 anos de Manuel Bandeira. Isso posto não posso ajudar ninguém na gincana da PUC.

Posso, entretanto, se o pedirem, nessa ou noutra, ceder o fardão acadêmico; mas há de ser apenas para quem me ofereça em troca um dos figurinos de homem do Balé do Senegal. Digo de homem por uma questão de ressalva viril, mas acrescento para quem os não tenha visto que, masculinos ou femininos, são os chambres (a palavra para mim nada tem de francesa: cheira a infância e aos camisolões que usávamos de pés descalços nas ruas de Teresina) os chambres mais belos do mundo.

Aliás não só os figurinos, de um e outro sexo: antes de tudo o balé em si mesmo. Bendita sejas, Tamara, que o trouxeste, e com ele nos mergulhas na floresta do trópico – e na magia das noites.

Li, com espanto, que a companhia se viu num dilema: ou cobria os peitos das mulheres ou vedava o espetáculo aos menores de 18 anos. Ambas as soluções sendo inadequadas e injustas, teria preferido a segunda, com o que permitiu a entrada a velhos que já nem recordam o que sejam, impedindo-a a jovens que não carecem do Municipal para saber o que são. Erros do mundo dos homens! Como se houvesse uma imoralidade peculiar dos seios – a par daquela *mythologie du sein*, característica do nosso tempo.

O tema assume seus aspectos regionais, e nele o Brasil merece ser lembrado: enquanto na Inglaterra proibiam um cartaz de Jane Mansfield por excessiva, aqui um repórter, ao que se lembrarão alguns do meu tempo, descaiu-lhe a blusa para ver se eram verídicos. Eram.

Há uma pesquisa a fazer sobre a erótica do romantismo brasileiro, sobretudo da poesia romântica, onde, embora houvesse aquele poeta que, preferia o pé ("adorem outros palpitantes seios/ seios de neve pura"), os peitos, brancos, morenos, negros, figuravam bastante. Depois a lavadeira, que Álvares de Azevedo só via da janela, passou para a rede do poeta, e ficou disso documento na "Iniciação amorosa" da fase modernista de Drummond: "Uma lavadeira imensa, com duas tetas imensas, girava no espaço verde". Isso quando o moço queimava de 40 graus de febre, pois na rede ela lhe dera "as maminhas que eram só minhas".

No estupendo espetáculo do Balé do Senegal, nem as tetas são imensas nem o espaço verde. Mas quem for vê-lo se há de revestir – é o menos que se pode recomendar a morador destas bandas – daquele espírito de aceitação da beleza e singularidade do corpo humano que já se encontra no Diário de Colombo, na Carta de Pero Vaz de Caminha, egressos de civilizações vestidas, vestidíssimas, para encontrar na América os povos nus, com as vergonhas limpas de cabeleiras, cerradinhas e os peitos descobertos; e só não os reprovaram – como fizera o Dante "*alle sfaciatte donne fiorentine*" – como os louvaram sem olhos exclamativos, embora, como é natural, contentes.

Haverá erotismo na dança senegalesca, mesmo vestida. Mas a dança que não tem amor tem morte, quando não tem, ao mesmo tempo, amor e morte, morte sempre vigilante para penetrar nas aparências da vida. Haverá, pois, Eros, mas há sobretudo poesia, uma poesia sensual e selvagem, nem por isso menos avassalante e autêntica. Eu ia acrescentar contagiante, mas receio que riam de mim. Pois riam. Riam de mim, mas se aquele desabar de corpos que antecede o quadro final prosseguisse um minuto a mais eu seria capaz de jogar-me no palco, à procura de ancestralidades desconhecidas que ferviam na ascensão da consciência coletiva. Na ascensão? No mergulho? Não sei. Sei é que música, e corpo, e dança são também formas de emergir para a lucidez da presença divina.

E fico por aqui antes que me torne confuso. Amanhã já é segunda-feira e tornaremos à Bolsa. Dizia-me ontem um querido amigo que o espetáculo deste Brasil de hoje é uma resposta ao aforisma do senhor Roberto Campos de que todo desenvolvimento econômico é amargo e sacrificatório. Aí o temos às gargalhadas, numa euforia que atinge a massa dos que, não podendo comprar ações, jogam na Loteria Esportiva. Evoé! Evoé! À Bolsa, à Bolsa, onde até hoje não se sabe quem tenha perdido. À Bolsa, onde todos ganham, ninguém perde, enquanto não a fecha a indignação dos virtuosos que ainda nada compraram nem venderam, e por isso não lhe sabem o gosto proibido! Mais tentador que seio nu do Senegal...

Diário de Notícias, 23 de maio de 1971

POESIA, ESSE MISTÉRIO

*S*ou um tímido. Quem não me conhece bem, talvez não saiba, talvez não acredite. Mas querem que conte? Lhes contarei. Rapaz, muitas vezes enfrentei o problema da falta do dinheiro do bonde para ir dormir em casa porque não tinha coragem de me aproximar do balcão do *Jornal do Comércio*, onde o velho Adão – nunca houve homem melhor no mundo – distribuía vales e fiscalizava com afeto o murchar, através deles, dos meus 250 mil-réis de salário. Duzentos e cinquenta mil-réis! Eram uma fortuna? Nem tanto que a golpes de dez, vinte e cinquenta não acabassem.

Resta muito do eu de outrora em mim, embora a vida me tenha obrigado a afoitezas e dívidas. Mas num plano sobretudo nunca tenho segurança que me baste: no que escrevo, sobretudo poesia. Gostava de saber escrever como quisesse o que quisesse. E a alma, então, saber contá-la!

Sou tímido. Recebo ainda agora o primeiro livro de poemas de Terezinha Correia Moreira, filha do meu excelente e velho amigo Azevedo Correia, sobrinha neta de Raimundo Correia. Filha de um poeta, sobrinha-neta de outro, dos maiores em todos os tempos da língua portuguesa nestas e noutras bandas do mar, que coragem a dessa moça em fazer versos! Eu meteria de vez a viola no saco, Deus me livre, que herança para esmagar! Ela, não: publica o primeiro livro, outros virão, atingirá, Deus a ajude, a altura a que o sangue a predestina, embora não tenha, como o tio-avô a sorte de nascer em águas maranhenses.

Nesta coisa de poesia me confesso um embaraçado: nunca sei se ela desce ou não em mim. E já nem sempre me animo a indagar a opinião dos amigos, desde a vez em que Carlos Castello

Branco, a quem perguntava se um dos meus sonetos monocórdios prestava, quase me censurou: – "Não pergunte isso não. Não ande perguntando isso não. Você anda perguntando muito isso. Fica mal para você. Você já sabe a resposta. Não faça isso não." E calou-se, nunca tendo falado tanto de uma só vez na sua vida que eu ouvisse.

Monocórdios? Pois sim; são. Que posso fazer? A infância e o amor, o mergulho em mim e a fusão de dois seres num só, tudo no fim é uma coisa apenas, e sou eu mesmo, assunto de poeta lírico. Dói-me a guerra do Vietnã: não sei fazer poesia com ela. Parece que estaria agravando o sagrado.

Monocórdios? Ainda recentemente deixamos Santa Teresa: vinte anos, queridas faces, queridas árvores, morro, igreja, farmácia, armazém, barbeiro, meus olhos correram tudo mas saímos como escravo fugido, sem coragem de falar com ninguém. Homem não chora, mas não sei se meu coração aguentaria. Saímos? Fugimos. Mas ao saber que a casa que Renato Soeiro reformara para nós, onde Manuel Bandeira jantou seu último vatapá, onde minha afilhada Ateneia bebeu o Porto do casamento e houve gargalhadas infantis e danças de moça e rapaz e a sombra silenciosa, ia abaixo, bem que tentei uns versos. Nada saiu. Cantava na memória o verso de Manuel: "Vão demolir esta casa..." Mas dentro eu estava seco, seco. Pedrara.

E um dia destes o acaso me faz jogar os olhos nestes versos do moço Márcio Tavares d'Amaral. Como soube ele, na sua mocidade, dizer o que apesar do largo trato comigo a poesia me negou? Dou-lhe uma filha em casamento, e ainda fico devendo:

A CASA

A casa está vazia, e é como se fosse
um boi que morreu.
É como se fosse uma flor
que morreu.

Por fora ainda resiste
a última caliça,
Mas de dentro saíram os livros
os quadros
e os passos que sabiam todo o chão.

> Agora que todos saímos,
> ela pode cair.
> E é terrível como nos dói
> sua última fidelidade.

Quem tinha (e tem) razão era aquele francês cujo pensamento Otávio de Faria pôs como epígrafe a um ensaio de outrora: "Um poeta fala, fala dele. Escutai: fala por vós. Aproximai-vos: fala de vós". Ao que o Otávio daquele tempo acrescentava (e ainda hoje de certo acrescentaria): "Nós temos a poesia para não morrer da realidade".

Diário de Notícias, 30 de maio de 1971

DAS NÃO COMIDAS

Não receie o leitor que não falarei coisas discutíveis, como a nacionalidade do filme que o cineasta holandês George Sluizer quer fazer sobre a minha novela *A Faca e o Rio*. A história é brasileira, brasileiros o autor, e os atores, e a paisagem, e as paixões; a fala é o português do Brasil; mas George Sluizer não nasceu aqui, nem mora há mais de cinco anos por estas bandas de Nosso Senhor. Donde se conclui que o filme é flamengo, tão flamengo como se a flamengada tivesse continuado mandando no Maranhão até hoje.

Também não falarei tristezas: a morte de José Augusto, modelo de homem público, que acreditava na liberdade do ser humano e nos milagres da educação popular, calarei sobre ela.

Proponho amenidades dominicais; e, para que não sejam gulosas, falarei, em vez de comidas, não comidas. Das não comidas.

Desde logo ressalvo que não me refiro a certos gostos da cozinha brasileira que se perderam. De que adianta saber se o leitor gosta de içá torrada, se já hoje não se vende formiga assada em tabuleiro como em São Paulo há um século, naquele tempo em que o estudante Júlio Amando de Castro levantou barulho grosso no teatro, num 7 de Setembro de gala, recitando versos do seu colega Francisco José Pinheiro Guimarães:

"Comendo içá, comendo cambuquira, vive a afamada gente paulistana."

Em Paranaguá, no bairro da Ilha do Mel, José Carlos Pereira de Almeida Torres, o futuro Visconde de Macaé, viu em 1821 os habitantes, "para não se dar sequer ao trabalho de uma ativa pescaria", darem aos filhos muitas vezes cupim misturado com a terra das casas do térmita. Faz 150 anos! Mas o etnógrafo Nunes Pereira, não faz muito tempo, provou entre os maués do Amazonas, cupim, torrado, seco ao moquém, embrulhado em folhas de bananeira. Comeu e gostou. Coisas do passado ou da indiada.

Sim, não falo do gambá com brotos de samambaia, que o *Cozinheiro Nacional*, no fim do século passado, garantia ser divino, ou mesmo da cobra ao molho francês, que já neste nosso Paulo Duarte serviu, para êxtase gastronômico de clientes desavisados num hotel de luxo de São Paulo, seguindo-se reações fisiológicas incoercíveis quando colocados diante da verdade: a saborosíssima enguia, de lamber os beiços, era uma simples jiboia caçada numa chácara do subúrbio. Não falo dos colibris flambados no uísque por Claude Lévi-Strauss, em 1938, em Barão de Melgaço, onde o sábio de *Tristes Tropiques* se entregou a uma orgia alimentar, durante três dias, nos campos verdes cercados de florestas úmidas: colibris no espeto, rabo de jacaré grelhado, papagaio assado, salmis de jacu em compota de açaí, guisado de mutum com brotos de palmeira, com molho de tocari e pimenta-do-reino; e jacu assado com caramelo.

Falo dos tabus que incidem sobre os pratos mais normais. Carlota Joaquina, tão antipática, uma das poucas coisas de que gostou no Brasil foi de palmito. Gostou tanto que enviou um barrilzinho de palmito já preparado e conservado na manteiga ao irmão, Fernando VII, o balandrau, Rei de Espanha. Pois há muito brasileiro que refuga palmito. John Casper Branner sugeriu a Capistrano de Abreu a necessidade de exportar farinha para os Estados Unidos, sua Pátria, a que regressava. – "Para quê?" – indagou Capistrano. – "Para fazer pirão. Haverá coisa melhor do que pirão?" Pois muito brasileiro, por aí, detesta pirão. E há mesmo quem cometa o erro grave de comer cozido sem pirão – como se fosse europeu a comer *olla podrida* ou *pot-au-feu*...

Ah, os tabus alimentares brasileiros. Já não digo os individuais: de que adianta saber que João Ribeiro não comia galinha ou que Café Filho chegava a identificar, no molho mais complexo, a presença incômoda da ave detestada? Mas por que, por exemplo, o caboclo do meu vale do Parnaíba acha reuma em tanta caça ou criação, que poderia ser – como por lá se diz – refrigério em dia de fome?

Haverá, também, um ângulo histórico. Conta Pigafetta que achou no Brasil muita galinha: a raça se multiplicara no primeiro século mas o tabu não deixava índio comer, a frota de Fernão de Magalhães se regalou. Será verdade?

O primeiro preconceito vindo de Portugal chegou cedo. Foi Tomé de Sousa quem trouxe. Tinha pretexto de ordem religiosa: em honra a São João Batista, que morreu decapitado, o primeiro Governador Geral do Brasil não comia cabeça de peixe.

Nóbrega tentou convencê-lo de que era tolice. Tomé de Sousa resistiu: aquela bobagem supersticiosa se apegara na sua natureza. O padre não teve dúvida, obrou depressa um dos seus mais graciosos milagres. Mandou deitar a rede ao mar, veio só cabeça de peixe, bem fresca, muito fresca. Tomé de Sousa era teimoso, mas não era burro. Logo ali mesmo largou a mania, entrou na sopa de cabeça de peixe.

Diário de Notícias, 6 de junho de 1971

QUEM COME O QUÊ?

Pensava em escrever hoje coisas graves, mas seria isso o que pretendo neste canto de página? Confesso que não. Minha ideia foi sempre a de dois dedos de prosa no encontro matinal, adeus, até logo, te telefono. Conversa fiada? Conversa fiada. Dela bem que anda precisando o mundo. Quem conversa não briga, e não há palavra ou ideia que valha morte de homem. Por isso, no rito das missas de hoje, acho lindo aquele pedido: – "Saudai-vos uns aos outros". Já saudei, em chão estrangeiro, o desconhecido. E até reparo que, desconfiados e encafifados que somos, lá por fora o gesto é mais pronto. Aqui por estes Brasis mal encaramos o vizinho de banco – do mesmo jeito que não cantamos, uns por timidez, outros por pouca ou nenhuma voz, e eu, além disso, por amor ao silêncio.

Perdoem, mas estava pensando que, se tivesse tempo, gostaria de escrever uma história do Brasil pela comida. Sustento que, no geral da nossa gente, somos, como o bardo Luís de Camões, "feitos de carne e de sentidos". E acrescento que há mesmo, nas preferências alimentares de cada brasileiro, uma revelação psicológica profunda. Tome-se Ruy Barbosa, por exemplo. Não está na cara que Ruy Barbosa era homem de galinha, moela e fígado de galinha? Tinha de ser, não podia deixar de ser. E para sobremesa doce de batata-doce, pois, como diz o versinho popular: "O doce perguntou pro doce/ qual era o doce mais doce, e o doce disse pro doce/ que era o doce de batata-doce". Esse doce assim, abundante, redundante, de uma eloquência evidente, transparente, sem mistério, devia ser o doce de Ruy Barbosa. (O que não se compreende é que, embora de batata-roxa, seja também o doce de meu amigo Carlos Chagas Filho, que une ao rigor do espírito científico as graças da imaginação e ao amor do país o senso do universal.) Pedro II? Mas está claro que também galinha, canja, havia de gostar de canja, Deus me perdoe que merecia coisa melhor, mas desde menino o educaram para essas dietas de rei que reina mas não governa. D. João VI havia de ser do frango assado até morrer, ao ponto de ter esta ideia delicada: deixar uma pensão à preta que o assava com o molho exato, ciência sutil; mas nos corredores de São Cristóvão havia de comer arroz com linguiça, chamada pelo bom rei chouriço, ainda à moda portuguesa...

Insisto na tese, dize-me o que comes e te direi quem és. Osório, o "bravo dos bravos", havia de gostar de pimenta; de pimenta havia de gostar Joaquim Nabuco, ensinado pelo Barão de Penedo (que se de pimenta não gostasse como haveria de ter enfrentado a Roma dos fortes Papas e monsenhores astutos, a Londres do século XIX, com sua hipocrisia vitoriana, seus príncipes e seus banqueiros?). E Capistrano de Abreu, havia também de – à maneira de Penedo – trazer pimentas no bolso, não surgisse a necessidade de uma refeição sumária, entre uma aula e outra, e ele sem elas, já imaginaram?

Rio Branco levou sua devoção às peixadas ao ponto de comê-las no próprio Itamaraty, em companhia de Leão Veloso, às escondidas, arrebanhadas, à revelia do médico, nalgum restaurante das proximidades; e Osvaldo Aranha, bom gaúcho, deixou seu nome ligado a um filé com batatas fritas, farofa, arroz e alho, de receita ainda não incorporada aos tratados culinários mas transmitida, verbalmente, de cozinheiro a cozinheiro, nos restaurantes do Rio.

Deixe-me contar ainda que José Bonifácio, o que verdadeiramente fundou esta Nação, e a conheceu melhor do que qualquer outro, e disse certa vez que no Brasil a esfera do real era maior do que a do possível, gostava de tudo que era pitéu brasileiro, bem brasileiro, virado de feijão com toucinho à paulista, pirão, jabuticaba, pimenta, café. Babava-se por doce. E chegou a sugerir frigideira de mamão verde com carne para prato nacional, num tempo em que ninguém falava proteínas, vitaminas, papaínas, pepsinas...

Falei em tantos nomes ilustres, quero acabar com uma história de homem do povo. Manuel Pereira era vaqueiro nos campos gerais do Piauí, campos de Campo Maior que quando a gente pisa cheiram a flores miúdas machucadas, estão lindos nestes tempos em que ainda chove. Um dia adoeceu, sentiu que a morte vinha, estava chegando, bem pertinho, se via a poeira do cavalo. Chamou a mulher: "Me mata depressa, depressa aquela cabrinha nossa, depressa que não quero morrer com fome". Mataram correndo agorinha mesmo, fizeram um aferventado com pirão, ele comeu, agradeceu a todos e a Deus, virou para um lado na rede e morreu. Nunca se fartara assim na vida. O último gosto que levou foi o daqueles bichos resistentes e sóbrios, que dão leite e carne aos brasileiros daquelas bandas, mais pobres do que eles, como diz num verso agoniado um grande poeta moço dos meus.

Diário de Notícias, 13 de junho de 1971

TEMPO DE JABUTICABA PARA BAIANO

Deixem-me começar com aquele pensamento, que há de estar em toda a *intelligentzia* brasileira, para Genaro. O grande artista luta com a morte ou, mais precisamente, seu corpo luta com a morte, na sua bem querida cidade de Salvador da Bahia de Todos os Santos. Que eles o ajudem a vencer. Por minha fé creio no milagre, embora saiba também, por ela, que o milagre é gratuito. Mas se alguém o merece é o homem em plena maturidade da criação e cujos olhos trazem, para encontrar e refletir a luz exterior, uma intensa luz de dentro, feita de delicada consciência e bondade perfeita.

Lá dizia Rilke: "a existência do terrível em cada gota de ar". Convivemos com Genaro a cada instante da sua exposição, e o vi há uma semana, alegre e despreocupado, sob os grandes olhos atentos de Nair, mas ainda não rendido.

***

Meu amigo Afonso Pena Júnior, certa vez lhe anunciavam viagens simultâneas a Paris de Fulano e Beltrano e Sicrano. A cada indagação afetiva respondiam: – "Paris." – "E João?" – "Já foi." – "E Pedro?" – "Está indo." Aí o mineiro velho entreabriu o fino riso, indagou: – "Tempo de jabuticaba em Paris?"

Pois para baiano é tempo de jabuticaba no Rio. Ainda ontem estive numa casa do meu carinho pernambucano-carioca--maranhense. Pernambucano, como se sabe, é inimigo nato de baiano. Pois tinha baiano lá, e dos bons.

Assim, mal se fecham as exposições de Carlos Bastos e Genaro, abre-se a grande retrospectiva do baiano Carybé.

Não me digam que Héctor Junior Páride Bernabó é argentino naturalizado brasileiro e não propriamente baiano; porque na verdade a Bahia e ele se escolheram um ao outro e tão naturalmente, pela mais secreta afinidade eletiva, que nós outros do resto do Brasil entramos na brincadeira por acréscimo.

A retrospectiva é inteiramente dominada pelos grandes painéis dos deuses baianos. Carybé se encontrou com a madeira, banha-se nela como Dona Janaína nas ondas do mar ou Waldemar Lopes num soneto. Valeu a pena transportar até o Rio essas peças gigantescas para expô-las em seu ambiente natural, que é o grande salão do Museu de Arte Moderna. Eu, se fosse o Governador Chagas Freitas, não tinha dúvidas: desapropriava os deuses baianos de Carybé e instalava-os sob a luz da Baía de Guanabara. Faço-lhe essa sugestão com a mesma alegria com que o vi herdar minha mesa na redação do *Jornal do Comércio*, vai para trinta anos, lembra-se? Não seria, a rigor, uma desapropriação, mas antes, uma expropriação ou mesmo uma apropriação. O nome pouco importa, nem o processo. Não foi por outro meio que Napoleão povoou a França com as obras de arte italiana. Consulte o seu Chateaubriand e você verá as proporções do saque. Mas era uma guerra! – exclamará seu julgamento de jurista. E por acaso não estamos em tempos de guerra? Aproveite o pretexto terrorista e fique com os deuses baianos.

Há, é certo, outro processo: encomendar a Carybé painéis para o Rio. Aos sessenta anos, ele está como novo, em plena atividade criadora. E quem disse que aos sessenta se é velho? A ideia do artista criador quando jovem é uma reminiscência romântica, do tempo em que a tuberculose ainda existia. Mas o próprio Castro Alves, que recentemente mestre Alceu Amoroso Lima mostrava ser "nosso contemporâneo", não queria morrer, exclamava justo o contrário... "Ah! eu quero viver...".

A mim Manuel Bandeira disse uma vez – decerto para me consolar de só ter realmente renascido para a poesia já cinquentão – que se tivesse morrido antes dos 50 deixar-se-ia incompleto: e eu o vi aos oitenta traduzir o *Rubáiyát* e se, no soneto que tenho num pequeno quadro à minha frente, composto por ele nesses oitenta, se fala do encontro com a Iniludível como de "instante que tardando vai", a mestria continuava inatingida.

Sou dos velhos. Leonardo, Miguel Angelo, Monet, Renoir, Picasso... E Victor Hugo, professor de poesia e de pensamento de Castro Alves, aos oitenta anos não fazia ainda versos e não se gabava de ainda ter os paladares da mocidade? Meu caro Chagas Freitas, festeje o sexagenário Carybé, dando-lhe trabalho no Rio, vamos furtá-lo à Bahia. Aproveite que é tempo de jabuticaba para baiano na Guanabara e dê-lhe o castigo de virar carioca. Encomende os painéis ainda hoje. Vamos prendê-lo – em sentido figurado – entre estes morros. Foi assim que os romanos fizeram do toscano Miguel Angelo um deles.

Diário de Notícias, 27 de junho de 1971

MULATAS E VELHOS

— "Não me escreva mais sobre mulatas e velhos", dizia-me um dia destes um leitor; e piscava o olho, insinuando infidelidades conjugais na minha devoção às senhoras morenas. Mas outro amigo, grande editor, querido do meu coração, me apoiava: – "Penso como você sobre as mulatas e sobre José Bonifácio fundador da Nação e brasileiro maior. Gosto dele e delas como você."
Pois volto a mulatas e velhos. O tempo é propício, esta era de 1971, cem anos da lei do Ventre Livre, vinte anos da lei Afonso Arinos. Uma responde à outra, e une a glória do Visconde do Rio Branco à do autor da condenação penal do preconceito de cor, ambas limpas e nobres, com a Abolição no meio se completando na redenção da raça sobre cujo suor se fez a civilização brasileira. A cabeça de Afonso vai ficando branca, mas no coração ele permanece adolescente. Celebrando-o, lembro que há cem anos – quando Castro Alves morreu – ainda se nascia escravo no Brasil. E mais: definição condenatória dos atos de discriminação racial não basta enquanto não se completar o 13 de maio por uma reforma agrária efetiva, que realmente altera o destino do homem brasileiro em vez do sistema de robôs e máquinas que hoje asfixia sem ajudá-los em nada a sair do buraco, os coitados dos brasileiros proprietários, por desaviso próprio ou herança involuntária, de terras que não podem lavrar. Já era o que, no próprio dia da Abolição, sustentava Joaquim Nabuco.
Mas isto já são coisas graves, impróprias de domingo matinal. Voltemos às mulatas só com o fim de acentuar que o fervor por elas não é exclusivo nosso aqui por estas Américas. Encontro, num ensaio de José Juan Arrom, o preconceito que a lei Afonso

Arinos condena, mas contra os brancos, acusando-os nada mais nada menos que da crucificação de Nosso Senhor Jesus Cristo: *"Negros no hubo en la Pasión;/ índios, no se conocía;/ mulatos, no los había;/ de blancos fue la función."* A quadra é popular na Venezuela e na Colômbia. Mas é argentina esta outra, onde um reflexo do Cântico dos Cânticos doira a pele da morena: *"morenita soy señores,/ morena dei Tucuman;/ así, moreno, es el trigo;/ pero blanco sale el pan."* Esse "moreno" queria dizer apenas trigueiro? Não creio. Mulata mesmo. Há delas que matam: *"Una mulata me ha muerto:/ No hay quien prienda a esta mulata?!/ Como ha de haber hombre vivo,/ si no prenden a quien mata?"* A essa trova cubana responde Nicolás Guillén ainda mais radical, preferindo as negras: *"Si tu supiera, mulata,/ la veddá,/ que yo con mi negra tengo,/ y no te quiero pa na"* Mas o verdadeiro comentário ao preconceito racial está na quadra dominicana, com seu riso macabro: *"Si fueres al cementerio/ y vieres huesos pelao,/pon aparte los del blanco;/ los del negro pon a un lao".*

E agora deixem-me falar dos velhos. Tenho aqui na mesa quatro livros deles. O Professor Otavio d'Azevedo publica, aos 77 anos, seu primeiro volume, e em cerca de trezentas páginas analisa os *Poemas e Canções*, de Vicente de Carvalho. José Américo junta reminiscências e depoimentos sobre homens do seu, do nosso tempo, Getúlio, Assis Chateaubriand, Zé Lins, Epitácio Pessoa, Virgílio de Melo Franco, João Cabral, seres tão diferentes, e de cada um a visão é sempre válida, o olho poderoso. Ulisses Lins, nascido no ano da República, traz novas reminiscências do sertão, nas suas *Três Ribeiras*. O mais moço será Antônio Vilaça, mas este já tem um filho Secretário de Estado e Presidente da Academia Pernambucana de Letras, Marcos Antônio, e conta as *Histórias que Limoeiro conta* como se ele próprio pertencesse ao ontem somente ressuscitável na letra de fôrma.

E estes quatro livros me dão, de repente, neste amanhecer da velhice, uma sensação de euforia criadora. Ainda agora, me espantei de ver, ao julgar, na companhia ilustre de Maria Alice Barroso, Otávio de Faria, Homero Sena e Valdemar Cavalcanti, o Prêmio Esso-Jornal de Letras, a seriedade com que os moços fazem literatura. Os ensaios eram tão profundos que, às vezes a fim de melhor aclarar o jogo das estruturas criadoras, se espiralavam em diagramas e equações algébricas, para desespero do mau aluno de matemática que fui. Os contos, esses, respiravam uma atmosfera de piedade intensa, mas eram verdadeiramente virginais na sua pureza. Pois não é diverso o entusiasmo pela "coisa literária" e o senso de compreensão, de paixão pela vida, de simpatia pelo humano, que venho encontrar nestes velhos ilustres. Quando Otávio d'Azevedo identifica as constantes da poesia de Vicente de Carvalho: não só o Mar, também a Mulher, a Árvore, a Flor; quando José Américo se lembra de 37 sem amargura; quando Ulisses Lins ressuscita os chefes, os coronéis, os cabras da peste, ou quando Antônio Vilaça mergulha no passado da cidade que adotou por sua, o que me fica é uma lição de teimosia na luta contra o tempo. Assim Deus me ajude para que, como eles, saiba insistir em vez de amunhecar.

Diário de Notícias, 4 de julho de 1971

UMA DOR, UMA ALEGRIA, UM POEMA

A vida é assim mesmo, uma alegria, uma dor, e ai! de quem se fie numa contabilidade do destino: as dores e as alegrias às vezes se sucedem, Deus ora nos quer provar, ora cumular, o mais que se pode – e deve – é aceitar a amargura sem desespero e o milagre sem gritos. Conto sempre aquela dura palavra de Capistrano de Abreu a João Lúcio de Azevedo quando a filha entrou reclusa no convento: "Consolação não quero nem preciso". Queria e precisava, coitado, mas com seu olho experiente e lúcido sabia não haver, disfarçava, desconversava, pedia: "Nunca mais me fale nisto". Como se fosse possível!

Como será possível esquecer a morte de Genaro, esse grande "vidente", esse "vedor", esse raro para quem as coisas da terra se refaziam numa nova ordem, e o sol acordava as searas e as borboletas! E agora Henrique Mindlin, outro ser tão "diverso", como esquecer sua morte, marcada de meses de sofrimento, de "agonia", isto é, de "luta"! Não serei eu a querer, em poucas linhas, dizer o essencial sobre Henrique, e Jaime Mauricio já começou a fazê-lo, num ensaio a que se juntarão, certamente, outros, de companheiros e discípulos. Reivindico o direito dos sapos de fora, que chiam com a visão da lagoa inteira, para apontar a falta que Henrique faz, justamente nesta hora de crise, à arquitetura brasileira. Diante da ausência de Niemeyer e do delicado exame de consciência a que o gênio de Lúcio Costa, com suas linhas puras, não direi neoclássicas, mas clássicas, submete Brasília e tudo o que dele nasceu e se deturpou, cresce ainda mais essa falta. Henrique era um ponto de convergência, onde todos se podiam encontrar. Nele não havia apenas o "divulgador", ou mesmo o "historiador" da nossa nova arquitetura: justamente por seu senso do eterno e sua condição de filho de imigrante, descompromissado com o ontem, se fizera inevitavelmente um intérprete, um "mediador", alguém que participava mas explicava. Nele o equilíbrio se mudava em harmonia, o sonho genésico passava à ação criadora. Tudo nele era aperfeiçoamento contínuo; e lembro que um dos livros que me deu em Lisboa – onde nos fizemos mais que íntimos, irmãos – era justamente sobre a perfeição aplicada a um tema para mim apaixonante e impossuído, a língua inglesa. O destino (ou Deus?) o preparou para esse fim, dando-lhe pouco antes a alegria de rever os Estados Unidos na companhia de Kátia, a filha mais velha, menina-e-moça, para ouvir dos amigos de lá a surpresa de vê-la tão amadurecida da inteligência e da misteriosa beleza, mal apontante e já tão marcada, nos profundos olhos e nas sobrancelhas fortes, combinação misteriosa das linhagens ilustres que de mais profundo do Brasil e de Jerusalém atingiram em Vera e Henrique as supremas "formas" ideais de beleza, poder criador e sensibilidade moral.

A exemplo desta, tantas outras dores minhas foram públicas; e procurei honrá-las dando-lhes um sentido, mais alto, para que servissem aos demais homens. Deixem-me que a alegria extravase também. Casei esta semana uma filha, Teresa de Jesus: e casei-a com o homem do seu destino, Márcio Tavares d'Amaral, jovem advogado que é também um alto poeta. Nossa Senhora do Carmo os abençoou na sua bela igreja de azulejos da Lapa, da antiga Lapa do Desterro, onde fui boêmio confesso quando moço. Que simbolismo haveria nisso? Do mais dentro de mim nasceram estes versos de circunstância:

> Não há em todo o Desterro,
> toda Santa Catarina,
> rapaz de maior riqueza
> que Márcio Amaral, porque,
> sem hesitação nem erro,
> enriqueceu sua sina
> juntando-a com a de Teresa.
>
> Conquistou-a num assédio
> total, de noite e de dia:

desce vale, sobe serro,
não chorava, só sorria;
e seu triunfo hoje mede-o
aos pés da Virgem Maria,
a Senhora do Desterro.

Ó Teresa de Jesus
que nasceste tão pequena,
e és hoje a moça morena
a quem lá de cima acena
o Senhor da sua cruz,
Nossa Senhora do Carmo,
que me viu boêmio outrora
na Lapa a perambular,
de coração sempre puro
apesar de muito pecar,
me cura a mágoa secreta
das dores daquela hora
neste milagre de agora,
e dá minha filha a um poeta
na frente do seu altar.

Diário de Notícias, 11 de julho de 1971

AMOR ETERNO

Não sou de imaginação catastrófica, Deus me valha, e por isso não creio muito nas formas amenas de Apocalipse que nos propõem as revistas ilustradas, disfarçando o fim do mundo sob as aparências de comunidades *hippies* de amor grupal. Amor? Digamos antes sexo, se bem que um dos praticantes dessa versão nova das velhas orgias trazidas para o convívio quotidiano tenha dito: "Graças à troca de amantes, salvei o meu casamento". Salvou? Que salvou que valesse a pena, se é que alguma coisa salvou, esse pobre-diabo? Lembra-me aquela avançada brasileirinha que comunicou ao capelão da Casa do Estudante do Brasil em Paris, desolada ao que me contou Américo Jacobina Lacombe (veraz embora historiador): "Padre, tenho uma coisa grave a lhe contar. Perdi a fé". E o confessor rápido: "Não se perdeu lá grande coisa".

Nesse assunto de amor e casamento, leio uma notícia meio contrastante com o fim da instituição matrimonial, gritado com tanta frequência e fotografia nos quatro cantos. No preparo para a segunda Conferência que reunirá demógrafos de vinte e cinco países do mundo, em Estrasburgo, na primeira semana de setembro. O Conselho da Europa acaba de publicar os principais relatórios: E neles se anuncia que os europeus não só estão se casando mais jovens, enfrentando o tríplice problema de obter um diploma, criar um filho, prestar o serviço militar entre os 19 e 21 anos, como se casam MAIS; na França, por exemplo, 90% das mulheres se casam.

Dir-me-ão que casar não significa amar, nem amar por longo tempo. Não nego, mas reparo que a primeira e principal ideia estereotipada que nos estavam impingindo e a estatística demonstra ser falsa, é a da morte do casamento. Bicho teimoso, ele está vivo.

E está vivo porque corresponde não só, está claro, a um imperativo biológico, ao instinto mais profundo da sobrevivência, mas – perdoem dizê-lo de maneira tão diversa dos jargões em voga – ao sonho mais sério do homem ocidental.

Pois falo do amor como o concebemos no Ocidente, a partir do ideal judaico-cristão: do amor heterossexual e monogâmico, mais forte do que a Morte, daquele que pergunta: "Morte, onde está tua vitória?"

Coincide ele ou não com o casamento? Pouco importa. Ou pouco me importa. O que conta, está claro, é o amor.

Oswald de Andrade, que foi tão erradio, me disse certa vez porque: se sentia monógamo e procurava inconstante o repouso noutro ser, buscando a identificação que, embora chama, fosse imortal, ao contrário do que se proclama no soneto de Vinicius. Não seriam essas suas palavras, mas era esse o seu sentimento, e nessa matéria o que conta é o sentimento.

Ainda esta tarde refletia nisso e fui reler os versos em que um poeta da nossa língua mais sentidamente definiu esse ideal de amor: a "Purinha" de António Nobre, Margarida de Lucena mal tinha quinze anos quando o poeta, na solidão de Paris, desenhou o pensamento de levá-la à igreja. Faz exatamente oitenta anos! A data sob os versos é 1891. Saberá o leitor que depois esse amor desabrochou em noivado, e esse noivado não desabrochou em casamento porque a Mãe, ao morrer, pediu à filha que não casasse com o Poeta, já então tuberculoso, o que não a impediu de morrer da mesma sina... Mas isso são as dores da vida. O que conta, o que fica, é o sonho que António Nobre desenhou, a visão da noiva muito pura, natural "como as ervas dos montes/ e as rolas das serras e as águas das fontes", "esta Torre, esta Lua, esta Quimera"...

Meio século depois, outro poeta da mesma língua, e do mesmo lado do mar, tomava de novo o tema nas mãos e cantava o amor realizado, a casa, o pão da mesa, o pucarinho, a louça... "E o nosso quarto? Agora podes dar-me/ teu corpo sem receio ou amargura./ Olha como a Senhora da moldura/ sorri à nossa alma e à nossa carne."

E venham nos falar em sexo grupal, a nós que falamos a língua de António Nobre e Sebastião da Gama!

Deles só? Não. Muito antes deles de Luís de Camões, que sonhava um amor ainda mais longo do que a vida... "Vereis amor eterno"...

Diário de Notícias, 18 de julho de 1971

MEU COMPADRE PEREGRINO

Quem não considere amizade coisa séria, me faça um favor: seja de paz e passe ao largo. Costumo dizer que não sou, senão a soma dos meus amigos, e embora nunca me esqueça do conselho de minha mãe: "não busques a quem te foge, nem fujas a quem te busca"; penso que, depois da família onde se nasce (Chesterton dizia que a gente tem livre-arbítrio para tudo, menos para escolher os pais, os irmãos, os tios e os avós), depois do país onde se nasce, depois do amor em que se renasce (e para sempre: só quero as coisas para sempre), depois deles a grande aventura do homem é a amizade. De repente as afinidades eletivas impõem um rosto, e quando o instinto secreto avisa que se trata de criatura a quem se possa abrir a porta da casa, brota mais um prato na mesa, se rasga mais um lugar no coração. "Mundo mundo vasto mundo,/ mais vasto é meu coração", já dizia o poeta Drummond.

Não sou apenas da amizade, sou mais ainda: sou do compadresco. Como eu ia dizendo, ser compadre sempre foi, graças a Deus, coisa importante no Brasil: compadres eram os malungos, viajantes forçados dos mesmos navios da África; e, entre os brancos, muita vez o pedido do compadre impediu a punição do escravo.

Eu de mim sempre botei muito cuidado em escolher quem levasse ao batismo ou à crisma cada filho; e sempre me considerei um pouco pai dos meus afilhados, por vezes desatento na aparência, mas sempre pronto a saudar neles a bênção do padrinho, quando repontava na inteligência, na beleza e na bondade que para eles, ao pôr a mão na cabeça infantil, pedira a Nosso Senhor. É inexato que ao crescerem em sabedoria, graça e generosidade, estejam parecendo cada vez mais comigo, embora, por faceirice, costume proclamá-lo. Ressalvo, todavia, que isso não era motivo para o Embaixador Antônio Francisco Azeredo da Silveira me assacar, quando, encostando meu rosto noutro, irradiante, da mais bela e lúcida afilhada que alguém já teve, invoquei o parentesco e a bênção de padrinho e perguntei se não via, a parecença, este vexame: – "Pois é!". E como eu insistisse: – "É tudo o que você tem a dizer?" – "Pois é!". E ria sobretudo nos olhos, silencioso e sarcástico. Mas não sei se me arrasou tanto quanto outro amigo, a quem repeti a indagação. Esse se fingiu generoso: – "Parecença moral..."

Este começo de conversa vem apenas para explicar porque este encontro matinal de hoje é dedicado ao meu compadre João Peregrino da Rocha Fagundes Júnior, que abreviou o nome para Peregrino Júnior. Neste domingo ele completa bodas de prata com a Academia Brasileira: há 25 anos, Manuel Bandeira o convocava a despir o fardão e trabalhar, repetindo-lhe o verso de António Nobre: "Tendes bom corpo, irmãos! Vamos cavar!" Peregrino assim o tem feito. Soltemos os foguetes que cabem.

Não são ilimitados. Pelo menos uma vez por semana e durante uma hora ou mais, Peregrino fica sentado num recinto onde mulher só entra como visita; e isso é mau. Não só porque Peregrino, como eu e certamente, você, leitor, acha que "o homem sem mulher não vale nada", como porque esse preconceito nos impede de ter ali algumas das mais representativas figuras das letras brasileiras do nosso tempo, a começar por Dinah Silveira de Queiroz, que enfrenta, com energia e delicadeza, a teimosia dos misóginos. Por outro lado, é observação antiga minha que se, nos contos de Peregrino, as árvores e os bichos têm nome, ele o deve ao fato de não ser um homem sozinho. Sua mulher é sua companheira: quando Wanda Accioly se tornou Wanda Peregrino estava abrindo mão de muitos séculos de mando feminino no sertão para ameigá-los em bondade e sacrifício.

Curioso é que na *mata submersa* – o nome importa, pois a natureza vive obsessivamente uma presença impositiva na ficção de Peregrino, a natureza é também personagem, e quanto! – na *mata submersa* as mulheres nunca são de todo ruins. Mesmo quando traem, não perdoam no amante improvisado a mão que lhes matou o marido. E quase sempre caminham desenganadamente, numa sina desatinada, para a morte: Ritinha nega tudo, mesmo diante dos paninhos do menino nascido do adultério que o marido, no luar, lhe esfrega na cara, e apesar disso lá fica, os chinelinhos traçados em cima da toalha sobre o corpo, na forma da cruz onde o Cristo morreu pelos pecados de todos – os dela e os nossos; ou Dona Catita cor de sapoti se tranca com Seu João Antônio no barraco assaltado pelos índios, são encontrados os dois mortos, ele com o primeiro leve sorriso no rosto duro, ela com estranha rosa vermelha desabrochando na blusa branca de labirinto: fora juntar-se a ele para morrer.

Sendo, ele próprio, biógrafo e historiador (curvou-se sobre a constituição e a doença de Machado de Assis, recompôs a vida de João Lisboa, ainda nos dará um grande livro sobre José Veríssimo, e foi o primeiro a assinalar a importância dos mocambos de escravos revoltados à margem do rio Trombetas), Peregrino compôs, em seus contos, outro tipo de biografia e história mais essencial: ninguém poderá falar da Amazônia do nosso tempo (que já vai virando ontem) sem recorrer a ele, que capturou o mais difícil, aquilo que está além da simples fotografia e não se fixa apenas na linguagem típica, na paisagem, nos costumes. Não sei se já tiveram ocasião de ver algum desses estudos em que aparecem, lado a lado, as fotos dos modelos e os quadros de Renoir ou Toulouse--Lautrec. Às vezes na mesma posição. Mas que diferença! A arte de Peregrino tem o que há nos quadros: um não sei quê, como se poderia chamar? Chamaremos alma.

Não sei se deva dizê-lo, mais direi. Ernest Jünger, o grande escritor alemão que outrora falava na batalha e no sangue como forças criadoras, escreveu, no seu Diário, ao receber a notícia da morte do filho na Segunda Guerra, que agora entrava para uma fraternidade secreta, diferente, verdadeira. Eu e Peregrino pertencemos a ela; e nunca o admirei tanto e o senti tão perto de mim como quando o vi recolher os filhos da filha que perdera como seus filhos, e erguer a cabeça e pôr-se ao trabalho de manhã à noite, porque era de novo um jovem médico com família para criar. Como no tempo em que, para completar o salário, não se importava de continuar na banca de jornal embora já professor universitário, ou na era, ainda mais remota, em que exercia o poético ofício de Inspetor de Iluminação, para verificar, com rigor, se as luzes cá debaixo se acendiam na mesma hora das estrelas lá de cima.

Diário de Notícias, 25 de julho de 1971

CONVERSA DE PAI

Creio que devia acrescentar: – "de excepcional". Pois – embora seja o mais relapso dos sócios da APAE (Associação dos Pais e Amigos dos Excepcionais) da Guanabara, nem por isso perco a desventurada condição que me levou a juntar-me a ela. E dentro dela tenho o direito e o dever de me felicitar pelo bom sucesso do V Congresso das APAE e augurar idêntico resultado ao próximo encontro das Sociedades Pestalozzi de todo o Brasil. Até hoje, suas faixas de trabalho não foram definidas, mas numas e noutras o amor dos seres mutilados identifica homens e mulheres de boa vontade; e cabe alegrar-nos por este fato: pela primeira vez o Estado brasileiro – senão a própria sociedade – tomou conhecimento da existência de um problema que amarga centenas de milhares de vidas.

Tive, tenho uma dessas vidas. Porque o Deus de misericórdia nos levou a filha que nos dera, mas nem por isso nos tirou a condição paterna.

Caíram sobre mim duas das maiores dores que podem marcar o ser humano. Perdi – perdemos, minha mulher e eu – um rapaz de dezoito anos num minuto: consola-me (se há consolação possível) saber que morreu bem, pois, como ele próprio desejara e escrevera momentos antes, morreu "feliz, nunca devagar", defendendo sua honra, sua hombridade de homem. Perdi, perdemos em doze anos... uma filha que os atravessou entre a vida e a morte. Cuja vida foi dia a dia conquistada pela bondade alheia e pelo sacrifício materno feito de heroísmo simples e santidade recomeçada. Não me queixo. Procuro aceitar. Procuro compreender. Ergo a cabeça. Deixo que as chuvas desabem sobre mim. E sigo sem cair.

Contarei mais uma vez.

A menina nasceu tão bem! Tinha os grandes olhos negros de minha mãe, e lhe demos o nome que por isso mesmo assentava no pequeno rosto redondo: Maria Aurora, era como quem ressuscitava uma presença, as luzes da madrugada se adensavam no alvorecer da criatura. O rosto depois cresceu e nunca se refletiu nele a mutilação cerebral que a impedia de falar, de andar, de coordenar mesmo os mais pobres movimentos. Tempo houve em que, tendo lido o folheto que coloca a esperança para os retardados em três R – repetição, relaxação e rotina – todo o nosso esforço se concentrou em obter dela esta coisa mínima: engolir. Foi inútil. Era preciso, pacientemente, pacientemente, pacientissimamente, esperar que a pasta de alimentos dada por mão de quem lhe queria bem descesse devagarinho pela garganta.

O rosto crescera e era belo, não apenas aos nossos olhos, aos dos outros que nos procuravam, porque, se não a exibíamos também não a escondíamos. Era preciso – tantas coisas se fizeram a esse comando imperativo! – que os irmãos – os que vieram antes e os que chegaram depois, todos sadios de corpo e de mente – se habituassem com ela. Assim viveu sua frágil vida em sua casa, em nossa casa, e tudo foi natural em nosso jamais mitigado sofrimento sem remédio. Os amigos entravam, pousavam a mão nos cabelos pretos e lisos, e ela sorria largo sob as compridas pestanas, estendia para as faces que conhecia e onde havia amor o longo e magro braço, a magra mão comprida, fina, os finos dedos mal comandados, e desse gesto ficava no ar uma semente que se colhia sem tristeza. Com o mesmo gesto quase involuntário a mão ia se pousar na cabeça de Pepe, o alto cachorro preto, que depois também se foi.

O médico, a quem Nazareth a levara, quando ainda não tinha um ano de nascida, pela mão de Maria do Carmo Nabuco (a quem nunca pagarei esse ato de amor) prevenira:

– Minha senhora, é duro o que lhe vou dizer, mas tenho o dever de fazê-lo. Sua filha dificilmente andará ou falará. Dificilmente atravessará a puberdade. Talvez goste de música. Mas será tudo muito difícil...

Foi tudo muito difícil. Aprendemos a deslocar nossa prece cotidiana do "venha a nós o Vosso Reino" para o "seja feita a Vossa Vontade"... Até os dois anos, ainda tivemos o pesadelo das convulsões. Depois nos habituamos a tê-la, inerte, embora inconvulsa, na sua cadeirinha de rodas; e certas manhãs, no sítio, na serra, ao sol frio, parecia feliz.

Com ela aprendi paciência. Paciência, não passiva, mas ativa; consciente, voluntária, recomeçada a cada instante.

Aprendi uma forma diferente de alegria: a me satisfazer com pouco. A colher no ar um sinal que nada esboçara. A ficar feliz apenas porque naquele dia comera melhor. Minha mulher me esperava, quase alegre: – Ela, hoje, comeu melhor.

Aprendi ainda a reconhecer, à primeira vista, a bondade alheia. Vivemos muito todos nós, muita vez sem saber, da bondade alheia, do próximo que está perto de nós e do próximo mais desconhecido, que nunca víramos antes nem voltaremos a ver.

Aprendi, finalmente, com ela, a aceitar. Com a chaga do lado, dei o melhor de mim ao meu ofício, minha mulher o melhor de Si a sua tarefa de Mãe, alienada, terrível, doce tarefa. Com a chaga do lado, vivemos, participamos, amamos, rimos. Demos o exemplo de rir – tomar o sal do rosto e cristalizá-lo em riso.

E tivemos coragem de lutar contra a tentação da esperança. Nada se podia esperar, nem o milagre.

Por isso tudo, creio ter o direito de ficar feliz com o despertar da consciência coletiva para a presença, na vida, da criança excepcional. Será que a bondade brasileira vai, afinal, se organizar, fora da moleza e do sentimentalismo, para cumprir o dever humano de ver sem desprezo, ou pena, ou o senso bruto do grotesco, os meninos marcados pelo destino, e em vez disso, com a decisão de vê-los integrados, felizes, salvos?

Pela saudade de minha filha, assim seja!

Diário de Notícias, 1º de agosto de 1971

CONFISSÃO DE UM QUASE RETIRANTE

*S*enhor Governador:
Saiba Vossa Excelência que, aqui onde me encontro, não fui eleitor de Vossa Excelência. Nem poderia, embora tivesse muita alegria em sê-lo. Mas é que, como bem sabe Vossa Excelência, o direito de sufragá-lo coube a poucos. E depois a vida me fez eleitor no Maranhão, onde – veja Vossa Excelência como são as coisas do mundo! – até me fizeram suplente de senador, o que não significa muito, pois nem diploma tive nem imunidades tenho.

E bem carecia delas, ainda que precárias, pois andamos em tempos estranhos: uma bela moça (suponho que bela, embora não o jure, pois com autoridade não se brinca) foi presa em Minas por ter dito que o delegado era coroa, juízo que ele se apressou a provar metendo-a na cadeia, de onde, aliás, a tirou o notório e irônico bom senso do Governador Rondon Pacheco.

Mas não receie Vossa Excelência. Nesta hora em que a Apollo-15 desce na Lua, não estou batendo estas linhas na máquina para desacatar ninguém, muito menos Vossa Excelência, que estimo há tantos anos.

Mesmo porque, por ora, ainda sou administrado por Vossa Excelência. Amanhã, todavia, talvez não.

Sou a figura não de todo rara do quase-retirante. O quase me agarra.

Tenho nas dobras da serra fluminense um sítio, a que dei o nome de São Luís do Socavão, procurando juntar minha incurável paixão pela cidade natal ao velho apelido daqueles brocotós. O nome não é inexato, aquilo é mesmo um socavão do mundo. Mas a simultânea evocação do santo francês e do agressivo isolamento brasileiro produz em mim a sensação da poesia – uma violenta poesia de pancadas no estômago. Na dobra do morro só há de plano o lugar onde fizemos a casa, e a varanda se apoia sobre carnaubeiras lisas. Do Norte é só o que conseguimos, esses troncos, redes que neles armamos, gente que nelas deita. Pois inutilmente tentei buritizeiros e cajazeiras, apenas um cajueiro cresceu, mas a geada mata as flores antes dos frutos.

De qualquer sorte, amamos este recanto. Os abacateiros ainda não inteiraram dez anos, e já viram cinco Presidentes da República, pois a História anda acelerada em nosso País. Sem tomar conhecimento das instituições, já eles frutificaram generosamente; e generosamente frutificaram as laranjeiras, menores, quando as plantei, do que meus filhos pequeninos, e altas, hoje, como eles. O que buscamos, sobretudo, é o silêncio, um silêncio de pássaros e borboletas: e aqui o encontramos. Este é o clima das rosas e dos lírios, as palmas-de-santa-rita são nativas, os caquis maduros jogam nos olhos seu espanto vermelho, e as romãs estouram de maduras, oferecendo à indiferença dos beija-flores oscilantes o minucioso e ordeiro cacho translúcido.

Pobre e quase nunca plana, a terra ainda assim brota, colheita a colheita, em legumes e verduras. Não há, na região, latifúndios nem minifúndios. A conservação e o trato do solo fazem-se com carinho, pelos mesmos processos de há cem anos, e as gentes vivem na resignada pobreza que herdaram dos avós.

Resignada e teimosa. Este deixou de criar galinhas pois galinha só prospera com hora certa para receber ração, ovo tem dia certo para ser vendido. E quem pode confiar nesses caminhos? Ou quem já viu arado por estas bandas? Muitos nem cerca podem levantar, mal tiram do chão sustento para sobreviver.

Não seria preferível, me pergunto mais uma vez, voltar a formas de associação anteriores ao Estado ou dele independentes, e por meio de mutirões sucessivos manter as escolas, limpar as estradas, abrir as veredas, lançar as pontes, rasgar os atalhos, ensinar os ofícios, instruir nas artes, policiar os costumes, cuidar da saúde, aperfeiçoar as técnicas, escolher os adubos, selecionar as plantas, numa palavra, fazer tudo aquilo que o Poder Público deveria fazer e – com perdão de Vossa Excelência – ou não faz, ou faz mal? Até mesmo (confidencio a Vossa Excelência) cobrar os impostos, pois, para inquietação da nossa consciência, pouco recebemos – mas nada pagamos...

A esta altura, porém, uma lassidão sem vila nem termo começa a nos invadir, Excelência. E só não largamos tudo porque basta que os jasmineiros encham a latada com a nuvem branca e a casa com o perfume leve, ou uma grande rosa nova imponha sua glória cor-de-rosa contra o ataque das formigas, para que esqueçamos que não temos luz elétrica e o último bujão de gás voltou vazio, ou que ainda não achamos conserto para a instalação de água quente. E lá vamos voltando, e sabemos que neste agosto pessegueiros estão em flor apesar da seca. Depois virão as águas e será quase certo ficarmos atolados na lama, mas quando aqui embaixo o calor estiver matando lá em cima o manto das quaresmeiras revestirá a montanha, e...

E então recomeçamos e desistimos de ir embora, e vamos enterrando na Serra do Brejal, sem esperança de outra renda que não alguma laranja menos azeda ou alguma papoula mais frágil, parte do meu suor, isto é, do meu salário, que melhor renderia jogado na bolsa...

Mas qualquer dia destes criamos vergonha, e Vossa Excelência perderá, entre os seus governados, o amigo e admirador.

Diário de Notícias, 8 de agosto de 1971

TENHO PENA, TENDE COMIGO

Acho que foi em Graham Greene, creio que quando foi publicado *O coração da matéria*, que li a condenação da piedade. "– O que há de pior no mundo é a piedade." Ele talvez quisesse falar o sentimentalismo, falava a piedade. Queria um mundo bem duro – para acabar com a dureza dos homens.

Mas não é por causa de Graham Greene que não uso a palavra.

É que penso em dois donos dela, não quero briga, direitos alheios respeito, pois não.

Vinicius de Moraes me lembro tendo piedade, pedindo picdade, "e se piedade vos sobrar, tende piedade de mim".

E Jorge Amado se queixando do olho de piedade de Deus que se tinha fechado sobre o mundo.

Falarei pena, piedade não. Pena mesmo.

E assim contarei o de que tenho pena, e vos pedirei: "Tende pena comigo, para reforçar a minha pena e fazê-la ouvida de Deus e dos outros homens".

Tende pena do rapaz que morreu e do outro também tende pena, que ambos têm mãe, e elas os pariram na dor e os criaram no sacrifício e na alegria, e a desgraça se abateu sobre ambas, e duas vidas de filhos foram aniquiladas no mesmo segundo, e nada li de mais belo na terra dos homens do que a palavra da viúva do velho fotógrafo Camacho (que teve a sorte de morrer antes desta dor sem termo), pedindo que pensassem na outra mãe.

Tende pena dos que acreditam na descoberta de Deus através da droga porque os "paraísos artificiais" que encontram são terríveis, pois deles não se é expulso mais.

Tende pena de Nietzsche, porque acreditava no super-homem e o super-homem não veio mas já é tão difícil ser apenas homem, e tantos foram reduzidos a sub-homens.

Tende pena de Cesário Verde, porque se esquecia a prever "castíssimas esposas/ que aninhem em mansões de vidro transparente", e as mansões vieram, mas as esposas nem sempre são castíssimas, e o poeta lá no céu deve estar sofrendo como que, pois de que adianta o vidro no mundo promíscuo?

Tende pena dos que deliram com os cromossomas e os genes, porque eles me lembram os que, quando eu era adolescente, juravam pela raça, pura e se possível ariana, chegaríamos lá, e vai se ver não tem raça pura, e já não se sabe se tem raça apenas, e nem adianta sonhar com "o moço loiro" universal quando já nem se lê o tão saboroso *O moço loiro*, de Joaquim Manuel de Macedo, mas os jornais brasileiros ainda definem: "É mulato" como se mulato não fôssemos todos, quase, você não leitor, não zangue.

Tende pena da viúva dos que vão ver *O Processo*, de Orson Welles, e *A Confissão* ou *Z*, de Costa Gravas, ou *Investigação sobre um cidadão acima de qualquer suspeita* (mas neste não quero saber de diretor, Florinda Bulcão, ó mulata excelsa, toma que o filme é teu), e julgam que o universo concentracionário está deste ou daquele tristíssimo lado da Muralha da China ou do Muro de Berlim, mas já não há muro ou muralha, ou já não haverá depois de amanhã, mas a violência é como câncer, invade o mundo de Deus, está em toda parte, é a face do Demônio no século das superluzes, quando ele deu o golpe (quem descobriu foi Charles Baudelaire) de convencer que morrera ou (quem descobriu foi Denis de Rougemont) de fingir que se chamava (só) Adolf Hitler.

Tende pena dos que têm de pagar diploma nas faculdades que o pergaminho é caro mas é imprescindível e o dinheiro de quem começa é tão escasso, ai!

Tende pena de Abelardo Chacrinha Barbosa e de Flávio Cavalcanti, que no fundo se adoram mas tem o Ibope no meio, ai!, e tende pena também dos surdos-mudos que a tevê não tem mais legenda, ai!

Tende pena de quem tinha dólar guardado e também de quem não tinha porque não tinha cruzeiro para comprar, ai! Tende pena das mães dos excepcionais que o são pelo destino de Deus, mas tende pena maior dos professores deles, que o são por escolha do coração.

Tende pena de Antonio Galotti que só quando chegou ao Rio para estudar direito soube que tinha acontecido a Revolução Russa, porque os padres (naquele tempo) em Santa Catarina quiseram poupar-lhe esse desgosto, já bastava ter havido a Revolução Francesa, ai!

Tende pena da viúva de Ossip Mandelstam, um dos maiores poetas russos deste século, que agora teve um prêmio internacional pela narrativa que escreveu sobre o processo do marido e os sofrimentos sob Stalin, mas nunca soube ao menos quando foi que ele morreu ao certo, ai!

Tende pena de quem tem pena e de quem não tem, ai!

Tende pena de quem tem síndico zelosíssimo no edifício e pena de quem não tem, ai!

Tende pena dos meninos que nunca viram uma vaca a não ser na TV e pensam que pra dar leite nem se sabe o que pensam.

Tende pena de quem está na Academia que o fardão – ouro e esmeralda! – enche de olheiros curiosos este recanto da Senador Vergueiro e pena de Geraldo França de Lima, meu vizinho de rua, que (ainda) não foi eleito.

Tende pena da palavra pena porque permite muitos trocadilhos e pena dos meninos do Colégio André Maurois porque perderam Henriette Amado como diretora.

E chega de ter pena que hoje é domingo, mas se chover, tende pena dos que deixaram de ir à praia, mas se não chover tende ainda mais dos que moram em Brasília e nunca viram o mar. E tende pena de mim, porque já não moro em Santa Teresa, e pena do Fernando Leite Mendes porque teima em morar.

Diário de Notícias, 29 de agosto de 1971

NOTAS DE UM CADERNO VELHO

MEMÓRIA (1): A VILA

Descrever nunca foi o meu forte. Perco-me habitualmente nos detalhes. Por isso, muitas vezes tirava notas baixas no Liceu: se tivesse tempo de acabar... Ainda hoje, não consigo me corrigir. Quando me lembro de São José das Cajazeiras, nunca penso na vila, seu conjunto, nem mesmo os areais da beira do rio, o mercado em dia de feira. Tenho nos olhos como num vidro muito limpo coisas isoladas, concretas: o poço de José Paraense, a mão de Luís mordida de piranha, os bolos fritos da porta de Teodora no tabuleiro, o balcão da quitanda de Totonho, o dedo amarrado do preto Joaquim, que diziam ser cancro, as condessas da casa da Intendência amadurecendo sem ninguém tirar, a ema do quintal do primo Jaime que um dia me arrancou um caju da mão, a oncinha empalhada da sala, uma cotia com os olhos de vidro, as cadeiras sob as figueiras e as acácias defronte da estação, a música e os óculos de Militão, escrivão e poeta, os olhos castanhos de sua filha Luzia, a vaca Nelita de meu tio Tavinho, o riso claro, os cabelos lisos, a beleza alta de tia Vitorinha, os caretas na casa deles, paraíso absoluto, os bolos de Sessé, o baú de flandres azul com flores cor-de-rosa em que ela guardava na camarinha bolos doces que desmanchavam na boca e rebuçados embrulhados em papel azul, os vestidos pretos de minha avó, minha avó metendo a mão no bolso para me dar vinténs, o quintal de Tia Sá Ó com jurubeba e melãozinho, brigas de cachorro, esquipados de cavalo, bailes com carbureto, um pé de mamorana em frente ao telégrafo, em casarão que fora de meu pai; a cerca de Tia Rosa dando para o infinito, onde a voz da velha não nos alcançava; chapéu de couro, feito com mamão, coco-babaçu e rapadura pelas irmãs Filoca e Glória, mansas com todo o mundo, que moravam juntas – mas não se falavam; vinho moscatel em cálices pequenos na casa do Padre Astolfo, servidos por Zé Patrício, sacristão e gordo, com quem estávamos proibidos de falar porque diziam que fora capado e daí acontecera o resto; os pretos velhos: Maria, que ajudara a criar minha mãe e sabia assar galinha no espeto passando e repassando a pena molhada em molho até a pele estourar num castanho de tons dourados, e a quem primeiro chamei de vovó, depois de madrinha e um dia (fiquei homem) Siá Maria, e Gregório, que se proclamava cozinheiro imperial e passava o tempo na madorra; e Zezé, cria de minha avó, alta, o escuro já morrendo no branco, vestida de pele de onça, cantando em noite de Natal, no palco armado em casa de Dona Ramira: "Eu me perdi dos pastores..."

MEMÓRIA (2): O COLÉGIO

Havia mangueiras no pátio; e nelas cantavam sabiás. Num fio pousara um bem-te-vi. Mas não lhes prestei atenção. Meus sete anos voltavam-se todos para a novidade do encontro. Ia aprender a ler, e a freira branca, ali na minha frente, seria a primeira mestra. Chamava-se Armida, e viera da Itália, fazendo as longas viagens da era de vinte para chegar ao Vale do Parnaíba. Como aquela dama de brancas mãos, descendente de antigos nobres italianos, fora parar na chapada onde um calor opresso caía sobre homens e coisas? Nunca o soube.

Fui depois seu amigo, muito, mas nosso primeiro contato resvalou para a tempestade. Tive-a dois dias apenas como professora. Na segunda tarde, tomando a caneta, consegui enfiar a pena pelo caderno, espirrando de tinta, no desajeito manual que nunca me abandonou, a página inteira. – "Burro!", exclamou, num grito, a alva e alta figura. Chorei: não era opinião ou palavra corrente em minha casa. – "Burro, me chamou de burro!", contei a meu Pai, naquela noite, aos soluços que inutilmente buscava reprimir.

No dia seguinte voltei ao colégio, mas a mestra já mudara. Chamava-se Irmã Nina, e era doce com os pequenos. Graças a ela, depressa aprendi a ler, e pude passar às mãos da Superiora.

Ouço ainda no tempo perdido a voz da Superiora, a me chamar de "Sôr", monossílabo em que sua ternura abreviava o distante "senhor", fundindo-o com o *"Signore"*, e que logo se fez de uso comum das mestras. Fui o único aluno da Irmã Diomira Brizzi, que abriu, para minhas aulas, sem abandoná-los, uma clareira nos deveres da direção. Minha Mãe me ensinou a não mentir, a ser paciente com os humildes, a olhar de frente; de meu Pai ouvi que não se separa o sujeito do verbo por vírgula, que de palavra de homem não se volta atrás, que só à lei nos devemos curvar, e que os poetas são mais que os reis e os ricos. Era, a rigor, tudo o que carecia saber. Mas a Superiora me contou os campos e os rios, os povos e as línguas, as navegações dos portugueses, a teimosia cristã dos jesuítas, Cunhambebe, chefe tupi, comedor de gente, e tudo mais que realmente nunca esqueci.

Também não a esqueci. Voltei, muitos, muitos anos depois. Cega, de cabeça branca, assistia à missa de um nicho na capela, outra, nova, já não aquela, pequenina, onde um dia me ajoelhara para a primeira comunhão. Tudo mudara, e tanto! Mas ainda estava lúcida. Levei-lhe minha filha mais velha, que já andava na escola. Passou-lhe as mãos pelo rosto, demorou-se na carícia, "viu" com os dedos. Parti de novo; e quando outra vez apareci, já não a encontrei mais.

Diário de Notícias, 5 de setembro de 1971

1867: O BRASIL EM PARIS

*T*alvez fosse este o lugar para um belo ensaio sobre a coincidência de traços de caráter que unem o Brasil e a França desde o I século, quando o Brasil ainda não era Brasil e a França mal começava a ser, realmente França. Mas a memória coletiva guardou algum resquício dessa influência? Seria exagero dizer que sim. Dos aventureiros que, no amanhecer da era de Quinhentos, chegam a construir ao Norte casas de pedra para comerciar com os índios e levam alguns deles a Rouen; dos hereges que aqui tentam fundar a França Antártica e derramam, entre os morros cariocas, sangue bom, o deles; o de Estácio de Sá, o das tribos envolvidas nessas brigas de branco; dos cavalheiros que, sob a bandeira da França, criam a cidade de São Luís, na mansidão de cujos azulejos se refletirá alguma coisa da alma do Rei Santo, e entre esses cavalheiros nenhum mais cheio de *courtoisie* do que o Senhor de La Ravardière, que se assinava "mortal inimigo" dos generais contrários, e depois os recebia com música; "vamos a comer, companheiro", "beijo-vos as mãos", e tome bala; dos corsários que nos apertaram a garganta para arrancar dos cariocas (se é que já eram cariocas) cruzados, bois e açúcar, que sinal ficou? Nada.

Em compensação, quando, em 1816, frei Camilo Henríquez anda entre os chilenos, e exceto "*como seis de ellos, nadie entiende de los libros franceses*", o sábio Auguste de Saint-Hilaire penetra trezentas léguas de Brasil adentro, vai no Oeste até Mato Grosso, e no Sul até o Rio Grande, e a cada instante encontra padres, bacharéis, fazendeiros, que leem francês, ou falam francês, ou mesmo estiveram na França...

Ler francês, falar francês, ter livros franceses, fora mesmo feio pecado, a ser apurado em devassas, pois, nos fins do século XVIII e começo do XIX a lição da liberdade era soletrada nos volumes franceses, que se encontram nas livrarias dos conspiradores, da Inconfidência Mineira à Revolução de 1817; e a Independência, a Constituinte de 1823, mesmo a Carta outorgada de 1824 são filhas da França. O Sete de Abril nasce nas jornadas de Paris em que cai Carlos X.

Não éramos só nós a olhar para a França: Joseph de Maistre, na Rússia, saúda a vinda de D. João VI para o Brasil: "o maior acontecimento do mundo em mil anos"; jura em confidência epistolar o grande reacionário; o Abade Grégoire quer saber dos pretos e mulatos notáveis do Brasil, escreve perguntando a Monsenhor Miranda que conheceu em Paris; e Duvergier de Hauranne, liberal, diz ao liberal Montezuma, exilado, numa conversa de salão liberal: "O Brasil não é livre, tem a liberdade na sala de visitas e a escravidão na sala de jantar..."

O século XIX, sobretudo o segundo Reinado, é a presença quase absoluta da França. Nem as divergências de forma política o impedem, porque, quando a República se semiestabiliza na França, já se marcha para "o ocaso do Império" e o Imperador se diz republicano.

Avaliar-se-á, por isso mesmo, o carinho com que foi organizada a representação do Brasil na Exposição Universal de 1867 em Paris. Era a segunda vez que o país comparecia a um certame Internacional; mas enquanto a Londres foram enviados 1.495 objetos, à capital francesa, apesar da guerra com o Paraguai, o número deles subiu a 3.558.

A versão brasileira do catálogo foi editada no mesmo ano da Exposição pela Tipografia Universal de Laemmert, Rua dos Inválidos, 61, B. É o que tenho, com 200 páginas. Na *Bibliographie Brésilienne*, de Garraux, encontro referência à 2ª edição francesa, Paris, E. Dentu, 1867, in 8°, 1538 páginas, quase tantas quanto os objetos expostos.

Não havia, entre eles, quase nada de indústria. Do Rio, J. E. Blanchard expunha aparelhos ortopédicos, instrumentos de cirurgia, boticões para arrancar dentes, ferros para limpá-los e chumbá-los, serras para cortá-los. José Maria dos Reis levava sua ótica, das lunetas aos *pince-nez*, do giroscópio, por ele melhorado, à alça de mira por ele inventada e que pertence a S.M. o Imperador. Mateus da Cunha, com flores de escamas procedentes da província de Santa Catarina, compusera um quadro, Guilherme Sieber, de Petrópolis, enviara copos lapidados. Esberard, da capital do Império, uma coleção de louça de barro. E da capital do Império Blanchard também mandava navalhas, Raymond Odoni afiador para elas. Sem falar nas armas imperiais feitas de prata, expostas por Domingos Farani & Irmãos. Iam livros do Maranhão.

Mas não se expunham apenas coisas curiosas – copos de sassafrás, leite virginal (de Sergipe) ou caixas de tartaruga para rapé. Antônio Pedroso de Albuquerque, na província da Bahia, era dono da Fábrica Todos os Santos, "a primeira do país"; só usa trabalho livre, satisfaz o consumo e permite grande exportação de tecidos de algodão, lona e meia-lona para as províncias do Norte. Delas, por sinal, é que vêm 1.500 arrobas de fio para ser trabalhado, na Fábrica Santo Aleixo, em Magé, de José Antônio de Araújo Filgueiras & Cia., que emprega 170 operários, entre crianças, jovens e adultos, na maioria portugueses e alemães. E linho, o Rio Grande do Sul tem fazenda de linho, é o que contam, com suas amostras, o Barão de Kalden, Philip Jacob Selbach, Philippe Keller, Frederico Guilherme Bartholomay, Carlos Buch, Jacob Feldens, Emilio Schilder, Mauricio Morgenstern e João Antônio de Andrade.

Mas o lindo é esta varanda de tucum para rede que vai do Amazonas, renda do Ceará ou o par de dragonas douradas para Sua Majestade o Imperador.

Há também um capítulo dos chapéus, mas o que deixa meio desanimado é esta anotação sobre a palha de carnaúba: "vai para a Europa e aí serve para fabricar chapéus finos que em parte voltam ao Brasil".

No mais, o Visconde de Barbacena expunha coleções de carvão de pedra de Tubarão, ainda por explorar, e o senhor Nathanael Plant, da mina do Arroio dos Ratos, no Rio Grande do Sul, "menos profunda que as da Inglaterra", um metro de bom carvão, e revela-se que na companhia Jacuí há oito anos esse é o combustível que emprega em seus vapores, e está feliz. Mas a fábrica de ferro de São João de Ipanema; em São Paulo, usa lenha: "há abundância de matos".

O paranaense José Cândido da Silva Murici manda infinitos objetos; entre eles pinhas e pinhões, abundantes na sua província. "Existem os maiores pinhais em cima da serra; por falta de comunicações não se tira proveito do pinho do Paraná, que podia abastecer todo o Império". Abriram-se as comunicações, tirou-se o proveito, e tanto que – aqui del Rei, José Cândido da Silva Murici – os pinheiros silvestres já não são tão abundantes...

Quem quisesse ver banha de jiboia ou cobra-cascavel, gordura de jacaré ou sucuruiu, tinha; mas tinha também café, cacau, e borracha, a cujo respeito, aliás, se informa no catálogo: "Pelas experiências feitas pelo senhor Goodyear, súdito dos Estados Unidos, sabe-se que a goma elástica ou borracha misturada com um quinto de enxofre adquire uma consistência rígida, pelo que se presta a ser polida, esculpida e cortada de todos os modos, servindo para uma infinidade de objetos".

Açaí, bacaba, mamona, fibras de buriti e tucum, óleo de tucum, farinha d'água, farinha seca, modelo de jangada, chicote de lontra, arreios de luxo gaúchos, enfeitados com couro de tigre, água sulfurosa da Colônia Santa Teresa; parece, cem anos antes, os capitães-generais mandando coisas para Portugal, a pedido de Martinho de Melo e Castro, ministro de D. Maria I, que queria aprender Brasil.

Na introdução, alguns dados esclarecem muito. Havia plena liberdade de indústria, contanto que não ofendesse os bons costumes. Vai daí, as fábricas de tecido de algodão ocupavam cerca de 800 operários. Oitocentos! Em todo o Brasil...

Nas escolas primárias de todo o Império havia 107.483 alunos matriculados.

Das 43.653 casas de comércio que pagavam imposto, 14.449 eram portuguesas, 25.068 brasileiras, 4.136 de outras nações.

Ainda se nascia escravo no Brasil.

Penso no que somos hoje.

E sinto que, de repente, esse catálogo me dá confiança no meu País.

Diário de Notícias, 12 de setembro de 1971

AMO, LOGO EXISTO

Não tenha receio o leitor: não vou entrar no debate sobre o papel da mulher na sociedade contemporânea, embora esteja acabando de ler o livro de Norman Mailer, *The Prisoner of Sex* que certamente meu amigo Álvaro Pacheco não tardará em editar na sua Artenova, a exemplo do que acaba de fazer com *A Mulher Eunuco*, de Germaine Greer, aliás, do outro lado da questão. Pretendo, é certo, escrever um artigo bastante profundo sobre o assunto, embora desconfie que o ponto de vista brasileiro é que é o certo. Mas Norman Mailer e Germaine Greer não perderão por esperar...

Ora, qual é o ponto de vista brasileiro? – tem direito de perguntar o leitor. E eu conto com uma pequena história verdadeira que se passou com o Senador José Sarney, meu compadre. Sarney, como se sabe, é notório provocador. Ainda agora, quis ver se o Congresso existia – e bulia. ("Diga ao Sarney pra largar de mão rabo de bezerro morto, bezerro morto não mexe o rabo", lhe mandou recado uma nossa amiga comum, grande observadora das coisas nacionais.) Mas Sarney não se perturbou. Ele sabe que o Congresso que temos é esse que está aí, nem há possibilidade de nova eleição nem perspectiva de resultado diverso, a menos que a Arena conseguisse trocar de candidatos com o MDB[11]... E sacudiu o Senado e, com ele, o Congresso, puxando-o com força pelo rabo (diabo de metáfora!). Se o doente se põe em pé e começa a marrar, será sinal de vida; e todos nos quedaremos felizes. Mas – eu ia contando – Sarney chegou aqui, e no dia seguinte a um debate bastante sério, adentrado pela madrugada, perguntou:

---

[11] Movimento Democrático Brasileiro.

– "Nazareth, me diga uma coisa: como é mesmo essa coisa de marido e mulher?" Resposta: – "É muito fácil. A mulher deve ser obediente, submissa, passiva. O homem deve fazer tudo o que ela quiser".

Isso posto, e morando em casa onde esse é o dogma da felicidade conjugal, passo adiante e agora é que, de fato, começa esta crônica.

***

Confessarei que até uns dias atrás me sentia meio humilhado de ser apenas modesto poeta menor, embora este qualificativo coubesse igualmente, na opinião de Álvaro Lins, a Manuel Bandeira e Ribeiro Couto, e não era má companhia. Mas estava lendo a coluna de crítica de Cyril Connoly no *Sunday Times* de Londres e encontrei esta coisa sobre Robert Graves: "Sua poesia desde 1965 é inspirada pelo que Sir John Betjeman chamou 'floração tardia do desejo', mas que é, na realidade, amor romântico com uma base física metafisicamente interpretada. Graves é o mais velho poeta de amor vivo e possivelmente o maior. Enquanto Auden... protesta contra essa poesia e proclama que a acha embaraçadora (baniria ele o *Cântico de Salomão?*), Graves aceita o fato de que o mais da grande poesia lírica é poesia de amor e que ele é particularmente bem equipado para ela. 'Amo, logo existo'".

Ora, graças sejam dadas a Deus, essa é a minha filosofia, e já não preciso ficar encabulado, desculpar-me da lira de uma só corda que me coube. Não careço mais de como já fiz antes, inutilmente, prometer-me e a meus amigos comédias sutis, que não vieram. Não calarei notícias de amor.

Me perdoe o leitor. Eu antes para ilustrar desejaria traduzir aquele soneto de Robert Graves, em que compara os despojos da guerra e os do amor, que apresentam caso diverso, quando tudo acabou e se volta pra casa: essa madeixa, as cartas e o retrato, não se deve exibi-los, nem vendê-los; nem queimá-los; nem devolvê-los (o coração é obstinado) e entretanto não se pode confiá-los a uma caixa-forte – por medo de que rasguem a fogo um buraco na parede larga de aço.

Mas falarei de mim. Sou um fraco poeta, mas sou um poeta de amor. Falo de amor até quando falo dos meus mortos ou da infância, com seus bois e o rio, pois é o amor que dá, nos meus versos, sentido a essas outras presenças, a do Além e a do Ontem.

Ainda esta semana, li a Rachel de Queiroz, um soneto composto numa noite de insônia, com uma paisagem lunar (ou de sonho?) nítida e entretanto ausente. Invocava: "Buritizeiros velhos!" Ela, para bulir comigo e no fundo fazer um pouco de intriga doméstica com as reminiscências piauienses de minha mulher, brincou: "Chega de maranhensismo! Bota carnaubeiras!" Era brincadeira, mas seria impossível mudar – eram os buritizeiros da minha infância desencadeando a explosão final, a confissão de amor, "amo, logo existo".

Diário de Notícias, 19 de setembro de 1971

METER A CASA NUM SONETO

A casa vai aí com minúscula para armar uma emboscada ao leitor. A sua, a minha, a nossa casa... Caberá uma casa num soneto? Aposto que não, aposto que sim... É preciso começar definindo o que é casa. Ainda existe "casa"? Apartamento pode ser considerado "casa"? Em Lisboa casa é apartamento; casa, casa mesmo, lisboeta chama de "morada". Na missa, não se diz: "não sou digno de que entreis na minha casa", seria restritivo, mas sim na minha "morada" é o genérico. Isso não está nos dicionários, mas é como funciona na prática. Por outro lado, pode haver casa sem quintal, árvore, menino, bicho? A ordem é apenas enumerativa, mas uma coisa pede a outra: sem árvore para que quintal? Mangueira, cajueiro, até um pé de abio ou jambo, mas árvore. Sem menino, porém, para que árvore? Menino moleque botando a vida arriscada lá em cima, escorregando pelo tronco, se ferindo, ficando enganchado na forquilha. Mas sem bicho – cachorro que seja, gato, já não falo outros xerimbabos, algum quati trazido do Maranhão, papagaio falador comprado no mercado em Teresina – para que menino? Mas isto são saudades. Ainda tenho meninos, Deus seja louvado e já os netos brincam com os filhos, mas nosso quintal hoje são os Jardins do Aterro e a visão do mar, embora mar da enseada de Botafogo já tão desfigurada (era um seio de mulher, belo seio doce de mulher bela e doce).

Perdi o fio da conversa. Deixem-me achá-lo para dizer que pode caber uma casa num soneto, sim. As novas gerações não saberão o que é isso, mas eu lhes aconselharia ler (bem sei que para elas não se trata de reler) a "Visita à casa paterna" de Luís Guimarães Júnior. Cabe uma casa num soneto.

Mas não me refiro a qualquer casa, nem mesmo àquela onde meu Pai era severo, minha Mãe, paciente. Falo de outra, a Casa com maiúscula e sabereis que essa é a Livraria José Olympio, agora completando quarenta anos de existência.

Começou ali na rua do Ouvidor, 110, o prédio não existe mais (continuará a existir a própria rua do Ouvidor, deteriorada, desglorificada?). Lembro-me ainda dos livros tão arrumados, eu freguês de espiá-los (o verbo é indispensável: muitos fregueses são de ver, poucos de comprar, mas desgraçadamente não podia me incluir entre estes últimos, naqueles tempos da adolescência o dinheiro era curto mesmo para os sebos da rua São José). Namorar, namorava, namorava-os! Os lindos volumes! Eram os restos da biblioteca de Alfredo Pujol, adquirida à família pelo antigo chefe da seção de livros da Casa Garraux, em São Paulo, José Olympio Pereira Filho, pela inimaginável quantia de 150 contos. Onde o moço de Batatais foi buscar tanto dinheiro em eras tão duras? No crédito que já então inspirava nos amigos que já então fizera.

Veio depois a primeira edição, *Conhece-te pela Psicanálise*, cuja capa está hoje numa das paredes do prédio novo, na rua Marquês de Olinda. Ah! Essa parede, cruzada e entrecruzada das edições desses oito lustros, e em face a outra, que me atormenta, de fotografias onde nos acotovelamos vivos e mortos. José Olympio é fraternal e gregário: rodeou-se dos irmãos. Depois, à proporção que foram surgindo, isto é, crescendo e aparecendo, os filhos foram também sendo convocados. A Casa é o domínio dos Pereira, governada pelo bom sistema da monarquia absoluta, mitigada pelos debates familiares e pela presença dos amigos. Há sempre um lugar sobrando para oferecer ao visitante naquela mesa.

Nem sempre, é certo, José Olympio, já agora, senta-se a ela para enfrentar o regime severo, o bife sem sal com legumes cozidos, essa desgraça. Já o surpreendi, na hora do almoço, enganando a fome com bananas. Inútil: embora concorde em que é preciso fazer tudo para viver (lúcido) o mais possível, temos o destino de nosso biótipo. Tudo o que se consegue é ser um pouco menos gordinho, gordinho ou gordão, mais nada. O que cabe é sorrir sempre. Nós ambos, ele e eu, sorrimos.

José Olympio tem, a meu ver, um motivo especial de sorrir. É que além da confraria, natural ou afetuosa que governa a Casa, Geraldo nasceu com o demônio dos novos tempos bulindo dentro, e está voltado para a mágica da educação popular em outras aparições. Se amanhã desaparecer o livro (o que Deus não permita), Geraldo enfrentará o desafio com as minuciosas e clarividentes maquininhas que o cercam, filmes, discos, sei mais lá o quê, o mundo do novo, o mundo novo.

E o soneto, há de estar perguntando o leitor. Pois eu conto. Como sou agora poeta profissional (meu mestre Prudente de Moraes, neto, me assegura que tenho direito à matrícula), resolvi festejar os quarenta anos da casa com um sonetinho bem caprichado. Não foi fácil. Quis fazer uma enumeração, era impossível: o catálogo da Casa não cabe nem nesta página toda! Recuei. Os versos vieram vindo. Surgiu, à certa altura, este: "Carlos esquivo fala com Raquel..." Apaguei os nomes: não quis misturar vivos e mortos. Fecho os olhos, escrevo, revejo as fotos. Manuel, Guimarães Rosa, Zé Lins, Graciliano... Mas como esquecer meu mestre Gilberto Amado, que me fez seu filho? E Octávio Tarquínio de Sousa, Lúcia Miguel Pereira, tão amados meus? E Santa Rosa a quem tanto se deve no bom gosto das capas dos livros brasileiros, sóbrias, sem o espavento desgracioso dos cartazes de hoje, meu velho Santa! Este aqui se chamava Amando Fontes... E os vivos, meu compadre Luís Jardim, com Gilberto Freyre, poeta e sábio, Afonso Arinos, que recolheu a herança de Octávio na direção dos "Documentos Brasileiros", Valdemar Cavalcanti, agora incorporado à Casa. Mas aí acabaria dando a volta, e falando de novo nos Pereira e nos que os rodeiam, do velho livreiro Castilho no térreo até a tripulação do terceiro andar, o magro e cortês Sebastião contrastando com o gordo e cordial Adalardo. E então recomeçaria tudo.

Ora, deixemos que o soneto fale por si – na sua modéstia ele não é um "quem é quem", mas um adeus de amigos. Adeus? A Deus, para usar a linguagem das associações verbais, característica da nova poesia, a que acaba de se curvar, na mais nova das edições da Casa, o novíssimo poeta Cassiano Ricardo no seu livro de poemas *Os sobreviventes*.

E este "Soneto da casa":

> No começo era apenas uma porta
> quando ainda havia a rua do Ouvidor.
> Hoje, tudo mudou, porém que importa?
> Vamos pra frente com Nosso Senhor.

Vestido lindo para os quarenta anos
é a casa nova. E as fotos na parede,
dos que a vida balança em seus enganos,
os que a morte arrastou na sua rede.

Na casa-grande de um Brasil humano
– tão bom! – nada recorda os dias ruins.
Eterna glória a todos os Pereira!

Neste banco sentou-se Graciliano
ouve-se a gargalhada de Zé Lins,
que saudade de Rosa e de Bandeira!

Diário de Notícias, 26 de setembro de 1971

TUDO O QUE DEUS FAZ
É BEM-FEITO

Sim, tudo o que Deus faz é bem-feito, me criei ouvindo, e as dores da vida não me desconvenceram. Por isso me repito que foi bem-feito que Deus tivesse levado para Seu lado Manuel Bandeira há três anos, inteirados no próximo dia 13. O poeta andava sofrendo muito, e "com uma grande vontade de morrer". Esse doloroso verso termina um soneto:

> Sem ambições de amor ou de poder,
> Nada peço nem quero e – entre nós – ando
> Com uma grande vontade de morrer.

Sabia que era grande maçada morrer, mas morreria sem maiores saudades "Desta madrasta vida,/ Que, todavia, amei". E tinha já o programa para depois da sua morte, beijar os parentes lá em cima, abraçar os amigos, gostaria de se avistar com o Santo Francisco de Assis (mas achava que não merecia), depois se abismaria na contemplação de Deus e de sua glória, "Esquecido para sempre de todas as delícias, dores, perplexidades/ Desta outra vida de aquém-túmulo". Nos últimos tristes maios, em vez de rosas, andava comendo cardos. As saudades não o consolavam, antes feriam como dardos. Os versos, que vinham, vinham tardos. A Indesejada das gentes podia chegar. O campo estava lavrado, a casa limpa, a mesa posta, "Com cada coisa em seu lugar". Queria descansar. "Morrer de corpo e alma./ Completamente". A esses fragmentos dos seus versos, juntarei um depoimento pessoal. Quando me deu a cópia, por sua mão, do último soneto, "O Crucifixo", me contou que Lourdes Heitor de Sousa reclamara a tristeza do verso em que falava no "instante que tardando vai/ De eu deixar esta vida". Chegara a atender à ponderação, mas restabelecera o "tardando". Não via nele desesperança, mas seu sentimento profundo...

Rodrigo Melo Franco de Andrade, esse, mais moço, não desejava a morte, e talvez tivesse podido ser salvo. Podia? Mas não queria a vida ignominiosa. A sobrevivência o teria encaminhado para ela? Não sei. São mistérios.

Mas que qualificação estaria Rodrigo dando ao atual Prefeito de Recife, que pisca o olho e vai lá consumando, com uma grossa espertza e cumplicidades não menos sabidas, o que só um horror ainda maior do que o meu ao trocadilho me impediria de chamar de martírio da Igreja dos Martírios? O doutor Prefeito mete o trator na igreja, e grita: "Acudam, as paredes estão caindo, vai morrer gente!"... O que me espanta no episódio não é o seu grotesco, o desamor do passado e das coisas belas que são "uma alegria para sempre": a isto já estamos acostumados, desde aquele outro administrante municipal que exclamava, creio que em Angra dos Reis: "Doutor Rodrigo tomba por um lado, eu tombo pelo outro", motejando mangador e malandro, opondo a ação material de derrubar a casa ou a Igreja ao ato de inscrevê-la nos tombamentos, e criando – tal e qual em tanto lugar aconteceu e acontece – o fato consumado, que zombava da lei. A derrubada restava impune, a inscrição preservadora virava simples tentativa, desígnio vão. Alma não vale sem corpo: a alma brasileira andou perdendo tanto a expressão material que em muito recanto já não se vê a fisionomia do Brasil. Agora os inimigos da Igreja dos Martírios dizem que lá tem ratos. Mas onde não os há no mundo, e de natureza a mais diversa? Mas outra circunstância me assusta nas notícias do Recife. É a ausência total do senso de hierarquia no Poder Público: o Prefeito do Recife vale mais, pode mais, sabe mais do que o Conselho Federal de Cultura, os tribunais. "Meu Deus, valei-me!", costumava exclamar, em certas ocasiões, Dona Santinha, Francelina Ribeiro de Sousa Bandeira, mãe do supracitado poeta Manuel Bandeira. E creio que esta é uma ocasião justa para a invocação, não só de Deus mas dela, Dona Santinha, e do senhor seu filho poeta Manuel, e de Rodrigo, e de Nossa Senhora dos Martírios, e de todos os demais santos, mártires ou não, que, por mais que sejam, são poucos para valer contra os que, como o Prefeito do Recife, sob o pretexto do Novo, vão desmontando o Eterno.

Diário de Notícias, 10 de outubro de 1971

PARA NÃO PERDER ESSE GOSTO DE BRASIL

Os versos não são bons. Serão mesmo francamente ruins. Mas o sentimento que os inspira é louvável e autêntico: "Quanta coca, quanta cola/ abarrota a geladeira,/ no lugar da limonada,/ no lugar da laranjada".

Cabe, todavia, um reparo. O diretor do Teatro de Arena da Guanabara talvez pense que é nacionalista, mas não o é bastante. Quer o natural, mas não o brasileiro. Pois – como decerto saberá – limão e laranja vieram para o Brasil trazidos pelos portugueses. Esses mestres da disseminação ecológica não o fizeram, aliás, apenas por ser de seu natural plantadores de pomares, mas em consequência de uma política ordenada e consciente, de que foi um dos partidários mais teimosos nada menos que o Padre Antônio Vieira. Mangueira virou coisa nossa. Veio da Índia. E em troca achei, na Ilha da Madeira, a mesma frutinha vermelha que agora enfeita a feira de São Joaquim, lá em Salvador, e umas árvores de certo sítio que conheço, na serra fluminense: pitanga. Aquele pessoal era fogo: já antes de acabar o primeiro século Cristóvão da Costa Africano – como está sob seu retrato – falava do ananás, "Cuja origem dizem ser no Brasil", nas Índias, Ocidentais e Orientais, e do caju em Santa Cruz de Cohen. E do mesmo jeito já no mesmo tempo Gabriel Soares de Sousa relata limões e laranjas no Brasil...

Fica, pois, desde logo, entendido que não se trata de ser "nacional", mas de ser "natural". E dou todo o meu apoio, pois me lembro do poeta Cesário Verde morrendo e dizendo ao seu amigo Silva Pinto: "Sê natural, meu amigo". Sê natural é o nosso gosto, pitanga, bacuri, caju, cupuaçu, mangaba, maracujá, graviola, goiaba, manga também, é claro.

Por isso mesmo, para ser natural, não concordo com o naturalista que, na mesma folha e no mesmo dia, se queixa de que estão matando os muçuãs que é o nome dado, por perdoável teimosia, do Gurupi para diante, aos pequenos quelônios que no Maranhão, com carradas de razão e bom gosto, chamamos jurarás. Pois jurará se fez para ser comido. Se não, por que sua carne seria tão saborosa e seu casco na forma apropriada para acondicioná-los, coberto com farinha d'água e temperado com pimenta-de-cheiro? Outro argumento em favor da morte e manducação dos jurarás é a facilidade com que se deixam apanhar: quando a água baixa nos campos alagados no tempo da chuva, se aglomeram aos milhares nos baixios, no meio do capim, da canarana, do junco. Basta o caboclo abrir valetas e tocar fogo nos perises secos: eles se refugiam nas levadas, é só ir furando com ferro em brasa a couraça e apanhando. Se é pecado, o hoje Senador José Sarney e o pintor Floriano que o confessem, pois, meninos, pegaram muito jurará que eu sei. E a verdade é que a espécie não diminui, se bem que – concedo – seria conveniente ir pensando numa criação racional, tendo em vista a explosão demográfica que, aliás, para ser sincero, não me assusta.

Não se cria peixe? Criemos jurarás, apesar do traiçoeiro hábito de desaparecerem, enterrados no primeiro chão furável. Se o Fernando Leite Mendes encontrar algum em seu quintal de Santa Teresa, saiba que fugiu da casa que tive outrora (e guardo inteira, intacta, no ar das minhas vigílias). Apanhe-os se forem dois (a fêmea tem a cauda mais comprida, o macho a parte inferior do casco ligeiramente côncava, para os fins convinháveis), e inicie com eles a primeira prática racional e organizada de juraricultura. Contribuirá, assim, ao mesmo tempo, para salvar os pequenos animais (tão saborosos, ai!) da extinção indiscriminada, lá na imensa Amazônia, onde há mais terra que gente, e para, sacrificando-os na proporção cientificamente prevista e prefixa, diminuir a fome no Brasil. E se, com isso, provocar e provar a integração de Santa Teresa na área amazônica, merecerá estátua do bairro, que não continuará abandonado, antes se colocará, por esse estranho e súbito acontecido, quase um milagre, sob as vistas atentas do Poder Público, que, sem baixar de longe onde sonha as visões do paraíso, encontrará atravessado nas lentes um recanto terrestre, onde meninos de pé no chão empinam papagaios perdidos no azul.

Diário de Notícias, 31 de outubro de 1971

QUEM GANHA A BRIGA

As palavras enganam. Lembro-me de quando levei meus meninos mais velhos – eram meninos! para ver um veterano da FEB, o então Major Plínio Pitaluga. Andou perto da decepção, se é que não o foi totalmente. Então era aquele o herói que invadia, na loucura dos reconhecimentos, a linha inimiga? Tinha inteiros os braços, as pernas, o cabelo preto e liso semidespenteado, o quepe andarengo e irrequieto. Não cheirava a veterano. Mas era. Em cinco minutos fraternizaram.

Esta expressão – cozinheiro de jornal – sempre gostei de vê-la aplicada a mim. E uso dela como uma condecoração. Este pessoal que está fazendo o "Diário" – sabe Deus com que sacrifício, com que amor! –, que bons cozinheiros de jornal, arrancando todo dia sopa de pedra, mais uns coentros, uns cheiros-verdes, umas cebolinhas, para honrar o ontem e preparar o amanhã!

Pense agora noutro cozinheiro, dos mais completos profissionais de sua geração – 20 anos mais moço do que eu – Zevi Ghivelder, que une ao prazer de ficar entocado preparando o efêmero, o gosto das artes sutis da escrita. Ainda um dia destes, morri de sorrir (e de saudade) vendo-o contar uma briga de Sansão Castelo Branco. Sansão era frágil de corpo, mas forte de espírito. Apanhou muito, Zevi assistiu; mas manteve sempre a opinião que provocara o choque. Conclusão de Zevi: quem ganhou a briga foi Sansão. Não na aparência, talvez; mas sem dúvida na essência.

Morri de sorrir e saudade, porque conheci, desde menino, o artista de gênio que foi Sansão. O episódio é um retrato moral dele, que era irretratável nas suas opiniões. Mas sobretudo me lembra um Rio de outro tempo, quando ainda havia o mercado velho e Sansão nos invadia a casa, com os peixes e siris do amanhecer.

E de repente sobe dentro de mim uma angústia e me pergunto: quem ganha a briga, no geral?

Pego, para exemplo, dois casos extremos que me caíram ultimamente sob os olhos. O de Ossip Mandelstam, o grande poeta russo, lembrado agora nas memórias de sua mulher, Natacha (ou Nadezhda, na versão italiana). E o de Dietrich Bonhoeffer, mártir cristão do nazismo, de quem encontro, num livro de bolso inglês, cartas, papéis e poemas.

Como as coisas se parecem! O mesmo isolamento, a mesma tortura da insônia, os mesmos insultos da parte dos guardas, a mesma pergunta: "Sabe por que está preso" a mesma "estrutura"... Só o fim é diferente: Mandelstam desaparece nos grandes castigos do stalinismo, não se sabe exatamente quando e como foi que morreu (fenômeno único na história literária do mundo moderno, o que lhe aconteceu, e a Isaac Babel, e a Boris Pilniak, e a tantos outros escritores e poetas, para cuja morte os dicionários cunharam a frase: "desapareceu nos expurgos", como quem diz: "sumiu nas profundas dos infernos"). O pastor Bonhoeffer celebra o ofício, vencendo os escrúpulos – a maioria dos prisioneiros era de católicos e entre eles havia um russo, sobrinho de Molotov mas todos se uniram para pedir-lhe que rezasse. Mal acabara, quando as portas da prisão são abertas, dois civis entram: "Preso Bonhoeffer..." Enforcaram-no a nove de abril: a 30 acabava Hitler.

Vinte dias... André Chénier foi guilhotinado no sete de Termidor: a 10 se abriam prisões...

Quem ganhou a briga nesses casos? Quem ganhou a briga, o carrasco nazista ou o padre Kolbe, que acaba de ser beatificado por ter trocado a vida, no campo de concentração, pela de outro prisioneiro?

No prefácio do seu "Réquiem", Anna Akhmátova conta: "Nos anos horríveis da onipotência de Yezjov, passei dezessete meses na fila de espera das prisões, em Leningrado. Um dia alguém pareceu me reconhecer. Então a mulher de beiços azuis que estava atrás de mim... de repente voltou a si e, saindo do torpor que nos era habitual, me perguntou no ouvido: E isso, você pode contar?

Respondi: – Posso. Então a sombra de um sorriso aflorou no que outrora fora seu rosto".

Sim, Akhmátova pôde fazê-lo. Sim, ela é que venceu a briga, e Mandelstam, e o mártir cristão Bonhoeffer, e o mártir cristão Kolbe e o poeta André Chénier, e Sansão Castelo Branco. Mas apanhar é bastante desagradável para quem leva as pancadas, embora, na essência, se estiver com a razão, termine ganhando.

Diário de Notícias, 7 de novembro de 1971

O SONETO VISITA AFONSO

*T*em coisa que a gente nunca aprende, é inútil. Não falo as grandes frustrações: falar inglês, andar de bicicleta, dançar uma valsa (quando havia ainda valsas). Penso noutras, bem menores. Em vão os vaqueiros me mostravam o capricho da marca das eras na orelha dos bichos. Liam claro e fácil o que para mim era mistério: mesmo quando a linha se desenhava fugidia, a indicação para eles era precisa. Além desse processo de constatação individual o conceito identificava opiniões sujeitas a controvérsia passageira: "a era de 21 foi de inverno bom", "não senhor, de inverno bom foi a de 22", "é, tem razão, foi até muito parideira..."

Penso nisso lembrando que a era de 1871 foi muito parideira para a França. Basta ter posto no mundo Marcel Proust e Paul Valéry, esses gênios lentos. Escrevi lentos, devia ter posto pacientes. E me explico: vinte anos quase dia por dia, depois do nascimento de Valéry, morria em Marselha Arthur Rimbaud que está do outro lado da questão, nele tudo era vertigem. E eu dava de bom grado todo o Valéry por um verso apenas de Rimbaud. Mas admiro em Valéry a paciência, o que ele próprio definiu: *"Patience, patience,/ Patience dans l'azur,/ Chaque goutte de silence/ Est la chance d'un fruit mûr!"*

Essa ideia – a de que em cada gota do silêncio possa estar contido o amadurecimento de um fruto – tocou tanto a Rainer Maria Rilke que ele escreve, citando-os: "Pudesse eu esperar uma coisa dessas do meu silêncio!" E noutra carta: "Eu, eu sou lento interiormente, tenho essa lentidão intrínseca de árvore que compõe seu crescimento e sua floração, sim, tenho um pouco da sua admirável paciência..." E a Gide, em 1921, fala das ideias de Valéry como resultado da altiva paciência de artista "que não queria jamais ser abreviada nem consolada".

Gide ia mais longe, pedia lentidão, preguiça, achava que a pressa pode estrangular e fazer abortar a flor.

E no fundo Goethe já escrevera que todo o trabalho do poeta é fixar em repouso...

Talvez pareça contraditório que sejam exatamente Rilke e Valéry, que exigiam do poeta uma dura disciplina, os definidores desse processo de lenta acumulação interior de que surge a poesia. Mas a contradição só existe na aparência. O próprio Valéry disse que os deuses dão o primeiro verso, os outros a gente tem de suar para que sejam dignos desse dom sobrenatural. Às vezes, muito raramente, os deuses dão o poema todo. Foi o que aconteceu a Afonso Arinos de Melo Franco, na noite de 10 de outubro de 1961, em Nova York. Ele encontrou agora o manuscrito nos seus papéis e me deu. Sentindo não ter o direito de guardá-lo, ofereci-o aos arquivos da Academia Brasileira. Sob os versos se encontra esta nota: "Fiquei sem sono e compus este soneto na cabeça. Levantei-me em seguida e vim escrevê-lo aqui, de uma só vez, como se encontra acima, neste manuscrito original". Eram 3 e meia da manhã. Vejam vocês o mistério da poesia. Afonso não é poeta contumaz, mas bissexto. De repente, uma noite, em Nova York, pensa em Camões e brota dentro dele, perfeito, sem esforço, o poema, embrulhado na insônia como uma parede luminosa. E venham me dizer que a inspiração não existe! A inspiração é a visita de um soneto como este:

SONETO A CAMÕES

Poeta e soldado, em tua vária lida,
Tiveste a rosa e o espinho, o encanto e a pena,
Vida entre luta e sonho repartida,
Alternando na destra a espada e a pena.

A glória dos teus coevos aguerrida
Deste força divina em voz terrena
De amor sofreste a vivida ferida
Que plangeste em teu verso, trompa e avena.

Na minha pouquisão, quando em ti penso,
Gentes, deuses e terras revelando
Em claro som e julgamento denso,

Vejo o lume do tempo rutilando,
Teu estro soberano, poeta imenso,
Cantando o mar é como o mar cantando.

Diário de Notícias, 14 de novembro de 1971

NÃO HÁ DI SEM MULATA

Deixem-me dizer primeiro que sou insuspeito para falar em Di, aliás, simplesmente Di por muito tempo, mas um dia – segundo Manuel Bandeira – mudado em Emiliano Di Cavalcanti. O aviso de Manuel é grave e deve ser registrado em primeiro lugar, pois são versos a um morto, Mário de Andrade, que o acompanha num "Passeio em São Paulo": "Almoço com Di, que hoje é Emiliano Di Cavalcanti". Pois Di, aliás, Emiliano Di Cavalcanti, é mais devedor meu que eu dos bancos: um dia lhes pagarei a eles, e a mim Di não pode mais pagar: trinta anos passaram sobre o dia em que, encontrando pela primeira vez minha mulher, disse que iria pintar seu retrato; e já agora só eu é que identifico, na avó de hoje, a adolescente de ontem. O modelo foi-se, menos para os meus olhos.

Nem por isso neguei, a vida inteira, admiração e amizade a Di, retrato de Nazareth à parte. E é por isso mesmo, com um duplo sentimento de frustração e desgosto que vejo fechar-se hoje a grande retrospectiva de São Paulo – creio que a maior e mais bela jamais dedicada no Brasil a um dos seus grandes artistas – sem ter podido ir vê-la e – o que é pior – leio a notícia de que será impossível repeti-la no Rio.

Creio que devia ser ponto de honra para o Governador Chagas Freitas (possuidor, ele próprio, de alguns Di de primeira ordem) promover a repetição, nesta nossa cidade, da retrospectiva do maior pintor nela nascido. Pois ele não é só Governador da Guanabara, mas também do Rio de Janeiro.

E Di é carioca, essencialmente carioca. Ele mesmo se denomina "um perfeito carioca". "Jamais abandonarei a cidade onde nasci." "Minha ida para São Paulo foi uma fuga, mas o meu Rio de

Janeiro sempre estava a meu lado, sempre que podia corria para me iluminar com esta luz; banhar-me nestas águas e aqui amar." Di é carioca de São Cristóvão, carioca de família carioca, carioca de José do Patrocínio, em cuja casa nasceu; carioca do Carnaval e das madrugadas boêmias, "a cidade crescendo e eu crescendo com a cidade". Sua universalidade começa no Rio, nas ruas do Rio, entre as mulatas do Rio.

Falei nas mulatas de propósito. Não posso concordar com o poeta Walmir Ayala (de quem, por sinal, acabo de ler, deliciado, as *Histórias dos índios do Brasil*, com estupendas ilustrações de Aldemir Martins, e quem tiver filhos ou netos pequeninos não hesite: esse é um lindo presente de Natal), não posso concordar com o poeta Walmir Ayala quando convida: "Desmulatizemos Di!".

Bem sei que o convite não nasce de preconceito. O poeta não é contra as mulatas na vida real, nem mesmo contra as mulatas na pintura de Emiliano Di Cavalcanti. Apenas ele acha que Di é mais que as mulatas, Di não é só as mulatas.

Sim, Di não é só as mulatas, nisso tem razão o poeta. Di é enorme como um herói de Rabelais e como o próprio Rabelais, enorme, isto é, fora das normas, Di é um pintor da raça de Brueghel, com os olhos abertos para a vida vivida, Di é um mundo, tem o seu "mundo" mas o mundo exterior, dos homens, das coisas e dos bichos, mesmo parado nas naturezas mortas, está nele, se reflete nele, através dele.

Di não é só a mulata, é também toda a mulher. A verdade é a que entreviu o poeta Drummond: "Multiamante, Di Cavalcanti fez pacto com a mulher". Sim, a mulher, termo universal, mas em especial com a mulata, fenômeno americano e especificamente brasileiro. O próprio Di confessa: "Gosto de pintar mulatas porque elas são a coisa mais brasileira que temos".

Luís Martins observou, com acuidade – no prefácio ao lindíssimo álbum, com legendas de Paulo Mendes de Almeida, em 48 reproduções coloridas, presente para adultos – que o encontro de Di com a obra de Picasso, nos idos de 20, foi decisivo: "O que há em Di Cavalcanti de intrinsecamente brasileiro, ou melhor, de carioca, levou-o a uma tradução para o mulato das mulheres clássicas e um pouco olímpicas de Picasso, dando-lhes um frêmito, uma languidez e uma indolência que elas não tinham".

Diário de Notícias, 5 de dezembro de 1971

NA ESTREIA DE UM POETA TEMPORÃO

O poeta temporão sou eu mesmo, a estreia é minha, o livro, *A Cantiga Incompleta*, que a Livraria José Olympio acaba de editar.

Fiz questão de que o volume saísse ainda este ano. Queria não pensar mais nele em 1972.

O leitor se espantará com o que digo. Tem direito a isso. Estreia? Temporão sim; mas livro de estreia, como? E eu respondo que é a primeira vez que junto e publico, no Brasil, meus versos – minhas capelas imperfeitas, para sempre inacabadas. Por isso me sinto estreante. Agora é que vou ser julgado. Quero que me julguem e, se possível, me amem.

De certa forma, creio ter direito a isso. O grito dos que receberam a visita do Anjo, dos pais que perderam filhos, penso tê-lo traduzido não apenas em dor, mas em verso. Por isso digo: minha poesia consola porque faz sofrer. Escrevi: "Deus necessita do perdão dos homens". Mas acrescentei que lhe entregava os que Ele me levara pelo amor dos que ficaram.

Confessei à inteligente repórter que o *Diário de Notícias* mandou me ouvir muitas coisas de vida e poesia, que ela registrou com fidelidade e inteligência. Houve apenas dois enganos.

Não disse que o jornalismo me ensinara a fazer sofrer, mas que me ensinara a fazer sonetos. Foi o exercício quotidiano da concisão que me preparou para o jogo dos quatorze versos. A isso acrescento minha própria estrutura respiratória: sou de fôlego curto, do nado, na lagoa. Não aguento o mar alto, esse fica para os Drummond e os João Cabral. Por isso mesmo, sou, desgraçadamente e desengraçadamente, monocórdio: amor e morte, eis o que canto, mas o amor vencendo a morte e sobrevivendo à vida.

Disse também que acreditava na inspiração, e a minha colega entendeu que na minha inspiração. Não. Da minha duvido bastante, quando mais não seja por este dado concreto: a poesia de uma vida inteira se contém num volume de menos de duzentas páginas.

Falei na inspiração como falei no jornalismo. Pois Rainer Maria Rilke não dizia que o poeta devia ter uma segunda profissão, mas nunca o jornalismo? E quantos o repetiram, eu mesmo quanto o temi, quanto me lamentei de que não queria ficar ressentido nem ressequido e neste segundo desejo meu pensamento secreto era que o jornal seca – ainda pior do que a vida. Pobre de mim, a dor me acordou: a fonte dos olhos rebentou em sal.

A inspiração é outra história. Certa vez, em Lisboa, meu querido poeta João Cabral de Melo Neto discutiu muito comigo, ele é contra o poeta inspirado. Contei em carta o debate a Manuel Bandeira. Manuel ficou brabo. Se não fosse ser primo, padrinho, amigo e admirador de João teria ido às do cabo, me escreveu: "Viva o poeta inspirado! Viva Luís de Camões! Viva Antero de Quental! Viva António Nobre!". Bem sei que há uma terrível palavra de Drummond: "não considero honesto rotular-se poeta quem apenas verseje por dor de cotovelo, falta de dinheiro ou momentânea tomada de contato com as forças líricas do mundo, sem se entregar aos trabalhos quotidianos e secretos da técnica, da leitura, da contemplação e mesmo da ação". Esse conceito terrível se torna inibitório até o momento em que a gente pensa no exemplo que Drummond dá de não-poeta; e é ele próprio.

O que dito, e isso posto, não me arrependo de ter publicado minha *Cantiga incompleta*.

Quando eu era menino, vi uma vez meu pai ficar sem saber o que dissesse a um amigo cearense, sujeito ótimo, trabalhador, que o procurou para um conselho: queria que o filho estudasse para poeta. Pensava que era o que eu estava estudando, e queria saber como, onde e quando. Meu pai o desenganou, poeta não se fazia, nasce. Mas o iludido era o velho Odylo. Poeta se faz, e a mestra é uma só, a vida. Quando ela se esvai nos que amamos, só a poesia a traz de volta.

Diário de Notícias, 4 de janeiro de 1972

O AMOR É MEU ESPAÇO

*B*em sei que *"le moi est haïssable"*. O "nós" será também assim odiável? Talvez, quanto apenas prolongue o "eu". De qualquer forma, o assunto do cronista é ele próprio. Resta ao leitor passar ao largo e se não vier de lá nenhum abraço, daqui não partirá qualquer pedra.

Mas é que fiz no dia de Reis, festa da Epifania, festa do amor universal, isto é, da Manifestação de Jesus aos gentios da estrela que não excluiu nenhum ser humano da fraternidade cristã, fiz nesse dia trinta anos de casado. Hesito em acrescentar com Nazareth (ela sempre reclama quando o digo, pois não consta que me tenha casado com outra), mas resolvo fazê-lo, lembrado do político bandeirante, democrata provado e escritor correntio, a quem uma vez elogiava depois do almoço na nossa Livraria José Olympio a simpatia da senhora que conosco se sentara à mesa e que me ripostou, sereno: "Gosto muito dessa moça. Fui casado com ela seis meses!".

Por outro lado, talvez não seja de todo inútil falar trinta anos de recíproca fidelidade (e felicidade) conjugal numa hora em que o par monógamo e heterossexual – sonho do Ocidente – se vê posto em debate por todo canto. Sei que nas manifestações de mulheres liberacionistas francesas de 20 de novembro uma igreja foi invadida aos gritos de: "Libertem a noiva!" o que aliás segundo parece, ela não desejava. Mas em Londres já se organiza, para retrucar na altura ao *Women's Liberation*, um movimento de Libertação dos Homens, o que não impediu que, domingo passado, o *Sunday Times* publicasse, num inquérito entre mil ingleses de um e outro sexo, este resultado: sete entre dez mulheres; e cinco entre dez homens aprovam o casamento e desaprovam energicamente as relações extraconjugais dos casados. De qualquer forma, a situação é tal que um livro se intitula *Amour à réfaire*, outro *Thérapie du couple*, e neste, seu autor o doutor J. G. Lemaine declara que "o melão se fez para ser cortado em fatias, o casamento para que os nevrosados se encontrem" ao que observa o doutor Norbert Bensaïd que apenas o cuidado com os filhos mantém ainda o casal, mas o casal "perverte o que o justifica". Acrescenta, cautelosamente (pois o Senador Nélson Carneiro é meu velho amigo e receio que leitor), que nada disso impede que milhares de pessoas estejam querendo o divórcio para poder casar de novo, nem que o prestígio da instituição burguesa do casamento seja tal que há padres que querem casar-se e o "*gay people*" de um e outro sexo, também pleiteia fazê-lo entre si, não se tendo, por ora, registrado ressalvas quanto à possibilidade de divórcio futuro.

Não, não me julguem mal. Não estou, do alto da minha felicidade pessoal, zombando da infelicidade alheia. Estou apenas justificando o que me leva hoje a falar do amor, que é o meu, o nosso espaço, meu e de minha mulher e o tem sido nestes trinta anos, e não pensamos em refazê-lo, nem em cortá-lo em fatias, nem nos sentimos nevrosados, e os filhos, que não perdemos, não cremos tê-los pervertido, são nossa alegria, nosso orgulho, nosso pão quotidiano.

Que não perdemos... Tivemos dez. Meu projeto era mais ambicioso: dúzia e meia. Minha mulher ria: "Contanto que não sejam comigo..." Chegamos a dez. E as coisas nem sempre foram fáceis. Mas desde a primogênita nunca nos nasceu um filho que não aparecesse mais um pão à mesa. Quando veio Maria de Nazareth (eu cochilava ao lado, chegou a servente na maternidade pobre de São Cristóvão, me pensou dormindo, não se conteve: "Que meninão, santo Deus, e é a cara do pai, que horror!" não ficou horror mas realmente bela), quando veio Maria de Nazareth, mal cheguei em casa, Heitor Beltrão me procurava, era trabalho que me queria dar. E assim por diante, nunca pedi mas nunca me faltaram as tarefas do ofício.

Os meninos foram nascendo e crescendo. Nazareth que casara quase menina ficou mulher e mãe. Depois as dores foram vindo. O primeiro Pedro viveu apenas horas: estávamos juntos. Estive ao seu lado quando perdeu a mãe (perdera o pai menina; e minha sogra gostava tanto de mim que até me achava bonito, coitada!). E se Nazareth não estava fisicamente a meu lado quando morreu minha mãe, depois meu pai, eu sabia demais que suas asas se abriam na minha noite, fora filha deles também.

Faltei-lhe, quando soube (sozinha!) que a menina a quem déramos o nome de minha mãe não falaria, nem andaria, e dificilmente sobreviveria à puberdade: cumpria, na minha província, o dever de tentar (inutilmente!) quebrar a crosta de gelo que a impedia de respirar e progredir, atendendo ao apelo simultâneo do amor pela terra e do afeto a um amigo de infância. Logo que pude, vim partilhar da sorte que doze anos enfrentamos juntos, sem exibir mas sem ocultar nossa filha, os grandes olhos negros abertos, o sorriso desenhado no rosto redondo, a magra mão frágil longamente estendida no ar...

O mais velho dos homens tinha meu nome, o nome de meu pai, na véspera de cujo aniversário, minutos antes da meia-noite, nascera. Meu irmão Emílio, estupendo médico, queria retardar a natureza para coincidência perfeita com o convencionalismo metereológico. Não pôde: o menino nasceu no quarto. Viveu dezoito anos. Só nos deu alegria, embora algum cuidado, pela demasiada herança das distrações paternas. Quando morreu (mais um ano e terá sido há um decênio!) vimos que o nosso rapaz se fizera um homem. Escrevera, em sua última tarde: "Quero servir aos outros. Meu último desejo: morrer feliz, nunca devagar". Assim morreu. Não foi consolo bastante, nem há consolo nunca. Mas sabemos que não era imortal, morreu feliz, de repente e rápido, ao lado da namorada, sem ter provado as grandes dores morais, com a inteligência ávida e livre, e como homem honrado, dando a vida pela liberdade e pela honra da moça que o tomou nos braços sobre o seu sangue, lutei para que o SAM acabasse, deixasse de ser o inferno de onde saíra o menino infeliz que o matou. Lutei? Lutamos. Esmagada, Nazareth me animou na luta. E ainda hoje por vezes penso, pensamos, se não seria o caso de recomeçá-la, para enfrentar a boa consciência que vai dando como resolvido o problema da infância no Brasil, só porque apóstolos como Mário Altenfender criaram um palmo de chão limpo onde antes havia a vergonha e a dor.

Ficaram-nos sete filhos, são hoje de novo dez. Pois Maria de Nazareth, a primogênita, nos trouxe Luís Carlos, filho de Ana e Newton Tornaghi, para ser também nosso; e o mesmo fez Pedro a Paloma, filha de Zélia e Jorge Amado; e o mesmo fez Teresa de

Jesus e Márcio, filho de Isolde e Max Tavares d'Amaral. E o nosso sangue já floriu unido ao dos Tornaghi em dois netos, filhos de Maria de Nazareth; e ao neto que Paloma vai nos dar, o primeiro a repetir o sobrenome de meu pai, passarei um dia o livro de notas dele e, antes dele, de meu avô paterno, professor na beira do Parnaíba.

Trinta anos! Quando pensaria eu que mais de trinta anos correriam desde aquela tarde em Teresina em que, voltando por acaso à cidade, depois de um decênio de ausência, e me virando para meu irmão Álvaro, e apontando uma menina de branco – de tranças – no auditório de uma festa colegial, lhe disse: "Você está vendo aquela menina? Vou me casar com ela..." Ao que ele me retrucou alguma coisa assim como: "Você está louco", mas eu não estava porque nós nem sempre o sabemos, mas Deus sabe sempre o que faz.

Diário de Notícias, 9 de janeiro de 1972

PROCURA-SE UM ALEMÃO NO VALE DO ITAJAÍ

Não só, aliás, no Vale do Itajaí. Também mais para o Norte, em Joinville, procurei debalde um alemão daqueles de olho bem azul e que, embora nascido no Brasil, não falasse português. Quando insistia muito, me diziam: "Ainda tem algum. Na colônia".
Talvez tivesse. Não fui à colônia.
Não vi.
Disseram-me, há tempos, que um prelado da minha terra falou que fomos à toa na guerra grande do mundo, a reboque dos Estados Unidos, eles lucraram, nós nada, só morte e dor. Confesso que não acreditei, o moço sacerdote é tão inteligente! Mesmo com raiva de americano, como é que ele não perceberia que, tirante a desgraça da Terra toda, se a peste do nazi-fascismo (era a palavra justa daqueles tempos, de vez em quando a coisa reponta sob outros nomes) tivesse vencido, os Estados Unidos sairiam sempre fortes da derrota, mas nós ficaríamos menores, de uma hora para outra Hitler anexaria uma Alemanha antártica no Vale do Itajaí, para grande sofrimento da nossa gente de lá?
Mas o que aconteceu, se não foi assim esse péssimo, também não foi um ótimo. Fomos caçar, passamos da caça que nem um cachorro que meu pai possuía, e era excelente a não ser esse defeito: ia com sede excessiva ao pote, corria mais que a perdiz, adeus nambu.
Perdoem este jeito irreverente de falar de coisa tão séria, mas a gente chega ao Vale do Itajaí, procura os rastros do gênio alemão, se apagaram ou quase. Era isso que se queria? Se era, estava errado. Devíamos querer toda a gente por lá bem brasileira, mas

guardando suas tradições lindas e, além disso, bilíngue sem esforço, falando ao mesmo tempo a língua de Camões e a de Goethe, a língua de Rilke e a de Manuel Bandeira, e me perdoem mas ando em maré de poesia, não cito outros nomes.

O clube onde atravessamos a meia-noite de 31 de dezembro de 1971 sabem como se chama? Dos Tabajaras, sim senhor, dos tabajaras que se estendiam do São Francisco à Paraíba, e nem parentes eram da bugrada que de vez em quando botocudava a colônia fundada pelo doutor Blumenau. A intenção nacionalista é evidente, mas não carecia gritar assim o brasileirismo. Bastava estar lá como estive, ver e ouvir o que vi e ouvi: nos primeiros minutos do Ano-Novo aquele abraço geral, todo o mundo se conhecia, era bonito, bonito, parecia um corpo só não se distinguiam as pessoas naquele agarramento de desejar felicidades, a gente se cansando de beijar e ser beijada. Logo depois a nostalgia brasileira entrou violenta, "ôôôo Aurora, ó jardineira por que estás tão triste, mulata mulatinha meu amor, o galo de noite cantou, o bonde São Januário", o carnaval carioca invadiu a sala e tomou conta, onde estava a *sennsuchtt*, a melancolia germânica? As meninas pulavam de *hot pants*, "menina da saia curta"...

Aqui entre nós que não me ouçam no Maranhão: nunca pensei que Santa Catarina fosse tão bela. Meu Deus! As duas baías cercando a ilha e o Desterro (recuso-me a dar à cidade com a Lagoa da Conceição – perfeita como um namoro de estudante – o nome do ditador a quem Moreira César telegrafou: "Romualdo, Caldeira, Freitas e outros, fuzilados, segundo vossas ordens"), a ilha, as ilhotas, os ratones... Cantavam-me na memória os versos de Luís Delfino: "Na rua Augusta, em Santa Catarina,/ a cama em cima de uns caixões de pinho..." Em que rua nasceu Cruz e Sousa? Mas depois foi o alumbramento do Itajaí, o rio correndo manso, no plano, ervas, águas e rosas, a mão do homem no campo... Razão tinha Antônio de Meneses Vasconcelos de Drummond de festejar, mesmo no exílio, as formosuras do Itajaí. Isso em 1827. Imaginem se ressuscitasse para vê-las de novo, século e meio depois...

Volto ao princípio. Ainda há uma ou outra casa de enxame! Em Blumenau, dois ou três restaurantes botam o nome em português e alemão, e o admirável trabalhador intelectual que é o escritor José Ferreira da Silva vai publicando seus "Cadernos de Blumenau" e tentando salvar esse ou aquele resquício da história material. Talvez, para ser obtida, a nacionalização não pudesse deixar de ter sido, como foi aplastante, esmagadora, com seu travo de violência e injustiça, talvez pudesse. Isso hoje é o passado, outra história... Mas agora que o Vale todo é tão brasileiro que muitos já pensam até em brincar ali de boi de mamão (que é o nome do bumba meu boi na zona de origem açoriana de Santa Catarina) não havia mal em que alguns beneméritos reabrissem uma das antigas escolas alemãs, não as do tempo de Hitler, mas as do tempo do Dr. Blumenau e de Fritz Müller. Se o fizerem me chamem para a inauguração. E tomaremos café com *haus brot* – pão de fôrma feito em casa, ou *fefacuque*, abrasileiramento para os biscoitinhos em formato de estrela, bichinho ou flor, lembrando pão de mel (de mel ou melado são feitos), enfeitados de caprichosos desenhos de açúcar colorido, que outrora em alemão se chamavam *pfefferkuchen*. Trarei – prometo – arroz do Maranhão para comer com *eisbein* (pé de porco cozido com salsa e cebolinha) em vez de chucrute; e fundiremos duas tradições, com permissão das nossas Fraus. E daremos um viva ao Brasil e outro – por que não? – à Alemanha, à grande Alemanha terra da poesia e da música, do sonho e da ação, onde primeiro o mais poderoso dos imperadores – e chamava-se Napoleão Bonaparte – topou raiva de homens livres.

Diário de Notícias, 16 de janeiro de 1972

SOBRE TRÊS MORTOS

No dia em que Quintino Carvalho chegou ao Rio para o calvário da luta cirúrgica contra a morte, um dos rapazes do jornal que ele soubera criar, modelar e reunir em torno de si na Bahia, me contou que, quando fui eleito para a Academia Brasileira, Quintino quis escrever uma página inteira na *Tribuna da Bahia*. Planejou tudo. À última hora, adiou. Pensava fazer coisa longa, um depoimento que fosse um retrato. E não havia mais tempo. Quando se aproximou a posse, anunciou que ia ser então, desta vez preparassem as fotos, encomendassem uma entrevista na casa de Santa Teresa. Não, não carecia me entrevistar, ia ser surpresa. Mas chegou o dia e não fez nada. Explicou: – "Eu não tenho grandeza bastante para escrever sobre o Odylo".

Pobre amigo, velho companheiro. Grandeza não lhe faltava, tinha de sobra, e a "sua" *Tribuna* está aí para prová-lo, obra-prima do nosso ofício, um dos dez melhores jornais do país, e não há melhor. Mas decerto já era a doença a impedi-lo de dar o nome aos bois, a ele tão preciso na arte de escrever. Não era grandeza que lhe faltava, era sentimento que lhe sobrava, a carga emocional que o excedia, a lembrança dos jornais que fizemos juntos, e com ela desciam as primeiras mutilações desanimadoras, primeiras sombras do fim.

Pobre companheiro, velho amigo, eu de mim sei o que me impede de juntar a voz ao coro da tua redação, que através de ti ficou sendo minha. A mim o que falta é coragem. Várias vezes tentei, outras tantas desisti. Escrevo com um dedo só, olhando o teclado. Lágrima não deixa ver letra de máquina.

***

Aí por volta de 1940, Ribeiro Couto instituiu no Rio uma das suas invenções de homem cordial. Os amigos deviam se ver ao menos uma vez por mês, almoçar ou jantar juntos, no Bar das Flores, na Açoreana, num restaurante bem popular, acessível às bolsas em vazante. E para facilidade de memória, o dia do encontro ficava sendo 13. Superstição pelo avesso.

Ora, num desses almoços, os presentes de repente se entreveraram numa discussão política feroz. Eu e Sérgio Buarque de Holanda estávamos dispostos a ir às do cabo contra o Estado Novo, mas Getúlio tinha seus defensores. O debate azedava, quando de repente notei Hélio Viana. – "Hélio, nós estamos quase nos agarrando e você não diz nada?" – "Eu? Eu não tenho nada a ver com isso, é briga de republicano, eu sou monarquista..."

Não era desculpa: era verdade. Hélio Viana só perdia a calma (se é que a perdia) discutindo história. Não que fosse desinteressado do presente: chegou a participar de um movimento radical, onde sua boa-fé nunca foi posta em dúvida. Mas mesmo então eram as raízes do passado que o fixavam numa posição que ele acreditava ser a da defesa da continuidade da Pátria no tempo.

Não sei até que ponto a fluidez do instante que passa, e de que cada um tem sua versão, arrastava Hélio para o ontem, que buscava aprisionar em termos de certeza. Ele tinha a doença da exatidão. Da exatidão? Da Verdade.

Nunca tendo feito jornalismo profissional, havia também em Hélio paixão da imprensa. É impossível compreender a Regência – período empapado de sangue e de criação – sem recorrer aos seus estudos sobre os panfletos onde as paixões se cruzavam na liberdade de um tempo em que a imprensa era livre e pobre. Ou livre por ser pobre...Viva o jornal em casca de cajá e prelo de mão! Viva a liberdade!

***

"Os poetas são felizes..." escrevia-me Milton Campos pouco antes da provação final. Mas ele e eu sabíamos – e quanto! – que a felicidade no mundo é feita de aceitação, não só para os poetas, para todos, e que, a pequena obra-prima de Nosso Senhor que é o Pai Nosso, o "seja feita a vossa vontade" é tão importante quanto o pedido do pão quotidiano ou do perdão para as nossas dívidas.

Milton possuía um jeito no falar que só encontrei em Rodrigo M. F. de Andrade e Prudente de Morais, neto: uma certa hesitação diante de algumas formulações, como à procura da palavra exata. A velha frase feita: "escreve como fala" – se invertia: falava como escrevia. Perfeito, limpo, o bom Machado de Assis (sejam dadas graças a Deus!), nada de encaroçado. Só "puro Machado" porque sua frase não volteava entre dúvidas. A última viagem de Virgílio de Melo Franco por terras de Minas se fez em companhia de Milton (iam também Afonso Arinos e R. Magalhães Júnior). Milton, governador, voluntariamente como que se apagava para deixar Virgílio face a face com o povo. E depois me disse: "Há muito Minas não tinha encontrado um líder natural". Era preciso ter a consciência profunda do sistema das chefias no regime democrático para lançar assim sobre o grande companheiro, que fora a força maior da sua eleição, todo o prestígio do poder.

Honra o Brasil que um movimento como o de 1964, que concentrou a suma do Poder Público nas mãos, tendo tido como Ministro da Justiça esse grande conservador liberal.

Sem Milton no Ministério da Justiça, não existiria hoje a Fundação Nacional do Bem-Estar do Menor. Esta palavra fica aqui como um testemunho – e creio que ele não é somente meu.

Fui vê-lo em seu caixão, o corpo pequeno, reduzido pelo sofrimento, envolvido pela morte. A morte o libertara da dor. O rosto estava sereno. A serenidade própria da morte não lhe alterara muito os traços, ele sempre fora tranquilo. O que faltava agora era o riso bom.

Diário de Notícias, 23 de janeiro de 1972

O *DIÁRIO* NÃO TEM RAZÃO

*E*stava eu em casa, posto no relativo sossego da rua Senador Vergueiro, e tendo chegado da Casa de Ruy Barbosa, lindamente restaurada (como Ruy sabia morar!), onde assistira à inauguração do retrato de Thiers Martins Moreira, me preparava para reler sua perfeita obra-prima em dois pequenos volumes, *O menino e o palacete* e *Os seres* (como Thiers sabia escrever!), quando a campanhia toca e um senhor gordo, de óculos pretos e blusão amarelo, me entrega, contra-recibo, uma carta com a nota de "urgente".

E como o que nela se continha merece divulgação, apesar das críticas ao *Diário*, cedo a coluna ao correspondente, sem cortar uma palavra:

"Escrevo-lhe, Sr. O.C.f., mas, falando com toda a franqueza, nem acredito que o senhor chegue a ler esta carta até o fim, e muito menos que a publique. A rigor, não era ao senhor que a devia endereçar, mas àqueles moços do *Diário*. Seria inútil, esses a jogariam logo na cesta, certos como estão de ter reencontrado as tradições da casa, defendendo o interesse do povo em geral e do povo miúdo em particular. Na verdade se meteram numa fria danada, e se a classe não fosse desunida já teriam a esta hora amunhecado, o que é diferente de desmunhecar, mas não desmunheca quem quer e sim quem pode.

Que dizem os moços do *Diário* querer? Que volte o carnaval de antigamente, em que a rua brincava. Acrescentam: "Se o povo não pode brincar, deixem o povo ao menos ver!" E se atiram, ao mesmo tempo, contra as fantasias de luxo do nosso grande baile do Teatro Municipal.

Ora, prezado senhor, desde os tempos do finado Sérgio Porto (Stanislaw Ponte Preta), que tão malvadamente implicava conosco, nunca se viu tanta injustiça misturada. Que temo os que desfilamos na passarela do Municipal, com o zé-povinho, desajudado do dinheiro necessário para ver das arquibancadas o desfile das escolas de samba? Aliás se o povo precisa brincar, por que não brinca em casa? E se precisa ver, por que não vê na televisão?

Eu, se tivesse de opinar sobre a questão das arquibancadas (o destino, que me castigou não me fazendo mulher, também me sonegou uma coluna de jornal), não propunha acabar com elas, mas ampliá-las, transformando-as numa só, e geral, u-ni-ver-sal!!! Correr, no Rio todo, na Avenida Suburbana, na Avenida Brasil, mesmo nos túneis e debaixo dos elevados (para os mais corajosos), e pelas praias do Oceano Atlântico, uma única arquibancada, que dividisse de vez a cidade em zonas incomunicáveis. Aí poderia ser cobrada entrada mais barata e o resultado se aplicaria em prêmios para as de fantasias do nosso grande baile do Teatro Municipal.

Pois, nesta questão das pessoas corajosas que patrioticamente defendemos as tradições culturais do País na passarela, sob as vaias dos que têm raiva do desfile porque só pensam em pular, cantar, etc. – como se o nosso grande baile fosse apenas pressas coisas –, o fato concreto é que os prêmios não pagam nem de longe as pérolas, os vidros, as joias, os paetês.

O senhor, que tem influência lá no *Diário*, explique àqueles rapazes a importância sociológica da nossa presença. So-cio-ló--gi-ca, sim! Não somos apenas os porta-vozes de uma minoria erótica, que aproveitasse o nosso grande baile para um misto de delírio exibicionista e anúncio homossexual. Injustiça! Representamos a coisa mais séria: o apogeu do 'kitsch' brasileiro.

O senhor sabe o que é o 'kitsch', está claro. Mas aqueles rapazes, não. Dê a eles a definição do "kitsch" na enciclopédia alemã de Knaur: 'operação aparentemente artística que substitui uma força criativa ausente através de solicitações da fantasia por conteúdos particulares (eróticos, políticos, religiosos, sentimentais)'. Viu o senhor? Da 'fantasia'! E não me diga que fantasia está aí como sinônimo de 'imaginação', pois se trata de fantasia mesmo. Fantasia: não. Fantasias! Fantasias das nossas. Esses alemães sabem tudo. E não se admire se numa das próximas edições de livros sobre o 'kitsch', como aquela famosa *Antologia do mau gosto,* figurarem fotografias em cor do *Sonho de Nero*, *Delírio de Sardanapalo*, ou *Pesadelo de Nabucodonosor*, que considero até hoje insuperadas, e não por terem sido usadas por minha gente.

No mais, me responda: se suprimirem o desfile dos 'monstrinhos' (ingratos rapazes!), que é que as revistas brasileiras vão dar na capa das edições de Carnaval?"

Diário de Notícias, 6 de fevereiro de 1972

QUANDO O PRESIDENTE ARGENTINO APARECE A MACHADO DE ASSIS

Calma, leitor, não se trata de espiritismo, não é Machado de Assis aparecendo ao Presidente, mas o Presidente a Machado de Assis; e não se chamava, evidentemente, Lanusse.
Chamava-se Domingo Faustino Sarmiento.
Machado de Assis o viu numa noite de 1868, quando, apesar da guerra com o Paraguai, houve eleições na Argentina, e o homem que tantas vezes do exílio caminhara e fizera da "educação para todos" uma arma de igualdade e civilização foi eleito para suceder ao Presidente Bartolomeu Mitre.
Tem a palavra o senhor Machado de Assis:
"Foi em 1818. Estávamos alguns amigos no Clube Fluminense, Praça da Constituição, casa onde é hoje a Secretaria do Império. Eram nove horas da noite. Vimos entrar na sala de chá um homem que ali se hospedara na véspera. Não era moço; olhos grandes e inteligentes, barba raspada, um tanto cheio. Demorou-se pouco tempo; de quando em quando, olhava para nós, que o examinávamos também, sem saber quem era. Era justamente o doutor Sarmiento, vinha dos Estados Unidos, onde representava a Confederação Argentina, e donde saíra porque acabava de ser eleito Presidente da República. Tinha estado com o Imperador, e vinha de uma sessão científica. Dois ou três dias depois, seguiu para Buenos Aires.
"A impressão que nos deixara esse homem foi, em verdade, profunda. Naquela visão rápida do presidente eleito pode-se dizer que nos aparecia o futuro da Nação argentina.

"Com efeito, uma nação abafada pelo despotismo, sangrada pelas revoluções, na qual o poder não decorria mais que da força vencedora e da vontade pessoal, apresentava este espetáculo interessante: um general patriota; que, alguns anos antes, após uma revolução e uma batalha decisiva, fora elevado ao poder e fundara a liberdade constitucional, ia entregar tranquilamente as rédeas do Estado, não a outro general triunfante, depois de nova revolução, mas a um simples legista, ausente da Pátria, eleito livremente por seus concidadãos. Era evidente que esse povo, apesar da escola em que aprendera, tinha a aptidão da liberdade; era claro também que os seus homens públicos, em meio das competências que separavam, e porventura ainda os separam, sabiam unir-se para um fim comum e superior.

"Sarmiento chegou a Buenos Aires; o General Mitre entregou-lhe o poder, tal qual o constituíra e preservara da violência e do desânimo."

Creio que bastaria ficar aqui, com Machado de Assis.

Mas não fico. Acrescento duas palavras, não duas palavras de discurso que se estiram, mas duas palavras mesmo.

Tive a sorte (não digo para me gabar, mas porque é notório) de nascer em São Luís do Maranhão e de me criar na beira do Parnaíba. Mas me considero um pouco argentino – argentino daquela misteriosa e persistente tradição que nos une e se inicia antes de Sarmiento, mas que ele definiu como a da "civilização" contra a "barbárie". Esta se chamou a certa altura no passado Rosas, em nosso tempo Perón; e nunca foi amiga do Brasil. Com uma ou outra exceção retribuímos a malquerença, os brasileiros; e até, no caso de Rosas, andamos participando da briga com o nosso sangue. Entre os que deixaram um pouco desse sangue no chão de Caseros estava – por sinal – Manuel Luís Osório, a quem Sarmiento ofereceu a única coisa dada, disse ele, à sua República, que não tinha naqueles tempos títulos e distinções: a cidadania da República argentina.

No fundo, a América Latina é mesmo uma só. Eis porque não deixamos de ter um pouco de argentinos, todos nós. E eles de brasileiros. Isso nos dá direito a ler Jorge Luis Borges como se tivesse nascido na rua do Rosário e a desejar para a Argentina presidentes como Mitre, Sarmiento e Lanusse e não ditadores como Rosas e Perón.

Diário de Notícias, 12 de março de 1972

UMA CASA PARA UMA VELHINHA

*F*az aqui uns anos, escrevi um artigo sobre este eterno assunto da criança no seu duplo e doloroso aspecto: o menino que é abandonado (sei bem que a palavra moderna é desassistido) e que tantas vezes se encaminha para bruto descaminho da desgraça e do mal, e o menino excepcional por mal dotado ou bem dotado. E falava na velhinha sábia e santa, santa e sábia (não sei o que prevalece nela) a quem a Nação brasileira, isto é, o Estado, mais os homens de poder e da riqueza e do poder da riqueza, negam, hoje, as verbas úteis para erguer amanhã as inúteis estátuas.

Eu não conhecia pessoalmente Helena Antipoff. Fui vê-la, daí a dias, no Leme, ela empenhada, como sempre, em salvar a Sociedade Pestalozzi que, aliás, Deus me perdoe a comparação, é como Deus mesmo, que está sempre morrendo. Mas tal qual Deus, o catolicismo, o carnaval, a cidade do Rio, a Sociedade Pestalozzi não morre nunca. Deus é muito teimoso: nem morre Ele, nem morrem o cristianismo católico e as outras faces de Deus. A alegria do povo é muito teimosa: O carnaval está sempre moribundo, ressuscita no ano que vem. O carioca é muito teimoso, teimosíssimo: ninguém nos arranca o Pão de Açúcar, o mais que fazem é desfigurar a praça Quinze, toca-se pra frente, vivam os jardins do Aterro e o lazer dos homens. E a Pestalozzi não morre: Helena Antipoff é muito teimosa, o doutor João Franzen de Lima, duro de teimosia, a doutora Lisair Guerreiro, mulher de estalar uma unha na outra morrendo de tão teimosa. A APAE[12] não morre: Inesita Félix Pacheco Brito não deixa. Viva a teimosia que salva o

---

12 Associação dos Pais e Amigos dos Excepcionais. (N. do Org.)

mundo! E cito apenas uns nomes – que se escrevendo num caderno de colégio não dava para enumerar todos os teimosos.

Como ia dizendo, fui ver Helena Antipoff. E ela me atacou logo: "está tudo errado, não sou velhinha, não sou sábia, não sou santa". Velhinha não era, nem moça velha ao menos, antes, marcada de maternidade, os filhos que dela nasceram, os que a ela vieram. E nem parecia velha, magrinha, a voz como um fio, mas tão natural quanto a magreza, ousando negar que não lhe dessem as verbas necessárias, tudo que fizera era ajuda dos outros. Concedi a mocidade, reservei-me liberdade de opinião sobre os outros temas, com reserva mental de lhe mandar os orçamentos da União, Estados e Municípios, mais os balanços de algumas empresas, a fim de que ela visse que migalha da migalha lhe davam para os seus desamparados. De que adiantaria? Ela continuaria a crer – e a esperar, só que esperar trabalhando dia e noite, no seu jeito natural. Tudo nela é naturalidade, naturalidade e natureza, inclusive a outra Natureza, com N grande, em cuja presença sempre acreditou como salvação do homem – e modeladora de criança.

No próximo sábado, 25 de março de 1972, Helena Antipoff faz oitenta anos. Recusou qualquer homenagem. O mais que aceitou foi que se encontrassem seus discípulos e amigos. Para um bródio farto? Eu imaginava um cardápio que fosse uma biografia. Alguma receita de Grodno, na Bielorrússia, onde nasceu, ou de S. Petersburgo, onde fez o ginásio, e, depois, virou Leningrado, onde cuidou de crianças abandonadas e colaborou no Instituto Pedagógico; ou uma *fondue*, umas *raclettes* suíças, para lhe lembrar Genebra, onde foi assistente de Claparède e uns surubins gordos, um honrado feijão de tropeiro com lombinho de porco, pois metade de sua vida se passou no Brasil, e no Brasil sobretudo em Minas Gerais, e de Minas é que seu nome cresceu e se fez símbolo nacional, no Brasil todo. Disse nacional; e a sobremesa, em vez do *syrniki*, o grande bolo de queijo de S. Petersburgo, seria sorvete do bacuri do Maranhão, pois sei de olhos maternos que também lá se enchem de sombra – e de luz – quando se fala em Dona Helena. Mas Dona Helena não quis comida, nem discurso, nem festa. O mais que aceitou foi que discípulos e amigos se reunissem para trabalhar: durante uma semana, discutir-se-á o problema do excepcional, não apenas como educá-lo, mas sobretudo como integrá-lo na sociedade, e quando se descansar se vai carregar pedra, debater a educação nas áreas rurais.

Eu estarei lá, não para proclamar vitoriosamente que nos oitenta anos ela fica velhinha mesmo, mas para com humildade lhe beijar a mão da sábia e da santa. Não o farei, entretanto, em sua casa. Porque esta mulher, que escolheu o Brasil para pátria (e nisso tem mais merecimento do que nós, pois não foi o umbigo mas o coração que a ancorou), não tem uma casa – ainda que não fosse dela mesma – para morar. Um quartinho, uma casa, uma mesa. São Francisco não pedia nem isso. Monsenhor Vicente não pedia nem isso. O Padre Anchieta, o Padre Nóbrega não pediam nem isso. O Padre Damião não pedia nem isso. Ela acha que já tem demais, já tem que sobre, Deus sabe.

Mas nós temos que lhe dar uma casa, a Casa da Mestra. Onde, Deus queira que ela more por muitos e muitos anos. Homens ricos do Brasil, mesmo que não tenhais filhos excepcionais, mesmo que não saibais o que é ensinar (ou aprender) no mato, mesmo que sejais voluntariamente maninhos de pílula ou urbanos de apartamento, vamos dar a Helena Antipoff, lá mesmo na Fazenda do Rosário, a Casa da Mestra. Você Adolfo Bloch, tão generoso, que também nasceu na Rússia e é hoje, também entranhadamente brasileiro, vamos dar a Helena Antipoff a Casa da Mestra. Porque Walter Moreira Salles e Amador Aguiar não festejam seu novo banco dando a Helena Antipoff a Casa da Mestra?

Eu queria encontrar bastante eco para que esse apelo fosse repetido, ampliado, transfigurado, e os ecos suscitassem outra Marisa Raja Gabaglia, você que acaba de publicar um livro tão leve, tão saboroso, ao mesmo tempo tão sério, seu estupendo *Milho para Galinha, Mariquinha*, deixe comédia humana de lado, junte-se a nós para mover águas e terras e dar a Casa da Mestra a Helena Antipoff. A Helena Antipoff? Não, a Helena Antipoff não, ela não aceitaria: à Fazenda do Rosário.

Sou tão otimista que antevejo dinheiro dando e sobrando. E com as sobras será possível resolver as angústias da Acorda que anda atrás de sede. A Acorda é o mais novo sonho de Helena Antipoff, a associação por ela criada para agremiar, orientar, ensinar artes e dar ofícios às famílias, sobretudo mães e filhos – que vivem em torno da Fazenda do Rosário, e sofrem um mal tão grave quanto a mutilação mental. Um mal que arranjou agora o nome eufórico de subdesenvolvimento, mas outrora era apenas pobreza. Pobreza? Miséria, meu Deus!

Diário de Notícias, 19 de março de 1972

LEMBREM-SE DO VELHO DO ROSSIO

Sou mau leitor de jornais, não por ter exercido uma vida inteira o oficio de escrevê-los, mas porque o convívio com a profissão terminou por gerar em mim o vício detestável de ler em diagonal. De qualquer sorte, se estiver em erro me perdoem, mas não vejo, nas programações do Sesquicentenário da Independência, nada de especial quanto ao Velho do Rossio.

O Velho do Rossio? Sim, era assim que ele se chamava na primeira entrevista dada a jornal brasileiro, sob forma de carta a *O Tamoio* de 5 de setembro de 1823. Mas o nome por extenso, lembrar-se-ão os que amam o passado, era José Bonifácio de Andrada e Silva. Velho porque inteirara sessenta anos em junho; do Rossio porque morava na Praça que ainda era da Constituição e viria a ser de Tiradentes, mas o povo continuava a conhecer como Largo do Rossio.

Não se lembrarem dele talvez seja vantagem para o repouso dos seus ossos. Mas não é próprio de brasileiros ser ingratos; e isso o provaram votando em seu nome quando estava no exílio naquela "vinhosa cidade, ourinol do mundo", como sua saudade do Brasil e da língua de Nossa Senhora e o português falado no Brasil o levavam a designar Bordéos.

Viva Pedro I, está bem, mas viva sobretudo José Bonifácio!

Não há, não houve até hoje, brasileiro maior do que o Velho do Rossio. Ninguém nos representa melhor, nos nossos defeitos e nas nossas virtudes nacionais. Se esta Pátria tem um fundador – na medida em que as Nações podem ter fundadores – foi ele. Não foi só; mas entre os que a fundaram, nenhum foi maior do que ele.

Passou mais da metade da vida fora do Brasil: saiu daqui com vinte anos e voltou depois dos 55, ficou apenas quatro, fez o que se sabe, foi preso e exilado pelo Senhor Pedro I, e voltou após cinco de exílio para morrer um decênio depois, pobre mas não amargurado (que nele as amarguras eram virilmente vencidas), cercado de crianças, voltado para o futuro... Mas quanto era brasileiro, quanto conhecia o Brasil, quanto era amante, filho, profeta do Brasil! Mesmo os gostos físicos, naturais: pirão, feijão com toucinho à paulista, jambo, manga, frigideira de mamão com carne, vinho de jabuticaba, coco-verde... Coisas de que não gostava: uniformes suarentos, banhos quentes, faca de ponta, cachaça que inchava e matava pobre, escravidão... Se em vez do exílio tivesse tido o governo, que destino seria hoje o do Brasil? O tráfico teria acabado trinta anos antes. A abolição do cativeiro ter-se-ia completado numa reforma agrária nacional e simples, antecipada também de decênios. O destino do índio? José Bonifácio pensou nele. A sorte das mães? Também. O "povo trabalhador"? Sim. A universidade? Sim. A educação popular? Sim. E tudo com soluções praticáveis, realistas. Esse grande sonhador tinha os pés enterrados na realidade. Vocês, aí da praia; sabem que receita dava ao seu amigo Conde de Funchal que vinha para o Brasil? Aqui está: siga a dietética brasileira, não trabalhe nas horas de maior calor, "os banhos de mar e os passeios a cavalo lhe farão muito bem, e Deus o ajudará no resto".

Folheio as notas que andei copiando dos seus manuscritos no Instituto Histórico. Leio: "As mulheres têm sido a peste da minha vida". (Eta brasileiro bom!...) Leio: "Para ser poeta é preciso ser namorado ou infeliz". Leio: "Versos antes nascidos que feitos". Depois: "A liberdade é um bem que se não deve perder senão com sangue", "A verdade muda introduz a tirania", "A liberdade de imprimir é para as ciências e letras como o oxigênio para a vida animal", "No Brasil há um luxo grosseiro a par de infinitas privações de coisas necessárias". E no meio de listas de dívidas, acho a sugestão a um ministro para uma História Natural do Brasil – que até hoje não temos. Ou o louvor da inteligência dos mulatos, "a cor negra do africano é franca, não envermelhece nem amarelece".

Ferreira Borges disse nas Cortes de 1822: todas as culpas da Independência eram de um "homem único, de mão sacrílega"... Era ele, o grande tribuno adversário da Independência, quem tinha razão. Os panfletos portugueses insultavam o "Bonifrate". O Velho do Rossio, lembremo-nos dele. Sem esse José Bonifácio de

Andrada e Silva, que gostava de rir em voz alta e dizer palavrão, que sabia a sério as coisas e queria máquinas e homens livres em vez de escravos e latim, o Brasil talvez hoje não fosse Brasil, mas uma porção de províncias ultramarinas do nosso bem-amado Portugal...

Diário de Notícias, 9 de abril de 1972

PEDRO DE CARNE E OSSO

Não sei se D. Pedro de Bragança – I do Brasil e IV de Portugal – teria gostado, se a previsse, da ideia de século e meio depois da Independência andarem seus restos a visitar lugares do Brasil onde em pessoa nunca sonhou estar. Primeiro, porque era de carne e osso, mas mais de carne do que de osso; e segundo porque, não sendo contrário à pena de morte (andou até atacando juízes porque não a aplicavam em caso onde lhe parecia desejável), poderia ver no desfile alguma coisa da antiga procissão dos ossos, que a Irmandade da Misericórdia fazia com o corpo dos que tinham sofrido na forca morte natural "para sempre".

Homem de carne e osso... Pedro bem que o era, oito ou oitenta, e é nessa humanidade que para mim está o maior interesse do seu caráter como personagem histórica. Com ele, nada de meias medidas. Num rumo ou noutro, ia logo às do cabo. Querem ver? Em outubro de 1821 manda carta a D. João VI. A Independência quer se cobrir com ele e com a tropa, "com nenhum conseguiu nem conseguirá, pois minha honra e a dela é maior que todo o Brasil", "queriam-me, e dizem-me que me aclamam Imperador; protesto a V.M.... que nunca serei perjuro, que nunca lhe serei falso, e que eles farão essa loucura mas será depois de eu e todos os portugueses estarem feitos em postas; é o juro a V. M., escrevendo nesta com o meu sangue estas seguintes palavras: Juro ser sempre fiel a Vossa Majestade, à Nação e à Constituição Portuguesa". Graças a Deus mudou de ideia. Oito ou oitenta. Um ano depois é aclamado Imperador, num crescendo de decisão heroica a que não falta o jogo do próprio destino. Desde quando decide, em janeiro seguinte ficar, desobedecendo ao Governo Parlamentar português, é a própria vida que está arriscando. E logo a arrisca novamente, quando força a decisão militar, obrigando a tropa do General Avilez a embarcar de volta à sua terra e decidindo que nenhum soldado vindo de lá desembarcaria no Brasil – a menos que ao Brasil aderisse. Considere-se que ainda estavam unidos os dois Reinos – Portugal e o Brasil – para compreender a gravidade da medida, a coragem dela. E acrescento aqui, para dar a esta crônica a leveza que convém, e lhe falta, um trecho de artigo de D. Pedro I, já Imperador, sob o veemente pseudônimo de "Derrete-Chumbo-a-Cacete". Hélio Vianna, no seu admirável *D. Pedro I jornalista*, revela, entre outras peças, essa descompostura nos portugueses ricos que não queriam subscrever ações para o aumento da Marinha de Guerra... do Brasil: "Aqueles que nada se lhes dá de verem prosperar este país que lhes deu de comer, de vestir, de calçar, que lhes derreteu o alcatrão que tinham nas mãos, e por fim lhes tirou a alguns o costume que tinham de dizer BINHO em lugar de vinho, VOI, BACA, CAVRA, DIAVO, VATUQUE, em duas palavras lhes fez perder o maldito vício de trocarem o v pelo b, metendo-lhes no costume dizerem a tudo, principalmente em matéria de dinheiro – NUM QUERO NÃO..." Já não se sentia mais português!

Oito ou oitenta... Também nas amizades: o Conde dos Arcos, um dia seu Ministro, meses depois metido num navio. E José Bonifácio? "Quem está aí?" "É o Príncipe-Regente, ajudante de ordens de José Bonifácio" sim a maledicência envenenava o epigrama, falava do Velho do Rossio, a quem D. Pedro tratara como a um pai: tinha pouco mais de vinte anos, o Andrada pouco menos de sessenta, e gargalhavam juntos. Mas isso em 1822: já em fins de 1823, vai José Bonifácio para o exílio por ordem sua, e, se não com seu consentimento pelo menos com seu conhecimento, o plano – diz-se – era entregar os Andradas em Lisboa ou deixar-se, constrangidamente, aprisionar por navio português. De qualquer sorte, José Bonifácio e seus irmãos e companheiros amargam um quinquênio de exílio. Mas no dia da Abdicação é a José Bonifácio que D. Pedro I confia o filho – e o trono para o filho. Oito ou oitenta, grande doido, nas amizades, nos amores, na ação, ninguém resiste ao encanto desse moço que, aos 36 anos, quando morre em Lisboa, já – em pouco mais de um decênio – proclamara independente uma Pátria, livre outra, abdicara duas coroas, outorgara duas Constituições, convocara uma Constituinte e a dissolvera, ouvira sinos a tocar em sua honra e a tanger contra ele, vira luminárias acesas e quebradas também, fora aplaudido em delírio e vaiado com raiva, aclamado como libertador e combatido como tirano, enfrentara sozinho soldados revoltados com general à frente, e comandara como simples coronel os liberais portugueses, deixando em homens como o áspero Alexandre Herculano tal marca que, no fim da vida, o grande ressentido de Val-de-Lobos – ao primeiro sinal de perigo para a liberdade – escreve num grito: "Soldados do Mindelo" (era um deles), "rodeai o túmulo do Imperador!" Grande doido, sê bem-vindo!

Diário de Notícias, 16 de abril de 1972

UM POETA SE TORNA MAIOR

*E*sse Virgílio Pereira da Silva Costa, que começa a se assinar simplesmente Virgílio Costa e completa, no feriado de 1º de maio, 21 anos, foi menino estupendamente forte. Sua ameaça: – "Eu te meto a minha bota" (para corrigir o liso da planta dos pés usava botas), alarmava os irmãos e mesmo os adultos. E Seu Fernando, o velho barbeiro de Paula Matos, costuma recordar que só lhe conseguia cortar os cabelos porque Dona Leopoldina engatava a cabeça dele entre os peitos e o rebelde era contido – por sufocação, mas pinotando sempre que podia contra os braços fortes da ama. Tinha, todavia, uma fraqueza, e essa se chamava chocolate: de uma vez, fê-lo cair no chão sem fala. Chocolate! Venceu a alergia pela insistência. Está um homem, e se é verdade que mulher prefere homem bonito, e a calcular pelas amizades femininas que delicadamente o disputam, posso, sem vitupério, proclamar que puxou antes a beleza da mãe que a agressiva feiura paterna.

Recorda-se muito em casa que certa vez desabafei com Nazareth: "Esse menino é burro..." Não o pensava, é claro, fazia apenas ironia diante dos dotes do filho; mas a ironia tem sempre isso de perigosa, que pode ser levada a sério. Virgílio Costa encarregou-se de desmenti-la em prosa e verso, linha e tinta, pois a criação visual e a literária o dividem neste fim de adolescência.

Perdoar-me-eis esta introdução. Ela se destina apenas a apresentar o poeta, de quem publico, a seguir, alguns dos poemas mais breves, entregando-lhe, com gosto, esta coluna neste domingo, não sem proclamar que o gosto maior seria cedê-la, de vez, ao filho a quem dei o nome de Virgílio Alvim de Melo Franco, na esperança de que nele ressuscitasse a paixão da liberdade e da justiça, tão desenganada mas tão ativa no amigo morto.

SUJEITO E PREDICADO

A primeira pessoa do singular
não precisava ser eu.

Eu nasci, eu vivo, eu morrerei
mas a primeira pessoa do singular
não precisava ser eu.

NAS ENTRELINHAS

Nas entrelinhas as notícias
e nas palavras a vida
e nas entrepalavras os lenços do mágico.

DIVIDIDOS

Nós somos todos divididos
divididos divididos

e se juntarmos as duas partes
como barro
e areia
pra fazer uma massa?

POEMA PEQUENO

Como é bonita a palavra mapa,
que poema tão bonito ela não dava.
Mas por enquanto eu só sei fazer poemas

com palavras pequenas
como a palavra mar
como a palavra terra
como a palavra céu.

COMO QUEM OBSERVA OS ANIMAIS

Como quem observa os animais
eu só posso olhar os dias
e algum dia quem sabe?
o desenho de um dia
sai de minhas mãos.

OS FIGOS DA FIGUEIRA

A paisagem me matou
as palmeiras me enterraram

o vento me semeou
o mar me desenterrou
passarinhos me roubaram.

OS SONHOS

Não somos mais crianças
não temos mais este perdão

mas quero levar vivos
todos os sonhos da nossa juventude
para lhes juntar os da velhice.

Diário de Notícias, 30 de abril de 1972

ALGUNS PINTORES POR AÍ

Vejo a exposição de Bonnard no MAM[13]. Silêncio luminoso.

***

Não encontro o catálogo da exposição Bonnard no *Musée de l'Orangerie*, que o destino me deu a alegria de ver há cinco anos em Paris. Mas no conjunto sinto uma riqueza maior nesta que percorro no Museu de Arte Moderna, vinda não do número de telas mas do espaço – da luz do grande espaço em torno do quadro, em frente, dos lados. O nu fica no longe como um fruto que espera. A massa de árvores se dissolve em cor. O bosque e o muro giram em torno do pássaro azul.

Deus, pela mão de Bonnard, disse que a luz "fosse", e ela "foi". E dizer que pregaram em Bonnard a etiqueta de "intimista"! Élie Faure achava a *"trouvaille"* cômica. "Ele está na intimidade da vida em geral. É fluido e fugidio como a força secreta que circula dentro das coisas." E mais adiante: "ele é a primavera. Como os mais raros artistas, dá a impressão de ter inventado a pintura".

***

Lição de paciência: Bonnard expõe pela primeira vez aos 24 anos, embora sua primeira paisagem datasse dos 16. Lição de persistência: aos 80 anos, pintava ainda. Lição de humildade:

---
13 Museu de Arte Moderna. (N. do Org.)

nunca – observa Pierre Courthion – disse: "Fiz isto", mas sempre: "Ah! se soubessem o que eu queria fazer..."

O destino. Bonnard estudante de Direito, pintando às escondidas do pai. Teria sido um grande advogado? Um advogado como os outros? Foi pintor, mais nada. Mais nada?

***

Bonnard a Pierre Courthion: "Quando se é moço, a gente se apaixona por um lugar, um motivo, a coisa encontrada ao acaso. Mais tarde o trabalho é guiado pela necessidade de exprimir um sentimento." E como se queixasse da dureza dos "novos" contra sua geração, a dos "*nabis*" (o termo vem de "profeta" em hebraico), Courthion lhe diz que amam nele a maneira simples, direta, comovida e comovente, de ser pintor "com a memória e o sentimento". E o velho não se queixa, não pergunta: "Só isso?".

O velho se queixa das dificuldades do ofício, muito mais difícil depois que se liberou das receitas, a cada nova empresa é preciso achar uma linguagem nova. Ah! Meu velho Bonnard, também no meu ofício, e como ficou tudo tão difícil...

***

Brasília só será realmente a capital "nacional" do Brasil (lembre-se a observação de Afonso Arinos: ela já é a capital "federal", mas o Rio continua a ser a "nacional") quando uma exposição como a de Bonnard não puder se realizar no Rio sem se realizar também em Brasília.

***

Fra Angelico rezava "antes" de pintar. Van Gogh rezava "enquanto" pintava. Bonnard reza "depois" de pintar. O homem nele vem depois do artista.

***

Creio que o país teria lucrado mais se tivesse em procissão pelos Estados a exposição Bonnard do que os despojos de Pedro I.

Mas acrescento que a moderna técnica da reprodução gráfica deu a qualquer cidade ou empresa brasileira a possibilidade de ter seu pequeno museu pedagógico: o excelente Museu Didacta que Vera Pacheco Jordão organizou para o ramo mais novo da velha Casa.

***

O debate entre Jorge Amado e os críticos de arte desviou a atenção do livro de Antônio Celestino, *Gente da terra*, o primeiro a documentar no Brasil este fato único: a vida artística de uma cidade. Seria exagero falar "escola de Salvador"; mas há um "grupo de Salvador"; há um coletivo, uma vivência coletiva de que o livro de Celestino se eleva como uma canção. Participando, ele próprio, do tecido de amizade que faz dessa vivência uma convivência, Antônio Celestino o fez por decisão compulsória da alma. Não nasceu na Bahia como o Cristo da trova popular: adotou-a como Carybé ou Floriano. Por isso mesmo louva, com uma paixão desatada e forte, a terra e os seus artistas, de cuja vida e cuja morte (ai, Genaro de Carvalho!) foi – e é – testemunha fraterna.

Diário de Notícias, 7 de maio de 1972

O HOMEM POR TRÁS DA ESCULTURA

Não me refiro ao homem de frente da escultura de mármore, ao que a atacou, mas ao que estava atrás dela, ao que a modelou. Era então muito moço: e já havia quem acreditasse nele. Jacopo Galli convenceu o Cardeal de San Dionigi, o francês Jean Villiers de La Groslaye, de que aquele moço de vinte e três anos era capaz de fazer a obra de arte que representasse a grandeza do prelado e da nação francesa em Roma. E no contrato, assinado a 26 de agosto de 1498, lá está a fiança de Jacopo Galli: "E eu Jacopo Galli prometo ao Reverendíssimo Monsenhor que o dito Miguel Ângelo fará a dita obra dentro de um ano e será a mais bela obra de mármore que existe hoje". Ó Jacobo Galli, como teu coração te mostrava isso? Séculos depois eu vi o mármore liso; e a mão da virgem que se abre, *"como quella d'una povera que chieda la carità"*. E que mãe com o filho morto não abre a mão como quem pede uma esmola que não vem?

A arte adulta de Miguel Ângelo começa com uma *Pietà*, a de S. Pedro, acaba com outra, a *Pietà Rondanini*, que está hoje em Milão, castelo dos Sforza. A 12 de fevereiro de 1564 – nas vésperas dos 89 anos – ainda trabalhava na última *Pietà*, onde a Senhora já não está sentada, com o Cristo inerme no colo mas de pé procura erguê-lo, sustentá-lo... A 14 um discípulo o encontra na chuva: – "que queres que faça, estou mal e não acho sossego em lugar nenhum..." A 18 chegava a morte. Tomou-o a Virgem nos braços, não o deixou naufragar.

***

Na *Pietà* de São Pedro, caso único nas suas escrituras, o nome de Miguel Ângelo está inscrito. Por que ali se expressara todo? Por que sentia nela a perfeição absoluta, serena? Um dia, talvez no jubileu de 1500, ouviu um lombardo dizer que era de outra a sua *Pietà*. Trancou-se, à noite, com uma candeia, e inscreveu a buril na faixa que atravessa o colo de Nossa Senhora: *"Angelus Bonarotus Florentinus Faciebat"*.

Sim, o que me interessa é o homem que cria, não o que destrói, o louco da *tabula rasa*. No fundo, o gesto do desatinado que atacou a Pietà não é mais inconsciente do que o do pobre diabo que tira um pedaço de pedra-sabão de um dos profetas do Aleijadinho: tudo são formas de destruir, de renegar o *thesaurus*. Eu sou pelo *thesaurus*. Mas na pedra busco adivinhar a mão que esculpiu.

***

O mundo ficou sempre tão espantado diante de Miguel Ângelo que buscou atribuir-lhe o gosto das minorias. Como Papini, não creio na homossexualidade de Miguel Ângelo. Pensar que até assassino, e assassino gratuito, a lenda o fez! Assassino como? Num grande gesto de paixão perturbadora? Não. Atraíra a sua casa um moço com o pretexto de lhe servir de modelo, amarra-o a um crucifixo e atravessara-lhe o coração com um punhal para extrair do rosto as contorções da agonia. Desfeita a lenda restam dela as proporções do espanto. Era tão diferente assim!

E pensar que até Miguel Ângelo se pode dizer que não sabia pintar! Quem disse? Simplesmente El Greco: "Era um bom homem, mas não sabia pintar".

Aos oitenta anos, ainda compunha versos. "Caro amigo", escreve a Vasari a 19 de setembro de 1554, "você sem dúvida dirá que estou velho e doido para fazer sonetos, mas como muitos dizem que represento, quis desempenhar a minha parte".

Naquele ano da *Pietà* um mundo estava nascendo, 1498-99... Colombo estivera na América, Cabral ia chegar ao Brasil; com o "Diário" de Colombo, com a "Carta" de Pero Vaz de Caminha, nasceria a teoria da "bondade natural" do homem da predestinação da América e dos seus filhos para o cristianismo universal. Estaremos assistindo à morte ou à confirmação do mito? Esta aurora é da morte ou da ressurreição? Acabou-se a noite?

***

Acabou primeiro de escrever. Agradece queijos ao sobrinho, não escreverá mais, a mão não ajuda, nada mais tem a dizer. Daí em diante – é dezembro de 1563 – outro escreverá por ele, apenas assinará: *"Io, Michelangiolo, sculptore a Roma"*. Assim acaba: *"povero, vecchio, e serv'in forza altrui"*. Se não morre depressa, se desfaz. Está certo da morte, mas não da sua hora: *"Di morte certo ma non già dell'ora"*. E receia, ao lado da morte do corpo, a da alma.

Assim se extingue, nonagenário, lutando sempre com a pedra, e consigo mesmo, aquele que outrora, nas vésperas de começar a *Pietà* de São Pedro, escrevia ao papa: "Tenho meus próprios problemas. Mas procurarei lhe mandar o que me pede mesmo que tenha de vender-me como escravo".

Se Flávio Damm fosse contemporâneo de Miguel Ângelo, e já houvesse fotografia naquele tempo, e tivesse querido fazer sobre ele um livro como este belo, belo *Um Cândido pintor Portinari*, não teria um patético documento de lar cristão como a última foto de seu livro, quando Maria Portinari fixou o pintor com a neta, tranquilo, quase sorrindo, seis dias antes de morrer. Miguel Ângelo teve as atribulações do casamento, não as alegrias. "Eu tenho mulher e até demais que é esta arte, que foi sempre meu tormento, e meus filhos são as minhas obras..."

Foi para um desses filhos que se voltou a mão humana do nosso tempo. O pobre-diabo era um símbolo. Mas a pedra vive.

Diário de Notícias, 28 de maio de 1972

NOME DE RUA: QUEM NÃO TEM NÃO

Como a toda a gente, doeu-me a morte de Leila Diniz. Tão moça, tão bela, tão inteligente! E reinava na capital do país, que, como se sabe, não é Brasília, mas Ipanema, ficando o verdadeiro Palácio do Planalto no Antonio's, e sendo a mesa dos despachos a do Carlinhos de Oliveira. Não me digam que não: até outro dia, na José Olympio, quis mandar ao Carlinhos minha *Cantiga Incompleta*, pedi o endereço, me deram o do Antonio's: – "Mas ele não tem casa, não mora?" – "O mais certo é mandar para o Antonio's," me respondeu o Sebastião. Foi para o Antonio's, e até hoje não sei se o Carlinhos a recebeu, nem mesmo se a rasgou sem ler em noite mais festiva, ou se a perdeu, ou simplesmente se perdeu sem lhe chegar às mãos. Mas foi para o Antonio's. Estou também de inteiro acordo com que se dê um nome de rua a Leila, e há de ser em Ipanema. Por que não a Rua Montenegro? Por que Montenegro?

Conta-se que Gilberto Amado teria dito uma vez a Manuel Bandeira, vendo um grande vulto honrado num beco sem saída: – "Vamos tratar de escolher as nossas ruas"... Não terá adiantado muito, queridas sombras minhas, pois consultando essa bíblia que é o catálogo de endereços, não encontro a rua Manuel Bandeira nem a rua Gilberto Amado. Se existem, são ruas sem telefone; e de que adianta? Quando eu morrer não me deem rua sem telefone. Desde logo recuso; embora reconheça que o hábito por vezes faz o monge, a placa da esquina jamais fez o poeta.

Esse catálogo, aliás, deve estar me enganando. Será possível que Manuel Antônio de Almeida e Joaquim Manuel de Macedo, os dois romancistas do Rio do século XIX, que contaram o zé-

-povinho vivendo e a sociedade se olhando no espelho romântico, não tenham nem um beco? Macedo, está certo, seus romances se passavam no Rio, mas era fluminense de Itaboraí. Mas o criador das *Memórias de um Sargento de Milícias* era carioca e talvez não se lembrem disso os botadores de nome. Ribeiro Couto amou tanto quanto ele esta nossa cidade, por onde passou o *Bloco das Mimosas Borboletas*, mas era santista. Está certo? Mas Gastão Cruls, que também a amou, era carioca; e nem por isso tem rua. E não há de ser por maranhense que não a tem o renovador da prosa portuguesa, que escrevia largo e majestoso mas fluente e limpo, o maranhense João Francisco Lisboa. Muitas vezes o Rio não terá sido lugar de nascer, foi de morrer: o poeta Silva Alvarenga não morreu aqui? Que rua, que nada! Mas há de ter sido por implicância com judeu que ao carioca Antônio José da Silva, que morreu na fogueira em Lisboa mas ainda hoje seu teatro vive, ninguém se lembrou de dar ao menos um beco bem escondido. Não terão preconceito os botadores de nome, mas à maneira daquele personagem de meu afilhado Luís Garcia, que proclamava: – Não tenho preconceito, menos contra preto ou judeu, naturalmente. E gay, japonês, comunista ou reacionário, acrescento eu.

Gilberto Amado pensava na hierarquia das ruas. Eu, não. Está bem que a rua Padre Nóbrega fique na Piedade: ele não era padrezinho da gente mais desprotegida, os índios? E na Piedade Lima Barreto, mas esse sempre foi do subúrbio, gosto disso. José Bonifácio está em Todos os Santos e se santo não era, pelo menos como santos os positivistas o incluíram no seu calendário. E Castro Alves está no Méier, viva o Méier!

Às vezes mudam: a rua Custódio de Melo passou para José Maurício, a rua José Maurício para Oito de Dezembro, Custódio sobrou, e era militar, Almirante, corajoso e ilustre, e foi forte na sua classe, e lutou contra uma ditadura. Onde andará a placa de Custódio?

Não é fácil mudar. Eu próprio, quando morava em Santa Teresa, quis trocar o nome da rua Áurea pelo de Monsenhor Joaquim Nabuco. Não o consegui, e menos o conseguirei agora, que Chagas Freitas ali brincou menino quando era apenas Antônio, e pensa é devolver à rua Augusta a invocação antiga, cuidem-se os velhinhos restantes do convívio ameno de dona Laurinda Santos

Lobo. Mas até hoje não compreendo por que não se encontrou em Santa Teresa um canto para ligar a ele a lembrança do pároco eminente que tanto quis ao bairro e tanto serviu à sua gente.

Nisso tudo devo estar sendo vítima da CTB[14] e do catálogo de endereços. Essas ruas existem, apenas não há telefone nelas. Encontrar-nos-emos amanhã de manhã na praça Cecília Meireles (Cecília vale bem uma praça) e iremos juntos à CTB pedir que instale depressa ali o primeiro aparelho e imprima agorinha mesmo uma nova lista, onde figure: "Cecília Meireles, Praça. Entre as ruas Manuel Bandeira, Ribeiro Couto, Joaquim Manuel de Macedo e Manuel Antônio de Almeida". Viva!

Diário de Notícias, 18 de junho de 1972

---

14 Companhia Telefônica Brasileira. (N. do Org.)

CARTA A MEU FILHO MANUEL LUÍS QUE GANHOU SUA APOSTA EM CASSIUS CLAY

Manuel Luís,
Você ganhou bem sua aposta. Dê cá o cruzeiro de troco. O resto você pode tranquilamente gastar em Coca-Cola e pizza no bar lá de baixo.

Não digo que daí lhe fique o gosto de apostar. Não é dos vícios aconselháveis – se é que algum deles merece ser aconselhável, e creia que não abro exceção nem mesmo para esse "vício impunido", a leitura, de que, aliás, menos por culpa minha do que das paredes cheias de estantes, você já está atacado – e sem remédio. Não há cura para ele, coitado de nós.

É certo que apostar é jogo tão velho quanto o mundo, e o ser humano é um ser que brinca mais do que os outros, a ponto de um grande historiador ter dado por tema a um livro capital essa atribuição do homem, *homo ludens*. Além disso, apostar dinheiro o senhor Roger Caillois sustentou, num ensaio, que o jogo do bicho e outros semelhantes se fizeram para absorver o excesso dos recursos nas nossas nações sul-americanas. A muitos, e entre eles a mim, parecia que os pobres não tinham o que poupar em nossa terra, antes lhes faltava o que comer; mas vieram as Cadernetas de Poupança e a Loteria Esportiva, e agora a oficialização do jogo do bicho, para provar o contrário, a menos que sejam tão difíceis as vidas do povo miúdo e da classe média e tão insolúveis suas aspirações que só em ganhar apostas coletivas tenham esperança.

Mas, por falar em aposta, voltemos à sua. Você a ganhou bem. Você apostou em Cassius Clay, aliás Ali, eu em George Foreman. No fundo um e outro guiávamos por opinião alheia, pelo que líamos nos jornais; e que eles não são tão ditatoriais no comando das massas verificava-se pelas nossas posições: lendo as mesmas folhas, chegamos a convicções diferentes. Ainda não estamos tão condicionados que pai e filho não possam ter juízos tão diversos que arrisquem uns honrados cruzeirinhos em resultados opostos. Em verdade, em verdade o dinheiro era um só, era o meu; mas isso não me privava da alegria paterna e da felicidade doméstica de assistirmos lado a lado o mesmo espetáculo e, apesar da diferença da idade, sendo você, ponta de rama, 46 anos mais moço, confraternizarmos no mesmo interesse.

Foreman perdeu feio, Ali ganhou lindo, e com ele você. Mas gostaria que você me acompanhasse nalgumas observações que calamos ontem, na surpresa, para nós ambos, do resultado fulminante, e no gosto de, depois do espetáculo principal, ver o outro, suplementar mas não menos estupendo: Ali, com seu verbo em expansão desordenada, a se proclamar o melhor do mundo e de todos os tempos.

Talvez não fosse. Tive na infância um deus boxeador chamado Jack Dempsey, que parecia imbatível. Não o era.

Mas veja a vantagem da civilização tecnológica. Enquanto que eu, menino, tinha de esperar os jornais cinematográficos para ver Dempsey demolindo o próximo, nós ontem, graças à TV Rio, colhemos nas mãos a desgraça de Foreman no exato instante em que, no centro da África, ele, meio espantado e não totalmente entregue, caía ao chão da derrota. Ah! Manuel Luís, Manuel Luís, se perto de você gabarem as vantagens da anticultura e, a pretexto de denunciar a sociedade de consumo, falarem mal das sábias indústrias do homem, lembre-se de que nos foi possível, da nossa casa e na mesminha hora, ver e ouvir o que se passava no Zaire; lembre-se de que, anos atrás, aquilo era Congo Belga, com funcionários brancos mandando; e não maldiga seu tempo, antes o ame no que ele tem de bom.

Repare também que você apostou no mais velho. A diferença não era tão grande quanto a que ao mesmo tempo nos separa e nos une: mas era sempre diferença, cabe acrescentar que foi o mais velho que venceu.

E olhe aqui: você ganhou bem. Eu não sei por que, talvez porque Cassius Clay, aliás Ali, Muhammad Ali, seja mau poeta, entreguei o destino dos meus dois cruzeiros à força bruta, ao maciço poderio das carnes de Foreman; você confiou na agilidade, na dança, no tipo de Clay. Numa palavra, você preferiu a inteligência, ainda que disfarçada, quase escondida, sob as capas antipáticas da vaidade e do exibicionismo. Pois foi a inteligência que primeiro sentou Ali comodamente nas cordas, depois lhe defendeu a cara mais do que o corpo, e finalmente, cansado o adversário, lhe inspirou os socos definitivos. Não foi outra a tática de muito general vitorioso, história adentro; e de três romanos que nos meus tempos de Liceu, me fizeram ganhar um dez em História, pois eu sabia a deles, e de como sobrevivente dos Horácios fizera cansar os três Curiácios antes de liquidá-los. Mas ouso esperar que essa conversa lhe seja estranha – pois vejo você, para seu bem, familiarizar-se não com os romanos mortos mas com as enzimas vivas. Salve o vitorioso! Ai dos vencidos! (Mas isto, que já é romano de novo, você decerto conhecerá das suas leituras de Astérix.)

Foram apenas dois cruzeiros, mas não é quantia inteiramente desprezível: em mãos de quem tenha vocação já servem para especular sobre imóveis. Imagine... Não. Não imagine ninguém. Calemos nomes.

Mas não calemos a importância de uma fala de Ali. Foi o grito que, no meio das suas invectivas, dirigiu aos seus irmãos muçulmanos, os muçulmanos negros. Assim, pela segunda vez neste ano, o mundo se curva ante Maomé. E não sei qual será mais importante, se a arma do petróleo vitoriosa nas mãos dos reis árabes, se o braço do negro demolindo o adversário que tinha a mesma cor mas não a mesma solidariedade religiosamente militante e universalmente aberta no grito único: – "Ali! Ali!" Assim, séculos depois da derrota em Lepanto, o Islã volta a plantar a bandeira no meio do mundo; e no clamor dos muçulmanos negros passa o ressaibo do fanatismo, contra o que o Ocidente teve de defender um dia a liberdade, mas também o travo da revolta contra a injustiça social, partilha comum de todos os homens.

Não tenhamos medo, meu filho. Mas não esqueçamos que foi essa a força que animou o braço de Ali e lhe emprestou, para lutar contra Foreman, as vozes da multidão.

Seu pai, O. C., f.

Última Hora, 1º de abril de 1974

LADRÃO DE PERU

*E*le era franzino. Magrinho, mas esperto, os olhos bulindo no rosto sardento. Era a corpulência ou, a rigor, a falta de corpulência ideal para a tarefa. Mas o menino relutava. Não, não ia furtar o peru alheio, que estufava as penas no alheio quintal. Furtar, nunca! Desabavam, então, sobre ele, as piores ameaças, e, piores do que as outras, físicas e brutais, as de ordem religiosa – contarem coisas ao padre – ou familiar – dizerem à mãe do banho na coroa do rio. Resistia sempre. Aí entreolhavam-se, consultavam-se, mas na verdade só ele cabia no buraco da cerca. Vinha então o dilema fatal: era o peru ou a expulsão. A cara se sujava de um choro desdenhado. Empurravam-no. E ficavam vigilantes, pedras na mão. Que jeito? Olhava o espaço vazio, preferindo a vergonha de ser surpreendido em chão dos outros, aliás parentes, ao feio pecado, que lhe levaria a alma às profundas. Mas ninguém da casa aparecia, e já erguia na mão o rebolo conveniente, já o atirava nos ares, já o grande bicho rolava no chão – e não soluçava mais o seu gluglu sonoro, nem inflava o papo sob o estouro vermelho da crista, o rabo aberto em leque. Então, enxugando a cara, ele o arrastava até os talos de buriti entreabertos para sua magra passagem: – "Aí está, seus ladrões!" E fazia jeito de ir embora. De repente o agarravam, e não era castigo da insolência, antes necessidade imperativa. Quem ia dar cachaça pro peru, matar o peru? Dava cachaça com a raiva começando, ameaçando no peito e na cara. Dava cachaça, muita, derramando, engasgando, até que o via emborcado, rojado no chão, quase morto de bebedice. E com a raiva crescendo sempre, matava-o. Aparava-lhe mesmo o sangue: "– Pronto, vou-me embora, seus malditos!"

Estava doido. Quem ali sabia depenar a caça?

Punha a água a ferver numa lata de querosene. Sob vigilância armada, juntava os gravetos, coletava a lenha, ajeitava a brasa, acendia o fogo, arrumava a trempe de pedra, e quando as borbulhas cantavam, a vontade que lhe dava era jogar naqueles bandidos e ir pra casa, mas ser expulso da turma, isso nunca! Arrancava as penas sem amor, com raiva de tudo e todos. A pele amarela da ave morta surgia aos empuxões da pequena mão ágil.

E era ela, essa pequena mão ágil, que, depois, limpava as tripas, abria a moela, virava o papo. Se jogasse tudo neles e saísse correndo? Bem feito, se sujavam. Mas cadê coragem?

Faltava coragem, sobrava raiva, tanto mais funda quanto mais impotente. Com raiva preparava a farofa, cortada de coentro, cebolinha e pimenta-de-cheiro, também presentes no enchimento. O Maioral arranjara azeitona preta, ameixa, manteiga. Mas aí seus dons culinários já impunham o comando da vocação irresistível. Provava. E era quase por honra da firma que se recusava a assar. Assa, não assa, se não assar vá embora de vez. Fingia ir. Mas quem ali jamais assara peru? Da ameaça passavam à adulação, ficavam quase blandiciosos, para de novo voltar a oprimi-lo. Tomava uns tapas.

E assava o peru. Ficava tostado, dourado, bronzeado. A pele estalava. Com uma pena ensopada na salmoura ia molhando de vez em quando até chegar ao ponto. A gordura do papo transudava.

Juntavam-se todos, o chefe à frente. Ia saindo de lado quando o chamavam: – "Deixa de ser besta, vem comer do peru, foi tu quem fez!"

Mas emburrava de vez. Reunia todas as forças num grito d'alma: – "Não como peru roubado!"

E não comia mesmo.

Se isto fosse uma fábula, eu a dedicaria aos meus amigos de Pernambuco, onde andam acontecendo coisas estranhas. Ou aos milhões de brasileiros que, por lá, a exemplo deles, nunca entraram em quintal alheio. Mas a história é verdadeira e antiga, e repetiu-se até que o menino Eurípedes ficou bastante taludo para não caber mais em buraco de cerca. Então seus jejuns lhe voltaram à cabeça transformados em saudade: compreendeu que a honestidade é indivisível. A corrupção também. E foi um homem honrado.

Última Hora, 10 de janeiro de 1975

SAUDADES DE PEPE E PIQUE

Quando chegou à nossa casa, era uma bola preta, pouco maior de um palmo. E não chegou só. Veio com ele outra bola, do mesmo tamanho. A dona, recebendo-as, alegrou-se com o presente, velha promessa do padrinho enfim cumprida, abriu os grandes olhos bicolores, e logo se iniciou o debate batismal. Chegou-se a uma conclusão, que foi se impondo devagar sobre as divergências de gosto pela força dos fatos consumados. O macho seria Dom Pepe, a fêmea Pepita.

Logo se habituaram na casa, mas não tardou rolaram das mãos para os pés: desandaram a crescer sem medida. Já eram graúdos quando desabou uma tempestade sobre os dois. Não era raiva, tranquilizou o veterinário: mas sem o perigo do contágio ao ser humano era também ameaça de morte para os dois, essa misteriosa doença, a cinomose, talvez adquirida numa fuga insuspeitada. Atingidos nas meninges, terríveis movimentos incontrolados dilaceravam os cães. Foi preciso dar-lhes injeções e convocar, para imobilizá-los, nessa tarefa de enfermagem, os meninos da casa e os da vizinhança. No outro dia, que era quinta-feira, a interferência de um repórter (o pai trabalhava em jornal dia e noite) arrastou Pepita para o serviço de veterinária do município, onde foi sacrificada, pelo menos morreu sem sofrimento. A dona chorou, como cabia, mas as lágrimas deixaram de rolar com a cura de Dom Pepe, que entrou a crescer sem vila ou termo, alimentado na base de um coração bovino magro por dia.

Embora pesasse fundo no orçamento doméstico, ainda assim o sustentamos – por puro afeto. Revelou-se ladrador e barulhento, capaz de assustar quem só conhecesse o grande vulto de quase um metro de altura, negro e felpudo, os fortes dentes brancos sob os olhos inteligentes e intensos. O caráter não era o seu forte – dói-me hoje reconhecê-lo, mas a verdade antes de tudo. Bastava um agrado para seduzi-lo, entregava-se às mais extemporâneas exibições de acamaradamento. Isso dentro dos limites das grades do jardim e dos muros do quintal. Breve, porém, como sempre e sempre fugisse, tornou-se a alegria de muitos e o susto de poucos, e foi mais popular no bairro que político da Corte chegado à província com talão de cheque em tempo de eleição – desde que sem suspeita de gravador escondido.

Varrida um dia pela tormenta, a família deixou a casa, veio buscar refúgio num apartamento da Zona Sul. Não foi possível trazer Dom Pepe, a quem, aliás, suprimíramos o título, economia única possível. Ainda ele ficou uns dias na casa fechada, sob a guarda generosa dos vizinhos. Mas os problemas suscitados eram de tal monta, por sua – com perdão da má palavra – vagabundagem de abandonado, daquela que multiplica as vadiações para se consolar das ausências, que o levamos para o sítio.

A dificuldade, no sítio, foi alimentá-lo. Não há açougue nas vizinhanças e ele não podia ser melhor tratado que os seres humanos da região, só vez por outra com a possibilidade de acesso a uma ração de carne. Teve de conformar-se com fubá; e era dia de festa quando conseguia uns bofes mais ou menos secos. Emagreceu. Nem por isso deixava de pular com alegria quando, de raro em raro, revia os donos. Então o grande corpo felpudo dançava no ar, ia e voltava, vinha e ia, era uma festa, uma incontinência avassaladora. Tenho para mim que seu coração de cachorro se sentia compensado das saudades com essa presença de longe em longe; e do novo e escasso regime alimentar com a conquista de um novo sentido, o de movimento sem limites. Corria pelo campo, descobria a amplidão da montanha, participava de uma vida nova e mais diretamente natural. Por isso lhe perdoávamos que, de vez em quando, apanhando um coelho a jeito ou um pombo distraído, compensasse com o renascer dos instintos da espécie sua ração de proteínas, passando de pastor a caçador. Bastava-nos (e talvez a ele) a alegria violentamente extravasada com que nos festejava, nos perdoava.

Está escrito, porém, que não há bem que sempre dure. Se ele nos esquecia a ingratidão, houve quem não lhe tolerasse as investidas gastronômicas sobre seres vivos. Jogaram-lhe uma bola de carne envenenada. Acharam-no morto. Ainda era belo.

Enterraram-no sob uma quaresmeira. Era por este tempo; e elas começavam a florir com suas flores roxas.

Quando, um dia, voltamos a Santa Teresa, as saudades de Dom Pepe (restituo-lhe o Dom para mitigar a pena de tê-lo perdido tão miseramente) cresceram pelos recantos do quintal e da varanda, da casa toda, do jardim. Um amigo tivemos piedoso que nos deu a réplica exata do morto. Houve batismo, e me lembro até de que se lavrou ata datilografada da solenidade, com data e lugar e a marca das patas de Pique marcada em tinta de carimbo e transfundida no papel. Chamou-se Pique. Era novinho. Assinaram, com os meninos donos Isaías e Manuel Luís, Andréa e Patrícia, filhos de Luiz Carta, meninos testemunhas e padrinhos, todos bastante convictos. Mas tivemos de partir novamente, fugindo às asfixias das evocações. Pique Costa – fora-lhe imposto o sobrenome – não podia morar no apartamento: onde se viu um grande pastor alemão (crescera como Pepe), ainda que manso e lúcido, invadindo o espaço, já restrito para os livros e mal-assombrando o Flamengo? Foi-se Pique para o sítio. Quis ser amigo universal das gentes. Mal o compreenderam. E lá o mataram também.

Cachorro nenhum não me entra mais dentro de casa.

Última Hora, 31 de janeiro de 1975

A ARCA DE JOÃO

O nome é Jean, Jean Vanier, mas podemos logo nacionalizá--lo em João. Foi o que fizemos a outro ser da mesma espécie apostolar, que aqui teve trocado o nome de batismo pelo correspondente brasileiro, e ficou, muito simplesmente, dona Helena. Já foi muito lhe terem respeitado o sobrenome de Antipoff. Elizabeth Bishop é, sem dúvida, uma das maiores poetas do mundo contemporâneo, mas para a gente do povo do bairro da Samambaia, perto de Petrópolis, ficou sendo Dona Bicha: queriam-lhe bem, mas articular aqueles complicados sons ingleses era outra coisa, superior às forças populares.

João, pois, traduzo logo, João está aportando por estas paragens, na sua arca. Reparo, aliás, que arca não existe, em português, na acepção que ele dá, e sempre supus cabível, de embarcação sobre as águas, a não ser na expressão "arca de Noé"; e se arca não existe, por que haveríamos de falar em Jean?

Arca não existe. Está aqui o *Pequeno Dicionário Brasileiro da Língua Portuguesa*, a que Aurélio Buarque de Holanda deu seu nome entre todos ilustre, e ao qual acabou de somar o grande *Dicionário*, essencial ao estudo da língua: "Arca. s.f. Grande caixa de tampa chata; cofre; tesouro, tórax, costado". Não é diferente o que está nos demais dicionaristas, a começar pelo Moraes.

Ora, pois, estaríamos diante do inexistente – a arca – e do traduzido – João. E assim, tendo perdido o tema, eu pouparia meu tempo e o do leitor – se por aqui ficasse.

Mas João, isto é, Jean Vanier, está no Brasil, chega ao Rio de Janeiro agorinha mesmo, e traz no coração a sua arca, refúgio de salvação, como a outra, num mundo que se dissolve e se perde;

e aqueles que pensam em ajudar não são dezenas, nem centenas, nem milhares, nem mesmo centenas de milhares, mas se contam por milhões. E se, desses milhões, se mudasse um só destino, já lhe bastaria para alegrar-se e a nós para celebrá-lo. Ele, porém, quer mais: quer trocar os olhos dos outros, dos que veem o adulto excepcional como um problema desesperado, sem solução e sem sorriso, para, pelo contrário, ensiná-los a encontrar, na presença dos simples, uma das bem-aventuranças de Deus.

Quando, há um decênio, perdi minha filha excepcional, cuja vida se ganhara no dia a dia através da santidade materna e da bondade alheia, deixei pela primeira vez extravasar o coração, que até então se contivera em não exibi-la nem escondê-la. Quantas ocasiões, depois, tenho aproveitado para contá-lo de novo, não para pedir piedade para mim mas caridade para os outros! Parada na sua cadeira de rodas, sem andar ou falar, o sorriso puro sob os rasgados olhos, estendendo a frágil mão incerta para afagar o cão pastor negro que depois se foi, na montanha e ao sol frio, ela por vezes parecia (e talvez fosse) feliz. Mas sua morte, se não nos tirava a sombra perene em nosso quarto, amargamente nos aliviava do duro cuidado com o amanhã. E isso duramente eu o disse ao perdê-la.

Pela manhã, uma voz me chamou ao telefone. Lera meu artigo no *Jornal do Brasil*. O problema da sua casa era a sobrevivência do sangue do seu sangue na criatura mutilada que, como nós à nossa filha, desesperançadamente amava. E chorava: – "Não é a falta de recursos que nos angustia, mas a quem confiar o nosso filho no dia em que nós mesmos faltarmos?" Nada pude responder. Calei até que o telefone também o fizesse.

Não sei se a solução proposta por Jean Vanier – a vida dos excepcionais adultos na pequena comunidade que os abrigará junto a pessoas da família e a outros acompanhantes, movidos por sentimento humanitário, caridade cristã, impulso místico, solidariedade comunal, espírito científico, procura de um destino – não sei se essa solução será "a" solução. Mas creio que é importante ouvi-lo atentamente, muito atentamente. Não porque ele seja filho de ex-governador geral do Canadá, e tenha servido na Marinha de seu povo, e se haja refugiado num mosteiro dominicano e, dele egresso sem entrar na ordem de São Domingos, se tenha feito mestre de Filosofia em Toronto, para trocar tudo por sua arca. "*L'Arche*", que fundou e se vai repetindo e estendendo em novos centros, *"Arche"* de lindos nomes pelos quatro cantos do mundo, da Índia à França, da Dinamarca ao Canadá e à Grã-Bretanha. O poeta dizia: *"Ah! que le monde est grand à la clarté des lampes!"* Mas não é a claridade das lâmpadas que o faz maior. É o coração dos homens.

Não sei se Jean Vanier é santo. Grãos de santidade há em cada ser humano que vem a este mundo, por mais pecador que a tentação o faça. Mas é a circunstância de nalgum de nós essa estranha semente mudar-se em árvore que salva a comunhão universal. Outro dia, neste canto, a propósito de José Piquet Carneiro que acabara de morrer, eu lembrava que santo não é colunável. Sim, não sei se Jean Vanier é santo. Ser santo não é fácil. Santo em si mesmo não é fácil. São Francisco de Assis não era fácil. Santa Clara não era fácil. Santa Catarina de Siena não era fácil. São Luiz, Rei de França, não era fácil. São Damião não era fácil. São Pedro, minha gente, querem fenômeno mais estranho, capaz de negar aquele em que reconhecera Deus ("Tu, quem dizes que sou?"), e depois de sair, e chorar amargamente, e levar sempre consigo um pano em que pranteasse sua miséria? Mas se, sem ser santo, nem filósofo, nem andarilho, nem vagabundo sob as estrelas, Jean Vanier tiver encontrado para os mutilados mentais que não têm a sorte de morrer antes de acabar de crescer fisicamente uma forma de viver aceitável e limpa, abrir-lhe-ei os braços para dizer: – Meu irmão!

Última Hora, 14 de março de 1975

CANGACEIROS

Não sei se é o sistema social, a imperfeição da justiça, a crueldade dos homens ou, simplesmente, o sensacionalismo do jornal, mas parece que andam ressuscitando a legenda de Lampião com novos cangaceiros, dois grandes jornais do Rio cada um tem o seu, Vilmar ou Floro, e aproveito para declarar, alto e malo, que não tenho simpatia por cangaceiro. Fui sempre, desde menino, do lado das vítimas.

Dir-se-á que cangaceiro, no geral, também era vítima. Não duvido que sim. Mas o que começava como revolta contra a injustiça terminava como vício do sangue, mais ou menos como onça quando se habitua a assaltar curral ou beber homem.

A romantização do cangaço chegou ao ponto de Nertan Macedo, aliás autor de excelente livro sobre Lampião, ter tido a coragem de dizer que a vida de Virgulino Ferreira era um página luminosa da história do Brasil. É verdade que isso escapou no auge do debate, em controvérsia doméstica. Minha mulher, até então calada, não se conteve: – "Um assassino!" Ele recuou, desculpou-se. Mas creio que, começando como bandidos da honra – como os denominou, no título de outro volume fundamental, Maria Isaura Pereira de Queirós – eles terminavam possessos, possuídos pelo mal. Num depoimento sincero e lancinante recolhido por Estácio de Lima, Labareda contava como Lampião matou, a sangue frio, dois filhos de uma velhinha que os açoitara na véspera, em hora de grande aflição, perigo de morte. O único crime deles: trabalhavam na estrada que estava sendo aberta. "A rodagem é nossa inimiga", disse Lampião; e da coisa inanimada, que representava o progresso, a culpa se estendia aos inocentes que nela trabalhavam. Logo, tiro neles.

Há quem pense no Brasil – quase com certo estranho ufanismo – que o fenômeno é apenas nosso. É, ou, com mais exatidão, foi, pois, por mais que o jornalismo tente ressuscitá-lo, pertence ao passado. Mas na verdade – e quem melhor o demonstrou foi um professor da Universidade de Londres, Eric Hobsbawn, em seu livro *Bandidos*, de que creio já haver tradução brasileira – foi um fenômeno universal (e Hobsbawn não esquece a contribuição brasileira, não haja queixas) nos Bálcãs, na Sicília, no Peru, na Índia; a legenda envolveu o bandoleiro, Robin Hood inglês ou Jesse James americano. Querem terra mais linda que a Andaluzia, Sevilha, Córdoba, Granada? Pois a Serra Morena teve seu bandoleirismo andaluz, que deu a Bernaldo de Quirós e Luís Ardila assunto para cerca de 300 páginas.

O livro de Hobsbawn é simpático ao bando, nascido do clamor eterno por Justiça. Mas não acho que se deva, pela necessidade de explicar o cangaço, justificá-lo. Que posso fazer? Sou filho de juiz, fui criado assim. Sou contra o terror em qualquer das suas formas. Reconheço a força telúrica de um Antonio Silvino, um Lampião, um Corisco, um Antônio Dó. Vi, com a paixão das coisas autênticas, no Museu de Maceió, as roupas de couro que a grei de Lampião vestia. Mas nada de ternuras.

Ternura eu tenho é pelos que eram marcados a ferro, mutilados, mortos: filho amarrado em pai, sangrado contra o corpo paterno. Ou por aquelas três irmãs cuja história o paraibano me contou.

Eram três meninas quase, a mais nova ainda há pouco usava saia curta, a mais velha ainda nem pensava direito em casar... Eram três meninas-moças do sertão. Tinham acordado cedinho, lavaram o rosto no riacho, subiram na cerca do curral, de cuia na mão, para tomar leite. Os cangaceiros estavam longe, vinham tomando chegada, tinham se deitado lá embaixo, na beira da varginha verde, de onde se divisava a fazenda. – "Aposto que daqui derrubo a mais alta, e ela cai para a esquerda", disse o mais velho. Caiu do outro lado. – "Pois eu acerto a do meio, seu frouxo, ela cai para a frente", falou o segundo. Perdeu a aposta. Aí o mais novo, que era o verdadeiro chefe, pegou no rifle, e na excitação jovial dos manos mostrou que sabia atirar: a mais nova tombou para trás, ficou sangue no mourão da porteira.

Ali mesmo começaram a fuga, que foi inútil. Dizem-me que um pelo menos acabou seus dias na cadeia, em João Pessoa ou Campina, se maldizendo. Não sei. Espero em Nossa Senhora que todos três tenham tido tempo de se arrepender, mas sou pelas meninas da porteira do curral. Bem sei que o ser humano no fundo é bom, caboclo se dana de muito sofrer, justiça é um grito de Deus. Mas cangaço é coisa que se ande fantasiando, achando graça? Sou pelas meninas.

Última Hora, 25 de abril de 1975

AO PRESIDENTE ERNESTO GEISEL EM BRASÍLIA

*S*enhor Presidente:
Conhecemo-nos há algum tempo.

Servimos ambos ao mesmo Presidente, Café Filho, Vossa Excelência, ainda Coronel, na Casa Militar, eu, já velho jornalista, como Secretário de Imprensa. Foi um Presidente como Vossa Excelência, de mãos limpas e ânimo sereno. Recebendo o Governo às vésperas da guerra civil, evitou-a. Fez eleições livres, preservou as instituições, aceitou, com resignação democrática – como dizia, a liberdade dos meios de comunicação onde os interesses criados não o pouparam. Não tarda o dia em que lhe farão justiça. De nós ambos sempre ele a teve, transformada em devoção de amizade.

Além dessa circunstância, pertencemos a uma fraternidade maior, mais profunda. Vossa Excelência perdeu um filho; eu, dois. Não conheci o de Vossa Excelência; mas sua filha foi colega do meu rapaz, quando, adolescentes, integraram o grupo mais homogêneo de estudantes que conheci até hoje, e que abria, no antigo CAP, uma clareira de bondade, inteligência e vocação para as aventuras do conhecimento.

O outro filho que perdi era uma menina, Senhor Presidente, uma criança excepcional que trouxe à nossa casa a alegria de um sorriso e de uma pureza que só aos anjos pertence. E a sombra perene em nosso quarto era a mesma que invade tantos lares do Brasil.

Quantos milhões de excepcionais há no Brasil? Um? Dois? Três? Ponhamos cinco. Serão talvez mais. Mais que o mar com os peixinhos, o céu com as estrelas... Os pessimistas chegam a oito milhões. Sejam cinco. Sabe Vossa Excelência quantos são assistidos? 96.256...

Sim, é esse o número. Sarah Couto César, diretora do CENESP (Centro Nacional de Educação Especial) preparada no devotamento (ser mãe de excepcional é um destino, lidar com eles sem esse dever materno uma vocação) acaba de promover o primeiro levantamento objetivo da área educacional (que se confunde com a da assistência). Entre os excepcionais a lei inclui deficientes da visão, da audição, físicos, mentais, com deficiências múltiplas, com desvios de conduta e mesmo os superdotados. Nem cem mil são atendidos! Nem cem mil! E, quase como zombaria, entre esses 96.256 figuram – pasme Vossa Excelência – 43 superdotados. Os deficientes mentais assistidos pouco passam de 60 mil; educáveis 43.318; treináveis, 13.498. E dependentes em tudo (era assim a minha menina), 4.156. Some Vossa Excelência. O resto é treva – e desesperança.

Se Vossa Excelência me perguntasse o que se deve fazer, eu lhe pediria, desde logo, que ouvisse, entre seus ministros, Nascimento e Silva e Ney Braga, Velloso e Golbery, que creio sensibilizados pelo tema.

Mas me animo a dizer que três pontos acho básicos.

O primeiro é a criação de uma consciência coletiva. Ninguém é culpado. Mas todos são responsáveis.

O segundo são recursos, recursos, recursos. Não me dê Vossa Excelência lágrimas, sei que não é o seu forte. Peço dinheiro. O recente projeto do Senador José Sarney seria um passo. Mas ele esquece, quando manda entregar aos excepcionais parte percentual da renda da Loteria Esportiva, que nela tudo é terra demarcada e defendida a tiro de rifle. Ninguém nos dará nada. Ainda que seja para se gabar depois de que não gastou o que recebeu.

Recursos... Se oficializassem o "jogo do bicho" e dessem ao excepcional todo o dinheiro da Zooteca, não creio que houvesse brasileiro a se indignar, mesmo entre aqueles que qualquer imposto revolta e qualquer jogo condena. E lá da sepultura o Barão de Drummond até se mexeria para bater palmas.

Sem recursos, Senhor Presidente, de nada adiantam palavras. Era o que o brasileiro Joaquim Nabuco já avisava, quando na Câmara do Império se discutia uma das nossas periódicas e salvadoras reformas do ensino: sem dinheiro, ele, o gentil-homem supremo, clamava, quase bruto, não se fala em educação.

Precisamos também de um órgão interministerial, que centralize, planeje e comande a execução de uma política nacional, em que convirjam os deveres inarredáveis do planejamento, saúde, justiça, trabalho, educação, previdência e assistência. Como vê Vossa Excelência, o tema está nas áreas governamentais mais diversas. O excepcional não pode ficar enclausurado nas estruturas de um Ministério só. Para integrá-lo na vida, hão de juntar-se todas as forças do Poder Público.

E o mutirão dos que inventam e agem.

Porque há que inventar soluções depressa. E agir mais depressa ainda.

Os instrumentos de trabalho já existem. Novas sociedades Pestalozzi começam a juntar-se à experiência grande das antigas.

Multiplicaram-se as APAES.

Começam a surgir os Grêmios-Sorriso. E há tantas outras entidades, beneficentes ou remuneradas, confundidas na mesma luta suprema.

Dê-lhes Vossa Excelência o amparo da sua palavra transfigurada em ação.

Peço-lhe não para mim, que minha filha já se foi. Peço-lhe, neste dia em que se comemoram os trinta anos de fundação, pelas mãos de Helena Antipoff, da Sociedade Pestalozzi do Brasil e se instala o V Encontro Nacional das Sociedades Pestalozzi, em nome de milhões de seres que não são assistidos e até daqueles 96.256 que o são por vezes precariamente mas sempre com carinho.

E peço-lhe também em nome de Helena Antipoff, que se fez brasileira por amor da criança brasileira.

Pelo que Vossa Excelência fizer, muito grato lhe fica o velho amigo, admirador e correligionário

Odylo Costa, filho

Última Hora, 4 de julho de 1975

MEU AMIGO VIRGÍLIO

Neste dia em que escrevo, Virgílio de Melo Franco, se vivo fosse completaria 78 anos. Estaria velho? Teria sido Presidente da República? Estaria amargo? Cético? Conformado? Ressentido? Ressequido? A verdade é que o homem foi mesmo feito à imagem e semelhança de Deus, e tão preparado para a imortalidade que a morte coloca sempre uma dúvida, quase um remorso, no espírito dos sobreviventes: se eu lhe tivesse dado tal remédio, se não o tivesse feito partir – ou não o tivesse deixado ficar... Mas na realidade cada um de nós tem seu destino e sua hora. Vezes sem número me atormentou pensar que se tivesse telefonado a Virgílio nas horas que antecederam seu sacrifício talvez o tivesse alertado a tempo para a tocaia que o havia de matar. Na noite de 29 de outubro de 1948, cheguei à casa depois de uma hora, recebi o recado: – "Doutor Virgílio pediu que você telefonasse logo que chegasse..." Não telefonei, já estaria dormindo, iria acordá-lo, seria um sobressalto a mais. Dias antes, ouvira de dona Dulce de Melo Franco – delicada criatura que via nele não só o marido que amava mas também o filho que não tivera – a previsão de que o pobre-diabo, o antigo empregado que na ausência de Virgílio viera assaltar a casa, voltaria para matá-lo. Vejo ainda sua face fina e pálida afirmar no susto doloroso da terrível premonição: – "Ele volta, e volta para matar o Virgílio..." Voltou. Mas não matou apenas Virgílio. No clarear do 29 de outubro, exatamente três anos depois da queda da Ditadura, aquele crivar de balas de chumbo não matou apenas Virgílio de Melo Franco, mas também, embora sem tocá-la diretamente, sua frágil e nobre companheira, que em cem dias de agoniada sobrevida reviu incessantemente diante dos olhos o horror daquela cena final, sempre relembrada na obsessão de um destino que de repente se esvazia de sentido.

Virgílio de Melo Franco não temia a morte. Nunca a temera. Rapaz, em terra estrangeira, se batera em duelo; moço, enfrentara riscos em aventuras de amor; revolucionário, em 1930, correra os dados com a vida; e se, em 1945, em vez de derrubado, o Poder ditatorial emergisse vitorioso, a que castigos estaria votado o mais evidente dos conspiradores, o que era, ao mesmo tempo, legenda e ação? Virgílio nunca temera a morte. E numa conversa descuidada, meses antes, chegara mesmo a dizer-nos – a mim e a Francisco de Assis Barbosa – que estava preparado para a morte. Decerto nunca previra perder a vida num episódio policial sem grandeza. Mas ainda assim morreu lutando, defendendo a casa, a sua casa, e com a sua casa a sua honra, e nesse acabar dramático há um símbolo, profundamente humano e bem brasileiro. Deus nos permita, chegada a nossa hora e se essa for a face da morte saber enfrentá-la como ele o fez.

Perdia-se nele uma esperança de bem para o Brasil. Esta frase feita adquirirá todo sentido que lhe empresto se acrescentar mais uma vez meu lamento pelo destino que tem impedido de governar esta Nação alguns daqueles homens, raros entre todos, capazes de mudar sua sorte, a sorte dos seus filhos, sem lhe mudar a face, sem lhe forçar a alma nas fôrmas e formas violentas, contrárias ao seu ser coletivo. Deus é brasileiro, acredito e mesmo juro, mas por que deixou que a República impedisse Joaquim Nabuco de chegar ao Poder, que a morte embargasse o passo de João Pinheiro, e que os tiros de um pobre-diabo, talvez a mando alheio, cortassem a ascensão iniludível de Virgílio de Melo Franco?

Vindo das tradições mais velhas da Nação consciente, descendente do Marechal Callado que vencera os radicais rebelados da Bahia e dos Melo Franco liberais que se rebelaram em Minas, neto de Cesário Alvim, filho de Afrânio de Melo Franco, Virgílio Alvim de Melo Franco não se voltava para o passado, mas para o presente e para o futuro, que queria moldar com homens livres. Não tinha medo das ideias. Detestava as ditaduras. Estava preparado para mandar como príncipe pela frequência das escolas europeias, pelo contacto com as categorias universais, pelo exame das soluções brasileiras e do drama do homem contemporâneo, pelas amplas e profundas leituras não só do mundo da criação literária como do mundo da reconstituição histórica. Afirmara o direito de participação ativa no poder ao mesmo tempo pela vocação de servir e pelo senso humilde das tarefas obstinadas. Mas já em 1933 o jogo persistente e personalista do Poder pelo Poder, de que Getúlio foi mestre, o afastava do Governo de Minas, para que o credenciavam não – como li recentemente – a sem-cerimônia do outubrismo tenentista, mas os grandes serviços à Revolução. Daí em diante, embora se soubesse homem de Governo, para o Governo preparado, soube recusar-se aos postos com o galhardo horror às acomodações e aos silêncios. E esse brasileiro, que se dava tão bem em Paris como na mata grande do Espírito Santo ou nalguma cidadezinha mineira, esse homem que entre quadros, flores e livros pensava no caboclo que, nas suas entradas país adentro, vira passar fome para assegurar a continuidade territorial da Nação, ficará para sempre um dos mistérios da alma brasileira. Sua legenda será – para sempre – uma das constantes do Brasil.

Última Hora, 11 de julho de 1975

CECÍLIA MEIRELES

Cecília Meireles, cuja obra poética a Aguilar está reeditando através do convênio com o INL[15], em pequenos volumes, a preço de estudante pobre, desapareceu nas vésperas do cinquentenário da morte de Augusto dos Anjos. Que diferença, na vida e na arte, entre esses dois grandes poetas! Como a língua literária brasileira se tornou lisa e simples, sem mais laivo da forma artificial que, começando nos parnasianos, culminaria em Euclides da Cunha e Augusto dos Anjos, e turvaria, por vezes, a grande arte deles e quase sempre a pouca arte de outros, muitos outros, que neles imitariam os defeitos sem deles herdar o gênio. O mesmo aconteceria em nosso tempo a Guimarães Rosa.

Lembro-me de que, certa vez, na Universidade de São Bento, em São Paulo, acompanhei uns debates. Num deles se falava de arte. O conferencista, aliás ilustre e sedutor, era pelos abstratos, que então, num gracioso jogo verbal, se faziam dizer concretos. E, de repente, uma das ouvintes indagou que interesse poderia ter fixar, num retrato, a cara de um milionário paulista. Teve a resposta que ela própria já esperava: nenhum. Eu, ali de lado, na mesa, calei por discreto, não era seara de jornalista, nem seria justo apartear um companheiro; mas o que pensava, o que penso, é que qualquer rosto humano reflete um mistério maior, tem um interesse profundo, ponto de cruzamento, espelho de alma, primeira e mais funda marca de que homens e mulheres são semelhantes e, entretanto, desiguais, cada um deles trazendo em si o sinal da lama, "*il segno nel fango*", como escrevia meu amigo da mocidade

---
15 Instituto Nacional do Livro (N. do Org.)

Marcello Rizzi. Essa impressão digital de Deus no barro carnal da face é tanta que mesmo os sósias são parecidos, mas diversos; e mesmo os gêmeos, tão iguais, não o são inteiramente, a não ser nos romances e no cinema.

Mas onde primeiro se reflete a unidade humana é no rosto de cada um.

O rosto de Cecília, aqueles verdes olhos em face morena, que mistério! Mistério tão grande quanto o da sua poesia. Quando o riso o iluminava ou entrevisto de passagem na rua, que mistério!

Falei em rua. O Rio, como toda cidade grande, conhece seres que nunca, mas nunca mesmo, pisaram as ruas do Centro. Pode-se mesmo acrescentar à divisão bandeireana da humanidade entre os que carregam embrulhos e os de mãos desocupadas, esta outra: a dos que caminham pelas ruas do Centro e a dos que nunca passam por elas, a não ser rarissimamente, por acaso. Cecília Meireles, antes dos últimos anos de viagem e doença, era das silhuetas da cidade, esguia e bela. Gostava de andar a pé.

"Cecília, és libérrima e exata...", escreveu o poeta Manuel. Veio a morte e a fixou numa exatidão ainda mais perfeita e deu--lhe a libertação suprema.

Recordo versos que sei de cor:

> Pus o meu sonho num navio
> e o navio em cima do mar;
> – depois, abri o mar com as mãos,
> para o meu sonho naufragar.

Esses versos, tantos, tantos outros, ficarão conosco para jamais. Todos os versos de Cecília – mesmo os dos volumes iniciais, *Nunca mais... e Poema dos poemas* e *Baladas para El-Rei*, que ela não incluiu na *Obra Poética* definitiva e que nunca releio sem reencontrar a emoção da sua descoberta, lá longe, em Teresina, no vale do Parnaíba, ainda não tinha eu quinze anos. Sim, os versos de Cecília – dos maiores poetas da língua em todos os tempos – ficarão conosco para sempre; e esse pensamento consolador alivia a pena de saber que morreu devagar e sofreu demais fisicamente aquela mulher bela entre todas, que viveu, amou, teve filhos e netos, sabia coisas do folclore, discutia receita de manauê, tinha horror de fumaça de ônibus, amava música de cravo, praia deserta, noite com estrelas e nuvens ao mesmo tempo.

Dez anos depois que partiu para sempre, certas coisas se tornaram inacreditáveis: pois não é que se discutiu se *Viagem* merecia o prêmio da Academia, e foi uma batalha arrancá-lo? Quantas imagens Cecília guardou dentro de si: a Índia, o reencontro com a Ilha de São Miguel, a terra dos antepassados, as caminhadas a pé. Hoje tudo isso é biografia, não é mais vida. Como ela própria um dia escreveu:

> É tão insensível aos delicados modos da morte
> a condição do áspero ser vivente!

Mas ela não restou inteira nos seus versos? Pego os volumes – lindos, por sinal, no discreto bom gosto – da coedição da Aguilar/INL, e vou reencontrando Cecília Meireles, não a que morreu, a que viverá para sempre.

Última Hora, 8 de agosto de 1975

TIA CHICA DO RIOZINHO DO ANFRÍSIO NO XINGU

Chama-se – pelo nome não se perca, o nome inteiro – dona Francisquinha Castelo Branco da Costa Gomes. Mas em Altamira, e em todo o Xingu, é por tia Chica que a conhecem.

Não mora, propriamente, na cidade, embora com ela dialogue em coisas que escreveu: – "Onde estão teus pescadores chegando no cair da tarde, Altamira? E teus caçadores? Onde estás, Altamira de outrora?"

Entra-se pelo Amazonas, vara-se a boca onde o Xingu deita, nas outras águas grandes, as suas, cristalinas, de reflexo esverdeado escuro, nascidas dois mil quilômetros longe, na Serra do Roncador, no planalto de Mato Grosso. Sobem-se onze noites e vinte e sete cachoeiras: ilhas pousadas como garças verdes amanhecendo, e depois as rochas e as quedas em vertigem. Entra-se o Iriri. Já estamos a mais de 350 quilômetros da foz do Xingu. Depois do Iriri vara-se o riozinho do Anfrísio, que tem o nome do marido, o forte sergipano Anfrísio da Costa Gomes, que fez filho também em índia. Encontram-se, então, a casa cearense, o sítio, as fruteiras, o seringal, a mata.

À proporção que o Boeing avança entre Teresina e Brasília, tia Chica nos conta, a José Sarney e a mim, que a vemos pela primeira vez, a história de sua vida. E é essa epopeia brasileira que procurarei reproduzir, sem me valer, entretanto, de suas próprias palavras; – e é pena, tal a força do pitoresco que a cada instante pula, em imagem e conceito inesperados, do que vai dizendo.

Tem 24 filhos, 72 netos, 67 anos. E saudade do segundo marido, que morreu lentamente, consumido de desgosto: uma operação de catarata deixara-o quase cego, nunca se conformou, foi se acabando devagar, homem duro mas desesperado.

Casou a primeira vez por imposição dos parentes, combinação dos pais, com Francisco Meireles Acioli. Dos Acioli, do Ceará. Mas não casou triste, antes enfeitada da ideia, curiosa de saber como era, vaidosa de casar logo, antes das amigas mais velhas.
Aos 19 anos enviuvou. Esperou seis meses e um dia, para evitar murmuração do povo. Mais não aguentava esperar. Casou-se, então, com o forte Anfrísio, poderoso e severo, lutador e terno. Se esse Anfrísio não tivesse morrido ainda hoje estariam se entendendo em conversas de amor.

Diz às filhas, repete a cada uma: – "Marido é hóspede de luxo. Coisa melhor do mundo é marido. Trate bem dele e não conte besteira de empregada e de casa."

O seu não era lá tão fiel assim. Às vezes sabia de filhos dele no meio da indiada. Ia ver. Dois, pelo menos, identificou. Apanhou-os. Anfrísio chegou em casa, que história é essa? – "Olha para a cara, vê-se é redonda! É redonda? Tu és meu. Teu corpo é meu. O que de ti sair me pertence." Criou os meninos.

Criou como os seus, junto com os seus. Ao todo entre todos morreram uns, outros sobraram. Dos que sobraram um é coronel, outro capitão, tem médico, tem filha bem casada, mais de uma.

Uma vez viajava de avião. Lá embaixo, um filho aviador dançava num teco-teco. Sumiu. Chamaram-na na cabine. Preparou-se para a má notícia, na certa era a morte, agarrou o terço. Nada de nada. Apenas o moço falando pelo rádio com os outros: – "Toma cuidado com essa velha aí em cima. Essa velha é de ouro mas é também de morte. Se vocês se portarem mal ela capa vocês".

Chegou ao Xingu em 1926. Estudava num colégio em Fortaleza, a mãe soube que o marido, seringalista, tinha arranjado cabocla, veio para mostrar que ele tinha mulher.

Passou muita noite cercada de água. Ou de índio. Ou, simplesmente, de mosquito. Índio amansou, água e mosquito não desapareceram.

Hoje tem campo de pouso e avião, mas não tem mais estrada que se meta o pé até Belém.

Hoje possui filho coronel, aviador, capitão, genro bom, mas de vez em quando um deles ainda lhe mete a mão no bolso: – "Me dá um dinheiro aí, velha". Dá.

Teve dias de pobre e de rica. O pior foi quando, sem aviso, acabou-se o monopólio da borracha. Apartaram em Belém. Toda aquela seringa não valia mais nada. Um ano perdido. Recomeçaram. Uma vez o sertanista Chico Meireles (não confundir com o xará, seu primeiro marido) chegou avisando que vinha uma tribo nova. Tudo nu. Anfrísio, severo, proibiu as mulheres de aparecer. Não queria que ninguém espiasse. Ia esperar na estrada. Diz que para manter a ordem. Só para isso. Foi. E ela era mulher de ficar trancada em casa? Quando abriu a janela, Anfrísio andava por lá beliscando a bunda das índias.

Índia ajudava com os filhos. No começo ainda havia índio bravo. Muitos. Depois ficaram amigos. Quando tinha hemorragia, índia ia no mato buscar remédio. Casca de maribondo-chapéu torrado ou castanhas de mutum-fava.

Nunca teve medo de índio. Ou de água. Ou de mosquito. Medo teve de onça. Estava num rancho, de noite, duas onças no cio rondaram. Cio de onça é coisa linda, mas de dar medo, aqueles grandes bichos elásticos desarvorados de fome e sexo, de fome de sexo. Cio de mulher é outra coisa: é cio de beija-flor.

Coisa melhor do mundo é marido. E o seu era forte, homem poderoso, homem de mando, homem considerado. Anfrísio sergipano que deixou rastro fundo.

Vai morrer, mas sente saudades da vida. Tem muita saudade da vida. Viveu polegada por polegada.

Ouço tia Chica, mal gravo as imagens e os conceitos que se sucedem, atento ao fio dessa existência que se desenha, não os anos mas as madrugadas, e as manhãs, e as tardes, e as noites, e as antemanhãs. E de repente um pensamento se esboça e confirma em mim:
– O que dá ao Brasil este sabor imortal e diverso é gente como dona Francisca Castelo Branco da Costa Gomes. Enquanto houver mulheres como ela, as canoas não subirão inutilmente as cachoeiras do Xingu. A viola de arame cantará na noite de luar cantigas de amor perene. E a vida valerá a pena ser vivida, polegada por polegada.

Tia Chica, não morra logo não. Espere antes que eu vá ao Xingu pescar tucunaré na sua canoa. E conversaremos sobre outro tempo, em que os homens abriam na mata a vereda inaugural, precursora pioneira da presença da pátria comum.

Última Hora, 10 de outubro de 1975

CHÃO E CASA DE GRACILIANO

Então é esta Viçosa de Alagoas, que Alfredo Brandão estudou num livro clássico? Saltamos para ver a feira: é sábado. Na praça e no mercado limpo uma feira do sertão. Cada coisa em seu lugar. Fartura. Mas não é tempo dos frutos nativos. E temos pressa de alcançar Chã da Serra, a fazenda de José Maria de Melo, onde sua mulher Rachel nos espera com os refrigérios que se estendem das águas da piscina às fortes bebidas e ao churrasco de ovelha. E desse mergulho no verde que começa voltamos à cidade para o almoço, animado pelo improviso dos cantadores que se esmeram em neologismos nascidos na horinha mesmo em numerosas e eficientes rimas para meu nome, aliás, ingenuamente deturpado; pelas harmonias da bandinha local e pelos brilhos do cavaquinho de Zé do Cavaquinho, famoso em toda Alagoas e fronteiras afora. Foi esse Zé do Cavaquinho quem, recebendo das mãos de enviado do então Governador e hoje Senador Luís Cavalcanti, popularmente conhecido como "o Major", um cavaquinho novo, minuciosamente procurado nas lojas do Rio, considerou melancólico o presente, abriu seu riso bom e mandou mensagem: – "Diga a ele que iguais a este já ganhei uns dez e botei todos na rifa da igreja." O almoço é dispersivo e gentil. José Aloísio Vilela – da mesma fornada ilustre que deu ao Brasil em geral e à nossa amizade em particular o Cardeal Patriarca Dom Avelar e o Senador Teotônio – conta instantes da sabedoria do povo, que tanto sabe de cor, ele que forma com José Maria, Theo Brandão, Abelardo Duarte, Manuel Diégues Júnior, o carro-chefe do folclore alagoano. Os poetas vindos de Maceió – Carlos Moliterno e Anilda Leão, Gonzaga Leão, Solange Lages – confraternizam com os vates rústicos e saúdam as redondilhas que a música das violas acompanha para completar algum verso menos espontâneo.

Estamos em pleno chão de Graciliano Ramos. Quebrangulo, Buíque, Viçosa, Palmeira dos Índios são os limites geográficos que o levam do nascimento à criação. A paisagem é a mesma onde se gerou, da infância entre atormentada e feliz, a obra do grande escritor. Em Palmeira dos Índios se está inaugurando a Casa de Graciliano, a mesma onde morou quando escreveu *Caetés* e foi Prefeito.

Na fresca tarde sertaneja, invadindo a noite que desce, botamo-nos para Palmeira. Como este sertão ficou igual, em luta com o mar de cana, a maré montante dos canaviais, que ameaça invadi-lo. Sertão de gado: "a garupa da vaca era palustre e bela", como dizia mestre Jorge de Lima.

A casa de Graciliano, restaurada sob os cuidados de Heloísa, que zelou atenta a cada minúcia, tem o chão de cimento, está limpinha, e vai ter uma função dinâmica. Será um museu de Graciliano e, ao mesmo tempo, um centro de estudos não só da sua obra como das coordenadas da vida coletiva da região. Cada quarto reserva uma surpresa, mas a mim me toca muito encontrar num deles os utensílios de *Vidas secas* – gibão, perneiras e peitoral de couro, rede de linha, sela de cabeçote – e, entre eles, entrançados de fibra como os que o avô do mestre Graça fabricava, à maneira das urupemas que aspirava fazer: "fortes, seguras, rijas e sóbrias", não porque as estimasse mas porque eram o meio de expressão que lhe parecia mais razoável. Sempre vi nelas um símbolo das artes que devíamos tentar, com obstinação concentrada e longo sossego.

À noite, no grande salão do Aero Clube, uma pequena multidão se comprime para o encerramento da 1ª Semana de Estudos sobre Graciliano Ramos. Mais de seiscentos alunos inscritos. Entrega-se o título de cidadão palmeirense *post mortem* de Graciliano Ramos nas mãos de Heloísa, que murmura um curto e lúcido agradecimento. Ricardo Ramos, que herdou do pai o dom de contar e a arte de fazê-lo em prosa contida e sábia, fala sobre o modernismo brasileiro e a obra de Graciliano, e embora evite a emotividade das reminiscências e confissões no texto lido não se recusa a acrescentar, depois dele, testemunhos, e aceita o mais amplo debate, responde às perguntas mais ousadas. O professor Medeiros Neto mantém, após, durante largo tempo, para nosso espantado deslumbramento, o tônus grandioso de uma eloquência maior. Convocado a encerrar a reunião, reflito em voz alta: – Palmeira dos Índios dá aqui uma lição e um exemplo ao país. No Rio, a casa onde morou Machado de Assis foi demolida, e demolida a casa onde José de Alencar escreveu seus romances, e a casa de onde Manuel Bandeira, no Curvelo, via a entrada da Barra. No meu Maranhão não tenho notícia de se ter honrado nossos grandes com um museu como o que aqui se dedicou a um grande e puro escritor. Que esperança! É certo que em Caruaru existe a Casa de José Condé, em Cordisburgo a de Guimarães Rosa. Não as conheço. Espero que, restauradas com o mesmo bom gosto, a mesma exatidão, sejam envolvidas no mesmo carinho. Mas o que não tenho notícia é de um público como este, estas centenas de caras juvenis atentas e participantes, a perguntar coisas adequadas, inteligentes e fortes. Sei que todos lerão, relerão muitas vezes Graciliano. Mas há um conselho que meus cabelos brancos autorizam a dar. Não esqueçam, nessa revisão permanente, duas leituras constantes: a de *Infância*, chave para o homem e sua obra; e a das *Memórias do Cárcere*, chave para o mundo de hoje, onde se testemunha e revela a experiência de sofrimento, covardias e heroísmo, que é o caminho do ser humano em luta com o universo concentracionário.

Última Hora, 5 de dezembro de 1975

EM BUSCA DO OUTRO PEDRO II

Sempre fui mau leitor de jornais. Aprendi a arte empírica de fazê-los antes da difícil ciência de os ler. Muita vez depois recomendei a jovens colegas meus de ofício que lessem as folhas, linha a linha, a começar pela própria; mas nunca tive autoridade bastante para insistir quando pensava em que já eram mal pagos para a tarefa de escrever. Como exigir-lhes que também lessem?

Escapou-me, por isso, o comentário do *Jornal do Brasil* reivindicando mais amplas comemorações do sesquicentenário de Pedro II. Nem sei se as desejava do Estado ou dos cidadãos.

Das oficiais alegro-me que tenham sido limitadas. A imaginação não é o forte do Estado brasileiro. Lembram-se daquela penosa procissão dos ossos de Pedro I, a correr depois de morto terras que não vira em vida? Não deixaram os restos repousar em paz.

Mas das outras assinalo o congresso que o Instituto Histórico promoveu, as conferências no Colégio Pedro II. Num e noutro surgiram coisas novas e exaustivas, inteligentes. E coisas assim dizem-se em dois livros: *A vida de Pedro II*, de Pedro Calmon, e *Exílio e morte do Imperador*, de Lidia Besouchet. São obras indispensáveis, já agora, não só para o conhecimento dele, mas do Brasil. Homenagem maior não poderia haver.

O caso de Calmon serve, a meu ver, para mostrar a seriedade com que ele trabalha. A cada nova edição, sua biografia foi crescendo, a tal ponto que parece ser o caso de perguntar que tem a ver a inicial, num volume só, com esta agora, monumental, em cinco, glória das edições de José Olympio.

Eu, neste assunto de Pedro II, tenho o zelo do convertido. Dois amigos mortos é que me trouxeram ao seu caminho: Guilherme Auler e João Camillo de Oliveira Torres.

Da Imperatriz sempre fui devoto. Dela e da princesa santa, Santa Isabel, que na sua humildade varria as igrejas, para zombaria dos bem pensantes da época. Sempre tive por Teresa Cristina uma grande piedade comovida. O físico desgracioso, a claudicação no andar, a translúcida bondade, a linda voz, os ciúmes napolitanos, a retidão de espírito, o ameigamento brasileiro, tudo isso compunha nela um "caráter". E um "caráter" bem nacional. Quando aquela dona de casa de São Paulo lhe oferecia um tutuzinho de feijão ou um chinelinho para os pés, é porque a sentia bem nossa, maternalmente capaz de apreciar o que havia de carinho na oferta. Depõe Ramalho Ortigão: "Uma noite, depois de uma doença grave que a retivera de cama por algum tempo, a imperatriz reapareceu pela primeira vez, vestida de escuro, pálida, resignada e meiga, sob os seus bandós brancos, no canto do camarote do imperador no teatro de D. Pedro II. Um homem velho, desconhecido, ocupando um lugar de plateia, tirou respeitosamente o chapéu, e disse, num tom quase familiar, sem explosão, sem ênfase: "Viva Sua Majestade a Imperatriz do Brasil!" Sua majestade, em pé, trêmula de comoção, apoiada ao peitoril do camarote, acenando com o mesmo lenço branco que enxugava as lágrimas do seu enternecimento, agradeceu a unânime e estridente salva de palmas que a saudou". E o gesto final de adeus, beijando, ao deixá-lo para sempre, o chão do Brasil. Aqui teve ela grandes alegrias mas dores não menores: ainda não completara trinta anos e viu acabar, sofrendo, pequeninos, os dois únicos filhos varões. Depois disso não houve mais nascimentos. Das duas filhas morre-lhe a mais moça, longe, numa corte europeia. Três filhos mortos, que importa a idade? Como dói!

Converti-me a Pedro II e logo digo por que.

O menino órfão foi um símbolo da unidade do Brasil.

Vejo-o estudando sem brinquedos, num clima a que não faltam as intrigas políticas (primeiro do próprio José Bonifácio, depois contra ele), nem os preconceitos ("é proibido demorar-se negro algum nos quartos de s.m.", "é proibido a todo criado de particular para baixo, inclusive, começar conversa com o imperador"). Não lhe teria sido possível viajar pelo mundo nos anos de aprendizagem, como propunha Estevam Rafael de Carvalho, no fundo desejoso de que não voltasse; nem mesmo pelo país, que ensaiava o regime republicano com a Regência, as rebeldias coletivas que empapavam a terra de sangue e ameaçavam com separatismos e agrupamentos regionais.

Começa a reinar quando ainda devia brincar. Recebe, já casado, uma noiva que nunca vira antes e sonhara que fosse bela. Foi naquela sociedade hipocritamente fundada sobre o "chão de brasas" do moralismo patriarcal e da escravidão, ao mesmo tempo prisioneiro e marialva. Mas não houve bastardos nem favoritas.

A última rebelião política é de 1842. Depois a Praieira sacode o Norte com a última revolução social. A partir daí a paz se estabelece nos ombros dos escravos, a que a lei de 1835 contra as insurreições retirava qualquer veleidade de levantamento.

A partir de 1845 Pedro II viaja pelo Brasil. Quando, no exílio, sonhava em voltar era para ver o Maranhão, o Amazonas, Mato Grosso, aonde não fora. Sonhos... Comprou bonecos de barro no mercado de Penedo, desenhou piranha, visitou a cachoeira de Paulo Afonso, enjoava na viagem, pescadores levavam-lhe cavala, havia muita poeira no Recife, precisava de repouso mas queria conferir o que lhe diziam, "eu verei a exatidão do que ele me disse", as mulheres do São Francisco fumavam, lindos os mandacarus, deitava-se numa cama sobre malas. Como essa, todas as viagens foram de estudo e observação.

Em meio século nunca houve censura à imprensa. Sua tolerância era absoluta. Meu Deus, os retratos que Ferreira de Araújo fazia dele, por fora e por dentro! O apedrejamento da República e a morte do impuro panfletário Apulcro de Castro não lhe podem ser imputados: o primeiro se enquadra no tumulto político, a segunda é feito de energúmenos militares, Moreira César quase indisfarçado. Mas já é o ocaso do Império; e não se esqueça que Apulcro não poupava ninguém: o próprio Capistrano de Abreu fora por ele anos a fio de tal modo insultado que não suportava ver o nome em letra de forma.

Não sei por que espécie de sentimentalismo adquirimos um complexo de culpa quanto à guerra do Paraguai. Capistrano só na psiquiatria encontrava explicação para ela. É preciso ter visto Hitler para compreender Lopez. Pedro II sentiu-se ferido como brasileiro. Mais de um século depois não me excluo da mesma solidariedade nacional. Isso não me impede de desejar, como Nabuco, que se arranquem de um e outro chão as balas trocadas.

Acusado ao mesmo tempo de ser o Pedro Banana (Ribeiro Couto se queixava: "não fecundou nem saiu de cima") e de exercer o poder pessoal, a verdade é que Pedro II acreditou na representação nacional, nos partidos...

Aceitou o sistema a ponto de obedecer-lhe em questões essenciais para ele e o país, como escravidão.

Há um outro Pedro II que gostaria de saber encontrar, retratar. O Pedro II de bom humor que chegava a dar cola na aula de Azevedo Coutinho na Escola Politécnica ou ria para o repentista Moniz Barreto, no famoso diálogo: – "Majestade, se fizesse uns versos desses, me suicidava"; – "Ora, seu Barreto, o sr. tem feito piores, e está vivo"... O duro Pedro II que recusava o título de Barão ao vendedor das terras estéreis para os colonos russo-alemães do Paraná. O cordial Pedro II que providenciava jantar para os cadetes da guarda. O que descansou a cabeça num pugilo de terra do Brasil para morrer. Os versos, em que o disse, não seriam dele, que sempre fora mau poeta, e o sabia. Os versos eram falsos; o pugilo de terra, verdadeiro.

Última Hora, 12 de dezembro de 1975

CHUVA NÃO É INVERNO

Comecemos por este axioma: chuva não é inverno. Foi bom que chovesse no sertão, mas chuva de um dia não é inverno que deve durar pelo menos três meses e, se possível, contribuir com água do céu, em datas certas, para plantar e germinar, e na medida exata para umedecer o chão sem levar semente na enxurrada nem apodrecer a colheita.

Mas foi bom que chovesse no sertão. Já é um começo de refrigério, palavra que lá para as minhas bandas se aplica também aos frutos da mata ou da chapada, cuja coleta alivia a fome do homem. É um homem duro, sofrido e entretanto alegre, habituado à pobreza, mais pobre que as cabras, diz o poeta H. Dobal, grande poeta cujos olhos se dilataram na luz daqueles sóis excessivos. Português era bicho terrível: na obsessão de povoar a terra – não viessem esses bastardos castelhanos tentar fazer finca-pé nelas – entrou pelo Equador e onde havia água, mesmo pouca ou sujeita a secar no inverno, plantou gente e amansou índio. E veio o negro, e era também duro na queda. Ficaram povos teimosamente fiéis a um chão de que só desertam temporariamente: quando retiram é porque a esperança foi toda embora, uma terra da promissão acena longe, São Paulo ou Maranhão, mas caiu a primeira chuva sentem o cheiro no ar, adivinham, voltam voando.

Vai aqui para um quartel de século estávamos nesta época do ano nos campos de Campo Maior, onde nasceu Nazareth e que amamos ambos, e esse amor ensinamos aos filhos, que o transmitirão aos netos. Naquele ano custou a chover. Me lembro até de que o povo dizia: – "Tenham paciência, vamos esperar pela vontade de Deus, vem aí o dia de São José". Ao que Clemente repostava: – "Vou lá esperar pela vontade de Deus?" E começou a tomar providências, abrir poço, contratar máquinas, uma doideira.

Esse Clemente o tive até morrer perto do coração. Juntos fizemos uma revista (outra doideira: uma revista semanal em Teresina nos idos de 1929, eu mal buçava, nosso companheiro Moura Rego fazia versos me oferecendo gilete para raspar a sombra do bigode, Clemente era o mais velho). Depois vim para o Rio, ele esteve no Pará onde se deslumbrou com os pijamas de Eneida espiados de longe (ela sempre negou que fossem de seda e amarelos). De volta encontrei-o no Piauí, fazendeiro por herança do avô. Era um vozeirão, o blusão pra fora da calça, a alegria nativa de homem grande e bom. Um funcionário alienígena do Serviço de Febre Amarela insistia em obter dele, então no exercício do imponente cargo de Delegado de Polícia, providências para lhe assegurar o direito de perfurar o fígado dos caboclos mortos: – "O senhor tem de me ajudar a manter a ordem, é autoridade..." Clemente: – "Mas é o senhor quem está perturbando a ordem: corpo de morto aqui é sagrado. E para que essa violência?" – "Mas o senhor não está vendo? Não compreende? São casos suspeitos, é preciso esclarecer o diagnóstico..."

– "Ora, por que o senhor não disse antes? Está morrendo tudo de fome. É fome, seu doutor. Dou atestado mesmo sem ser médico, morrem todos de fome. Não precisa mexer no cadáver dos meus caboclos." Meus, disse ele, e era assim que os considerava, mesmo quando não eram seus agregados. Original e forte, nunca houve no mundo Clemente como ele – nem mesmo os maiores do que ele, Clemente de Alexandria, os outros que foram Papas. Nem rede, nem calor conseguia quebrar sua agitação. Teve na Fazenda Sambaíba a chocadeira mais moderna, o último modelo de criadeira. Mas se convenceu de que para tirar pinto do ovo nada se equipara a uma perua, de que se amarre o pé para trás durante uma semana. A estúpida ave se compenetra de que está choca; e é só deitá-la no ninho. E para criar? Para criar toma-se um capão gordo, arrancam-se as penas do peito, passa-se iodo no local depenado: o bicho assexuado se investe na convicção de que é galinha e se transexualiza, cria os filhotes lindos...

Pois foi esse Clemente que, enquanto as mãos subiam ao céu rogando chuva, e o Padre Mateus preparava a procissão para o dia de São José com a ladainha já engatilhada e bem ensaiada, gritou:

– "Vou lá esperar pela vontade de Deus!"

Julgava estar blasfemando, estava justamente cumprindo a vontade de Deus, que é que a gente trabalhe. Senão, por que permitiu que o homem inventasse a roda?

As máquinas não chegaram a perfurar profundo o chão da Fazenda Sambaíba.

Na véspera de 19 de março, festa de São José, choveu. Pouco, é verdade. Apenas um prenúncio, um anúncio. Era como se Deus dissesse a Clemente e aos mais:

– "Aí vou Eu!"

E veio, sob a forma de água muita.

Me lembro até de que era a noite de Quarta-Feira de Trevas.

A água chegou, a cidade toda saiu para a rua, e enquanto choveu, homens, mulheres e crianças festejaram dançando, se abraçando, se danando de gritar, rir, chorar, e parece que mesmo o Padre e o Doutor Sigefredo e os mais doutores vieram pra chuva, e Clemente, delegado, mais outros boêmios, Olavo, Oscar, Júlio, todos, tantos, mandaram abrir o bar do Antônio Músico, sub-delegado, e ele abriu, e enquanto choveu beberam, e dizem que o Antônio Músico não cobrou pela bebida mas disso tenho minhas dúvidas, e enquanto choveu beberam; mas acontece que choveu toda a noite, e pois beberam a noite toda, e quem saía para se molhar voltava, bendito seja Deus!, e quem se deitava na lama seja Deus louvado!, e até às mulheres e crianças era dado provar das fortes cachaças e das fracas Brahmas e Antárcticas, e mesmo não ficou nem cerveja quente depois que a geladinha acabou, louvado seja o seu Santo nome!, e creio que se atacou uísque e conhaque, sei lá, a antemanhã não se anunciou, que era vento e enxurrada e trovão e relâmpago e dos telhados e das calhas descia torrente fluvial mas mesmo no meio da rua quem queria se ensopava que caía canivete de água.

No outro dia ninguém parecia cansado. Deitado na rede de tucum, no alpendre da casa, contemplei devagar, a manhã inteira, o campo onde nasciam riachos transparentes. Não tardariam o verde e as miúdas flores, que as grossas alpercatas pisariam, e de onde subiria um cheiro agrisuave.

Pensando bem, acho que foi Clemente quem pagou o prejuízo todo.

Última Hora, 30 de janeiro de 1976

VINTE ANOS DEPOIS[16]

*E*screverei? Não escreverei? Deixemos que, uma vez mais, as mãos indiquem o caminho. Sigamos sua conversa com o destino. Elas não me deixarão cair no saudosismo reivindicatório ou no memorialismo estéril. O eu – bem sei – é *haïssable*, odiável, tão antipático, mas aqui inevitável. Mais uma vez, porém, não me quero ressentido nem ressequido. Assim Deus me ajude.

Não receie o leitor pelo tom grave. Nada de lacrimogênio a esta altura da vida! E bem sei que o grave nem sempre é sério. Mas não posso fugir à carga das lembranças. Vinte anos...

– "Mas não temos nada com isso!" exclamará quem leu até aqui. Não seja por isso; tem, sobretudo se, como eu, se viciou em ler toda manhã este seu jornal. Pois não me vestirei da falsa modéstia de achar que a data em que assumi a chefia da redação do *Jornal do Brasil* – 21 de dezembro de 1956 – não tenha importância para quem lê esta folha; e para a história da folha; e – ouso dizer – para a história da imprensa no Brasil.

Naquele tempo eu estava de luto de meu Pai, cuja agonia (era um forte e, velho, às vezes, resiste mais do que moço) se prolongou, apesar de ter dobrado o cabo dos oitenta anos, pelos últimos meses de 1956. Entre idas e vindas à margem do Parnaíba, conversei durante semanas inteiras com Manuel Francisco do Nas-

---

16 Esta crônica foi encomendada pelo *Jornal do Brasil*, para comemorar o aniversário do início da sua histórica reforma, que tanta influência teve em toda a imprensa brasileira.
Enviada ao jornal, no entanto, ela foi devolvida pelas mesmas razões pelas quais o jornalista fora demitido – conforme aqui narrado –, pelo genro da proprietária do jornal, às vésperas do Natal de 1958. (N. do Org.)

cimento Brito, em longos almoços aniquilantes no Tim-Tim-por--Tim-Tim e noutros restaurantes da rua do Lavradio e adjacências. Hesitava em atender ao convite da Condessa Pereira Carneiro para vir chefiar a redação. Ela e eu tínhamos amizade herdada dos pais. O moço juiz Odylo Costa desafiara, na antiga cidade de Flores, as iras de uma situação estadual onipotente que não desejava reconduzir ao Congresso o herege Dunshee de Abranches; e hospedara, com almoço de peru e vinho Colares, o maranhense ilustre, com quem fizera amizade no Rio, na roda de Benedito Leite e de seu filho Antônio, o Tote Leite cuja morte prematura tanto doeu a meu Pai. Ele me contava com bom humor a vergonha por que passara, pois Dunshee sujara a roupa de linho agajota nova nas portas e janelas, pintadas de verde na limpeza geral providenciada para recebê-lo condignamente, mas onde, à revelia do dono da casa, o fixador usado fora um óleo mal secante. Os dois se reencontraram mais tarde, aqui no Rio, já velhos. Fui eu quem levou Dunshee à nossa casa do Grajaú. Ele me ouvira, com a emoção de um quase reencontro, falar sobre Tavares Bastos na casa dos meus queridos amigos Marcos de Mendonça e Ana Amélia, na rua Marquês de Abrantes. (Como isso tudo já vai longe! Não existe mais a casa, Ana Amélia também se foi, o rapazinho que falava naquela noite é hoje um velho, que custa a reconhecer a nobre via de solares e jardins no esburacado caminho entre desgraciosos, banais edifícios...) Com a ansiedade que punha em perscrutar e descobrir os mais vagos sinais de ressurreição cultural do Maranhão, Dunshee me adotou desde logo como filho. Não tardou, aliás, e dois nomes vieram juntar-se ao meu na sombra daquele afeto divinatório: Josué Montello e Franklin de Oliveira. Espero que tenhamos realizado a vocação que em nós três seu coração de coestaduano desejava e pressentia.

Amigo de Dunshee, fiquei amigo da filha; e quando Maurina se tornou a Condessa Pereira Carneiro até lhe mandei carta me oferecendo para escrever no *Jornal do Brasil*. A coisa não foi adiante.

Mas o tempo não nos afastou. Continuamos amigos. Reencontramo-nos na publicação dos livros de Dunshee, quando eu estava no *Diário de Notícias* e mais tarde, quando fui secretário de imprensa de Café Filho. Passei umas férias na sua casa do Moinho, em Niterói. Ela acompanhou atenta meu esforço para, entregando o jornal e a Rádio Nacional aos empregados, salvar *A Noite*.

Viu minha procura de novos caminhos para o vespertino malferido através do caderno em rotogravura que chegamos a lançar, eu e Vasco Lima, depois de recuperada por ele a velha máquina, devolvida por imprestável pela Casa da Moeda. A Condessa gostou do meu trabalho, do que fiz, diagnosticou em mim um homem que faz coisas, um *"maker"*. Condicionada sentimentalmente pela evocação da presença paterna, julgou-me em condições de partilhar com seu genro, M. F. do Nascimento Brito, sob o conselho de Aníbal Freire e sua coordenação direta, a responsabilidade da tarefa de recuperar como instituição nacional o *Jornal do Brasil*, a que o pequeno anúncio, o anúncio de quem procura empregada e de quem procura emprego, de quem vende e de quem compra casa, o anúncio da cozinheira – sim, senhor! –, espontâneo, anônimo, trazido ao balcão, pago na hora, dava absoluta independência econômica e financeira em face de governantes e governados.

Desde logo M.F. do Nascimento Brito e eu verificamos a coincidência do nosso objetivo: fazer do *Jornal do Brasil* o jornal indispensável, sem cuja leitura seria impossível *viver* a vida civil, isto é, partilhar da cidade e do Poder sob qualquer das suas formas. Assim fora, a certa altura da vida nacional, o *Jornal do Comércio*. E o *Correio da Manhã*. E, de maneira diversa mas não menos efetiva, o *Diário Carioca*. E o *Diário de Notícias*, de onde eu chegava. Era preciso reencontrar a tradição que inspirara a Rodolfo Dantas a fundação da folha – o jornal saído de um gabinete de estudo, definido por Joaquim Nabuco – e o sentido popular das caricaturas de Raul e dos desfiles de Carnaval.

Divergíamos, Brito e eu, num ponto. Ele não gostava de velho. A mim, desde moço, acontecia o contrário. Gostava de velho – com o mesmo calor com que gostava de moço. Gostava do ser humano. Nesse conflito cordial faz honra a Brito que ele tenha cedido às solicitações do meu sentimento, salvo nos casos em que a implacabilidade do seu temperamento de homem de domínio ou o imperativo de sua condição de empresário tornassem o sacrifício dos mais antigos inevitável. Enquanto estive à frente da redação, convocaram-se novos colaboradores, mas nenhum dos antigos foi afastado, por minha iniciativa ou com meu acordo, em razão de sua ancianidade. Alguns mesmo – como Benjamim Costallat, exemplo de entusiasmo perene – pode-se dizer que renasceram.

Na primeira conversa com Aníbal Freire ele me disse: – Temos generais demais. Você é mais um. Convoque os soldados.

Convoquei-os. Abri a porta à gente nova. Uns ainda nem tinham trabalhado em jornal. Não é este o lugar das histórias a contar. São tantas... Nem dos nomes a evocar: também são... Penso como símbolo num morto, Quintino Carvalho. Veio daí essa conversa dos "Odylo's boys", que, graças a Deus, continuou depois, pois nunca dirigi revista ou jornal em que não se franqueasse a entrada a quem tinha condições intrínsecas para o trabalho – e queria trabalhar de verdade. Os moços de então ancoraram na minha casa, e são âncora da minha vida.

Da maneira por que agi com os mais velhos tenho um testemunho que guardo, e não é único. O filho de um deles, também jornalista e escritor, me disse: – "Você tratou sempre meu Pai com muita delicadeza".

Foi de um velho – e que velho, que grande velho! – o louvor mais alto à repercussão do meu trabalho anônimo. Raul Fernandes subiu uma noite à redação, batemos uma foto conversando na sacada que dava para a avenida Rio Branco. "Vim lhe dizer que muita gente pensa que seus editoriais sobre política externa são escritos por mim." Acrescentou: – "Isso me alegra". Respondi: – "Isso me honra".

A tarefa da chefia da redação tinha um aspecto que a tornava, no contexto interno, delicadamente difícil. As relações entre a direção, muito especialmente Brito, e os secretários não estavam no nível desejável de confiança recíproca. Isso mesmo transparece no livro de memórias de Martins Alonso, *Ao longo do caminho*, onde narra, em bom estilo, com desapaixonada visão, seus decênios de vida de jornal. Alonso secretariava três dias na semana, Póvoas de Siqueira, modelo de devotamento profissional e coragem política, nos outros três. A divisão de responsabilidades tornava o comando descontínuo. Nenhum dos dois frequentava as oficinas e acompanhava a paginação. Não se diagramavam as páginas. A matéria, muitas vezes ou mesmo quase sempre manuscrita, que descia para as colunas de opinião ou de noticiário, excedia frequentemente as previsões, tornando aleatória a publicação de muito original marcado inadiável. Por vezes, à última hora, das ramas onde se amontoavam os anúncios, medidos a linha, rolavam – literalmente rolavam – dezenas de centímetros, páginas inteiras, sobre o espaço editorial. Citava-se, nessa hora de sacrifício, uma frase de antigo diretor, de que o número ideal seria aquele em que só houvesse anúncio... Para corrigir o atraso na saída, dor de cabeça cruel e persistente, fiquei muitas vezes acompanhando a paginação e assistindo a rodagem: ia para casa às seis da manhã e às dez horas já estava de volta na redação. Uma ou outra vez tentei mesmo pegar num paquê de linhas linotipadas, e receio ter de confessar que minhas desajeitadas mãos... Não confessarei nada. Faz vinte anos.

Nunca me faltou, a mim e à equipe que fui formando, apoio da direção. No primeiro dia de trabalho efetivo a Condessa Pereira Carneiro foi, ela própria, dar novo arranjo na redação e arrumar o melhor lugar para minha mesa, dentro da grande sala vetusta. Com Brito o entendimento foi constante e perfeito, com esta ou aquela divergência quanto a pessoas e métodos. Certa ocasião mesmo chegamos a colocar juntos nossos cargos à disposição da Condessa, quando Assis Chateaubriand a injuriou para retrucar as dúvidas do crítico de arte que eu convocara, Mário Pedrosa, relativas a um dos Goya do seu Museu, exposto no Rio. Ela nos disse que os insultos não a atingiam; e eu respondi a Chateaubriand (com quem todos fizemos as pazes mais tarde quando se superou na luta sobre-humana com a morte) citando Malraux, o que levou Otávio Malta a comentar na sua coluna da *Última Hora*: – "O mundo mudou, a Condessa lê Malraux..." Quase sempre eu lia a Brito, pelo telefone, editorial ou matéria básica. Ele era muito mais moço... Mais moço embora, seu conselho sempre foi prudente e oportuno, útil de aceitar. Quanto a Aníbal Freire, basta lembrar que no episódio da fotografia do encontro JK-Foster Dulles (episódio que anda por aí deturpado, já li até que o título da foto foi "Me dá um dinheiro aí", quando bastaria recorrer à coleção para encontrar as palavras objetivas e exatas) nesse episódio, dizia, Aníbal não hesitou em deixar a chancelaria da Ordem do Mérito, o mais alto posto honorífico da República, em solidariedade ao companheiro. Citarei também a ocasião em que ficou solidário com um repórter que nem conhecia, um dos que eu trouxera – que denunciara irregularidades na Cofap, sustentando-o contra a pressão de um amigo e coestaduano a quem estimava. De outra feita – atendendo a um apelo do hoje Brigadeiro Doorgal Borges e de outros oficiais ligados a Eduardo Gomes –, pus água na fervura política em editorial que apoiava a oficialidade da Aeronáutica, descontente com a entrega interina do Ministério ao Marechal Lott, e fiz um chamado à união das armas. Estavam ausentes do Rio a Condessa e Brito, mas o velho Aníbal cruzou comigo na rua do Ouvidor, me deu parabéns, me disse que estava certo. Retribui-lhe a solidariedade fazendo-lhe a surpresa de dedicar um dos meus saudosos *Cadernos de Estudos Brasileiros* a seu sogro e amigo, Rosa e Silva; e mais tarde, já ausente do jornal, voltando à redação nos seus oitenta anos para promover a edição que o honrou e escrever o texto anônimo que lhe fez o elogio.

Partidário da redação e reportagem concentradas num local único, *"one room"* (a opinião de Lord Beaverbrook me fortalecia), quando, mais tarde, foi possível reformar o salão, quis que continuasse um só, separei com vidro transparente as acomodações da chefia. Num grande painel fui juntando jornais do mundo e do país, entre estes últimos os de 15 de novembro de 1889, aqui no Rio, na surpresa da República. Era para dar uma lição direta de jornalismo comparado, o bom e o mau, e para que a rapaziada não pensasse estar descobrindo a pólvora.

Escrevi há pouco a palavra "possível" pensando antes e bastante nas limitações que o adjetivo implica. Havia restrições de ordem orçamentária, aceitas com alguma impaciência mas com senso de disciplina. Ao contrário do que muita gente supõe, não se nadava em dinheiro. Cada vale era uma batalha com a gerência. A compra da primeira camionete foi um dia de festa. Mas se fez possível ir melhorando os salários, oferecendo-os mais altos de forma a poder recomendar que, deixando o jornal de ser um bico para se tornar uma profissão, se recusassem outros empregos lá fora.

A pouco e pouco os quadros se organizaram. Depressa, depressa, os focas amadureceram. Vocações literárias se afirmaram: quem ler o "Rodízio", no canto da página editorial, encontrará muito nome hoje famoso. Criou-se um *Caderno de Estudos Brasileiros*, que já mencionei, onde geografia e história ombreavam com economia e vida internacional, e estreantes apareciam ao lado de mestres. Não consegui trazer para a redação Carlos Castello Branco, que depois recusou substituir-me mas terminou chegando; nem Heráclio Sales, que também veio; nem Prudente de Moraes, neto; mas Villas-Bôas Corrêa ainda fez as "Coisas da Política". Que alegria quando Alceu Amoroso Lima aceitou escrever toda semana... Coisas e coisas se fizeram, muitas, tantas... No fim de 1958, Rubem Braga escreveu: "O ano foi do *Jornal do Brasil*". Fora.

Não repetirei – seria inexato e injusto – o genial personagem de Chico Anísio no seu egocentrismo: o resto não foi figuração. Mas direi que sem aquele começo, sem aquele antes, não teria vindo o depois, nem o objetivo inicial viria a ser plenamente atingido, com a ajuda de mãos mais hábeis do que as minhas, a que a permanência, a constância, a vigilância da Condessa Pereira Carneiro e de M.F. do Nascimento Brito serviram de traço de ligação. Ela com sua disposição, sua alegria, sua compreensão, ele com seu amor do Poder, asseguraram teimosamente a continuidade da folha em seu destino brasileiro.

Às vezes me indago se fiz bem a mim próprio, a uma saúde que já não tinha inteira, assumindo, depois dos quarenta anos, os grandes cansaços noite adentro, recomeçados pela manhã. Mas – numa visão de conjunto – foi tudo exaltante e belo. Não me arrependo. Decepcionei, pelo avesso, um querido amigo que, zeloso por mim, me desaconselhara a aceitar: – "Você não resistirá ao ridículo". Resisti: quando o deixei, já não se podiam aplicar ao *Jornal do Brasil*, como em dia de polêmica fizera Félix Pacheco, dois adjetivos cruéis: "os nossos amáveis e pitorescos colegas do *Jornal do Brasil*", escrevera ele. Não mais. Nunca mais. O projeto da Condessa Pereira Carneiro e de M.F. do Nascimento Brito, com o apoio – eu ia escrevendo a bênção – do velho Aníbal, estava em caminho e já vencera a etapa decisiva.

Paremos aqui com uma evocação final. Na noite de 31 de dezembro de 1958, em que deixei a chefia de redação, redatores e repórteres subiram a Santa Teresa. Serviu-se a champanhe da despedida. Não houve choro. Disseram: – "Estamos dispostos à greve". Estavam. Acrescentaram: "A oficina acompanha". Respondi: – "Seja esta a palavra do adeus. Voltem e façam o melhor jornal que já fizeram; e continuem fazendo. É o que lhes peço, a última ordem. A única ordem. Que cada número seja sempre, como até aqui, melhor que o da véspera".

Gostaria que se, no futuro, me lembrarem na profissão, seja por essa palavra de homem fiel à tarefa.

Mas eu não avisei que receava cair no saudosismo ou no memorialismo?

Última Hora, dezembro de 1976

A PROCISSÃO, AS PRAIAS, O CAJUEIRO

Vimos, em Assis, a batina de São Francisco. Os séculos não a haviam tocado. Era de estopa e estava rasgada pelos caminhos, isto é, pela vida: o sol, a pedra, a água, a gente, as almas, o frio tantas vezes do mundo e dos seres, e o probrezinho sempre num calor de quem se queima por dentro. Agora, porém, não estamos na Itália, mas em Parnaíba, no Piauí. A tarde não é quente, e embora sem nuvens no céu nitidamente azul, uma leve brisa traz umidade, uma umidade doce, que sobe do Iguaraçu, o braço do delta que banha o casario. A procissão caminha numerosa, agora desbordante, agora contida em filas muito lentas. Raro é o canto, mas há rosários nas mãos. Mulheres carregam pedras na cabeça, devagar, não porque sejam pesadas lajes, mas porque são difíceis de manter equilibradas: talvez a penitência fosse menor se os objetos fossem maiores... Na massa geral dos acompanhantes, a cada momento escurece uma roupa da cor do burel. Algum dos vestidos exibe babados e bordados... O que era estopa na Úmbria é hoje seda na foz do Parnaíba; mas o espírito persiste e salva. Qual, dentre as penitentes que equilibram pedras nos cabelos, ligará esse gesto ao esforço de São Francisco para reconstruir a Igreja ameaçada de ruína – no duplo sentido da tarefa, o material e moral? E entretanto é o mesmo o impulso do ato preservador, a mesma a restauração no Espírito Santo. São inumeráveis os que acompanham o andor de pés descalços, e eu me pergunto se por acaso esse pisar direto no chão quente não será o feito supremo de humildade, recordando o tempo em que os escravos não podiam andar calçados. Os descendentes dos antigos senhores e dos antigos cativos se misturam hoje nesta nossa amada gente. Todos são livres, mas os pés se despojam de proteção como os dos *fraticelli*, os irmãozinhos franciscanos que viveram o delírio da pobreza material procurada e voluntariamente seguida – até os extremos do despojamento absoluto. Aquela menina cansou na procissão e vai nos ombros, os olhos iluminados pelo sonho infinito – que completa a visão teimosamente limitada desta pobre que carrega a pedra... Assim a multidão – e a cidade inteira está aqui – paga as promessas inocentes e os milagres quotidianos...

De repente me lembro do tempo em que, menino ainda de chambre, na beira do Parnaíba, ouvia falar nas brancas areias de Amarração, na Pedra do Sal, nos mistérios complexos do delta e do mar: foram mitos de eu pequeno. Arrancamos, pois, para as praias. Amarração é hoje Luís Correia, homenagem justa mas em detrimento da poesia marítima do nome antigo. No casarão coberto de palha de carnaúba, propriedade coletiva, as mulheres fazem tapetes de taboa. Lá fora, num espinhal, um peixe de prata – é apenas um bagre! – dança no sol. A cachaça é forte. Mas a água de coco é doce: bebemos longamente, deixando que escorra, lavando a cara.

E de volta à cidade vou ver o cajueiro de Humberto de Campos. Não propriamente do velho Humberto, que tanto conheci e quis, o rosto e as mãos deformados pela doença, mas do menino que plantou a árvore no quintal, recebeu, adolescente, doces secos dos primeiros frutos que a mãe lhe mandava para amenizar a vida já então de exaustivo trabalho, e voltou, homem-feito e marcado pelo destino, para o diálogo impossível e a despedida final. A árvore abaixa as galhas até o chão de relva plantada, cuidada, macio verde organizado em miúdas folhas de erva de um verdoengo mais para escuro. E nas palmas dos cactos, os namorados deixam o nome e as datas morredouras... A eternidade efêmera dos cactos... Nunca vi, em cidade nenhuma, um carinho assim: o que foi um dia casa e quintal transformado em largo aberto para a rua; e dos lados – de um e outro lado e no muro dos fundos – seguem casa e quintal... Sombra, vida, imortalidade, em honra de um simples escritor, que contou uma história, e da árvore que foi centro e símbolo dessa história e do seu mundo. Vi a casa onde morou Keats, em Roma, com a inscrição gravada em pedra, em sucinto inglês e largo italiano; e em Sevilha, escrita num sobradão, de ponta a ponta, a frase: "nesta casa Miguel de Cervantes Saavedra escreveu a segunda parte do Dom Quixote". Não me recordo da delicadeza de um monumento como este em Parnaíba. Talvez a estátua de Peter Pan nos jardins de Londres... O bronze, todavia, é coisa morta; e o cajueiro de Humberto de Campos, na sua derramada forma deitada sobre o chão, braços estirados para os ventos e os cantos, sombra aberta para a rua, maturis que serão frutos a desafiar rebolo, talvez pedra, de menino, é vida, imortalidade...

Última Hora, 20 de outubro de 1977

FORMAS DE CRER

*T*udo são formas de crer e rezar, em português ou em latim. Daqui a cem anos a luta entre os que querem obedecer à hierarquia da Igreja, do Papa e do Concílio, e os que seguem o Monsenhor Lefèbvre, parecerá tão desprovida de sentido quanto, para o mundo de hoje, as guerras de religião que causaram outrora tanta morte de homem. Até agora foi a ausência de sangue derramado o melhor sinal de que realmente progredimos um pouco. Mas quem sabe aonde levam essas disputas?

Eu, por mim, sou pela missa falada em português. Acho que Deus está acima dessas coisas terrenas que nos separam. E justamente por isso quero encontrá-lo mais perto de mim, na língua que aprendi de meus pais e ensinei a meus filhos.

Mas tudo são formas de amar a Deus.

Ainda agora lia eu a autobiografia de um mineiro antigo, Cristiano Benedito Ottoni, e nas primeiras páginas logo fiquei conhecendo mulheres de sua família, na antiga Vila do Príncipe, depois Comarca do Serro do Frio.

Eram quatro velhas solteiras. Prima Maria Narcisa e Prima Joaquina, "tão pobres de bens como de espírito" conta Cristiano, rezar, rezar, rezar era sua vida. Tia Fabiana destacava do fumo em corda um pedaço, enrolava o naco em forma de pequeno charuto e, como outras pessoas nesse tempo, narra o livro, introduzia essa mecha na venta direita (ele escreve assim mesmo, venta), que ficara dilatada e deformada, em contraste com a esquerda, abatida e seca. Dessa deformidade guardou lembrança o sobrinho, que descreve Tia Fabiana, "alegre, ingênua, comunicativa", e conta a última recordação que dela reteve: em 1836 apareceu um mascate na casa, com um realejo e uma galeria de bonecos, cuja dança era espetáculo nunca visto antes por ali. Fixou o moço na memória. Tia Fabiana, "meio de cócoras, mãos nos joelhos, cavalgando o aleijão do nariz por uns grandes óculos, e na fisionomia um espanto infantil que muito me divertiu: ria, chorava e babava-se". Bons tempos!

Talvez não o fossem para tia Ana Francisco, que conduzia o terço todas as noites em família, "tão nula quanto inofensiva". De vez em quando, achavam-lhe na roupa e na cama sinais de sangue. Seriam percevejos? Lavava-se tudo com água a ferver. Voltavam as pintas. Anos durou a lida – é ainda a linguagem de Cristiano Benedito Ottoni – "e só por morte de tia Ana Francisca se soube que ela usava cilícios e, se bem me lembra, disciplinas". Deixou à irmã, embrulhado em papel, e em segredo, um legado: era justamente aquele não gasto embora muito vestido cilício, que o sobrinho achou no lixo e andou, com escândalo, mostrando. A legatária não quisera o presente.

Diferente era a religião da mãe de Cristiano. Ela também rezava, mas sobretudo confiava. Assim criou os filhos, e onze chegaram à virilidade. Obediente em tudo ao marido, Jorge disse, Jorge quer, curvada a essa lei mudou-se aos setenta anos para o Rio, ideia que a horrorizava porque lhe diziam ser terra de irreligião e impiedade: fez uma novena, pediu ajuda a Deus, as coisas correram a favor da vinda, achou nisto um sinal, aceitou. Cosia sempre, cosia e fiava: até morrer, aos 82 anos, fiava toalhas, enovelava, e entre roca e tear passou a vida. Às vezes dava bolos nos filhos, noutras os punha a enovelar, um, dois, três fusos até que o novelo tivesse o tamanho de uma laranja seleta. Um dos filhos, Teófilo Ottoni, amou a liberdade, para que acenava com lenços brancos: uma cidade tem seu nome, e é bela. O outro, Cristiano, fez estradas de ferro. Nenhum dos dois se queixava dos castigos; e Cristiano, neste livro que acabo de reler, escreveu que a mãe tinha uma "devoção bafejada por uma confiança suavíssima na misericórdia divina". Só uma coisa não transmitiu ao filho: sua profunda fé. Mas a dela bastou para a casa toda, e os descendentes foram homens e mulheres de bem.

Última Hora, 16 de dezembro de 1977

PRUDENTE, O GRANDE CIDADÃO

Há várias cidades dentro de cada cidade, mas é no seu conjunto que elas acabam de ser atingidas.

Havia em Prudente de Moraes, neto (eu e ele usávamos a vírgula e o apenso em minúscula, um dia lhe perguntaram porque, "por que a vírgula e a minúscula?", "porque se não escrevesse assim estaria errado", respondeu), havia em Prudente a essência de um grande homem. A ele se aplica a inovação de José do Patrocínio em relação ao avô, "sábio e santo civil". Esse assim era também Prudente. E o novo "sábio e santo civil" se fizera um símbolo da imprensa e da ordem, da lei contra a antilei, da liberdade contra o universo concentracionário.

Prudente era um grande republicano. Essa palavra – a República – sintetizava para ele – como já o fizera para o avô e para o pai – todo o idealismo fundamental. Os copistas medievais, que o preservaram, não ofereciam ao título do tratado de Platão sobre a República a alternativa: *"Da República ou da Justiça?"* Pois há república sem justiça? E há justiça onde se opõe a dor sem remédio dos humildes ao poder sem contraste dos ricos?

O avô, insultado, caluniado, vilipendiado, teve contra ele o punhal do fanático. Mas foi um adversário, o monarquista Carlos de Laet, quem, no cemitério, ao ver, no enterro do Marechal Bittencourt, o presidente – por quem esse ministro da Guerra, que não traíra, dera a vida – enfrentar os riscos, desacompanhado de guardas, foi o monarquista Carlos de Laet quem ergueu o primeiro viva: a consciência nacional encontrava sua unidade. Depois, quando Pinheiro Machado jogou a República em aventuras que iam do caudilhismo ao militarismo, referia-se a Prudente de Moraes, filho, como "um mau republicano"... O insulto do adversário, na confidência a Gilberto Amado, mudou-se, aos olhos de hoje, em louvor do grande repúblico.

O primeiro Prudente podia falar na condição de tropeiro de seu Pai. O terceiro, não. Tinha linhagem, e que linhagem! Era neto que pacificou a República, tornando-a civil, desafio que Joaquim Nabuco considerava tarefa não pequena. Era filho do parlamentar, jurista e político e que fora um dos líderes na resistência contra as decisões unipessoais de um chefe, senhor do mando único.

Prudente de Moraes, neto, começou escritor; e nas artes do escrever conquistou, desde logo, a perfeição do estilo exato e forte, sem embargo de, por vezes, divertir-se na invenção jovial. Foi poeta quanto quis; e sem inveja, pois numa obra-prima pôs alma e engenho, e ele depressa se fez conhecido e amado pelo Brasil adentro. A revolução literária, de que participou com a revista *Estética*, se fez para desencaroçar as formas do escrever. Trouxe depois para o jornal essa arte conquistada e consciente.

Límpida como a pena tinha a consciência política. Porque era, antes de tudo, um ser moral, não mudava de convicção, não revia juízos, não alterava teses. Quando muito ria, um largo riso de ouvido atento, riso de alguém que amava o povo e da boca do povo tirava as graças do dizer, na intimidade singela com a vida popular, da música, do futebol às corridas de cavalo.

De repente, as circunstâncias levaram o velho jornalista à presidência da Associação Brasileira de Imprensa. Transfigurou-se na investidura, cercado de respeito afetuoso, dos mais velhos e do entusiasmo criador dos mais novos. Foi inexcedível de devotamento, coragem, prudência, firmeza. Agora que começamos a emergir da grande provação coletiva, seu exemplo há de inspirar a todos para transfigurar o ofício e dar ao país uma imprensa livre e exata, pura na conduta, segura na notícia, idealista no pensamento, a serviço da República.

Restaria dizer uma palavra sobre a intimidade humaníssima do amigo. Mas essa não a sei formular que o sal dos olhos não deixa.

Última Hora, 23 de dezembro de 1977

RONDÓ DAS SUCESSÕES

Quando eu caminhava de menino para rapaz, na cidade da minha infância, Teresina, à beira do Parnaíba (esta referência é feita apenas para o gosto das evocações, o nome me lembra depressa o rio e suas canoas) fui bom aluno de História do Brasil. O professor, meu querido amigo Dídimo Castelo Branco, sabia disso. Entrava na sala, sentava-se na cátedra. – "Seu Odylo, exponha o ponto". E eu, envaidecido, expunha o ponto. Ao que, quando concluía, ele aditava. – "Nada a corrigir ou acrescentar. Está encerrada a aula". E saímos todos felizes, pelo menos eu e ele, creio que os outros também: nunca tive queixas. Fiz mais: nas provas finais, convocado por ele para rever as dos colegas, distribuí notas generosas, entre sete e nove, creio que cheguei mesmo a um nove e meio. Reservava-me, astuto e cauto, para o dez, que ele na certa me daria, ou, melhor dito, reservava o único dez para mim. Dídimo ensinou-me uma das lições da vida: pespegou-me seis, explicou que eu fora erudito e amplo, mas, demasiado ambicioso, só tivera tempo de responder brilhantíssimo pianíssimo à primeira questão, nas outras a pressão da hora me fizera sumário e incompleto. Era ainda generoso e compreensivo com o seis. Chorei (fui menino chorão e devo a isso poder hoje engolir as lágrimas), mas aprendi que a existência é feita de imprevisível, e, como a existência, a própria História.

São, a meu humilde ver (que nessas filosofias não escaramuço), duas coisas certas da História: primeiro, sua incerteza, e segundo, a força das pequenas coisas nas grandes decisões.

Há, neste particular, um caso que me parece extremamente curioso. Suscitam-se diferentes explicações para a instauração da

República na França de 1871. Mas a verdade é que dois episódios foram decisivos: a recusa, pelo Conde de Paris, do pavilhão tricolor, o que dividiu os monarquistas (Leão XIII, surpreso diante do irrealismo político, exclamou: "Mas por um guardanapo!"; apenas o guardanapo, a que se referia o grande italiano, era a bandeira da flor-de-lis...) E houve a vitória, por um voto, na Assembleia Constituinte, da manhosa emenda que declarava a República.

A História se desenvolve sobre um terreno povoado de "ses": a cada instante uma condicional desaba, e o acaso intervém sob forma de ato humano, força da natureza, bomba que falha ou estoura, até mesmo dor de barriga.

Essa observação, aplicada aos Estados Unidos, levou a chamar a vice-presidência, por lá, de *"american roulette"*. Mas a "roleta americana" funcionou, no Brasil, poucas vezes, e com peculiaridades muito especiais: houve um Vice-Presidente (e chamava-se, nem mais nem menos, Pedro Aleixo) que não pôde assumir quando o Presidente adoeceu e morreu, e houve um Vice-Presidente (e chamava-se, nem mais, nem menos, Floriano Peixoto) que nunca usou o título presidencial porque, se o usasse, desmascarava o sofisma que o mantinha no poder. Era sempre: "Vice-Presidente no exercício da Presidência".

Onde, por outro lado, houve quase sempre no Brasil uma verdadeira roleta foi na escolha do novo Presidente.

A impressão que se tem é de que sempre o antecessor escolheu o sucessor.

E foi justamente o contrário.

Bem sabemos que Floriano não escolheria Prudente de Moraes. Prudente disse por escrito: não tinha culpa do advento de Campos Sales, do bolso de cujo colete não saiu o nome de Rodrigues Alves. E o candidato da predileção de Rodrigues Alves era Bernardino de Campos, mas outros líderes republicanos, como Rui à frente, juravam que o Presidente não podia influir na escolha do sucessor. Então veio Afonso Pena, mas morreu de "traumatismo moral" e subiu o Marechal Hermes. E Hermes quis Pinheiro, e subiu Venceslau. Epitácio chegou ao ponto de sustentar que a renúncia de Bernardes, já eleito (nos moldes da época), era a solução. Washington Luís, sim, esse escolheu o candidato, e não apenas teve a alegria de ver eleito nos moldes da época, derrotando Getúlio: viu Júlio Prestes atravessar o Rio de Janeiro em carro aberto, ao sol das aclamações.

Pouco depois de ajudar Dídimo Castelo Branco a deslindar o passado brasileiro no Liceu Piauiense, tive, em março de 1930, uma lição prática de história política e direito eleitoral: vi fazer ata falsa para Júlio Prestes. Era alegre e lindo! Acho que até eu mesmo andei assinando nome alheio de eleitor ausente... Mas não me lembro bem. Faz tanto tempo; e certos pecados é bom esquecer.

Última Hora, 6 de janeiro de 1978

SOBRE UM CASAMENTO SESSENTÃO

Se de mim dependesse, estava hoje em Belo Horizonte, desatendendo ao conselho popular de que "a bodas e batizados não vás sem ser convidado". Mas a essas iria, independente de convocação. Leio a página 91 do segundo volume das memórias de Antônio de Lara Resende: "Pretendíamos marcar o casamento para dezembro de 1919, mas, concordando com o futuro sogro, que receava morrer deixando solteira a filha, a 12 de janeiro de 1918 nos casávamos em Resende Costa, e a 22 chegávamos a São João, passando a residir num chalezinho solitário no sopé do morro do Guarda-mor, ponto dos mais pitorescos da cidade".

Esse lar, de Julieta e Antônio, que assim nascia, completa, pois, sessenta anos. E já por esse fato há que louvá-lo e honrá-lo como convém. Durar é, por si só, um merecimento, nestes tempos confusos e efêmeros.

Não é, entretanto, apenas por isso que o festejo. É que, pelo simples fato de existir à vista de todos, essa casa foi exemplo e dela se irradiou um calor suave, que temperou inteligências e almas.

O casal – esse primeiro e fundamental mistério humano – era unido, os destinos fizeram desses dois seres (como nós, Nazareth! e assim inteiremos sessenta anos de vida em comum) um só ser. O homem foi professor – e pai; a mulher dona de casa – e mãe. A quem isso parecer pouco, digo duramente: "– Fora! Dirija-se a outras letras de forma, que seus olhos não os quero em palavra minha".

Há, entretanto, além desse pouco que é muito, muitíssimo, é quase tudo, uma circunstância particular que me liga ao casamento sessentão: é que dele nasceu um dia Otto, e Otto se casou com Helena, e os dois se sentaram à nossa mesa, beberam do nosso vinho, comeram do nosso pão, e provaram galinha de parida e mesmo terão enfrentado as aventuras do arroz de cuxá maranhense e da carne de sol com pirão de leite, à maneira dos sertões e campos do Piauí. Otto fez muitas coisas belas na vida, inclusive livros pungentes e amenos bilhetes, mas em nenhuma terá acertado mais a mão do que em casar com Helena, que com seu entreaberto riso, dom de Deus, lhe corrige alguns atos insensatos, entre os quais chamar Heleninha de Maria Pão de Queijo. Bem sei que Heleninha é ponta de galho, merece dengo, e nada há de melhor do que pão de queijo, isto é, nada de melhor para mineiro, e bem o sei embora mineiro honorário, e não de nascimento. Mas Heleninha vai ficar moça, pode casar até na minha família, e já se viu apelido mais desajeitado para moça noiva?

Falo noiva para acentuar uma palavra que fica bem nos casados que hoje festejam sessenta anos de lar brasileiro, brasileiríssimo. Noivos... Ficaram noivos em 1916, mas tão certos da escolha e tão tranquilos que não se lhes dava de esperar até 1919, dezembro. Anteciparam para 1918, janeiro. Estavam ligados ao eterno, não às horas. A vida não era um turbilhão.

Houve alegrias – e lutos. "Seis filhos perdemos eu e minha mulher..." E ele acrescenta: "eu os tenho como se vivos fossem ainda, sem haver perdido sequer o semblante de cada um, de enquanto vivos e de após a morte." Ó vós que tiveste filhos e os perdeste...

Juntos viajaram marido e mulher, numa geografia de trabalho, angústia, combate, esperança, berços, madrugadas, outono pacificado e familiar que se estende de Juiz de Fora a Belo Horizonte, de Belo Horizonte a Nova Friburgo, passa pelo Rio e volta a Belo Horizonte. Mas acima das lições de energia moral, que são uma grande força, paira o perfume da Comunhão dos Santos, que uma dedicatória das deliciosas *Memórias* qualificou de "dulcíssima", mas que é terrível, porque coloca sobre os ombros dos justos os pecados dos fracos.

Última Hora, 13 de janeiro de 1978

CRÔNICA DA MONTANHA

Bem sei o que é casamento: além do meu próprio (e, Deus seja louvado, foi um só), já houve, aqui em casa, o de quatro filhos, e não repetirei em vão que não distinguimos entre esses oitos meninos, os de nós nascidos e os a nós trazidos. Mas de todas as vezes foi a mesma coisa, sobre a tormenta do enxoval a desordem dos convites, e justo se esquece o amigo mais sensível, e Altamiro não foi convocado, o endereço de Hermengarda faltou, Sofia e Leonardo não vieram, a rotina que todos conhecem e, nem por isso, exaspera menos. Por essas e outras, no meu próprio, não fizemos questão nem mesmo da presença dos padrinhos: Manuel, Dolores e Carlos, Menina e Rui mandaram procuração. Isso posto, se por acaso houver olho reparador em nossa ausência, sábado próximo, para desejar toda a felicidade que convém, nestes confusos tempos, à filha do casal Tarcísio Padilha – olho que, aliás, não creio venha a acontecer, tão numerosa será, decerto, a afluência dos grandes – peço-lhe que, mestre de filosofia, encare com tolerância uma falta que nem por telegrama se compensará, se desculpará, se justificará, como devia. E eu lhe explico: estamos ilhados do mundo. A montanha se desmancha; e já é muito que durmamos sem recear que a terra engula a morada, onde pais, filhos e netos descansamos dos males da vida. À noite, quando continua a chover, a cantiga da água não nos embala: nos assusta. Já na estrada que conduz à casa caiada de branco uma rachadura assinala as perspectivas más do futuro; e não sabemos se, persistindo as grandes enxurradas, nosso ilhamento não se transformará em catástrofe.

Tarcísio, quer que lhe conte? Pois contarei. A culpa, em parte, é da nossa insensatez de querer possuir, na montanha fluminense, uns palmos de chão com águas cantantes, e de não hesitar em situá-los num socavão da serra, onde de plano se tem apenas o sítio da moradia e o campo da pelada. Mas em parte, e grande, é de seu ilustre pai, nosso eminente amigo Raimundo Padilha. Quando, vai para alguns anos, as conjurações do Poder o escolheram para governar o que formava, então, o Estado do Rio de Janeiro, éramos uns quase retirantes. Retirantes não no sentido do que deixa a terra e a criação e a plantação, mas sob a ameaça das grandes secas, como no Nordeste, mas porque estávamos prestes a amunhecar, eu pelo menos, que sou de natural erradio, embora conservador. Tenho pescoço fraco, e não via compensação nesta paz rural conquistada a golpes de vitória sobre a lama. A luz elétrica até que não faz tanta falta, depois que se inventou o gás de botijão; e paira no ar, nos frios da altitude, um gelo natural que dispensa refrigeradores. Mas a estrada... Então, ao lhe dar os parabéns e ao lhe contar que já não seria seu governado, o bom Raimundo Padilha me consolou, me esperançou; e como, tocado por sua boa palavra, argumentasse que não havia só meu interesse pessoal no caso, pois este é o clima nativo dos lírios, das palmas e das rosas, e aqui as galinhas botam seus ovos com mais facilidade, e as verduras e legumes encontram terra agradecida que os produz com abundância e beleza, de forma a abastecer os mercados e feiras que se estendem de Petrópolis e Três Rios a Teresópolis e São José do Rio Preto, sem temor de concorrência, o bom Raimundo Padilha prometeu a estrada... Eu lhe contei, diante da palavra empenhada, que certa vez dissera ao Almirante, Senador, Ministro e Governador Amaral Peixoto, meu vizinho ainda que um tanto quanto longínquo, mas aqui em cima muito popular (tratam-no, afetuosamente, de Comandante): – "Se a ausência da estrada prova bem sobre sua honestidade pessoal, desmente um pouco sua visão de estadista..." Riu ao telefone Padilha (como bondosamente sorrira na conversa Amaral). E várias vezes me renovou a promessa, em horas amargas como a dor da perda de Moacyr (reivindico sempre o y dos lírios para esse querido amigo que se foi) ou felizes: de suas mãos recebi um prêmio de poesia, dado por juízes que dela entendiam. Mas os problemas gerais, administrativos e políticos, foram mais aperreantes para Raimundo Padilha do que a estrada que ligaria a União e Indústria à Teresópolis-Friburgo, unindo áreas vitais da economia e da vida social fluminense; e, acabado o quatriênio do meu velho e eminente amigo, foi-se, com ele, a minha oportunidade de tratar o governador do Estado de você...

Aqui estamos, pois, e as estradas se desmancham ao peso dos caminhões; e os barrancos se despencam e despenham; e os olhos, que há meses corriam ansiosamente os céus à busca de chuva, agora investigam, com ansiedade igual ou maior, uma nesga de azul ou uma hora de mormaço. Aqui estamos, e sabemos que homem algum é uma ilha, mas nós é que a somos, e como a infrutífera experiência nos fez desistir há muito da autarquia econômica, não há frangos no quintal; e não sabemos se é possível passar pelos caminhos a fim de comprar o alimento para esta pequena comunidade familiar, que, nem por pequena e familiar, merece morrer de fome. Ah! quem nos mandou aceitar os ditames do existir, e trocar campos do Piauí e brejos do Maranhão por este socavão da serra!

Mas eis que levanto os olhos da máquina de escrever e vejo o sol lá fora. "O claro sol, amigo dos heróis...", canta na memória o verso de Antero de Quental. Eis que já não receio as águas, antes as colho em forma de cachoeira para o jato rejuvenescedor. Eis que prevejo 24 horas de mormaço (era o tempo que meu caro vizinho, o finado Alcides, achava necessário para que os caminhos se fizessem de novo transitáveis). Eis que me disponho a enfrentar os buracos e as barreiras; e descerei ao Rio levando nas mãos magnólias e jasmins-do-cabo. Não as mandarei ao Poder, que hoje tomou a máscara das impessoalidades fortes do Sistema, e Sistema não recebe flor. Mas povoarei os pulmões do cheiro da serra e da chuva mudado em flor e em vento.

E assim se alternem águas e sol nesta nova semana para que sábado, na catedral de São Pedro de Alcântara, na cidade de Petrópolis e no casamento cristão de Cláudia e Homero, haja flores do sítio São Luís do Socavão, salpicadas não da enxurrada que carreia o barro, mas da cristalina linfa que rebenta da pedra na montanha.

Última Hora, 20 de janeiro de 1978

EU MENINO: FÉRIAS

*H*esito antes de escrever sobre elas.

Começa que, se as de dezembro continuam, e se estendem a março, as de junho já não são de junho, mas de julho. Depois, não sei se a maioria dos meus possíveis jovens leitores terá saído de férias: já não há férias, da mesma forma que não há quintais; e é triste ouvir falar de bens inalcançados.

Não eram bens difíceis nos tempos de eu menino. Bastava atravessar o Parnaíba (morávamos em Teresina) e sete léguas adentro, do outro lado do rio, estava o brejo que agora se chamava Prata e fora um dia Olho d'Água. Não lhes conto.

Conto? Então contarei. O bom começava com os preparos da viagem, acordar de madrugada e ver o céu de um vermelho tênue, e a arrumação das cargas nas costas dos animais amarrados nas pitombeiras, e havia um friozinho gostoso, e quando menino usava a primeira calça comprida já não montava mais em garupa, se montava era humilhado. Vinha depois a viagem propriamente dita, riachos a vadear com os pés encolhidos, areais a atravessar, desvios de caminho onde uma árvore caíra na chapada.

O céu parecia ali perto, não se alcançava nunca. Minto: se alcançava quando os pés batiam no chão do sítio. No começo, é certo, ainda algum velho almanaque descoberto num canto encontrava leitor.

Depois (meu Pai dizia que a gente terminaria adaptado ao meio, era uma das leis do homem, quando, nas primeiras horas, eu reclamava daquela vida sem graça e queria voltar à cidade) vinha o paraíso: leite tomado na cuia, caminho molhado de pés na madrugada, riscar ligeiro de calangros na mata, briga de cobras entrevista de longe, grito de araponga no pé de angico, derrubada de palmito, cavalo selado, jacaré boiando na lagoa, curimatás aflorando à superfície d'água, manga apanhada com a mão, ninhos de xexéu pendendo da copa dos buritizeiros, juçara fresca tingindo de roxo os dedos infantis que se intrometiam nas tarefas da cozinha (singular pavilhão coberto de palha onde o arroz era pilado, o café torrado, os bolos assados, e se preparavam, nos dias de matalotagem, os aferventados com pirão, servidos debaixo da mangueira grande em grandes travessas coletivas aos agregados que abriam valas para desviar o riacho), cheiro de cimento fresco usado para empedrar e isolar a nascente, mambira morto a pau, seriema cantando na chapada... Nas férias de junho seria preciso acrescentar as aventuras do milho-verde, a fogueira, os compadrios improvisados por cima dos tições acesos. Havia também um pari armado no riacho, e era grato ao corpo do menino descer correndo o caminho entrecortado de raízes para ir ver se algum peixe maior fora impelido pelas águas, ainda que fosse para nos talos verdes encontrar apenas uma lampreia ou um mandi-sapo: tudo era vida. Aconteciam também as histórias que João da Grécia contava: e as cordas de embira de tucum ou buriti a tecer, mas nunca aprendi a tirar leite – mesmo nas vacas mansinhas de todo.

No começo de março, quando voltávamos, as roupas da cidade não cabiam na gente. Junho, não: lição de medida, nem fartava de todo nem acabava apenas começado. Era o tempo justo, o clássico, em contraste com os romantismos engrossantes das grandes chuvas do inverno equatorial.

Última Hora, 10 de fevereiro de 1978

BOCA DA NOITE

O livro vai se chamar *Boca da noite*. Boca da noite...
Boca da noite, mais do que a tarde propriamente dita o entardecer com suas sombras... Lembrança de eu menino: à pergunta "qual é a boca maior do mundo?", a resposta certa, "a boca da noite", sugeria monstros cósmicos.

Pois meu novo livro de versos terá esse título. São os versos da tarde, incluindo o que Manuel Bandeira chamou de "preparação para a morte"... Pois ela começou... Mas – ressalvo – quero viver muito, e sadio, sadio pelo menos o quanto é possível a quem sente os ossos do peito doerem à toa na reminiscência das cicatrizes físicas mais mesmo do que do sofrimento interior. São e lúcido, lúcido como se deve desejar a quem nunca teve cabeça fria e, entretanto, a quer conservar e vai guardando amena nestes turvos tempos. Quero viver muito, além dos oitenta e mais, e até sonho destinos múltiplos e simultâneos: morar na beira do Parnaíba, e também nos campos de Campo Maior, mas sem esquecer um sobrado de azulejos à beira-mar em São Luís (onde nos meus aniversários haja alvorada e discurso), reservando, todavia, uns meses para a montanha fluminense com suas águas cantantes, mas sem deixar de, em aparecendo dinheiro vadio ou Ministro das Relações Exteriores capaz, que saiba promover com gente adequada o necessário intercâmbio cultural do País, trafegar uns meses em chão estrangeiro. Quanto a esta última imprescindível perspectiva de nossa política externa, aqui desde logo aviso a quem interessar possa que não tenho preferências: gosto de Nova York que nem minha comadre Rachel de Queiroz; de Boston (e juntinho Cambridge, Harvard) tanto quanto meus netos Anna e Luiz; de Madri mais do que o embaixador João Cabral de Melo Neto e de Sevilha quase tanto quanto ele; de Milão no rastro daquele francês que lá queria se enterrar e preparara um epitáfio não com o nome de Henri Beyle ou o pseudônimo de Stendhal, mas tudo em italiano: "Arrigo Beyle, milanese. Visse. Scrisse. Amó"; de Londres igual a Jim Chermont e à minha amiga Guita; e é claro que de Roma e Veneza; e da mesquita de Córdoba. Lembro também aquele diálogo entre Caio de Melo Franco e Carlos Chagas Filho, que subia os Campos Elíseos pela primeira vez. Carlinhos: – "Enfim, Paris..." E Caio: – "Paris, e daqui, podendo, não se sai nem por vinte e quatro horas..." E há também a praça de Bruxelas, os canais de Amsterdam, e Portugal, mas de Portugal não falo: tenho pudor de chorar em público. Lautréamont recomendava: *"Ne pleurez pas en public."*

Perdi-me nas viagens, mas não me é difícil voltar porque caminho por áreas de sonho acordado, independente do jornal do dia. Faço projetos gratuitos e inúteis: o atual Ministro das Relações Exteriores é meu fraterno amigo e ter fraterno amigo no Itamaraty é uma desgraça. Já provei: não dá viagem nem ao Paraguai. Volto à boca da noite.

Quero viver muito. Meu pai morreu depois dos oitenta e nossos destinos se tocam quase sempre. Até na circunstância de chegar um dia a general e receber salário de tenente na velhice. Pois também me aposentei, só que no fim da carreira de procurador (a que honrei com seriedade no trabalho, a tal ponto que uma cozinheira lá de casa, morávamos recém-casados no Grajaú, espantou--se: – "Seu doutor pensa que fundo não cria calo!"). Não sei se a frase interrogava ou exclamava, mas os calos, se me levaram à primeira categoria da classe, foi para hoje receber os vencimentos da última, como se fosse da inicial – mais ou menos como se a um General de Exército pagassem já não como brigada, antes como simples tenente, e me excuso de insistir na comparação bélica mas talvez ela torne mais fácil entender o disparate... Ele se aposentou como desembargador; e ninguém fez melhor justiça, durante um quartel de século, em nossa província; e, entretanto, os proventos de sua velhice eram de Juiz novato em comarca pobre do sertão.

Lá me perdi de novo. Só encontro um meio de evitá-lo outra vez: fechar por aqui esta crônica. Se a paginação permitisse transcreveria os sonetos que darão nome ao volume em preparo. Caso o leitor perdesse tempo até os últimos versos, talvez pudesse me dizer porque minha primogênita, cujos doces olhos bicolores cantei para sua declarada alegria, não me deixou ler até o fim e rompeu em pranto no telefone, quando escutou que "no mundo ponho uns olhos bons de avô, foi a boca da noite que chegou" e "quem crê na vida não recusa a morte, sabe que a noite vem, espera a aurora"...

Última Hora, 7 de abril de 1978

NOSTALGIA DAS BENGALAS

Quando o Brasil compareceu à Exposição Internacional de Paris, em 1867, mandamos uma porção de bengalas: bengalas de Frei Jorge (madeira) e de marajá que Antonio Ferreira Pacheco enviava do Rio Grande do Norte; e bengalas esculpidas de Petrópolis, do expositor Carlos Spangenberg, que as numerou de 1 a 11, e acrescentou duas de cipó torcido. A mais cara valia duzentos mil-réis, uma fortuna, mas os preços baixavam até mil e quinhentos. Expusemos redes de dormir, esteiras de carnaúba, venezianas de piaçava, navalhas principiadas e copos lapidados, tapetes de casca de muiratingueira, leite virginal, cuia de mate guarnecida de prata, óleo de babosa (já para o cabelo?), baús de tartaruga, vassouras de cipó, tecidos de algodão, fazendas de linho, um par de dragonas para S. M. o Imperador, uma par de dragonas de Marechal, gorras de veludo, varandas de tucum para as redes de dormir, rendas, labirintos, filós, botinas de merinó, jogo de gamão, uma boneca enfeitada – e, entre coisas mais que encheram um livro, bengalas, aquelas bengalas do Rio Grande do Norte e de Petrópolis.

Não sou tão velho assim que as tenha visto, mas o catálogo aqui está, veraz e frio na sua enumeração, e me acena, com a mesma singeleza, para as bengalas, os frutos de pupunha em conserva (abençoada seja a boca que os provou) e o pó das folhas de ipadu, que não era ainda a perigosa cocaína, simplesmente ipadu que navegava do Pará para a França, não há notícia de que o senhor poeta Charles Baudelaire, interessado nos paraísos artificiais, tenha descoberto o segredo desse veneno; aliás, já voltara da Bélgica, mas, tão doente, não duraria muito, morreria nesse mesmo ano, pobre Baudelaire, "*pauvre Belgique*", pobre França, pobre poesia...

Não vi as bengalas de 1867 mas vi muitas outras e até as usei na adolescência, e somente a era de 30 acabou com elas. Mas ninguém – só mulher, é claro – podia abrir mão desse complemento viril, tão indispensável quanto o guarda-chuva. – "Hoje é dia de bengala ou guarda-chuva?" Acabaram ambos. O chapéu sobreviveu ainda nalgumas cabeças ilustres. Vasco Leitão da Cunha não abre mão dele, mas vá se falar a rapaz de hoje em usar chapéu!

Mas não larguemos as bengalas – que elas não se faziam para ser largadas. Havia mesmo as de castão de ouro... Aquelas de Petrópolis eram esculpidas, mas o mesmo Spangenberg expôs as outras, de cipó torcido. Seriam leves, e não demandariam cansaço dos braços para trazê-las. Cansaço talvez houvesse no manejá-las, mas pior seria se fossem de jucá, madeira que mereceu citação em frase histórica: – "Enquanto houver um pau de jucá nas nossas florestas..." Esse emprego do jucá (e de outras espécies) para exemplar o próximo, merecedor da correção exempladora, tem a concordância expressa do fundador do Brasil como Nação, José Bonifácio, que, ofendido pelas verrinas jornalísticas de um francês, indagava de Bordéus: "Não haverá por lá um mulatão que lhe tose o espinhaço?"

Quem jamais pensaria nessas formas agressivas do uso da bengala era o último brasileiro ilustre que não a dispensava, meu querido Prudente de Moraes, neto. Tinha esses requintes de outros tempos, que nele assumiam delicadezas sublimes. Quando ia a São Paulo, despedia-se de um a um na redação. Dar a mão era nele uma expressão de convivência afetuosa. A bengala e o chapéu definiam uma presença tão antiga! Mas o pensamento e a criação eram mais novos do que tudo; e quando o convocamos para uma tarefa de luta, a luta pelo homem, isto é, pela liberdade e, expressão dela, a lei, transfigurou-se, o espírito vestido alvinitentemente.

Penso nas bengalas de outrora. Talvez as pessoas fossem mais cordiais, munidas desse instrumento simbólico de agressividade, que as libertava da contingência de aparentar dureza. Vivemos ensinando os meninos a não chorar, e os pais desde pequenos lhes repetem o que poetas até em versos disseram: – "Não chores, meu filho!" Entretanto, houve campanhas de TV para ensinar o contrário: – "Seja homem, chore!" A bengala dispensava de brigar.

Ou pelo menos de brigar falado, coisa que fazemos cada vez mais grosso – e mau. Malmente mau. O fenômeno do nascimento e morte da bengala não foi apenas brasileiro, mas universal. Veblen incluiu a bengala entre os atributos da classe ociosa. Segundo ele, a bengala servia para anunciar que as mãos do usuário estavam ocupadas não apenas num esforço utilitário, e era, assim, útil como evidência de ociosidade. Mas era também uma arma, e ia ao encontro de uma necessidade que o homem, bárbaro, sentia nesse outro terreno. "O manejo de tão tangível e primitivo meio de ofensa é muito confortador para quem quer que seja dotado com parcela moderada de ferocidade." Ainda recentemente Galbraith desentranhava esse trecho de Veblen para defender-lhe a atualidade.

Eu, porém, ouso recordar que em inglês bengala é *"walking stick"*, o bordão de peregrino. Coisa de país onde houve campeonato de andar a pé... Lembro também que Chesterton, praticante de excursões longas, em poeirentas estradas onde cervejas pontilhassem a sede, falou certa vez num homem que possuía uma bengala de vidro, cheia de doces; e acrescentou que se houvesse crianças na casa a preservação dessa bengala teria alguma coisa da "insana sublimidade de uma religião". Mas não ajudaria a caminhar. Ando muito carecido de um cajado que o faça. As andanças que me ordenam não são os lentos passeios que alegram os olhos, antes a marcha batida que dilata as coronárias. Confesso, todavia, que ando cansado de regimes e andaduras, tudo forçado. Fico (e por mais que o preveja e anuncie, não acontece, ai de mim!) à espera do cientista (abençoados sejam esse sábio e o dia em que se revelar ao mundo) que descubra que o cuidado perfeito para os corações doentes é rede fresca e requeijão assado. Isso no plano individual. No coletivo não faço previsões nem dou receita, mas penso que voltar às bengalas não aumentaria o arsenal atômico e talvez devolvesse as esperanças da fraternidade.

Última Hora, 14 de abril de 1978

DOS SALMOS AO CHORO DE MENINO NOVO

Não, não seguirei a ordem anunciada no título. Falarei, antes, do choro de menino novo. Teresa de Jesus acaba de nos trazer para casa Catarina d'Amaral; e com esse frágil ser me volta o que foi, tantas vezes, a alegria da minha vida, das nossas vidas: choro de menino novo. Pois, como o leitor talvez saiba, e se não souber não deve continuar a leitura, a primeira manifestação da vida perceptível no ser humano é o pranto. A criança ainda não sorri, ainda não mantém levantada a cabeça, e chora. Ah! não é a angústia convulsa das grandes dores amadurecidas, é um solucinho à toa, mas há nele uma estranha música, que traduz, inutilmente, para nossos ouvidos que não a sabem interpretar, a conversa dos anjos. Não carecerei de esclarecer que Catarina é linda, lindinha, lindíssima; e se lhe teço um madrigal é para que, quando crescer, saiba que fui eu, e não seu pai, embora alto poeta, quem primeiro o compôs neste canto de página. Ah! Catarina, Catarina, quantos cuidados meus alivias com teu chorinho pequenino...

E agora falarei dos salmos. Catarina me deixou em estado de graça para fazê-lo, pois grande – como dizia Coventry Patmore – é a fé de quem acredita em seus próprios olhos, e com esses olhos – acrescentando eu – vê essa miúda e complexa criação natural, uma menina de dez dias, cuja moleira ainda não fechou, cujo cabelo ainda não caiu, e cujos olhos ainda não olham quem dentro deles olha.

Falarei dos salmos para dizer que não se publicou, nos últimos tempos, livro mais belo do que *Os Salmos*, na tradução de Padre Ernesto Vogt, SJ, revista poeticamente por Dom Marcos Barbosa, OSB. Não me refiro, é claro, ao envólucro material, que é pobre. Falo da perfeição espiritual desses diálogos entre o homem e Deus, que as Edições Loyola tiveram o bom gosto de confiar a um grande poeta, Dom Marcos, para pôr em linguagem de poesia.

Pois há uma linguagem de poesia, que independe de forma mas a ela se submete voluntariamente. Uma vez achei a comparação perfeita, a linda imagem, botei num poema: o papagaio de papel, livre porque está preso à linha zero do cordel que o liga à mão sábia para governá-lo entre os ventos e severa para levá-lo à vitória nas brigas do espaço. Fui ver depois, André Gide já fizera em prosa observação semelhante, somente que sua experiência humana não fora de menino descalço na beira do rio Parnaíba. Voltando, porém, à questão da linguagem, quantas vezes que, no desejo de alcançar uma forma cada vez mais livre, mais liberada, mais libertada, muito poeta ofereça nas mãos pura prosa, contaminada e frouxa.

Ao contrário do que se poderia pensar, isso teria sido fácil, facílimo nestes *Salmos*. O mais denso e rico diálogo entre o homem e o Senhor, se mão sabedora não cuidasse, virava exercício retórico. Dom Marcos teve essa mão, que levou com paciência de exímio artífice e luz de grande fé, para que a poesia permanecesse incorrupta. Pode-se ler devagar, ler em grupo, ler cantando. Era, aliás, o conselho de Santo Agostinho: "Se o Salmo reza, rezai também; se geme, gemei; se se alegra, alegrai-vos; se espera, esperai; se teme, temei vós com ele."

A mim confesso que estes versos assustam um pouco. Fazem-me lembrar aquela imagem da cidade amarrada pelos muros e arrastada pelas cordas para dissolver-se nas águas. Não recordo onde está na Bíblia. Mas lá está, que li e não esqueço. O Deus do Antigo Testamento, como nos entendemos mal...

Gosto, aliás, de ver Dom Marcos tratá-lo por "Senhor" e não por "Javé", em obediência ao que lhe parece ser sensibilidade cristã. E, dado que entrei na via das confissões públicas, acrescento que aquele sobre quem desabam certas provações só consegue felicidade na fé absoluta, do carvoeiro, do pastor, do anjo, ou na descrença absoluta, cega, e escura. Ai de mim que o Senhor não me deu nem uma coisa nem outra, nem a iluminação mística permanente nem a negação filosófica total, e me fez homem de peregrinação e de tormenta, a quem estes "Salmos" iluminam mas não pacificam. Ai de mim!

O que me resta é escutar o choro de Catarina, contemplar seu pequeno rosto, prescrutá-lo. Então ouço a música dos anjos, reaprendendo a ser bom e me ajoelho avô, fraterno e universal.

Última Hora, 19 de maio de 1978

CONVERSA DE AVÔ

Lembro-me de que há muitos anos encontrei um amigo, e ele: "O de que sinto falta é de choro de menino novo. Isso encontro nas suas crônicas". Era solteirão, e irremediável. Consolei-o quanto pude com a notícia de que o eco da vida vivida invadia involuntariamente minha pobre literatura coloquial, menti que o pranto infantil, frequentemente despropositado, me incomodava, e creio que o deixei contente consigo mesmo pela esperteza psicológica com que assinalara, o que não era difícil, uma condição inconfessada do meu ofício.

Naquele tempo era eu apenas pai, e já não me parecia pouco, e juro que fui bom pai, mas agora se trata de ser avô. Meu amigo Evandro Sarney, que também o é, o verso meu que prefere é este: "No mundo ponho uns olhos bons de avô". Ele se encontra aí, na visão generosa que a condição avoenga pressupõe. E que avô não se achará?

Mas para ser avô haverá sempre que passar pela situação de pai, e nesse capítulo começo pelo começo, isto é, pela primogênita, que nos grandes olhos bicolores me dá vaidade pela rara beleza, alegre inteligência e diligentíssima atividade, dons herdados da mãe. A mim puxou certa dose de teimosia, que nela não fica mal. Chamou-se, como convinha à primeira filha, e deve fazer, impositivamente se necessário, marido que pense em perpetuar, na família que funda, o nome da mulher que ama, Maria de Nazareth. Para evitar confusões, e já que a mãe todos a tratavam com invocação da cidade de Nossa Senhora, cuja imagem repetia, passamos, por tácito acordo, a tratar a recém-nascida de Maria. Parecia-se, a princípio, comigo, e foi até esse o espanto de uma servente do hospital pobre onde Maria nasceu: entrando no quarto e me julgando adormecido, a boa velha exclamou: – "Que meninão, Santo Deus! E é a cara do pai, que horror!"

Era a cara do pai, e começou desde logo, com algumas sapientes manhas. Recordo. Andei muito às voltas com ela. A ciência médica quase nos mata a todos, a começar por mim, não direi que a família inteira, mas os pais e mesmo os avós, participantes da tragicomédia. Escrevi tragicomédia e me arrependo, não posso acusar menina tão inocente de comédia. Tragédia não chegava a ser. Era naquele científico tempo em que a chupeta fora banida dos lares, não sei se por influência de Freud, pessoa muito carregada de culpas. Médicos e compêndios estabeleciam como sagrado o dever do sono e do jejum noturnos, a noite se fez para dormir, cabia à mãe resistir, deixa chorar, nada de mamadas fora de hora. Que a noite se fez para dormir, disso sabemos nós, embora desse conceito da noite adormecida discorde certa minoria, terá lá suas razões, suas damas, não discuto. O que estranhava já àquele tempo era o instinto de menino novo para adivinhar a chegada da noite. Mal caíam as sombras e se adensava a treva, o pranto infantil cortava os ares não poluídos da Tijuca (morávamos na Tijuca, no alto de uma ladeira na montanha). Nem seio, nem chupeta, era a lei: a noite se fez para dormir. Maria desconhecia a lei dos homens. A vida apenas não se tornou um inferno porque a existência dela própria, Maria, lhe dava um sentido de amanhecer. Aprendi, então, cadeira de balanço, cantiga de ninar, longas caminhadas pra lá e pra cá nos limites do quarto. Dormia? Acordava, mal roçava no contato leve o frio do lençol. Costumo hoje dizer, quando me acusam de predileções filiais, que, se as tivesse por ela, estaria no justo: é a filha que conheço há mais tempo, e quanto! Informarei que a chupeta foi a primeira a vencer a proibição. O cansaço me levou ao suborno gustativo: desci a dá-la mergulhada em mel. Havia, entretanto, que escaldá-la, e no meu desajeito já queimara, e muito, e muita vez, as mãos, quando um clínico experiente e suave com os pequeninos nos libertou do tabu, e a menina passou a matar a fome no seio materno – retomando, em seguida, sem hesitar, o sono interrompido. Não era manhosa, mas faminta.

Nunca me queixei do choro que em balanços e andanças buscava aquietar. Mas se fosse hoje! Choro de neto é para avô música – transcendente, infinita, celestial. Acalma tudo quanto é dor, a menos que traduza, ele próprio, uma outra dor. Isso, porém, a gente conhece logo.

Vivo mais cercado de acusações do que o sistema, e tolero-as com o que meu amigo Café Filho chamava de "resignação democrática". Assim é que acredito formar brasileiros livres. Mas se há muita injustiça nas preferências que me atribuem, uma coisa não nego: o meu fraco são os caçulas. Quem pode resistir a um abraço de Cecília, com seu jeito gordo e branco de iaiá baiana? Ou a uma só das meiguices delicadas de Isabel? Haverá sonhos por trás do sono de Catarina? Se é que ainda tão cedo o ser humano sonha, serão sonhos puros: nos olhos, quando os entreabre, as pupilas ainda não refletem coisas terrestres, são antes uma gota de orvalho em folha de roseira, ou em fita cor do céu, ou em casaquinho de veludo...

Não posso esquecer Tiago, que não tem um ano e já é um atleta. Fui pegá-lo no colo, "não faça isso!", "esse menino está muito pesado", "você não tem juízo"! Enfrentei, lúcido, esses vetos absurdos, e o bichão veio ao meu peito, arrancado da rede onde acordara. Mal me soube, pois minha camisa resultou molhada, uma larga mancha no lugar onde as fraldas a tocaram. Mal se algum amigo cruzou comigo e sentiu um cheiro bom, não duvide, vinha das umidades de Tiago.

Última Hora, 18 de agosto de 1978

CARTA A UM JUIZ DESCONHECIDO

Devia acrescentar "de um sitiante da Serra do Brejal", para indicar desde logo a condição em que escrevo – de dono de uns palmos de terra na montanha em vez da outra, de escritor público, sujeita a tantos percalços com a Justiça. Mas nem sei o nome da meritíssima autoridade a quem me dirijo, nem o sobrenome daquele a quem se atribui a falta que lhe cabe julgar, e mesmo deste último mal lhe sabia o prenome. Perperdoar-me-á o Meritíssimo Juiz, se por acaso me ler, que não o individue – como filho de Juiz, certamente o faria, por uma questão de respeito pelo ofício e de honra pela pessoa. Dirijo-me ao indefinido por culpa não minha, mas das indefinições da vida.

Ora, saberá o Meritíssimo Juiz que vai para dez anos, aqui em nossa perambeira de São Luís de Socavão, escondida nas dobras da montanha fluminense, apareceu um casal pedindo trabalho. Ela era vagamente ruiva, ele predominantemente preto. Havia trabalho para os dois – e o salário para lhes matar a fome e de um casal de filhos pequenos. Não eram más pessoas. O marido nos surpreendeu certa vez com óculos escuros, e explicou que era para ver melhor as cobras quando capinasse, o que nos pareceu teoria um pouco estranha, tanto mais que pareciam verdes, mas de teorias estranhas vive carregado o mundo dos homens. A mulher andou plantando pitangueiras que não vingaram. Mas se não tinha a mão boa para plantar, revelou, para nosso espanto, incontida habilidade para caçar, no dia em que surgiu um tatu se escondendo no capim alto. Como sabe o Meritíssimo, tatu é ligeiro, e, segundo o testemunho do europeu Blaise Cendrars, penetrando no chão para rasgar caminho à fuga, não adianta nem segurá-lo pelo rabo, que as garras adentram a terra e, cavando-a rapidamente, fazem das patas travas invencíveis. O único jeito é alcançar-lhe – ao tatu – o suspiro (com perdão da má palavra) e enfiar corajosamente um dedo: o bicho entrega imediatamente os pontos. Pois a moça pulou sobre ele, e correu mais do que ele, e o agarrou com força, e nos vendeu a presa. Não quisemos, por esse meio, curar-lhes ao casal a miséria secular. Nem nos abalançaríamos a tanto. Mas houve sempre leite para os meninos, e ainda hoje estariam por aqui se não fossem as brigas constantes, certa madraçaria invencível do marido, e, nele que não nela, mas até certo ponto nela também, alguma cachaça. Dói-me só de contá-lo, mas num domingo ele me comunicou, glorioso, que foiçara bem os arredores do laguinho lá debaixo, e cortara o capim todo, inclusive uns pés muito altos, que não conhecia por aqui, e resistiram, acabara arrancando pela raiz. Ah! Meus buritizeiros, os únicos escapos à regra ecológica que impusera sem esforço às palmeiras da minha terra nortista, com tanto carinho transplantadas e replantadas, o tamanho japonês das miniaturas vegetais.

Um dia, tão de repente como chegaram, se foram. Dizem-nos que ele voltou depois, com uma das crianças, para forçar a veneziana, tirar uma latas de conserva. Refleti que a necessidade faz lei, e me desconsolei por ver que não confiava no convívio dos homens, pois, se pedisse, mais teríamos dado, e disso não tenho dúvida. Ele teve, e é pena.

Pena maior porque alguém, numa briga de pobres, teve raiva para denunciá-lo à Polícia. Ficamos tristes de sabê-lo preso. E Nazareth, convocada, lá se foi uma tarde, e o reviu, e pediu que o soltassem, e não dormimos umas noites com a visão, que ela trazia, daquela miséria sem nome, do xadrez, da delegacia, dos policiais e do preso, todo um mundo sombrio e triste, de desespero e de condenação.

Passaram-se anos, muitos. Agora meu filho Pedro foi chamado para ser ouvido, nos vagares tardígrados do processo judicial. Criado em casa onde nem pelo telefone se mente, disse o que sabia, e espero que não tenha contribuído para acabrunhar ainda mais o pobre-diabo na sua cachaça e nos óculos escuros com que evita mordida de cobra. A mulher, essa, creio que refez a vida com outro, já apareceu umas vezes, sempre desabusada e disposta. Espero que seja feliz, e peço a Deus que as crianças se criem sem fome.

Dizem-me, Meritíssimo, que houve crime, e é de ação pública. Sei lá... Por umas latas de conserva! Eu, de mim, o que desejava dos poderes do Estado era que descobrissem quem, numa alta noite em silêncio, aproveitando-se do fato de serem, elas próprias, por sua condição, silenciosas, nos levou as carpas. Eram poucas, mas lentas e gráceis; e movendo-se bem à vista no pequeno açude ligavam-nos às tradições mais antigas do homem plantando vida nas águas – que criar peixe, quando não se leva peixe à mesa quotidiana, é uma forma de plantar apenas beleza. Assim também se cultiva rosa ou papoula, orquídea ou begônia.

Voltando ao episódio dos enlatados, releve o Meritíssimo Juiz pedir sua atenção para um ponto: a basculante nem quebrada ficou, que o menino, mal guiado pela adulta mão paterna, era pequeno e magro... Ah! Meritíssimo Juiz, ainda se fosse pelos meus buritizeiros...

UMA INJUSTIÇA – A FAVOR

Não me considerem doido senão na medida em que de médico e de louco todos nós temos um pouco. Mas há, também, dessas injustiças a favor, como, no tempo do Estado Novo, havia uma espécie curiosa de plumitivo, que Osório Borba descobriu e descreveu: o panfletário a favor.
   Meu velho amigo Alarico Pacheco, maranhense de boa água, nascido e criado na Vila de São Francisco, na beira do Parnaíba, me contava uma dessas injustiças. Personagens: ele e meu avô João Costa.
   Meu avô era professor nas mesmas bandas, um pouco mais adiante na descida do rio, dividindo a vida entre Teresina e a vila fronteira de São José das Cajazeiras, depois Flores e hoje Timon, desgraçado e desengraçado nome que costumo dizer só se justificaria se fôssemos espanhóis, pois nesse caso rimaria com *corazón*. Não sei se em Flores ou Teresina lhe apareceu o adolescente Alarico, vindo das brenhas, mui brabo, capurreiro mesmo, ainda por desasnar. Naquele tempo, estudava-se por preparatórios, cada humanidade exigindo exame próprio, de acordo com o modelo salvador da última reforma de ensino. E ninguém prestava exame sem que seu mestre mandasse, proclamasse: "Fulano está apto para a prova final de tal disciplina".
   Ora, meu avô era, ao que me dizem, capaz de ensinar, e muito, e muitíssimo, mas não tanto que num ano de apenas doze meses carregasse Alarico das parcas primeiras letras aos segredos recônditos do idioma, apesar das qualidades transparentes de bom coração e ouvido atento do aluno. Atento, apesar de meio duro. Ou talvez inteiramente duro, com a dureza nos grandes olhos não

pestanejantes refletida. Por isso, quando Alarico lhe bateu à porta, meu avô negou-lhe o atestado, embora com pena. – "Não, Alarico, tu não estás apto para prestar exame." – "Mas, seu João Costa..." E explicou o desastre, a esperança e a decepção dos pais, o ano perdido, tudo... O mestre, também filho de lavradores, compreendia, mas não cedeu. Até que Alarico: – "O senhor pode me dar um atestado de que frequentei as aulas?... Não precisa dizer se tive aproveitamento. Pode?..." – "Isso dou, é verdade, mas não é o que a lei exige nem te dá os conhecimentos da matéria. Mas dou: é a verdade, não posso negar." – "Pois me dê."

Dias depois, Alarico de volta. Meu avô, carinhoso, disposto a consolá-lo: – "Então?" – "Aceitaram o atestado, fiz o exame..." –"E foi reprovado, eu não dizia?" – "Não senhor, fui aprovado 'plenamente'"... E meu avô, numa pena ainda maior: – "Foi uma injustiça!..." Parou, disse mais: – "Fizeram uma grave injustiça contigo..."

Quem me contou essa história foi o próprio e saudoso Alarico Pacheco, àquele tempo Deputado Federal pelo Maranhão, no fim de uma longa vida de serviço públicos, medicina bondosa e convivência cordial.

E eu a narro aqui para acrescentar que essas injustiças a favor alegram a gente, mas nem por isso deixam de ser má justiça, injustiça inteira, a exigir o grito de aqui-d'el-rei!

É uma delas que acaba de cometer contra mim a Sociedade Pestalozzi de Brasília, que deu meu nome esta semana ao centro educativo onde procura preparar os excepcionais para integrá-los na vida, fazê-los felizes, salvá-los.

"Aqui-del-rei! contra a Sociedade Pestalozzi de Brasília!"

Que fiz eu para merecer essa honra? Fui pai de excepcional? Sim. Fui e sou, porque pai não se deixa de ser nunca, mesmo quando a presença corpórea é transformada em lembrança, em sombra perene. Mas muitos foram – e são. Que se honra, neste brasileiro que não tem poder nem riqueza? O sofrimento? A aceitação do sofrimento? A capacidade de transformá-lo em poesia que consola porque faz sofrer? A ação foi pouca, esparsa, descoordenada. Não consegui – como tanto desejei e tentei e pedi e supliquei – recursos permanentes para as instituições como as Pestalozzi. Não soube sensibilizar a consciência coletiva a ponto de obter dela a criação de uma área como a que imaginou (e tantas vezes fundou!) Jean Vanier para os excepcionais cronologicamente adultos. Não brotou das minhas mãos um quintal, um pátio, um jardim em que tomassem sol os mutilados profundamente. Fracassei numa tarefa que justificaria este fim de uma vida prolongada à custa da ciência e da bondade alheias, do sacrifício familiar, da ajuda de amigos, da viagem ao estrangeiro. Fracassei. Por isso mesmo, paradoxalmente, recusar essa injustiça a favor seria vaidade. Aceito o carinho do destino, faço meu exame interior e renasço com a minha dor intocada para os deveres da aceitação, da paciência, da teimosia criadora. Deus nos dê, a todos os que me cercam e a mim, a bênção daquelas três virtudes em que não está na moda falar: fé, esperança e caridade. Assim as almas se unam para a ação benfazeja de organizar a bondade brasileira.

Última Hora, 6 de outubro de 1978

O FOTÓGRAFO ENVENENADO

A irmã, aflita, não encontrando os pais no trabalho, telefonou à avó materna:
— "Vovó, eu acho que aconteceu uma coisa horrível..."
Não era bom começo, mas também não era de assustar a avó, a quem uma longa experiência revelou que muitas coisas aparentemente horríveis vai-se ver e não o são.
— "Que é que houve?" A voz estava assustada.
— "O Luiz acha que está envenenado. Vai morrer dentro de cinco minutos."
Apesar do curto prazo de vida que restava, o irmão veio ao telefone.

Estivera revelando filmes no laboratório e quando, de repente, precisara seccionar a película (ele usa as palavras com a possível exatidão) dera por falta da tesoura. Que fazer? Abrir a câmara escura? Perder as fotos? Dentes para que te quero: cortou com eles.

Não demorou sentira-se enjoado e batera em retirada para casa. Não é homem de medos, a não ser de doença, herança que lhe veio justamente dos sangues da avó materna, fraquejante em face da patologia humana.

Chama-se Luiz e não tem Costa no nome. O pai, ao lhe nascer o primogênito, era muito moço. Cortou o Costa, sem dó. Como é criatura suave, ocultou o surrupiar sutil da herança da linha materna com o grave motivo da brevidade: — "Luiz Tornaghi fica mais simples". Mais ou menos como Couto de Magalhães propunha que São Paulo passasse a se denominar Piratininga porque economizava um *schilling* no preço dos telegramas internacionais,

514

no fundo pretexto para as expansões nacionalistas desse bravo brasileiro, que poderia ter alegado, se fosse profeta, o custo das ligações pelo DDD ou o resultado das eleições paulistas, qualquer coisa servia.

Deixamos Luiz agonizante. Voltemos o ele. A avó desceu do segundo andar, contou os minutos no elevador, apanhou o carro. Quando chegou à casa da filha ainda não decorrera o prazo fatal. Mas o rapaz estava muito enjoado, um gosto ruim na boca, embora sem vômitos, a situação não estava nada boa.

Costumo dizer que nós, Costas, somos gente bondosa, gulosa, talentosa, junto a outros adjetivos em osa, e acrescentando sempre formosa para provocar o protesto do próximo, traduzido em exclamação ou sorriso. Nessas coisas sutis de formosura há sempre que contar com a reação do próximo, por dois motivos: porque quem ama o feio, bonito lhe parece, e depois cada um de nós tem lá suas delicadezas de convívio. Mas reconheço que, dos Costas, por inteiro e dos Costas, meio sangue, eu e Luiz a beleza não é o nosso forte, tendo ele sobre mim a natural vantagem da idade – doze anos – e de uma magreza também natural que, não sendo meu ideal estético, me faz lembrar que um dia já fui magro.

Usa óculos, outra diferença. Mas se lhe derdes um livro para ler, e for livro de que goste, deixai o mundo rolar...

Perdi-me de novo, volto ao caso. Outro atributo dos Costas é a aceitação natural das coisas da vida – o que não nos impede de lutar para restabelecê-las no leito próprio. Avó encontrou-o impávido, com uma atitude muito Pereira da Silva de medo da doença, uma atitude muito Costa de receio da dor física, e, no mais, bastante conformado e disposto a aceitar a morte lutando contra ela.

Não se limitara a cortar os filmes com os dentes, também aspirara do ácido (aspirar foi o verbo que usou), e o pior era o enjoo. Houve um banho enérgico e um copo de leite, se quiserem saber se frio ou quente, não direi porque não soube, e a rigor é detalhe irrelevante. Dir-me-ão que de detalhes irrelevantes o mundo está cheio, e até virão com a história do nariz de Cleópatra, que, se fosse outro, outro seria o mundo. Mas deixemos Cleópatra para o Sítio do Picapau Amarelo, ou, como dizia, até bem pouco tempo, Isabel, a irmã caçula de Luiz, do Picacapau Amarelo.

O prazo de cinco minutos passou, e mais cinco, e mais cinco, Luiz estava lúcido. À proporção que o leite foi agindo, foi também recuperando a natural desenvoltura adulta que é o seu apanágio.

Hélio de Martino, consultado, não se arriscou a um palpite fora do largo campo pediátrico, e por sua vez ouviu o radiologista, que confirmou o leite.

Às sete horas da noite a casa entrou no descanso habitual, por sinal bastante agitado. Luiz, mantido em regime lácteo, dado em copo (pela sua frequentação das revistas para senhores de mais idade, receio que preferisse humano e dado diretamente no seio, mas ainda é cedo, Luiz); Luiz, dizia, acomodou-se embrulhado em leite e tevê, recusou bravamente cobertores aconchegantes. Ana fora, na realidade, a heroína da noite, pelo desembaraço com que – e tem apenas dez anos! – providenciara o socorro da avó mais próxima. E eu só quero ver se se salvaram as fotografias, quase torcendo para que sejam ainda mais belas do que as evanescentes fotos em cor que Luiz passou uma semana batendo na Confeitaria Colombo. Foi a primeira vez que a arte fez Luiz sofrer, e sofrer por sua arte é o que marca as verdadeiras vocações e os grandes fotógrafos.

Última Hora, 24 de novembro de 1978

MEMÓRIAS DE UM PLANTADOR DE FRUTEIRAS

Penso na minha vocação de plantador de fruteiras. Note-se que não digo árvore ou, no plural, árvores, embora seja palavra muito mais bonita. E, acrescente-se, que falo com absoluta isenção. Estou reduzido, por ordem médica, a fruta e meia por dia, não mais. E como, para compensar as perdas de potássio, forçadas pelos remédios para os males do coração e de sua coroa (eu ia escrever de martírios, ponho de artérias, direitinho, doutor), o regime inclui uma laranja no café da manhã, resta apenas meia fruta. Meus filhos se divertem, numa judiante mangação: "Meia jaca? Meia melancia?" O certo é que resisto quanto posso às tentações, e vou me privando não só das espécies nativas mas também das outras, que o português andou trazendo do mundo.

Português sempre foi muito plantador de fruteiras. Com seu admirável senso do concreto, nossos avós ou pensavam no comércio e plantavam madeira de lei e especiarias, ou pensavam na fome e plantavam fruteiras. Ainda vou localizar no catálogo dos manuscritos da Casa de Cadaval a página em que o padre Antônio Vieira propunha que esse transplante vegetal, entre os continentes onde pisava o pé dos seus patrícios, se fizesse intenso e sistemático.

Dou à nossa hóspede Helena, neta de Hernani Cidade e filha de Domingos Moura, isto é, portuguesa de muitas gerações, jaca para provar. – "Gostou?"; – "É bom, não é?"; – "Os portugueses que trouxeram das Índias". No dia seguinte, ofereço sapoti: – "É bom?"; – "É ótimo", e arregala os olhos de prazer verificante; – "Os portugueses que trouxeram do México". E me lembro de que vi na Ilha da Madeira pitangueiras, plantadas por mãos portuguesas, e no mercado achei mamões, grandes. – "Quanto custa um mamão?"; – "Mamão?"; – "Mamão, aponto; – "Essa fruta se chama papaia". Alertado dessa sobrevivência espanhola a revelar a origem do mamoeiro, não caí de novo em erro quando interrompi, em português, o diálogo que em Luanda duas lindas pretas travavam na sua língua, delas (Quimbundo? Quioco?): "Como se chama essa fruta? Papaia?" – "Papaia? Papaia, não. Mamão..." Era mamão.

Não sei até que ponto o sangue português prevaleceu na minha vocação de plantador de fruteiras: nem o índio nem o negro eram muito dessas culturas lentas. Pensar que um bacurizeiro leva quarenta anos para dar!... Pelo menos é o que o povo diz, mas meu pai achava exagero, quarenta aí estava como número conjetural de uma vida de homem, entre o abrir do entendimento e as portas da velhice.

Meus pais foram bons plantadores de fruteiras: ele conseguiu transplantar as primeiras jussareiras, que depois se espalharam espontâneas, no sítio tradicional dos Costas, no Olho d'Água da Prata, no vale do Parnaíba; e ali minha mãe plantou uma jabuticabeira, que as sapucaias de delicado perfume cercaram como estufa, e muitos anos depois, ela já morta e as terras não mais nossas, vi carregada, pretinha de fruta que nem casa de maribondo assanhada... Que dor e que saudade!

Eu e Nazareth andamos plantando nossas fruteiras do Norte na serra fluminense. As mangueiras e os cajueiros, num disparate ecológico incontornável, teimam em florescer no pior do frio: a fina geada mata a perfumada floração; e ainda não tivemos o privilégio de ver, entre as flores poupadas, arredondar-se alimento. Minto: sobrou uma única manga, partida e partilhada quase como hóstia, e manducada respeitosamente. Em frente à casa duas macaubeiras se vestem de seu manto preto de espinhos. Bem sei que não oferecem fruta que mate fome ou sede de ninguém; mas quem não teve, na infância, pé de macaúba para quebrar, entre os dedos, o negro acúleo, não compreenderá porque ano a ano as cuidamos como se fossem remédio contra picada de lacrau.

Vamos teimando e plantando, com o desinteresse total de quem já agora policia os açúcares. Um pouco como aquele paulista ilustre que plantava jabuticaba para os netos, aos sessenta anos – e ainda colheu as frutas aos noventa...

Espero chegar lá, no uso controlado da vida vegetativa, e lúcido. Quem sabe ainda verei meu caro Austregésilo de Athayde deixar a presidência da Academia, renovados democraticamente os mandatos? Tudo é possível sobre a Terra. Plantamos, e não só árvores frutíferas de grande porte, das que dão isenção no Imposto de Renda. Plantamos tudo. E quando ameaço desanimar recorro à *Fruticultura Brasileira*, do agrônomo Pimentel Gomes, manual que achei por acaso, em livraria aberta à noite. Livro informado e informante, livro estupendo! Graças a ele, a máxima de Henrique Pongetti, de que o melhor dia na vida da gente é o da compra do sítio e mais lindo do que ele só o da venda, some-se em nosso horizonte. Do Acre ao extremo Sul, esse patrício ilustre andou plantando e colhendo. E a cada instante as frutas são adjetivadas com um carinho quase amoroso. Por ele, o Brasil seria todo um imenso pomar; e as fomes do País e do mundo se dessedentariam em nossas bandas. Foi, aliás, o que fez Pero Vaz de Caminha quando provou dos palmitos, "muito bons". Capistrano de Abreu descobriu que eram bananas. Bananas? Yes, nós temos bananas, em nosso sítio nos socavãos da serra, e quantas bastem. Disseram-nos que naquelas alturas era inútil plantá-las. Mas é próprio do homem tirar a prova. Tiramos. Foi bom.

Última Hora, 15 de dezembro de 1978

MINEIRIDADE

Mineiro é uma coisa engraçada. A revista traz a conversa, inteligentissimamente registrada e provocada, de quatro dos mineiros mais inteligentíssimos que houve, há ou haverá. É leite de rosas, é cheiro de manga, é asa de anjo e grito de homem e mulher essa audiência concedida por Otto Lara Resende, Paulo Mendes Campos, Fernando Sabino, Hélio Pellegrino. Mas até que ponto é mineira?
    A palavra mineiro faz sorrir. Entretanto mineiro foi o Tiradentes e mineiro Cesário Alvim e seu neto Virgílio de Melo Franco. É a linha da liberdade.
    Mas há outra linha mineira. E já que falei em sorrir vou lembrando logo Antonio Carlos, de ascendência paulista, mas tão mineiro! Mineiro como Lafayette, de fino riso, ou aquele autor das *Cartas Chilenas* que deve rir-se, onde quer que esteja, do problema que criou com o debate ainda não de todo resolvido, duzentos anos depois, sobre a autoria da sua sátira.
    A linha da conciliação e a linha da liberdade ambas sabem rir em Minas Gerais.
    O duro mineiro... Tive sempre meu símbolo predileto na figura do Coronel José da Costa Lage, de Ferros, perto de Itabira. Apraz-me considerar que seria do mesmo sangue de Lages que nos deu, neste século, o poeta maior Carlos Drummond de Andrade. Conta o escritor Vulmar Coelho, no seu pequeno mas nem por isso menos delicioso livro *Uma cidade perdida no sertão* que o coronel não está enterrado em Ferros, mas em Itabira. Ele assim o quis. Brigara com a cidade natal e em Ferros não pôs mais os pés nem depois de morto. Não transigia.

Não transigia nem com os próprios elementos naturais. Era assim, feito de uma única peça. Quando tinha de ir à cidade, ia e vinha da fazenda no mesmo dia: fazia seis léguas a cavalo na ida e seis na volta, mas não dormia em Ferros. Questão de princípio. Tinha suas convicções. Discutiu com um amigo que falara em Pará, lá pelo Norte do Brasil. Retificou: "Pará fica em Minas. Chama-se até Pará de Minas". O outro levou-lhe um mapa. Mas não se perturbou. O mapa estava errado. "Pará é em Minas." Ficou sendo, ao menos para ele.

E não se curvava. Ia uma vez numa viagem, vinha um pé de unha-de-gato, o pajem avisou-lhe: "se abaixe, coronel, olhe o espinho que arranha"... E ele: "que arranhe. Eu é que não me curvo nunca". E de outra vez, como o barbeiro lhe pedisse para inclinar mais um pouco o rosto, oferecendo o cangote para facilitar as manipulações eficientes da tesoura: "o senhor se arranje como puder. Não abaixo a cabeça para homem nenhum!"

Brigou, certa vez, com o deputado Albertino Drummond. E daí estendeu sua briga à cidade de Ferros. Só iria lá quando tombassem o homem. Correu o tempo. A política na mesa. Um filho lhe adoece, rapaz da sua predileção. E vai se tratar na cidade. Mas sente que morre, e manda pedir ao pai que vá vê-lo. O mensageiro insiste, tem os olhos em lágrimas; e o velho, com os dele também marejados: "vocês já tombaram o homem? Não? Pois é. Tombem o homem que eu vou." O filho morreu. Ele não foi. Passaram-se os anos, muitos, naquela dor de saudade funda. E ao morrer levaram-no a enterrar em Itabira, dez léguas distantes, sob a chuva. Era o que pedia sempre: "quero ser enterrado na Itabira ou, então, na minha fazenda, no pagão. Não vou a Ferros nem depois de morto". Não foi.

Esse é o mineiro da teimosia, da obstinação, da luta. Mas há o outro, da conciliação, do acordo, que usa para a paz (e, se necessário ou possível, para o poder) todas as malícias do espírito.

O segredo, Rondon Pacheco me confiava um dia destes: quando a estrada tem poeira (com o ar puro), na frente; quando tem porteira, no meio (que é para não ter de abri-la nem fechá--la); quando tem atoleiro, no fim (deixemos a outro a experiência da travessia).

Eu sou um pouco como o governador Francelino Pereira, mineiro de adoção, mineiro de coração, mineiro de Virgílio Alvim de Melo Franco e de Pouso Alto, onde outro falso mineiro (mas tão mineiro!...), o paulista Ribeiro Couto, foi promotor e deixou raiz funda. Nos meus tempos de moço o velho Mangabeira se queixava: "deixo o Virgílio sereno, mas no meio do dia ele almoça com o Odylo e à tarde eu o encontro exaltado..." Era dupla injustiça, a mim e a Virgílio: o que partilhávamos era uma teimosia comum. Hoje, entretanto, que os anos vieram, começo, sem rever meus juízos, a saborear com outro gosto a linha mineira da moderação. A linha de Gustavo Capanema, Tancredo Neves, Magalhães Pinto, Rondon Pacheco. Não foi outra a linha de Milton Campos, que, entretanto, como todos eles – sem exceção – sabia ser altivo na hora exata.

Penso no que é o destino. No curto espaço que medeou entre o dia em que nos conhecemos e aquele em que caiu morto, Virgílio de Melo Franco foi meu herói de romance e meu maior amigo, pois a melhor amizade, na minha experiência, é a que nasce à primeira vista. E eu me pergunto se ele não teria caminhado para as posições moderadas do irmão mais moço. Afonso Arinos de Melo Franco é hoje, no Brasil, a grande voz liberal, livre, sem ódio, sem compromissos com um passado que insiste em insinuar sua revanche perturbadora e semear seus facciosismos na vida brasileira, mas também com as mãos limpas dos erros liberticidas. Releio páginas que ouvi ou li, reunidas no que chamou "um breviário liberal", *O Som do outro Sino*. Grande Afonso! As circunstâncias não lhe deram o poder geral, mas reencontrando-o neste livro em palavras que tinham o gosto de verdadeiras ações, sinto que paira na evocação da sua mineiridade uma sombra augusta, de que ele é digno; e que nós ambos sabemos quanto vale para ambos nós, e que invoco como expressão sábia e forte da fusão dos sentimentos básicos de Minas: Paraná, Marquês de Paraná, esse Honório Hermeto Carneiro Leão que na juventude evitou um golpe de estado e na maturidade realizou a conciliação nacional.

Última Hora, 9 de fevereiro de 1979

BIOGRAFIA DE ODYLO COSTA, FILHO

O jornalista, poeta e ficcionista Odylo Costa, filho, nasceu em São Luís do Maranhão, a 14 de dezembro de 1914, filho do juiz Odylo de Moura Costa e Maria Aurora Alves Costa. Fez estudos primários no Colégio Sagrado Coração de Jesus e secundários no Liceu Piauiense, ambos em Teresina, Piauí, tornando-se, afetivamente, também piauiense. Desde os 15 anos, já se revela no jovem maranhense a vocação de jornalista, encontrando seu primeiro abrigo no semanário *Cidade Verde*, de Teresina, fundado em 1929.

Aos 16 anos, em março de 1930, Odylo Costa, filho muda-se para o Rio de Janeiro, em companhia dos pais e de seis irmãos. O desembargador Odylo de Moura Costa, para vir para o Rio, vende tudo o que possui no Piauí e passa a viver apenas de uma magra aposentadoria. Dentro em breve, o filho jornalista torna-se arrimo de família. Em janeiro de 1931, conduzido pelo piauiense Félix Pacheco, Odylo entra para a redação do *Jornal do Comércio*, onde permanecerá até 1943, bacharelando-se em Direito, pela Universidade do Brasil, em dezembro de 1933.

Apesar da dedicação ao jornalismo, por vocação e por necessidade, procura não se distanciar da literatura. Em 1933, com o livro *Graça Aranha e outros ensaios*, obtém o Prêmio Ramos Paz da Academia Brasileira de Letras; em 1936, publica o *Livro de poemas de 1935*, escrito em colaboração com Henrique Carstens; e, em 1947, *Distrito da confusão*, coletânea de artigos de jornal, nos quais, nas possíveis entrelinhas, faz a crítica ao regime ditatorial instaurado no país em 1937.

Casa-se, em 1942, no Piauí, com Maria de Nazareth Pereira da Silva Costa, sob a bênção de três poetas: Manuel Bandeira, Ribeiro Couto e Carlos Drummond de Andrade foram padrinhos do casamento. Têm nove filhos e uma vida conjugal notória pela harmonia, fidelidade e coragem com que enfrentaram o destino: Carlos Drummond de Andrade dirá num soneto que "um não é sem o outro" e Manuel Bandeira, em outro, que ela "é Nossa Senhora de Nazareth".

Odylo passa a trabalhar no *Diário de Notícias*, onde, em 1952 e 1953, faz a crítica literária, e onde também cria e mantém a seção "Encontro Matinal", junto com Eneida e Heráclio Sales. Durante prolongado período, publica uma crônica diária na *Tribuna da Imprensa*.

Desde cedo assume funções de direção, nas quais mostra espírito de renovação e modernidade. Foi sucessivamente fundador e diretor do semanário *Política e Letras* (de Virgílio de Melo Franco, de quem foi dedicado colaborador na criação e nas primeiras lutas da União Democrática Nacional), redator do *Diário de Notícias*, diretor de *A Noite* e da Rádio Nacional, chefe de redação do *Jornal do Brasil*, de cuja renascença participa decisivamente, diretor da *Tribuna da Imprensa*, diretor da revista *Senhor*, secretário do *Cruzeiro Internacional*, diretor de redação de *O Cruzeiro* e, novamente, redator do *Jornal do Brasil*.

Desses trabalhos, o mais importante foi a reforma gráfica e de conteúdo do *Jornal do Brasil*, que tornou-se o jornal mais influente do país, sendo considerado que ela se refletiu em todo o jornalismo brasileiro. Sempre que possível, continua publicando seus artigos e crônicas.

Na vida pública, Odylo Costa, filho, é, desde 1935, procurador do Instituto de Aposentadorias e Pensões dos Comerciários (IAPC). Na curta presidência de Café Filho, de agosto de 1954 a novembro de 1955, é seu Secretário de Imprensa, Diretor de *A Noite* e da Rádio Nacional e Superintendente das Empresas Incorporadas ao Patrimônio da União.

Em 1963, ocorre o assassinato do filho primogênito, de 18 anos, que tinha seu nome, e, no ano seguinte, a morte aos 12 anos de uma filha com deficiência mental profunda. Tais circunstâncias dolorosas levam-no de volta a uma prática mais constante da poesia, que não abandonara de todo embora fugisse à publicação. Foi Manuel Bandeira, ao preparar a segunda edição de sua *Antologia dos poetas brasileiros bissextos contemporâneos*, o primeiro a ler alguns desses poemas, que disse estarem entre "os mais belos da poesia de língua portuguesa".

Em 1965, aos 50 anos, atendendo o pedido do filho assassinado, publica a novela *A faca e o rio* (Livraria José Olympio Editora), novela a qual em breve terá uma edição portuguesa e da qual, em 1972, será feito um filme dirigido pelo cineasta holandês Georges Sluizer.

De 1965 a 1967, exerce o cargo de adido cultural junto à Embaixada do Brasil em Lisboa, função na qual, trabalhando pelo estreitamento das relações culturais entre os dois países, conquista a estima dos escritores e artistas portugueses: é incluído entre os membros da Academia Internacional de Cultura Portuguesa e publicam em sua homenagem uma pequena edição fora do comércio, *Retrato desordenado e declaração de amor a Portugal*.

É em Portugal que, animado por Bandeira, Rachel de Queiroz e outros amigos, publica afinal seus poemas no livro *Tempo de Lisboa* (Livraria Moraes Editora, 1966); a partir de então, a poesia passa a ser presença constante em sua vida, ao lado do jornalismo.

De regresso ao Brasil, recusa o convite do Marechal Costa e Silva para exercer o cargo de diretor da Agência Nacional, e retorna ao jornalismo, assumindo, em São Paulo, a direção da revista *Realidade*; colabora com o planejamento de *Veja*; e volta ao Rio, ficando como diretor de redação da Editora Abril e membro do seu conselho editorial.

Em 1969, Odylo Costa, filho, é eleito para a Academia Brasileira de Letras, ocupando a cadeira nº 15, (fundada por Olavo Bilac, da qual é patrono Gonçalves Dias).

No ano seguinte, volta à ficção; a editora portuguesa Editorial Estúdios Cor publica, em pequena edição fora do comércio, seu conto *História de Seu Tomé meu Pai e minha Mãe Maria*.

Aos poemas de *Tempo de Lisboa* junta os de *A arca da aliança*, publicando-os com o título de *Cantiga incompleta* (Livraria José Olympio Editora, 1971); alguns anos depois publica *Notícias de amor* (pequena edição fora do comércio, Artenova, 1974; edição comercial da Editora Artenova/MEC, 1976). Sempre profundamente ligado ao Maranhão, escreve a introdução aos desenhos da pintora Renée Levêfre no álbum *Maranhão: S. Luís e Alcântara* (Cia. Editora Nacional, 1971).

Com poemas seus e aquarelas de sua mulher Nazareth, publica *Os bichos no céu* (Editora Artenova, 1972) e *A Vida de Nossa*

Senhora (Livraria Agir Editora, 1977). E, em 1979, o Centro de Estudos Brasileiros em Lima, Peru, publica uma edição de *Os bichos no céu*, e o de Buenos Aires, dirigido por Maria Julieta Drummond de Andrade, publica *Un sólo amor*, antologia bilíngue, com tradução do poeta Homero Icaza Sánchez.

Sua última função pública é a de diretor do Departamento Cultural da Universidade do Estado do Rio de Janeiro (UERJ), no qual inaugura o grande teatro que, após sua morte, toma seu nome.

Odylo falece, a 19 de agosto de 1979, no Rio de Janeiro, em consequência de problemas cardíacos, aos 64 anos.

Deixou vários livros inéditos, prontos para serem publicados: o livro de poemas *Boca da noite* (Editora Salamandra, 1979), que chega a entregar pessoalmente ao editor; o álbum de poemas *Anjos em terra*, com desenhos a bico de pena de Nazareth (Monteiro Soares Editores, 1980); *Meus meninos, os outros meninos*, coletânea de artigos sobre "portadores de deficiência" e "menores abandonados" (Editora Record, 1981); e *Histórias da beira do rio*, contos (Editora Record, 1983).

BIBLIOGRAFIA

Seleta cristã. Rio de Janeiro: Livraria Católica, 1932. [Coletânea de poemas alheios]

Graça Aranha e outros ensaios. Rio de Janeiro: Selma, 1934.

Ensaio nº 1: Clóvis Beviláqua. Rio de Janeiro: Typ. do Jornal do Commercio, 1935.

Livro de poemas de 1935. Com Henrique Carstens. Ilustrações de Tarsila do Amaral e Santa Rosa. Rio de Janeiro, 1936. [Edição dos autores]

Distrito da confusão. Rio de Janeiro: Casa do Estudante do Brasil, 1947. [Crônicas]

A faca e o rio. Rio de Janeiro: José Olympio, 1965. [Novela]

Tempo de Lisboa e outros poemas. Lisboa: Livraria Moraes Editores, 1966.

Retrato desordenado e Declaração de amor a Portugal. Lisboa: Editora Verbo, 1967.

História de seu Tomé meu pai, e minha mãe Maria. Desenhos de Carlos Amado. Lisboa: Estúdios Cor, 1970. [Conto]

Oratório de Djanira. São Paulo: Júlio Pacello e Editora César, 1970. [Poemas para gravuras]

Cantiga incompleta. Rio de Janeiro: José Olympio, 1971. [Poemas]

Maranhão: São Luís e Alcântara. Desenhos de Renée Lefèvre. São Paulo: Cia. Editora Nacional, 1971.

O balão que caiu no mar. In: BENEDETTI, Lucia. *Teatro infantil*. Rio de Janeiro: Serviço Nacional do Teatro, 1971.

Os bichos no céu. Aquarelas de Nazareth Costa. Rio de Janeiro: Artenova, 1972. [Poemas infantis]

Notícias de amor. Edição fora do comércio, comemorativa do sexagenário do autor. Rio de Janeiro: Artenova, 1974. [Poemas]

A vida de Nossa Senhora. Poemas feitos para aquarelas de Nazareth Costa. Rio de Janeiro: Agir, 1977.

Un sólo amor/Um só amor. Edição bilíngue espanhol/português. Seleção e tradução para o espanhol de Homero Icaza Sánchez. Buenos Aires: Centro de Estudios Brasileños, 1979. [Antologia de poemas]

Boca da noite. Rio de Janeiro: Salamandra, 1979. [Poemas]

Los bichos en el cielo. Aquarelas de Nazareth Costa. Tradução para o espanhol de Abelardo Sánchez León. Lima: Centro de Estudios Brasileños, 1979. [Poemas]

Anjos em terra. Desenhos a bico de pena de Nazareth Costa. Rio de Janeiro: Monteiro Soares, 1980. [Poemas]

Meus meninos, os outros meninos. Rio de Janeiro: Record, 1981. [Crônicas sobre menores abandonados e deficientes]

Histórias da beira do rio. Rio de Janeiro: Record, 1983. [Contos]

Jedina Ljubav: um só amor. Edição bilíngue servo-croata/português. Tradução de R. Tatic. Edições Grongula XIII. Belgrado: Embaixada do Brasil, 1987. [Antologia de poemas]

Cozinha do arco da velha. Textos de Odylo Costa, filho, Pedro Nava, Carlos Chagas Filho e Pedro Costa. Receitas de Íris Lobo Chagas e Nazareth Costa. Desenhos a bico de pena de Nazareth Costa. Rio de Janeiro: Nova Fronteira, 1997.

Poesia completa. Nota introdutória e organização de Virgilio Costa. Rio de Janeiro: Aeroplano, 2010. [Poemas]

Cecília Costa Junqueira, escritora e jornalista, nasceu no Rio de Janeiro em 1952. Estudou história e literatura e por 28 anos trabalhou em redação, tendo passado pela *Revista Bolsa*, pelo *Jornal do Brasil*, pela *Gazeta Mercantil* e por *O Globo*, onde, ao longo de 15 anos, foi jornalista de economia, subeditora e editora-adjunta e, durante seis anos, editou o suplemento literário "Prosa & Verso", tendo criado o concurso "Contos do Rio". Foi editora-assistente da *Revista do Livro*, da Biblioteca Nacional.

O primeiro livro que escreveu foi sobre Odylo Costa, filho, um perfil para a Relume Dumará, intitulado *Odylo, um homem com uma casa no coração*. Depois vieram o romance *Damas de Copas* e o conto "O sétimo mês", na coletânea *25 mulheres que estão fazendo a nova literatura brasileira*. Seu romance, *Julia e o Mago* foi publicado em 2009 pela Record. Em 2012 foi publicada pela Editora Ouro sobre Azul *História do Diário Carioca: um velho jornal muito moderno*.

Virgilio Costa é escritor e pintor. Pesquisador de história da Casa de Rui Barbosa, no Rio de Janeiro. Possui os títulos: Ph.D. em *Arts and Humanities* (*New York University*, 1995), reconhecido como Doutor em História Social (Cultura e Sociedade) pelo IFCS/UFRJ; Mestre (M.A.) em Pintura (NYU, 1985); Bacharel em Editoração, Teoria da Comunicação e Jornalismo (UFRJ, 1973).

Publicou *Volta a Ítaca* (poesia, Lacre/Boca da Noite, 2013); *Poesia Completa de Odylo Costa, filho* (organizador, Aeroplano, 2010); *Traduções de Baudelaire e Mallarmé por Dante Milano* (organizador, Boca da Noite, 1988); *Poesia e Prosa de Dante Milano* (organizador, Civilização Brasileira/UERJ, 1979); *A Roseira e o Mato* (poesia, Artenova, 1977).

Publicou também *Teatro Completo de Francisco Pereira da Silva* (organizador, Funarte, 2009); *Apresentação de Afonso Arinos* (biografia, Senado Federal, 2009); *Mangue: Os Horizontes do Modernismo* (história, Casa de Rui Barbosa, 1999); *Joaquim Nabuco* (biografia, Editora Três, 1974).

Tendo residido cerca de dez anos em Nova Iorque, ali frequentou as oficinas de poesia de Joseph Brodsky (Nobel de Literatura), Galway Kinnell (Pulitzer de Poesia), Richard Harrison (sobre Elizabeth Bishop).

Realizou diversas exposições individuais de pintura no Brasil e no exterior (Nova Iorque, Roma, Lisboa).

ÍNDICE

Prefácio de Cecília Costa 7
Introdução de Virgílio Costa 17

Poesia, força do mundo 31
Viagem 38
A aventura do marinheiro 40
Arte e martírio 42
Confissão de Goiabinha 44
Despedida das árvores 46
O Comendador Ventura e a política 48
Em louvor de Chico Xavier 51
Bolívar, o Barão de Itararé e o homem de circo 55
Um antifascista modelo 59
Conversas de 13 de maio 62
Retratos de um poeta (Notas fragmentárias) 66
O problema da terra e o reacionário José Bonifácio 70
Pavana para um preto defunto 74
Deixai o povo vaiar 78
Pequena história do Congresso de Escritores 82
Darcilena e outros episódios 88
Fala do maranhense discreto 94
Adiro! 98
O presidente e o Congresso 103
Os pombos de Paris 106
A poliglota 108
Filho de governador 110
Pedro e a confusão dos tempos 112
Meu amigo Clemente 116
Ode a Santa Teresa 118
Domingos, o tubarão 123
Aranhas grelhadas 126

Carta a um ditador..128
Um voto para Borba..130
Os meninos e o toca-discos..132
Virgílio, o tenente..134
Negro não é gente..136
Manteiga da estranja..138
Lázaro fala..140
Livro, menino, muro...142
As forcas e o berço...144
A vida e o drama de Lima Barreto por
Francisco de Assis Barbosa..146
Um debate de História...151
Gonçalves Dias visto por Manuel Bandeira...153
Entre duas pátrias..164
Vou-me embora..166
Sobre Van Gogh e Gauguin...168
Um homem de jornal...170
Um fio d'água..172
Ordenado de professora..174
Deixo a oposição...176
Descoberta de Osvaldo..178
O livro da infância: *Cuore*...180
Aqui se morre; lá se desaparece..182
Sobre Graciliano Ramos..185
A enforcadinha..190
Seu Martins..192
A cidade e seu poeta: Rui Ribeiro Couto..194
País difícil...196
Moça escura...199
Mestre Roquette..201
Gregório...204
Abio..206
Pena de morte..208
Adeus, adeus..210
Com a assinatura do poeta..212
Surra em Capistrano..215
O velho Odylo...218
Luiz Camillo..221
Anúncios..225
Dia das mães..227

Os dois Prudentes 230
Memória do colégio 233
Monarca de opinião 237
Saguis 239
O canguleiro 241
Meninos na parada 244
Carta ao senhor prefeito 246
História 249
Moça do Pará 251
As baianas 253
O repórter e a República 255
Episódio da curicaca 258
Dá-se uma curicaca 261
Zé da Esfola fugiu no navio 263
Conversa de pai sobre filhos 266
Onde as revoluções se parecem 272
Tempo de bispo comunista 275
Dondon 279
Sangue e abraço nas revoluções do Brasil 282
Osório 285
O Presidente e as reformas brasileiras 288
As reformas do Presidente 291
O direito à heresia e o dever da rebeldia 294
O décimo arroz de cuxá 297
É preciso, sobretudo, não ser discípulos de Maneco Araújo 300
O que importa não é um segundo mas o primeiro
Ato Institucional 304
O Marechal-Presidente, sob palmas dos Governadores,
dissolve o Congresso 308
Do meu amargo Natal uma nova esperança 312
Onde começa e onde acaba a democracia 315
A ponte: de que foi feita e como foi pintada de furta-cor 318
Schmidt, desta vez a rosa não tem espinho nenhum 322
A tentação agrária 324
Batalha brasileira ou a Guerra das Rosas 327
Eneida 330
Viva o álbum! 333
Conversa da semana 336
Poesia, esse mistério 339
Das não comidas 342

Quem come o quê?..345
Tempo de jabuticaba para baiano......................................348
Mulatas e velhos..351
Uma dor, uma alegria, um poema....................................354
Amor eterno..357
Meu compadre Peregrino..359
Conversa de pai...362
Confissão de um quase retirante......................................365
Tenho pena, tende comigo...368
Notas de um caderno velho..371
1867: o Brasil em Paris...374
Amo, logo existo...378
Meter a casa num soneto..381
Tudo o que Deus faz é bem-feito.....................................385
Para não perder esse gosto de Brasil................................388
Quem ganha a briga..390
O soneto visita Afonso..393
Não há Di sem mulata..396
Na estreia de um poeta temporão....................................398
O amor é meu espaço...400
Procura-se um alemão no Vale do Itajaí..........................404
Sobre três mortos..407
O *Diário* não tem razão..410
Quando o Presidente argentino aparece a Machado de Assis.......413
Uma casa para uma velhinha...415
Lembrem-se do velho do Rossio......................................418
Pedro de carne e osso..421
Um poeta se torna maior..424
Alguns pintores por aí..427
O homem por trás da escultura.......................................430
Nome de rua: quem não tem não....................................433
Carta a meu filho Manuel Luís que ganhou sua aposta em
Cassius Clay..436
Ladrão de peru..439
Saudades de Pepe e Pique..441
A arca de João..444
Cangaceiros...447
Ao Presidente Ernesto Geisel em Brasília.......................450
Meu amigo Virgílio...453
Cecília Meireles...456

Tia Chica do riozinho do Anfrísio no Xingu.................................. 459
Chão e casa de Graciliano 462
Em busca do outro Pedro II 465
Chuva não é inverno.. 469
Vinte anos depois... 472
A procissão, as praias, o cajueiro 479
Formas de crer.. 482
Prudente, o grande cidadão.. 484
Rondó das sucessões.. 486
Sobre um casamento sessentão 489
Crônica da montanha.. 491
Eu menino: férias 494
Boca da noite... 496
Nostalgia das bengalas... 499
Dos salmos ao choro de menino novo.. 502
Conversa de avô... 505
Carta a um juiz desconhecido 508
Uma injustiça – a favor 511
O fotógrafo envenenado... 514
Memórias de um plantador de fruteiras.................................... 517
Mineiridade 520

Biografia de Odylo Costa, filho 523
Bibliografia 527
Biografia dos organizadores 529

GRÁFICA PAYM
Tel. [11] 4392-3344
paym@graficapaym.com.br